온후 판타지 장편소설

WISHBOOKS FANTASY

전장의 화신

5

전장의
화신

CONTENTS

24장 격이 다르다   7

25장 뒤섞인 공포   95

26장 언데드 vs 언데드   161

27장 죽고자 하면 살 것이다   203

28장 악마의 긴 밤   245

24장
격이 다르다

심장이라고는 했지만 오히려 보석에 가깝다. 암흑룡이라는 이름답게 검은색을 띠는 정육각형의 보물. 크기는 기껏해야 한 뼘쯤 될까.

하지만 무시해선 안 된다.

육망성처럼 빛나며 본체가 죽었음에도 끊임없이 펌프질하는 생명의 원천!

무한한 마력이 이 안에 담겨 있었다.

용의 심장이 괜히 '현자의 돌'이라 불리는 것이 아니다.

'용의 심장을 가진 자. 열에 아홉은 죽는다.'

세계의 이치처럼 받아들여지는 사실이었다.

용의 심장은 매우 드물지만 가끔 나타났고 매번 소유자가 바뀌었다.

설혹 그대로 삼킨다 하더라도 심장의 힘을 못 이기고 육체가 터진다.

그야말로 계륵과 같았다.

무영은 천천히 손을 뻗어 심장을 쥐었다.

두근! 두근!

자신의 심장 소리인지 보석의 심장 소리인지 구분할 수 없다.

무영은 이 묘한 빛에 매혹되었다.

하지만 정신이 압도되진 않았다. 정신이 고양될수록 무영의 눈빛은 더욱 냉정해졌다.

"그것이 용의 심장이냐?"

타칸이 다가왔다. 그와 켈베로스는 다행히 마룡 살상포의 위험에서 벗어난 모양이었다.

하지만 용의 심장을 본 타칸은 무영과 달랐다.

용의 심장이 뿜어내는 매력에 그대로 이끌리고 말았다. 탐욕이 넘치는 눈빛으로 무영이 지닌 보석을 바라봤다.

"정말…… 정말 아름답군. 아수라도의 어떠한 보물보다 더욱 가치 있는 것 같구나. 마치 신이 만든 것 같은 조형물이로다."

타칸이 심장에 이끌려 발을 움직였다.

바로 이러한 이유로 용의 심장을 가진 자는 열에 아홉이 죽는다. 심장이 뿜어내는 마력이 주변의 모든 걸 매료하기 때문이다.

그야말로 독이 든 성배였다.

스릉.

무영은 심장을 집어넣고 비탄을 뽑았다. 왼손이 날아갔다고는 하나, 그래도 실력의 80%는 온전히 낼 수 있었다.

암살자는 모든 상황에 대비해야 하고 여러 제약에도 활동하는 법을 익혀야 한다. 고작 팔 하나가 날아간 정도로 전력 손실이 급격히 나진 않는다.

"멈춰라."

"구경만. 가까이서 보기만 하겠다."

"멈추라고 하였다."

스윽.

무영의 검이 어느덧 타칸의 영혼에 닿았다. 영혼 착취 효과로 인해 무영은 자신이 만든 언데드의 혼을 볼 수 있었다.

타칸이 무영에게 시선을 옮겼다.

정말로 자신의 혼을 베겠느냐고. 자신의 도움 없이 앞으로 잘 나아갈 수 있겠느냐고!

짧은 사이에 타칸은 무영에게 정말 많은 도움을 줬다.

앞으로도 그의 힘이 필요할 터.

그러나 타칸은 이내 자신의 생각이 잘못되었음을 깨달았다.

무영의 손이 조금씩 움직였다. 무영의 눈동자는 흔들리지 않았다. 베는 일에 망설임은 없었다.

한없이 무정하고 비정하다. 그 눈빛을 본 타칸이 몸을 떨었다.

'아수라……!'

부들부들!

어째서 그의 모습이 겹쳐 보이는가?

모든 이매망량의 왕!

자신을 아수라도에 가둔 신의 모습이 어째서 투영되는 것인가.

그 잔혹하고 난폭하며 오만하기 짝이 없는, 하지만 거부할 수 없는 힘의 지배자가 어찌하여!

뚝!

타칸이 발걸음을 멈췄다. 용의 심장에 대한 미련이 사라졌다.

"내가 잠시 눈이 멀었군."

타칸은 그제야 제정신을 차렸다. 목소리에서 진득한 후회가 묻어났다. 표정이 없으나 얼굴을 잔뜩 구겼으리라고 무영은 생각했다.

군주라는 자가 보물 따위에 이성을 잃은 게 자존심이 상한 모양이었다.

한 발자국 뒤로 물러나며 타칸이 물었다.

"그 보석은 모든 걸 미치게 만든다. 어찌 처리할 셈이냐?"

스릉!

무영은 다시 비탄을 집어넣었다.

"삼킬 것이다."

"너의 몸은 그 보석의 마력을 감당할 수 없다. 너 자신이 더 잘 알 텐데?"

안다. 하지만 부딪쳐 볼 셈이다.

2차 각성을 이루면 몸이 재생될 가능성이 높다. 용의 심장을 매개로 왼팔을 대체할 물건을 만드는 쪽이 더욱 안전하겠지만, 그것만으로는 부족하다.

무영은 욕심이 많다.

'용의 심장을 먹으면 둘 중 하나다. 모든 걸 잃거나 얻거나.'

용의 심장으로 말미암아 신체의 재생을 꾀한다. 또한, 용의 심장을 받아들이는 데 성공하면 낮은 확률로 관련된 용의 능력을 얻는다고 한다.

무영은 말없이 움직였다.

아직, 전쟁은 끝나지 않았다.

─어떻게 생각하지?

─현자의 보석을 얻은 것 말인가?

─삼킨다면 살 수 없다. 이는 확정된 미래다.

─후보가 그만 있는 건 아니지 않나. 힘을 한 방향으로 모

는 것은 독이야. 마침 이번에 멀린이 들인 제자가 나는 마음에 들더군.

 -멀린? 아아, 푸른 사원의 마법사. 하지만 놈은 반마다. 믿을 수 없어.

 -빛을 계승한 여자아이는?

 -그 아이도 제법 가능성이 있더군. 빛의 사용법을 제대로 익힐 수 있도록 도와주면 능히 성녀가 될 그릇이었지. 그러고 보니 데스 로드의 전언자와도 연관이 있었던가?

 -그만! 내 전언자는 아직 죽지 않았다. 보상으로 용의 심장을 중화할 수 있는 걸 내주면 되지 않느냐!

 -데스 로드, 신의 물약이라도 내주자는 말이냐? 그만한 편애는 금지되어 있다.

 -내 이름을 걸고도 말이냐? 나, 죽음의 화신 아르타······.

 -그만! 진명의 언급은 금지돼 있다. 그런 마음가짐이라면 제약을 풀어라, 데스 로드. 우리에겐 이면 세계를 반전시킬 수 있는 권한이 각자 2번씩 있었던 것으로 기억하는데. 데스 로드 너는 아직 한 번 기회가 남아 있을 테지?

 -······정령 군주, 네놈.

 -제약을 풀 생각까진 없나 보군. 자, 그럼 그의 보상에 대한 토의를 하지. 용을 잡고 성전을 승리로 이끈 결정적 역할을 했으니. 내가 정령 바론을 붙여줄까 하는데, 어떠한가?

 -정령 바론! 그 금기된 정령을 말인가?

─보상으로는 차고 넘치는군.

─그럼 데스 로드를 제외한 모두가 동의하는 걸로 알고.

─잠깐.

─킹슬레이어, 무슨 일이지?

─그 제약, 내가 풀지.

─……그대가?

─그리 놀랄 일인가?

─여태껏 한 번도 제약을 푼 적이 없지 않은가. 다른 이들은 다들 한 번씩 사용했는데도.

─딱히 쓸 기회가 없었을 따름이다. 그리고 무영은 내 힘을 제대로 다룰 줄 모르더군. 이번 기회에 좀 알려주도록 하지.

─그자가 대체 뭐기에 킹슬레이어 그대가 집착하는 거지? 무영이라는 인간이 대단하다고는 하나 그래 봤자 인간이다. 가장 고귀한 기사인 그대가 집착할 정도의 재목은 아니지 않나?

─놈이 내게 말했다. 꺾이지 않는다고. 지금 죽기엔 아깝다고 생각했을 뿐이야. 또한.

─또한?

─개인적으로 확인할 일이 있다.

모든 드워프가 울부짖었다.

우리가 승리했노라고!

수백 년간 이어진 악습의 고리를 끊어낸 것이다.

암흑룡 바르사의 죽음은 비단 놈 하나의 죽음으로 끝나지 않는다. 다른 용들에게도 이 사실이 전해질 것이고 드워프는 더 이상 도망 다니지 않아도 된다.

"드래곤 슬레이어!"

"드래곤 슬레이어-!"

하지만 승리의 주역은 따로 있었다.

드워프들이 무영의 주변으로 몰려들었다.

무영은 비탄을 높게 치켜들었다.

동시에.

〈'킹슬레이어'의 권능 '왕 살해자'가 발동했습니다.〉

〈용은 능히 개체 하나하나가 왕이라 불릴 수 있는 강력한 존재입니다.〉

〈'암흑룡 바르사'를 살해함으로써 지능과 지혜가 각각 20씩 상승합니다.〉

먼저 발동된 건 왕 살해자의 효과였다.

예전 리자드킹을 죽였을 때는 힘 5가 올랐는데 그에 비교할 수 없는 상승분이었다.

용은 하나하나가 각각의 왕으로 인정되는 모양이었다. 다른 용을 사냥해도 계속 적용된다는 뜻.

이어 다른 글귀가 떠올랐다.

〈전승 효과 '용 사냥꾼(A++)'이 추가됩니다.〉
〈고대로부터 전해지는 용 사냥꾼은 그 숫자가 매우 적었습니다. 용들이 자연스럽게 적대감을 느낄 것이나 그들이 끼치는 영향이 반감됩니다. 용을 사냥할수록 랭크가 올라갑니다.〉

이 역시 예상했다. 용을 사냥한 게 무영이 처음일 리 없으므로.

인류 10강 중 절반가량은 용을 사냥한 경험이 있었다. 그들이 가진 전승 효과 역시 무영이 지금 얻은 것과 동일했다.

다만, 그들은 강자가 된 뒤 용을 사냥했고 무영은 전신의 능력이 한참 부족할 때 성공했다는 게 달랐다.

마룡 살상포에 의한 것이라도 그 모든 과정에 무영이 관여했기 때문이다.

일타양득.

용을 사냥하고 킹슬레이어의 효과와 전승 효과를 한 번에 받은 것이었다.

다른 점이 있다면 킹슬레이어는 순수한 능력을 올려주고 전승 효과는 보조 능력을 올려준다는 것이지만, 당장은 상관없는 이야기다.

그보다 무영이 기다리는 건 '그들'의 평가였다.

11명으로 이루어진 이면의 주인.

그 평가에 따라 주어지는 보상은 결코 무시할 수 없었다.

〈'드워프의 성전'에서 대승리를 거뒀습니다!〉

〈용 사냥 관여율 85.7%를 달성했습니다.〉

〈현재 사용자의 능력으로는 불가능한 일입니다.〉

〈한계를 벗어나 시련을 돌파한 자여! 그대의 무용에 이면의 주인들이 매우 만족해합니다.〉

〈이면의 주인들이 심사를 시작합니다.〉

〈'정령군주'가 '파멸의 하의(바론)'를 선물합니다.〉

철그럭!

한 손 위로 갑옷 하의가 생성되었다. 마치 흉갑과 한 쌍인양 자연스러운 모습.

가만히 주시하자 관련된 정보가 떠올랐다.

명칭: 파멸의 하의(바론)

등급: A+++

내구: 100,000

분류: 장착형

효과: 정령 바론이 빙의되어 있는 하의.

* 민첩+20

　* 체력+20

　* 지능+30

　* 바론을 소환한다. 금기된 정령인 바론은 적과 아군을 구분하지 않고 공격한다. 사용자를 먼저 공격할 가능성이 크다.

　* 바론의 모든 능력치는 사용자가 지닌 지능의 2배로 결정된다(최대 500).

　능력치는 준수한 편이었으나 마지막에 달린 효과가 양날의 검이었다.

　정령 바론.

　들어본 적 없는 이름이었으나 지능에 영향을 받는다면 일종의 스킬로 취급되는 듯싶었다.

　'왜 파멸이란 이름이 붙었는지 알겠군.'

　사용자를 공격할 가능성이 크다고 한다. 소환해 놓고 알아서 도망갈 자신이 있으면 확실한 폭탄이 되어줄 수 있을 것 같았다.

　무영은 선혈의 무릎 보호대를 벗고 주섬주섬 하의를 착용했다.

　드워프들이 일순 당황해했으나 무영은 개의치 않았다.

　그러곤 상태창 시계를 돌렸다.

　최종적으로 완성된 능력치를 확인해 보려는 것이었다.

전승 효과 ─〉

순수의 별(S, 모든 능력치+20. 절대자의 태동)

용 사냥꾼(A++, 지능 지혜+15. 용의 영향에서 벗어남)

움(A+, 힘 10 증가. 도깨비의 지배자)

비탄의 그레모리(A, 모든 능력치+3)

아수라의 사도(A, 망자와 마귀의 힘을 다루는 망혼력 '10' 증가.)

영혼 동반자(B+, 언데드와 영혼을 동화할 시 해당 언데드의 능력치 소폭 증가.)

멀록의 후예(B+, 멀록의 성장이 빨라진다.)

요정의 축복(B, 요정들이 친근함을 느낀다.)

직업 효과─〉

데스 로드(Lord class, 죽음의 지배자)

킹슬레이어(Lord class, 왕 살해자)

힘 221(115+106)

민첩 196(109+87)

체력 234(102+128)

지능 181(94+87)

지혜 157(90+67)

투기 164(66+98)

마법 저항 212(54+158)

망혼력 111(53+58)

특이사항 : 투기에 눈을 떴습니다. 1차 환골탈태(換骨奪胎)를 완료했습니다. 삼화취정, 오기조원을 이뤄 순수를 깨달았습니다.

착용&적용 중인 무구 :

비탄(힘+14, 오우거의 잔인함)

미치광이 군주 세트(모든 능력치+15, 체력+10)

불멸 왕의 흉갑(힘+15, 투기+30, 체력+50, 마저+80, 세트 무구)

사악한 허리띠(지능지혜+4, 언데드 5% 강화)

헤르메스의 장화(민첩+15, 3초간 가속)

해골 장신구(힘+19, 민첩+4)

파멸의 하의-바론(민첩체력+20, 지능+30, 바론 소환)

흉신의 검(투기+20, 전투의 함성)

약자멸시(마법 저항+30, 정기 갈취, 세트 무구)

별빛(절대자의 별-모든 능력치+10, 별 약탈자, 절대자의 영역)

왕 살해자와 용 사냥꾼의 효과를 중첩으로 받은 덕에 가장 고질적인 문제였던 지능과 지혜가 어느 정도 보완되었다.

1년도 안 된 모험가의 상태라곤 누구라도 믿지 못할 결과.

아무리 빨라도 5년. 일반적으로 족히 10년은 필요한 일을 무영은 1년도 안 되는 사이에 이뤄낸 것이다.

'부족하다.'

하지만 무영은 갈증이 났다. 홀로 모든 걸 짊어지기엔 아직 멀었다.

무영의 목표는 인류 10강 수준이 아니다. 마왕도 마신도 홀로 이겨낼 수 있을 정도의 절대자!

그러려거든 더욱 빨리 달려갈 필요가 있었다.

'리틀 위시를 사용하여 용의 심장을 삼킨다.'

그리고 한 발자국 더 도약할 수 있는 방법을 무영은 쥐고 있었다.

용의 심장. 그를 통해 더욱 강해질 셈이었다.

세상이 바뀐다.

그 안에 한 여인이 있었다.

아니, 있어야 했다. 평소라면 말이다.

리틀 위시. 가짜 천사의 이미지를 내보내 작은 소원을 이뤄주는 도구.

하나 나타난 것은 가짜 천사도 푸르른 배경도 아니었다.

"……너는 누구냐?"

날개의 여인은 온데간데없고 검은색 인영만 남았다. 마치 그림자처럼 음영만 보였다.

검을 든 실루엣의 남자가 무영 쪽을 바라보자 무영도 묻지 않을 수 없었다.

하지만 남자는 답하지 않았다.

대신 대검을 들었다. 한 손으로 너끈히 대검을 흔들며 느닷없이 공격을 시작한 것이다.

쾅! 쾅!

콰르릉!

남자가 한 차례 도약할 때마다 땅이 흔들렸다. 주변 모든 게 어두컴컴하지만 그리 느껴졌다.

무영 역시 비탄을 뽑았다.

그러나 한 손으로 남자의 공격을 막아내긴 역부족이었다.

"한 손이라 내 공격을 못 막는다 생각하나?"

마치 무영의 머릿속을 읽은 듯 검은 인영이 말했다. 목소리에 노이즈가 잔뜩 끼어 있었지만 알아듣지 못할 정도는 아니었다.

촤악!

이어, 남자가 자신의 왼팔을 잘랐다.

같은 조건으로 상대해 주겠다는 듯.

그리고 다시금 전투가 시작되었을 때, 무영은 전율을 느낄 수밖에 없었다.

'정교하다.'

한 치의 오차도 없이 정교한 공격의 연속이었다. 남자는 힘을 빼고 순수한 검술로 무영을 상대했다.

한데도 무영은 전혀 남자를 밀어붙이지 못했다. 기본 실력의 차이가 나기 때문이다.

'실력 자체에 차이가 난다고?'

허!

웃기는 노릇이다.

아무리 40년이 넘는 시간 동안 암살자로 활동했다고 하나, 무영은 기본 검술에도 조예가 남다른 편이었다.

다른 수많은 강자의 검술을 눈으로 익히며 자신의 것으로 만든 바 있었다.

무영 스스로 갈고 닦으며 완성한 기술.

그런데…… 눈앞의 남자는 차원이 다르다.

자신의 검술이 조잡하게만 비쳤다. 남자의 일격(一擊)에는 온갖 묘리가 담겨 있었다.

단지, 담겨 있다는 것만 알았다. 순수를 깨달아 생긴 현상이다. 정작 그 묘리가 무엇인지 알 겨를이 없었다.

"너는 자신이 가진 것도 제대로 이해하지 못하고 있구나."

남자의 대검이 무영의 옆구리를 꿰뚫었다.

그것은 마치 슬로우 모션처럼 느릿하기 그지없게 이어진 동작이었다.

믿기지 않았다.

무영은 눈을 크게 뜬 채 꿰뚫린 옆구리를 바라봤다.

'언제?'

분명히 느렸다. 너무 느려서 하품이 나올 만큼.

그런데 어느 순간 몸을 관통했다.

이게 정녕 가능한 일이란 말인가?

처음엔 한없이 빠르다가 계속해서 느려지는 검이었다. 당연히 막을 줄 알았건만 막지 못했다.

고개를 돌려 검은 인영을 바라봤다.

웃는 것만 같은 기색으로 검은 인영이 말했다.

"느린 검에도 수천수만의 변화를 담을 수 있다. 너 또한 구사할 수 있는 검이지."

무영이 이맛살을 찌푸렸다.

저 느린 검. 아무리 봐도 이해가 안 가는 저 검을 자신이 구사할 수 있단다.

하지만 무영은 느림을 추구한 적이 한 번도 없었다.

오로지 빠름!

정교하고 빠르게 나아가는 법만을 익혔다. 암살에 필요한 건 빠르기 외엔 없었으므로.

쿨럭!

무영은 피를 토해냈다.

"자신을 완벽하다 여기기 때문에 너의 실력은 정체되어 있다. 육체는 강해졌을지 모르나 그 밑바탕은 형편없다."

어느 누구도 무영의 실력을 형편없다고 말할 순 없었다.

오히려 순수한 실력 자체는 누구보다 뛰어난 게 무영 아니었던가.

하여 예전의 무력만 되찾으면 된다고 여겼다. 능력치를 빠르게 올리는 길만이 강해질 수 있는 방법이라고 생각했다.

"너는…… 누구냐?"

무영은 다시금 물었다.

하지만 들려온 대답은 예상과 달랐다.

"검으로 알아내 보아라."

이윽고 남자가 대검을 들었다.

그리고 검이 날아들었다. 느릿하기 그지없지만 무영은 꿈쩍도 할 수 없었다.

살아생전 이런 검은 본 적이 없다.

살인 기계라 칭해지던 웡 청린도, 대를 이어 무술을 익힌 수많은 무인도 눈앞의 남자 하나만 못했다. 어린아이와 어른의 차이가 날 정도로.

격(格)이 다르다.

하늘이 내려앉는 것만 같았다.

"너는 죽었다."

목이 잘리자 남자가 말했다.

그것을 끝으로 무영의 의식이 흐려졌다.

"허억!"

무영은 급히 상반신을 일으켜 세웠다.

호화스런 성의 내부.

침대 위의 무영은 전신이 흠뻑 젖어 있었다.

'나는 분명히 리틀 위시를 사용했다.'

하나 정작 소원은 빌지 못했다.

용의 심장을 삼키고자 육체를 잠시 강화하려 했지만 난데 없이 나타난 검은 인영으로 인해 무산된 것이다.

'그는 대체 누구지?'

끝내 듣지 못했던 대답. 오로지 검으로 자신을 알아내라 말한다.

하지만 알아낼 수 없었다. 실력의 차이가 확연했기 때문 이다.

빠드득!

이를 악물었다.

단순한 무력의 차이라면 이만큼 허무하지 않았을 것이다.

하나 남자는 무영과 같은 선상에서 싸웠다. 힘과, 체력과 민첩 등…… 모든 조건이 같았다. 부딪쳐 보니 알 것 같았다.

이만한 굴욕이 또 어디 있을까. 기본 실력에는 자신이 있었건만, 무참히 깨졌다.

비웃는 것처럼 휩쓸고 지나가 버렸다.

'자만. 자만했단 말인가.'

하지만 굴욕과 허무함 끝에 오는 건 분노가 아니라 자기반 성이었다.

그는 또한 말했다.

자신을 완벽하다 여겼기 때문에 정체되어 있는 것이라고.

어쩌면 틀린 말이 아닐지도 모른다. 계속해서 외적인 도움으로 성장을 도모하려 하지 않았나.

충분히 자만이라 할 수 있는 일이었다.

스릉.

무영이 비탄을 쥐었다. 그리고 천천히 휘둘러보았다.

'느린 검. 그 속에 수천수만의 변화가 담겨 있다.'

생전 듣지도 보지도 못한 그런 검이 실재할 줄이야.

신선한 충격이었고 다가가고 싶다는 욕심이 생겼다.

거기서 끝이 아니었다.

무영은 잠이 들 때마다 '그'와의 대전을 이어 나갔다.

며칠이 지난 다음에야 바타스가 찾아왔다.

하지만 무영의 얼굴을 본 바타스는 고개를 갸웃할 수밖에 없었다.

"몸은 괜찮은가? 어쩐지 안색이 별로로군."

외상은 전혀 없는데 눈 밑에 그늘이 심히 졌기 때문이다.

"생각보다 늦었군."

"미안하군. 잠시 생각할 게 있어서 늦었네. 그리고…… 고맙네. 자네 덕분에 성전에서 승리할 수 있었어."

무영에 대한 약간의 호의가 생겨난 듯했다. 일단 눈빛이나 말투부터가 달라졌다.

고마움을 전하는 바타스에게서 진정성이 느껴졌다.

"그래서 말인데. 원하는 게 있나? 들어줄 수 있는 것이라면 무엇이든 들어줄 셈이네만. 비록 흉갑을 만들었다고는 하나, 그것만으로는 부족해. 부족하고말고."

신의 손 바타스. 그는 자신이 만드는 작품에 대해 자부심이 굉장한 편이었다. 그가 직접 만든 장비는 천금의 가치가 있다.

해서 어지간한 일로는 장비를 만들어주지 않는다.

그런데 그마저 부족하다고 말한다.

무영은 잠시 생각하다가 입을 열었다.

"드워프 500명을 빌려줄 수 있나?"

"드워프를?"

"나는 영지를 다스리는 영주다. 수만의 도깨비와 수천의 이종족이 함께 살아가고 있지. 하지만 기반이 부족해. 드워프의 솜씨가 필요하다."

마음 같아선 거점을 옮기라고 하고 싶지만 첫술에 배부를 순 없는 법이다.

바타스는 연맹의 로드. 하나의 산에 두 명의 왕이 존재할 수 없듯 드워프를 빌리는 게 최선이었다.

"그런 일이라면 마다할 이유가 없지. 천 명을 빌려주지."

악마의 긴 밤이 시작되기 전에 암흑룡 바르사를 처리해서 다행이라며 바타스가 작게 혼잣말을 중얼거렸다.

그동안 어지간한 괴물은 활동을 자제하는 편이지만 용과 같은 개체는 여전히 활개를 치는 탓이다.

"고맙다."

"고마워하지 않아도 돼. 그보다 자네가 영주일 줄이야. 어쩐지 드워프를 다루는 솜씨가 예사롭지 않더군."

"별것 아니다."

"자네에겐 별거 아닐지 몰라도 나에겐, 우리 드워프에겐 대단했네. 만약 그때 일어나지 못했다면 우린 여전히 도망자 신세를 면하지 못했겠지."

바타스가 고개를 내저었다.

그러곤 헛기침을 내뱉으며 무언가를 내밀었다.

"흠흠, 이걸 받아주게."

특이한 인장이 새겨진 반지였다. 용이 그려져 있는데 살아 움직일 것처럼 섬세하기 그지없었다.

"이건?"

"드워프의 친구라는 증표네. 내가 보증했으니 어떤 드워프도 그대를 무시하지 못할 것이야."

아무래도 이걸 만드느라 늦게 찾아온 모양이다.

무영은 피식 웃으며 반지를 받았다.

〈전승 효과 '드워프의 맹우(A)'가 추가되었습니다.〉

〈드워프와 함께 땀과 피를 흘리며 싸운 사용자에게 주어진 선물입니다. 신의 손 바타스는 연맹의 로드로서 그가 새긴 증표는 강한 신뢰를 상징합니다.〉

그냥 친구도 아닌 맹우라.

그동안 무영에 대한 가치가 많이 올라갔음을 뜻했다.

"그럼 바로 떠날 건가?"

"아니, 찾아야 할 물건이 있다."

"찾아야 할 물건?"

"못해도 90일 안에는 돌아올 것이다. 그때 힘을 보태주면 좋겠군."

"알았다. 그리고 잊지 마라. 우리 드워프가 그대의 친구라는 걸."

무영은 고개를 끄덕였다.

천릿길도 한 걸음부터. 드워프와의 관계를 점점 증진시키면 후에 크게 도움이 될 터였다.

'생각보다 일이 빨리 끝났다.'

악마의 긴 밤이 시작되기까지 150일 이상이 남았다.

그 시간을 놀리고 있을 순 없는 노릇.

마침 북쪽이라면 찾아야 할 게 하나 있었다.

'오리스의 신좌.'

미치광이 군주의 반지, 하멜의 룬 반지, 그리고 오리스의 신좌.

모두 '디아블로스'를 구하는 데 필요한 물건이다.

그중 오리스의 신좌가 북쪽에 있다. 다시 돌아오려면 시간이 걸리니 온 김에 구하는 게 맞다.

'기본 실력을 키우기에도 적합한 장소지.'

무영은 주먹을 꽉 쥐었다.

용의 심장을 먹는 것보단 기본 실력을 증진시키는 게 먼저인 듯했다.

"아아, 그리고 이걸 받아주게."

"……손?"

"자네의 왼손을 대체할 걸 만들어 봤네. 커흠, 마침 쓸 만한 게 창고를 돌아다니더군."

주섬주섬 바타스가 꺼낸 물건은 왼손이었다.

정확히 팔꿈치부터 재현된 그것은 실로 정교하기 그지없었다.

아니, 어떤 면에선 오히려 실제 손보다도 나은 듯했다.

힘줄과 뼈의 역할이 제대로 나뉘어 있었다. 잠시 만져 보자 요동치는 맥박도 느낄 수 있었다.

강렬하기 짝이 없는 마력이 피부에 와닿을 정도였다. 이런 게 창고에 그냥 돌아다닌다는 건 말이 안 된다.

분명 바타스가 총력을 기울여 만든 것이다.

아마도 암흑룡 바르사와 싸우며 날아간 왼팔이 못내 걸린 모양이었다.

'드워프는 한 번 친해지면 정이 유독 깊어지지.'

은혜도 원수도 확실히 갚기로 유명한 드워프다. 처음 친해지기가 어렵지 친해지기만 하면 어지간한 일에 도움을 주기로도 유명했다.

바타스의 마음이 어느 정도 열렸음을 뜻했다. 만들었다는 말을 하기가 창피하니 대충 둘러댄 것이다.

"범상치 않은 힘이 느껴지는군."

"불사조의 힘줄과 와이번 킹의 심장을 담았네. 얼마나 몸에 맞는지 입어봐야 알겠지만 최대 출력이면 작은 산도 부술수 있지."

목소리에서 자부심이 느껴졌다.

불사조의 심장으로 흉갑을 만들고 남은 힘줄을 사용해 이 왼손을 만든 듯했다.

게다가 와이번 킹이라니.

이 대목에선 조금 놀랄 수밖에 없었다.

극히 드문 돌연변이형 괴물로서 하늘의 제왕이라 불릴 수 있는 녀석이다. 용보다 못하다고 해도 괴물 중의 괴물이라는 사실엔 변함이 없다. 거대하기 짝이 없는 데다 놈 역시 숨결을 토해낼 수 있었다.

랭크로 표시하자면 충분히 최상위급에 들어가고도 남았다.

발견하는 것조차 힘든 일이었을 텐데 귀하기 짝이 없는 재료를 아낌없이 내준 것이다.

거기에 바타스의 실력이 더해졌으니 더 말해 무엇하랴.

산을 부술 수 있다는 말도 거짓은 아니리라.

이어 바타스가 무영에게 눈길을 줬다.

한번 착용해 보라는 듯.

'잠시 착용하기엔 더할 나위 없군.'

준비가 완료되기 전까지 사용할 팔로는 더할 나위 없었다.

그리고 무영은 고민하고 있었다.

리틀 위시를 사용하자 튀어나온 검은 인영.

그는 계속해서 말했다.

기본기를 다지라고. 너무 급하게만 생각하지 말라고.

스승처럼 무영을 가르치려 들었다.

그만한 실력자였다.

무영이 여태껏 겪어본 어떠한 '인간'보다 뛰어났다. 거기까지 깨달았을 때, 무영은 허망하게 웃고 말았다.

'내가 상대해야 하는 건 인간이 아니다.'

그렇다. 실로 그러하다.

어찌하여 인류가 그처럼 쉽게 무너졌겠는가.

마왕이, 마신의 힘이 상상을 초월했기 때문이다.

인류 10강?

그들은 마왕 하나 상대하기도 버거워했다. 필사의 각오로 임한다면 기껏해야 둘. 그마저도 5:5다.

마신은 꿈도 못 꾸는 게 당연하지 않나.

그레모리만 해도 26명의 마왕과 군단을 보유하고 있다.

한데 무영은 어디까지나 인간의 기준으로 생각하고 있었다.

기본기라.

그야 인간 중에선 뛰어날지도 모른다.

하나 마왕이나 마신을 기준으로 한다면…… 글쎄.

'나는 그들을 잘 모른다.'

무영이 상대한 건 인간이다. 인간에 대한 암살뿐이었다. 괴물을 상대하지 않은 건 아니지만 마신은 그야말로 신이다.

괴물로 치부하기엔 무리가 있었다.

능력치의 우월함으로 밀어붙일 수 있는 건 어디까지나 인간이 한계였다.

그들을 잘 모르기에 저지른 일.

검은 인영은 무영의 그러한 실수를 지적하고 있었다.

'세상은 나를 중심으로 돌고 있는 게 아니다, 무영.'

무영이 스스로 다그쳤다.

기본기라 함은 힘을 얻을수록, 강해질수록 갈고닦기 어렵다. 지금이 아니면 더욱 먼 길을 돌아가야 한다는 말이다.

오히려 조급해하지 않는 게 더욱 짧은 길을 돌파할 수 있는 방법인 것을 검은 인영과 싸우며 알게 되었다.

여태 지체 없이 달려왔기에 크게 착각하고 있었던 것이다.

유일하게 미래에서 돌아온 자신을 중심으로 세상이 돌아가고 있다며.

하나 적은 강대하다. 막강하다. 끝이 없다.

용의 심장. 현자의 돌이라고도 불리는 보물. 어쩌면 검은 인영은 아직 '때'가 아니라 말하는 것일 수도 있었다.

너무 외적인 힘에 의지하지 마라. 너 스스로가 그것을 온전히 다스릴 수 있을 때 비로소 진정한 힘을 발휘할 수 있는 것이다.

계속해서 그런 의지를 전했다.

그러니 이 왼팔은 자신을 완전히 다룰 수 있을 때까지만 사용할 셈이었다.

"무영?"

무영이 생각에 잠겨 있자 신의 손 바타스가 의아해하며 말했다.

덜컥!

무영은 상념에서 벗어나 왼손을 착용했다.

"……딱 맞군."

"그 불사조의 특성일세. 힘줄이 착용자에게 맞게 자동으로 변형되지. 커흠. 흉갑엔 힘줄을 사용할 일이 없어서 쓰지 않았을 뿐이지 결코 빼놓은 게 아니네."

"안다."

애당초 무영의 몸에 맞는 맞춤 갑옷이었다. 힘줄이 들어갈 이유가 없었다.

반대로 이 '손'은 자유자재로 움직여야 한다. 용도가 다른 것이다.

"안다니 다행이군. 이제 참기만 하면 되네."

그 순간이었다.

찌어어억.

손에서 힘줄이 돋아나 무영의 왼쪽 어깨를 감쌌다. 그러곤 신경 하나하나를 건드리며 천천히 동화되어 가기 시작했다.

불에 덴 듯 고통이 엄습해 왔다. 전신의 열이 다 왼팔로 쏠리는 것 같았다.

무영마저 이를 악물었다. 식은땀이 줄줄 흘렀다.

〈'창공왕의 왼팔'이 사용자 '무영'을 인식했습니다.〉
〈동화율 96, 97, 98%, 99%!〉
〈'창공왕의 숨결'이 사용 가능해집니다.〉
〈'창공왕의 왼팔'의 힘이 300으로 고정됩니다.〉

촉수처럼 튀어나온 힘줄이 무영의 전신을 헤집어 놓았다. 동화가 끝난 뒤에야 잠잠해졌다.

무영은 전신을 비틀거렸다.

그를 본 바타스가 감탄했다.

"허! 동화율 90% 정도를 생각했는데, 모습을 보아하니 95%마저 넘긴 듯싶군."

창공왕의 왼팔은 마치 한 몸처럼 무영의 왼쪽에 붙어 있었다.

잘린 부분과 연결된 부위의 혈관이 유독 도드라져 보이긴 하지만 이질감이 거의 없었다.

퍼석!

잠시 옆의 책상을 쥐자 그대로 부서졌다.

꼭 모래를 만지는 기분이었다.

힘 조절을 잘못한 것치곤 강력하다. 이에 바타스를 바라보자 바타스가 껄껄 웃었다.

"외견은 본래 자네의 팔과 크게 다르지 않지만 내부는 전혀 다르네. 트윈 헤드 오우거의 근육과 그 근육을 버티고자 '아우름'으로 뼈대를 만들었지."

굉장히 자랑스러운 모습이었다.

트윈 헤드 오우거는 단순히 힘으로만 따지면 최강이라 일컬어지는 괴물이다.

거기에 아우름이라면 거의 준 전설급에 달하는 광석이다.

단순 가치로 따지면 이 팔 하나에 어지간한 성 하나가 투입된 것과 같았다.

제아무리 연맹의 로드라고 하더라도 뼈아픈 지출일 터.

하나 바타스의 표정은 전혀 아깝다는 기색이 없었다.

"너무 과분한 팔이로군."

"신의 손 바타스를 도와준 대가라고 생각하면 오히려 싸지. 다만, 적응하려면 시간이 조금 걸릴 것일세."

무영이 주억였다.

확실히 이질감이 없지 않았다. 힘 조절을 위해선 다소의 노력이 필요할 듯했다.

'나쁘지 않다.'

오히려 너무 좋아서 탈이었다. 힘 조절이야 금방 될 것이라고 보았다. 자신을 다지는데 하나가 추가되었을 따름이다.

또한 창공왕의 왼팔은 신의 손 바타스가 아니라면 만들 수 없는 작품.

거저 얻는 건 말이 안 된다. 노력을 들이는 건 당연하다.

'힘 300 고정이라……'

고정이라 함은 다른 효과가 적용되지 않는다는 뜻이었다.

지금 무영의 힘은 221.

균형이 맞지 않았다.

그러나 무영의 입가는 도리어 올라갔다.

'재밌겠어.'

이겨내야 할 과제가 많을수록 무영의 승부욕은 더욱 고취되었다.

현실은 꿈의 세계에 분명히 영향을 끼친다.

창공왕의 팔을 얻자 꿈의 세계에도 그대로 투영된 것이다. 그리고 꿈의 세계에서 무영은 재차 '그'와 만났다.

검은 인영. 깊디깊은 눈만 보이는 그림자.

"꽤 재밌는 장난감을 얻었구나."

남자의 검은 여전히 느렸다. 때로는 강물처럼, 호수처럼, 그리고 바다처럼 넓게 다가왔다.

  무영은 여전히 그 공격을 막지 못했다.

  "양손으로 상대하면 방법이 생길 줄 알았더냐?"

  "간극을 조금 더 확실하게 확인하고 싶었을 뿐."

  아무리 힘이 강해도, 창공왕의 숨결을 내뱉어도 남자에겐 닿지 않았다.

  어차피 안 될 걸 알고 있었다.

  그러나 두 손이 되면서 안 것이 있다.

  "그래서, 너와 나의 차이를 깨달았나?"

  "조금."

  "호……."

  남자가 감탄했다.

  "무엇이냐?"

  "검."

  "검?"

  "너는 나보다 검을 잘 안다."

  그렇다. 이해도 자체가 다르다는 걸 알았다. 남자는 일선을 넘어선 검의 고수다.

  검의, 무기의 호흡마저 알고 있는 것 같았다.

  인간이라면 불가능한 기예다.

  검의 호흡을 알고 마치 한 몸인 것처럼 움직이다니.

하지만 그게 전부였다. 그런 기예가 어떻게 가능한 것인지 무영은 알 수 없었다.

남자가 웃었다.

"인지를 벗어난 일은 인정하기 힘든 법. 그걸 안 것만으로도 대단한 재능이다. 그러니 특별히 조언해 주마."

그리고 조용히 말했다.

"너는 검의 소리가 들리지 않느냐?"

검의 소리?

검은 소리가 없다. 아니, 살아 있지 않다. 단순한 쇳덩이가 내는 소리는 정해져 있었다.

하나 그 소리를 말하는 것 같지는 않았다.

"여덟 번 죽었다."

하지만 남자는 답하지 않았다.

대신 거대한 혜일이 덮쳤다.

남자는 산도, 하늘도, 바다도 될 수 있었다.

"커헉!"

무영이 비명을 토하며 상반신을 일으켜 세웠다.

"또 무서운 꿈이라도 꿨나 보군."

그 옆에서 타칸이 말했다.

칼무흐는 성에 남아 더욱 실력을 높이겠다고 했다.

그리하여 무영과 타칸만 켈베로스에 올라 북쪽 깊숙한 곳으로 나아가는 중이었다.

"타칸, 넌 검의 소리를 들어본 적이 있나?"

"악령에 썬 검이라면 자주 보았지."

"그런 게 아니다. 검 자체의 소리 말이다."

티잉—!

타칸이 검면을 쳤다.

"이런 소리 말이냐?"

무영은 고개를 저었다.

악령 포식자. 아수라도의 세 군주 중 하나인 타칸도 모르는 듯싶었다. 그만큼 검은 인영이 예사로운 자가 아니란 소리다.

무영은 턱을 쓸며 고민하다가 한 가지 가능성을 떠올렸다.

'검의 소리: 소드마스터 스킬에 그와 비슷한 말이 있었지.'

스킬을 기억해 내자 그와 관련된 정보가 함께 떠올랐다.

스킬 명칭: 소드마스터(E)

설명 – 검의 길을 걷는 자. 오로지 검을 갈고닦아 모든 것을 초월한 킹슬레이어에게 주어진 유일한 힘.

* 검에 대한 이해도 대폭 증가.

* 검에 숨겨진 이야기를 확인할 수 있음.

* 검의 순수한 성능을 이끌어낸다.

이해도 자체는 올랐지만 숨겨진 이야기……. 한 번도 이야기를 확인한 적 없었다. 당연히 '순수한 성능을 이끌어낸다'라는 대목이 무엇을 뜻하는지도 몰랐다.

무영은 비탄을 들었다.

가만히 들고, 귀에 대보고, 상처도 내보았다.

"드디어 미친 모양이로군."

타칸은 쯧쯧 혀를 차며 그런 무영을 바라봤으나 무영은 개의치 않았다. 그보다 남자가 말했던 '검의 소리'를 알아내는 게 먼저였다.

스무 번째.

무영이 남자에게 죽은 횟수다.

이런 막막함은 살아생전 처음이었다. 그동안은 막히면 어떻게든 방법을 만들었지만 이번에 들이닥친 문제는 그런 범주를 넘어섰다. 죽이는 입장에서 벌써 20차례나 죽었으니.

해낼 수 있을 줄 알았다.

하지만 벽에 가로막혔다.

'대체 내게 뭘 원하는 거냐?'

무영은 가만히 비탄을 내려다봤다.

흉신의 검보다 비탄을 더욱 오래 다뤘으니 가능성이 높다 여긴 것이다.

실제로 무영의 손에 더 감기는 무기는 비탄이었다.

하지만 비탄은 답이 없었다.

당연한 일이었다.

'미쳤군.'

무영은 작게 웃었다.

그때 타칸이 말했다.

"여기서부턴 걸어가야 한다. 이 얼음 장벽은 악령을 몰아내는 힘이 있다."

무영은 고개를 들어 하늘 높이 솟아오른 얼음 장벽을 바라봤다. 가까이 다가갈수록 악령으로 이루어진 날개의 힘이 점차 약해지고 있었다.

'신왕 오리스의 대지.'

과거 신왕 오리스라는 엘프가 있었다.

스스로 세계수가 되어 척박한 얼음 지대에 뿌리를 내린 자.

하지만 엘프 중에도 이곳을 아는 이는 극소수였다.

세계수를 지키는 '문지기'를 찾는 게 급선무다.

무영과 타칸은 얼음 장벽을 우회하여 돌았다.

그러던 어느 순간 들려온 인기척에 둘은 누가 먼저라고 할 것 없이 멈춰 섰다.

"누군가 있군."

"벌레?"

"아니, 괴물. 우리랑 똑같이 셋이다."

검은 흑의를 입고 챙이 넓은 검은색 모자를 내려쓴 삼인방.

그들도 무영과 타칸을 눈치챘다.

"형님, 어쩌지?"

"제거하고 가는 게 낫지 않을까 싶은데."

"최대한 빨리 세계수를 찾아야 한다. 가자."

셋은 등을 돌렸다.

그리고 얼음 장벽을 타고 하늘을 향해 달려가기 시작했다. 물 위를 밟아 달리는 법, 수상비의 완벽한 확장판이었다.

그들을 확인한 무영은 눈살을 찌푸릴 수밖에 없었다.

'무율세가의 검골(劍骨) 삼형제.'

오대세가 중 한 곳인 무율세가.

그곳의, 검에 미친 자들이라 하여 검골이라 이름이 붙은 삼형제다.

검골. 검의 뼈.

특히 맏형 '검일'은 인류 10강에 든 초강자였다.

'분명히 세계수를 언급했다.'

무영은 비탄을 강하게 쥐었다.

과거 오리스의 신좌를 지녔던 이는 전혀 다른 인물이었다.

어찌된 걸까.

'과거가 바뀐 건가?'

검골 삼형제가 지금 이곳에 있는 이유가 짐작이 안 갔다. 하지만 한 가지 확실한 건 서로 노리는 게 같다는 거다.

무영의 심장이 빠르게 뛰기 시작했다.

무영은 언제, 어디서든 항상 최악의 수를 상정하고 움직인다.

만약 검골 삼형제와 부딪치게 된다면?

'불가.'

이길 수 없다.

암흑룡 바르사와의 싸움으로 무영은 대부분의 언데드를 잃었다.

뿐만 인가. 그때는 이만이 넘는 드워프와 거대한 성벽, 50개의 마법진이 버텨줬기에 승산이 있는 싸움을 해나갈 수 있었다.

하지만 지금 그런 원조를 얻기는 어렵다.

검골 삼형제라면 능히 용을 사냥할 수 있는 강자.

결코, 무영 약한 게 아니다. 인류 1%에 속하는 강자라 할 수 있었다.

하나 저들 중 맏형인 검일은 인류 10강이다.

0.1%도 아닌 0.001%의 존재!

그리고 그들은 결코 한번 노린 대상을 놓치지 않기로 유명하다.

'검일, 검이, 검삼. 그리고 과거, 나는 검삼을 암살했다.'

저들은 진짜 피를 나눈 형제가 아니다. 하나 피 이상의 것으로 뭉쳐 있었다.

검에 미친 이들이지만 그들의 유대는 무엇보다 끈끈했다.

살수림의 살수로 활동하던 시절, 무영은 검삼을 암살한 바가 있었다.

태양 길드, 알렉산드로 퀸타르트의 의뢰였고 무율세가를 견제하기 위한 수단으로 말이다.

대혼돈 이후 무율세가는 가주를 중심으로 똘똘 뭉쳐 위기를 잘 대처해 가파른 성장세를 이어갔으니 태양 길드도 위기감을 느낀 것이리라.

하여간 그 덕에 검일과 검이가 폭주하고 말았다.

장장 3년이나 끈질기게 따라붙어 살수림의 지부 다섯 개를 파괴했다.

결국 태양 길드가 무율세가에 전면전을 선포하여 그 와중에 둘도 죽었지만, 아니었다면 살수림의 근간이 흔들릴 가능성도 없지 않았다.

'그런 검골 삼형제가 세계수를 노린다?'

이유를 알아내야 한다.

하지만 아무리 생각해도 검골 삼형제가 지금 시기에 이곳에 있는 이유를 알 수 없었다.

신왕 오리스의 대지에 대해 알려지는 건 한참 뒤의 일. 인류가 엘프들과 마주하며 그 전설을 들은 덕이었다.

'신왕 오리스의 대지에 대해 알려면 정령과 엘프를 접해야 한다.'

그러기 위한 선과 후가 있었다.

신왕 오리스의 대지는 엘프들에게 있어선 전설과 같았다. 그 실체를 아는 엘프는 극소수고 보통 엘프들이 모인 거대한 도시 속에서 살아간다.

그 도시에 들어가려면 정령과 교감하는 게 필수였다. 정령의 친구는 엘프들도 쉽게 대하지 못하므로.

아니라면 결코 인간은 그들의 도시에 발을 들일 수 없다. 들이려면 전쟁으로 짓밟는 방법뿐이었다.

'미래가 바뀌었다면 내 행동의 결과일 것이다.'

무영은 턱을 쓸었다.

미래에서 돌아온 인간이 더 있는 게 아니라면 모두 무영의 행동에 의한 결과다.

하나 무영이 사람들 사이에 섞인 기간은 무척 짧다. 무영이 영향을 끼친 사람도 적다.

대체 누가 신왕 오리스의 대지에 대해 알아내고 무율세가에 고했는가. 세계수를 노리는 것을 보면 그에 대한 것마저 알고 있는 듯싶었다.

마침 옆에서 대기하던 타칸이 말했다.

"무영, 인간도 제법 강한 놈들이 있구나."

검골 삼형제가 올라간 빙벽을 바라보며 타칸이 검을 다시 집어넣었다.

무영은 잡념을 지운 채 무겁게 답했다.

"많다. 네가 생각하는 것보다 더욱."

"그래? 무영, 그대가 그리 말하다니 의외로군. 인간은 겁 많고 약한 종족인 줄 알았는데. 내 투지를 자극할 정도의 인간이 있는 걸 보면 꼭 그렇지도 않은 모양이구나."

타칸이 뭔가를 깨달았다는 듯 주억였다.

그렇다. 인류는 결코 약하지 않다.

다만 그 힘이 모두 분산되어 있고 서로 싸우는 데만 사용하여 제대로 쓰이지 못했을 뿐이다.

뭉쳤다면 그리 허망하게 밀리지도 않았을 터.

그러나 저들을 하나로 뭉치게 만드는 것 역시 불가하다.

무영은 그리 계산하였다.

"그보다, 무영. 이런 곳에 정말 세계수가 있단 말이냐? 신왕 오리스인지 뭔지는 모르겠다만 세계수라면 나도 조금 안다. 말 그대로 세계를 지탱하는 나무 아니냐? 모든 게 최초로 잉태된 장소 말이다."

불타르가 모시는 '품의 나무'와는 비교가 안 된다.

세계수는 세계를 지탱하는 나무.

그렇기에 세계수는 일반적인 눈으로 볼 수 없다. 말 그대로 '영적인 존재'다.

그곳을 지키는 문지기만이 세계수를 보는 방법을 안다. 솔직히 무영도 세계수에 관한 건 잘 모른다. 한 번도 본 적이 없기 때문이다.

그저 있다는 말만 들어봤을 뿐.

마계에는 여섯 그루의 세계수가 있는데 그중 세 그루는 마신들이, 한 그루는 엘프들이, 한 그루는 태고룡이 관리하고 있다고 전해진다.

당연히 남은 하나는 이곳 오리스의 대지에 있는 것이다.

"타칸, 저들보다 먼저 문지기를 찾아야 한다."

그래도 현재의 무영이 검골 삼형제보다 나은 게 있었다. 바로 무언가를 찾는 데 있어선 도가 텄다는 점이다.

한 수, 많게는 두 수.

검골 삼형제도 추적술에 능하긴 하지만 무영보다 능하진 못하다.

무영은 숨을 크게 들이마시고 발을 움직였다.

시간이 없었다.

모든 문의 '문지기'에게 요구되는 것은 바로 문을 잘 지키는 요령이고, 그것이 보이지 않는 세계수라면 보다 은밀한 안정성이 요구될 터였다.

아마도 평범한 수로는 찾기 어려울 터.

"차라리 비행형 언데드를 푸는 게 어떠냐? 내가 악령을 방출하면 구석 곳곳까지 순식간에 뒤질 수 있을 것이다."

확실히 일리 있는 말이다.

그러나 세계수의 문지기가 단순한 탐색전에 걸려드리란 생각은 들지 않았다.

무영은 더욱 밑 부분부터 훑어보기로 하였다.

"위기감을 느끼고 더욱 깊숙이 숨을 수도 있다. 작정하고 숨으면 찾기 더욱 어려워진다."

"숨어봤자……."

무영은 타칸의 말을 끊었다.

"타칸, 세계수는 본래 엘프들이 다뤘다고 들었다. 맞나?"

"으음, 반은 맞고 반은 틀렸다."

세계수는 엘프의 것이라는 건 일종의 상식이었다. 하지만 타칸은 반만 맞다고 말한다.

'최초로 잉태된 장소'라고 한 타칸의 말이 못내 걸려 물은 것이건만 의외라면 의외였다.

"그럼?"

"세계를 떠받치는 세계수는 본래 하이 엘프와 고대룡들이 맡아서 관리하고 있었다. 세계수는 새로운 종을 알에서 태어나게 만드는 장소이니 강력한 보호가 필요했고, 그들도 성역(聖域)에 머물 수 있으니 서로에게 좋은 일이었다."

"세계수가 새로운 종을 만든다고?"

"몰랐느냐?"

생전 처음 듣는 말이었다.

하기야 인간들이 세계수에 대해 아는 건 몇 가지 없었다.

타칸은 아수라도의 군주 중 하나. 그것도 수많은 악령을 다루는 포식자다. 누구도 모르는 이야기를 몇 개쯤 알아도 이상할 일은 없었다.

무영의 반응을 본 타칸이 한 차례 뺨을 긁곤 이어서 말했다.

"새로운 종을 만든다는 건 다소 어폐가 있을지 모르겠다. 기존에 있었던 여러 세계의 것들을 '재구현'한다는 설도 있으니. 진실을 아는 건 하이 엘프나 고대룡밖에 없겠지만……."

하이 엘프와 고대룡이라.

둘 다 지극히 적고 지극히 강하다. 일반적인 엘프와 용의 한계를 초월한 초월종. 수천 년 이상을 살아가는 괴수였다.

"이곳 얼음대지의 문지기라면 어느 종일 것 같으냐?"

적어도 세계수에 관한 이야기라면 타칸이 무영보다 박학했다. 무영은 겸허히 그 사실을 받아들이고 물었다.

타칸은 어깨를 으쓱하며 말했다.

"엘프는 아니다. 아무리 하이 엘프라도 이런 곳에서 살아갈 순 없다. 그들의 마력은 지순하기 그지없다만 육체가 너무 약해. 반대로 고대룡이라면 살아갈 수 있으나 이런 극한의 대지에 있어 봤자 좋을 게 없다. 용들은 본래 뜨거운 기운을 타고났기 때문이다."

"제3의 종이라도 된다는 말인가?"

"3의 종까지 갈 필요는 없다. 만약에 이런 장소에 둥지를 틀고 세계수를 지켜야 한다면 반용족일 가능성이 크다. 하이 엘프와 피가 섞인. 아니면 악마겠지."

타칸은 거의 확신하는 분위기였다.

"악마는 아니다."

무영 역시 악마는 아니라고 확신했다. 이곳이 마신의 영역 중 일부라지만 악마는 보다 후미진 곳에서 자리 잡고 있었다. 그야말로 세계의 끝에 수억에 달하는 악마가 모여 살았다.

"그럼 반용족이겠군."

"반용족……."

무영은 잠시 자리에 앉았다.

급할수록 돌아가라.

섣불리 움직이면 오히려 목표물이 멀어질 가능성이 있었다. 그러니 무영은 밑바닥부터 훑었다.

고대룡과 하이 엘프의 피가 섞인 반용족이라면 어찌 찾아야 할까. 둘의 특성을 이어받았다면 그 힘이 초월종에 근접할 것이다.

작정하고 숨을 경우 무영조차 찾지 못할 가능성이 있었다.

무영은 '오리스의 신좌'를 찾게 된 경위를 떠올렸다. 과거 그 반지의 주인은 전혀 다른 사람이었다.

'괴물학자 김아인.'

괴물을 연구한 여자.

괴짜라면 열 손가락 안에 들어갈 여인이었다.

하지만 그녀가 어떤 방식으로 오리스의 신좌를 얻었는지는 히스토리에 상세히 적혀 있지 않았다.

그냥 '문지기를 찾았다. 그와의 내기를 통해 오리스의 신좌를 찾았다' 정도만 적혀 있을 따름이었다.

본래 히스토리란 게 그런 식이긴 하지만 괴물학자 김아인이 무엇을 하다가 문지기를 발견하게 된 것인지 따져 볼 필요가 있었다.

'그녀는 이 대지에 대해 알게 됐고 궁금증을 얻었다. 이런 극한의 땅에서 괴물들이 살아가는 법에 대해.'

어떤 곳보다 추운 땅. 설인조차 살아가지 못할 이런 땅에서 살아가는 괴물들이 있다.

아마도 학자로서 호기심이 생겼겠지.

바로 조사에 착수하다가 문지기를 발견한 것이리라.

어떻게?

무영은 저 멀리 있는 털이 긴 곰을 바라봤다. 그리즐리 종류이긴 하나, 그보다 훨씬 크고 두꺼운 가죽을 갖고 있었다.

그 곰이 이동하는 길을 조심히 쫓자 곧 눈 속에 파묻힌 푸른색의 송이를 먹는 걸 발견할 수 있었다.

〈'하늘의 눈'이 발동합니다.〉
〈'푸른 송이'에 관한 정보를 열람합니다.〉

명칭 – 푸른 송이
설명: 눈의 정령이 태어난 버섯. 장복하면 얽힌 마력이 순화

되고 추위에 강한 내성을 가질 수 있다.

'이거다.'

푸른 송이!

혹시 몰라 다른 동물이나 괴물도 관찰하자 모두가 눈 속에 파묻힌 푸른 송이를 섭취했다.

눈에 대한 내성.

하지만 무영이 주목한 건 그 앞이다.

마력의 순화!

'하프 종은 고질적으로 마력의 문제가 있지.'

하프. 섞였다는 의미다. 다른 종이 하나가 되었으니 부작용이 없을 리 없다.

그들은 대개 태생적으로 마력이 뒤엉키는 경우가 많았다. 심하면 폭주로 이어져서 자멸까지 하고 만다.

타칸은 세계수의 문지기가 반용족일 것이라고 말했다. 엘프와 용의 특성은 완전히 반대라고 할 수 있었다. 힘에 비례하여 부작용도 심해졌을 것이고…… 그 중화를 위해 이런 장소에 자리를 잡았을지도 모르겠다.

괴물학자 김아인도 당연히 푸른 송이를 조사했을 테고 그러다가 문지기가 있는 장소에 닿은 것이리라.

어쩌면 오리스 역시 순수한 엘프가 아닐지도 모른다. 평범한 하이 엘프였다면 굳이 이런 장소에 세계수를 심을 필요가 없는 탓이다.

"푸른 송이가 가장 많은 곳. 그곳에 문지기가 있다."

무영의 눈이 번뜩였다.

단서를 잡았다.

푸른 송이는 눈의 정령이 태어난 버섯이다. 당연히 눈의 정령이 많은 곳에 있을 가능성이 크다.

그리고 무영은 정령을 느낄 수 있었다. 정령의 선한 힘과 전혀 다른 방향의 힘을 소유했기에 보다 명확히 알 수 있었다.

'찾았다.'

무영의 입가에 미소가 지어졌다.

이리저리 복잡하게 꼬여 있는 동굴을 지나자 얼음으로 만든 집 한 채를 발견할 수 있었다.

이것이 문지기의 집이라고 무영은 확신했다.

하늘이 뻥 뚫려 있었으나 바깥에선 보이지 않게 마법적인 처리가 되어 있는 듯싶었다.

무영마저 이질감을 거의 느끼지 못했으니 대단한 실력이었다.

"이곳을 찾은 손님은 오래간만이로군."

문을 열고 들어가자 뾰족한 귀와 푸른색의 피부를 지닌 남자가 의자에 앉아 무영을 환영했다.

적어도 적대감은 없었다.

여유…….

강자만이 가질 수 있는 특유의 여유가 느껴졌다.

"흠, 실로 오랜만이야. 나를 찾은 건 이유가 있기 때문이 겠지?"

"너와의 내기를 위해 찾아왔다."

그러자 남자가 눈을 반개했다.

"어느 하이 엘프에게 들은 모양이군. 누구지? 이곳에 내가 있는 걸 아는 하이 엘프는 얼마 없을 텐데. 하물며 내기에 대 해서 아는 자는 더욱 적을 테고."

"출처는 중요하지 않다."

"그건 그렇지. 자, 우선 통성명이나 하지. 나는 '스웰'이라 고 한다."

자신이 문지기라는 사실은 숨긴다.

지금은 딱히 중요하지 않은 부분이라 무영도 대수롭지 않 게 답했다.

"무영."

"좋아, 무영. 그리고 옆엔 애완동물인가?"

"죽고 싶어 환장했나 보군."

타칸이 반발하며 나서자 무영이 저지했다.

"스웰, 난 다른 싸움을 원한다."

"그래, 내기 말이지. 패배하면 넌 얼음 동상이 된다. 이 역시 알고 있나?"

타악!

스웰이 한 차례 손뼉을 부딪쳤다.

그러자 바깥의 눈밭 곳곳에서 수백의 얼음 동상이 눈을 뚫고 올라왔다.

무영은 밖에 잠시 시선을 주곤 고개를 끄덕였다.

"알고 있다. 대신 이기면 보물을 준다고 들었다."

"무슨 보물을 원하나?"

"오리스의 신좌."

"호오……. 그걸? 정말 나에 대해 잘 알고 있는 모양이군. 그러면 마땅한 내기 종목이 있지."

그는 그다지 의심하지 않았다. 그에게 중요한 건 내기뿐이었다.

스웰은 품에서 주먹만 한 푸른 송이를 꺼냈다.

"가장 큰 푸른 송이를 찾아오는 자가 승리하는 걸로 하지. 제한 시간은 오늘의 태양이 질 때까지다. 먼저 움직여라. 나는 6시간 뒤에 움직이마."

무영은 잠시 멍하니 스웰을 바라봤다.

이와 비슷한 대화를 한 적이 있는 것 같았다.

'멀린.'

그렇다.

푸른 사원의 멀린과 한 대화 내용과 어찌 이리도 똑같단 말인가. 심지어 내기를 좋아하며 저 오만한 말투까지 그대로 빼다 박았다. 기본 엘프의 외형이고 반씩 다른 종이 섞였다 는 것마저 비슷했다.

하지만 입 밖에 내지는 않았다.

'그는 적이 많다.'

기본적으로 악마들이 이를 가는 게 멀린이다. 그리고 용과 엘프들도 멀린을 싫어한다고 안다.

정확한 이유는 모르지만 마계의 창세와 관련되어 있지 않 을는지 추측이 오갈 따름이었다. 애당초 멀린과 솔로몬에 대 한 진실을 아는 자가 이 세계에 몇이나 있겠나.

다만 레메게톤으로 말미암아 모든 일이 시작됐다는 건 확 실했다.

하여간, 설불리 입에 담아 긁어 부스럼을 만들 필요는 없 었다.

'최대한 빨리 끝낸다.'

검골 삼형제가 이곳을 찾으려면 시간이 조금 필요할 것이 다. 그사이에 무영은 원하는 것을 얻고 떠날 작정이었다.

디아블로스를 얻는 데 필요한 세 가지 중 하나.

오리스의 신좌!

그리하면 미치광이 군주의 반지와 더불어 총 두 개를 얻는 셈이었다.

목적을 달성하고 빠지면 그만일진대 굳이 부딪치는 건 위험부담이 너무 크다. 아무리 눈앞의 반용족이 강하다고 하더라도 무영은 알 수 있었다.

10강 중 한 명인 검일의 상대는 못 된다는 걸.

반수에서 한 수 뒤진다.

'강력하기 짝이 없는 힘을 이었으나 순수하지 못한 힘은 한계가 있는 법이지.'

제아무리 하이 엘프와 고룡의 피를 이었다고 한들 둘이 중화되길 바라는 건 무리다. 순수하지 못한 힘은 끊임없이 부딪치며 폐해만을 낳게 되어 있었다.

스웰이 오랜 시간 이곳을 떠나지 못하는 것도 그 탓이다.

이곳에서만 나고 자라는 푸른 송이가 없으면 엉망이 된 스스로의 마력을 걷잡을 수 없기 때문이겠지.

검일 하나만 해도 벅찰 것인데 다른 형제들이 달라붙을 경우 결과는 뻔했다. 차라리 서로가 얻을 것을 얻은 채 갈 길을 가는 게 낫다.

"왜 그러냐? 흐흐흐! 자신이 없나? 겁 많은 도깨비라면 그럴 만도 하다."

무영이 침묵하자 스웰이 이죽거렸다. 겁을 먹고 입을 닫은 것으로 착각하는 듯했다. 도깨비에 대한 무시도 근저에 깔려 있었다.

무영은 어깨를 으쓱하며 말했다.

"내기의 내용은 '새로 찾는 것'에 국한되는 이야기겠지?"

스웰이 무영의 눈을 똑바로 바라봤다.

"설마 내가 좀생이처럼 기존에 있는 걸 사용하겠느냐? 정 믿음이 안 가면 나 스웰의 이름을 걸고 약속하마. 이래 봬도 나는 엘프와 용의 피를 이었다. 거짓말 따윈 안 해."

엘프는 차치하고, 용이라.

용은 대표적으로 거짓말을 좋아하는 종족이다. 정확히는 교묘한 말장난을 좋아하지만 스웰은 용에 대해 제대로 알지 못하는 듯싶었다.

그러나 그런 걸 지적해 줄 정도로 무영의 이해심이 넓지는 않다.

"그렇다 해도 너에게 너무 유리한 내기 아닌가. 너는 이곳 의 대지를 누구보다 잘 안다. 기존에 봐둔 푸른 송이를 찾아오면 그만일 텐데?"

"걱정하지 마라. 푸른 송이는 고작해야 이틀을 버티곤 말라 버린다. 정령이 잉태된 기운으로 태어나는 버섯이니 그게 다하면 수명도 끝나는 게다. 기존에 봐두는 것은 불가능해."

이 정도면 꽤 공평하지 않으냐는 듯 스웰이 자랑스러운 표정을 지어 보였다.

무영은 피식 웃고는 몸을 돌렸다.

"금방 돌아오지."

결코 자신이 질 리 없다는 자신감이 느껴졌다.

하나 푸른 사원에 있었을 당시 멀린도 무영을 무시하다가 큰코다쳤다.

스웰도 크게 다르진 않으리라 보았다.

북쪽의 얼음 지대는 넓다. 그리고 스웰은 이곳을 누구보다 잘 안다. 얼핏 보면 스웰이 절대적으로 유리하지만 시간 제약이 있었다.

해가 지기 전까진 앞으로 8시간가량.

스스로 6시간 뒤에 움직인다는 제약을 뒀으니 스웰이 활동할 수 있는 실질적인 범위는 좁을 수밖에 없다. 고작 2시간 정도로 북쪽 대지를 전부 수색하는 건 불가능하니.

반면에…… 무영은 혼자이되 혼자가 아니었다.

"타칸, 모든 악령을 풀어라."

"오호라. 숫자로 승부를 보겠다?"

"나는 망령들을 풀겠다. 땅 밑을 중점으로 넓게 파헤치며 특정 크기 이상의 푸른 송이만 모은다면 어렵지 않게 이길 수 있을 것이다."

"좋은 수 같다. 감히 군주인 나를 애완동물 취급한 녀석에게 본때를 보여줘야겠군."

타칸이 이를 갈았다. 스웰의 애완동물 발언에 앙금이 남은 듯싶었다. 동시에, 수천에 달하는 악령이 북쪽 대지에 넓게 퍼져 나갔다.

무영도 멀더턴을 필두로 망령들을 풀어 수색을 개시했다.

자충수다.

어쩌면 이로 인해 낮은 가능성이지만 검골 삼형제가 눈치를 챌 수도 있었다.

하지만 그 경우의 수만 아니라면 스웰의 생각을 웃도는 결과를 낼 수 있을 터였다.

'그쪽도 손을 쓴다.'

낮은 가능성이라도 배제할 수는 없다. 모든 경우의 수를 최소화하려거든 무영이 직접 손을 써서 상황을 움직일 필요가 있었다.

'유인.'

차라리 이쪽에서 먼저 선수를 친다. 검골 삼형제가 최대한 멀리 방향을 선회하도록. 망령을 이용해 그들의 움직임을 제한할 방안을 떠올렸다.

뭐든지 위험은 최소화하는 게 낫지 않은가.

이는 무영이 오리스의 신좌를 얻을 때까지 스웰을 지키기 위한 고육책이었다.

지금의 스웰은 검골 삼형제를 당하지 못하므로.

'자신의 실력에 대한 자만. 아마도 이곳에 오랜 시간 머물며 생겨난 것일 터.'

이곳엔 스웰을 대적할 괴물이 거의 없었다. 아니, 그냥 괴물 자체가 적었다.

땅의 왕으로 군림하면 오만해지게 마련이다.

하나 이곳은 무료하기 짝이 없는 장소. 내기와 같은 활력 소가 필요했으리라.

그럼에도 자신이 진다는 생각 자체를 해본 적이 없을 것이었다.

그 오만이 무영에겐 호재로 다가왔다.

검골 삼형제가 갑자기 끼어들어 훼방을 놓지만 않는다면 마음먹은 대로 돌아갈 것이다.

"우히도 도울까요? 저 버섯이라면 우히도 쉽게 찾을 수 있을 거 같아요."

우히가 저 멀리서 날개를 펄럭이며 나타났다.

요정은 기본적으로 용을 싫어하기 때문에 반쪽이라도 스웰에게서 용의 기운이 느껴지자 아예 다가가질 않았다. 바깥에서 대기하다가 무영이 모습을 드러내자 다가온 것이었다.

"그러도록 해라."

무영은 별다른 기대 없이 말했다. 정말로 아무런 기대도 하지 않았다.

"우히히. 염려 붙들고 우히만 믿으세요, 서방님!"

입술을 쭉 내미는 걸 중지와 검지로 막았다. 그리고 전방을 살폈다.

'생각보다 쉽게 오리스의 신좌를 얻을 수도 있겠군.'

방심의 대가는 큰 법.

곧, 등 뒤로 수많은 망령이 날아오르기 시작했다.

무영이 돌아오자 스웰이 비웃음을 흘렸다.

"왜 빈손으로 돌아왔느냐? 내보이기도 창피한 결과물이어서?"

"네가 돌아오면 보여주마."

스웰의 눈엔 도깨비가 마지막 자존심을 지키려는 것으로 보였다. 푸른 송이는 정령과 같이 순수한 영혼만이 쉽게 찾을 수 있다. 도깨비에게서 느껴지는 건 죽음의 기운. 자력으로 푸른 송이를 찾는 건 어려울 테고 설령 찾은들 그 크기가 미천할 것이다.

'저 표정이 일그러지는 걸 보는 것도 꽤 재밌겠군.'

스웰은 산책을 나가듯 굴을 벗어났다.

이후 10분이 채 되지 않아 다시금 돌아왔다.

몸통만 한 푸른 송이를 들고.

최대한 굴욕감을 주려는 의도였고 과연 도깨비의 표정이 삽시간에 달라졌다.

하지만 그 표정엔 굴욕감이 아닌 비웃음이 담겨 있었다.

비웃음이라니!

"고작 그 정도냐?"

"고작?"

도깨비가 미치기라도 했단 말인가?

이만한 크기면 능히 최상의 반열에 들어간다. 이보다 큰 걸 죽음의 냄새를 물씬 풍기는 도깨비 따위가 구했을 리 없다.

하지만, 도깨비는 품에서 법보를 꺼냈고 그것을 사용하자 족히 2m는 될 법한 크기의 푸른 송이가 눈앞에 나타났다.

'진짜다.'

푸른 송이는 진짜였다. 이 정도로 큰 건 스웰도 거의 본 적이 없었다.

절로 눈동자가 확장되고 몸이 떨렸다.

"이, 이걸 어디서 구한 거냐?"

"내가 이겼다. 약속대로 오리스의 신좌를 넘겨라."

"아니! 아직이다. 네가 오리스의 신좌를 얻고 싶다면 나를 세 번 이겨야 할 것이다."

스웰은 간절했다. 묘한 열기마저 띠고 있었다.

'내기에 미친놈이로군.'

무영은 한숨을 푹 내쉬었다.

패배가 도리어 자극이 된 듯싶었다. 저 욕망을 강제로 멈출 수는 없었다. 하지만 그대로 수용할 수도 없는 노릇.

"거기에 더해, 하나를 더 요구하지."

"오냐. 내게서 3승을 따낸다면 네 부탁을 하나 더 들어주지 못할 것도 없다."

적극적인 의견 수용도 좋았다. 그만큼 내기를 계속하고 싶기 때문이리라.

무영은 개의치 않고 말했다.

"'오리스의 깨달음'을 보고 싶다."

"그것을······?"

스웰이 놀랐다.

도깨비가 그걸 알고 있다는 것도 놀랍지만 설마 다른 종이 심득을 봐서 무엇에 쓰려는지 전혀 감이 잡히지 않았다.

오리스는 스스로 이곳에 세계수를 심은 초월종이다.

엘프들이 패권을 잡았던 황혼 시대.

당시 오리스는 엘프를 이끄는 제왕으로 활동했다.

어쩌면 신의 반열에 가까운 무력을 지녔을지 모르는 그는 죽기 전, 자신의 여러 가지 깨달음을 한 책에 서술해 두었다고 한다.

그중엔 검술에 관한 깨달음도 포함되어 있었다.

오리스는 여러 무구를 다뤘지만 검술이 가장 뛰어나다 알려져 있었으니.

아마도 그 깨달음이 적힌 서책을 스웰이 갖고 있을 것이었다.

'나는 검의 깊이가 부족하다.'

무영은 절감했다.

검은 인영. 꿈속의 존재는 강하고 깊이 자체가 다르다. 그와 겨룰수록 무영은 자신의 부족함만 통감하고 있었다.

어느 부분이 부족한지도 잘 알았다.

무기를 다루는 법은 수없이 익혔으나 그로 인해 깨달음을 얻거나 더욱 깊이 행하지는 못했다.

'부족한 건 채우면 그만이다.'

그러니 오리스의 깨달음을 보며 감을 잡을 생각이었다.

하나 스웰이 고작 내기로 그 중요한 책을 보여줄지는 의문이었다.

스웰이 잠시 고민하다가 고개를 끄덕였다.

"그 깨달음은 본래 하이 엘프만 열람할 수 있지만 다행히 결정권이 나에게 있다. 만약 정말로 내게서 승리할 경우 오리스 님의 정수를 보여주마."

무영이 주먹을 꽉 쥐었다.

그 깨달음을 볼 수만 있다면 내기 몇 개는 대수가 아니다. 시간이 많지는 않으나 충분히 들일 만한 투자였다.

"그럼 다음 내기를 정해라."

스웰은 푸른 송이를 한 움큼 씹어 먹은 뒤 숨을 크게 들이마셨다.

이후 눈을 빛내며 말했다.

"숨어라! 내가 너를 찾겠다."

검골 삼형제를 미리 먼 장소로 유인해 놔서 다행이었다.

무영은 순수한 북풍이 되어 대지에 녹아들었고 결국 스웰은 무영을 찾을 수 없었다.

다음으로 이어진 내기는 보물찾기였다.

각자가 물건을 숨기고 그것을 찾는 것이었다.

이쯤 되자 연결하기 싫어도 연결될 수밖에 없었다.

'확실히 멀린과 관계가 있다.'

아니라면 레퍼토리가 이토록 똑같을 순 없었다.

그리고 이와 비슷한 내기에서 멀린조차 무영을 이기지 못했다. 스웰이라고 다르지 않았고 그는 비참한 얼굴로 항복을 선언했다.

"졌다. 너는 평범한 도깨비가 아니로구나."

무영보다 앞서 옆에 있던 타칸이 반응했다.

"멍청한 반용족이 드디어 눈이 뜨였나 보군. 무영은 움이다. 모든 도깨비 위에 군림하는 자! 평범한 도깨비로 생각했다면 스스로 동태 눈깔임을 인증하는 꼴이지."

타칸은 이 순간만을 기다리고 있었다는 듯 비아냥을 쏟아냈다.

그러자 스웰의 얼굴이 심각하게 굳고 말았다.

한 번 애완동물 취급을 받았기 때문일까?

제법 뒤끝이 있는 녀석이었다.

"움……?"

한데 스웰은 타칸을 나무라는 게 아니라 무영의 정체를 입에 담았다.

마치 무언가 걸리는 게 있다는 듯이.

"왜 그러지?"

"네가 아수라의 전승자냐?"

동시에 스웰이 날카로운 눈빛으로 무영을 바라봤다. 심각한 얼굴은 그대로였다.

무영은 한층 더 진지해질 수밖에 없었다.

옴과 아수라의 전승자는 전혀 별개의 위치였다. 그런데 둘을 연결하고 거의 확신하고 있었다.

'누군가 언질을 줬다.'

그렇게 생각하는 게 타당하다. 아니라면 어찌 옴과 아수라의 전승자를 연결하겠나. 설혹 부정한다고 하더라도 스웰은 반쯤 확정하고 있었다.

무영은 그것을 알 수 있었다.

"맞다."

하여, 시원하게 긍정했다. 여기서 부정하다간 도리어 의심만 살 수도 있기 때문이다.

물론 스웰이 다른 천룡팔부의 전승자라면 모르겠으나 아수라는 '보면 안다'고 하였다.

스웰에게서 천룡팔부의 낌새가 느껴지진 않았다.

"오래전 내게 가루라의 전승자라는 년이 찾아왔다. 언젠가 옴이 나타나면 그가 아수라의 전승자일 거라고 하였지."

"그게…… 언제지?"

무영의 목소리가 짐짓 무거워졌다.

가루라의 전승자라니!

가루라는 용을 잡아먹는 새로서 그 이름을 떨치고 있었다.

아수라와 마찬가지로 천룡팔부 중 하나이고 그의 전승자라면 당연히 무영에겐 숙적과도 같았다. 여태껏 한 명도 발견하지 못하다가 의외의 곳에서 단서를 찾게 된 것이다.

하물며 움이 찾아올 것이라는, 미래의 예견처럼 보이는 일도 해냈다. 심상치 않은 일이었다.

"정확히 15년 하고도 38일 전이로군."

스웰은 별거 아니라는 듯 그 시기를 언급하며 품을 뒤적였다.

"그리고 그년은 아수라의 전승자가 나타나거든 이것을 넘기라고 하였다. 내기에서 진 탓에 나는 15년이나 네놈을 기다리고 있었던 셈이지. 내게 최초의 패배를 안긴 것도 그년이었으니."

그러곤 작은 부적 한 장을 무영에게 건넸다.

'필생즉사.'

살고자 하면 필히 죽을 것이다.

부적에는 그리 적혀 있었다.

무영은 미간을 찌푸렸다.

필사즉생 필생즉사.

살고자 하면 죽고 죽고자 하면 산다는 뜻으로 이순신이 남긴 말이라는 건 무영의 기억에도 남겨져 있었다.

하나 앞의 문구가 없고 그저 죽을 거라 한다. 마치 앞으로의 일을 예견하듯이.

"정확히 누구인지 기억나나?"

년. 가루라의 전승자가 여자임을 시사하는 듯했다.

스웰은 그 여자를 그다지 반기는 분위기가 아니었다. 하지만 묻지 않을 수 없었고 스웰이 이를 갈며 말했다.

"아주 새하얀 년이었다. 눈보다도 더. 무슨 종인지에 관해선 나조차 모르겠더군. 다만, 천사와 악마의 날개를 동시에 가지고 있었다."

동시에, 무영의 전신이 미약한 떨림으로 가득 찼다.

'스노우······!'

천사와 악마의 날개를 함께 가진 게 그녀 외에 있을 리 없다. 미래, 성녀로 활약하며 마왕군단을 깨부순 그녀의 업적은 인간이라면 누구나 다 알고 있는 사실이었다.

하지만 스노우에 관해선 알려진 게 거의 없었다. 어디서 왔고, 어느 종이고, 어떤 생각을 하는지도 말이다.

그냥 어느 날 불현듯이 나타나 인간을 도왔다.

성녀라고 이름 붙인 것도 인간이지 그녀는 그저 행할 뿐이었다.

결국, 다른 마왕으로 말미암아 죽음에 이르긴 하였으나 어쩌면 전쟁의 판도를 바꿀 수 있었을지도 모르는 이로 손꼽혔던 스노우다.

'스노우가 가루라의 전승자.'

무영은 피식 웃고 말았다.

베일처럼 꽁꽁 감춰진 스노우의 진실 중 하나와 마주하게 된 것이다.

필생즉사.

사람이 아니라면 알아볼 수 없는 한자로 글까지 적어 났다.

더욱더 궁금증이 생겼다.

"그 가루라의 전승자는 내기 후 어디로 갔지?"

"'제단'으로 간다고 했다. 아수라의 전승자라면 알아들을 거라고 하더군. 후!"

스웰이 한숨을 내쉬었다.

15년 동안 기다린 일에 드디어 종지부를 찍었다는 얼굴이었다.

제단.

당장 무영의 머릿속에 떠오르는 한 가지 이미지가 있었다.

'디아블로스의 제단.'

세 가지 반지를 모아 의식을 행하여야 디아블로스를 얻을 수 있었다.

그러기 위한 제단이 분명히 존재하고 있었던 것이다.

"설마 정말로 찾아올 줄은 몰랐다. 혜안이 있어 보이긴 하였으나 그년조차도 그다지 확신하는 표정은 아니었다. 많아 봐야 반반의 가능성이었지."

"표정을 읽을 수 있었나?"

무영은 꽤 놀랐다.

과거, 스노우를 한 번도 보지 못한 건 아니다.

그녀가 죽을 때 무영은 그 근처에 있었다.

그러나 스노우의 표정에선 감정을 읽을 수 없었다. 천하의 무영도 그녀가 무엇을 생각하는지 전혀 몰랐다.

그야말로 무색무취의 여인이라 아니할 수 없었는데 스웰이 감정을 읽었다고 말한다.

"울 것 같은 표정이었다. 그래서 내가 더 화가 나는 것이지. 내기에서 이긴 주제에 그처럼 어수룩한 행동이라니!"

스노우가 아닌가 하는 생각이 잠깐 들었지만 이내 고개를 저었다.

악마와 천사의 날개를 가진 다른 개체가 또 있을 리 없지 않은가.

"아무튼, 더는 언급하기도 싫다. 너 또한 내기에서 이겼으니 약속한 물건을 받아가라. 하나."

"하나?"

"오리스의 깨달음은 이곳에 없다. 세계수에 새겨져 있다."

"그럼 세계수를 찾아야겠군."

무영은 알면서도 굳이 물었다. 전부 알고 왔다는 걸 알게 되면 스웰이 반감을 느낄 가능성도 있었다.

"찾아갈 필요 없다. 내가 바로 세계수의 문지기다."

"놀랍군."

"놀랐느냐? 후후후! 다른 엘프에게 이건 못 들은 모양이구나."

드디어 한 방 먹였다는 듯 스웰이 기뻐했다.

적당히 구색을 맞춰준 효과였다.

스웰이 이어서 말했다.

"모두가 세계수를 나무라고 한다만 그건 틀렸다. 세계수
는 지나가는 통로에 지나지 않아. 모든 것이 그 안에 있고 또
없지. 오리스 님이 남긴 깨달음을 찾는 건 순전히 너의 역할
이다."

툭!

핏방울이 떨어졌다.

스웰 스스로 검지를 그어 피를 바닥에 적신 것이다.

그러자 동시에 주변이 흔들리고 '선' 한 줄이 생겨났다. 그
선은 빛으로 이루어져 있었는데 오로라처럼 커튼 꼴로 흔들
리며 알 수 없는 마력을 풍겼다.

"실제로는 아주 잠시지만 너는 오랜 시간 갇혀 있을 것이
다. 그래도 괜찮다면 이 선을 넘거라."

무영은 가만히 선을 바라봤다. 그리고 지체없이 움직였다.

'이건……'

주변을 둘러봤다.

선을 넘는 순간, 세상이 변했다.

그곳은 수많은 정보가 있는 길이었다.

주변 모든 게 바스러지고 오로지 선만이 확대되며 끝없이 이어진 길을 만들었다.

하지만 너무나도 방대한 정보가 있는 탓에 무영의 의식이 그대로 짓눌리고 말았다.

'정보, 혹은 기억의 저장소.'

그리고 무영은 깨달았다.

세계수라 일컬어진 존재의 진짜 모습을.

세계수는 나무가 아니라 세계의 정보와 기억을 모아놓은 저장소였다. 그것도 위대한 존재들을 거름 삼아서 말이다.

왜 이런 게 필요한지에 대해서도 알게 되었다.

'마계는 모래성과 같은 세계다.'

모래성과 같은 마계를 지탱하고자 이러한 체계가 구축된 듯싶었다. 그러니 '세계를 떠받친다' 하여도 그 의미가 크게 다르진 않았다.

이런 게 여섯 개.

무영은 그중 하나, 그것도 약간만 맛보았을 뿐일진대 혼미해졌다.

하지만 원하는 걸 찾을 방법 또한 깨달았다.

'오리스. 그의 깨달음을 찾는다.'

'하늘의 눈' 스킬과 같다. 원하는 걸 생각하고 정확히 그 길을 따라가는 것.

이곳은 하늘 도서관보다 수백 배 이상 커다란 정보의 집합

소다.

하지만 무영은 방황하지 않고 똑바로 나아갔다.

머지않아 벽 하나가 나타났고 거기에 새겨진 검흔을 발견했다.

검흔(劍痕). 검의 흔적.

오리스가 새긴 게 분명한 그것이 벽에 아주 짧게 그어져 있었다.

그저 검을 휘갈긴 것처럼 보이는 흔적이지만 저 짧은 검흔 하나에 오리스의 깨달음이 고스란히 담겨 있었다.

하지만 고도의 예술품이 누군가에겐 낙서로 보일 수도 있듯이 오리스의 검흔도 보는 이에 따라서 받아들이는 느낌이 전혀 달랐다.

후읍! 후읍!

무영은 거친 숨을 내쉬었다.

흔적에서 느껴지는 위압감 같은 게 있었다. 그 무게에 짓눌릴 것만 같았다.

어렵사리 다가가 손을 뻗어 검흔을 만졌다.

오리스의 희로애락이 그대로 느껴지는 듯했다.

'머리로 생각하는 게 아니다.'

이 검은, 이 흔적은 오리스가 자신의 일생을 압축하여 담아놓은 것이었다.

그런 것을 어찌 머리로 생각하며 새길 수 있겠는가.

무영은 한 발자국 멀어졌다.

스릉!

비탄을 뽑았다. 이후 눈을 감고 검흔을 따라 비탄을 휘둘렀다.

하지만 저와 같은 흔적을 남길 수는 없었다.

그저…… 검이 움직이는 대로 계속해서 따를 뿐.

이런 적은 한 번도 없었다.

검이란 도구다. 사용자의 의식에 따라서 움직여야 하는 도구. 불멸 왕의 흉갑을 얻을 때도 같은 생각이었다.

하나, 그런 도구도 사용자의 기억을 담는다. 사용자의 움직임을 담는다. 사용자의 모든 걸 담는다.

무영은 그걸 몰랐다.

도구를 그저 휘두르고 부서지는 게 전부인 것으로만 보았다. 그 안에 담긴 것에 대해선 전혀 생각하지 못했다.

이제는 조금 알 것 같았다.

이게 왜 비탄이라 이름이 붙었는지도.

지이이잉.

검이 떨었다. 그 소리가 마치 구슬픈 여인의 울음소리로 들렸다.

'그레모리.'

이 검은 그레모리의 기억을 담고 있었다. 그녀의 비탄을 담았기에 이름도 비탄이라 붙은 것이었다.

마신도 눈물을 흘리는가?

마신도 슬픔의 감정을 갖고 있는가?

비탄이 무영을 뒤흔들었다.

속이 터져 버릴 것만 같았다. 그레모리가 눈앞에 있다면 울지 말라고 한 차례 등을 쓸어주고 싶었다. 너는 잘하고 있다며 칭찬해 주고 싶었다.

단 한 번도 느껴본 적 없는 생소한 감정이었다.

평소의 무영이었다면 그런 생각조차 갖지 않았으리라.

'검의 소리를 들었느냐?'

'그의 흔적은 그게 전부가 아니다.'

'이제 세계의 소리를 들어라.'

또 다른 목소리가 들렸다.

누구인지 바로 알았다.

검은 인영.

꿈속의 존재가 속삭여 왔다. 그의 정체가 무엇인지도 깨달았다.

이면 세계의 주인!

11명 중 한 명, 바로 킹슬레이어라는 걸.

킹슬레이어는 오리스의 흔적으로 검의 소리만 들어선 안 된다고 꾸짖었다. 그 정도에서 만족하면 되겠느냐고 비웃고 있었다.

무영은 검을 멈췄다. 다시 흔적을 들여다봤다.

'아……!'

검은 인영이 말해주지 않았다면 그냥 지나쳤을 것이다. 검흔에 더욱 중한 의미가 있다는 사실을 몰랐을 터다.

하지만 다시금 보았을 때 무영은 전신을 부들부들 떨 수밖에 없었다.

그 거대한 중압감의 정체가 세계임을 깨달았기 때문이다.

세계수. 세계의 기억을 담은 장소. 그 세계의 흔적을 남긴 오리스.

모든 게 어우러지며 무영을 충격으로 내몰았다.

비탄의 소리를 들었을 때와는 차원이 달랐다.

'이곳에서의 기억을 잊지 마라. 세계의 소리를 다시 한번 떠올려라. 그리하면 내가…….'

잠결 속의 목소리처럼 희미하게 귓가를 간질였다.

더 이상 머릿속에 들어오지 못했다. 정신이 얇아지고 모든 이성이 죽었다. 세계의 소리라는 건 그만큼 방대했다.

무영은 마치 석상처럼 굳어버린 채 검흔만을 들여다보고 있었다.

하지만 그 양이 너무 많아 모든 걸 담아내는 건 불가능하다.

하나라도 더 건지려고 하는 발버둥!

그야말로 발버둥이라 할 수 있었다.

검골 삼형제.

검에 미친 자들이며 스스로 '검'이라 칭했다.

세 명 모두 피를 나눈 친형제는 아니지만 그 이상으로 끈끈한 유대로 묶여 있었다.

각자 실력에 따라서 검일, 검이, 검삼의 순으로 배치했고 그중 검일은 인류 10강에 들어갈 정도로 막강한 무력을 소유하고 있었다.

당연히 망자들 따위가 검골 삼형제에게서 도망갈 순 없는 노릇.

"이상하군."

검일이 무표정하기 짝이 없는 얼굴로 말했다.

특이한 망자의 기운을 찾아서 쫓길 몇 시간여. 움직임과 위치 등을 고려하자 답이 나왔다.

"누군가가 우리를 의도적으로 유인하고 있다."

"형님, 그 말이 사실이우?"

"우리가 이곳에 있는 걸 아는 사람은 없을 텐데?"

검이와 검삼이 차례대로 답했다.

유인이라니.

천하의 검골 삼형제를 유인할 간 큰 집단은 없다.

검일이 고개를 저으며 말했다.

"사람이 아니다. 이 기운…… 긴가민가했다만 빙벽에서 본 괴물들과 닮았군."

탁!

검이가 이마를 쳤고 검삼이 고개를 끄덕였다.

검일이 그렇다고 한다면 그런 거다. 검일은 결코 실수하는 법이 없었다. 실력도, 추적도, 모든 면에서 둘을 초월하는 게 검일이었다.

빙벽에서 본 괴물은 셋이었다.

도깨비, 데스나이트, 케르베로스.

검이와 검삼은 피식 웃고 말았다.

심상치 않은 조합이긴 했지만 검골 삼형제의 상대로는 턱없이 부족하다.

"형님, 그 괴물들이 우리를 노리는 거요?"

"함정의 의도로 우리를 유인한 건 아닌 듯싶다."

"그럼?"

"우리를 최대한 멀리 두는 게 목적이다. 저 망자들도 목적지를 두고 움직이는 건 아니다."

망자들의 움직임은 그야말로 중구난방이었다.

특별한 목적이 없이 멀리 움직이는 것 자체가 목적으로 보였다. 처음엔 그 움직임에도 의도가 있는 줄 알았으나 이젠 확신할 수 있었다.

검이와 검삼이 왈칵 표정을 찌푸렸다.

노리는 것도 아니고 그냥 멀리 가는 게 전부라면 왜 그런 짓을 했는지가 중요했다.

"세계수……. 형님, 그 괴물들이 세계수와 연관이 있다고 보십니까?"

검삼이 묻자 검일이 긍정하였다.

"내가 언급하지 않았느냐. 괴물들은 그것을 알아들은 게 분명하다."

세계수를 찾는 게 우선이라고 검일이 빙벽 앞에서 언급한 바가 있었다.

그것을 듣고 유인을 하려는 게 틀림없었다.

이 극한의 대지에는 괴물이 적다.

돌아다녀 보니 알겠다.

최상급의 반열에 드는 괴물은 더욱 없었다.

빙벽 앞에서 만난 게 우연은 아니라는 말.

"하! 이 빌어먹을 놈들. 기껏 살려줬더니."

검이가 이를 갈자 검일이 다급히 말했다.

"이러고 있을 시간이 없다. 검이, 검삼, 망자들을 분류해라. 기운을 거슬러 올라가면 근원지가 나올 터. 역으로 쫓겠다."

기운을 찾았다고 하더라도 추적이 쉬지만은 않았다.

특별한 체취, 혹은 무언가의 조치라도 취해놨다면 수월하게 해나가겠지만 그저 기운만 가지고 이 넓은 북쪽 지대에서 특정 인물을 찾을 수 있는 자는 극소수였다.

하나 검일은 그 극소수의 사람 중 한 명이었다.

이틀이 지나자 발견한 동굴.

단순히 망자들만이 아니라 더욱 은밀한 '힘'이 느껴지는 곳이었다.

'이곳이군.'

검일은 확신했다. 그리고 그 확신이 옳았다. 그곳에 들어가니 웬 엘프 한 명이 튀어나온 것이다.

"너희가 함부로 들어올 수 있는 곳이 아니다. 썩 물러가라."

반용족 스웰!

그가 직접 모습을 드러냈다.

하나 피부가 아려올 정도로 강력한 기운이 검골 삼형제로부터 튀어나오고 있었다. 숨기지 않았다. 그만큼 실력에 자신이 있다는 뜻이었다.

"엘프 스웰. 세계수의 문지기. 맞나?"

검일이 책을 읽듯이 말하자 스웰이 역정을 냈다.

"알고 있으면서 위협적인 기운을 내뿜느냐? 감히 하이 엘프와 고대룡의 피를 이은 나 스웰의 앞에서?"

쿵궁!

동굴이 흔들렸다. 거대한 강제력이 발동됐다.

용언.

아무리 반쪽이라고 하지만 고대룡의 말은 무거운 법.

"갈(喝)!"

후와아앙!

검일이 소리치자 용언의 기운이 순식간에 반 토막 났다.

부처의 설법이라 칭해지는 사자후(獅子吼)였다. 나쁜 기운을 단번에 몰아내는 파마의 힘을 목소리에 담은 것이다.

덕분에 셋은 끄떡도 하지 않았다.

"형님, 이 정도면 우리가 사냥한 용 중에서도 꽤 강한 축에 들겠는데?"

"……초월종은 아닙니다."

"죽이지 마라."

삼형제는 전혀 긴장하지 않았다. 용을 마주하는 게 처음이 아닌 탓이다.

용 사냥꾼.

그들은 모두 그 업적을 달성한 상태였다. 그리고 내공심법이라 하는 내부로 기운을 쌓는 법을 익혀 용의 말에도 강하게 저항할 수 있었다.

거기에 사자후가 더해지자 스웰의 존재력은 한없이 낮아졌다.

그것이 스웰의 역린을 건드렸다.

"너희 모두 편히 죽지는 못할 것이다. 인간 따위가 고귀한 존재 앞에서 감히 '사냥'을 운운해?"

스웰의 몸 주변으로 불과 얼음이 작은 용의 물결처럼 용솟 았다.

이어 그 둘은 창과 방패가 되었다.

불의 검, 얼음 방패.

불은 지글대며 모든 걸 불살라 버릴 지옥불이었고, 얼음은 무엇이든 얼리고 막아낼 정도로 단단하기 그지없었다.

이어 수많은 얼음의 정령이 스웰의 주변을 돌아다녔다.

스웰이 있는 곳을 중심으로 넓은 반경이 빠르게 얼고 녹기를 반복하였다.

사사삭!

검골 삼형제가 재빨리 퍼졌다.

세 방향을 점거하고 삼형제가 동시에 땅에 검을 꽂았다.

그러자 지잉- 소리와 함께 세 자루의 검이 공명하기 시작했다.

"사냥 개시."

이어 검일이 운을 뗀 순간.

셋은 무엇보다 거친 폭풍처럼 스웰을 압박했다.

촤아아앙!

〈스킬 '소드마스터'의 랭크가 상승했습니다. E → C〉

〈검의 기분을 알고 동화하는 법을 깨우쳤습니다.〉

〈스킬 '신검합일(無)'이 생성되었습니다!〉

〈'비탄'의 특수한 힘, '탐식'이 개방됩니다.〉

〈앞으로 비탄은 다른 검을 흡수하여 자신의 힘으로 삼을 수 있습니다. 그러나 비탄 스스로가 그럴 만한 가치가 있다 여긴 검만을 흡수합니다.〉

〈'탐식'이 발동합니다. '흉신의 검'이 흡수되었습니다.〉

명칭: 비탄

등급: A++

내구: 117,888(수리불가)

분류: 장착형

효과: 그레모리의 비탄이 담긴 검. 특수 조건이 개방된 상태.

* 적의 피를 흡수해 체력으로 전환.

* 탐식(검 흡수. 흡수한 검의 내구를 비롯한 모든 걸 가져온다.)

* 힘+14

* 투기+20

* 전투의 함성

* 오우거의 잔인함

무영은 길을 돌아갔다.

검의 소리를 듣고 세계의 소리를 들었으나 몸을 돌린 순간 아무런 기억이 나지 않았다.

하나 선을 넘어 돌아가야 한다는 사실은 명명백백했다.

'이곳에 계속 있으면 집어 삼켜진다.'

세계수는 본래 정보의, 기억의 저장소다. 무영이 담을 수 없을 방대한 양이다. 계속해서 머물다간 그 정보에 잡아먹히고 만다. 무영 스스로가 정보화되어 세계수의 안을 떠돌아다니게 되리라.

모든 이성이 무너지기 전에 선을 찾아야 한다.

무영은 마치 귀소본능처럼 다시금 온 길을 되돌아갔다. 그리고 선을 넘은 순간 반쯤 무너진 동굴을 볼 수 있었다.

'전투가 있었다.'

거대한 동굴이 반 토막이 날 정도의 전투였다. 일반적인 전투가 아니었다. 스웰이 직접 나서야 할 정도의 상대가 등장한 게 분명하다.

'검골 삼형제.'

무영은 정신을 깨웠다. 빠르게 주변을 둘러보며 전투의 잔해를 좇았다. 그리고 동굴 바깥에서 피를 사방에 흩뿌리며 쓰러진 스웰을 발견할 수 있었다.

"피가 섞여서 그런지 상대하기 까다롭구만. 아우, 좀 쉬고 있어."

"검이 형님이 아니었으면 죽을 뻔했습니다."

스웰이 쓰러진 곳에 검골 삼형제도 있었다.

그중 한 명은 꽤 중한 상처를 입었는데 팔과 다리가 걸레 짝이 되어 있었다.

하지만 나머지 둘은 비교적 멀쩡했다.

그때, 검일이 무영을 발견하곤 말했다.

"우리를 유인한 놈이로군."

무영은 비탄을 강하게 쥐었다. 이기기 어렵다는 걸 본능적으로 깨달았다.

하지만 피할 수도 없었다.

'시간이 아쉽군.'

머릿속이 아직 정리되지 않았다.

검의 소리는 들었지만 세계의 소리가 기억나지 않았다.

그러나 그걸 떠올릴 시간을 줄 상대는 아닌 듯싶었다.

검골 삼형제. 특히 검일은 약한 이를 죽이는 데에도 최선을 다한다.

동종의 냄새가 났다.

하나 누군가의 원조를 기대하긴 어려웠다.

타칸 역시 스웰의 근처에 반쯤 파괴된 상태로 쓰러져 있었고 그나마 지옥마가 있지만 도움을 바란대도 승률은 극히 적다.

빠져나가는 일조차 쉽지 않으리라.

하지만…… 정신이 멍하다. 정신을 깨우려 했지만 계속해서 멍한 상태가 지속되었다.

'세계의 소리.'

머릿속을 울리는 말. 그것을 다시 기억해 내야 한다. 그러면 이 상황을 타개할 수 있으리란 생각이 들었다.

"검일 형님, 내가 죽일게. 쉬고 있으라고."

"검이, 내공을 다 쓴 상태로는 상대하기 어려울 것이다. 나와 함께 간다."

"쩝, 역시 형님 눈을 속일 수가 없다니까."

검이가 어깨를 으쓱하며 검을 뽑았다.

동시에 검일이 한 발 먼저 무영을 향해 도약했다.

파사삭!

챙!

가까스로 막아냈으나 무영은 입술을 깨물었다.

과연 인류 10강. 한 합으로도 격차를 알겠다.

하지만 쉴 겨를이 없었다.

단숨에 차이를 알아챈 검일이 무차별적으로 검을 휘둘러 대기 시작한 것이다.

창! 채애애앵!

쿨럭!

거기다가 무영의 몸도 정상은 아니었다.

세계수. 그 정보의 바다를 건너온 탓인지 몸이 외부의 공격에 취약한 상태였다.

'세계의 소리. 대체 그게 뭐기에?'

그럼에도 머릿속을 맴도는 이 묘한 음은 뭐란 말인가?

떠올려야 한다.

세계를 가르던 오리스. 그가 남긴 족적으로 말미암아 자신은 무엇을 했던가.

"퉤! 별것도 없는 놈이었구만."

검이가 침을 뱉었다.

무영이 반격조차 하지 않자 흥이 식어버린 것이다.

시시각각 무영은 구석으로 몰리고 있었다.

오로지 방어에 몰두하면 곧 한계에 부딪히리라.

하나 무영은 개의치 않았다.

방어에 열중하고 있다는 사실조차 잊어버렸다.

'아아……!'

기억해 낸 것이다.

오리스가 남긴 족적의 진정한 뜻.

세계의 소리가!

그러나 너무 늦었다.

검일의 검이 정확히 무영의 미간을 노리고 들어왔다.

저 검을, 막을 수 없다는 걸 무영은 알았다.

검일은 검에 있어선 무영보다 한 수 위의 존재.

그야말로 검에 미친 자가 확신하며 내미는 검을 무슨 수로 막겠는가.

그때, 이변이 일어났다.

쾅!

둔탁한 음과 함께 검일과 검이가 튕겨져 나갔다.

"커헉!"

"……음."

얼마나 강한 공격이었는지 벽에 처박힌 검일과 검이가 피를 토했다.

단 한 차례로 내상을 입었다.

검이는 아예 기절하고 말았다.

있을 수 없는 일이다.

고작 한 합으로 둘의 힘을 튕겨내고 심후한 내상마저 주다니.

항상 반탄강기를 몸에 두르는 검일이다.

반탄강기란 그야말로 기로 이루어진 갑옷을 뜻하는데 도검이 무용하다.

A랭크 이하의 마법은 통하지도 않는다.

그 반탄강기를 한 합에 꿰뚫었다.

또한 검일은 혼신의 힘을 담았기에 알 수 있었다.

자신을 튕겨낸 공격이 얼마나 대단한지를 말이다.

고수.

전신을 부르르 떨었다.

하나 이 공격은 도깨비, 무영에게서 나온 게 아니다.

검일은 고개를 들었다.

스으읍!

하아아아!

"마계의 공기는 처음이로군."

그리고 한 존재가 있었다.

형용불가. 대적불가.

그야말로 불가(不可)라는 수식어가 잘 어울리는 남자.

격이 다른 괴물.

은빛의 갑옷과 투구, 검 한 자루가 생의 전부인 그!

무영은 보자마자 그가 누구인지 알 수 있었다.

'킹슬레이어……!'

이면의 존재가 현세로 강림했다.

25장
뒤섞인 공포

하지만 어찌하여?

'서로 다른 세계가 연결됐다.'

바로 무영 때문이다.

무영 스스로가 세계 자체의 소리를 들었기에 킹슬레이어가 마계로 올 수 있었던 것이다.

킹슬레이어가 무영을 쳐다봤다.

그러곤 천천히 검을 들었다.

"잘 보아라. 이것이 '검'이다."

촤아아앙!

검일이 달려들었다. 순식간이었다.

전광석화 같은 움직임으로 킹슬레이어의 목을 노렸다.

그러나 검을 들고 있지는 않았다. 손에 응축된 기운이 검처럼 솟아올라 있었다.

검강(劍罡)!

기운을 응축해 만든 무형의 검이다.

어떠한 검보다도 날카롭다고 알려진 한 수.

오대세가 중에서도 쓸 수 있는 사람이 몇 안 된다는 비기 중의 비기였다.

검강에 닿은 건 설령 강철이라 하더라도 두부처럼 베어진다.

적어도 무영이 알기로는 그랬다.

하지만…….

쩌어억!

막혔다.

뿐만인가?

검강이 잘렸다.

"어……떻게……?"

검일은 검강과 함께 잘려 나간 자신의 손을 보곤 믿을 수 없다는 듯 중얼거렸다.

말도 안 되는 일이었다.

하물며 킹슬레이어가 사용하는 검은 특수하지 않다.

기다란 대검이긴 하지만 아무런 기운도 느껴지지 않는다.

다른 기운을 덧씌운 것조차 아니다.

그냥 베었다.

그러자 베였다.

"세상만물에는 결이 있다. 느림을 추구하며 결을 보아라. 그러면 잘라내지 못할 것이 없다."

킹슬레이어가 다음 동작을 취했다.

"보여주마. 앞으로 상대해야 할 자들의 힘을."

인류 10강도 그 앞에선 어린아이와 다를 바 없었다.

킹슬레이어가 말하고자 하는 게 무엇을 의미하는지 무영은 곧바로 깨달았다.

마신.

72마신이 가진 진정한 힘을 가르쳐 주려는 거다.

상대해야 할 자들은 눈앞의 인간 따위가 아님을 보여주기 위함이다.

"평생 검만 보고 살았다. 56년을! 나는 너를 인정 못 한다!"

검일이 이를 갈았다.

스스로 상처를 지지고 남은 손으로 다시금 검강을 뽑아냈다.

검골. 검에 미친 자.

검을 다루는 자부심은 하늘을 찌를 듯이 높은 게 당연하다.

그 자부심이, 인류 10강이란 이름이 농락당하고 있었다.

검일의 전신으로 아지랑이가 피어나기 시작했다.

생명을 소모해 힘으로 돌린 것이다.

상대를 죽이고 자신도 죽겠다는 필사의 각오였다.

'빠르다.'

검일은 무영조차 잡아내지 못할 속도로 가속했다.

하나로 보이는 검. 그 안에 수십 가지 검격을 담아냈다.

하지만 킹슬레이어는 한 발자국도 움직이지 않았다.

그 검격을 아이 장난처럼 막아내며 모든 검격의 허점을 찔렀다.

모든 공격이 파훼됐다.

"있을 수…… 없는 일이다!!"

검술이란 무엇인가.

완벽하다고 생각한 동작만을 담아서 간결화한 것이다.

수만의 무인이 실험체가 되어 수십 년간 완성시킨 하나의 검법.

그것을 누구보다 확실하게 익혔으니 틈이 있을 리 없었다.

한데, 있었다.

세상에 완벽한 건 없다는 듯 그가 꿰뚫었다.

심지어 검술조차 아니다.

틈이 없었다. 초식이라 칭해지는 검술의 경로 따위를 모두 무시하고 있었다.

인정할 수 없었다.

검술이란 틀을 벗어난 자가 존재하다니.

하지만 반대로 검일은 킹슬레이어의 공격을 막을 수 없었다.

느릿한 검.

무영이 수십 차례 당한 그 검을 못 막는 건 검일도 마찬가지였다.

부르르르!

무영은 전율했다.

킹슬레이어. 그는 시간을 조정할 수 있는 것 같았다.

그만이 세계와 전혀 다른 시간 속에서 움직이고 있었다.

파괴적이지도 않았다.

흔히 강자라고 칭해지는 자들의 공격은 주변의 모든 걸 파괴하게 마련.

하나 킹슬레이어는 일점(一點)에 모든 걸 모았다.

순수한 검술로 이치를, 진리를 완성시켰다.

그저 잔잔하게 적을 찌르고 부순다.

천외천.

하늘 위의 하늘이 이러하련가.

전성기의 무영이 오더라도 상대가 안 된다.

아무리 무영이라도 하늘을 벨 수는 없었다.

그리고 지금 킹슬레이어가 보여주는 게 무영이 앞으로 상대해야 할 자들의 힘이다.

하늘을 베어라.

신을 죽여라.

촤아악!

머지않아 검일의 머리가 하늘로 솟구쳤다.

그 역시 비정상으로 보이는 광경이었지만 무영은 킹슬레이어가 한 번 움직일 때마다 수많은 깨달음을 얻어가는 중이었다.

〈스킬 '소드마스터'의 랭크가 상승했습니다. C → B〉
〈모든 능력치가 크게 상승합니다.〉

몸의 떨림이 잦아들었다.

무영은 자리에 앉아 눈을 감았다.

킹슬레이어의 움직임을 되새기며 그의 느림을 닮고자 하였다.

이윽고 무영의 신체에 변화가 생겼다.

머리 위로 붉은 뱀과 같은 아지랑이가 피어올랐다.

붉은 뱀은 무영의 주변을 빙그르르 돌더니 이내 머릿속으로 파고들었다.

바로 현자의 돌이다.

용의 심장이 반응하여 그와 같은 형상으로 변한 것이다.

또한 붉은 뱀은 무영이 본 세계였다. 그곳에서 들은 소리이자 킹슬레이어의 움직임을 본 딴 형상이었다.

하지만 위험하다.

무영은 인상을 찌푸렸다.

무리하여 모든 걸 받아들이려면 그 대가로 모든 걸 잃을 수도 있었다.

킹슬레이어가 무영에게 다가왔다.

이어 이마에 손을 얹었다.

그러자 조금씩 무영의 표정이 펴졌다.

"축하한다."

킹슬레이어가 짧게 말했다.

붉은 뱀은 붉은 용이 되어 천천히 무영의 주변을 돌았다.

신체가 다시금 재구축되기 시작했다.

무영이 눈을 떴을 땐 동굴의 안에 있었다.

마치 긴 꿈을 꾼 기분이었다.

부서진 동굴이 원상복구 되고 스웰이 무척이나 긴장한 표정으로 누군가를 살피는 중이었다.

"일어났군."

킹슬레이어!

꿈이 아니었다. 그가 은빛의 투구와 갑주를 입은 채 무영을 맞이했다.

히히히히히힝!

바로 옆에 지옥마도 함께하고 있었다.

간만에 만난 주인에게 앙탈을 부리는 중이었다.

일어나려다가 바닥을 짚었다.

전신에 힘이 하나도 없었다.

"무리하지 마라. 너는 큰 벽을 넘었다. 앞으로 며칠은 더 요양해야 할 것이다."

킹슬레이어가 충고했다.

큰 벽. 무영은 주억였다. 희미하게나마 또 하나의 벽을 넘어선 걸 기억해 낸 것이다.

"붉은 용을 봤다."

"소드마스터의 벽은 그 뱀을 보는 것으로 시작한다. 네가 본 것이 뱀이 아닌 용이라면 소드마스터보다 더욱 강렬한 존재가 될 수도 있을 터."

"어떻게 나타난 거지?"

짧은 물음이었으나 많은 걸 내포하고 있었다.

킹슬레이어가 자리에서 일어나 뒷짐을 졌다.

"나는 본체이되 본체가 아니다. 정확히 말하자면 세계수의 기억 중 일부라 할 수 있지. 네가 나를 부르지 않았더냐?"

"내가……?"

무영은 미간을 좁혔다.

세계의 소리를 듣고 본능적으로 킹슬레이어를 불러냈다?

킹슬레이어가 말했다.

"나는 현세에 오랜 시간 머물 수 없다. 앞으로 7일간 너에게 내 검을 보이겠다. 너는 단지 그것을 머리에 담아라."

선언이었다.

그저 보고 얻으라는 뜻.

얻지 못하면 그것도 어쩔 수 없다는 듯이 말했다.

무영은 무겁게 고개를 끄덕였다.

이어, 스웰을 바라봤다.

스웰은 킹슬레이어를 묘하게 견제하고 있었다.

"스승님께선 이면의 주인들이 바깥으로 나올 수 없다고 하셨소. 나온다면 크나큰 재앙이 될 거라 하셨지. 한데 마계에 나왔으니 앞으로 어쩔 셈이오? 정말 순수히 저 도깨비를 가르치려고 마계에 온 것이오?"

놀랍게도 스웰은 이면의 주인에 대한 것을 알고 있었다.

자존감으로 똘똘 뭉친 스웰이 말을 높이고 있는 것이다.

"멀린, 그 반마 말이냐?"

"함부로 말하지 마시오. 스승님은 누구보다 악을 증오하시는 분이니."

"나는 세상을 어찌하는 데 관심이 없다."

킹슬레이어는 어깨를 으쓱했다.

그의 검엔 증오나 복수심 같은 건 한 점도 남아 있지 않았다.

이미 그런 거엔 초탈해 버린 것이다.

다른 이면의 주인은 모르겠지만 킹슬레이어는 그랬다.

대신 그는 무영의 끝을 보고 싶을 따름이었다.

무영은 꺾이지 않는다고 말했다. 실제로 아직까진 그대로의 모습을 보였다. 그래서 더욱 관심이 갔다.

"그럼?"

"너는 멀린이 눈앞에 있는 자를 제자로 들이려 했었단 사실을 아느냐?"

"그게 사실이오?"

스웰의 눈이 커졌다.

무영을 바라보며 믿기지 않는다는 눈초리를 지어 보였다.

"멀린은 악을 증오한다. 나도 악을 좋아하는 편은 아니다. 그러나 멀린과 다르게 나는 이자가 무슨 길을 가든 상관치 않을 것이다."

스웰의 눈에 잠시간 갈등이 어렸다.

킹슬레이어가 가르친 자가 진정한 악의 길로 빠져든다면 그야말로 재앙과 다를 바가 없었다.

어쩌면 사제지간이 될 수도 있었던 사이이나 그것을 지금 이 자리에서 막아야 하는가에 대해 고민이 어리기 시작한 것이다.

물론 킹슬레이어가 그것을 방관하고 있을지는 의문이지만.

적어도 눈앞에서 악이 창궐하는 걸 바라만 보고 있을 순 없었다.

그때 무영이 고개를 들었다.

스웰과 멀린의 관계보다 더욱 신경 쓰이는 게 있었다.

"저들이 세계수를 노린 이유가 뭐지?"

과거가 달라졌다.

검골 삼형제가 지금 세계수를 노릴 이유가 없다.

만약 무영이 찾아오지 않았다면 그대로 세계수를 강탈당했을 것이다.

오리스의 신좌도 주인을 달리했을 터.

스웰은 혀를 차며 답했다.

"놈들은 세계수의 정령을 노린 것이다. 세계수의 정령을 인간들이 알 수 있을 리는 없고 아마도 고대의 어둠 정령을 깨운 것이겠지. 놈들에게서 그와 비슷한 냄새가 났다."

"고대의 어둠 정령?"

"고대에서조차 금기시 된 게 어둠 정령이다. 그리고 고대의 어둠 정령이 세계수의 정령을 잡아먹으면 반신의 힘을 얻는다. 하나 고대의 어둠 정령은 모두 봉인되어 있을진대……. 고작 인간들이 그것을 깨웠다는 게 쉬이 믿기진 않는군."

스웰이 이해할 수 없다는 듯 고개를 내저으며 표정을 굳혔다.

그의 입장에서도 심상치 않은 일이 벌어진 것이다.

"크아아아악!"

어두운 밀실 속에서 남자가 비명을 내질렀다.

머리가 하얗게 세었고 입에선 침이 줄줄 흘렀다.

그는 전신이 쇠사슬로 묶여 있었고 그의 등 뒤로 거대한 검은색 심장이 요동치고 있었다.

"크아아아아아악!"

심장이 뛸 때마다 그는 비명을 내질렀다.

심장이 요동칠 때마다 어둠의 힘이 미친 듯이 흘러내렸다.

주변의 모든 게 어둠에 잠식되어 저주 성향을 띠었다.

양쪽 팔이 없는 남자.

그의 전신, 모든 구멍에서 검은 촉수가 뻗어 나왔다.

시시각각 생명을 집어삼켰고 그럴수록 검은색 심장은 더욱 크게 움직였다.

"'뒤섞인 공포'라. 정령치곤 이름이 거창하군."

그것을 멀리서 바라보는 남자가 있었다.

무율세가의 가주, 무율진!

수천의 무인, 그중 정점에 있는 그가 남자를 흥미롭게 바라보는 중이었다.

"검골 삼형제가 정말 세계수의 정령을 가져올 수 있겠습니까?"

그리고 무율진의 옆에서 하얀 가운을 입은 남자가 말했다.

무율진이 말했다.

"그 셋이라면 초월종도 상대할 수 있다. 세계수의 정령만 가져오면 우리는 반신의 힘을 가진 무기를 얻는 것이다."

무율진의 입꼬리가 올라갔다.

그 반신의 힘을 조종할 수만 있다면 아주 강력한 비밀 병기를 쥐는 셈이다.

"그래도 숙주가 오래 버티진 못할 겁니다."

"어떻게든 살려놓아라. 천 명의 후보 중에서 유일하게 살아남은 놈이다. '뒤섞인 공포'의 숙주로 이놈보다 더 적합한 자를 찾는 건 어렵다."

"최선을 다하고 있습니다."

"그래. 최선을 다해야 할 것이다. 오대세가가 아닌 유일세가로 거듭나려면 말이다."

무율진이 주먹을 움켜쥐었다.

뒤섞인 공포는 유일세가로 거듭나는 초석이 될 것이다.

그야말로 핵폭탄과 다를 바가 없으니.

이제 그 자리가 멀지 않은 듯했다.

"끄아아아아악!"

양쪽 팔이 없는 남자는 더욱 처절하게 비명을 내질렀다.

바로 배수지의 친부였다.

"아저씨, 정말 떠나시려는 겁니까?"

김태환.

척결의 방패와 유니크 클래스인 척결의 수호자를 보유한 미래가 유망한 젊은이.

대부분의 이가 생각하는 인식이 그랬다.

무영과 같은 푸른 사원에 있었고 그를 따라 상당한 성취를 이뤘다.

실제 '신인'이라 불리는 이들 중에서 김태환의 성적은 놀라운 것이었다.

"가야지. 내 딸을 그대로 놔둘 수는 없지 않은가."

배수지의 친부, 배승민이 말했다.

마찬가지로 무영과 같은 푸른 사원 출신이지만 양팔을 잃고 친딸인 배수지에게 부양받으며 여기까지 겨우 왔다.

하나 그의 딸인 배수지는 '권왕'에 의해 납치당했다. 눈앞에서 말이다.

배수지가 없는 삶은 그로선 상상도 할 수 없었다.

이 세상에서 배수지는 배승민의 유일한 혈육이었다.

모든 걸 다줘도 아깝지 않은 보물!

눈에 들어가도 안 아프다?

그런 수준이 아니다.

그저 바라만 봐도 살아 있음을 느낀다.

배수지가 납치당하고 하늘이 무너지는 기분이었다.

아직도 눈을 감으면 당시의 상황이 생생하게 보였다.

꿈을 꾸면 왜 자신을 구하지 못했느냐며 배수지가 책망한다.

죽고 싶은 나날의 연속이었지만 죽을 수 없었다.

적어도…… 배수지만은 구해내야 했다.

그래서 무영이 충고한 대로 하늘 도서관에 올라 어둠 정령학을 익혔다.

"정말 괜찮겠습니까?"

"자네가 뭘 걱정하는지 알아. 하지만 나도 내 몸을 지킬 수준은 되네. 양팔이 없다곤 하나, 대체할 수 있으니 말이야."

배승민이 미소 짓자 휑한 양팔 사이로 아지랑이가 피어올랐다.

"그건 볼 때마다 신기하군요. 어둠 정령인데 빛나는 느낌을 띠는 것도 그렇고……."

김태환은 의아함을 담아 그 아지랑이를 바라봤다.

확실히 어둠 정령이란 이름에 걸맞지 않은 느낌이다.

하지만, 그것은 배수지가 익힌 '빛의 계보' 때문이었다.

계보란 혈통을 통해 전해지는 것.

배수지의 친부에게도 비슷한 효과가 일임된 것이다.

유일한 혈육이니 그 효과가 더욱 진하게 나타난 것이었다.

그 사실을 모르는 둘로선 의아할 수밖에 없었다.

"그런데 자네는 정말 그 길드로 들어갈 생각인가?"

"예, '휘광 길드'에 들어갈 겁니다."

휘광 길드 역시 태양 길드와 마찬가지로 9대 길드 중 하나로 손꼽히는 곳이다.

그곳에서 김태환에게 높은 딜을 걸었고 김태환은 그에 응했다.

처음엔 직접 길드를 창설할 예정이었지만 무영을 비롯한 주요 멤버가 모두 떠났으니 어쩔 수 없는 선택이었다.

김태환은 표정을 굳히며 이어서 말했다.

"들어가서…… 바꿀 겁니다. 내부에서부터요. 몇몇 길드와 세가의 독주를 막고 지금의 이기적인 인류를 바꿀 겁니다. 힘을 합치는 게 전혀 이상하지 않은 세상을 만들 거예요. 저희도 그러지 않았습니까?"

"그래, 자네라면 가능할 거야. 자네를 믿네."

"두고 보십시오. 지금의 조합들은 모두 고여서 썩었어요. 비록 길지 않은 시간이지만 그럼에도 알겠습니다. 이대로 가만히 있다간 언젠간 파멸할 거라는 걸요. 하지만 안에는 분명 저와 같은 생각을 가진 사람이 있을 겁니다. 차근차근 올라가서…… 바꿀 겁니다."

김태환이 스스로에게 하는 다짐이었다.

배승민은 주억였다.

"다시 만나는 날엔 꼭 그리 되어 있기를 바라겠네."

"아저씨도…… 몸 성히 다녀오십시오."

둘의 눈이 부딪혔다.

그렇게 둘은 미래를 기약하며 헤어졌다.

배승민은 정처 없이 돌아다녔다.

권왕의 발자취를 밟으면서 자신의 실력도 늘렸다.

약자는 죽는 세상이다. 강자만이 원하는 바를 이룰 수 있다.

무영에게서 귀가 아프도록 들은 말 중 하나였다.

그러다가 정말 우연히 엘프들의 도시에 입장하게 됐다.

엘프들은 놀라울 정도로 친절했다.

보통의 어둠 정령이었다면 배척했을 것이나 배승민이 다루는 정령은 빛의 계열을 품고 있었다.

엘프들은 그런 정령을 다루는 정령사인 배승민을 환영했다. 그리고 엘프에 의해 배승민의 실력은 날이 갈수록 상승했다.

그야말로 가파른 상승이라 할 수 있었다.

순식간에 양팔을 만들고 공격과 방어도 가능하게 되었으니까.

하나 언제까지 엘프들 사이에 있을 순 없는 노릇.

배승민은 여러 이야기와 함께 떠났고…… 무율세가에 붙잡혔다.

억지로 금지된 고대 어둠 정령 '뒤섞인 공포'의 숙주가 되었다.

그 뒤의 기억은 없다.

그저 아프고 증오스러울 뿐.

"끄아아아아악!"

"검골 삼형제는 아직인가!"

무율진이 노성을 질렀다.

검골 삼형제가 무율세가를 떠나고 벌써 3개월.

진즉 마신의 영역에 들어가 목표를 이뤘어야 했다.

하지만 소식이 없다.

전혀.

옆에 있던 흰 가운을 입은 남자가 당황하며 입을 열었다.

"그, 그게, 연락이 두절됐습니다. 벌써 일주일째입니다."

"말이 되느냔 말이다! 검골 삼형제가 당하기라도 했다는 말이냐!"

"그건……."

말이 안 된다.

초월종조차도 어느 정도 상대하는 게 가능한 것이 그 삼형제였다.

물론 마신의 영역은 누구도 장담할 수 없는 장소라지만 초월종 정도나 되는 괴물이 흔할 리도 없었다.

무휼진이 턱을 두드렸다.

"'뒤섞인 공포'가 폭주하면 피해가 걷잡을 수 없이 커진다. 알고 있는 것이냐?"

"방법이, 방법이 없지는 않습니다."

"방법이 있다?"

무휼진이 의심스러운 눈초리로 바라보자 흰 가운의 남자가 침을 꿀꺽 삼켰다.

"저희가 배양하던 정령이 뒤섞인 공포만 있는 건 아니지 않습니까?"

"숙주가 버티지 못할 것이다."

"저 숙주는 뒤섞인 공포에 저항하는 힘을 지니고 있습니다. 뒤섞인 공포의 힘을 약화시킬 수 있는 정령을 먹이면 일시적으로 억누를 수 있을 겁니다."

"억누른다. 억누른다……."

무휼진은 잠시 고민하다가 고개를 끄덕였다.

배양하던 정령은 많았다. 그중 뒤섞인 공포가 가장 뛰어나긴 했지만 반대되는 성향을 지닌 정령 중에서도 제법 쓸 만한 게 있었다.

"'아름의 요람'을 먹이로 던져 줘라."

"배양이 덜된 정령이지 않습니까?"

"어차피 다른 정령은 뒤섞인 공포의 힘을 억누를 수 없다. 아름과 요람의 이름을 동시에 가진 정령이니 뒤섞인 공포의 힘도 억누를 수 있을 테지."

일단 힘을 약화시킨 다음 새로이 계획을 세운다.

급한 불부터 끄는 게 먼저였다.

"……알겠습니다.

흰 가운의 남자가 무겁게 고개를 끄덕였다.

두 정령 모두 한 명이 품기엔 너무나도 거대한 존재다.

그런데 그런 두 정령을 동시에 섞는단다.

누구도 앞의 일을 예측할 수 없었다.

킹슬레이어의 움직임은 한없이 느렸다.

한 동작, 한 동작을 해부하듯이 계속 바라만 보았다.

그러길 일주일째.

시간 감각이 이상해졌다. 조금씩 세상이 느려졌다.

'가속'을 사용할 때와는 조금 다른 기분이었다.

말로 형용할 수 없었으나 이게 킹슬레이어가 바라보는 세상인가 하였다.

느리게, 더욱 느리게, 그리고 보다 완벽하게.

'최대 128배.'

킹슬레이어는 최대 128배나 느려진 세상 속에서 움직일 수 있었다.

장장 일주일을 지켜보고 내린 결론이었다.

눈이 휘둥그레질 수밖에 없었다.

가속조차도 2배가 한계다. 그마저 대부분 A랭크 이상의 장비에만 붙어 있었다. 지속 시간조차 짧았다.

하지만, 킹슬레이어는 영역을 지배했다.

일정 영역 내에서의 시간을 자유자재로 다뤘다.

모든 걸 자신의 손아래에 두었다.

영역과 시간의 결을 읽었기에 가능한 일.

그리고 그 중심에…… 검이 있었다.

〈스킬 '소드마스터'의 랭크가 상승했습니다. B -〉 A〉

〈'신검합일(神)'의 요체를 깨달았습니다.〉

〈검과 하나 되며 검의 궤적이 정신의 영역이 되는 것. 검을 다루고 지배하는 힘입니다.〉

〈봉인된 검을 깨울 수 있습니다.〉

〈모든 검의 주인이 될 수 있습니다.〉

〈'결'을 보고 느낄 수 있게 됩니다.〉

미세하게 보이기 시작했다.

킹슬레이어의 움직임을 깨달아 가고 있었다.

어째서 그가 느리게 움직여야 했는지.

바로 세상만물의 '결'을 보기 위함이다.

오로지 이 힘 하나로 그는 세상을 좌시했다. 모든 왕을 죽이고 새로운 세상을 만들고자 하였다.

'나는 이제 막 검의 세계에 발을 들였다.'

검을 안다고 자부한 자신이 창피해졌다.

무영은 이제 막 검의 세계에 발을 들인 것과 같았다.

하나 가능성을 본 것만으로 족하다.

전부는 아니지만 조금씩 보인다는 게 중요했다.

작은 깨달음.

그것이 무영의 몸에 또 다른 변화를 가져왔다.

〈'현자의 돌'이 전신에 더욱 녹아듭니다.〉

〈모든 순수 능력치가 크게 상승합니다.〉

〈전승, '용 사냥꾼'의 효과가 추가됐습니다.〉

〈전승, '비탄의 그레모리'의 효과가 추가됐습니다.〉

무영은 떨리는 팔을 움켜쥐었다. 심장이 빠르게 요동치며
힘을 낳았다. 순간순간이 무영에겐 성장의 연속이었다.

그것이 벌써 일주일째 이어지고 있었다.

변화한 것만을 확인하고자 상태창 시계를 돌렸다.

전승 효과→〉

용 사냥꾼(A+++, 용의 대적자)

비탄의 그레모리(A+, 모든 능력치+5)

능력치→〉

힘 255(147+108)

민첩 232(143+89)

체력 266(136+130)

지능 230(141+89)

지혜 211(142+69)

투기 202(102+100)

마법 저항 250(90+160)

망혼력150(90+60)

망혼력을 제외한 모든 능력치가 200을 넘어섰다.

암흑룡 바르사의 심장으로 말미암아 순수 능력치가 크게 상승한 덕이다.

이 정도면 능히 거대 길드의 정예라 할 수 있는 힘이었다.

'더욱 강해져야 한다.'

하지만 무영은 만족할 수 없었다.

킹슬레이어라는 초강자를 마주하게 되었는데 고작 이 정도에서 만족할 리 있겠는가.

급하게 가선 안 된다.

결을 따라 천천히 이동하여 만물의 절대자가 되리라!

"'결'을 볼 수 있게 되었구나."

킹슬레이어가 꽤 놀랐다는 듯이 말했다.

무영이 고작 일주일로 결을 깨달을 수 있을지에 대해선 그도 확신이 없었던 모양이다.

스릉!

무영은 천천히 비탄을 뽑았다.

"하! 결을 처음 본 자라면 그 거대하고 광활한 힘에 짓눌리게 마련이거늘. 싸움을 건다?"

킹슬레이어가 흔쾌히 마지막 전투에 어울려 줬다.

대검을 뽑고 계속해서 말했다.

"네가 든 그 검. 아직 모든 힘이 개방된 게 아니다."

"더 다른 기능이 있다는 말인가?"

"다윗의 별에서 구했더냐?"

무영이 고개를 끄덕이자 킹슬레이어가 계속 말했다.

"다윗의 별은 마신의 태동과 함께 나타난 장소. 그것이 의미하는 바는 결코 작지 않다. 그 중심부에 있었던 검이라면 하기에 따라 마신조차 베어낼 검이 될 수도 있을 것이다."

무영은 비탄을 내려다봤다.

마신조차 베어낸다니.

하나 이제 A+ 랭크다.

다른 검을 흡수하면 언젠가는 도달할 수 있을지 모르지만 당장은 요원한 일이었다.

'그만한 힘이 내재되어 있단 말인가.'

당연히 쉬이 믿기지도 않았다.

검을 흡수할 수 있다곤 하나, 무기엔 저마다 한계와 격이 있게 마련이었다.

신조차 베어낼 검이라면 S랭크 이상의 것이어야 했다.

제1좌의 마신 바알이 사용한다는, 인류의 그 누구도 본 적 없다 전해지는 EX 랭크의 검이라면 능히 모든 마신을 베어

내겠으나 과연 비탄이 그만한 성장이 가능할지는 회의적이었다.

하나 킹슬레이어가 거짓을 말할 이유도 없었다.

그는 진정한 검의 주인.

무영이 보지 못한 힘을 파악했을 수도 있었다.

그리고 무영이 비탄의 새로운 면모를 발견한 그 순간이었다.

〈배승민이 사망했습니다.〉

〈데스 로드의 권능, '죽음의 계약'이 발동합니다.〉

〈고대의 어둠 정령 '뒤섞인 공포'가 폭주합니다.〉

〈'죽음의 계약'의 발동이 제한됩니다.〉

배승민. 죽음의 계약?

무영은 잠시 미간을 찌푸렸다.

머릿속을 스치고 지나가는 영상이 있었다.

거대한 '살덩어리'가 도시에 풀린 채 학살을 자행하는 장면.

눈알이 덕지덕지 붙었고 커다란 입에선 끊임없이 빛과의 분열이 일어나는 중이었다.

하여 사람들도 쉽사리 건드리지 못하고 있었다.

그야말로 폭탄과 같았기에 건드리면 그대로 도시와 함께

증발할 가능성이 높은 탓이다.

곧 살덩이와 새의 깃털이 섞인 날개를 분출해 내더니 그대로 멀리 날아가 버렸다.

하지만 왠지 친숙한 모습이었다.

'배수지의 친부.'

아.

무영은 고개를 끄덕였다.

배승민이라면 과거 무영과 죽음의 계약을 맺은 적이 있었다.

그는 배수지의 짐이 되고 싶어 하지 않았고 때문에 강해질 방법을 무영에게 물었던 것이다.

무영은 계약을 대가로 하늘 도서관에서 얻을 수 있는 스킬을 알려준 바가 있었다.

그런데 그가 저 모습이 되었다는 건 아무래도 이상했다.

'어떤 실험의 희생양이겠지.'

몇몇 괴짜가 자행하는 실험으로 말미암아 저 모습이 된 것이리라.

대의를 명분으로 내걸고 잔인한 실험을 계속한 자가 적지 않았으므로.

하지만 죽음의 계약으로 인해 언데드가 되면 보다 강화된 형태로 완성된다.

본래라면 무난하게 언데드가 되었어야 하지만 저 폭주와

분열이 그것을 막고 있는 듯했다.

'리치……'

하나 저 살덩이의 본원이 무엇인지 무영은 알 수 있었다.

죽음의 계약이 완전히 발동하지 않은 건 아니다.

발동은 했으나 여러 가지가 잔뜩 섞여 이상이 온 것이었다.

저 살덩이의 근본은 '리치'에 있었다.

리치는 최상급의 괴물로서 일인군단이라 칭하기에 전혀 이상할 게 없었다.

그러나 일반적인 리치라고 할 수는 없었으니.

빛과 어둠이 공존하며 무한하게 분열하는 중이었다.

당장 터져도 이해가 될 수준이었다.

'어디로 향하는 거지?'

살덩어리.

뒤섞인 공포가 기다란 날개를 펼쳤다. 그리고 어딘가로 향하기 시작했다. 공간과 공간을 접어서 날았다.

따라붙던 강자들도 모험을 하진 않았다.

함께 폭사하는 건 그들도 바라는 바가 아니었다.

'둥지. 둥지를 만들려는 거로군.'

무영은 뒤섞인 공포가 하려는 다음 행동을 예지했다.

아무리 섞였다고 하더라도 리치 자체의 특성마저 사라지진 않은 듯싶었다.

리치는 그 자체만으로도 군단이라 불리는 괴물.

제대로 된 활동을 시작하면 수많은 피해를 낳을 터였다.

"이제 시작해도 되겠느냐?"

킹슬레이어가 물었다.

그는 무영의 변화를 알아보곤 가만히 있었던 것이다.

하지만 그도 여유롭지는 않았다.

오늘이 마지막. 그 이후 그는 그가 할 일을 위해 무영에게서 떠나야 한다.

스슥.

무영이 먼저 선수를 쳤다.

발을 움직이며 바람의 결을 따라 느리게, 하나 정확하게 킹슬레이어의 가슴팍을 치고 들어갔다.

지금의 시간은 무영에게 있어서 무엇보다 중요하다.

일분일초의 순간마다 성장하고 있었다.

무영도 그것을 잘 알고 있었다.

뒤섞인 공포에 대한 생각은 이 이후에 해도 괜찮았다.

킹슬레이어는 놀랐다. 놀랄 수밖에 없었다.

무영이 배우는 속도는 상상을 초월했다.

백지에 그려도 이보다는 느릴 것이다.

스스로의 문제점을 깨달은 뒤부터 하루가 다르게 성장을 해내고 있었다.

기존의 검술을 버리고 보다 진일보하는 중이었다.

'그저 보는 것만을 전제로 하였거늘.'

결을 보고, 느끼고, 정확히 짚어내기까지 한다.

고작 일주일 만에 가능한 일인가?

평범하지 않다.

이면의 주인인 자신이 그렇게 느낄 정도다.

마신들을 대적해야 한다면 능히 그래야 하지만, 킹슬레이어 본인조차 질겁할 성장 속도라니.

'아쉽다.'

킹슬레이어는 입맛을 다셨다.

무영이 악이든 선이든 그에겐 관계없는 일이다.

그가 보고자 하는 건 그저 힘을 얻었을 때의 무영이 과연 꺾이느냐 하는 것.

하지만 일주일을 가르치고 이제는 아쉬운 마음이 들었다.

시간의 여유가 조금만 더 있었다면 자신이 갖고 있는 기술을 더 많이 보여줄 수 있었을 터였다.

그것을 빠르게 익히고 강해지는 무영의 모습을 보는 것도 나쁘지는 않을 듯싶었다.

'사제지간…… 나는 스승이 되고자 했던가.'

작게 웃고 말았다.

고작 일주일이지만 그것만으로도 간만에 가슴이 뛰었다.

거의 망각한 아주 오래전의 기억이 떠오르는 것 같아 절로 미소가 지어졌다.

무영과 같은 제자가 있다면 골머리가 많이 썩힐 것 같지만 그건 그거대로 좋지 않겠나.

그러나 그것은 시간과 세계를 뛰어넘어야만 가능한 일.

지금의 일주일로 만족해야 할 듯했다.

히히히히힝!

늦은 저녁.

달밤이 하늘 중심부에 걸린 날.

지옥마가 내려와 구슬프게 울었다. 자신도 함께 데려가 달라며 얼굴을 비볐다.

하지만 킹슬레이어는 완고했다.

"그와의 싸움을 피하지 마라."

킹슬레이어는 무영과 지옥마의 관계를 이해하고 있었다.

무영이 무엇을 노리는 지도 알았다.

마지막 부탁 전에 지옥마를 제압할 작정이겠지.

그리고 그 수준에 이르기까지 그리 멀지는 않았다.

킹슬레이어가 하늘을 올려다봤다.

"나는 알아내야 한다. 지금의 뒤틀림을 낳은 게 무엇인지. 마신들…… 바알이 무엇을 꾸미는지. 이면의 주인들조차 모르는 무언가가 있다."

심상치 않다.

모든 게.

당장 보면 작은 태동에 불과하나 그 끝을 알 수가 없었다. 그러니 본격적으로 시작되기 전에 알아내야 한다.

아무것도 모른 채 당하고 있을 순 없으므로.

"이면의 주인은 전면에 나설 수 없는 게 세계의, 솔로몬의 규율이오. 잊으셨소?"

그때 스웰이 다가왔다.

최소한의 예의를 갖추면서.

자신의 핏줄에 대한 자긍심이 넘치는 스웰이지만 이면의 주인은 그 존재만으로도 충분히 대우받을 위치였다.

"안다."

"직접 일주일간 그를 가르친 것도 엄밀히 따지자면 불법이었소. 어째서 다른 이들이 그것을 방관했는지는 모르겠지만 더 나가면 위험하오."

다른 이면의 주인들은 킹슬레이어의 행동을 방관했다.

있을 수 없는 일이지만 킹슬레이어이기에 가능한 일이었다.

가장 고귀한 자.

이면의 주인들마저 존중하는 게 그였으니 말이다.

스웰은 그 사실을 모르지만 어쨌건 이 이상은 위험하다.

세계의 법칙을 헝클면 그의 존재 자체가 증발해 버릴 가능성이 있었다.

"오리스가 내게 말했다."

"……!"

"정확히는 세계수의 기억을 더듬으니 그가 남긴 말이 있더군. 세계가 한 차례 뒤틀리고 뒤틀림이 병을 낳는다. 병의 창궐을 막아라. 그는 우리가 못 본 무언가를 본 모양이야."

오리스.

엘프들이 가장 강성했던 고대 황혼 시대를 이끌어간 주역.

반신의 경지에 다다른 강자였다고 전해진다.

더불어 그는 별을 읽고 미래를 보는 혜안을 갖고 있었다.

병이라면 악이다. 그리고 순수 악은 마신들뿐이 없었다.

킹슬레이어가 이상하다 여긴 마신들의 움직임과 연관이 있을 수도 있었다.

"그래서 규율을 무시하겠단 뜻이오?"

스웰의 반감은 이루 말할 수 없었다.

모든 것의 귀감이 되어야 할 게 이면의 주인이다.

한데 지금 그런 존재가 규율을 어기려 하는 것이다.

킹슬레이어는 다시금 무영이 있는 방향을 바라봤다.

격렬한 전투 후 무영은 기절했다. 일부러 기절시켰다.

조용히 떠나기 위함이다.

그가 작게 말했다.

"꽃이 피기 위한 시간은 벌어줘야 하지 않겠더냐."

역병이 지나간 뒤의 희망은 남겨둬야 하지 않겠는가.

어스름의 마을은 대도시의 외곽에 존재하는 곳이었다.

인구 3천 명 정도의 작은 도시로써 절벽의 끝에 위치해 있었다.

모든 마을이나 도시가 그렇듯 사냥을 하고 밭을 매는 게 그들의 주 수입이었다.

대도시보단 조금 더 정이 있었고 또한 은거를 위해 강자들이 자주 찾는 곳 중 하나가 어스름의 마을이었다.

"산이 말랐어."

"젠장. 대도시도 시끌벅적하더군."

"어쩌지? 이대로 있다간 고사한다. 우리만으로는 한계가 있어."

그리고 어스름의 마을에 들어가기 위해선 작은 산맥 하나를 넘어야 한다.

문제는 산맥 전체에 괴물이 들끓는다는 것.

그것도 일반적인 괴물이 아닌 언데드라는 게 문제였다.

하여 마을 중심부에 모든 이가 모여서 열띤 토론을 이어가는 중이었다.

"다른 도시에서의 도움은?"

"모두 소극적이야. 대도시 쪽에서 벌어진 일인 것 같은데…… 자세히 아는 사람이 없어."

"놈들이 싼 똥이 저 산맥을 막았다는 말이로군."

어스름의 마을은 외진 곳이었다.

산맥은 험했고 대규모 병력이 들어오기도 난감한 장소.

하물며 원인불명의 언데드를 적극적으로 제거하려는 집단은 없었다.

잘못했다가 리치라도 건드리면 천추의 한을 새길 수도 있는 탓이다.

"그래서? 이대로 당하고 있자?"

"그분들의 도움을 받으면 뚫고 나가는 건 가능할지도 몰라."

"하지만, 염치가 있지."

"아서. 일단 우리만으로 해결해 보자고."

그분들이라 하는 건 바로 은거 중인 강자를 뜻했다.

하지만 은거 중인 강자는 그 자체만으로 힘이 됐다.

어스름의 마을이 어느 곳의 견제도 받지 않고 존재할 수 있었던 건 모두 그들 덕이었다.

하물며 통과의례처럼 마을에 수많은 재화를 뿌리기도 했던 것이다.

"뭐가 이리 시끌벅적한가 했더니, 도움이 필요한 모양이군?"

돌연 그들의 토론장에 나타난 거구가 있었다.

"아만 님!"

"아만? 철혈의 아만?"

그를 본 모두가 눈을 휘둥그렇게 떴다.

철혈의 아만이라면 긍지 높은 용병이다. 충분히 강자로 분류되는 남자.

그 역시 이곳에 은신하고 있었다.

"안 그래도 산맥의 문제는 예의주시하고 있었다. 언데드의 영역이 더 넓어지기 전에 처리해야겠지. 나를 비롯한 몇 명이 나서면 해결될 일이다."

아만은 자신했다.

실제로 그를 돕고자 하는 강자가 몇몇 있었다.

그들과 마을사람들의 협력이라면 언데드 무리쯤이야 문제가 안 됐다.

"아아, 아만 님이 나서주시면 더는 고민할 필요도 없지요. 하지만 괜찮겠습니까? 저희가 지불할 금액이 많지는 않습니다."

"필요 없다. 나는 그저 조용히 살고 싶을 뿐이야."

아만이 대검을 어깨에 둘렀다.

그 모습이 그토록 믿음직스러울 수가 없었다.

"강하고 날랜 50명. 그리고 일주일치 식량과 물을 준비해라. 언데드 사냥은 오랜만이로군."

아만이 웃었다.

다음 날.

대략 60여 명의 남자들이 마을을 떠났다.

그리고 그들은 돌아오지 않았다.

한 달.

마을은 고립됐다.

대부분의 남자는 언데드 사냥을 위해 마을을 나섰다가 돌아오지 않았다.

아니, 돌아온 경우가 있긴 있었다.

같은 언데드가 되어 마을을 덮친 것이다.

패색이 완연했다. 그 활기차던 마을은 망자의 울음소리만 가득 찼다.

외부의 다른 마을에서 도움을 준다는 말이 있었지만 그들도 산맥을 돌파하진 못했다.

희망이…… 없었다.

매일 쳐들어오는 언데드를 막는 것만으로도 벅찼다.

벽을 치면 부서지고, 치면 부서지고를 무한히 반복했지만 그것도 멀지 않은 듯싶었다.

댕– 댕–

종이 울렸다.

누군가가 벽 근처에 도달했다는 소식.

늦은 밤, 모두가 눈을 비비며 자리에서 일어났다.

남자가 부족했기 때문에 여자들도 야간 경계에 함께하고

있었다.

벽을 지키는 자들은 잔뜩 긴장감을 끌어올렸다.

언데드는 2, 3일을 주기로 쳐들어왔다.

쳐들어올 때마다 수십에서 백여 마리가 한 번에 몰려왔다.

그런데 이번에는 아니었다.

쳐들어온 언데드는 한 마리.

하지만 이상했다.

언데드는 전신을 덮는 로브를 착용하고 수레 하나를 대동하고 있었는데, 그곳엔 언데드의 얼굴이 널려 있었다.

게다가 그 얼굴 모두가 익히 아는 사람들이었다.

"아만 님! 아만 님의 얼굴이다!"

"하스! 내 아들 하스가, 아아!"

모두가 오열하며 활 따위를 든 채 언데드를 조준하였다.

그러자 언데드가 로브를 벗었다.

"언데드?"

"사람 같은데? 얼굴에서 생기가 느껴지잖아."

"산맥을…… 넘어왔다고?"

"잠깐, 저건 요정 아닌가?"

모두가 믿기지 않는다는 듯이 남자를 바라봤다.

산맥을 넘어왔다는 것만으로도 대단한 일인데 남자의 주변을 날아다니는 요정이 있었다.

"열어라."

무표정의 극치!
한기마저 느껴지는 말투로 남자가 말했다.

결을 배웠다.
그리고 결을 보자 세상을 조금이나마 엿볼 수 있게 되었다.
무영의 움직임은 더욱 느려졌으며 그 속에서 무영 본인의
'결'조차 찾을 수 있었다.
그것은 말로 형용할 수 없는 아름다움이었다.
두 개의 결이 꽈배기처럼 꼬여 있었는데 하나는 인간으로
서, 또 하나는 아수라의 힘을 지닌 도깨비로서의 것이었다.
그리고 두 개의 결을 본 순간 무영은 한 발자국 더 나아가
영역과 시간에 대해서도 알게 되었다.
'뿔이 하나 더 늘어났다.'
외형적인 변화.
하나 뿔만 늘어난 게 아니었다.
'세상이……'
무영은 주변을 둘러봤다.
모든 게 슬로우 모션으로 지나가고 있었다.
킹슬레이어가 평소 보는 세상이 이러할까?
그가 밟은 경지에 도달하려면 아직 멀었지만 그래도 4

배다.

무영은 뿔 두 개를 지니며 4배 느려진 세상 속에서 머물렀다.

'지금 몸으로는 1분이 한계.'

하지만 계속해서 그 영역과 시간을 유지할 순 없었다.

길어봐야 1분가량. 마력의 소모가 너무나도 극심했던 탓이다.

그래서 무영은 다른 쪽의 결에 손을 대었다.

바로 인간으로서의 결.

그를 선택하자 놀랍게도 뿔이 들어갔다.

피부색이 달라지고 익숙한 모습으로 변했다.

인간.

인간의 모습을 되찾은 것이다.

그때부터 무영은 스스로 형태를 고르는 게 가능해졌다.

'도깨비의 모습으로 결을 깨우쳐서인가? 뿔이 돋으면 자동으로 시간과 영역이 느려진다.'

자유자재로 바꿀 수 있지만 문제는 도깨비가 되면 마력, 그리고 정신력이 눈 깜빡할 사이에 마모된다는 점이었다.

원인은 알 수 없으나 인간과 도깨비의 모습을 구분할 필요성이 생겼다.

하여 특수한 일이 아니고선 인간의 모습을 유지하기로 했다.

'머리 위가 허전하군.'

애당초 원래 무영은 인간이었으니 어색할 리 없지만 뿔이 사라지자 왠지 허전한 느낌이 드는 것도 사실이었다.

"웨엑!"

그리고 정확히 1분을 넘기면 모든 위액이 역류하며 강제로 인간의 모습이 된다.

바닥에 몸을 떨군 채 나병 환자처럼 전신을 떨어대는 것이다.

천하의 무영도 참을 수 없는 수준이었으니 말은 다했다.

느려진 세상을 경험하고 나면 극심한 공황이 찾아왔다.

그것에 적응하려거든 시간이 필요했다.

이 주일이 더 지난 시점에서 무영은 마신의 영역을 벗어났다.

'어스름의 마을.'

은둔지로 유명한 장소.

그다지 강한 사람은 없지만 바로 뒤가 끝없이 펼쳐진 절벽이고 그 특유의 아름다움 때문에 꽤 많은 사람이 머무는 걸로 안다.

뒤섞인 공포가 향한 곳은 바로 그 근처의 이름 없는 산맥이다.

무영의 목표는 뒤섞인 공포를 찾는 것.

과연 자신을 따를 지는 의문이나 폭주를 막는다면 제대

로 죽음의 권능이 발동하여 산하로 들어올 가능성이 없지 않았다.

'발탄과 같은 경우라면 상당한 힘을 지녔을 터.'

약자라 할 수 있었던 발탄이 죽음의 권능으로 말미암아 무한한 가능성을 갖게 됐다.

영토 수호자!

이미 그런 경우를 한 번 보았는데 포기할 수 있겠나.

그 근원이 리치라는 걸 알았으니 그냥 지나칠 순 없는 노릇이다.

무엇보다 리치도 그냥 리치가 아닐 가능성이 있었다.

일인군단의 대표적인 괴물!

흔히들 리치 하나가 소규모 도시급의 위력을 지녔다고 말한다.

만약 놈이 자신을 따른다면 앞으로 찾아올 '악마의 긴 밤'을 버티는데 톡톡히 역할을 할 것이다.

그리고 산맥으로 들어서자 떠오르는 문구가 있었다.

〈'뒤섞인 공포'의 폭주를 막으십시오.〉

〈'뒤섞인 공포'는 모든 생명체를 먹어치우고 자신을 공격한 이들에게 복수할 셈입니다.〉

〈모든 언데드를 죽이고 다섯 개의 '종양'을 먼저 없애야 합니다. 순서가 틀리면 뒤섞인 종양이 폭주하고 폭발할 수 있습니

다.〉

〈이 업적의 달성은 오로지 '죽음의 권능' 발동자인 '무영'에게만 그 권한이 있습니다.〉

과연.

친절하게도 뒤섞인 공포의 목적과 공략법까지 알려준다.

아마도 죽음의 권능의 영향이리라.

하나 방법이 까다로웠다.

'언데드와 종양을 한꺼번에 제거해야 한다.'

종양은 5개로 개수가 정해져 있지만 언데드는 다르다. 주변에 생명체만 있다면 무한히 생성될 수 있었다.

언데드와 종양을 먼저 없애고 본체를 공략해야 한다는 뜻이다. 그러니 언데드가 만들어지는 걸 막으려거든 어스름의 마을에 들르는 게 먼저다.

무영의 기억이 맞는다면 어스름의 마을은 꽤 저력이 있는 곳.

벌써 당하진 않았을 것이다.

'마을사람들과 합류해야겠군.'

무영은 쉽게 생각했다.

드워프들과 마룡 바르사의 전쟁, 그 연장선상에 불과하다고.

방식은 조금 다르게 가겠지만 드워프가 인간으로, 마룡 바르사가 뒤섞인 공포으로 바뀌었을 따름이었다.

무영을 바라보는 모두의 눈에 경계심이 어렸다.

당연한 일이다.

이런 상황에서 외부에서 불현듯 찾아온 이방인을 누가 반기겠는가.

그토록 도움을 청했지만 아무도 여기까지 도달하지 못했다.

강성 길드와 세가들?

그들은 아예 침묵했다.

뒤섞인 공포가 가진 위험성. 특히 폭사의 위험성을 인지하고 있었기 때문이다.

차라리 이곳에서 폭발해 버리길 바라고 있었다.

"어디 소속이지? 왜 여기까지 왔는지 알아야겠다."

"겁을 먹었군."

통나무로 제조된 작은 집 안에서 무영은 느긋하게 의자에 앉았다.

의자와 집 전체에 성수 따위가 뿌려져 있었다.

무영이 언데드였다면 전신이 타버리거나 고통을 느꼈을 것이다.

마치 심문하듯 분위기가 이어졌지만 아랑곳하지 않았다.

쿵!

질문을 던진 남자가 목에 핏줄을 세웠다.

"거대 길드의 끄나풀인가? 그들은 우리가 적과 함께 공멸하길 바라지. 이미 다 알고 있다. 우리를 이용해 무언가를 할 셈이라면…….."

"나는 경고를 위해 왔다."

무영이 말을 끊었다.

그들은 한 달이 넘도록 고립되어 있었다.

동료가 언데드가 되어 덮쳐 오고 강성 길드들은 그저 침묵하는 상황 속에서 지독한 불신의 씨앗이 자라는 건 당연한 일.

하지만 그 역시 무영에겐 상관없는 일이었다.

애당초 무영은 이곳을 도우려고 온 게 아니었으므로.

"얌전히, 찌그러져 있도록."

"뭐?"

남자의 눈에 경련이 생겼다.

무영은 산맥 쪽을 한 차례 바라보며 말했다.

"저것은 내 먹이다."

뒤섞인 공포.

놈을 잡을 수 있는 건 오로지 무영뿐이었다.

무영이 이곳을 찾은 건 그들이 섣불리 움직이지 않도록 하기 위함이었다.

쓸데없이 언데드가 늘어나는 걸 방지하려는 속셈.

'산 속의 생명체는 지금쯤 전부 잡아먹혔겠지. 이곳 하나만 남았다.'

무영이 오는 길엔 오로지 언데드만 있었다.

뒤섞인 공포의 마지막 대상은 어스름의 마을뿐이었다.

그러니 차라리 혼자 움직이는 게 낫다.

드워프의 성전과 다른 점이라면 이것이었다.

함께 싸우는 건 좋지만 그래서 적이 늘어나면 모든 게 소용없지 않겠는가.

동시에 문 쪽에서 무영을 바라보던 인파들이 웅성댔다.

"뒤섞인 공포를 사냥하러 왔다는 거야?"

"누구지? 용병?"

"길드나 세가 쪽 사람은 아닌 것 같은데……."

그러거나 말거나 무영은 자신의 뜻을 정확히 전했다.

"쓸데없이 마을을 빠져나가지 마라. 그럴수록 적은 늘어난다. 너희는 도움이 되지 않아."

한마디, 한마디가 비수와 같았다.

그러나 사실이다.

강하다 싶은 사람은 진즉에 죽었다.

지금 마을에 남아 있는 사람은 대략 천오백 명가량.

본래 삼천에 달했던 인구를 생각하면 절반이 줄어든 것이다.

하물며 그 절반엔 마을 대부분의 남자가 포함되어 있었다.

은거 중이던 고수들 역시도.

대충 둘러본 게 전부지만 그래도 알겠다.

지금 눈앞의 남자가 그나마 남은 고수라는 걸.

"하, 막말을 하는군. 외부에서 들어온 놈에게 그런 말을 듣고 싶지 않다. 우리는 한 달이 넘도록 저것의 공격에서 살아남았다. 하물며."

빠드득!

남자가 이를 갈았다.

"네가 저 괴물을 잡을 수 있다는 확신도 없이 외부인 한 명의 말을 듣고 모든 활동을 중지할 순 없다. 마을의 모든 물자가 바닥났다. 가만히 굶어 죽으란 말이냐?"

굶어 죽는 것보단 싸우다가 죽는 게 더 낫다는 의지다.

하지만 무영은 고개를 저었다.

무영이 가져온 시체 중 절반이 마을을 벗어나다가 죽은 듯보였다.

쓸데없는 죽음. 그 이상도 이하도 아니다.

차라리 마을 전원이 탈출에 힘을 썼다면 모르겠지만 이런 식이어선 평생 답이 없다.

그래서 겁을 먹었다고 말한 것이고.

'공포.'

뒤섞인 공포.

그 이름처럼 이들에게 영향이 간 모양이었다.

무영은 무한의 주머니에서 법보 한 장을 꺼냈다.

그것을 한 차례 털어내자 바닥 위로 말린 육포가 끊임없이 쏟아졌다.

"한 달은 더 먹고 마실 식량을 주마. 너희가 할 일은 벽을 더 두껍게 세워 마을을 지키는 거다. 또한, 내게 '뒤섞인 공포'에 대한 정보를 건네주는 것이다. 그동안 쌓아놓은 기록 같은 게 없진 않겠지."

바닥에 수북이 쌓인 육포를 바라보며 남자가 침을 꿀꺽 삼켰다.

모두가 굶주리고 있었다.

저 식량을 얻을 수만 있다면 당장 마을의 상황도 괜찮아질 것이다.

이 상황이 더 이어지면 식인으로 이어질 가능성마저 있었다.

남자가 무영을 바라봤다.

"네 실력을 보겠다. 네가 진짜로 뒤섞인 공포를 사냥할 수 있을지. 아니라면…… 너는 모든 식량을 내놓고 꺼져야 할 것이다."

탐욕으로 번들거리는 눈.

무영이 산맥을 어떻게 돌파했는지 알았다면 결코 꺼내지 않았을 말이다.

굶주림이 이성마저 마비시킨 탓이다.

무영은 흔쾌히 고개를 끄덕였다.

오히려 바라는 바였다.

날뛸 자리가 마련됐는데 그저 가만히 있을 무영이 아니다.

화르륵!

무영의 전신을 붉은 용이 감쌌다.

'용 바르사의 영혼.'

처음엔 이 용이 무엇인지 몰랐으나 결을 깨닫고 무영의 몸
속으로 들어온 용이 무엇인지 알 수 있었다.

바르사. 놈의 육체는 모두 사라졌지만 영혼은 남아 심장에
들어가 있었던 것이다.

심장을 무영이 온전히 섭취하자 용의 영혼도 함께 종속되
었다. 마력이 존재하는 한 공격과 방어를 자동으로 해주니
꽤 쓸모가 있었다.

"용?"

"그냥 스킬이겠지."

"르프네 님이 질 리 없잖아."

마을의 마지막 남은 희망.

그것이 무영을 심문하던 남자였다.

모두가 남자가 질 리 없다고 생각하고 있었다.

'특이하군.'

무영은 남자가 가지고 나온 무기를 바라보며 턱을 쓸었다.

그는 특이하게 생긴 박도를 들고 있었다.

날이 슬고 손때가 많이 묻어 검이라기 보단 몽둥이에 가까웠다.

근접전에 특화된 듯 보였다.

"내가 배운 건 박투. 나는 얌전히 싸우는 법을 모른다. 죽어도 나를 원망마라."

남자, 르프네가 입을 열었다.

박투라. 거의 경험하지 못한 영역의 싸움이다.

말 그대로 개싸움이니까.

무영은 절제된 공격과 방어를 좋아하는 편이었다. 개싸움은 취향과 멀었다.

하나 박투를 전문적으로 배운 사람은 또 처음 보았다.

마계에서 지낸 시간도 꽤 긴 듯싶었다.

못해도 20년가량. 인간이 영토를 지켜내기 시작한 시점에서 소환된 사람이 아닐는지.

아무리 굶주렸어도 무영을 파악하고자 눈을 놀리는 중이었다.

실력자인 건 확실하다.

무영은 어깨를 으쓱했다.

"이것저것 많이 익혔다. 죽이진 않으마."

대수롭지 않게 말했다.

죽이진 않는다.

마을을 통제할 사람이 하나쯤은 있어야 하니 말이다.

스릉.

무영은 비탄을 꺼냈다.

폭식으로 말미암아 더욱 강화된 비탄이 빛에 반사되어 광채를 흩뿌렸다.

'눈 한쪽은 받아가야겠지.'

물론 그냥 넘어갈 생각은 없었다.

탐욕으로 번들거리던 눈.

저 눈 하나는 수고비로 받아가야겠다.

박도를 역으로 쥐곤 르프네가 날듯이 다가왔다.

근접전이라면 자신이 절대로 질 리 없다는 자신감이 근저에 깔려 있었다.

무영은 비탄을 비스듬하게 눕혔다.

펑!

비탄의 검면이 박도와 닿자 짙은 연기와 함께 폭발을 일으켰다.

검 파괴술이다.

하지만 연기가 걷히자 멀쩡한 비탄의 자태가 드러났다.

흠집 하나 안 난 상황.

쉬익!

르프네가 한 손을 바닥에 집고 그대로 몸을 돌려 전혀 예상하지 못한 각도에서 공격을 시도했다.

'상위 1% 내의 강자.'

상위 1%. 르프네는 그 안에 들어갈 수준은 되었다.

거기에 박투라는 요소가 더해지니 여간 까다로운 게 아니다.

하지만, 그것은 무영이 '결'을 보기 전까지의 이야기다.

만류귀종이라 하였던가?

모든 흐름은 하나로 통한다. 공격을 하려는 의지도 결국은 같다. 그게 무슨 공격이든 간에.

그리고 상위 1%도 사실상 진정한 강자라 칭하기엔 무리가 있었다. 숫자도 많고 그 이상의 이들과 격차가 너무 크다.

무영은 왼팔을 들었다.

'창공왕의 왼팔.'

지금까진 힘을 조절하느라 사용을 자제했지만 이 또한 그럴 필요가 없어졌다.

마치 춤을 추는 것처럼 땅을 밟으며 사방에서 다가오는 르프네의 입가가 올라갔다.

자신의 승리를 확신하고 있어서다.

르프네가 보기에 무영은 방어하는데 급급한 것으로 보였다.

하지만 무영이 왼팔을 든 순간 그 착각도 순식간에 수그러졌다.

꽈아앙!

왼팔이 정확하게 르프네의 복부를 때렸다.

가까스로 박도를 통해 막기는 했으나 그게 전부다.

몸은 용수철처럼 튕겼고 르프네는 건물에 그대로 처박혔다.

힘 300은 최상위급 수치이다. 그만한 힘이 담긴 주먹을 최대한 효율적으로 내리쳤다. 이만한 결과는 당연한 것이었다.

"쿨럭!"

르프네가 피를 토했다.

부서진 건물 잔해 속에서 믿기지 않는단 눈초리를 지었다.

단 한 방.

묵직하고 실제로도 강력한 주먹질이었다.

'멀었다.'

잡은 먹이는 그대로 보내주는 법이 없다.

무영은 오로지 적을 죽이는 방법만 알았다.

그리고 결을 깨닫고 익힌 후 처음으로 접한 괜찮은 상대였다.

이대로 그냥 끝내기엔 심심한 감이 있었다.

"허억! 허억!"

르프네가 경각심을 느끼며 어렵사리 잔해에서 빠져나왔다. 피부 곳곳에 박힌 나무 조각 덕에 피가 줄줄이 흘러나

왔다.

무영에게서 쏟아지는 살기에 몸을 부르르 떨었다.

'사자…… 아니, 용이다.'

용이 지금 아가리를 벌리고 자신을 잡아먹으려 하고 있었다.

한 방의 교환으로도 격차를 실감했다.

무영은 그저 르프네의 재롱을 감상하고 있을 따름이었다.

스악!

그러나 생각을 이어갈 겨를도 없었다.

무영은 즉시 움직였고 르프네가 이를 악물며 한 차례 더 공격을 막았지만 그게 전부였다.

쩌정!

박도가 깨졌다.

거울처럼 균열을 일으키며 박살이 났다.

르프네의 눈이 화등잔만 하게 커졌으나 그다음이 문제였다.

무기 없이 맨손으로 무영을 대적하는 건 불가능했다.

"그…….."

그만이라 외치려했으나 무영이 한 발자국 더 빨랐다.

푸욱!

"끄아아아아아악!"

눈이 꿰였다.

비탄을 빼내자 눈알이 딸려 나왔다.

르프네가 비명을 지르건 말건 무영은 그 눈알을 왼쪽 손으로 쥐었다.

"더 시험해 보고 싶은 사람 있나?"

퍼석!

힘을 주자 눈알이 형편없이 찌그러졌다.

무영은 도발하듯 주변 인물들을 하나하나 바라봤다.

"이번엔 눈 하나로 끝났지만 앞으로는 목숨을 받아가겠다."

침묵이 이어졌다.

그럴 수밖에 없었다.

르프네는 남은 이들 중 가장 강한 강자였다. 그 강자가 제대로 반항조차 못 하고 끝났다.

선방하는 듯 보였으나 착각에 지나지 않았다.

더욱 무서운 건 무영의 여유다.

강자에게서만 느낄 수 있는 여유!

어스름의 마을은 대도시 외곽에 존재하지만 이곳으로 향하기 위해선 어느 정도 무력을 갖춰야 한다.

모두가 기본 3년 차 내지 5년 차 이상의 사람.

당연히 '보는 눈' 정도는 갖추고 있었다.

모험가에게 요구되는 기본 사항 중 하나였으므로.

그들이 보기에 무영은 본신의 힘을 드러낸 상태가 아니

었다.

아니라면 그의 여유가 설명이 되지 않았다.

무영은 자신을 관찰하는 수많은 눈길을 느끼며 작게 웃었다.

"내가 머물 집과 '뒤섞인 공포'에 대한 정보. 두 가지를 건네라. 또한, 충고를 잊지 않는 게 좋을 것이다."

충고?

마을을 나가지 말라는 그 충고 말일까?

아니면 방금 전 행동으로 몸소 보인 충고를 말하는 걸까.

어느 쪽이든 이 인물은 위험하다.

마을사람들 모두가 잠정적 결론을 내렸다.

덤빌 수도 없었다. 말 그대로 겁을 먹었다고 해야 할 것이다.

천 명이 넘는 인원이 숨을 죽인 채 그저 무영을 바라만 보았다.

마을 끝에 있는 작은 오두막.

무영에게 주어진 거처였다.

'나쁘지 않군.'

몇 명은 반발하며 나설 줄 알았는데 얌전히 건네준 걸 보면 현실과 타협하기로 결정한 모양이었다.

여기서 더 큰 희생자를 내었다간 언데드에게 삽시간에 길을 내준다.

확실히 강압적이지만 효과적이었다.

그들을 말로 설득하려 했다면 시간이 오래 걸렸을 터다.

이 방식이 무영에겐 맞았다.

"양메이라 합니다."

더불어서 무영에겐 한 명의 여자가 배치되었다.

어리고 예쁘며 독을 품고 있는 여인.

긴 머리를 뒤로 묶고 팔찌와 목걸이를 착용한 채 나타났다.

행동은 정갈했으나 숨겨진 기도가 제법이었다.

의도는 뻔했다. 미인계와 같은 술수를 쓰면서 위험하면 배제하려는 의도일 것이었다.

하나, 여자에 흔들릴 무영이 아니다.

무영이 무표정하게 바라보자 양메이가 말했다.

"'뒤섞인 공포'에 대한 정보를 드리겠습니다. 무엇이 궁금하십니까?"

"몇 명이나 놈에게 당했지?"

"천오백 명이 조금 넘습니다."

천오백…….

예상보단 적다.

아예 생각 없이 방비하진 않았다는 뜻.

무영이 오가며 처리한 건 오십이 되지 않았다.

산맥엔 아직도 많은 언데드가 남아 있었다.

'놈들에겐 죽음의 권능이 먹히지 않지.'

자신이 만든 언데드가 아니기에 데스 로드의 스킬 역시 통하지 않았다.

독자적인 언데드 관련 스킬 체계를 완성하고 사용하는 중이었다.

무영은 내심 아쉬워하며 말을 이었다.

"'종양'에 대해 얼마나 알고 있나?"

"뒤섞인 공포는 총 다섯 개의 종양을 수하처럼 부리고 있습니다."

"자세히."

"종양은 뒤섞인 공포의 몸에서 떨어진 거대한 힘의 집합체 같은 것입니다. 그렇게 다섯 개가 떨어져 나갔고 다섯 개의 종양은 각각 다른 양식을 보이며 움직였습니다."

양메이가 지그시 눈을 감았다. 지극히 교태 있는 행동이고 자연스럽다. 계산하며 움직이는 건 아닌 듯했다.

무영이 보기에 양메이는 기본적으로 우물의 기질을 갖고 있었다.

우물.

한 번 빠지면 헤어 나오기 어렵다는 의미다.

천성일 것이고 그게 피곤하여 은둔자의 장소인 어스름의 마을에 당도하진 않았을지.

양메이는 한 치도 흔들리지 않는 무영을 보며 의외라는 눈빛을 지었다.

그러다가 최대한 정색하며 말했다.

"세 개는 공격 종양입니다. 끊임없이 살덩이를 토해내고 분진 폭발을 일으키지요. 나머지 둘은 각각 악성 종양, 방어 종양으로 부릅니다. 방어 종양은 모체인 뒤섞인 공포를 지키고, 악성 종양은 세 개의 공격 종양을 조종하고 있습니다."

단순한 종양이 아니란 말인가.

양메이가 전해준 정보는 의외였다.

"생각보다 자세히 알고 있군."

"모두 목숨으로 알아낸 것들이지요. 더불어…… 몇몇 길드와도 연이 있습니다."

양메이가 서글프게 말했다.

몇몇 길드가 실제로 산맥 정벌에 나선 적이 있었다.

하지만 공격 종양 하나도 제대로 공략되지 않은 상태였다.

그럴 만한 이유가 있었다.

"문제는 악성 종양입니다. 포자와 같은 걸 뿜어내는데 그 포자는 독성을 띠고 마력을 제한시키는 힘이 있습니다. 저항이 낮은 자는 가까이 다가가지조차 못해요. 하지만 악성 종양만 제거할 수 있다면 나머지 공격 종양 세 개는 쉽습니다. 사실상 악성 종양이 본체의 역할까지 하고 있는 것이지요."

생각보다 대처가 까다로울 것 같았다.

고작 뒤섞인 공포 한 기가 이만한 전력을 갖췄다니.

'기대 이상이다.'

그럴수록 무영의 마음은 들떴다.

저 폭주를 벗겨내면 배승민은 온전히 무영의 것이 된다.

앞으로 상당한 도움이 될 건 물 보듯 뻔했다.

하나, 걸리는 점이 있었다.

'모든 길드가 포기했다. 정말 그럴까?'

어스름의 마을 사람들이 이 정도 정보를 갖췄다면 다른 거대 집단들, 혹은 이 일에 관심 있는 곳은 이미 다 알고 있을 터였다.

그리고 악성 종양은 굉장히 매력적인 괴물이었다.

제거가 아닌 다른 방향으로 이용하려는 곳이 정말 없을 것인가.

'있다.'

무영은 자신이 걸어온 길을 떠올렸다.

수많은 흔적이 뒤섞여 있었지만 그렇다고 무영의 눈을 피할 순 없다.

분명히 있었다.

모두의 눈을 피해 온갖 흔적을 방패 삼아 움직이던 자들이.

'못해도 세 곳.'

그들은 결코 어스름의 마을을 도와주려는 게 아니다.

각자 자신의 이득을 위해서 움직이고 있었다.

'그들이 노리는 건 본체, 혹은 악성 종양이겠지.'

무영은 고개를 끄덕이며 잠정적 결론을 내렸다.

적어도 세 곳 이상에서 무영의 먹이를 간보는 중이었다.

'놈은 내 먹이다.'

무영은 그것을 결코 뺏길 생각이 없었다.

"이 일이 일어나기 전 징조 같은 게 있었나? 분명히 시작은 대도시였을 것일진대 왜 이곳에 있는 거지?"

그리고 정보는 힘이었다.

양메이에게 정보를 듣다 보면 뒤섞인 공포를 노리는 특정 집단이 어디인지 대략이나마 윤곽을 그릴 수 있을 것이었다.

양메이도 나름 성심성의껏 설명을 해주었다.

무영의 진짜 의도가 뒤섞인 공포에 있다는 걸 깨달았기 때문이다.

'어차피 죽을 거야.'

그러나 무영이 이 문제를 해결할 수 있으리란 생각은 눈곱만큼도 하지 않았다.

양메이에겐 시간 때우기와 같았다. 아니면 마을에서 언제 쳐들어올지 모르는 언데드를 걱정하며 가슴 졸이고 있을 테니. 적어도 설명하는 시간만큼은 그 생각을 덜어낼 수 있었다.

사각!

얼굴에 문신처럼 피를 칠한 자들이 나뭇가지를 밟으며 이동하고 있었다.

그들은 모두 사자의 가죽을 뒤집어썼고 손톱을 길게 기르고 있었다.

야수세가.

이름 그대로 야수들이 모인 장소.

그들은 그중에서도 오로지 가주의 밀명으로만 움직이는 자들이었다.

퍽!

한 명이 막 나뭇가지를 밟고 공중에 뜬 순간 멀리서 단검 한 자루가 날아들었다.

단검에 맞은 남자는 그대로 바닥에 떨어져 절명했다.

즉사였다.

선두에서 달리던 남자가 단검이 날아온 방향을 바라봤다.

"바람보다 빠른 단검. 특급 암살자의 매복이다."

스아악!

손톱이 더욱 길어졌다.

쉬이잉!

쉬이잉!

계속해서 날아드는 단검을 회피하며 열댓 명의 무리가 빠르게 한곳을 노렸다.

하지만 수풀 속엔 아무도 없었다.

'어딜 간 거지?'

"꺼억!"

생각이 끝나기 무섭게 한 명이 단말마를 내질렀다.

'도깨비?'

고개를 돌려 빠르게 상대를 확인했다.

하지만 그게 끝이었다.

두 개의 뿔이 난 도깨비는 느릿하게 움직였다.

아니, 느린 것처럼 보였다.

하나 어느 사이엔가 자신의 목줄에 검을 밀어 넣고 있었다.

푸스슥!

피가 분수처럼 뿜어졌다.

두 개의 뿔을 지닌 도깨비는 당연히 무영이었다.

열 명에 달하는 인원을 제거하고 무영은 다시금 원래의 모습으로 돌아왔다.

스으읍!

하아아!

무영은 격한 숨을 토해냈다.

강렬한 박탈감, 그리고 체력이 사라졌다.

단번에 열 명을 제거했대도 이 정도가 한계인 듯싶었다.

'야수암약대(野獸暗躍隊).'

이들의 정체를 알아본 무영이 입가에 미소를 폈다.

'가주의 명으로만 움직이는 놈들이 이곳을 왔다. 이로써 오대세가가 셋.'

야수세가는 오대세가 중 한 곳이다.

무영이 측정키로 이 산맥에 모인 오대세가가 못해도 셋이었다.

'무율, 야수, 군림…… 이 중에 범인이 있다.'

배승민을 납치해 뒤섞인 공포로 만든 범인이 이 셋 중에 있는 것 같았다.

꽤 흥미로웠다.

오대세가 중 무려 셋이 은밀하게 움직여야 할 정도로 이 일에 가치가 있는 것인지 말이다.

아마도 무영이 모르는 무언가가 더 있는 듯했다.

하지만 섣불리 움직여서 자신의 정체를 밝힐 순 없는 노릇.

누구보다 조용하게 다가갈 것이다.

눈치챌 즈음이면 더 이상 항거할 수 없도록.

'죽음의 예술.'

무영의 손끝으로 어두운 기운이 뻗어 나갔다.

이어 열 구의 시체에 스며들었고 죽은 시체가 일어나며 언데드가 됐다.

뒤섞인 공포만 언데드를 만들고 다룰 수 있는 게 아니다.

무영 역시, 오히려 무영이 이 방면에 있어선 더욱 선배라

할 수 있었다.

'누가 한 수 위인지 한번 붙어보자.'

언데드 대 언데드라.

어찌 됐든 무율, 야수, 군림세가는 무영의 먹이일 따름이었다.

결국은 뒤섞인 공포와 무영 간의 싸움이라 할 수 있었다.

굉장히 흥미로운 구도였다.

26장
언데드 vs 언데드

〈야수의 기운이 강하게 감지되었습니다.〉

〈마치 사자와 표범을 합쳐 놓은 듯 고도로 훈련된 자들입니다.〉

〈예술 점수 76점〉

이름: 인간 야수들

레벨: 250

성향: 비스트 구울

힘 211

민첩 299

체력 208

지능 101

지혜 195

마법 저항 222

내공 3갑자

+절정의 야수심법

+고도의 추적술

+고양된 감각

+빠른 이동

이어서 완성된 열 기의 언데드가 은밀하고 조용하게 무영의 곁으로 다가왔다.

세가의 인물들답게 모두가 심법을 연마한 상태였다.

무영을 비롯한 대부분의 인물이 마력을 사용한다면, 이들은 심법을 익혀 그 내공으로 마력을 대체하는 경우가 많았다.

3갑자면 총 180년분의 내공이고 이는 절정고수에 해당하는 수준이었다.

어쨌든, 이게 전부일 리 없다.

무영은 나머지 언데드를 대거 소환했다.

곧 무영의 뒤로 백여 마리에 달하는 언데드가 솟아났다.

'이쯤이면 얼추 힘의 균형은 맞출 수 있겠군.'

세가의 무사들이야 같은 언데드로 볼 수도 있겠지만, 과연 뒤섞인 공포도 그리 볼지는 두고 볼 일.

마구잡이로 되살리는 녀석과는 달리 무영의 언데드에겐 최소한의 격이 있었다.

무영은 아무거나 언데드로 만들지 않았다.

아무리 재료가 좋아도 예술 점수가 별로면 효율이 나쁘기 때문에 어느 정도의 기준을 둘 수밖에 없었다.

반면 뒤섞인 공포는 시체를 만드는 족족 언데드로 만들어 버린다.

질과 양의 승부였다.

'검골 삼형제.'

그리고 지금 소환한 언데드 중에는 없지만 특히 그 '질'에 힘을 실어주는 셋의 존재가 있었다.

킹슬레이어에 의해 죽음을 맞이한 자들.

그중 검일은 인류 10강에 도달했던 초강자다.

킹슬레이어는 무영의 힘을 알기에 시체를 크게 훼손하지 않았다.

오히려 떠나기 전 마지막 선물이라는 듯 무영의 앞에 두고 사라졌다.

'문제는 너무 강하다는 것.'

검골 삼형제. 특히 검일은 강했다.

무영이 만든 언데드 중에서 가장 특출했고 이는 형평성에 어긋나는 일이었다.

검일은 언데드로 만들고 난 다음에야 무영은 처음으로 '죽음의 예술'이 가진 한계를 알게 되었다.

〈소재가 너무나도 뛰어납니다.〉

〈검(劍) 한 자루로 시작된 인연.〉

〈검일은 검 자체가 되고 싶던 남자입니다.〉

〈인류의 가장 강한 열 명에 포함되며, 검으로선 누구도 당할 수 없다고 전해지는 자.〉

〈삼형제는 죽어서도 결코 헤어지는 법이 없습니다.〉

〈예술 점수 93점!〉

이름: 검일

레벨: 470

성향: 소드 데빌

힘 463

민첩 477

체력 451

지능 380

지혜 366

마법 저항 332

내공 10갑자

+화경의 경지에 이른 무황심법(武皇心法)

+순보, 검의 공명, 무황검술, 되돌리기 스킬 사용 가능
+검의 극을 바라보는 자

〈검의 악마가 탄생했습니다.〉
〈사용자와의 레벨 차이가 200 이상 납니다. 소환할 때마다 사용자의 무작위 순수 능력치가 20 증발하고 A랭크 이상의 장비 하나를 제물로 바칩니다.〉

악마.
무영은 악마를 만든 것이다.
죽음의 예술이 언데드만이 아닌 다른 종조차 만들 수 있다는 걸 이때 처음 알았다.
한계 역시 알게 되었지만 이는 엄연히 힘의 격차가 너무나도 심하게 났기 때문이다.
검일은 능력치와 제물을 바쳐야만 소환할 수 있었다.
물론 그 가치 이상으로 강력하기 짝이 없는 녀석이었다.
어지간한 용조차도 대적할 수 있으리라.
하지만 당장 사용하기엔 무리가 있었다.
'순수 능력치'와 'A랭크의 장비'는 무엇 하나 버리기 아까운 것이었다.
'말 그대로 소환만 될 수도 있지.'
의심하고 또 눈여겨보아야 한다.

어쩌면 소환만 하고 움직이는 건 별도의 무언가가 필요할지도 모른다.

그러니 검일은 최후의 보루였다.

어떠한 상황이건 일발역전 시킬 수 있는.

"주변을 모두 쓸어버려라."

언데드들이 움직였다.

무영은 언데드를 풀고 숲의 이면에 숨었다.

조무래기들에겐 관심 없다.

무영은 어디까지나 '진짜'를 사냥할 작정이었다.

〈뒤섞인 공포와의 전투에서 승리하십시오.〉

〈언데드의 품격을 보이고 뒤섞인 공포를 굴복시키십시오.〉

〈공로에 따라 보상을 받을 수 있습니다.〉

콰아아아아앙!

뒤섞인 공포가 몸부림쳤다.

산이 크게 요동치며 광음을 낳았다.

하나 이 '내부'에 박힌 것이 뒤섞인 공포를 끊임없이 괴롭히는 중이었다.

결국 뒤섞인 공포는 악성 종양에게 모든 권한을 맡기고 내부를 다스리는 데 집중할 수밖에 없었다.

내부에 박힌 것은 총 두 개.

원래 이 몸의 주인이었던 자의 마음이 아직도 살아 있었다.

하지만 그보다 더 문제인 건 인간들이 자신의 심장에 심어 놓은 것이다.

하나 저항했다.

그 극심한 부딪힘은 거대한 혼돈의 힘을 발생시켰다.

이 과정에서 다섯 개의 종양이 발생했으며 그럼에도 아직 혼돈의 힘을 다스리지 못한 상태였다.

뒤섞인 공포는 심혈을 기울여 이 힘을 바로잡는 데 신경 썼다.

자신은 공포를 주는 존재.

세계수를 먹고 반신의 힘을 발휘했던 고대의 정령이다.

인간이 심은 물건 따위가 자신을 억누를 순 없었다.

부르르르!

그때, 악성 종양이 반응했다.

악성 종양은 뒤섞인 공포를 대신하여 모든 권한을 일임 받은 살덩이다.

하나의 산과 같은 크기로 '탑'이 되어 모든 걸 내려다보고 있었다.

한데 악성 종양이 새로 출현한 적에게 반응하며 뒤섞인 공포에게 의견을 묻고 있었다.

아마도 비슷한 언데드가 나타나 어찌 처리해야 할지 모르는 상태 같았다.

악성 종양은 막 태어난 참이라 판단 부분에서 약했다.

하는 수 없이 뒤섞인 공포가 몇 가지 절대적인 지침을 내렸다.

모든 적을 사멸하라.

모든 적을 양분으로 삼아라.

끝없이 진화하라.

그리하여…… 세계수가 되어라.

언데드를 풀고 혼란을 야기한 무영도 부지런히 움직이는 중이었다.

가장 먼저 무영이 건드린 건 세가였다.

무율, 야수, 그리고 군림 세가.

다른 조직들은 엉덩이를 무겁게 하고 움직이지 않았다.

오로지 이들만이 은밀하게 들어와 무언가를 찾고 있었다.

무영은 그 '무언가'가 굉장히 궁금했다.

극비의 내부 정보이니 막상 이곳에 당도한 이들도 정확한 사정을 모를 가능성이 높지만, 자신들이 찾는 게 무엇인지는 그래도 알고 있을 터였다.

'오대세가가 정예를 움직여야 할 규모의 일.'

이 산에 모인 모두가 정예였다.

최우선 사항이 아닌 일에는 나서지 않는 굴지의 병사들.

세가의 주인, 가주의 명령만을 따르고 특혜를 받는 자들!

그런 집단을 세 개의 집단이 각각 몇 개씩이나 내보냈다.

무영이 처리한 야수세가의 열 명은 가장 말단이었고, 무엇을 찾는지도 모르고 있었으니 진짜 원석을 가려야 했다.

물론 원인은 검골 삼형제를 보내 세계수를 찾았던 무율세가일 것이나, 이 일로 말미암아 다른 이득을 취하려는 움직임을 포착하는 게 먼저였다.

그림자 속에서 그들의 일면을 하나하나 살펴보았다.

"음?"

"왜 그러십니까?"

"누군가의 시선이 느껴졌다."

푸른색 포의를 입고 있는 스무 명 가량의 인원.

그중 선두에 선 남자가 걸음을 멈췄다.

그러자 스무 명 전부가 숨을 죽이며 심장소리마저 늦췄다.

정적만이 흘렀고 그들을 확인한 무영은 이맛살을 구겼다.

포의의 어깨 부분에 세 개의 청룡이 마패처럼 겹쳐 있었다.

'군림무적대!'

군림세가의 최강자만 모인 세 곳.

군림무적대는 그중 한 곳이다.

'설마 군림무적대까지 보냈을 줄이야…….'

저들은 유사시에 홀로 무력을 행사할 수 있는 권한이 있었다.

아니다 싶으면 가주의 명령조차 무시할 수 있는 그런 막강한 권한이 있는 자들이 어째서 이곳에 나타났단 말인가.

'뒤섞인 공포의 폭발을 우려하고 있던 게 아니었던가?'

무영이 머릿속으로 스쳐 가듯 본 영상에선 강자들이 뒤섞인 공포의 상대를 꺼려하는 낌새가 강했다.

뒤섞인 공포는 실시간으로 분열하는 중이었고 언제 터질지 몰랐기 때문이다.

한 번 폭발하면 대도시 규모의 땅이 날아갈 텐데 인류 10강에 근접하지 않고서야 버틸 수 있을 리 없었다.

그래서 뒤섞인 공포를 이곳에 몰아넣고 알아서 자폭하길 기다렸다.

양메이의 설명으론 그렇게 알고 있었다.

"이상하군."

"주변을 탐색할까요?"

"아니다. 저 '탑'이 원인일 수도 있겠지. 저 기분 나쁜 탑이 우리를 보고 있으니 말이다."

대주라 불린 남자가 멀리 있는 살덩이의 탑을 바라봤다.

계속해서 커지는 저 살덩이가 바로 악성 종양이었다.

주변엔 수천의 언데드와 공격 종양 세 기가 가로막고 있었다.

"이 일은 우리 군림세가의 손으로 종지부를 찍어야 한다. 다른 길드들이 눈치채기 전에…… 계속 움직인다."

군림무적대가 아무런 소리도 없이 발을 옮기기 시작했다.

무영은 그들의 뒤를 바라봤다.

'동시에 모두를 상대하는 건 불가.'

그리고 냉정하게 전력을 판단했다.

9:1.

무영이 전원을 상대로 해서 승리할 가능성이다.

당연히 1쪽이 무영이었다.

20명 전원을 상대하긴 무리다.

10명이 상대라면 6:4까지 오른다.

무영의 승률을 9까지 올리려면 세 명이 적당했다.

그만큼 군림무적대 전원이 야수세가의 열 명과는 차원이 다른 강자들이었다.

'각개격파.'

그중에서도 가장 좋은 건 역시 1:1이다.

대주만 아니라면 1:1에서의 승률은 100%였다.

도전을 좋아하지만 그만큼 확실한 승리도 좋아하는 게 무영이었다.

모든 경우의 수를 계산한 무영이 주억였다.

한 명이 사라지는 순간 경계 레벨이 극도로 상승할 터.

군림무적대는 즉시 모여 주변을 경계할 것이고 다음 기회를 노리기가 무척이나 까다로워질 터였다.

그러나 일단 한 명만 있으면 된다.

또한 그들이 경계한다고 해도 시간만 있다면 그들의 틈을 비집고 들어갈 수 있었다.

무영은 어둠 속에 숨어 계속해서 군림무적대의 뒤를 밟았다.

프스슥!

피가 솟구쳤다.

입을 막고 등 뒤를 찔렀다.

장장 30시간을 미행한 결과 군림무적대가 따로 나뉘며 임무를 시행했고 그 틈을 노린 것이다.

무영은 그대로 남자를 으슥한 곳으로 끌고 가 죽음의 예술 스킬을 사용했다.

'생시.'

무영은 남자가 죽기 전 생시로 만들었다.

발성 기관은 살려두었기 때문에 말을 하는 것 또한 가능했다.

'최소한의 정보는 알고 있을 터다.'

군림무적대다.

대주 정도면 모든 정보를 알겠지만 그곳의 단원도 모두 선이 있는 이들이었다.

이 정도 규모의 일에 아무런 정보도 없이 참여하진 않았으리라.

"군림세가가 뒤섞인 공포를 노리는 이유가 뭐냐?"

생시가 된 남자가 천천히 입을 열었다.

"탈…… 리스…… 만……."

무영의 눈썹이 다시금 꿈틀거렸다.

탈리스만!

진정한 기적을 행할 때 필요한 도구.

성신기를 만들 때 사용하는 재료였다.

'탈리스만이라니.'

잘못 들은 건가 싶었다.

탈리스만은 전설이라 불려도 이상하지 않은 물건.

그것을 남자가 언급한 것이다.

무영은 무한의 주머니에서 작은 구름 모양의 도구 하나를 꺼냈다.

리틀 위시.

아직 하나의 소원이 남은 상태였다.

만약 리틀 위시에 탈리스만이 더해진다면 진정한 '위시'의 발현도 가능할지 모른다.

탈리스만은 그 정도의 값어치가 있었다.

'세가에서 정예를 내보낼 만하군.'

이윽고 전후 사정을 파악한 무영이 피식 웃고 말았다.

탈리스만이라니.

알려진다면 오대세가만이 아니라, 아홉길드만이 아니라 신성 도시 뮬라란의 십만 사제도 함께 나설 수준의 일이다.

진정한 위시를 만드는 건 신성 도시의 모든 사제가 바라마지 않는 일이었으니까.

그것이 지금 뒤섞인 공포에게 있다.

무영은 주먹을 강하게 쥐었다.

'반드시 잡아야 할 이유가 늘었군.'

저 뒤섞인 공포를 만든 곳이 탈리스만을 갖고 있었다.

뒤섞인 공포는 탈리스만을 머금은 채 만들어진 장소에서 탈출했다.

그리고 다른 세가들이 그 사실을 눈치채고 비밀리에 병력을 보냈다.

벌써 세 개의 세가가 당도했다는 말은 시간이 지날수록 더욱 많은 강자가 이곳에 출현할 가능성이 있다는 뜻이었다.

적어도 이러한 과정과 결과는 확실할 듯했다.

'하지만 탈리스만은 악을 정화하는 힘이다.'

하나 이해가 안 되는 구석이 있었다.

언데드는 엄연한 어둠의 성향을 띠고 있고 이는 탈리스만의 힘과 완전히 반대되는 점이었다.

어떻게 이 문제를 해결하고 본래의 힘을 발휘하는 걸까.

'분열.'

종양이다.

다섯 개의 종양을 토해내며 본체를 비워 버린 것이다.

오로지 탈리스만의 힘만을 억제하고자 한 짓이었다.

거기까지 사고가 이르자 무영은 눈살을 찌푸릴 수밖에 없었다.

'뒤섞인 공포가 탈리스만의 힘을 진짜로 억제한다면⋯⋯.'

정말 반신의 힘을 가지게 될지도 모른다.

문헌상으로만 존재하는 대격변의 시작의 장소가 이곳이 될지도 모르는 일이었다.

더불어서 무영이 배승민을 회수하는 것 역시 불가능해지겠지.

"따라라."

"알겠, 습니다."

생시가 된 군림무적대의 대원이 무영에게 붙었다.

지금쯤이면 한 명의 대원이 사라진 걸 깨닫고 경계를 강화시켰을 것이다.

무영은 등을 돌리고 걸었다.

부릅뜬 두 눈이 깊게 가라앉아 있었다.

악성 종양은 본체인 '마더'로부터 내려 받은 명령을 준수했다.

모든 적을 죽이고, 모든 적을 양분으로 삼으며 진화하는 것.

하지만 악성 종양은 태어나서 처음으로 흥미를 느끼고 있었다.

모든 어둠의 힘을 물려받아 태어난 게 자신이다.

죽은 자들을 언데드로 만들고 부리며 영역을 확장해 나가고 있었다.

그런데…… 새로운 종류의 언데드가 나타났다.

어디서 나타난 건지는 모르겠다.

그냥 불현듯 나타나 자신이 만든 언데드를 무차별하게 깨부수며 전진하고 있었다.

문득 궁금증이 생겼다.

누가 더 강할까?

외곽의 언데드는 모두 약하다.

그러나 악성 종양이 있는 안쪽으로 향할수록 언데드의 급이 가파르게 상승한다.

숫자 또한 수십 배 이상이 차이가 났다.

나타난 언데드 고작 백여 기 정도로는 이곳에 도달할 수 없다.

하지만, 진화란 양을 버리고 질을 취하는 것이다.

악성 종양은 대등한 조건에서 어느 언데드가 더 강한지를 확인하고 싶었다.

그리고 만약 새로이 나타난 쪽이 강하다면, 그쪽의 좋은 점을 흡수해 자신의 힘으로 만들고 싶었다.

키오오오오오!

악성 종양이 포자를 뿜어냈다.

수많은 포자가 지상으로 안착하며 언데드들에게 명령을 내렸다.

저들을 막지 마라.

오로지 '넘버'를 부여받은 언데드만 나서서 저들을 상대하라.

다만, 공격 종양은 인간들을 배제하라.

전장의 판세가 조금씩 바뀌고 있다는 걸 무영도 느꼈다.

수많은 언데드가 조금씩 물러나고 있었다.

계속해서 전장을 확인하지 않으면 모를 수준이지만 모든 언데드가 비슷한 행동을 보이는 중이었다.

'명령이 바뀌었다.'

무영은 턱을 쓸었다.

뒤섞인 공포의 의도가 무엇인지 짐작하기 어려웠다.

하지만 아예 물러난 것도 아니었다.

새로운 언데드가 나타나 그 빈자리를 채웠기 때문이다.

심지어 그 숫자가 무영이 내보낸 언데드의 숫자와 같았다.

약한 언데드를 물리고 새로운, 그것도 같은 숫자의 언데드를 데려왔다.

확실한 의도는 모르겠지만 전하고자 하는 뜻은 알겠다.

요컨대…….

'한판 붙어보자?'

무영은 피식 웃고 말았다.

어린아이도 아니고, 마계에서 괴물이 이런 식의 행동을 보일 줄은 전혀 예상하지 못했다.

모든 인간과 괴물은 오로지 승리를 위해서만 움직인다.

지금 상황에서 최적의 수는 수많은 언데드를 일시에 몰아쳐 끝장을 내는 것이다.

그런데 반대로 대등한 전투를 원한다.

'웃기는 녀석이군.'

대등한 숫자로 무영에게 도전장을 내밀었다.

로드 클래스. 데스 로드를 계승한 무영에게 말이다.

보아하니 뒤섞인 공포는 일반적인 네크로맨서의 틀을 벗어나지 못했다.

무영이 데스 로드의 힘을 휘두르는 이상 언데드의 '대등한' 대결은 성립될 수 없었다.

그럼에도 싸움을 걸었다.

너무 눈에 보이는 행위라 잠시 의심이 드는 것도 사실이었으나 그다지 고도의 전략이나 전술은 아닌 것 같았다.

뿐만 아니라 공격 종양이라 불리는 거대한 살덩어리 세 개가 움직이며 인간들을 공격하는 중이었다.

하지만 이곳.

오로지 무영이 있는 곳을 중심으로는 결코 건들지 않았다.

언데드 간의 싸움을 위해서다.

'응하지 않을 수 없군.'

이 정도의 조건을 만들어줬는데 응하지 않을 수 있겠는가.

마침 상대방 진영에서 킹 스켈레톤 한 구가 튀어나와 전장을 헤집고 있었다.

"나는 킹 스켈레톤! 나는 5번째로 강하다. 나를 상대할 적은 어디 있느냐!"

언어 구사력도 훌륭했다.

족히 5m는 되어 보일 장신에 자신의 뼈로 만든 검 두 개를 휘두르며 머리에 뼈가 뾰족한 뿔처럼 우둘투둘하게 솟아 있었다.

"킹 뮤턴트."

무영이 법보 한 장을 털어내자 거구의 뮤턴트가 나타났다.

전신에 꿰맨 흔적이 남아 있고 덥수룩한 머리카락이 얼굴을 덮은 언데드.

불꽃으로 활활 타오르는 녀석은 드물게 '킹'의 칭호를 갖고 있었다.

킹 뮤턴트.

암흑룡 바르사를 상대할 때, 플레임 뮤턴트 대부분이 증발하거나 크게 다쳤다.

그들의 잔해를 한데 모아 만든 게 바로 이놈이다.

저벅!

"명령을 내려주십시오."

이질적이고 음습하기 그지없는 목소리가 고막을 때렸다.

절로 소름이 돋는 그런 목소리지만 무영은 아랑곳하지 않았다.

"킹 스켈레톤을 상대해라."

"명령을 받듭니다."

같은 킹의 칭호를 가진 녀석들이다.

일반적으로 둘은 대등한 힘을 지녔지만 데스 로드의 권능은 결코 일반적이지 않다.

쿵! 쿵!

킹 뮤턴트가 나섰다.

'5번이라.'

저놈 앞에도 넷이 더 있다는 말.

무영은 자신의 패를 모두 꺼내보았다.

킹 뮤턴트, 하이데거, 악령 포식자, 그리고 검이와 검삼.

검일은 제약 덕택에 함부로 사용할 수 없으니 숫자가 딱 맞았다.

"일기토라! 재밌는 짓을 하는구나."

악령 포식자 타칸이 옆에서 웃었다.

"네가 나갈 수도 있으니 준비하도록."

"차라리 처음부터 나를 내보내면 쉬운 일 아니냐? 고작 저런 해골 뼈다귀는 단칼에 썰어버릴 수 있다."

"그새 죽었다 살아난 기억이 날아간 모양이군."

"……."

타칸이 입을 다물었다.

검일에 의해 처참하게 뭉개진 기억이 남아 있었던 탓이다.

만약 무영이 아니었다면 그대로 끝장났을 터였다.

그야말로 치욕스러운 일이지만 그렇기에 입이 두 개라도 부족했다.

"커흠! 어쨌든 나를 내보내면 일이 더 편할 것이다. 저런 되다만 언데드들 따위, 나 악령 포식자 타칸의 상대가 아니 된다."

그럼에도 끝까지 입은 살은 놈이었다.

그때 우히가 빙그르르 날아와 무영의 어깨 위에 올라탔다.

"우히는 봤지요. 팔이랑 다리가 잘려서 눈만 뜨고 있던 걸요~ 아니다. 감고 있었나? 하긴 그렇게 볼품없었는데, 우히히!"

"닥쳐라, 이 시끄러운 요정아."

"우히가 팔이랑 다리랑 찾아온 거 잊었니? 그냥 눈 속에 파묻히게 놔두려다가 너무 불쌍해 보여서 우히가 큰맘 먹고 찾아준 거란다. 그치요, 서방님?"

"조용."

"네⋯⋯."

무영은 주변의 입을 막으며 동시에 전장을 바라봤다.

킹 스켈레톤과 킹 뮤턴트 간의 대결이 시작되었다.

'킹 뮤턴트, 모든 복수자의 집합체.'

윙 청린으로부터 시작된 과거의 인연들, 그들의 힘을 한데 모았다.

솔직히 무영도 킹 뮤턴트에 관해서 제대로 선보인 적은 이번이 처음이었다.

과연 어떠한 싸움을 보여줄지.

자못 기대가 되었다.

킹 뮤턴트의 등 뒤로 거대한 그림자가 솟아올랐다.

그림자는 작은 분신들을 만들어냈다.

"그래봤자 가짜! 나 킹 스켈레톤을 상대하긴 역부족이다!"

킹 스켈레톤이 날뛰었다.

거대한 두 개의 검이 움직일 때마다 그림자 하나를 베어 냈다.

열 개의 분신이 순식간에 사라지자 킹 스켈레톤이 이죽거렸다.

"고작 분신 따위론 이 정도가 한계겠지. 이게 전부냐?"

상대를 무시하고 깔보는 투가 완연하다.

하지만 킹 뮤턴트는 답하지 않았다.

대신 다시금 분신을 만들었다.

"흥, 또 분신이냐? 소용없다."

킹 스켈레톤이 두 개의 검을 교차하며 던졌다.

휘리리리릭!

두 개의 검이 빙그르르 돌면서 분신들을 차례대로 제거해 나갔다.

그러면 킹 뮤턴트는 재차 분신을 만들었다.

열 개의 분신은 계속 유지되었다.

왜 돼도 않는 분신을 계속 만드는 것인지 의문일 정도였다.

하지만…….

'이상하구나.'

킹 스켈레톤은 분신을 없앨수록 의아함을 가질 수밖에 없었다.

분신을 제거해도 아무런 효과가 없는 것 같았다.

하여 킹 스켈레톤이 시선을 돌렸다.

본체.

본체가 없어지면 분신도 소용없어질 것이다.

파치칭!

킹 스켈레톤의 검으로 불꽃이 튀었다.

그대로 화염을 머금은 채 돌격하며 킹 뮤턴트의 목을 베었다.

좌아악!

킹 뮤턴트의 몸이 쓰러졌다.

"정말 형편없군."

나름 기대했건만 형편없는 실력이었다. 같은 '킹'의 칭호를 갖은 게 창피할 수준이다.

하지만…….

이윽고 놀라운 일이 벌어졌다.

저벅!

어느 사이엔가 킹 뮤턴트는 몸이 다시 붙은 채로 일어나 있었다.

"부활?"

킹 스켈레톤이 의아해하였다.

죽은 걸 확인했는데 다시 부활한 것이다.

크와아아아!

킹 뮤턴트가 괴성을 내지르며 달려들었다.

쿵! 콰앙!

'강해졌다.'

죽고 나서 돌아오자 강해졌다.

이상한 점이라면 또 있었다.

열 개의 분신이 아홉 개가 되어 있었다.

무영의 입가가 미묘하게 올라갔다.

킹 뮤턴트는 복수자들의 의지를 이었다.

복수를 하기 위한 선결조건은 죽는 것.

그리고 킹 뮤턴트는 죽음에서 부활할수록 강해진다.

정확히 그림자의 숫자만큼 하루 최대 열 번을 부활할 수 있었다.

분신인 그림자는 만들어지는 게 아니라 본체의 생명을 나타내는 일종의 미끼였다.

'킹 스켈레톤으로도 다섯 번이 한계로군.'

킹 뮤턴트는 다섯 번 죽고 다시금 되살아났다.

"불사라도 된다는 말이냐? 불가능한 일이다!!"

킹 스켈레톤이 경악했다.

그게 마지막이었다.

킹 뮤턴트가 압도적인 차이로 킹 스켈레톤의 뼈를 분해시켜 버린 것이다.

크와아아아아아아!

킹 뮤턴트가 울부짖었다.

산맥 전체를 울리는 거대한 승리의 외침이었다.

악성 종양의 모든 신경이 한쪽에 쏠렸다.

불사의 권능을 가진 언데드라니.

그런 게 있을 수 있는 건가?

다시 회복된 게 아니다. 정말 '소생'한 것이었다.

시간을 되돌리는 수준의 힘이 개체 하나에 의해 발생하였다.

이윽고 악성 종양은 열 개의 그림자가 절반으로 줄어들어 있는 걸 확인했다.

아아…….

그제야 깨달았다.

저 열 개의 그림자는 각자 다른 시간대에 존재하는 킹 뮤턴트다.

시간을 잘라서 고정시켜 버린 것이다.

죽으면 그 시간대의 그림자로 돌아가면 그만인 것이고.

하지만 그게 가능한 일인가?

언데드를 만드는 것만으로 저런 이적을 행할 수 있단 말인가.

상식을 뛰어넘어 있을 수 없는 일이었다.

악성 종양은 혼란에 빠졌다.

자신이 가진 어둠의 힘으로는 불가하다.

고대 어둠 정령이 가진 어둠의 힘은 상상을 초월할 수준이건만…….

어떠한 식으로 정보를 취해야 할지 감도 안 왔다.

조금 더 표본이 필요하다.

악성 종양이 혼란해하자 근처에 있던 언데드 하나가 자리에서 일어났다.

"이제 내 차례로군."

뱀파이어 나이트.

피의 기사가 핏빛 망토와 투구를 뒤집어쓴 채 걸어 나갔다.

킹 뮤턴트는 여력이 있었다.

하지만 무영은 두 번의 출전을 허락하지 않았다.

전력을 모두 보인다고 다가 아니다.

오히려 모두 보이지 않는 편이 진정한 격의 차이를 깨닫게 할 수 있었다.

"뱀파이어 나이트! 천 명분의 피를 머금고 태어난 녀석이다. 이제야말로 나를 내보내야 하지 않겠느냐?"

타칸이 흥분했다.

타칸은 강자와의 싸움을 좋아한다.

비록 앞뒤를 가리지 않는다는 단점이 있기는 하지만 호전적인 면은 나쁘게만 보긴 어렵다.

고개를 돌려 새로이 나타난 적을 바라봤다.

뱀파이어 나이트.

핏빛 무구를 장착한 녀석이 전장의 한가운데에 멍하니 서 있다.

설마 뱀파이어 종류의 괴물까지 튀어나온 건 의외였다.

'언데드라면 뭐든 만들 수 있다는 건가?'

뱀파이어가 언데드로 분류되긴 하지만 엄연히 밤의 주민이다.

피를 매개로 되살아난 시체.

그러나 우아하고 고고한 종족으로 분류되곤 했다.

숫자도 얼마 없어서 알려진 바가 적었다.

과거 네크로맨서 클래스를 가졌던 이도 뱀파이어는 만들지 못했다.

다행인 점은…….

'진조는 아니다.'

제1혈통이라 불리는 진조가 아니라는 점.

진조는 무리를 거느릴 수 있다.

또한 진조의 뱀파이어는 용과 비슷한 수준의 강함을 지녔다.

진조가 아니라면 상대할 만하다.

"검삼."

철그럭!

머리를 한쪽 손에 인 검은색 갑옷의 기사가 나타났다.

검삼. 그는 듀라한으로 변모했다.

뱀파이어 나이트의 상대로 더할 나위 없이 제격일 터였다.

"쯧쯧, 사서 고생을 하는군. 내가 나가면 쉬울 터인데."

타칸은 아쉬운 듯 입맛을 다셨다.

아무래도 손이 근질근질한 모양.

하나 격의 차를 느끼게 해주기엔 검삼이 제격이다.

타칸보다 약간 떨어지는 실력이지만 검삼에겐 그 차이를 메울 특별함이 있었다.

무영은 다시금 검삼을 바라봤다.

"본때를 보여줘라."

철그럭!

검삼이 대검을 곧게 들었다.

그러곤 천천히 걸어 나가며 뱀파이어 나이트와 맞붙었다.

뱀파이어의 피는 피의 혈족을 소환한다.

뱀파이어 나이트가 스스로의 손목을 그어 붉은 괴물들을 불러들였다.

이후 피를 조종해 검처럼 날카롭게 만들었다.

날렵하며 빠르게 파고드는 식의 움직임을 보였다.

반면 검삼은 묵직하다.

쿵!

한 번 움직일 때마다 땅이 파였다.

"더 많은 걸 보여라. 내 주인께선 보다 많은 걸 얻기를 바라시니."

이후 뱀파이어 나이트가 피의 장막을 만들어 검삼을 감싸 버렸다.

검삼은 잠시간 꿈쩍도 하지 못했다.

하지만 이내 검삼의 몸에서 작은 파장이 흘러나왔다.

파장은 공명을 일으켰고 피의 주도권을 빼앗았다.

"……!"

피의 장막이 허물없이 무너지자 뱀파이어 나이트의 눈이 커졌다.

피는 뱀파이어의 상징과도 같다.

그 주도권을 잠시나마 빼앗긴 것이다.

있을 수 없는 일이었다.

철그럭!

쿵!

검삼이 움직였다.

채찍처럼 날아온 되돌아온 피가 뱀파이어 나이트를 함께 노렸다.

게다가 검삼을 공격한 혈족들도 눈이 풀린 채 뱀파이어 나이트를 공격했다.

"공명! 네놈, 닿은 모든 것에 공명할 수 있는 거냐?"

그 수를 꿰뚫어 본 뱀파이어 나이트가 기겁하고 말았다.

속도는 형편없으나 엄청난 방어력을 지녔다.

닿는 모든 것에 공명하며 조종한다면 뱀파이어 나이트와는 극상성이라 할 수 있었다.

자신이 불러들인 모든 게 적이 됐다.

촤아악!

머지않아 뱀파이어 나이트의 머리가 허공을 날았다.

압승!

검삼은 처음 나갔을 때처럼 조용히 돌아와 스스로의 존재감을 알렸다.

악성 종양이 전신을 떨었다.

수많은 포자가 무의미하게 분출되며 사방을 흩뜨렸다.

이 기분, 이 감정이 전율이라는 걸 깨닫기까지 오래 걸리지 않았다.

검삼…… 그러니까 듀라한은 굉장히 인상적이었다.

킹 뮤턴트처럼 기적적인 존재는 아니었지만 언데드가 공명이라니.

공명은 살아 있는 것에게나 가능하다.

죽은 시체는 결코 공명을 일으킬 수 없다.

그게 가능했다면 악성 종양도 굳이 포자를 이용해 명령을 내릴 필요가 없었을 것이다.

진일보.

그야말로 네크로맨서의 스킬을 한 단계 진일보시킨 결과물이라 할 수 있었다.

아니, 저런 형태의 언데드를 그저 언데드라 부를 수 있을 것인가.

악성 종양은 킹 뮤턴트와 듀라한을 보고 새로운 가능성을 느꼈다.

자신의 진화에 대한 가능성을!

이대로 물러날 순 없었다.

이게 전부는 아닐 터였다.

조금이라도 더 보고 싶다.

수많은 변수를 목격하며 자신의 것으로 흡수하려는 셈이었다.

하지만 다음 타자를 내보내진 못했다.

인간들.

그중에서도 제법 강한 축에 드는 인간들이 영역을 침범한 것이다.

키이이이이이이!

악성 종양은 공격 종양들을 불러들였다.

군림무적대의 대주 이셴은 모든 종양의 일거수일투족을 지켜보고 있었다.

그리고 지금이 악성 종양을 공격하기에 최적의 순간이라는 걸 본능적으로 깨달았다.

평소에는 공격 종양들이 악성 종양을 철저히 지키고 있어서 다가가는 게 불가했지만 지금은 가운데가 뻥 뚫려 있었던 것이다.

바람처럼 빠르게 중앙을 뚫고 달려 나갔다.

절정에 이른 경신술이었다.

'언데드끼리 싸우고 있다?'

이어 이셴의 눈에 들어온 건 언데드끼리의 전투였다.

어째서 언데드가 서로 싸우고 있는 것인지 알 수가 없었다.

하지만 더욱 놀라운 건 그 뒤에 서 있는 남자다.

'……사람이 있군.'

설마 다른 부류의 언데드를 끌고 온 게 저 남자일까?

하지만 주변에 있는 언데드가 한둘이 아니었다.

일반적인 시체술사가 다룰 수 있는 시체들도 아닌 듯싶었다.

'네크로맨서.'

리치를 제외하고 인간 중에선 네크로맨서가 없다. 지난 50년간 네크로맨서 클래스를 가진 자는 나타나지 않았다.

하나 아무리 봐도 네크로맨서나 그에 준하는 무언가가 아니고선 설명이 불가능한 상황이었다.

이윽고 이셴과 남자의 눈이 부딪쳤다.

깊고 공허한 그 눈이 이셴의 머릿속 깊숙이 틀어박혔다.

'지금 중요한 건 악성 종양이다.'

이셴은 애써 남자의 눈길을 외면했다.

그를 상대할 시간이 없었다.

여러 가지가 궁금하긴 했지만 악성 종양보다 우선순위에 있지는 않았다.

공격 종양이 들이닥치면 승리는 장담할 수 없으니.

"대천검진(大天劍陳)을 펼쳐라."

이셴의 명령을 들은 대략 스무 명의 대원이 빠르게 나뉘어 물결과 같은 형태로 늘어섰다.

그리고 거대한 살덩이의 탑 근처에 도달한 즉시 태풍처럼 밀어붙였다.

무영은 느닷없이 끼어든 제3자를 바라봤다.

'군림무적대.'

용케도 빈틈을 비집고 들어온 것이다.

그리고 제법 성공 확률도 높아 보였다.

그들은 군림세가 최강의 정예들이었고 이런 식의 공격을 하는 게 굉장히 매끄러웠다.

강한 적을 상대로 몇 번이나 공략에 성공한 적이 있는 듯싶었다.

무영은 턱을 쓸었다.

'어찌한다.'

군림무적대가 이 순간에 치고 들어오리라는 건 예상하지

못했다.

공격 종양의 범위를 용케 벗어난 모양이었다.

하나 악성 종양을 지키는 건 세 개의 공격 종양 외에도 더 있었다.

방금 전까지 무영이 상대하던 부류의 언데드들.

뱀파이어 나이트보다 강한 언데드가 아직 셋이나 남아 있었다.

결국 시간이 끌리면 공격 종양에 의해 전멸하리라.

이는 정해진 미래이고 수순이었다.

하지만…… 이 기회를 잘만 살리면 최적의 돌파구 하나를 만들 수도 있을 것 같았다.

'적의 적은 아군이라 하였던가?'

어차피 모든 언데드와 종양을 제거하지 않으면 뒤섞인 공포를 해결할 수 없었다.

듣기로 뒤섞인 공포는 자신의 피조물이 존재하는 한 거의 무적에 가까운 것 같았다.

그렇다면 공격 종양을 막는다.

과연 군림무적대만으로 악성 종양을 퇴치할 수 있을지는 미지수지만 무영이 조금만 돕는다면 그 가능성이 더욱 높아질 것이었다.

쿠르르르르르르릉!

세 개의 살덩이가 뱀처럼 땅을 쓸며 다가오고 있었다.

"목표를 바꾼다."

무영은 느지막하게 말했다.

타칸이 음흉하게 웃으며 검을 뽑았다.

"드디어 내 차례가 왔나 보군."

"공격 종양을 막는다."

"언데드가 아니란 말이냐?"

타칸이 한숨을 푹 쉬었다.

새로운 언데드와 상대하며 우위를 보이고 싶었건만 마음처럼 되지가 않았다.

스릉!

무영이 비탄을 뽑았다.

공격 종양이라 불리는 살덩이는 그저 빠르게 움직이며 상대를 덮칠 뿐이었다.

단조롭기 그지없지만 그 크기가 족히 수백 미터라면 어떨까.

가장 효율적으로 적을 말살시킬 수 있는 조건이 완성되는 것이다. 하물며 공격 종양의 신체는 아무리 베어도 빠르게 수복되었다.

'우리를 돕는 건가?'

이셴은 악성 종양을 상대하다가 들리는 굉음에 고개를 돌렸다.

그리고 방금 전 본 남자가 공격 종양을 상대로 고군분투하는 걸 보았다.

놀랍게도 언데드와 남자가 공격 종양 셋을 막아내고 있었다.

천하의 군림무적대도 어느 정도 고비를 겪었던 셋을 상대로 말이다.

하지만 무엇이 마음에 안 드는지 시종일관 이맛살을 구기고 있었다.

이윽고 남자는 언데드들에게 공격 종양을 상대하도록 놔둔 채, 악성 종양과 군림무적대가 있는 곳으로 날듯이 다가왔다.

적인지 아군인지 모호한 상황.

악성 종양에 이어 이 남자까지 상대해야 한다면 승률은 한없이 낮아진다.

그때, 남자가 말했다.

"알아서 살아라."

의문의 말을 남기고 남자가 주먹을 뻗었다.

'악성 종양을 없애야 죽일 수 있나보군.'

아무리 베고 썰어도 공격 종양은 다시금 회복했다.

악성 종양을 없애지 않으면 공격 종양은 무한히 재생하는 듯했다.

그러나 상대를 하는 게 불가능하진 않았다.

사냥이 아닌 시간 끌기라면 용의 발목도 잡은 전적이 있지 않던가.

하지만 끝이 없었다.

악성 종양을 상대하는 군림무적대도 크게 실효를 거두지 못하는 것 같았다.

악성 종양과 같이 까다로운 적은 상대한 적이 별로 없었나 보다.

돕고는 있지만 생각보다 마음에 드는 파트너는 아니었다.

'이대로는 시간만 버리겠군.'

하는 수 없이 무영은 언데드에게 공격 종양의 상대를 맡긴 채 등을 돌렸다.

군림무적대의 근처까지 다가가 조용히 말했다.

"알아서 살아라."

이후 왼쪽 주먹을 내뻗자 '창공왕의 숨결'이 발동됐다.

콰아아아아앙!

거대한 돌풍이 주먹에서 뻗어 나갔다.

악성 종양이 한차례 휘청거렸고 군림무적대는 재빨리 길을 텄다.

하지만 이게 전부가 아니다.

창공왕의 숨결 정도로는 악성 종양에게 약간의 타격은 줄지언정 그 이상을 기대하긴 어려웠다.

무영의 의도는 전혀 다른 곳에 있었다.

악성 종양까지의 중심이 비자 무영은 하의를 한 차례 쓸었다.

이대로 시간만 죽일 순 없었다.

여태껏 한 번도 사용한 적이 없지만 여기서까지 아낄 필요는 없을 것 같았다.

무영이 입을 열자 주변에서 번개가 내리치며 검은색 구름이 몰려들었다.

⟨파멸의 정령, 바론이 소환됩니다.⟩

⟨사용자의 지능이 230입니다. 바론은 그 두 배(460)의 모든 능력치를 갖습니다.⟩

⟨피하십시오! 바론은 모든 걸 불사르는 파멸, 그 자체입니다!⟩

'바론.'

파멸의 정령 바론!

암흑룡 바르사를 잡고 이면의 주인들이 준 선물이었다. 비록 사용자를 공격할 가능성이 많다지만 주변엔 먹이가 많다.

군림무적대가 악성 종양을 상대로 선전했다면 굳이 안 해도 될 일이지만 이대로는 답이 없다고 판단한 것이다.

곧 푸른빛을 띠는 커다란 구체가 공중에 떠올랐다. 그 구체는 족히 수천 개의 눈을 지녔으며 지상의 모든 걸 굽어볼 수 있었다.

존재감만으로도 충분히 압도적이라 할 수 있었다.

악성 종양 또한 관심을 가졌는지 살덩이의 중심부에 눈 하나가 생겨났다.

피이잉!

콰아아앙!

이어 바론이 가진 수천 개의 눈에서 레이저와 같은 공격이 쏟아졌다.

"피해라!"

알아서 살라는 뜻을 그제야 이해했는지 군림무적대의 대주 이셴이 부득불 외쳤다.

그렇다. 바론.

무영은 모든 걸 공격하는 무지막지한 놈을 풀어버린 것이다.

27장
죽고자 하면 살 것이다

스읍! 하아!

무영은 크게 숨을 들이마시고 내뱉었다.

체력과 정신력이 급속도로 소모되고 있었다.

하지만 멍하니 있을 순 없는 노릇이다.

수천 갈래로 찢어져 나오는, 거의 천재지변이라 칭할 수 준의 공격을 맨몸으로 받았다간 신체가 남아나지 않을 것이 었다.

무엇보다…….

행성 하나를 축소해 놓은 모양, 그곳에 달린 수천 개의 눈 이 무영을 찾았다.

바론은 소환자를 먼저 찾게 되어 있었다.

키오오오오오!

하나 지근거리에서 쏟아낸 공격이다. 악성 종양에게 공격이 닿지 않았을 리 없었다.

비록 수복되긴 했으나 악성 종양은 잔뜩 뿔이 난 듯 붉은색의 포자를 뿜어댔다.

붉은색의 포자는 바론을 향해 날아가 달라붙었고.

꽈아아아앙!

달라붙은 즉시 폭사했다.

무영을 찾던 바론도 멈칫할 수밖에 없었다.

소환자를 먼저 찾는다지만 공격을 받고도 무시할 순 없는 노릇.

곧이어 악성 종양이 만들어낸 모든 언데드가, 세 개의 공격 종양이 오로지 바론 하나를 말살하고자 움직이기 시작했다.

한 번의 공격을 받은 게 전부라지만 악성 종양은 이곳에서 가장 위협적인 게 바론임을 깨우친 것이다.

바론의 모든 눈 또한 악성 종양에게 초점을 맞췄다.

쾅! 콰르릉! 쿠아아아앙!

그렇다 하더라도 워낙 공격이 광범위해서 구경만 하긴 어려웠다.

운석이라도 떨어진 양 주변에 수많은 크리에이터가 생겨났다.

'다행이군.'

어쨌건 바론의 소환이 정답이었단 말이다.

왜 금기시 되었는지 알 듯했다.

실체는 처음 보는 것이었지만 보다 신중하게 사용해야 할 것 같았다.

"길을 뚫어라. 물러난다!"

사방에서 언데드가 몰려들었고 군림무적대가 신속히 자리를 이탈하기 시작했다.

이셴의 명령을 필두로 언데드의 물결에 저항했다.

무영은 최대한 기척을 죽인 채 유유히 그 뚫린 길을 따라서 걸었다.

마냥 피하기만 한 것은 아니다.

이셴은 이 기회를 활용하고자 머리를 굴렸다.

'차라리 잘됐다.'

악성 종양과 정체모를 괴물의 전투.

그사이 본체인 뒤섞인 공포는 무방비다.

물론 방어 종양이 하나 있긴 했다.

거대한 산의 형태로 뒤섞인 공포를 지켜주는 그놈.

거의 모든 공격에 면역 효과를 갖고 있었다.

뿐만 아니라 악성 종양이 끊임없이 본체가 있는 쪽을 주시하고 있었다.

때문에 악성 종양을 먼저 처리할 필요가 있었던 것이다.

하지만 지금, 악성 종양과 괴물의 전투로 말미암아 본체 쪽은 무방비가 됐다.

방어 종양은 말 그대로 방어용이다.

'나라면 뚫을 수 있다.'

이셴은 결계나 방어진 따위를 뚫는 데 특화되어 있었다.

악성 종양이 부재일 때의 방어 종양 정도는 처리할 수 있으리라 보았다.

이셴은 법보 한 장을 꺼냈다.

"우리의 목표는 뒤섞인 공포다. 지금부터 작전을 속행한다."

화아아악!

법보를 찢자 모든 대원의 전신에 안개와 같은 것이 피어났다. 안개는 천천히 이들의 존재감을 지웠다.

이윽고 완전히 주변에 녹아든 그들을 누구도 발견할 수 없었다.

단 한 명을 제외하고는.

군림무적대의 움직임을 확인한 무영이 한쪽 입꼬리를 말아 올렸다.

저들이 향하는 곳이 어디인지 단번에 파악한 것이다.

'이 틈에 뒤섞인 공포를 치겠다는 거로군.'

나쁘지 않은 판단이다.

뒤섞인 공포에 대한 정보력은 무영보다 앞설 것이니 악성 종양과 바론이 대치할 때 어부지리를 취할 셈이었다.

그러나 과연 그게 뜻대로 될까?

"타칸, 이제 네 차례다."

잠시 멈춰선 채 남은 언데드를 불러들였다.

타칸은 검을 들었다. 드디어 자신의 차례가 왔다는 듯.

"내가 할 일이 무엇이냐?"

"주변 산속에 숨어 있는 인간들을 사냥해라."

산맥 곳곳에 숨어 있는 오대세가의 병력들.

그들이 남아 있으면 변수로 작용한다.

뒤를 걱정해야 하는 건 사절이었다.

그리고 이 일을 맡기기엔 타칸이 제격이었다.

수많은 악령을 다룰 수 있고 언데드 중 가장 지능이 뛰어났으니.

"인간 사냥이라……."

썩 마음에 들지는 않는 모양이었지만 그래도 아주 납득하지 못한 건 아닌 듯싶었다.

여태껏 거의 구경만 했으니 몸이 간질거릴 터였다.

"검삼과 킹 뮤턴트를 대동해라. 최대한 효율적으로 움직여야 할 것이다."

"나 혼자서도 충분하다만."

"너의 실력을 의심하는 바가 아니다. 하나, 숨어 있는 숫자가 많다. 타칸 네가 지시하며 인간들이 숨어 있을 만한 장소를 일거에 치라는 의미다."

"전략과 전술을 병행하라 이 말이군. 하긴, 나와 같이 지성을 갖춘 왕에게 그 둘은 필수불가결하지."

타칸은 현세에 자신만의 제국을 세우겠단 원대한 목표가 있었다. 자신을 '왕'이라 칭하며 콧대가 높은 것도 그러한 이유다.

실제로 타칸은 강하다.

검골 삼형제와 싸울 때보다 더욱 강해졌다는 걸 무영은 알고 있었다.

그걸 타칸도 딱히 숨기지 않았다.

'비장의 무기라면 비장의 무기지.'

이제야 흥미가 생긴 듯 타칸이 주억였다.

"기다려라. 산에 숨어 있는 모든 인간의 씨를 말려주마."

그 '인간'의 범위에 무영도 포함되어 있긴 하지만, 타칸은 무영을 인간이라고 생각하지 않았다.

뿔이 사라진 걸 일종의 부작용 정도로 치부했다.

곧 타칸이 킹 뮤턴트와 검삼을 대동한 채 빠르게 움직였다.

"하이데거, 그리고…… 검이. 너희는 나를 따라와라."

하이데거와 검이 역시 많은 변화를 겪었다.

'탈리스만. 성신기조차 만들어내는 기적의 집약체.'

처음엔 왜 오대세가의 병사들이 이 산을 찾았는지 의아
했다.

언제 터질지 모르는 뒤섞인 공포라는 폭탄이 있음에도 정
예들을 끌고 와서 노리는 바가 무엇인지 찾고자 하였다.

그들의 목표물이 '탈리스만'임을 알게 됐다.

탈리스만이라면 충분히 그럴 가치가 있었다.

오히려 이 정보가 퍼져 나간다면 더한 자들이 이 산을 찾
아올 것이다.

가장 우려되는 건 신성 도시 뮬라란의 행보였다.

뮬라란과 그들 10만 사제에 대해선 무영조차 자세히 아는
바가 없었다.

대외활동을 거의 안하는 데다, 허락받은 자만이 뮬라란으
로 들어올 수 있었다.

그곳은 불가침의 영역이며 신성스러운 장소였으므로 살수
인 무영이 의뢰를 받아 들어갈 일도 없었다.

'모두 내 것이다.'

어쨌거나 탈리스만이 뒤섞인 공포에게 있다.

뒤섞인 공포의 모체는 무영이 응당 가져야 하는 것이었으
니 둘 다 무영의 것이라 할 수 있었다.

그리고 하이데거와 검이, 무영이면 군림무적대의 뒤를 치
기엔 충분할 것이었다.

쾅! 쾅! 콰르릉!

악성 종양과 바론의 전투는 주변 모든 걸 황폐하게 만들었다.

최상위급은 다섯 단계로 분류되는데 둘은 그중에서도 가장 마지막 5단계로 치부될 수준의 괴물들이었다.

인류 10강 수준의 강자가 아니고선 대적이 불가한 두 괴물이 치고 박고 싸우자 가장 먼저 반응한 건 산속의 인간들이다.

무율, 군림, 야수세가!

"지금이 절호의 기회다. 우리는 아름과 요람의 정령을 되찾는다."

무율세가의 정예들은 오로지 정령의 회수를 위해 이곳에 왔다.

물론 고대 어둠 정령인 뒤섞인 공포는 아니다.

그 뒤섞인 공포를 억누르고자 투입한 아름과 요람의 정령이었다.

애당초 무율세가가 뒤섞인 공포를 만들었으나 다른 정령들 역시 배양 중이었다.

그중 뒤섞인 공포와 아름과 요람의 정령이 가장 실효를 거둔 결과물이었다.

하나 아름과 요람의 정령은 배양이 덜 됐다. 결국 뒤섞인 공포를 제대로 억누르지 못했다.

되찾아야 한다. 아름과 요람의 정령…… 정확히 말하면 탈리스만을.

"쉐이드?"

그들이 빠르게 움직이는 순간 주변에서 몰려오는 그림자가 있었다.

처음엔 쉐이드 종류의 그림자형 괴물인가 싶었지만 느낌이 묘했다.

더욱 음습하고 악(惡)에 가까운 느낌.

악령이었다.

그리고 악령들이 모여들어 검은 원을 만들었고, 그 위로 생성되듯 데스나이트가 나타났다.

검 한 자루와 검은색의 얇은 갑옷을 뒤집어쓴 전사.

"데스나이트!"

"악성 종양이 데스나이트마저 만들어냈단 말인가!"

"그래봤자 한 마리다. 쳐라!"

무율세가의 정예들이 데스나이트, 타칸을 공격하기 시작했다.

스릉!

타칸의 검을 뽑았다.

그러자 검이 공명하였다.

검삼의 공명과 비슷하지만 조금 다르다.

타칸은 홀로 공명하고 있었다. 전신의 모든 움직임을 최소화시키려는 것이다.

생명체라면 절대 불가능하다던 일을 혼자서 해낸 것이었다.

뿐만인가.

타칸의 발밑으로 바람이 통했다.

타칸은 바람을 밟았다. 바람과 동화되었다. 이는 검이가 사용하는 달리는 법, 경신술이었다.

쳉! 차창!

타칸의 검이 유수하게 흘렀다.

모든 걸 잡아먹을 듯 완벽한 검법을 구사해 냈다.

한 치의 오차도 없이 움직이며 적들의 공격을 흘려버렸다.

검일이 사용하는 절제된 검법의 예다.

또한…….

타칸의 검이 일순 느려지다가 빨라졌다.

'이건 아직 어렵군.'

다른 건 다 됐지만 무영의 그 시간을 다루는 법만큼은 따라할 수 없었다.

분명히 느린 듯이 보이는데 순식간에 적을 제압하는 방법.

보면 볼수록 신통했다.

그 근원이 킹슬레이어에게 있다지만 킹슬레이어의 움직임은 무영보다 더 감을 잡기가 어려웠다.

하여간 이를 배우면 킹 뮤턴트의 '시간을 저장하는 법'에 대해서도 조금은 감을 잡을 거 같았는데 아무래도 시간이 필요할 것 같았다.

아쉬운 듯 입맛을 다시자 어느새 주변엔 시체만이 쌓여 있었다.

"나 타칸은 패배한 게 아니다. 더욱 강해지기 위한 길을 닦았을 뿐."

이어 타칸이 뒤를 돌아 킹 뮤턴트와 검삼을 바라봤다.

타칸은 악령의 왕이다. 악령을 포식하고 악령을 다스리는 왕. 멈춰서 있는 건 결코 왕이라 할 수 없었다.

패배에 절어 절망하는 것도 왕의 자질이라 할 수 없었다.

타칸은 지금 이 순간에도 강해지고 있었다.

무영의 속도만큼이나 가파르게.

옛것은 버리고 새것을 취하는 것에 거부감이 없었다.

보다 강해지고 보다 단단한 왕이 되는 게 타칸의 목표였으니 말이다.

왕이 흔들리고 왕이 멍청하면 나라는 파탄이 나게 되어 있다.

검골 삼형제와 싸우고 허무하게 패배했던 그때와 시간이 얼마 흐르지 않았음에도 지금의 타칸은 분명히 달라졌다.

산맥에서 비명이 울려 퍼지는 듯했다.

무영은 곧 신경을 접었다.

타칸이라면 어련히 무영의 명을 완수할 터였다.

'타칸과 나는 닮은 면이 없잖아 있지.'

강해지려고 노력한다는 것. 강해지는 데 모든 수단을 가리지 않는다는 것.

무영은 내버려 두었다. 검골 삼형제에 이어 자신의 '결'을 다루는 법까지 타칸은 훔치려 하였는데, 그건 본다고 따라할 수 있는 게 아니다.

오히려 타칸은 조바심을 내며 무영을 따를 수밖에 없었다.

어쩌면 예상한 기간보다 더욱 길게 충실한 종으로서 활동하게 될 것이다.

하여튼…….

무영은 고개를 돌렸다.

키아아아악!

방어 종양이, 산 전체가 소리를 내질렀다.

방어막이 뚫렸다.

군림무적대가 성공한 것이다. 절반에 가까운 피해를 입었으나 그들은 고양되어 있었다.

곧 뒤섞인 공포의 본체가 드러났다. 그 가운데가 빛나고 있었다.

탈리스만의 자취다.

"가자."

스릉!

무영이 비탄을 뽑았다.

저들은 무영이 소환한 바론에 의해 어부지리를 노렸지만 그 뒤에 무영이 있음을 간과하고 있었다.

알았다고 하더라도 무영이 탈리스만을 노린다는 걸, 혹은 자신들의 뒤를 노린다는 것까진 생각하지 못한 모양이었다.

저들은 급했고 무영은 느긋했다.

그 작은 차이가 돌이킬 수 없는 결과를 만들어낼 것이다.

뒤섞인 공포는 그야말로 괴기스러운 모습이었다.

족히 10m는 넘어 보이는 거인이 웅크리고 있었는데 화상을 입은 듯 전신의 피부가 벗겨져 있었고 빛으로 이루어진 창이 박혀 있었다.

양쪽 눈은 감은 상태였으나 끊임없이 피가 흘러나왔다.

괴물보단 미라에 가까워 보이는 외형.

하지만 등 뒤에 단 날개가 더욱 시선을 끌었다.

'혼종인가?'

검은 날개와 하얀색의 날개가 교차로 나 있었다.

천사와 악마의 혼종을 연상시키는 모습.

하지만 무영도 성녀 스노우 외에 저러한 날개는 처음이었다.

그러나 뒤섞인 공포는 무력했다.

방어 종양마저 걷어내자 끊임없이 괴로워하는 연약한 괴물만 남아 있을 뿐이었다.

저 심장 쪽에서 빛나는 빛의 덩어리가 바로 탈리스만일 터.

무영이 다가서자 가장 먼저 감지한 건 군림무적대의 대주 이셴이었다.

"너는……!"

이셴의 눈이 커졌다.

악성 종양과 싸우고 이상한 정령을 풀었던 남자가 지금 눈앞에 있는 것이다.

왜?

설마 목표가 같았단 말인가?

인간과 비슷한 외형이되 인간이 아닌 줄 알았다.

인간은 언데드를 저처럼 자유자재로 다룰 수 없는 탓이다. 묘한 기운이 섞여 있기도 했고 말이다.

설령 맞더라도 악성 종양을 먼저 쓰러뜨리는 걸 우선시할 줄 알았으나, 그 역시 아닌 모양이었다.

"군림세가는 저것으로 무엇을 하려는 거냐."

무영이 무방비한 뒤섞인 공포를 가리키며 묻자 이셴이 눈살을 찌푸렸다.

"우리를 알고 있나 보군."

"나는 쥐새끼처럼 숨어 있던 모두를 안다. 보아하니 뒤섞인 공포는 너희 세 세가가 합작하여 만든 작품 아닌가?"

무영이 가설을 내뱉었다.

그러나 가능성이 높다고 보았다.

군림, 무율, 그리고 야수세가는 서로 적대적인 곳이 아니다.

게다가 한 곳이 저만한 정령을 배양하고 숙주를 찾으려거든 엄청난 출혈과 희생을 감당해야 한다.

정말 우연히 운 좋게 배승민을 한 번에 찾았다면 모를까 족히 수백에서 수천 명이 죽어 나갔을 것이다.

외부로 드러날 수밖에 없는 일.

드러나는 순간 모든 집단의 공격을 받게 될 명분이 된다.

그걸 세가 혼자의 힘으로 감당하며 해결할 수 있을까?

'불가.'

무영은 내심 고개를 저었다.

아무리 오대세가라도 다른 세가의 협력 없이는 불가하다.

하물며…….

저 미라와 같은 괴물 속에 있는 건 모두 세 개였다.

뒤섞인 공포, 그리고 빛 계열의 정령과 배승민!

셋이 제대로 섞이지 못하고 끊임없이 분열만 일으키는 중이었다.

하여간 뒤섞인 공포와 필적하는 빛의 정령을 무율세가가 혼자서 찾고 배양했을 리도 없었다.

그런 기반이 못 된다는 걸 무영만큼은 누구보다 더 잘 알고 있었다.

'세 세가의 합작품. 하나, 실패했고 셋은 모두 노선을 달리했다.'

이게 가장 타당하다.

굳이 오대세가 중 세 곳만 나타난 것도 그렇고, 그 외의 병력은 전혀 보이지 않는 게 방증이었다.

"네놈, 어디서 보낸 자냐."

이셴의 목소리가 가라앉았다.

저 반응이면 족하다. 감정을 숨기는 데 능하지만 어디 무영보다 능하겠는가.

극히 미묘한 숨결의 떨림을 찾아냈다.

최소한 틀리진 않은 듯싶었다.

"앞으로 세력 구도가 재밌어지겠군."

그리고 놈의 반응으로 말미암아 무영은 피식 웃고 말았다.

세 곳이 도전하고 세 곳 모두 실패했다.

하나 그들은 서로를 끊임없이 의심할 것이다.

어쩌면 전쟁이 벌어질지도 모른다.

조사를 위해 병력을 보내고 무영의 존재가 드러날 수도 있겠지만 이미 의심암귀에 빠진 이상 '그자는 어느 세가의 소속인가'를 두고 공방이 벌어지겠지.

당연히 연대도 사라진다.

우연히 관련 정보가 세어나가기라도 하면 서로를 범인으

로 몰기 바쁠 것이다.

여기에 신성 도시 뮬라란마저 움직인다면, 세 곳 중 한 곳은 반드시 파멸하리라.

굳이 뮬라란이 아니라 다른 외부 길드들이 알아도 마찬가지긴 하지만 판도가 다시금 바뀔 가능성이 없지 않았다.

인류는 정체되어 있었다.

자신의 영역에 안주하며 자신의 이익을 쫓기 바빴다.

수많은 잉여력을 낳았고 그 힘은 점차 썩어가고 있었다.

무영의 예상대로 피바람이 분다면 그 잉여된 힘이 외부로 발산되어 새로운 물결을 맞이할 수도 있었다.

'거대 집단 중 하나가 사라진다. 그리하면 경쟁이 치열해진다.'

그 집단의 빈자리를 파고들고자 무수히 많은 집단이 일어설 것이다.

물론 낙관적이지만은 않다.

최악의 경우는 거대 집단이 서로 합의를 보는 거겠지만 그 가능성은 극히 낮았다.

수십 년간 비축된 힘을 내보이고 싶어서 안달인 곳이 한두 곳이 아닐 테니.

"재밌겠군?"

이셴이 의아해하였다.

마치 전혀 상관없는 제3자처럼 말하지 않나.

실제로 상관이 없긴 하지만 이셴은 무영이 무율이나 야수세가의 사람이라고 철석같이 믿는 중이었다.

무영은 비탄을 들었다.

"하이데거, 검이. 저자를 제외한 나머지를 제거해라."

"알겠습니다."

"명을 따릅니다."

하이데거는 본래 지금 무영이 다스리는 영지 사람들을 납치하고 노예로 부리던 자였다.

하지만 무영에 의해 언데드가 된 뒤 충실히 따르는 중이었다.

심장을 갈아 끼울 수 있고, 갈아 끼우는 심장에 따라 능력을 발휘하는 게 다르다.

그리고 현재 하이데거의 심장은 트윈 헤드 오우거의 것이었다. 다른 언데드에 비하면 부족한 감이 있지만 그래도 하이데거라면 1인분은 충분히 할 수 있다.

나머지 부족한 부분은 검이가 채워주리라.

"나는 저 남자를 맡으마."

비탄이 이셴에게 향했다.

자신을 무시하는 듯한 발언에 이셴의 눈가가 파르르 떨렸다.

"궁금한 게 많으니 죽이진 않겠다."

하여 이셴이 받아쳤다.

기다란 검은색의 창을 들고 창대를 무영에게 향했다.

스슥!

둘은 동시에 사라졌다.

이셴의 창은 날카롭다. 족히 20년은 갈고 닦은 실력. 최정예 부대의 대주는 아무나 하는 게 아니다.

한 번의 창질이 목숨을 앗아갈 정도로 정확했다.

차아아아앙!

검과 창의 옆이 스쳤다.

불꽃의 튀며 서로의 위치가 뒤바뀌었다.

그런 식의 공방을 열 차례 정도 반복했다.

'강하군.'

일종의 간보기다.

또한 무영은 자신의 현재 실력이 어느 정도 먹히는지를 가늠하고 있었다.

이셴은 인류 모두를 나열해도 충분히 오백 위권 안에는 들어갈 실력자다.

하지만 그런 이셴의 공격을 무영은 번번이 막아내고 있었다.

'보인다.'

결이 보인다.

단순 능력치로는 이셴이 월등할 것이나 무영에겐 결을 볼 수 있는 눈이 있었다.

결은 일정한 방향으로 나게 마련.

모든 이가 고유의 결을 갖고 있었다.

이셴의 공격 역시 일정한 파동을 보였다.

이셴은 자신의 공격이 계속 막히자 창을 회수했다.

"네놈의 실력이 꽤 괜찮다는 걸 인정한다. 그러나 부족해."

그러곤 창을 바꿨다. 하늘에 손을 뻗자 허공에 균열이 생기며 묵색의 창이 떠내려 온 것이다.

"'생명을 좀먹는 창'으로 내가 쓰러뜨리지 못한 적은 없다. 이 창에 꼬치처럼 꿰뚫리기 싫거든 지금이라도 항복하는 게 좋을 것이다."

불길하기 짝이 없는 기운을 풍기는 창. 과연 저 창을 들면 쉽게 막기가 어려울 듯했다.

하지만 무영도 숨겨둔 수가 없진 않다.

무영은 결을 봤다. 결을 가속화했다.

곧 세상이 느려지기 시작했다.

크르르르!

신체가 변하며 두 개의 뿔이 솟았다. 야수와 같이 그르렁대는 소리가 절로 튀어나왔다.

"도깨비……?"

이셴의 눈이 큼지막해졌다.

변신 관련 스킬인가 싶었지만 존재감 자체가 달라졌다.

도깨비와 비슷하지만 비교가 안 된다.

두억시니? 마찬가지다.

대관절 저 모습이 무엇을 뜻하는 지 알 수가 없었다.

툭!

정지한 듯 비탄을 쥐고 멈춰 섰다.

그리고 그 다음 순간 무영은 어느덧 이셴의 근처에 있었다.

"……!"

꽝!

창과 비탄이 부딪치자 폭발을 일으켰다.

이셴의 몸도 함께 흔들렸다.

'빠르다.'

이셴은 큰 충격을 느꼈다.

상대가, 멈춘 줄 알았던 상대가 어느덧 공격을 가하고 있다. 이셴의 눈이 무영을 주시했다.

그리고 다시금 사라졌다.

꽝! 꽝!

연거푸 가까스로 막아냈으나 손이 걸레짝이 되었다.

이셴이 이를 갈았다.

"놈!"

촤악!

한 번의 엇갈림.

계속해서 같은 공격을 당하고만 있을 정도로 이셴이 어수

룩하진 않다.

이셴의 창이 무영의 가슴을 꿰뚫었다.

"공격에 심취했구나. 방어에 너무 소홀했던 게 아니냐?"

이셴이 미소를 띠며 이죽거렸다.

쿨럭!

무영은 피를 토해냈다.

하지만 무영 역시 기세는 전혀 죽지 않았다.

"자기가 이미 죽은 줄도 모르는 놈이군."

"뭐?"

촤아아아악!

양팔이 잘려 나가고, 신체가 수십 조각으로 토막 나기 시작했다.

전신에서 뿜어진 피가 사방을 적셨다.

이윽고 단순한 고기 조각이 된 이셴의 신체가 바닥에 스러졌다.

'55초.'

5초만 더 시간을 끌었어도 늦을 뻔했다.

4배 빨라진 세상에서 헤르메스의 장화를 이용해 잠시간 두 배를 더 끌어올렸다.

곱하기 2가 되는 게 아니라 총합 5배속의 세상이 되었지만 이셴을 쓰러뜨리기엔 충분했다.

수우욱!

시체를 보던 무영이 가슴에 틀어박힌 창을 **빼냈다**.

채애앵!

그리고 바닥에 창을 아무렇게나 던진 뒤, 화염의 포효 스킬을 사용해 상처를 불로 지졌다.

극악한 고통이 느껴졌지만 인내했다.

대신 고개를 돌려 주변 상황을 살폈다.

검이와 하이데거가 맹활약 중이었다. 거의 정리가 되어가고 있었다.

다시금 뿔이 들어가고 인간의 모습이 되자 극심한 탈수 증세가 찾아왔다.

전신의 근육이 급속도로 수축됐다.

그러나 쓰러지진 않았다.

'그럼⋯⋯.'

뚜벅!

무영은 똑바로 걸었다.

뒤섞인 공포가 지척이었다.

그리고 뒤섞인 공포와 마주한 그 순간이었다.

쇄아아아아아악!

뒤섞인 공포의 심장에 각인된 어둠이 강렬해졌다.

어둠은 빛을 잡아먹고 세상을 잠식할 듯 범위를 넓히며 이윽고 무영마저 삼켜 버렸다.

"나는 완전해졌다. 탈리스만과 빛의 정령을 잡아먹고 반신격의 존재가 되었다!"

주변은 어둠밖에 없었다.

그 중심에서 뒤섞인 공포가 포효했다.

하늘까지 닿는 거대한 그림자. 악의밖에 느껴지지 않는 검은 감정의 소용돌이였다.

"너의 몸을 내게 바쳐라. 이곳에서 가장 내게 잘 맞는 그 육체를!"

그림자가 발을 뻗었다.

콰앙!

무영은 급히 물러났다.

왼팔을 들어 창공왕의 숨결을 뱉어냈다.

퍼어엉!

하지만 창공왕의 숨결도 큰 타격은 주지 못했다.

"소용없다. 나는 이미 반신격의 존재! 고작 인간이 주는 공격에 타격을 입지 아니한다."

이 검은 공간은 고유 결계와 같은 모양이었다.

이 안에서 뒤섞인 공포는 거의 무적과 같았다.

무영은 입술을 깨물었다.

이셴을 상대하느라 거의 모든 힘을 사용했다.

뒤섞인 공포가 완전히 무력해진 줄 알았는데 설마 그사이에 다른 힘을 흡수했을 줄이야.

모든 언데드를 재차 소환했다.

하나, 뒤섞인 공포가 손을 뻗자 모든 언데드의 영혼이 휩쓸려 버렸다.

지옥마는 결계에 막혀 들어오지 못한다.

'어렵겠군.'

이대로는 답이 없었다.

싸움이 될 것 같지 않았다.

이대로 패배하면 뒤섞인 공포의 말마따나 육체를 빼앗길 것이었다.

패배를 막 인지한 그때였다.

쇄아악!

무영의 품에서 부적 한 장이 빛났다.

'이건?'

무영은 부적을 꺼냈다.

부적에 적힌 글자는 네 개.

필사즉생.

죽고자하면 살 것이다.

그것을 보고 무영은 잠시 전율을 일으켰다.

성녀 스노우가 무영에게 준 부적이었다. 정확히는 세계수의 문지기 스웰이 대신 넘겼다.

설마 이 순간을 위해 남긴 것이었을까?

'죽고자 하면 살 것이다.'

무영은 고개를 끄덕였다.

육체를 내줄 바엔 죽도록 싸우는 게 낫다.

패배의 시인 따윈 해본 적이 없다.

뒤섞인 공포가 내뿜는 미지의 공포에 잠시 정신이 나간 모양이었다.

깨달은 순간 어깨가 가벼워졌다.

치열하게 부딪히는 것.

그게 본래 무영의 방식이지 않았던가.

숨을 크게 들이마시고 다시금 마음을 가다듬었다.

촤악!

그리고 무영은 비탄을 그었다.

뒤섞인 공포를 잡고자 하는 게 아니다. 뒤섞인 공포로 말미암아 생겨난 공포를 짓밟고자 자신의 손목을 그은 것이다.

피가 뺨에 튀며 정신이 맑아졌다.

체력과 기는 빠져나갔지만 그 이상으로 냉정해졌다.

이윽고 무영의 눈이 뒤섞인 공포의 '결'을 읽기 시작했다.

결이란 흔적이다. 모든 것에 새겨진 세월의 흐름이다. 영혼에 각인된 도장과도 같았다.

"그래봐야 발버둥에 불과하거늘! 포기하고 육체를 넘겨라!"

"마음이 급하군."

무영의 눈이 빛났다.

뒤섞인 공포가 어찌하여 결계를 만들고 그 안에서 출현했는지, 자신의 몸을 노리는 것인지 보다 명확해진 탓이다.

뒤섞인 공포는 무영이 포기하길 바랐던 것이다.

무영이 알아서 자멸하여 신체를 바치길 기다린 것이었다.

왜냐면 저 압도적인 크기 안에 숨겨진 알맹이는 지극히 형편없었기 때문이다.

"지렁이라. 겉이 강해도 속은 벌레와 다를 바 없군."

오른쪽 손목을 쥔 채 피식 웃고 말았다.

뒤섞인 공포의 진체는 지렁이와 같은 형상이었다.

무영의 눈마저 속일 순 없었다.

거대한 그림자 속에 감춰진 진실.

정신을 일깨우지 않았다면 무영 역시 겉모습에 현혹되었을 터였다.

쿠아아앙!

뒤섞인 공포는 말로 하지 않았다.

행동으로 화가 났음을 알렸다.

무영은 가까스로 피해냈으나 훨씬 여유로운 표정이었다.

"이곳은 현실이되 현실이 아니다. 바로 너의 꿈속이지."

반신!

마왕 이상의 강력함을 갖춘 존재.

하지만 무영은 떠올렸다.

방어 종양이 사라지고 뒤섞인 공포가 어떠한 형태로 남아 있었는지.

아무것도 못 한 채로 그저 웅크리고만 있지 않았던가.

놈은 세계수를 흡수하지 못했다.

그런 모습을 어찌 반신격의 존재라 볼 수 있겠나.

그러니까 지금 무영이 보는 모든 게 뒤섞인 공포가 바라는 허상이다.

진정한 반신이 되어 미쳐 날뛰는 것이 놈의 바람이었다.

"네놈의 말대로다. 하나 이곳에서 죽으면 네놈은 진정으로 죽는다."

뒤섞인 공포는 살짝 찔렸을지언정 여전히 강압적으로 말했다.

무영은 어깨를 으쓱했다.

놈이 시인한 이상 방법이 없진 않았다.

"너만 꿈을 꾸는 건 아니지."

'꿈과 꿈을 부딪친다.'

이곳은 허상 세계.

뒤섞인 공포의 꿈속이되 부딪칠 여지가 남아 있었다.

그것을 놈도 눈치챘는지 가소롭다는 듯이 말했다.

"나의 바람을 네놈이 이길 수 있을 것 같으냐? 수천 년간 쌓아온 나의 덩어리를! 고작 수십 년밖에 살아오지 않은 인간 따위가 부술 수 있을 리 없다!"

고대 어둠 정령.

그 이름처럼 고대에서부터 존재한 정령이었다.

오로지 반신이 되겠다는 욕구 하나만을 가지고서.

'마지막으로 꿈을 꿔본 게 언제인지 모르겠군.'

꿈이란 결국 상상력이다.

무영에겐 이 상상력의 부분이 결여되어 있었다.

진실로 판을 짜고 단계를 이룩해 나가는 것은 가능하지만 겪어본 적 없는 걸 머릿속에 그리는 게 약했다.

그럴 수밖에 없었다.

무영의 시간은 40년 전에서 거의 움직이지 않았으므로.

시키면 시키는 대로 살아왔다. 어떠한 상황에서 어떠한 행동이 최적인지만을 생각했다.

다시 돌아왔다고는 하나, 시간이 별로 안 지났다.

40년간 멈춘 시계를 다시 움직이기에는 역부족이란 뜻이다.

하지만 단 하나의 심상만큼은 확실히 알고 있었다.

겪어보진 않았으나 앞으로의 미래이리라고 믿어 의심치 않는 하나의 이미지.

무영이 눈을 감았다.

천천히 비탄을 허리춤으로 내리고 일순간에 튕기듯 검을 내뻗었다.

"나는 절대자다."

절대자의 별이 빛을 뿜어댔다. 붉은빛이 사방을 잠식하고 이내 무영에게 깃들었다.

스아아아아악!

바람이 불었다.

검기(劍氣)가 방출됐다.

모든 결을 집합시킨 단 한 번의 공격.

절대자로서 내리는 절대적인 철퇴다.

검에서 뻗어 나간 검기가 공간을 갈랐다. 놈의 신체를 잘라내고 결계를 부쉈다.

한 번뿐이지만, 한 번이면 충분하다.

전신의 모든 기운이 빠져나가는 기분.

절대자의 검이란, 검기란 그런 것이었다. 그야말로 전력을 담았기에 한 번의 시현을 성공할 수 있었다.

죽고자하면 살 것이라고 했던가?

하지만 무영은 진정으로 죽음으로 몸을 던져 모든 걸 담아냈다.

콰창!

곧 결계가 무너지기 시작했다.

잘려 나간 뒤섞인 공포의 신체도 조각조각 나뉘어 떨어졌다.

그 사이에서 꿈틀대는 지렁이 한 마리가 있었다.

파삭!

무영은 가까이 다가가 거침없이 밟았다.

지렁이의 몸이 터지며 결계의 종언을 알렸다.

〈모든 종양과 언데드가 제거되었습니다.〉

〈'뒤섞인 공포'를 제거해 폭주를 막아냈습니다.〉

〈히스토리에 '공포를 없애다'가 추가됩니다.〉

〈이면의 주인들이 심사를 시작합니다.〉

〈불가능을 이뤄낸 자여! 특별한 보상을 획득할 기회가 주어졌습니다!〉

〈'12궁도의 별'이 사용자를 선택합니다.〉

〈'양자리 허리띠'를 선물했습니다.〉

머릿속을 울리는 소리는 끊임없이 반복되었다.

〈2차 각성이 시작됩니다.〉

〈단 한순간이지만 절대자의 벽을 보았습니다.〉

〈'순수의 별'의 랭크가 반 단계 상승합니다.〉

〈천화난추(天花亂墜) – 황금 연꽃의 가호를 받습니다.〉

〈힘이 40, 지능과 지혜의 순수 능력치가 30씩 상승합니다.〉

〈일반 스킬의 랭크가 'B' 이상으로 고정됩니다.〉

〈모든 것을 비워내고 다시금 새로이 만들어냅니다.〉

〈육체가 모두 회복되었습니다.〉

부르르르!

무영이 몸을 떨었다.

모든 힘을 쏟아내고 기절했건만 언제 그랬냐는 듯 정신이 되돌아오고 있었다.

이어 천천히 눈을 떴을 때 무영은 검은색 사제복을 입은 누군가를 발견했다.

'누구지?'

구부정한 신체, 뿔처럼 우뚝 솟은 투구.

리치는 양쪽 팔 부분이 헐렁했으며 보석이 박힌 목걸이를 착용했다.

아지랑이와 같은 밝고 어두운 선들이 주변을 돌아다니고 있었고 작은 날개가 한 쌍 있었는데 흰색 깃털과 검은색 깃털이 교차적으로 섞여 있었다.

무영은 고개를 돌렸다.

자신이 있는 곳은 여전히 산 속이었다.

'손이…… 재생됐다.'

그러다가 다시금 신체를 살폈다.

2차 각성으로 말미암아 신체가 모두 수복되었다.

창공왕의 왼팔은 바닥에 덩그러니 떨어져 있었다.

새로이 태어난 느낌.

죽고자 하였더니 아예 새롭게 재생되어 버린 것이다.

"너는 누구냐?"

"주인님의 충실한 종입니다."

리치가 한쪽 무릎을 꿇었다.

그제야 무영은 눈앞의 리치가 배승민인 것을 알아봤다.

뒤섞인 공포의 폭주가 끝나자 본래의 모습으로 되돌아간 것이다.

막 일어난지라 몽롱하기도 했고 투구를 착용하고 있어서 못 알아봤다.

하지만 배승민은 죽었고 죽음의 계약이 발동됐다.

지금은 그저 언데드일 따름이었다.

배승민일 적의 기억은 있겠지만 모든 감정을 잃은.

조금 더 자세히 지켜보자 그에 따른 설명이 떠올랐다.

이름: 배승민

레벨: 380

성향: 아크 리치

힘 200

민첩 200

체력 300

지능 400

지혜 400

마법 저항 450

혼돈 450

+강대한 혼돈의 힘(빛과 어둠으로부터 면역).

+모든 네크로맨서 스킬 사용 가능(A랭크).

+'빛의 계보'로 인한 성자의 스킬 사용 가능(B랭크).

+목걸이 '탈리스만(지능지혜+80)' 사용 가능.

+빛과 어둠의 공존. 무한한 성장 가능성.

아크 리치!

빛에 면역된 리치라니 상상하기도 어렵다.

언데드 중에서 '아크'의 이름을 단 경우는 거의 없었다.

하물며 '성자'라니.

B랭크에 불과하나 성자는 사제 중에서도 굉장히 고위급으로 취급받는 존재다.

만 명 중 한 명의 비율이라고 봐도 좋다.

한데 네크로맨서와 성자의 스킬을 동시에 사용할 수 있는 것이다.

'저 목걸이가 탈리스만이로군.'

무영은 가만히 배승민이 착용한 목걸이를 바라봤다.

목걸이 가운데 박힌 보석이 아무래도 탈리스만인 듯싶었

다. 영롱한 빛을 뿜어내고 있었는데 목걸이와 합쳐지며 강력한 시너지를 낳았다.

지능과 지혜 80이 더해져 배승민은 일반 리치의 격을 벗어난 존재가 된 것이다.

'일단은 나둬도 되겠지.'

언젠가 탈리스만을 써야 할 때가 오면 쓸 수 있다.

그때까지 썩혀둘 바엔 배승민이 착용하여 유용하게 사용하는 게 나았다.

보아하니 저 목걸이는 배승민에게만 효력을 발휘하는 듯했다.

"받아라."

무영은 창공왕의 왼팔을 넘겼다.

배승민은 여전히 양팔이 없는 상태였다.

배승민이 천천히 일어나 창공왕의 왼팔을 끼었다.

곧 팔에서 촉수들이 뻗어 나가 배승민의 신체처럼 합체되었다.

"감사합니다."

"한데 빛의 계보라면 배수지의 스킬일 텐데?"

궁금한 점이 없진 않았다.

빛의 계보는 배수지가 하늘 도서관에서 익힌 스킬의 이름이다.

"핏줄로 이전되는 특성인 것 같습니다."

"그래서 '계보'인 거로군."

작게 주억였다.

설마 그 계보가 성자의 스킬마저 사용하게 할 줄은 몰랐지만 나쁠 건 없었다.

배승민의 존재를 확인한 무영이 손을 쫙 폈다.

'강해졌다.'

각성의 여파가 피부로 느껴졌다.

고작 2차 각성이라 할 수도 있지만 평범한 2차 각성과는 궤가 다르다.

'2차 각성 시기는 아직인 줄 알았건만.'

무엇보다 놀라운 건 순수 능력치가 아직 2차 각성과 거리가 멀었다는 점이다.

아무래도 절대자의 벽을 보며 강제로 2차 각성이 진행된 모양이었다.

'양자리 허리띠?'

이윽고 무영은 자신의 허리띠가 바뀐 걸 보곤 고개를 갸웃했다.

곧 '이면의 주인들'이 내린 선물이란 걸 깨닫곤 자세히 살펴보았다.

명칭: 양자리 허리띠

등급: A+++

분류: 장착형

내구: 50,000

효과: 12궁도의 별 중 하나. 양자리에 놓인 허리띠.

* 마법 저항+40

* 망혼력+40

* B랭크 이하 스킬 무시(일부 제외)

* 비행 가능

** 12궁도의 별 중 3개를 모을 시 모든 능력치+30

** 12궁도의 별 중 6개를 모을 시 A랭크 이하 스킬 무시

** 12궁도의 별 중 12개를 모을 시 '12궁도의 왕' 전승

허!

내심 놀랄 수밖에 없었다.

다른 건 무시하더라도 스킬 면역과 관련된 옵션이 추가되어 있었다. 더불어 세트 장비에, A랭크 스킬 면역마저 추가될 가능성이 잠재했다.

'스킬 면역이 붙은 장비는 극소수다.'

B랭크 이하는 두말할 것도 없다.

무영의 기억으로 현존하는 장비 중 가장 높은 면역 등급이 B+였다.

또한 윙 청린이 사용하고 있었다.

그보단 반 단계 낮지만 잠재 가능성은 그보다 한 단계 높

았다.

심장이 빠르게 뛰었다.

이어서 무영은 상태창 시계를 돌렸다.

변화한 점을 눈으로 직접 확인하고 싶었다.

전승 효과 →〉

순수의 별(S+, 모든 능력치+30. 절대자의 벽)

능력치 →〉

힘 305(187+118)

민첩 242(143+99)

체력 276(136+140)

지능 266(171+95)

지혜 247(172+75)

투기 212(102+110)

마법 저항 300(90+210)

망혼력 200(90+110)

순수의 별에 '+'가 하나 더 붙었다.

모든 능력치가 10이 더 올랐고 각성의 효과로 힘과 지능, 지혜가 큰 폭으로 상승했다.

'2차 각성을 하였으니 순수 능력치가 더욱 빠르게 오를 터.'

당장에라도 움직여 수련을 하고 싶었지만 이제 시간이 여의치 않았다.

다시 영지로 돌아가 '악마의 긴 밤'에 대비하여야 했다.

뽀롱.

그러던 와중 무영의 근처로 날아온 빛 덩어리가 하나 있었다.

빛 덩어리는 무영의 머리 위에 사뿐히 올라탔다.

'아름과 요람의 정령.'

빛 덩어리가 자신의 이름을 속삭였다.

하지만 그게 전부였다. 그 외엔 아무것도 알려주지 않았다.

"아름과 요람의 정령이 무엇이냐?"

"제 안에 섞여 있던 존재입니다. 뒤섞인 공포를 견제하고자 배양한 것이지요. 아직 다 성장하지 않아서 자세한 건 누구도 모릅니다. '빛의 사원'에서 우연히 발견했다고 합니다."

뒤섞인 공포를 견제하고자 새겨 넣은 정령이라.

자세히 봐도 관련된 정보가 떠오르지 않는 걸 보면 하늘 도서관에도 남겨지지 않은 미지의 정령이란 소리였다.

해악을 끼칠 것 같진 않으니 그대로 내버려 두었다.

뽀롱. 뽀롱.

빛 덩어리는 무영의 머리 위에서 장난을 치듯 마구 움직였다.

'돌아갈 때가 됐군.'

그러거나 말거나 무영은 몸을 돌렸다.

빠르게 상황을 종결시키고 이제는 돌아갈 차례였다.

28장
악마의 긴 밤

타칸이 검을 한차례 털어냈다.

인간들의 사냥은 끝났다. 자신의 실력을 점검해 볼 좋은 기회였다.

포식자의 이름에 걸맞게 모든 걸 먹어치운 결과였다.

만약 멈춰 있었다면 이렇게 끝나진 않았을 것이다.

"우히가 보기엔요. 100점 만점에 30점이요."

"뭐라?"

타칸의 해골이 한 차례 흔들렸다.

어느 사이엔가 구경을 온 우히가 타칸의 싸움을 지켜보고 있었다.

그러더니 종합적으로 점수를 매기고 평가를 시작한 것이다.

한마디 부탁을 안 했음에도 말이다.

어지간히 할 일이 없는 요정이구나라고 생각은 했지만 엄청나게 짠 점수에 절로 기분이 상할 수밖에 없었다.

우히가 하늘을 뱅뱅 돌며 말했다.

"치열함이 없어. 보는 맛이 없어! 재미가 없어. 너무 자아도취에 빠져 있는 거 아니니?"

"못 하는 말이 없구나. 죽고 싶은 게냐?"

"서방님을 반이라도 닮아보렴. 그 박진감! 그 말로 형용하기 어려운 초탈함! 무엇보다 멋있잖아. 여러모로 대비된다, 애. 우히히."

타칸이 몸을 부르르 떨었다.

마음 같아선 단칼에 저 요망한 요정을 반으로 갈라 버리고 싶지만 쉽지 않다.

무영을 따르는 요정이라서?

그것도 없진 않겠으나 다른 이유가 있었다.

'왜 저런 요정한테 요정왕과 마신의 가호가 걸려 있는지 모르겠군.'

다른 이는 속여도 자신의 눈까진 속일 수 없다.

악령. 즉, 수많은 혼을 다루는 타칸에게만 보이는 게 있었다.

이 부분에 있어선 무영도 깨닫지 못했을 테지.

우히에게 걸려 있는 수많은 가호는 다른 요정과도 분명히 대비되는 점이었다.

잘못 건드렸다간…… 결과를 알 수 없다.

모든 가호가 작은 기적에 맞먹는다.

저 많은 가호가 발동하면 무슨 결과를 초래할지 생각만으로도 끔찍했다.

하지만 제일 이해가 안 되는 게 마신의 가호였다.

'요정들은 솔로몬을 돕는 게 아니었던가?'

그러한 계약이 있다는 것만 안다. 하지만 그것만 가지고 따져 봐도 이상한 일이었다.

'72마신이 아니군. 요정계에 그와 비슷한 존재가 있는 것일지도.'

더 자세히 살핀 결과 72마신과는 조금 다른 부분이 느껴졌다.

하기야 그자들은 가호 따위를 내리지 못하는 진정한 악.

악에서 태어나 악만을 먹고 자란 게 72마신이다.

우히에게 가호를 내린 건 아마도 요정계에 있는 또 다른 존재일 터였다.

요정은 본래 '악'과 그다지 궁합이 맞지 않는데 우히가 엄연히 악성향에 가까운 무영을 저리 따르는 것도 그 영향이 없진 않은 것 같았다.

다른 요정이었다면 무영에게 공포감을 느꼈을 터다.

"우히히히히. 서방님, 거기는 안 되어요."

입가를 스윽 닦으며 우히가 침을 흘렸다.

무영에 대한 상상의 나래를 다시금 펼친 모양이다.

저 바보 같은 거에 저만한 가호라니…….

돼지 목에 진주가 이럴 때 쓰는 말이련가.

타칸은 한숨을 푹 내쉬었다.

"타칸."

그때 멀지 않은 곳에서 무영이 다가왔다.

무영과 또 다른 한 명.

'아크 리치.'

타칸은 본능적으로 검을 쥐었다.

단순히 아크 리치이기 때문만은 아니다.

강하다.

또한 저 리치에게서 느껴지는 묘한 빛의 기운이 타칸의 공격성을 일깨웠다.

"이 리치는 적이 아니다. 앞으로 우리와 함께할 것이다."

"저게 뒤섞인 공포에 섞여 있던 놈인가?"

"이름은 배승민이라 하지."

"무영, 한 가지 충고를 해주마. 리치는 함부로 믿어선 안 된다. 그리고 저 리치에게서 묘한 이종의 향이 난다."

무영이 피식 웃었다.

타칸의 충고가 의외이긴 했지만 그만큼 배승민의 기운이 타칸을 위협했다는 것이었다.

웬만한 일에는 철판을 까는 녀석이 보는 것만으로도 이만한 경각심을 가졌으니 실로 좋은 일이라 할 수 있었다.

"걱정 마라. 리치의 혼은 내 관할하에 있다."

"네가 만든 거냐? ……흐음. 빛의 기운을 강하게 띠는 리치는 나도 처음 보는군. 조금만 더 빛의 영향이 컸다면 리치가 아닌 다른 게 탄생했을 수도 있겠어. 조금 더 초월적인 무언가 말이야."

다른 게 탄생했을 수도 있다?

타칸의 말은 제법 의미심장했다.

배승민이 빛의 기운을 띠는 건 어디까지나 '빛의 계보'와 목걸이에 박힌 '탈리스만' 때문이다.

만약 빛의 계보의 적통인 배수지가 이 일에 연루되었다면 어떠한 형태로 거듭났을까?

"하여간 한번 싸워보면 안 되겠나?"

타칸이 검을 내뻗으며 말했다.

의심은 둘째 치고 호승심이 큰 모양이었다.

무영은 고개를 저었다.

"돌아가야 한다. 보아하니 정리는 끝난 것 같군."

"이런 반푼이들 따윈 내 상대가 안 된다."

타칸이 아쉬워하며 검을 집어넣었다.

그때 귀청을 강하게 때리는 소음이 생겼다.

"서, 서서, 서방님!"

얼음처럼 굳어 있던 우히가 득달같이 달려온 것이다.

그러곤 무영의 머리 위를 가리키며 오열을 했다.

"이건, 이건, 바람인가요? 이 요망할 년은 뭔가요? 거긴 우히 자린데!"

아름과 요람의 정령은 아직 형태가 없다.

그저 빛이 뭉친 모습으로 무영의 머리 위에 있을 따름이었다.

그걸 보고 우히가 잔뜩 흥분한 것이다.

하지만 아름과 요람의 정령에게선 반응이 없었다.

당연하다. 아름과 요람의 정령은 무영이 느끼기에 아기와 다르지 않았다.

성장이 끝나지 않은 탓에 감정의 표현에도 서투른 편이었다.

자신의 말이 씨알도 먹히지 않자 우히가 무력행사를 시작했다.

우히는 아름과 요람의 옆구리를 툭툭 치며 말했다.

그럴수록 아름과 요람은 속절없이 흔들려 댔다.

'구박받는 시누이'를 직접 본다면 이런 기분일 것 같았다.

"비켜. 안 비켜? 우히한테 쓴맛을 봐야 비킬 테야?"

"그만."

하는 수 없이 무영이 나섰다.

우히가 날개를 축 늘어뜨렸다.

"히잉. 서방님, 그래도요……."

무영은 입을 닫고 몸을 돌렸다.

명백한 무시의 처사다.

그것을 깨닫고 우히가 아름과 요람의 정령을 바라보며 외쳤다.

"씨이, 그래도 우히가 본처야. 너는 첩이라구!"

무율, 군림, 그리고 야수세가에 비상이 걸렸다.

탈리스만을 찾아 떠난 정예들에게서 연락이 끊긴 탓이다.

모두 동시다발적으로 일어난 일이었으며 전혀 예상에 두지 않았던 시나리오였다.

수뇌부는 당황했다. 대관절 누가?

즉시 조사단을 파견했지만 남은 건 시체뿐이었다.

썩어가는 시체와 부서진 언데드.

그리고 뒤섞인 공포였던 것으로 보이는 허물과 썩은 내를 풀풀 풍기는 종양들뿐이었다.

"누구냐? 누가 이런 일을 벌인 거냐?"

무율세가의 가주 무율진이 목에 핏대를 세웠다.

숨을 격하게 몰아쉬었다.

조사 도중 군림세가와 야수세가의 휘장을 확인했다.

그들도 당한 것이다. 하지만 석연찮은 구석이 있었다.

'탈리스만을 강탈당했다. 그에 대해 아는 건 군림세가와 야수세가뿐. 그 능구렁이 같은 것들이 쇼를 펼쳤다 해도 이상할 게 없다.'

빠드득!

이만이 아니라 강하게 쥔 주먹에선 피가 흘렀다.

그가 얼마나 화가 났는지 알 수 있는 대목이었다.

그나마 이상한 점 하나가 있다면 어스름의 마을을 조사하면서 나온 외부인 한 명이었다.

'외부인. 무영이라 하였던가.'

그가 누구인지 알 수 없다.

하지만 역시나 회의적이다.

이런 일을 벌이려면 인류 10강이나 그에 준하는 강자가 나서야 한다.

그리고 그런 강자들의 이름이나 인상착의, 움직임 등을 거대 집단들은 모두 파악하고 있었다.

그중에 무영이란 이름은 없다.

어쩌면 그 무영이란 자조차 혼란을 위해 다른 세가에서 심어 넣은 세작일 가능성이 높았다.

"야수…… 군림……."

무율진의 입에서 두 세가의 이름이 처절하게 흘러나왔다.

탈리스만이 어떤 물건인가.

성신기조차 만들어낼 수 있는 신성한 힘이다.

그 가치는 이루 말할 수 없다. 성을 몇 개나 살 수도 있을 터였다.

만약 두 집단 중에 범인이 있다면 이 일을 결코 좌시하지 않을 것이다.

"두 세가에 잠입해 있는 세작들에게 연락해라. 그들의 움직임을 더욱 철저히 살피라고! 하나라도 이상한 점이 있다면 즉시 보고해야 할 것이다."

방법이 없지도 않았다.

무율진은 오래전부터 모든 세가와 길드에 세작을 심어두었다.

말하자면 스파이다.

다른 길드나 집단 또한 마찬가지지만 이러한 일처리에 있어서 그를 따라올 자는 없었다.

"예."

흰 가운을 입은 남자가 고개를 끄덕이곤 즉시 무율진의 방을 벗어났다.

그리고 무율진은 작게 입을 열었다.

"아타락시아, 네가 해줘야 할 일이 있다."

스스슥.

방 전체에서 수백 마리의 뱀이 내려오기 시작했다.

하나 무율진은 익숙한 듯 무감정하게 뱀들을 바라봤다.

이윽고 그중 가장 큰 뱀이 꼬리를 보이자 무율진이 말했다.

"'무영'이라는 자에 대해 조사해라. 산 채로 생포해 올 수 있다면 그리 하도록. 아, 그리고."

잠시 입을 다문 무율진이 이어서 말했다.

"권왕에 대한 것도 일임하마. 놈이 최근 한 여자아이를 대동하고 있다지? 제자로 키울 셈인지 꽤 애지중지하는 듯싶은데. 수단과 방법을 가리지 말고 권왕을 우리 쪽으로 영입해야 할 것이야. 엄밀히 따지자면 우린 같은 계파가 아닌가?"

샤아아!

뱀들이 동시다발적으로 답했다.

그리고 다시금 자취를 감췄다.

'모두 밝혀낼 것이다. 관련된 자라면 모두 제거하고 되찾을 것이다.'

이런 식으로 뒤통수를 맞는 게 무율진으로선 익숙하지 않았다.

무율진은 당하기보단 당하게 하는 쪽의 인간이었다.

그리고 이 중심에 있는 그자.

무영이라는 자를 잡아와 대질할 수만 있다면 어느 정도 진실이 밝혀질 터였다.

아타락시아는 특급 추적자.

그들이 아무리 꽁꽁 숨겨도 실패하리란 생각은 들지 않았다.

어스름의 마을과 산맥을 벗어난 지 아흐레.

타칸이 참지 못하고 무영에게 물었다.

"따라붙은 꼬리는 언제 잘라낼 셈이냐?"

지이익. 지이익.

무영은 검을 손질하고 있었다.

먹을 것을 구하고자 사냥을 한 탓에 비탄이 더러워져 있었다.

때를 벗겨내고 피를 씻겼다.

이 부분에 있어선 타칸도 어이가 없었다.

비탄 정도의 무기를 멧돼지 잡는 데 이용하다니.

검에 대한 애정이 없는 놈인가 싶었지만 하는 행동을 보면 꼭 그렇지도 않다.

"네가 나서지 않겠다면 내가 나서마. 은근히 신경이 거슬리는군."

"아직 신경이 남아 있었나?"

무영이 의외라는 듯 바라보자 타칸이 혀를 찼다.

뼈밖에 안 남았으니 신경이 남았을 리도 없지만 그것을 굳이 지적할 필요도 없지 않나.

"말이 그렇다는 것이다."

"살려서 데려와라."

무영의 허락이 떨어지자 타칸이 즉시 움직였다.

곧 풀썩! 하는 소리와 함께 타칸이 사람 한 명을 어깨에 이고 돌아왔다.

무영도 익히 아는 여자였다.

양메이.

뒤섞인 공포에 대해 자세히 설명해 준 여인이었다.

"왜 쫓아왔지?"

"저, 저도 함께 데려가주세요."

양메이는 꽤 절박해 보였다.

하지만 무영은 이맛살만 구길 따름이었다.

"이유를 모르겠군."

"당신은 '별을 먹는 별'이 아니십니까?"

"별을 먹는 별?"

툭!

타칸이 양메이를 바닥에 던졌다.

그러자 양메이가 옷매무새를 정리하곤 다소곳이 무릎을
꿇었다.

"당신의 활약상을 보았습니다. 뒤섞인 공포를…… 아직도
믿기지 않습니다만, 그 끝에 저는 보았습니다. 붉은 별. 별을
먹는 별을요!"

절대자의 별을 말하는 듯싶었다.

뒤섞인 공포를 제거할 때 마지막에 별이 발돋움을 하기는
했다.

그것을 보고 양메이가 확신한 모양이었다.

확실히 무영은 별빛으로 말미암아 다른 별을 강탈할 수 있었다.

양메이가 눈을 감고 시를 낭송하듯이 말했다.

"'별을 먹는 별'이 나타나면 모든 별이 끌리고 싸운다. 그리하여 혼돈 끝에 태초의 별이 태어날지니. 다시금 세상의 이치가 창조되노라."

"시인가?"

"저희 부족에게 내려오는 전승입니다. 저는 수많은 별지기 중에 하나……. 부디 저를 데려가주세요. 다른 별을 찾는 데 도움이 될 거예요."

양메이가 옷자락을 걷혔다.

그러자 어깨에 수많은 별의 문신이 나타났다.

"별지기의 증표입니다. 저희 부족의 사명은 별을 인도하여 태초의 별을 만드는 것! 설마 모든 일의 시작인 별을 먹는 별을 제가 맞이할 줄은 몰랐지만 이것 역시 운명이겠지요."

무영은 양메이의 어깨를 계속해서 바라보고 있었다.

뜬금없는 일이었지만 그녀의 어깨 위에 새겨진 작은 그림에서 눈을 뗄 수가 없었다.

눈처럼 하얀 머리.

천사와 악마의 날개를 지닌 여자가 작게 새겨져 있었다.

"이건 누구지?"

손으로 가리키자 양메이가 작게 웃었다.

"저의 은인입니다. 눈과 같이 차가우셨으나 바람과 같이 흔적 없는 분이시라, 계속해서 되새기고자 문신으로 새겨 넣었지요. 별지기의 역할을 위해 어스름의 마을에 있도록 지시한 것도 은인께서 말하신 일입니다."

"스노우……."

아무리 봐도 스노우였다.

특징만 새겨져 있고 얼굴은 알 수 없었지만 그 특징만으로도 충분했다.

'너는 대체 누구지?'

무영의 표정이 굳었다.

별을 따라가다 보면 자신을 만날 수 있으리라고 스노우가 그렇게 말하는 것 같았다.

세 자루 곡괭이 연맹은 대대적인 개편을 맞이하고 있었다.

용이 죽고 그 기운이 깃든 장소에서 군사 훈련을 시작하고, 부서진 건물을 수복하며 바쁜 나날을 보내던 중이었다.

실제로 암흑룡 바르사가 죽은 뒤 용들의 기척이 수그러들었다.

더 이상 당하고 착취당하는 노예가 아님을 드워프들 스스로가 만천하에 공표한 것이다.

그들의 로드, 바타스는 불현듯 찾아온 손님들을 놀란 표정으로 바라봤다.

"자네, 뿔이……? 도깨비는 뿔을 탈착할 수 있는 건가?"

당연히 도깨비일 것이라고 믿었던 무영의 머리에 뿔이 사라져 있었다.

바타스의 입장에선 눈을 휘둥그렇게 뜰 일이었다.

그렇다고 무영을 못 알아볼 수준은 아니었으나 전혀 다르게 보이는 것도 사실이었다.

'귀찮게 됐군.'

무영은 내심 혀를 찼다.

바타스가 이럴 정도면 영지에 들어가서의 반응은 뻔했다.

하는 수 없이 고개를 내저은 무영이 잠시간 결을 보았다.

4배속으로 느려진 세상 속.

안면 근육의 움직임마저 관찰되는 시점에서 무영은 약간의 아쉬움을 느꼈다.

'시간의 감속엔 순수 능력치가 중요하다.'

2차 각성으로 인해 더욱 느려진 세상 속에 있을 수 있으리라고 약간 기대했지만, 세상에 공짜는 없다는 듯 기본 조건이 달려 있었다.

바로 순수 능력치.

어느 것도 덧대지 않고 있는 그대로 존재하는 무영의 힘이 기준이었다.

아무래도 '결'이란 것 자체가 본질, 순수함을 이야기하는 것이다 보니 생기는 일인 듯했다.

그러나 2차 각성으로 인해 최소 200 이상까지 순수 능력치의 성장이 쉬워질 것이었다.

어차피 시간문제라는 말.

두 개의 뿔이 돋아나자 바타스의 눈이 더욱 커졌다.

"허, 뿔이 두 개라니. 역시 '웅'이로군. 도깨비들의 주인다워."

스으윽.

하지만 지속 시간이 짧다.

대략 10여 초가량을 보이고 무영은 원래대로 돌아왔다.

그러나 중요한 건 바타스가 알아봤다는 점이다.

무영은 냉정하게 말했다.

"약속을 지켜라."

본인인증이 끝났다.

남은 건 바타스가 약속을 지키는 것뿐.

무영은 암흑룡 바르사의 손길에서 드워프들을 구해주는 조건으로 그들의 힘을 빌리고자 하였다.

우호적인 관계 내에서 최소 '악마의 긴 밤'을 버틸 힘만이라도 비축할 셈이었다.

다행히 바타스가 흔쾌히 고개를 끄덕였다.

"약속이라면 지켜야지. 우리 드워프는 은혜를 결코 잊지 않네. 1,000의 드워프를 3년간 빌려주지. 그들도 바라마지않는 일이야."

3년!

파격적인 조건에 무영도 살짝 놀랄 수밖에 없었다.

기껏해야 1년 정도를 생각하고 있었다.

아무리 이곳이 드워프들의 작은 왕국이라 하더라도 1,000명이면 막심한 손해가 아닐 수 없다.

당장 암흑룡에게 피해를 입었으니 더욱 그렇다.

이곳을 수복하고 강화하려면 시간이 얼마나 걸릴지 모르는 상황이건만 시원하게 1,000명이란 인원을 배정해 버린 것이다.

약속을 이행하지 않는다면 최악의 경우까지 생각하고 있었건만 다행스러운 일이 아닐 수 없었다.

곧이어 익숙한 얼굴의 드워프가 무리를 이끌고 찾아왔다.

"다시 만나게 되어 더없이 반갑습니다, 주인님."

칼무흐.

지하 투기장에서 시작된 인연으로 아들의 복수를 대신해주자, 그 뒤 무영의 충실한 노예가 된 드워프였다.

나이가 많지만 그만큼 연륜이 있었다.

배승민의 일을 처리할 때까지 이곳에서 실력을 키우는 게 그의 역할이었다.

무영이 돌아오자 재차 합류하기 위해 모습을 드러낸 것

이다.

칼무흐가 무릎을 꿇었다.

"크흠!"

바타스가 헛기침을 내뱉었다.

로드인 자신의 앞에서 무영에게 복종하는 모습이 솔직히 좋게 보일 순 없었다.

버릇없고 예의 없는 짓이지만 그렇다고 나무랄 수조차 없다.

무영은 그들의 영웅이며 은인!

반면 바타스는 연이어 실수를 거듭해 온 왕이다.

도망가려고 하였고 대부분의 드워프가 그 모습을 보았다.

그때는 괜찮았다.

바타스는 유일무이한 왕이었으므로.

하지만 암흑룡과의 전쟁을 치른 후 드워프들도 자율적인 의지를 갖게 되었다.

영웅을 건드리면 바타스의 입지가 위험해지는 실정.

칼무흐가 뒤를 돌아 자신이 끌고 온 드워프 이들을 바라보며 말했다.

"모두 젊고 실력 있는 친구들입니다. 그간 눈여겨본 아이들도 있습니다. 큰 힘이 될 것입니다."

무영은 고개를 끄덕였다.

칼무흐가 이곳에서 놀고 있던 게 아니다.

명목상은 실력을 키우기 위해서였지만 사실은 '인재 물색'에 심혈을 기울이고 있었던 모양이다.

1,000의 유망한 드워프라!

영지 자체를 아예 새로이 개편해 버릴 수준이었다.

'3년이면 충분해.'

말이 3년이지 3년이 지난 다음은 아무도 모른다.

1,000의 드워프 중 몇이나 다시 돌아올지.

바타스는 '빌려준다'고 말했으니 돌아오리라 믿어 의심치 않는 모습이었다.

하지만 무영은 얻은 걸 쉬이 돌려주는 성격이 아니었다.

놀라움의 연속이었다.

양메이는 속으로 그렇게 생각했다.

끝이 보이지 않는 분이라고.

하지만 별지기는 인도하는 자다.

최대한 내색하지 않았다.

'세 자루 곡괭이 연맹은 극비사항으로 다뤄지던 드워프들의 연맹이다. 별을 먹는 별께선 그들의 은인이란 말인가?'

그래도 속마음마저 죽일 순 없었다.

양메이는 나름 정보를 다루는 여자다.

세 자루 곡괭이 연맹은 아는 사람만 아는 비밀에 휩싸인 곳이었다.

다만 드워프들의 연합이란 것만은 확실했는데 그 실체를 확인한 사람은 없었다.

기껏해야 발자취를 더듬는 정도?

한데 그 실체를 확인한 것이다.

게다가 무영은 그들의 은인이고 영웅인 듯했다.

어째서 마신의 영역으로 발을 옮기는지가 의아했으나 그에 대한 의구심이 풀렸다.

무영을 바라보는 드워프들의 눈엔 신뢰가 가득하였다.

'그런데 움이 뭐지?'

드워프들의 로드, 바타스의 말은 모든 게 놀라웠지만 무영을 지칭하는 칭호는 이해가 되지 않았다.

도깨비의 지배자라니.

사실상 양메이가 무영에 대해서 아는 건 '별을 먹는 별'이라는 것 외엔 전무했다.

하지만 '움'이란 단어의 뜻을 이해하는 데 오랜 시간이 걸리진 않았다.

광활한 땅.

마신의 영역에 존재하는 거대한 영토!

그곳에 모인 일만이 훌쩍 넘는 도깨비들을 보고 양메이는 전율을 느꼈다.

도깨비와 인간이 공존하는 장소였고 심지어 불타르마저 있었다.

자잘한 이종족까지 합치면 끝이 없었다.

여기에 드워프들이 합류하는 것이다.

그야말로 어울리지 않는 조합이 한데 섞여 어우러지는 중이었다.

'이 모든 게 별을 먹는 별께서 가진 힘. 잠재력.'

이런 모습은 처음 보았다.

괴물들이 사람을 따르는 경우야 여러 변수가 있긴 하지만, 그 단위가 만을 넘어가면 이야기가 다르다.

이게 시작이고 더욱 광활하게 아우를 수 있다면 그 저력은 어느 집단에 못지않으리라.

꿀꺽!

양메이가 이마를 훔쳤다.

땀이 비가 오듯 흘렀다.

별을 먹는 별. 실체를 알수록 그 전승이 더욱 진실하게 와 닿고 있었다.

모든 별을 먹어치우고 태초의 별이 탄생한다.

그리하여 새로운 법칙 속에서 세상이 개편될 것이다.

어쩌면 전설이 될 태동기를 마주하고 있는 것일지도 몰랐다.

"영주님을 뵙습니다."

"움을 뵙습니다!"

발탄과 서한이 동시에 무릎을 꿇었다.

못 알아보는 사태에 관해 걱정을 했지만 기우에 불과했다.

발탄은 언데드이고 서한은 움을 본능처럼 알아봤다.

또한 발탄은 영토 수호자로서, 서한은 도깨비를 총괄하는 자로서 각기 역할이 다르다.

하지만 전과 비교하면 둘의 기도에 큰 차이가 있었다.

몸의 자세나 느껴지는 마력 따위가 훨씬 날카로워졌다.

서로가 싸우는 날을 고대하며 실력을 가다듬은 것이다.

이대로 놔두면 골만 깊어질 게 뻔한 상황.

"축제를 열어라. 약속대로 서열 정리를 시작할 것이다."

무영도 수수방관할 생각은 없었다.

악마의 긴 밤이 시작되기 전에 모든 골을 없앤다.

서로 하나가 되어 대비하지 않으면 내부에서 무너지는 법이었다.

단순히 버틸 생각만은 아니었다.

악마의 사냥까지도 염두에 두고 있었다.

'악마의 부름의 봉인을 풀려면 고위 악마가 필요하다.'

지하 투기장의 마지막 보상.

다른 악마가 몇 번이나 도전해서 얻으려한 물건이다.

왜 그랬는지 그 이유는 알 수 없지만 다른 고위 악마를 잡아서 봉인을 풀어내면 이유를 알 수 있게 될 것이었다.

"……!"

무영의 발언을 듣고 발탄이 더욱 깊숙이 고개를 숙였다.

서한은 씽긋 웃으며 예를 다했다.

〈드워프 702명이 합류했습니다.〉
〈영토의 잠재력이 가파르게 상승합니다!〉
〈영주 점수 500점이 추가됩니다.〉

축제가 시작되었다.

서로 춤을 추고 노래를 부르며 술을 마신다.

축제라고 해봐야 별다를 건 없었다.

무영은 그들이 만들어 둔 왕좌에 앉아 그들의 모습을 감상했다.

드워프들의 힘을 빌려 급조한 대전장소.

그저 울타리를 치고 대리석을 깔아둔 정도가 전부지만 형식은 크게 상관없었다.

하루는 심기일전의 의미로 모두가 즐겼다.

다행히 드워프들도 녹아들 수 있었다.

그리고 이틀째.

"서로가 기량을 내뿜으며 최강자를 가리는 자리다. 싸우고, 이겨라. 그에 걸맞은 자리와 보상을 약속할 것이다."

영지는 커지고 있었다.

언제까지 무영 혼자 다스릴 수는 없었다.

걸맞은 자리를 주고 투명하게 일을 처리하게끔 만들어야
했다.

하지만 대부분의 이종족은 약자를 배제한다.

단순 능력의 비교가 무력이 전부라는 건 슬픈 일이지만 그
게 마계의 현실이기도 했다.

무영의 짧은 선언이 있고 나서 모든 이의 태도가 달라졌다.

순위 결정전이라 이름붙인 이 싸움에 참가 신청을 한 이들
은 모두 이천여 명.

이종족과 도깨비, 인간들이 고루고루 섞여 있었다.

그들은 저마다의 무기를 들고 칼날 위에 선 자세로 임했다.

어제의 여흥과 웃음은 온데간데없었다.

언제 그랬냐는 듯 전쟁이라도 치를 분위기다.

"무영, 저들은 네가 오기만을 손꼽아 기다렸다. 하루하루
가 생존이고 스스로를 갈고닦는 시간이었지."

그리고 참관인으로 오가르가 참가했다.

그도 꽤 흥미롭다는 표정이었다.

무영의 옆에 서서 잡다한 말을 건넸다.

"그런가?"

무영이 흘리듯 답하자 오가르가 혀를 찼다.

"저들에게 너는 왕이다. 단순한 영주가 아니야. 이 차이를 모르겠느냐?"

오가르는 의미심장한 말을 던졌다.

거인과 같은 크기를 가진 불타르의 소족장.

그는 정말 이상한 불타르였지만 무영과 가장 거리가 가까운 자 중에 한 명이었다.

적어도 허언을 할 자는 아니다.

진정으로 무영에게 묻고 있는 것이다.

'영주와 왕의 차이라.'

땅을 다스리는 것 자체는 같다.

왕은 여러 영주를 거느리며 더욱 넓은 땅을 경작한다.

숫자가 다르고, 위치가 다르다.

규칙을 만들거나 대국적인 일을 벌이기도 한다.

그러나 엄밀히 말해서 이 또한 영주의 일과 다르지 않았다.

그 외에 무슨 차이가 있는 지는 무영도 잘 몰랐다.

애당초 무영은 누군가를 이끌어 본 경험 자체가 적었다.

당연한 일이었다.

윙 청린이라면 모를까 무영은 언제나 독단으로 움직였다.

모든 걸 혼자서 해결해 왔다.

누군가를 이끌고 다스린다는 것 자체가 무영에겐 매우 생소한 일이었다.

그저 어깨너머로 보고 들은 걸 기준으로 행할 뿐.

"지켜봐라. 저들은 목숨을 내걸고 싸울 것이다. 발탄과 서한만이 아니라 새로운 인재가 등장하겠지. 집단은 그런 식으로 유지되는 것이다."

오가르가 턱을 쓸었다.

재밌는 장난감을 앞에 둔 아이와 같은 표정이었다.

무영은 여전히 어리둥절해하며 대전을 바라봤다.

그저 분위기 환기와 똘똘 뭉치게 하려는 속셈이 전부였건만.

자신이 모르는 또 다른 게 있단 말인가?

새로운 인재의 등장이라.

'과연…….'

사실 무영은 큰 기대가 없다.

자신이 만든 언데드 외에 영지에 있는 이들은 구색 맞추기에 불과하단 생각이 강했다.

그들의 성장 속도는 무영에 비하면 너무나도 느렸고 이대로는 큰 도움이 안 될 것이 자명했기 때문이다.

다만 영주의 스킬 랭크를 올리고 조금 더 편하게 다스리기 위한 일환으로써 많은 이를 유입했을 따름이다.

'비탄의 그레모리, 27군단의 마왕.'

그 두 가지의 비밀을 엿보기 위해선 그럴 필요가 있었다.

무영 자신이 마왕의 길로 오르는 길!

강력한 '가시'가 되기 위해 영지를 넓혀야 했던 것이다.

그게 전부였다. 무영이 그들에게 바라는 건 사실상 없다고 해도 과언이 아니다.

한데…….

"아랑드라고 합니다. 영주님! 저의 실력을 보여드리겠습니다."

"가르웬이라고 합니다. 우리의 영주시여. 깜짝 놀라게 해 드리지요."

모든 이가 싸우기 전 무영에게 인사를 하였다.

그들의 눈엔 생기가 충만했다.

도깨비 500과 인간 20, 그 외에 투기장에서 노예로서 생활 하던 300명이 지원했다.

모두 800명가량이 전의에 넘쳤다.

저들이 싸우기를 좋아했던가?

그것도 아니다.

도깨비는 몰라도 노예는 대부분 힘이 없었다. 의욕은 개나 주었다.

그 모습이 지금은 완전히 달랐다.

싸우고자 하는 의지!

투기가 눈에 비쳤다.

그들은 그저 무영이 봐 주기를 바라고 있을 따름이었다.

'보상과 지위를 원하는가?'

당연히 그들도 싸움으로 얻을 게 있었다.

무영이 약속하기도 했으니 좋은 성적을 내면 그만한 대우를 받을 것이다.

넓어진 영토, 늘어난 영주민.

그들을 효율적으로 다루려거든 위에 설 자들이 필요했다.

하지만 그것만 있는 건 아닌 듯싶었다.

'보다 보면 알게 되겠지.'

오가르의 말 때문일 수도 있지만 하여튼 더 지켜보고자 하였다.

똑똑하지 않아도 알 수 있었다.

영주인 무영이 단순히 그들을 모아놓은 게 아니라는 걸.

그는 결코 좋은 이가 아니었고, 상냥하거나 보살펴 주는 성격과도 거리가 멀었다.

하지만 단 한 가지.

모두에게 각인된 것이 하나 있었다.

그는 움직이는 족족 모든 걸 휩쓸었다.

마치 태풍과 같았다.

또한 그의 주변으로 모여드는 이들은 하나같이 예사롭지 않았다.

무영은 그저 움직일 따름이었으나 모두가 절로 그를 따르게 되었다.

왜인가?

'그가 지도자이기 때문이다.'

그렇다. 그는 위대한 지도자의 운명을 타고났다.

위대한 지도자는 다스리는 힘을 타고났다.

그리고 이 시작이 단순한 영지에서 끝날 게 아님을 알았다.

그가 바라지 않더라도 그는 머지않아 왕으로 추대될 것이었다.

아무리 상황이 주어졌다고 하지만 서로 다른 종족들이 어울려 살아가는 건 보통 일이 아니다.

어느 누구도 하려하지 않았고 해서는 안 되는 금기처럼 여겨졌다.

종족의 생활양식과 행동거지 따위가 모두 같을 순 없었으니.

하지만 무영은 해냈다.

그의 압도적인 카리스마가 그것을 가능케 하였다.

만약 그가 정말 왕으로 추대된다면…… 그들은 여태껏 보지 못한 신세계를 경험하게 될지도 모른다.

가슴이 뛰었다.

도깨비들은 바라 마지않는 일이었고 투기장의 이천 노예들도 그에 대한 거부감이 없었다.

인간들도 이 듣도 보도 못한 상황에 반신반의하는 중이었다.

하지만 싸워서 증명해야만 살아갈 수 있었다.

이 치열한 파도에 휩쓸리지 않고 버티려거든 투쟁밖에 답이 없는 상황인 것이다.

'내 검은 오로지 왕을 위하여.'

물론 이미 영토 수호자 발탄에게 있어서 무영은 왕이었다.

그리고 왕의 기사로 자격을 확인받기 위해선 이 대전에서 반드시 승리해야만 했다.

하하!

서한은 웃음이 나려는 걸 참았다.

빙도깨비이자 도깨비의 진화 형태인 두억시니.

현재는 거의 이만에 달하는 도깨비를 총괄하고 있는 자이지만 그럼에도 이번 대전에 나섰다.

발탄과의 매듭을 지어야 하기 때문이다.

하지만 그 외에도 몸이 근질거려서 참을 수가 없었다.

'즐겁구나. 진정으로 즐거워!'

입이 근질거렸다. 마음 같아선 한바탕 크게 폭소라도 내뱉고 싶었다.

무영.

우리의 움께선 잠시 밖을 다녀오시더니 훨씬 강해졌다.

두억시니인 서한은 알 수 있었다.

이제 자신 따윈 상대도 안 된다는 걸.

'어디까지 강해지실지 알 수가 없구나.'

그 가파른 성장 속도는 정상이 아니었다.

하지만 '움'이라면 마땅히 그래야 한다.

누구도 하지 못할 것을 이루고 보여주며 도깨비들을 이끌어야 하는 것이다.

그렇기에 그는 움이고 우리의 주인이었다.

하물며 드워프들은 어떠한가?

드워프는 고집 있기로 유명한 종족.

드워프는 어지간해선 남을 따르지 않는다. 쉽게 믿지 않고 정을 주지 않는다.

한데 그들을 수백이나 끌고 왔다.

그들의 눈에 비치는 움의 모습은 감히 영웅을 떠올리게 만들었다.

우상하고 자연스럽게 따르게 하는, 그야말로 움의 풍모다.

'움이시여, 왕이 되려 하십니까? 제 목숨을 바쳐 도와드리지요.'

움이 왕이 된다면 이 영지는 왕국으로 발돋움한다.

하지만 움께선 욕심이 많아 모든 종족을 아우르려 하신다.

항상 최전선에서 움을 도우려면 흩어진 도깨비들을 모으고 힘을 증명해야 한다.

"움께선 자신의 자격을 증명하셨다. 이젠 우리 차례다!"

서한이 외쳤다.

"아움! 아훔! 아움! 아훔!"

"아움! 아훔! 아움! 아훔!"

대전에 참가한 오백의 도깨비가 흥분하며 소리쳤다.

그들도 서한의 마음을 아는 것이다. 서한이 보고 느낀 걸 깨달은 것이다.

져선 안 된다는 걸.

이번 대전, 목숨을 걸고 임해야겠다.

치열했다.

아니, 치열하다는 말로는 부족하다.

일생의 적을 만난 느낌.

그리고 그 싸움의 모양새는 어쩐지 무영을 닮았다.

"재밌지 않느냐? 오랜 시간을 함께한 것도 아닐진대 저들은 벌써 너를 따른다."

무영은 침묵했다.

솔직히 아직도 이해가 가지 않았다.

결국 저들이 닮고자 하는 게 무영 자신이라니.

그간 보여준 모습은 정말 별게 없었다. 오히려 자리에 없을 때가 더욱 많았건만.

"많은 시간을 함께한다고 전부가 아니다. 저들에게 필요한 건 그저 작은 희망이었을 뿐이야."

"내가 희망을 주었다는 말인가?"

"이곳은 외곽이라고는 하나, 엄밀히 말하자면 마신들이 다스리는 곳이지. 도깨비를 비롯한 이종족들은 하루하루가 불안할 수밖에 없다."

"불타르도인가?"

불타르는 상위의 포식자다.

그들도 마신과 악마들을 두려워하는 것일까?

오가르가 고개를 끄덕였다.

"곧 '악마의 긴 밤'이 찾아온다. 그 시기엔 우리 불타르들 조차 행동을 조심하지. 우리가 그럴진대 다른 약한 것들은 어떻겠느냐?"

"그래서 내가 희망이라고?"

"그렇다. 너는 하루가 다르게 달라지고 있다. 네가 보여주는 모습을 보는 것만으로도 저들은 위안을 삼고 희망을 가질 수 있는 것이다."

"이해가 안 되는군."

자신이 강해지는데 그것을 보고 남들이 희망을 갖는다고 한다.

한마디로 대리만족이다.

그야 무영은 누구도 믿지 못할 속도로 성장 중이었다.

과거를 떠올려도 자신처럼 성장하는 이는 없었다.

하지만 그걸 보고 희망을 갖는다?

자신의 강함을 키워 원하는 걸 얻는 게 더욱 큰 기쁨이 아닌가?

무영은 저들의 심리를 이해할 수 없었다.

하지만 어찌 보면 당연한 일이었다.

그저 만들어지고 윙 청린의 명령에만 따랐던 무영은 누군가를 보고 만족하는 일이 없었다.

막 회귀했을 때에도 스스로를 강하게 만들고자 하였지 다른 이를 떠올리지도 않았다.

반면 저들은 무영을 거울삼아 움직이고 있었다.

영주인, 그들의 주인인 무영이 빠르게 강해진다면 자신들도 강해질 수 있다는 희망.

아주 작은 불씨에 불과하지만 이곳에선 그 불씨조차 찾기 어렵다.

무영은 단지 존재만으로도 불을 지핀 것이었다.

그게 얼마나 대단한 일인지 무영은 모르고 있었다.

하여 오가르가 피식 웃고 말았다.

'이제는 나도 상대가 어렵겠어.'

단순히 느껴지는 기도 자체가 달라졌다.

백 일이 조금 넘는 시간 동안 무슨 일을 겪었는지 모르겠지만 감히 하늘과 땅 차이라고 할 수 있었다.

이대로 시간이 더 흐른다면…….

상상조차 가질 않는다.

미지는 공포지만 때로는 의욕을 고취시키기도 한다.

'그동안 수련을 소홀히 했지. 나도 움직여야겠다.'

오가르에게까지 영향을 끼칠 정도이니 말은 다했다.

새로운 인재.

말 그대로 가능성을 지닌 이들이 나타났다.

무영은 크게 신경 쓰지 않았으나 재야에 묻혀 있던 자들.

그들이 이번 기회를 말미암아 자신의 존재를 널리 떨쳤다.

아랑드도 그중 한 명이었다.

젊은 다크 엘프. 투기장에서 패배하여 노예가 된 수컷이었다.

족히 5년을 투기장에 갇혀 살아왔다.

당연히 의욕 같은 게 있을 리 없었고 진득한 패배주의에 절어서 아예 노예임을 자처했다.

이곳에서의 서열은 들어올 때부터 정해져 있다며.

실제로 모든 이가 도전을 두려워했다.

자신이 머무는 장소에 만족했고 앞의 층으로 나아가려 하지 않았다.

우리 속의 돼지와 다를 게 뭐인가.

'나는 돼지조차 못 된 쓰레기다.'

그때 한 도깨비가 나타났다.

처음엔 아무도 도깨비를 주목하지 않았다.

그가 싸우는 모습은 항상 치열했고 그럼에도 한 번을 쓰러지지 않았다.

하지만 아랑드는 보고 있었다.

처음부터 끝까지.

묘하게 눈길을 잡아끄는 도깨비의 행동은 아랑드를 매료시켰다.

도깨비는 나아갔다.

거침없이, 도전하는 데 걱정 따위가 없었다.

그냥 당연히 자기가 해야 할 일을 한다는 느낌이었다.

5층, 4층, 3층.

나아갈수록 도깨비의 이름값은 높아졌다.

처음엔 몰랐으나 시간이 지나자 도깨비의 이름을 모르는 이는 없어졌다.

무영! 무영! 무영!

모두가 외쳤다. 도깨비가 싸우는 모습에 열광했다.

그야말로 유명인이 된 것이다.

싸울 때마다 강해지며 승리했다. 모든 걸 거머쥐었다.

아랑드는 그 모습을 처음부터 지켜보고 있었다.

그는 진정으로 이런 돼지우리에 어울리지 않는 고고한 전사였다.

아랑드는 환호했다.

그날, 5년 만에 처음으로 환성을 내질렀다.

눈물도 흘렸다. 왠지는 모르겠다.

그냥, 도깨비의 승리가 아랑드를 움직였다.

아아! 그렇다. 도깨비는 아랑드에게 있어서 우상이었다.

그리고 지금.

그 우상이, 눈앞에 있다.

손을 뻗으면 닿을 것만 같은 장소에 말이다.

"이, 이럴 수가……."

"서한 님이?"

"말도 안 돼!"

도깨비들이 경악했다.

서한. 2만 도깨비를 총괄하는 그가 쓰러졌다.

수많은 전장에서 승리한 대전사가 볼품없이 바닥에 피를 흩뿌리며 쓰러져 있었다.

이어서 아랑드가 마음대로 움직이는 단검 두 자루를 회수하였다.

아랑드는 단 하나의 상처도 허락하지 않았다.

완벽하게 서한을 제압한 것이다.

투기장의 노예로 있을 땐 생각조차 못한 일이다.

하지만 투기장을 나서며 꽃이 개화하듯 아랑드는 변했다. 강해졌다.

그리고 무영을 향해 도발적인 눈빛을 보냈다.

"영주님! 제가 승리하게 된다면 한 가지 부탁을 드려도 되겠습니까?"

아랑드는 더 이상 우리 속의 돼지가 아니었다.

쓰레기가 아니었다.

"무엇이지?"

무영이 물었다.

그러자 아랑드가 답했다.

"부디 저와 싸워주십시오."

이제 아랑드는 전사였다.

피가 들끓는 전사!

동시에 무영의 입가가 살짝 올라갔다.

이제야 오가르가 한 말의 뜻을 알겠다.

무시하고 있었다.

그들의 힘에 아무런 기대도 하지 않고 있었다.

악마의 긴 밤을 대비하고자 드워프들의 힘을 빌리고자 하였다.

하지만 대전이, 싸움이 진행될수록 무영은 자신의 생각이 잘못되었음을 깨달았다.

'씨앗이 뿌려져 있었다.'

그저 영지를 늘리고 마왕이 되는 게 전부가 아니다.

이들은 씨앗이다.

무엇이 될지 모르는 씨앗!

무영은 그 씨앗을 뿌렸고, 경작하며 거두는 일을 해야만 했다.

'재미있군.'

농부된 자의 기분이 이러할까.

전혀 예상하지 못했다.

그렇기에 더욱 기대가 되었다.

"나는 대충 싸우는 법을 모른다."

"감히 청하옵건대, 한 점 후회가 남지 않도록 저와 검을 부딪쳐 주십시오."

아랑드가 살짝 고개를 숙였다.

다크 엘프 특유의 날이 느껴지는 동작이었다.

하지만 그 속에 숨겨진 비수가 예사롭지 않다.

일개 노예가 뿜어낼 수 있는 기세와는 거리가 멀었다.

'내 인식은 잘못되어 있었단 말인가.'

그들은 살아 있는 생명체다. 생명체는 언제든 가능성을 품게 마련이다.

하물며 그들은 무영을 보며 자란 씨앗이다. 인형이 될 순 없었다.

고개를 돌렸다.

오가르가 무영을 바라보고 있었다.

그의 눈이 말했다.

'축제를 즐기라'고.

"허락한다."

무영이 승낙했다.

스릉!

동시에 비탄을 뽑았다.

이만의 관중이 무영을 바라봤다.

"나와 검을 맞대려거든 승리하라. 나는 승리한 자만을 '인 정'할 것이다."

무영은 이곳을 다스리는 영주.

아무 도전이나 받아선 격이 떨어진다.

모든 싸움을 이겨낸 자만이 그 자격을 가질 수 있었다.

'나는 투쟁하는 자를 좋아한다.'

과거의 영웅들이 그랬다.

그들은 온갖 악조건을 뚫어내어 영웅이라 불리었다.

무영은 그런 영웅들을 아주 깊은 곳에서 동경했다.

영웅이 태어나는 게 아니라 만들어지는 것이라면 그 증명 을 보고 싶었다.

그동안 무영은 그들에게 제대로 시선을 주지 않았다.

혼자 움직이고, 홀로 모든 걸 이뤄야 한다고 생각했다.

지금도 그 생각은 크게 다르지 않지만 이들 역시 무영 본 인의 힘이라면?

힘이 될 수 있을지 없을지, 지금 확인해 볼 요량이다.

아랑드가 되든 누가 되든 상관치 않는다.

다만 마지막에 서 있는 자를 인정할 것이었다.

자신의 힘이 될 재목임을!

언데드만이 아닌, 생자의 주민으로 맞이할 것이었다.

그리하면 죽은 자와 산 자, 무영은 그 모든 것의 중심에 설 수 있을 터였다.

"그 말, 잊지 마십시오."

아랑드의 몸이 잘게 떨렸다.

아랑드는 격동하고 있었다.

무영은 그의 우상이자 목표였다.

우리 안의 돼지, 쓰레기로 스스로를 격하하고 있을 때 그곳에서 무영만이 유일하게 빛났다.

무영이 투기장에서 싸우는 모습을 바라보며 꿈을 키웠다.

나도 저자와 같은 곳에서 싸우고 싶다고!

"결코…… 잊지 마십시오."

인정이란다.

단지 그게 전부란다.

웃기는 일이다.

그래도 좋았다.

오히려 그거면 족했다.

아랑드가 몸을 돌렸다.

주변엔 적막이 가득했다.

하지만 지금 이 순간, 단순했던 대전의 성격이 바뀌었다. 변질됐다.

이곳은 전장이었다.

뼈를 자르고 살을 씹는 장소!

신성한 대전?

규칙을 준수하여 영광을 낳는 싸움?

그런 건 없다.

이기면 그만이다. 무영은 그 외의 조건을 언급하지 않았다.

승리하라. 마지막까지 살아남아라!

'나는 더 이상 우리 속의 노예가 아니오.'

아랑드는 이 날을 위해 살았다.

패배가 아닌 승리를 위해 살겠노라고 다짐했다.

털썩!

무영은 자리에 앉았다.

"계속 진행하라."

그들의 주인이 말했다.

영토 수호자 발탄.

본래는 그와 서한의 싸움이었으나 구도가 바뀌었다.

아랑드가 새로운 호적수로 떠오른 것이다.

"우리는 본래 이 땅의 주민이 아닙니다."

늙은 인간이 입을 열었다.

정숙한 분위기 속에서 스무 명가량의 사람이 모여 있었다.

그들은 모두 패배했다.

이제 단 한 명, 발탄만이 남았을 뿐이었다.

"지금이라면 마신의 영역을 벗어나는 것도 불가능하진 않겠지요. 하지만…… 저는 두렵습니다."

노인은 근육질의 전사였으나 그 모습이 많이 위축되어 있었다.

패배의 영향은 아니었다.

그는 마신의 영역을 떠나는 걸 두려워하고 있었다.

"우리는 하이데거에 의해 납치당했습니다. 영문 모를 땅에 정착하게 되었지요. 지금의 영주가 나타나기 전까지 우리는 노예였습니다."

하이데거의 폭정을 끝낸 게 무영이다.

그는 그들을 영주민으로 받아줬다. 전과 같은 폭거도 없어졌다.

"그로부터 꽤 시간이 지났습니다. 우리는 강해졌고 마음만 먹으면 마신의 영역을 벗어나는 것도 불가능하진 않을 겁니다."

마신의 영역을 벗어난다.

다시 사람들의 틈바구니로 돌아갈 수 있다.

하지만 그게 전부일까?

"솔직히 말하겠습니다. 나는 사람이, 인간이 무섭습니다."

노인의 말에 깊은 회한이 담겨 있었다.

"여러분도 그럴 겁니다."

그리고 노인의 말에 다른 이들이 고개를 끄덕였다.

그들은 본래가 약자였다.

하이데거에 의해 납치당해도 뒤탈이 없고 누구도 구해주지 않는 이들.

철저하게 현 사회에 외면 받은 이들이 지금 이곳에 모인 사람들이었다.

무영은 모르겠지만, 생각조차 안 했겠지만…… 약자의 설움은 상상 이상이다.

하이데거의 폭정을 자연스럽게 받아들인 이유가 뭐겠는가!

애당초 인간들의 틈바구니에 있을 때에도 그와 다르지 않았기 때문이다.

하이데거는 필요 없다고 여겨지는 이들만을 골라 지능적으로 납치한 것이었다.

"우리는 이곳에 와서 처음으로 서로의 소중함을 깨달았습니다. 서로 도우며 산다는 게 무엇인지 알게 됐습니다."

마계로 오면서 기존의 지식은 쓸모가 없어졌다.

강자존.

강자만이 모든 걸 먹어치우는 구조.

약자는 바닥을 길 따름이다. 강자의 폭거는 하이데거의 폭정에 못지않았다.

하루하루 눈치를 보며 살아가야 했다.

낮은 보폭으로 더욱 좁은 길을 뚫어야만 입에 풀칠이라도 할 수 있다.

강해지면 되지 않느냐고?

'우리에겐 강해질 기회조차 주어지지 않았다.'

수십 년간 쌓아올린 기득권들.

그들은 정해진 자원을 자신들을 위해서만 사용했다.

간혹 될 성 싶은 떡잎만을 골라 자신의 휘하에 두었다.

나머지는 버림받았다. 작은 기회조차 쉽게 주어지지 않았다.

약자들은 바늘구멍보다 좁은 곳을 뚫고자 서로 경쟁했다.

강자들이 흘리는 콩고물 하나를 얻고자 지옥도를 만들었다.

하지만 이곳은 다르다.

적어도 무영이 통치하는 이곳엔 기회가 있었다.

당장 생각나는 건 던전이다.

던전은 꿀이 흐르는 장소다.

보다 쉽고 빠르게 강해질 수 있는 길이었다.

무영은 그곳을 들어가는 데 아무런 제약도 두지 않았다.

서로 힘을 합쳐 던전을 깨고 보상을 얻을 수 있었다.

힘을 합쳐야 산다는 걸 이곳에 와서 오랜만에 깨닫게 되었다.

서로 살을 깎아먹고 피터지게 물어뜯는 게 아니라.

나만의 땅, 집을 만들 수 있다.

대도시에선 그조차 허가 없인 불가능한 일이었다.

비록 안전하진 않지만 여기엔 수많은 군집이 있다.

적어도 최소한의 안전은 보장받을 수 있었다.

"다시 돌아가시겠습니까?"

노인은 말했다.

이 기회를 버리고 다시 돌아가겠느냐?

"저는 싫습니다."

노인은 혼자 답하였다.

돌아가느니 죽는 게 낫다.

다시 그 구정물을 기어야 할 바엔 이곳에서 투쟁하다가 죽겠다.

"나도 싫소. 더 이상은 지긋지긋해."

"썩은 동아줄을 붙잡고 우는 건 이제 그만하고 싶습니다."

"그렇다고 이곳에 우리가 안착할 수 있을까요?"

모두 회의적이었다.

수많은 도깨비와 이종족들.

인간은 고작해야 수십이었다.

숫자에서부터 밀렸다.

무영이 비록 중립적인 입장을 취하고 있지만 언제 마음을 돌릴지는 알 수 없는 일이었다.

노인이 주먹을 쥐었다.

"그래서 이겨야 합니다. 발탄, 그대가 우리의 희망입니다.

그대가 이긴다면 우린 더 많은 약자를 모을 수 있을 겁니다. 약자들도 작은 희망만 있다면 무한히 강해진다는 걸 알릴 수 있을 겁니다."

만약 무영의 의도가 정말로 모두를 아우르는 것에 있다면.

노인은 먼 미래의 꿈을 꿨다.

자신과 같이 핍박받던 약자들이 한데 모여서 힘을 기르는 꿈.

인생을 건 마지막 도박과도 같았다.

동시에 모두의 시선이 발탄에게 모였다.

영토 수호자 발탄!

사람들은 그가 평소와 달라졌다고 생각했다.

갑작스럽게 강해지고 수호자로서 발돋움한 건 정상적인 성장 속도가 아니었다.

그러나 그럼에도 유일하게 사람들의 편에 서는 게 발탄이었다.

발탄이 무영의 거래를 받아들이고 언데드가 된 이유 자체가 아이린과 그들을 지키기 위함이었으니.

노인이 깊숙하게 고개를 숙였다.

"다녀오십시오."

스릉!

발탄이 검을 꺼냈다.

흰색 갑주가 유독 빛났다.

뚜벅!

전장으로 발길을 옮겼다.

바야흐로 결승.

마지막 적인 아랑드를 이겨야 한다.

"부탁합니다."

"우리에게 승리를!"

"인정을!"

"……희망을."

모두가 작은 소원을 입에 담았다.

전장으로 걸음을 옮기는 발탄의 뒷모습은 묵직하기 그지
없었다.

신흥 강자 아랑드.

영토 수호자 발탄.

둘의 결승은 모두의 이목을 강하게 집중시켰다.

무영도 예외는 아니었다.

"그들은 저마다의 목적이 있다. 저마다의 생각을 가지고
움직이지. 그리고 너는 이만 개의 목적과 생각을 다스리는
자다."

가볍게 생각하지 마라.

그 무게를 결코 가볍게 여기지 마라.

오가르는 말하고 있었다.

아마도 무영이 그들을 어떻게 생각하는지 은연중 알고 있었던 모양이었다.

어깨가 무거워졌다.

그러나 이 무게는 무영이 충분히 감당할 수 있을 정도였다.

오가르가 볼을 긁적였다.

"나는 저들을 가까이에서 지켜봤다. 하루가 다르게 강해지는 모습을 말이다. 하나, 솔직히 모르겠다. 목적이 있다고 하더라도 무엇이 저들을 저토록 급변하게 만들었는지."

하지만 오가르도 모든 걸 알지는 못했다.

그는 현자도 아니었고 단지 특이한 불타르일 뿐이었으므로.

이 부분만큼은 무영도 조금 알 것 같았다.

"가장 밑바닥의 감정이다."

"밑바닥의 감정?"

"욕망."

목적하는 것과 욕망은 미묘하게 다르다.

하물며 가둬진 욕망이 분출된 것임에야.

무영도 그러했다.

무려 40년간 억압된 욕망이 분출되며 끊임없이 강해질 수 있는 원동력을 얻었다.

오가르는 제법 놀란 표정을 지었다.

"욕망, 욕망이라. 너는 저 욕망을 제어할 수 있겠느냐?"

"욕망은 제어하는 게 아니다."

"그럼?"

"분출하고, 부딪치고, 넘실대는 것이다."

"한마디로 제어하기 귀찮아서 풀어두겠다는 소리로군."

크하하!

오가르가 크게 웃었다.

한 대 크게 맞은 기분이었다.

그렇다.

무영은 지금 자신만의 원리 원칙을 세웠다.

저들이 틀을 벗어나 마구잡이로 날뛴다면, 그대로 두겠다고. 자신의 욕망과 그들의 욕망 중 어느 게 더 클지 재어보겠다고.

이 또한 보이지 않는 또 다른 싸움이었다.

'보여 봐라. 너희의 욕망을.'

분출하여 넘실대는 힘은 결국 강한 힘을 낳는 법이었다.

적어도 마왕의 자리를 노린다면 이쯤은 웃으며 감내해야 하지 않겠는가.

마왕 역시 왕이다.

경험이 없다고 뒤로 미룰 수만은 없는 일이었다.

무영은 자신의 생각이 너무나도 비좁았음을 인정했다.

군집의 힘을 무시하고 있었다.

인류의 힘을 그저 비하만 했다.

없다면 만들면 그만이었던 것을.

그 간단한 이치를 이제야 깨달은 것이다.

꽝!

때마침 영토 수호자 발탄과 신흥강자 아랑드의 욕망을 건 싸움이 시작됐다.

짙은 모래바람이, 떨어지는 별빛처럼 비산했다.

발탄과 아랑드의 싸움은 좀처럼 매듭이 지어지지 않았다.

둘 다 무영이 생각한 것 이상으로 이상적인 성장을 보였으며 지금 그 결과를 두 눈으로 확인하는 중이었다.

'대단하군.'

발탄은 언데드, 아랑드는 다크 엘프다.

둘 다 인간과는 거리가 먼 생물일진대 성장 속도가 무시무시했다.

솔로몬에 의해 인간만이 무한한 가능성을 얻었다고 생각하였다.

하지만 아니었다.

다른 종족 또한 같은, 혹은 그 이상의 원동력을 갖고 있었다.

채에에엥!

아랑드의 공격은 날렵하고 매서웠다.

발탄은 묵직함을 무기로 갖고 있었다.

당장의 우위는 발탄에게 있는 것 같았다.

가벼움으론 무거움을 이기기 어렵다는 게 일반적인 생각이었다.

그러나 예상은 다시 한번 엎어졌다.

휘리리릭!

대검이 공중에 높이 떠올랐다.

이내 봉인된 검처럼 바닥에 박혔다.

"이겼군."

아랑드가 미소 지었다.

비록 온몸이 상처투성이이긴 했으나 승리의 기쁨을 감추지 않았다.

발탄은 비어버린 자신의 양손을 바라보고 있었다.

무기 없는 전사는 더 이상 아랑드의 상대가 될 수 없었다.

"……."

아랑드의 승리는 누구도 예상하지 못한 것이었다.

관중들은 침묵했다.

도깨비도 인간도 아닌 다크 엘프라.

누구 하나 반기지 않는 결과였지만 아랑드는 아랑곳하지 않았다.

척!

어서 약속을 지켜달라는 듯 아랑드가 무영의 앞에서 각을 잡고 한쪽 무릎을 꿇었다.

'확실히 발탄이 우세했다. 아랑드의 빈틈을 보는 능력이

상상 이상이었을 뿐.'

서한보다 약했던 발탄이 어느덧 서한을 뛰어넘어 놀라운 성장을 이뤄냈다.

이것만으로도 충분히 놀라운데 전혀 생각지도 못한 인물이 한 명 더 출현했다.

영주의 입장에서 보자면 전혀 나쁠 게 없는 상황이다.

그리고 오히려 발탄이 이기는 것보다 아랑드가 승리한 게 나을지도 모른다.

아랑드는 투기장 노예들의 대표였고 그들은 양쪽 진영 전체에서 은근히 괄시받았던 탓이다.

이번 일로 말미암아 균형이 어느 정도 맞춰질 것이었다.

"우승자 아랑드에겐 '베너렛 기사'의 직위를 주겠다. 기사단장의 역할을 수행할 수 있으며 최대 50명까지 이끌 수 있는 권한이다. 내가 없을 때 발탄과 함께 영주 대리의 자리 역시 수행하게 된다."

말을 끝마치고 아랑드의 눈을 직시했다.

그런 직위 따윈 관심 없다는 듯.

아랑드의 눈이 불타는 것처럼 이글댔다.

무영은 내심 '재밌다'는 생각을 하였다.

오가르의 말마따나 축제를 즐기게 된 걸까?

"아랑드를 치료하라. 마지막 여흥으로써 나와 검을 맞대는 걸 허락한다."

스릉!

비탄이 잘게 흐느꼈다.

이어 배승민이 앞으로 나가 아랑드의 상처를 치료했다.

배승민은 리치지만 성자의 힘도 사용할 수 있었고 성자는 사제 중에서도 만 명에 한 명만 도달하는 경지다.

신성 도시 뮬라란에도 수십 명밖에 없는 귀중한 인재.

그들은 오로지 뮬라란에서만 생활한다.

성자와 성녀가 순회하는 일정 기간이 아니면 그들을 보는 건 거의 불가능하다.

그러니 성자를 가졌다는 건 어느 집단에게도 밀리지 않는 이점이었다.

후아아앙!

아랑드의 전신에서 빛이 솟구쳤다.

엄청난 회복량으로 밀어붙여 상처를 말끔히 복원한 것이다. 다른 스킬도, 기교도 필요 없었다. 그저 신성력을 밀어넣는 것만으로 충분하다.

뚜벅!

무영은 천천히 걸어왔다.

아랑드가 입가에 진득한 미소를 지으며 자리에서 일어났다.

말은 필요 없었다.

'질 생각이 없군.'

무영도 피식 웃었다.

아랑드는 무영과의 싸움에서 전혀 질 생각이 없었다.

전형적인 전사의 눈!

오랜만에 무영의 피도 들끓는 느낌이었다.

무영은 모든 일에 있어서 대충하는 법이 없었다.

토끼 한 마리를 잡을 때에도 최선을 다하는 게 무영이었다.

하물며 아랑드는 전사. 스스로에게 제약을 걸고 싸움에 임하는 것 자체가 실례다.

그리고 누가 위이고 아래인지 확실하게 교육할 필요가 있었다.

'압도.'

그게 필요했다.

크롸아아앙!

무영의 전신에서 화염을 입은 용이 빙글빙글 돌았다.

그 광경을 본 관중들은 경악했다.

단순한 형상으로 이뤄진 게 아니었다.

미약하지만 분명히 '드래곤 피어'의 효과가 있었다.

용의 혼이 피부로 느껴졌다.

이 힘은 영지를 떠나기 전까진 없었던 것이다.

"옴께선…… 용마저 정복하셨단 말인가!"

서한의 눈이 더없이 커졌다.

전신이 감격으로 떨려왔다.

고작 수개월. 용을 제압하고 그 영혼을 손에 쥔 게 분명했다.

오가르 역시 놀랐다.

용은 불타르보다도 훨씬 상위의 종이다.

그나마 대족장은 되어야 맞상대를 해볼 법한 상대.

설마 무영이 그런 용의 힘마저 얻을 줄이야.

'품의 나무를 치료하던 게 엊그제 같거늘.'

오가르는 내심 안도의 한숨을 내쉬었다.

이 속도라면 머지않아 대족장마저 뛰어넘을 게 분명하다.

만약 그때 무영을 홀대했다면 그 여파가 어디까지 미쳤을지 알 수 없었다.

아무리 품의 나무가 가진 고질적인 문제를 해결해 줬대도 꽉 막힌 장로들은 무영이 도깨비이기 때문에 보상하는 걸 주저했다.

더 나아가 그 속내에는 꼬투리를 잡아 제거하려는 의도도 분명 있었을 것이다.

살아남은 무영이 복수심을 키워 언젠가 칼을 들이미는 걸 상상하자 등골이 오싹해졌다.

'천추의 한이 되었겠지.'

은혜를 원수로 갚았는데 전부가 멸한대도 할 말은 없었다.

하지만 다행히 오가르는 자신이 해줄 수 있는 일을 해주었다.

온갖 귀중한 약재를 아낌없이 써서 각성을 시켰으니.

"용의 힘…… 대단하군요."

하아!

아랑드가 묘한 소리를 내뱉었다.

소름이 돋았다.

그저 힘을 보인 게 전부임에도 이길 것 같지가 않았다.

"나를 실망시키지 않으려면 더욱 분발해야 할 것이다."

무영은 무심하게 내뱉었다.

아랑드가 그동안 보인 게 전부라면 실망할 것이었다.

스슥!

카앙!

이윽고 아랑드가 잔상을 남기며 눈앞에 당도했다.

단검을 자유자재로 움직이며 무영을 압박하려 들었다.

차창!

콰르릉!

아랑드는 뇌전의 힘을 다룰 줄 알았다.

그야말로 번개 같은 빠르기였다.

자동으로 공격하고 방어하는 용의 힘이 그 속도를 따라가
지 못하고 있었다.

그럼에도 아랑드의 표정은 점차 조급해져 가는 중이었다.

'내 공격이 전혀 통하지 않는다.'

그래도 맞수는 되리라고 생각했다.

용의 힘을 보았지만 크게 밀릴 거라 여기진 않았다.

실제로 무영의 밑에 있던 서한과 발탄을 제압했으니 자신감이 하늘을 뚫은 정도였다.

그러나 직접 부딪쳐 보니 알겠다.

무영의 거대함을.

무영은 한 발자국도 원래 자리에서 움직이지 않았다.

반면 아랑드는 여기서 조금이라도 속도를 늦추면 그대로 당할 것 같아 쉴 새 없이 움직일 수밖에 없었다.

그것 역시 오래가진 못했다.

무영이 비탄을 들었다.

이어 아주 느릿하게 검을 뻗었다.

'느린 검?'

아랑드의 전광석화와 같은 움직임에 비하면 너무나도 느렸다.

피하는 건 식은 죽 먹기처럼 보였다.

하지만 인지의 범위를 벗어날 수준으로 느렸기 때문일까?

어느 순간 비탄이 아랑드의 단검을 부수고 가슴을 꿰뚫어 뼈를 짓뭉갰다.

푸아악!

그리고 비탄이 회수됨과 동시에 아랑드의 가슴팍에서 피가 솟구쳤다.

단 한 번의 검격.

그러나 전혀 이해할 수 없는 방식이었다.

"어……떻게……?"

"내 최대한의 검이다. 끝없이 고민하며 치열하게 부딪쳐라. 얻는 게 있다면 지금보다 더욱 강해질 수 있을 터."

무영이 몸을 돌렸다.

가속은 쓰지 않았다.

단지, 그동안의 모든 깨달음을 담아 하나의 검격으로 선보였을 따름이었다.

이게 우승자인 아랑드에게 보이는 무영만의 '인정'이었다.

〈영지민들의 조화도가 올라갑니다.〉

〈스킬 '영주'의 랭크가 상승합니다. B →〉 A〉

〈영주 점수 500점을 획득했습니다.〉

〈이제부터 영지와 영지민의 상태를 대략적으로 파악할 수 있게 됩니다.〉

〈영지민들의 상태:

−영주를 존경합니다. 강력한 영주가 존재하는 한 그들이 다른 마음을 품는 일은 없을 것입니다.

−조화도 B. 모든 종족이 적당한 조화를 이뤘습니다.

−성장도 A. 강함에 대한 열망이 있습니다. 조건이 주어진다면 누구보다 빠르게 성장할 것입니다.

−만족도 B−. 청결과 거주 부분에서 문제가 많습니다. 영지를

전체적으로 손볼 필요가 있습니다.〉

〈진정한 영주의 반열에 들어가게 되었습니다. 더욱 넓은 땅을 지배하십시오.〉

〈넓은 영토의 지배자들이 조금씩 사용자를 신경 쓰기 시작합니다.〉

축제가 끝난 즉시 무영은 전반적으로 영지의 강화를 실시했다.

1,000의 드워프와 모든 인력이 힘을 합쳐 벽을 쌓고 단단한 건물을 지었다.

여기에 무영은 영주 점수 천여 점가량을 사용해 작은 신전을 하나 들였다.

보통의 신전을 짓는 데 이천 점이 필요하지만 대충의 효과만 추가하는 정도라면 천 점도 충분했던 것이다.

'악마의 긴 밤을 보내려면 신전이 있어서 나쁠 건 없지.'

무영이 들인 신전은 도깨비들의 신인 '아수라'를 모시는 곳이었다.

비록 그 크기는 단출했으나 아수라는 무영에게도 관여하고 영향을 끼치는 존재.

득이 되면 되었지 결코 해가 되진 않을 것이다.

역시나 신전이 지어지자 추가적인 효과가 있었다.

〈'아수라의 조촐한 신전'이 완성되었습니다.〉
〈영지에 있을 때 영지민들의 체력과 투기가 '5'씩 상승합니다.〉
〈더욱 큰 '악'이 나타나지 않는 이상 정신 지배로부터 저항을 갖게 됩니다.〉
〈온갖 괴물의 성장이 빨라집니다.〉
〈전승 효과 '아수라의 사도'가 '아수라의 대변자'로 바뀌었습니다.〉
〈아수라는 더욱 크고 더욱 많은 신전을 원합니다. 아수라의 신도를 늘리고 확장하십시오. 그럴수록 축복의 효과는 강해질 것입니다.〉

충분히 그 값을 하는 신전이었다.
아수라의 사도가 대변자로 바뀌며 등급 또한 올랐다.
악마를 대비하는 데 있어서 이 정도면 충분할 듯싶었다.
이종족이 빠르게 성장하며 저항할 힘을 갖췄으니 어지간한 악마가 쳐들어와도 해볼 만한 상황이 만들어졌다.
게다가 아수라의 축복은 계속해서 추가될 여지가 있었다.
그러려면 신전을 늘려야 하지만 이 역시 악마의 긴 밤이 시작되거든 동시에 해결될 일이라고 보았다.

"영주님께서 훔의 신전을 지으셨다!"

"아움! 아훔!"

"아아!"

신전이 지어진 즉시 도깨비들은 환호했다.

춤과 노래를 부르며 전율하였다.

움과 훔이 한곳에 모이게 된 것이다.

또 다른 부가적인 효과도 있었다.

"훔의 목소리를 들었소. 우리 흙도깨비 부족을 받아주시오."

"그대가 움입니까? 훔께서 그대를 따르라 하셨습니다."

신전이 지어지자 사방에서 도깨비들이 몰려왔다.

그 숫자가 그렇게 많지는 않았지만 신전의 효과가 꽤 멀리까지 퍼진 듯했다.

대부분이 훔의 목소리를 들었다고 하며 찾아온 것이다.

움의 의식을 행할 때 모인 것처럼 특별한 수신호 같은 게 있는 듯싶었다.

승승장구라는 말이 이처럼 어울릴 수가 있을까.

덕분에 영지의 발전에 박차를 가할 수 있었다.

이종족 모두가 빠른 성장을 도모했으며 하루가 다르게 강해져 갔다.

그리고 시간이 더 지나자 추가로 떠오른 문구가 있었다.

〈'악마의 긴 밤'이 시작되었습니다.〉

〈온갖 마성에 젖은 악마들이 길을 배회합니다. 주의하십시오.〉

〈이 기간 동안 악마를 사냥하면 추가 보상을 얻을 수 있습니다.〉

〈그러나 주의하십시오. 떠도는 악마 중에는 작위를 가진 귀족 또한 존재할 수 있습니다.〉

to be continued

레벨업 어게인

LEVEL UP
AGAIN

잘은 모르겠지만 과거로 돌아왔다.

최단 기간, 최고 속도 레벨 업, 노블레스 등급 클리어.
생각지 못했던 행운들에 시스템상 주어지는 위대한 이름,
앰플러스 네임까지.

모든 게 좋았다.
사랑했던 여자도 이젠 지킬 수 있을 것 같았다.

[앰플러스 네임 '빛의 성웅'이 성립됩니다.]

그런데 뭐냐. 이 요상한 이름은……?
나 그런거 아닌데. 아 진짜. 아니라니까요.

미키7
MICKEY7

MICKEY7

by Edward Ashton

미키7
MICKEY7

에드워드 애슈턴 SF 장편소설

배지혜 옮김

황금가지

1장	— 9
2장	— 32
3장	— 45
4장	— 64
5장	— 74
6장	— 94
7장	— 106
8장	— 127
9장	— 142
10장	— 160
11장	— 172
12장	— 192
13장	— 207
14장	— 230
15장	— 244
16장	— 261
17장	— 278
18장	— 290
19장	— 308
20장	— 324
21장	— 340
22장	— 351
23장	— 359
24장	— 371
25장	— 373
26장	— 389
27장	— 398
감사의 말	— 407

젠에게,

당신이 「문명」을 그만두게 하지 않았다면

이 중 어떤 일도 일어나지 않았을 거야.

1장

    지금껏 죽어 본 중에 가장 멍청한 죽음을 맞이하게 될 것 같다.

    막 26시를 지났고, 나는 거친 돌바닥에 큰대자로 널브러져 있었다. 사방이 어찌나 캄캄한지 마치 장님이 된 것 같은 느낌이었다. 오큘러(본 작품에서 시신경 및 뇌파와 연결된 통신 기기 — 옮긴이)가 거의 5초 동안 가시광 파장 범위에 있는 광자를 찾았지만 결국 실패하고 적외선 감지 모드로 전환되었다. 특별히 눈에 들어오는 것은 없지만 적어도 희끄무레한 회색빛 나는 동굴 천장은 알아볼 수 있었다. 얼음을 두른 검은 구멍이 눈에 띄었는데 분명 내가 떨어진 이 굴의 입구일 것이다.

영문을 알 수 없었다. 대체 무슨 일이 일어난 거지?

기억 속 마지막 몇 분은 서로 관련 없어 보이는 이미지와 소리 들로 조각조각 나 있다. 베르토가 크레바스 입구에 나를 내려 준 기억이 났다. 부서진 얼음 조각들과 함께 크레바스 아래로 내려간 기억, 걸어간 기억이 났다. 고개를 들어 위를 올려다보니 남쪽 벽 위쪽에 바윗덩어리가 불쑥 튀어나와 있었다. 원숭이 머리처럼 생긴 바위였다. 웃음이 났다. 그러다가…….

……왼발이 허공을 디디면서 그대로 추락했다.

젠장. 앞을 제대로 보지도 않고 걷다니. 그깟 원숭이 머리 모양 바위에 정신이 팔려, 돔으로 돌아가 나샤에게 바위 모양을 설명해 줄 생각을 하다가 구멍으로 걸어 들어간 것이다.

다시없을. 가장 멍청한. 죽음이다.

온몸 전체에 한기가 퍼져 왔다. 구덩이에 빠지기 전 지상에서 몸을 움직이고 있을 때도 추위에 떨었는데 굴속에서 밑바닥에 등을 대고 있으려니 스킨 슈트와 보온 내의 두 겹을 뚫고 체모, 피부, 근육, 그리고 뼛속까지 한기가 스며들었다. 몸이 다시 덜덜 떨렸다. 그리고 갑자기 왼쪽 손목 위쪽부터 어깨까지 찌릿한 통증이 전해졌다. 팔을 내려다보니 장갑과 바깥쪽 내의 소매가 만나는 부분이 퉁퉁 부어 불룩 튀어나와 있다. 장갑을 벗으면 냉기로 부기가 가라앉지 않을까 했지만, 통증 때문에 시도조차 하지 못하고 포기했다. 주먹을 쥐어 보려 했지만, 손가락을 조금만 구부려도 눈앞이 아찔하게 통증이 밀려왔다.

추락하면서 어딘가에 부딪힌 모양이었다. 부러졌을까? 그럴 수도. 삐었을까? 확실히 그런 것 같다.

통증을 느낀다는 건 내가 아직 살아 있다는 뜻이겠지?

나는 천천히 몸을 일으킨 뒤 정신을 차리려고 도리질을 한 다음 통신창을 향해 눈을 깜빡였다. 개척지 기지국의 신호를 받기에는 너무 멀리 나와 있지만, 베르토가 아직 가까이 있는지 약하게나마 잡히는 신호가 있다. 음성이나 영상은 안 되겠지만 문자 메시지 정도는 주고받을 수 있지 않을까 싶었다. 키보드 아이콘을 향해 눈을 깜빡이니 창이 확대되어 시야의 약 4분의 1을 채웠다.

[Mickey7]: 베르토, 메시지 확인돼?

[RedHawk]: 확인. 살아 있네?

[Mickey7]: 아직까지는. 근데 꼼짝없이 갇혔어.

[RedHawk]: 장난 아니던데. 어떻게 된 건지 다 봤어. 구덩이를 향해 걸어 들어가더라.

[Mickey7]: 그래, 내가 그랬더라고.

[RedHawk]: 작은 구덩이도 아니었어, 미키. 엄청나게 컸다고. 이 친구야. 대체 왜 그랬어?

[Mickey7]: 바위를 구경하고 있었어.

[RedHawk]: …….

[Mickey7]: 원숭이처럼 생긴 바위였거든.

[RedHawk]: 정말 멍청하게 죽게 생겼구먼.

[Mickey7]: 그래, 죽게 된다면 그렇겠지. 그래서 말인데, 네가 돌아와서 날 구해 주면 어떨까?

[RedHawk]: 음…….

[RedHawk]: 안 되겠는데.

[Mickey7]: 진심이야?

[RedHawk]: 진심이야.

[Mickey7]: …….

[Mickey7]: 어째서?

[RedHawk]: 음, 난 네가 빠진 지점의 상공 200미터 위를 선회하는 중이라 네가 보내는 메시지도 겨우 받고 있어. 너 엄청 깊이 빠졌어, 이 친구야. 게다가 여기는 크리퍼들 구역이야. 너를 구출하려면 고생도 죽어라 하고 위험도 감수해야 하겠지. 너도 알겠지만 익스펜더블(본 작품에서 소모품 역할을 하는 작업자를 가리킨다 — 옮긴이)에 그만한 희생을 할 이유는 없잖아.

[Mickey7]: 아하, 그렇구나.

[Mickey7]: 그 익스펜더블이 네 친구라도 말이지?

[RedHawk]: 미키, 왜 이래? 동정심 유발 작전이라니. 진짜 죽는 것도 아니잖아. 돔으로 돌아가면 네 손실 보고서를 올릴 거야. 임무 중 손실이니까. 마셜이 재생을 반대할 리도 없잖아. 내일이면 재생 탱크에서 나와서 네 침대에서 깨어날 수 있다고.

[Mickey7]: 듣던 중 반가운 소리네. 그것참 편리하겠구나. 그동안 나는

12

구덩이에서 죽어 가고 말이야.

[RedHawk]: 나도 안타깝게 생각해.

[Mickey7]: 안타까워? 정말로? 말로만?

[RedHawk]: 미안해, 미키. 하지만 어쩔 수 없어. 그 아래서 죽게 된 건 안됐지만, 사실 네가 하는 일이 그거잖아, 안 그래?

[Mickey7]: 나 최근에 백업도 안 했어. 데이터 업로드를 안 한 지 거의 한 달 됐어.

[RedHawk]: 그건…… 네 잘못이지. 하지만 걱정하지 마. 내가 중요한 부분은 직접 전달해 줄게. 마지막 업로드 이후에 개인적으로 기억해야 할 중요한 일이 있었어?

[Mickey7]: 음…….

[Mickey7]: 없는 것 같아.

[RedHawk]: 잘됐네. 그럼 얘기 끝났지?

[Mickey7]: …….

[RedHawk]: 더 할 말 없지?

[Mickey7]: 그래, 없어. 아주 고마워 죽겠다, 베르토.

나는 눈을 한 번 깜빡여 통신창을 끈 다음 돌벽에 등을 기댄 채 눈을 감았다. 겁쟁이 같은 베르토 녀석. 나를 구하러 오지 않다니 믿기지 않았다.

아, 내가 무슨 소릴 한담. 날 구하러 올 턱이 없는 녀석이지.

그럼 이제 어쩐다? 여기 앉아서 죽을 때까지 기다려야 하나? 시추 구멍인지 수직 갱도인지…… 뭔진 몰라도 저 구멍으로 떨어져 이 바닥에 추락하기까지 얼마나 깊이 굴렀는지 알 수 없는 노릇이었다. 20미터쯤 굴렀을 수도 있고, 베르토가 한 말을 생각해 보면 100미터 이상일 수도 있었다. 구덩이 입구는 불과 3미터쯤 위에 있다. 하지만 어찌어찌 입구까지 닿을 수 있다고 하더라도 손목이 이 지경인 이상 어차피 벽을 탈 수는 없었다.

이 일을 하다 보면 죽음에 이르는 여러 가지 방법을 생각하게 된다. 그러니까, 실제로 죽음의 과정을 밟고 있지 않을 때 그런다는 얘기다. 이제껏 한 번도 얼어 죽은 적은 없다. 물론 상상해 본 적은 있다. 얼음으로 뒤덮인 행성에 착륙한 이래로 그런 생각을 하지 않는 게 더 어려운 일이었다. 비교적 쉽게 죽을 수 있을 것 같았다. 추위에 떨다 잠이 들고, 다시 깨어나지 못하면 그만이지 않은가? 이렇게 죽는 게 그렇게 비참한 죽음은 아닐 수도 있다는 생각에 잠기려는 찰나, 오큘러에 메시지 알림음이 울렸다. 나는 답을 하기 위해 눈을 깜빡였다.

[Black Hornet]: 안녕, 자기.

[Mickey7]: 안녕, 나샤. 웬일이야?

[Black Hornet]: 그 자리에 가만히 기다리고 있어. 도착 예정 시간은 2분이야.

[Mickey7]: 베르토가 연락했어?

[Black Hornet]: 응. 베르토는 널 회수 불가하다고 생각하던데.

[Mickey7]: 그런데?

[Black Hornet]: 걔는 널 구할 동기가 충분치 않아서 그러는 것뿐이야.

희망이란 참 우습다. 30초 전만 해도 나는 죽게 되리라고 확신했고 죽음이 전혀 두렵지 않았다. 그런데 어느새 심장이 귀를 울릴 정도로 힘차게 뛰기 시작하더니 머릿속으로 나샤가 리프터(본 작품에서 중력 생성기를 단 비행 운송 수단 ─ 옮긴이)를 저 위 어딘가에 착륙시키고 나를 구하려다 잘못될 가능성을 계산하고 있었다. 리프터를 착륙시킬 만큼 크레바스 바닥이 넓을까? 그렇다 하더라도, 나샤가 내 위치를 파악할 수 있을까? 파악한다 하더라도, 여기까지 닿을 만큼 케이블 길이가 충분할까?

케이블 길이가 충분하더라도, 그런 움직임 때문에 크리퍼들이 찾아와 그녀를 위험에 내몰 가능성은 얼마나 될까?

젠장.

젠장, 젠장, 젠장.

그렇게 둘 수는 없다.

[Mickey7]: 나샤?

[BlackHornet]: 응?

[Mickey7]: 베르토가 맞아. 나는 돌아가기 힘들어.

[BlackHornet]: ······.

[Mickey7]: 나샤?

[BlackHornet]: 확실해, 자기?

나는 다시 눈을 감고 숨을 한번 들이쉬었다 훅 내쉬었다. 재생 탱크에서 다시 깨어나면 그뿐이잖아?

[Mickey7]: 응, 확실해. 너무 깊이 들어왔어. 그리고 바닥에 너무 세게 떨어진 것 같아. 솔직히 말하자면, 날 데려가도 결국은 폐기처분하게 될 거야.

[BlackHornet]: ······.

[BlackHornet]: 알겠어. 네가 선택한 거야.

[BlackHornet]: 나는 널 위해 기꺼이 가 줄 수 있어, 알지?

[Mickey7]: 응, 알아.

나샤는 말이 없고, 나는 그 자리에 앉아서 오르락내리락하는 나샤의 통신 신호를 보고 있다. 그녀는 착륙 지점 근처를 맴돌고 있는 듯했다. 나의 신호를 삼각 측량해 위치를 파악하려는 것 같았다.

내가 끝을 내는 수밖에 없었다.

[Mickey7]: 돌아가, 나샤. 그만 이야기하자.

[BlackHornet]: 아,

[BlackHornet]: 알겠어.

[BlackHornet]: 어떻게 할 거야?

[Mickey7]: 뭘?

[BlackHornet]: 죽을 때 말이야, 미키. 네가 파이브처럼 끝나지는 않았으면 좋겠어. 무기는 있어?

[Mickey7]: 아니. 떨어질 때 버너(본 작품에서 일종의 지향성 에너지 무기를 가리킨다 — 옮긴이)를 잃어버렸어. 솔직히 있었어도 사용했을까 싶어. 빨리 끝낼 수는 있었겠지만……

[BlackHornet]: 그래, 나쁘지 않았을 텐데. 칼은 있어? 쇄빙 도끼는?

[Mickey7]: 아니, 없어. 그런데 쇄빙 도끼로 대체 뭘 할 수 있지?

[BlackHornet]: 모르겠어. 어쨌든 날카롭잖아. 머리나 다른 데를 찍을 수도 있지.

[Mickey7]: 저기, 나샤. 도움을 주려는 건 알겠지만……

[BlackHornet]: 호흡기를 열어 버리자. 산소 포화도가 낮은 게 나을지 이산화탄소 포화도가 높은 게 나을지 모르겠지만 양쪽 다 몇 분 안 걸릴 거야.

[Mickey7]: 음, 해 보진 않았지만 숨을 못 쉬는 건 별로일 것 같은데.

[BlackHornet]: 그럼 어떻게 할 거야?

[Mickey7]: 얼어 죽어야지 뭐.

[BlackHornet]: 그래, 그게 좋겠네. 평안하게, 그렇지?

[Mickey7]: 그랬으면 좋겠다.

나샤의 신호가 거의 사라질 정도로 약해지다가 눈금 0 근처에 머물렀다. 통신이 가능한 범위의 경계에 멈춰 있는 모양이었다.

[BlackHornet]: 백업은 해 뒀지?
[Mickey7]: 최근 6주 동안은 안 했지.
[BlackHornet]: 왜 업로드를 안 했어?

지금은 그 질문에 대답할 기분이 아니다.

[Mickey7]: 게을러서지, 뭐.
[BlackHornet]: ······.
[BlackHornet]: 이렇게 돼서 유감이야, 자기야. 정말로.
[BlackHornet]: 끊지 말고 여기 있을까?
[Mickey7]: 아니. 시간이 좀 걸릴 거야. 그리고 거기에서 추락이라도
하면, 다시 돌아올 수 없는 거 알잖아. 돔으로 돌아가야지.
[BlackHornet]: 진심이야?
[Mickey7]: 응, 진심이야.
[BlackHornet]: 사랑해, 자기야. 내일 만나면 오늘 밤 네가 얼마나
프로다웠는지 이야기해 줄게.
[Mickey7]: 고마워, 나샤. 나도 사랑해.
[BlackHornet]: 안녕히, 미키.

눈을 깜빡여 통신창을 닫고 0으로 줄어드는 나샤의 신호를 지켜보았다. 베르토는 이미 통신 범위에서 사라진 지 오래였다. 하늘을 올려다보았다. 악마의 밑구멍처럼 나를 노려보는 구덩이 입구가 어쩐지 아까보다 높아진 것 같기도 했다. 갑자기 죽고 싶지 않아졌다. 나는 머리를 또 한 번 흔들고 자리에서 일어섰다.

이쯤에서 사고 실험을 한번 해 보기로 하자. 여러분이 잠자리에 들면 잠이 들었다가 다시 깨어나는 게 아니라는 사실을 깨달았다고 상상해 보자. 당신은 죽는다. 당신은 죽고 내일 아침부터 다른 사람이 당신의 삶을 대신 산다. 그는 여러분의 모든 기억을 가지고 있다. 모든 희망, 꿈, 두려움, 소망을 기억한다. 그는 자신이 당신이라고 생각하고 당신의 친구들과 사랑하는 사람들도 그렇게 생각한다. 하지만 그는 당신이 아니다. 당신은 전날 밤 잠자리에 들었던 그가 아니다. 당신은 겨우 오늘 아침부터 존재했을 뿐이고 오늘 밤 눈을 감을 때까지만 존재한다. 자신에게 물어보자. 만약 그렇다면 당신의 삶에서 실제적으로 달라지는 점이 있을까? 달라진 점을 눈치챌 수는 있을까?

'잠자리에 들기'를 '으스러지기, 증발하기, 불태워지기'로 바꾸면 내 삶이 어떤지 이해할 수 있게 된다. 원자로 코어에 문제가 생기면? 내가 달려간다. 아직 미완성인 백신을 시험해야 한다면? 내가 나설 차례다. 개발한 신약에 독성이 있는지 알고 싶다면? 내가 기꺼이 삼켜 드리지. 죽으면 새로 만들면 그뿐이니까.

그 모든 죽음의 경험에서 괜찮은 점이 있다면 내가 진짜로 어떤 면에서는 빌어먹을 불멸이라는 것이다. 나는 단순히 미키1이 했던 일을 기억하는 것이 아니다. 나는 그로 살았던 삶을 기억한다. 뭐, 그의 마지막 몇 분은 기억하지 못하지만. 그는, 그러니까 나는, 우주선을 타고 이동하던 중 선체가 파손되는 사고가 난 이후 죽었다. 몇 시간 후 미키2가 깨어났고, 그는 당연히 자신이 미드가르드에서 태어난 서른한 살 남자라고 생각했다. 누가 알겠는가. 진짜 그럴 수도 있다. 미키2의 눈으로 세상을 보는 진짜 미키 반스일 수도 있다. 그렇지 않다고 한들 알아차릴 수 있을까? 만약 내가 이 동굴 바닥에 누워 눈을 감고 호흡기를 뗀다면 나는 내일 아침 미키8으로 깨어날 것이다.

하지만 어쩐지 의심이 든다.

나샤와 베르토는 차이를 느낄 수 없을지 모르지만, 이성 너머 마음속 깊은 곳에서는 내가 죽었다는 사실을 알 수 있을 거라는 생각이 들었다.

가시광 파장의 광자를 찾을 수는 없었지만, 오큘러의 단파장 적외선 모드 덕분에 간신히 주변이 보였다. 주위를 둘러싼 벽을 따라 동굴 입구 여섯 개가 나 있었다. 전부 내리막 경사였다.

이건 말이 안 되는데.

지금 이 모든 상황 중에 말이 되는 게 있기는 한가 싶지만.

동굴들은 용암 동굴처럼 보이기도 했는데, 궤도 탐사 결과에 따르면 반경 1000킬로미터 내에서 화산 활동은 없었다. 가뜩이나 기후가 나쁜 행성에서 적도에서 멀리 떨어져 있어 특히나 환경이 척박한 이 지역을 첫 번째 베이스캠프 자리로 고른 것도 그 때문이었다. 나는 벽을 따라 천천히 걸었다. 동굴 입구는 모두 지름이 3미터 정도로 거의 똑같이 생겼고, 안쪽이 은은하게 빛나는 것을 보니 들어갈수록 온도가 높아지는 모양이었다. 동시에 나의 무의식은 혹시 이 동굴이 곧장 지옥으로 향하는 길이 아닐까 하는 생각을 하고 있었다. 동굴 입구는 서로 여섯 걸음씩 떨어져 있었다.

역시 수상했다.

하지만 고민할 시간이 없었다. 나는 동굴 중 하나를 골라 걸어 들어가기 시작했다.

30분쯤 지난 뒤, 나샤에게 가만히 앉아 얼어 죽기만을 기다리진 않을 거라고 말해 둘걸 그랬다는 생각이 들었다. 나샤가 알았다면 내가 진짜로 죽기 전까지 베르토가 손실 보고서를 제출하지 못하도록 했을 것이다. 유니언에 속한 세계들은 도덕적으로 까다롭지 않지만, 바이오 프린트된 육체에 인격을 다운로드할 수 있게 된 초창기에 끔찍한 사건이 발생하는 바람에, 오늘날 거의 모든 개척지에서 중복된 익스펜더블은 연쇄 살인범이나 아동 납치범보다도 못한 취급을 받게 되었다.

통신창을 켜 봤지만, 당연히 아무 신호도 잡히지 않았다. 내가 있는 곳에서 지표면까지 바위가 너무 많은 모양이었다. 어쩌면 잘된 일이다. 나샤가 나를 구하러 오겠다고 강력하게 우기지 않은 이유는 내가 심하게 망가졌다고 생각했기 때문이다. 만약 내가 가벼운 두통에 시달리면서 손목을 살짝 삔 상태로 일어나 동굴 안을 배회하고 있다는 걸 알았다면 나샤는 당장 가던 길을 멈추고 나를 구하러 왔을 것이다. 내가 원하든 원하지 않든.

그럴 수는 없었다. 나샤는 지난 9년 동안 나에게 찾아온 유일한 행복이었고, 그녀를 위험에 빠뜨린다면 스스로를 용서할 수 없을 것 같았다.

용서할 수 없고말고. 그래도 위험을 감수해 볼걸 그랬나? 어쨌든 이대로 죽을 수는 없다고 고집을 부려 볼걸 그랬나?

이쯤 되자 나샤가 구하러 온다 하더라도 나를 찾을 수 있을지 의문이었다. 동굴들은 10여 미터마다 교차하며 마치 개미집처럼 얽히고설켜 있었다. 갈림길이 나오면 아래쪽을 향하는 동굴보다는 위로 향하는 동굴을 선택했지만 별 소용이 없는 듯했고 이제는 내가 어느 방향으로 가고 있는지 가늠조차 할 수 없게 되었다.

하지만 적어도 추위에는 떨지 않게 되었다. 처음에는 저체온증이 온 줄 알았지만, 동굴 벽에서 감지되는 적외선이 꾸준히 밝아지는 것을 보고 동굴로 깊이 들어갈수록 점점 더 따뜻해진다는 확신이 생겼다. 심지어 슬슬 땀도 나기 시작했다.

당장은 괜찮지만 땅 위로 올라가는 길을 찾게 된다면 곤란해질 수도 있었다. 동굴 입구를 덮고 있던 얇은 얼음막을 밟고 굴러떨어질 때 바깥 기온이 영하 10도였다. 밤이 되면 기온은 영하 30도 이상으로 떨어지고 바람도 그치지 않고 불었다. 나가는 길을 찾는다면 해가 뜰 때까지 안에서 기다리는 편이 현명할 것이다.

달가닥거리는 소리를 처음 들었을 때 나는 나샤를 생각하고 있었다. 돌멩이 수십 개가 화강암 위를 구르는 것 같은 소리가 들리다 멈추고, 들리다 멈췄다. 나는 뒤를 돌아보지 않고 걸음을 재촉했다. 이 동굴이 자연적으로 만들어진 동굴이 아니라는 확신이 들었다. 대체 어떤 생명체가 단단한 바위에 지름 3미터짜리 굴을 파고 사는지는 알 수 없지만, 그게 무엇이든 그다지 마주치고 싶지는 않았다.

계속 걸음을 옮겼지만 소음은 점점 가까이에서 자주 들려왔다. 걸음이 자꾸 빨라져서 결국 달리다시피 하게 되었다. 동굴 두 개가 교차하는 지점을 지날 때면 소리가 앞에서 나는지 뒤에서 나는지도 분간할 수 없었다. 나는 문득 걸음을 멈추고 반쯤 뒤를 돌아보았다.

바로 거기, 팔을 뻗으면 닿을 만한 거리에 소리의 정체가 서 있었다.

녀석은 크리퍼와 생김새가 비슷했다. 몸체는 여러 마디로 이루어져 있고, 마디마다 한 쌍씩 뻗은 다리 끝에는 딱딱하고 날카로운 발톱이 달려 있었다. 하지만 크리퍼와는 턱뼈 생김새가 달랐다. 크리퍼들은 첫 번째 마디에 턱뼈가 한 쌍 달려 있는데, 이 녀석의 턱뼈는 총 두 쌍이었다. 바닥과 거의 수평인 긴 턱뼈에 수직을 이루도록 짧은 턱뼈가 한 쌍 더 달려 있었다. 턱뼈와 안쪽으로 크리퍼처럼 짧고 야무지게 생긴 앞다리 한 쌍과 이빨이 빽빽이 들어찬 둥근 입이 보였다.

크리퍼와 완전히 다른 점도 있었다. 크리퍼는 눈 덮인 환경에 숨기 좋도록 진화했는지 새하얀 색이었다. 적외선 모드를 통해 보고 있어서 확실하지는 않지만, 가시광에 비춰진다면 이 녀석은 아마 갈색이나 검은색으로 보일 것 같았다.

또 크리퍼는 1미터 조금 넘는 길이에 무게가 20킬로그램 안팎인데, 여기 이 녀석은 폭이 내 키만 했고, 동굴 안쪽 내 시선이 닿는 곳까지 몸통이 계속될 정도로 길었다.

맞서야 할까, 아니면 도망쳐야 할까? 어느 쪽도 좋은 선택이 될 수는 없을 것 같았다. 나는 손바닥이 보이도록 양손을 들며 천천히 뒤로 물러섰다. 녀석이 반응을 보였다. 앞발이 나를 향해 손짓했다. 보디랭귀지인 것 같았다. 이 생명체에게는 팔을 펼쳐 보이는 게 위협처럼 보일지도 모른다는 생각이 들어 팔을 내린 다음 한 발자국 더 뒷걸음질 쳤다. 녀석이 나에게 미끄러지듯 다가왔다. 앞쪽 마디들이 코브라 머리처럼 천천히 앞뒤로 움직이는 모습을 보면서 나는 나샤의 말을 들어야 했다고, 호흡기 마개를 열어 이 행성의 대기 구성에 내 운명을 맡겨야 했다는 생각이 들었다. 죽을 때 죽더라도 거대한 지네에게 먹혀 생을 마감하고 싶지는 않았다.

방어할 틈도 없이 녀석의 턱뼈들이 내 다리 사이와 오른쪽 어깨, 허리를 감싸더니 나를 들어 올렸다. 녀석의 앞발이 내가 떨어지지 않도록 단단히 붙잡았다. 1미터도 떨어지지 않은 거리에서 녀석의 목구멍이 리드미컬하게 열렸다 닫히기를 반복했다. 입속에는 검은 이빨이 겹겹이 나 있고 그 뒤로 뜨거운 용광로처럼 생긴 식도가 이어졌다.

하지만 나는 그 안으로 빨려 들어가지 않았다. 녀석은 나를 들어 올리고 앞으로 움직이기 시작했다.

녀석의 앞발은 관절 여러 개로 이루어져 있는데, 끝에 달린 손가락 같은 촉수들에 2센티미터 정도 되는 긴 발톱이 달려 있었다. 녀석에게 잡힌 후 몸부림을 치자 앞발들이 강철 죔쇠 같은 힘으로 내 팔을 벌려 아래턱뼈 뒤에 밀어붙였다. 발길질이라도 해 보려고 했지만, 다리 밑으로 딱히 걷어찰 만한 게 없었다. 이쯤 되자 녀석이 나를 둥지로 데려가고 있다는 걸 짐작할 수 있었다. 새끼들에게 줄 먹이가 되는 걸까? 아니면 녀석의 아내에게 줄 선물일까? 어느 쪽이든 지금이라도 호흡기 마개를 열 수 있다면 그렇게 하고 싶었다. 하지만 그럴 가망은 없었고, 나는 대롱대롱 매달린 채 놈의 목구멍으로 꿀떡꿀떡

넘어갈 때 어떤 느낌일지 상상하기 시작했다.

둥지로 가는 길은 꽤 멀었고, 나는 깜빡 졸기까지 했다. 거대한 크리퍼의 이빨들이 부딪히는 소리에 번뜩 정신이 들었다. 그리고 목구멍이 넓어졌다 좁아졌다 하는 동안 이빨들이 서로 부딪히는 모습을 넋 놓고 보았다. 이상하리만치 빨려드는 광경이었다. 도저히 남아나지 않을 것처럼 갈리는데도 멀쩡한 것을 보니 이빨들은 끊임없이 자라거나 주기적으로 빠지고 새로 나는 모양이었다.

한참 후, 나는 이빨들이 부딪히며 점점 더 뾰족하게 갈리고 있다는 사실을 깨달았다.

우리는 내가 처음 떨어진 동굴과 비슷한 공간에 멈춰 섰다. 녀석은 공간을 가로질러 옆쪽에 있는 좁은 동굴 입구로 머리를 밀어 넣었다. 나는 목을 쭉 빼고 주위를 둘러보았다. 동굴은 20미터쯤 앞에서 막힌 것 같았다. 여기가 식품 저장고인가? 녀석은 내 발이 땅에 닿도록 내려놓고는 아래턱 힘을 풀고 앞발로 살짝 떠밀었다. 녀석의 머리통이 곧 동굴 밖으로 사라졌다.

무슨 일이 일어나고 있는 건지 헷갈렸지만 우선 녀석과 멀리 떨어지고 싶었다. 동굴을 따라 걷기 시작했다. 동굴 막다른 벽에서 조금 이상한 것이 눈에 띄었다. 몇 초 후에야 오큘러가 몇 시간 만에 가시광 범위의 광자를 감지하기 시작했다는 사실을 깨달았다.

터널의 끝에 다다라서 보니 벽이라고 생각했던 것은 돌벽이 아니었다. 단단히 다져진 눈이었다. 나는 손을 대고 눈 벽을 힘껏 밀었다. 그러자 지름 50센티미터 정도 되는 벽의 일부분이 무너지며 햇빛이 들어찼다.

그 순간, 9살 무렵 미드가르드의 시골 할머니 댁에 갔던 기억이 떠올랐다. 어느 따사로운 봄날 아침, 내 침실에서 거미를 발견한 적이 있었다. 나는 양손을 모아 조심스럽게 거미를 들어 올렸고, 뾰족한 다리로 손바닥 여기저기를 훑으며 돌아다니는 거미의 움직임을 느끼며 아래층 현관 밖으로 달려 나갔다. 그러고는 마당에 쭈그리고 앉아 두 손을 땅에 가까이 내리고 천천히 손가락을 펼쳤다. 거미가 허둥지둥 내 손에서 벗어날 때, 마치 내가 자애로운 신이라도 된 것 같은 생각이 들었다.

벽에 난 구멍으로 2킬로미터도 떨어지지 않은 곳에 있는 눈 덮인 돔 기지 지붕이 보였다. 내가 거미였던 셈이다. 나는 거미였고, 동굴 안에 있는 저 녀석이 방금 나를 마당에 풀어 주었다.

동굴을 빠져나오자마자 베르토에게, 그다음에는 나샤에게 연락을 시도했지만, 응답이 없었다. 놀랄 일은 아니다. 아직 시간이 너무 이르고 그들은 밤새 임무를 수행한 참이었다. 베르토가 돔으로 돌아가자마자 내가 작전 중 사망했다는 보고를 올렸을까? 아니면 아침까지 기다리기로 했을까? 보고 이후 나를 새로 만드는 데 시간이 얼마나 걸리려나? 그 부분까지 생각해 본 적이 없어서 잘 모르기는 해도 오래 걸리지는 않을 것 같았다. 베르토에게 메시지를 남길까 했지만 어쩐지 기다려야 할 것 같은 느낌이 들었다. 베르토가 어젯밤 복귀하자마자 방으로 곧장 갔다면 가서 직접 이야기할 수 있겠지만, 그렇지 않다면…… 솔직히 그러면 어떻게 해야 할지 알 수 없었다. 하지만 한동안은 내가 죽지 않았다는 사실을 나만 알고 있어야 할 것 같은 묘한 기분이 들었다.

무릎까지 쌓인 신선한 눈을 헤치고 돔의 보안 경계선까지 가는 데 꼬박 한 시간이 걸렸다. 그 고생에도 불구하고 여느 때와 달리 상쾌한 아침이었다. 거의 일주일 만에 처음으로 기온이 0도 근처까지 올랐다. 바람도 잦아들었고, 구름 한 점 없는 하늘은 보드라운 분홍색으로 빛났다. 붉고 통통한 태양이 남쪽 지평선에 걸터앉아 있었다. 돔에서 반경 100미터는 보안 경계선으로 정해져 센서 탑, 회전 버너 포탑, 각종 덫과 장애물이 설치되어 있었다. 여태 우리가 본 커다란 동물이라고는 크리퍼뿐이었고, 그들은 센서가 감지할 수 없는 눈 속으로 이동했기에 이런 장치들이 다 무슨 소용인가 싶었지만, 그저 관행이겠거니 생각했다.

게이브 토리첼리가 중앙 문으로 향하는 길목의 검문소를 지키고 있었다. 경비대 소속이지만 다른 경비대 얼간이들에 비하면 괜찮은 사람이었다. 전투복으로 완전무장 한 채 헬멧을 쓰지 않아서 마치 머리가 유난히 작고 근육을 비정상적으로 크게 키운 보디빌더처럼 보였다.

"미키, 일찍 나갔다 왔네." 게이브가 말했다.

나는 어깨를 으쓱했다. "알잖아. 내 일이 그렇지 뭐. 그 장비는 다 뭐야? 내가 크레바스에 있는 동안 전쟁이라도 났어?"

호흡기 너머로 그가 씩 웃어 보였다. "아직은 아니야. 보초설 때는 자발적으로 무장할 수 있어. 나는 이 옷이 마음에 들고. 마샬이 맡긴 언덕 순찰 임무가 안 끝났나 보지?" 그는 내가 걸어온 길 쪽을 가리켰다.

"응. 익스펜더블이 맡을 수 있는 사소한 임무에 비싼 장비를 희생할 필요는 없잖아?"

"그렇지. 밖에서 발견한 거라도 있어?"

있다마다. 중량 우주선만 한 크리퍼를 만났어. 그런데 그 녀석이 내가 돔으로 돌아올 수 있게 동굴 밖까지 데려다줬다고. 지각이 있는 생물이 틀림없어. 멋지지? 안 그래?

"아니, 바위랑 눈만 실컷 보고 왔어." 내가 답했다.

"그래, 항상 그렇지 뭐. 마샬이 쓸데없는 데 시간을 낭비하고 있다니까, 그렇지 않아?"

이런. 게이브는 말 상대가 필요한 모양이었다. 나는 이 상황에서 빨리 벗어나야 했다.

"저기, 이야기를 더 하고 싶은데 아침에 돔에서 할 일이 있어서. 이만 들어가도 괜찮지?"

"그럼, 당연하지. 신원 확인은 굳이 안 해도 되겠지, 응?"

"그래, 안 해도 되겠지."

게이브는 태블릿을 꺼내 뭔가를 입력한 다음 손을 흔들며 나를 돔 안으로 들여보내 주었다. 다행이었다. 경비대에 미키8으로 등록한 사람이 아직 없다는 뜻이었으니까. 베르토가 게으름을 피워 준 덕분에 무척이나 번거로운 절차를 밟지 않고도 빠져나올 수 있었다. 하지만 애초에 나에게 이런 상황이 생긴 것 역시 베르토의 게으름 때문이었다. 쉽지 않았겠지만, 어젯밤 베르토가 장비를 갖춰 돌아왔다면 동굴에서 나를 꺼내 줄 수도 있었다.

나를 위해 나샤를 위험에 처하게 할 수는 없지만, 베르토라면? 베르토가 기꺼이 와 주었다면 나도 탈출하려고 노력했을 것이다.

물론, 그런 상황에서 구출하는 수고를 들일 필요가 없다는 점이야말로 익스펜더블을 이용하는 이유 중 하나다. 그렇다고 하더라도, 이번 일이 어떻게 마무리 지어지든 나는 친한 친구의 기준을 다시 생각해 볼 필요가 있을 것 같다.

일단 방으로 향했다. 옷을 갈아입고, 씻고, 손목에 압박붕대도 감아야 했다. 지금 보니 부러진 것 같지는 않지만, 손목이 부어 있고 보라색으로 멍이 들어 있었다. 아마 적어도 몇 주는 고생깨나 할 것 같다. 그러고 나면 베르토에게 연락해 어리석은 짓은 하지 말라고 이야기해야지. 나샤에게도 내가 살아 돌아왔다고 메시지를 보내야겠다.

그리고 나를 구하려고 해 줘서 고맙다는 인사도 해야지.

돔의 중앙 복도를 3분의 2 정도 걸어간 다음 나선형 철제 계단을 따라 주거 구역까지 네 개 층을 올랐다. 이 위, 돔 지붕 바로 아래에는 직급이 낮은 사람들이 쓰는 가로 3미터 세로 2미터짜리 방이 열 개 남짓 있었는데, 압출 가공된 플라스틱 벽으로 나뉘어 얇은 스티로폼 문이 달려 있었다. 내 방은 돔의 중심에서 가까웠다. 일어서서 머리 위로 손을 뻗을 수 있을 정도로 천장이 높은 더블룸을 배정받았다. 익스펜더블에게 주어지는 특전인 모양이었다. 아즈텍인들도 제단으로 끌고 가 심장을 꺼내기 전까지는 공놀이 선수들에게 친절을 베풀었다던데, 마찬가지가 아닐까 생각했다.

열쇠를 방문에 꽂으면서 뭔가 문제가 생겼을 수도 있다는 생각이 처음으로 머리를 스쳤다. 방문이 이미 열려 있었다. 심장이 스타카토 리듬으로 쿵쾅거리는 가운데 문을 밀었다. 턱밑까지 이불을 덮은 누군가가 내 침대를 차지하고 있었다. 앞머리는 이마에 찰싹 붙어 있고 얼굴에는 말라비틀어진 콧물 자국 같은 얼룩이 져 있었다. 나는 두 걸음 안으로 들어서며 방문을 닫았다. 문고리가 딸깍하고 잠기는 소리에 그의 눈이 번쩍 뜨였다.

"저기." 내가 말했다.

그는 반쯤 몸을 일으켜 얼굴에 손을 가져다 댔다. "대체 뭐야……." 나를 발견한 그의 눈이 휘둥그레졌다.

"망할, 난 미키8이구나, 그렇지?" 그가 말했다.

2장

이쯤 되면 여러분은 내가 왜 익스펜더블이 되었는지 궁금할 것 같다. 뭔가 끔찍한 일이 있었을 거라고 짐작하겠지. 강아지를 죽이거나 할머니를 계단에서 밀쳐서 이런 신세가 된 거라고 생각할지도 모르겠다.

아니, 그런 일은 없었다. 믿거나 말거나, 나는 익스펜더블이 되기로 자청했다.

익스펜더블이 필요한 사람들은 '익스펜더블이 돼라'고 설득하지 않는다. 대신 불멸의 삶을 살 수 있다고 이야기한다. 어쨌든 듣기에는 훨씬 좋다.

내가 멍청하게 그 말에 넘어갔다고 생각하지 않았으면 좋겠다. 계약서에 서명할 때 나는 내가 하려는 일이 무엇인지 어느 정도는 알고 있었다. 미드가르드의 채용 담당자 사무실에 앉아 그녀가 늘어놓는 장황한 설명도 전부 들었다. 그녀의 이름은 그웬 조핸슨이었다. 키 크고 건장한 체격에 금발 머리였고, 표정이 드러나지 않는 얼굴에 목소리는 아침 식사로 자갈을 씹어 먹은 것처럼 거칠었다. 그녀는 책상에 앉아 손에 든 스크린을 보며 앞으로 내가 맡게 될 수도 있는 임무와, 그로 인해 내가 겪게 될 수도 있는 죽음의 목록을 읊었다.

일단은 항성 사이를 이동하는 동안 우주선 외부를 수리해야 했다. 그 밖에 개척지 동식물에 노출되거나 필수 의약품 임상 실험에 참여하고, 적대적인 토착 생명체가 있으면 전투에 투입되는 등, 끝도 없이 이어지는 목록에 나는 결국 집중력을 잃고 말았다. 사실, 그들이 나에게 뭘 할지는 중요하지 않았다. 익스펜더블 자리를 차지하려면 어차피 선택의 여지가 없었다. 나는 조종사도 아니고, 의료진도 아니었다. 유전학자나 식물학자, 우주생물학자도 아니었다. 우주선의 말단 직원조차도 못 됐다. 쓸 만한 기술이 전혀 없었지만 나는 진심으로 미드가르드를 벗어나고 싶었고, 최대한 빨리 벗어나야 했다. 우리가 정착한 후 200년 만에 처음으로 우주선이 발사될 예정이었고, 그 우주선에 타려면 익스펜더블이 되는 수밖에 없었다.

조직 샘플을 제출해 시스템에 업로드하고 나면 개척지에서 조금이라도 위험한 상황이 발생하는 즉시 투입되리라는 사실을 알고 있었다. 하지만 그웬의 장황한 설명을 다 듣고도 이해하지 못한 사실이 있었으니, 상륙거점에서는 위험하거나 치명적인 임무가 정말 많이 생겨나고, 내가 그런 임무에 정말 자주 불려 가게 되리라는 것이었다. 그러니까, 포악한 육식 생명체가 있을 수도 있는 위험한 크레바스를 탐사할 때는 원격 조종 장비를 사용하리라고 생각했다. 미드가르드에서는 그렇게 하고 있어서, 나는 이 임무가 그리 힘들지 않을 수도 있겠다고 생각했다.

하지만 실제로는 별의별 일이 다 생겼다. 치명적인 방사능에 노출되어야 하는 임무를 비롯한 여러 작업은 기계보다 인간의 몸이 훨씬 더 오랫동안 견딜 수 있었고, 기계로는 할 수 없는 의학 실험과 관련된 임무도 있었다. 게다가 상륙거점에서는 익스펜더블이 기계보다 교체하기 훨씬 쉬웠다. 우리는 앞으로 꽤 오랫동안 중공업은 고사하고 광물도 제대로 채취할 수 없었다. 금속 장비를 못 쓰게 되면 다시 작동되도록 고치지 않는 이상, 자원을 영원히 잃는 셈이었다. 반면 나를 하나 더 만드는 데 필요한 원료는 농산물 생산 라인이 돌아가기만 하면 얼마든지 얻을 수 있었다.

아직은 어느 쪽도 완벽히 성공하지 못했다. 니플하임의 돔 기지 밖에서 작물을 자라게 하는 것은 장기 숙원 사업이 될 예정이었고, 실내에서 작물을 키우는 것조차 토착 미생물 때문에 쉽지 않았다. 그래도 이론적으로는 훨씬 짧은 기간 안에 성공할 수 있는 프로젝트였다.

나에게 닥칠 수 있는 끔찍한 일들(그중 몇몇은 *실제로 겪게 되었지만.*)이 적힌 기나긴 목록을 다 읽은 그웬은 의자에 등을 기대고 팔짱을 낀 채 나를 아주 오랫동안 불편할 정도로 뚫어져라 보았다. 그웬이 마침내 입을 열었다.

"그래서, 여전히 이 임무를 맡을 수 있을 거라 생각하나요?"

나는 자신감 있어 보이려고 미소를 지으며 대답했다. "네. 그런 것 같은데요."

그웬은 계속 나를 뚫어져라 보았고 나는 이마에 땀방울이 맺히는 것을 느낄 수 있었다. 내가 정말이지 아주 간절하게 이 일자리가 필요하다고 얘기했던가? 내가 얼마나 위험을 감수할 준비가 되어 있는지, 힘든 환경에서 얼마나 잘 살아남을 수 있는지 이야기하려고 입을 뗐을 때, 그녀가 몸을 앞으로 기울이며 물었다.

"당신, 정신이 아예 안드로메다로 가 버린 겁니까?"

그 말에 나는 잠시 멈칫했다. "아니요, 그렇진 않은 것 같은데요."

"내 이야기를 듣기는 했나요? 당신이 맞닥뜨릴지 모를 끔찍한 일들 말이에요."

나는 고개를 끄덕였다.

"그러니까, 예를 들면, 내가 '급성 방사선 중독'이라고 한 것도 들었다는 이야기네요. 당신이 치명적인 농도의 전리 방사능에 고의로 노출될 수도 있다는 것도 이해했고요. 그 결과 열이 펄펄 끓고 피부에 발진이 생기고 물집이 잡히고 내장은 다 녹아서 며칠 동안 항문으로 쏟아져 나오다가 결국엔 매우 고통스러운 죽음을 맞이할 수도 있다는 것까지 전부 확실히 이해했나요?"

"예, 하지만 그런 일이 실제로 일어나지는 않겠죠?"

"일어납니다. 일어날 가능성이 매우 크죠."

나는 고개를 저었다. "그래요. 제가 방사능에 피폭될 수도 있겠죠. 하지만 그렇게 오랫동안 고통에 시달리며 진이 빠진 채로 죽음을 맞이하지는 않을 거잖아요. 자살할 수도 있지 않나요? 약을 먹고 눈을 감고 새롭게 태어나면 되니까요. 그러려고 백업이란 걸 하는 게 아닌가요?"

"네, 그렇게 생각하겠죠. 하지만 실제로 익스펜더블들은 그렇게 하지 않아요."

나는 다음 말을 기다렸다. 하지만 그웬이 더 이상은 말을 하지 않으려 해서 내가 물었다. "뭘 안 한다는 거죠?"

그웬은 한숨을 푹 쉬었다. "자살요. 제가 본 바로는, 자살이 합리적인 선택인 경우에도 자살은 거의 하지 않더군요. 아무래도 세 시간짜리 강의 가지고는 수십억 년 동안 내재된 인간의 자기 보호 본능을 극복할 수는 없을 테니까요. 생각해 보세요. 그리고 익스펜더블들은 본인이 원하든 원하지 않든 비참한 마지막을 맞을 때까지 견뎌야 할 때도 많아요. 의학 실험을 예로 들어 보죠. 이때는 안락사로 실험을 중단시킬 수 없어요. 토착 미생물에 노출되어야 하는 임무도 마찬가지죠. 어떤 생물학적 효과가 나타나는지 사령부에서 알아야 하고, 데이터를 충분히 얻기 전까지는 절대 당신이 스스로 생을 마감하도록 놔두지 않을 거예요. 이해했어요?"

나는 고개를 끄덕였다. 고개를 끄덕이는 것 말고는 더 적당한 답변을 생각해 낼 수 없었다. 그웬은 한참 동안 천장을 올려다보았다. 다시 내게 시선을 돌렸을 때 내가 아직도 자신 앞에 앉아 있어 실망한 눈치였다.

"반스 씨 이야기를 한번 들어 보죠. 대체 무엇 때문에 이 임무를 맡으려고 하나요?"

그녀는 팔꿈치를 책상에 올리고 모은 두 손 위로 턱을 고였다.

"그러니까, 제가 한두 번쯤 죽더라도 어차피 저는 불멸의 존재 아닌가요? 그렇게 말씀하셨잖아요."

그녀는 다시 한번 한숨을 쉬었다. 이번에는 한숨 소리가 더 컸다. "그래요. 당신이 멍청한 건 알겠군요. 차별은 하지 않는게 우리 방침이지만, 이 경우 문제는 개척지 탐사에서 익스펜더블 미션이 실제로도 대단히 중요한 임무라는 거예요. 당신같은 아주 단순한 사람에게도 저장 공간이 아주 어마어마하게 필요해요. 백업을 준비하려면 엄청난 자원을 투자해야 하죠. 이 임무를 맡게 되면 당신 인격은 당신 개척지가 다운로드 할 수 있는 유일한 인격이 될 것이고, 당신 신체는 개척지가 보유

할 유일한 생물학적 패턴이 될 거예요. 그 말은 일이 잘못되면 당신은 드라카에 살아남은 최후의 생명체가 되어 다른 자원과 함께 수천 개 인간 배아의 안녕을 오롯이 책임져야 할 수도 있다고요. 그런 막중한 임무를 정말로 맡을 수 있다고요?"

나는 긴장한 얼굴로 억지 미소를 지어 보였다. 그녀는 나를 한참 동안 내려다보다가 의자 앞다리가 들릴 정도로 등받이에 몸을 깊숙이 파묻고는 두 손을 머리 뒤에 고인 채 다시 천장을 응시했다.

그녀가 마침내 입을 열었다. "이 임무에 몇 명이나 지원했는지 알아요?"

"어, 아니요."

"맞혀 봐요. 이번 탐사 임무에 지원한 사람은 수만 명이었어요. 관심을 보인 조종사만 600명이 있었고요. 조종사를 몇 명이나 뽑는지 알아요?"

지금은 이 질문에 대답할 수 있다. 궤도에서 벗어난 이후로 베르토가 수천 번 이야기했기 때문이다. 하지만 당시에는 답을 몰랐다.

그녀가 말했다. "두 명이요. 두 명을 뽑는 자리에 600명이 지원했어요. 주말에 취미 삼아 비행기를 몰아 본 사람들도 아니에요. 600명이 저마다 엄청난 경력을 자랑한다고요. 심지어 마이코 베리건이 물리부서 책임자로 지원했어요. 믿어져요?"

나는 고개를 저었다. 마이코 베리건이 누군지는 몰랐지만,

물리학계에서 명성이 자자한 인간인 듯했다.

그가 정말 대단한 사람이라는 사실은 나중에 알게 되었다.

또한 마이코 베리건이 개자식이라는 것도 알게 되었다. 이 이야기와는 관련이 없지만.

그웬이 말했다. "중요한 사실은 우리는 이번 탐사를 위해 최정예 인물들을 선발해 왔다는 거예요. 당신도 알다시피 상륙거점 개척지 건설 임무에 참여하는 건 엄청난 영광이고 지원 자격조차 되지 않는 사람들이 대부분이에요. 그럼에도 마음만 먹으면 자격 조건을 모두 갖추고 한쪽 눈은 초록색, 다른 쪽은 푸른색인 사람들만으로도 드라카의 승무원을 선발할 수 있어요."

그웬이 의자를 바로 하자 의자 다리가 바닥에 부딪치며 쿵 소리를 냈다. 그녀는 책상 위로 몸을 기울여 나에게 다가왔다. 나는 움찔하지 않으려고 몸에 바짝 힘을 줬다.

그녀가 다시 입을 열었다. "그래서 다시 익스펜더블 이야기로 돌아가면 말이죠, 지원자가 몇 명이나 있을 것 같아요?"

나는 고개를 저었다.

"당신, 그 자리를 맡겠다고 자원한 사람은 당신뿐이에요. 당신이 저 문으로 걸어 들어오기 전까지 우리는 이 자리를 채울 누군가를 *징집*할 권한을 의회에 요청해야 하는지 진지하게 고려하고 있었어요. 적성 검사 점수를 보면 당신이 완전히 멍청이는 아닌 것 같군요. 당신이 하는 일이 그러니까…… 역사가라고요?"

나는 고개를 끄덕였다.

"그것도 직업인가요?"

"사실, 그렇죠. 적어도 예전에는 그랬죠. 역사를 공부하면……."

"역사 자료들은 필요할 때 누구나 찾아볼 수 있잖아요?"

나는 고개를 끄덕였다.

"그러면 나 같은 사람과 역사가의 차이가 뭔가요?"

"그러니까, 저는 그런 자료들을 많이 들여다봤죠."

그녀는 어이없다는 표정으로 눈을 굴렸다. "그런 일을 하고 돈을 받았고요?"

나는 망설였다. "직업이라기보다는 취미라고 하는 쪽이 더 정확할 것 같네요."

그웬은 약 5초쯤 말없이 나를 바라보다가 이내 고개를 젓더니 한숨을 쉬었다.

"어떤 경우에도 지금 당신이 지원한 이 자리는 취미가 될 수 없어요. 분명 하나의 임무이고, 맡게 된다면 절대 중도에 포기할 수 없어요. 반스 씨, 이 행성에서 이 임무에 자원한 사람이 단 한 명도 없다는 사실에 대해서는 어떻게 생각해요?"

그녀가 답을 기대하는 듯한 표정으로 바라봤지만 솔직히 나는 할 말이 떠오르지 않았다. 결국 그녀는 다시 한번 눈을 굴리고는 책상 위에 있던 바이오 프린트 리더기를 내 쪽으로 가까이 밀었다. 나는 기기에 내 엄지를 갖다 댔다. 기기가

DNA 샘플을 채취하는 순간 따끔한 통증이 느껴졌다. 그녀는 리더기를 가져가 디스플레이 창을 내려다보았다.

"질문 하나 해도 되나요?" 내가 물었다.

그녀는 고개를 들어 나를 보았다. 표정을 읽을 수 없는 얼굴이었다. "그럼요. 안 될 거 없죠."

"이 임무에 자원한 사람이 한 명도 없었고, 징발까지 고려했다면서 제가 이 임무를 맡지 않게 하려고 애쓰는 이유가 뭐죠?"

그녀는 다시 태블릿으로 시선을 내리며 답했다. "매우 좋은 질문입니다, 반스 씨. 아마도 당신이 꽤 착한 사람처럼 보였나 보죠. 나는 이 임무를 쓰레기 같은 인간한테 맡기고 싶었거든요."

그녀는 자리에서 일어나 태블릿을 책상에 내려놓고는 악수를 청했다.

"뭐 어쩌겠어요. 당신이 이 일을 맡게 되었네요. 승선을 환영합니다."

그웬이 내게 물어야 했으나 묻지 않은 질문이 있다. 나는 대체 미드가르드의 무엇이 그토록 싫었길래 내장이 녹아내릴 수도 있는 임무를 맡으려고 했을까? 그러니까, 3세대 개척지 중에서 미드가르드는 충분히 좋은 장소였다. 이 행성은 내행성들을 흡수하는 과정을 막 마친 적색 거성의 골디락스 존(행성이 지구와 유사한 조건을 가지고 있어 물과 생명체가 존재할 수 있는 항성 주변의 구역 — 옮긴이) 한가운데에 이제 자리 잡은 참이었다. 그래서 처음 발견했을 때 테라포밍(다른 행성을 인간이 살 수 있도록 지구와 비슷한 환경으로 꾸미는 일 — 옮긴이)이 필요했고, 이는 꽤 골치 아픈 일이었다. 한 가지 좋은 점도 있었는데, 지금 우리의 정착지와는 달리 미드가르드는 생명체가 살 수 있게 된 지 얼마 안 된 상태여서 지능을 가진 토착 생명체와 대적할 필요가 없었다. 미드가르드의 익스펜더블도 물론 힘든 임무를 맡았겠지만 적어도 무언가에 물어뜯겨 죽지는 않았을 것이다.

미드가르드는 축이 거의 기울지 않아서 계절 변화의 염려가 없다. 적도 지방은 따뜻하고 극지방은 추우며, 염도가 낮은 넓고 얕은 바다가 몇 군데 있다. 그리고 이들을 가로질러 행성을 거의 덮는 대륙이 하나 있다. 인구 밀도는 걱정할 필요가 없다. 디아스포라(종의 일부가 거주지를 떠나 다른 지역으로 이주하여 새로운 거주지를 형성하는 행위. 본 작품에선 우주 개척을 뜻한다. — 옮긴이) 이전, 옛 지구의 거대 도시에는 미드가르드 인구 전체를 합친 것보다 더 많은 인구가 살기도 했다. 해변은 아름답고 도시는 깨끗하다. 정부는 선거를 통해 구성되는데 거의 경제를 관리하는 역할만 맡는다. 하늘의 반을 가리는 크고 붉은 태양 때문에 힘들었던 적도 없다. 어쩐지 이곳의 작고 노란 태양이 더 자연스럽게 느껴진다는 사실은 인정해야겠지만 말이다.

그래서 대체 뭐가 문제였을까? 여러분이 머릿속에 떠올릴 만한 이유 몇 개를 짚고 넘어가자. 애정 전선에 이상이 생겼냐고? 틀렸다. 여자 친구를 몇 번 사귀어 봤고, 연애의 쓴맛 단맛을 다 봤지만, 행성을 떠날 만큼 힘든 연애는 없었다. 게다가 첫 번째 업로드 전 1년 동안은 아예 연애를 하지 않았다. 돈 문제가 있었느냐고? 물론 이게 이유라고 생각하는 사람은 없을 것이다. 미드가르드 사람 중에 돈 문제를 겪는 사람은 없다. 미드가르드도 유니언에 속한 다른 모든 행성처럼 실질적으로 거의 모든 산업과 농경업이 자동화되어 있고 정부는 수확물을 인구수로 나누어 배급한다. 미드가르드는 어떤 면으로 보나 거의 천국이나 마찬가지다.

사실 내가 미드가르드에서 겪고 있던 그 문제는 미드가르드를 떠날 때도 불거졌다. 나는 과학자가 아니었다. 엔지니어도 아니었다. 예술이나 오락, 글쓰기에도 재능이 없었다. 지금도 그렇지만 그때도 나는 이전 시대에 태어났다면 별 볼 일 없는 학문이나 연구하고 있었을 사람이었다. 이름 모를 도서관에서 찾은 별 의미도 없는 책을 뒤적이며 아무도 읽지 않을 연구 논문을 썼을 것이다. 그보다 이전에 태어났다면 공장이나 광산, 군대에 일생을 바쳤을 것이다. 하지만 미드가르드에는 별 볼 일 없는 학문조차 존재하지 않았다. 그웬이 아주 친절하게 지적했듯 역사를 공부하려고 하는 사람은 아무도 없었다. 오큘러를 한 번 깜박이면, 또는 태블릿을 몇 번만 두드리면 필요한 정보는 무엇이든 알 수 있었다. 물론 그런 수고를 들이는 사람도 없기는 했다.

당연히 공장에서 일하는 사람이나 광산, 군대에 가는 사람도 없었다. 내게 주어지는 생활비는 먹고 살기에 충분했지만, 아무리 머리를 굴려도 그런 삶이 무슨 의미가 있는지 답을 찾을 수 없었다. 어느 날 아침, 문득 내가 발코니 밖으로 몸을 던진들 아무것도 달라지는 게 없을 텐데.

이런 이유로 예나 지금이나 무료한 청춘들이 으레 그래 왔듯, 나 역시 틈만 나면 사고 칠 궁리를 하며 허송세월을 보내고 있었다.

3장

"그러니까, 우리한테 문제가 생긴 것 같은데." 내가 말했다.

나는 책상 의자에 앉아 침대 쪽을 바라보았다. 에잇은 이제 자리에서 일어나 고개를 푹 숙이고 두 손으로 머리를 고인 채 앉아 있었다. 나는 그가 어떤 상태인지는 알 것 같았다. 재생 탱크에서 나와 정신이 들 때는 지독한 숙취와 함께 살점이 떨어지고 관절이 끊어지는 듯한 통증을 느낀다.

"그게 다야? 세븐, 우리는 이제 끝장이야. 아니, 끝장이라는 말로는 부족할 정도라고. 도대체 뭔 짓을 했길래 이런 일이 생긴 거야?"

나는 한숨을 쉬며 몸을 뒤로 젖히고 양손으로 얼굴을 문질렀다. "글쎄, 뭐 때문일까? 괴생물체에 잡아먹힐 게 무서워서 내려와 나를 구하는 대신 죽었으려니 지레짐작한 베르토 때문일까? 아니면 안타깝게도 살아서 돌아온 나 때문일까?"

"모르지. 둘 중 뭐든. 거기 수건 좀 건네줄래?"

옷장 문에 수건 한 장이 걸려 있었다. 나는 수건을 낚아채 건넸다. 에잇은 얼굴과 목에 붙은 끈적이는 얼룩을 벅벅 문질러 닦고는 머리칼에 붙은 찌꺼기도 같은 방식으로 떼어 내려 했다.

"소용없어." 내가 조언했다.

그는 나를 뚫어져라 보고는 수건질을 계속했다. "나도 알아, 멍청아. 네가 재생 탱크에서 깨어나던 날을 나도 기억한다고. 식스나 파이브, 스리까지 싹 다 기억한다고. 네 기억이 곧 내 기억이니까."

"전부는 아니야. 한 달 이상 업로드를 안 했거든."

"아주 잘하는 짓이다. 고마워서 어쩌지."

나는 한숨을 쉬었다. "걱정하지 마. 네가 놓치기 아까울 만큼 좋은 일은 없었으니까."

에잇은 끈적끈적한 액체가 잔뜩 묻은 수건을 다시 내게 건네고는 침대에서 나와 옷장을 열었다. "빨래도 제때 안 했나 보네?"

"그렇긴 해. 몇 주간 힘들었어."

에잇은 선반 꼭대기에서 꼬질꼬질한 스웨터와 방수 바지를 꺼냈다. "깨끗한 속옷은 없어?"

"침대 밑 어딘가에 있을걸."

에잇은 혐오와 거북함이 반씩 섞인 눈초리로 나를 쏘아보았다. "대체 왜 이 모양이야? 언제부터 우리가 이렇게 돼지 꼴로 살았어?"

"말했잖아. 몇 주 동안 좀 힘들었다고."

그는 한쪽 무릎을 굽히고 침대 밑에서 사각팬티 한 장을 찾아 멀찍이 들고 있다가 천천히 얼굴 근처로 가져가 머뭇거리며 냄새를 맡았다.

"깨끗해. 그냥 침대 밑에 처박아 놨던 것뿐이야."

그는 다시 한번 나를 쏘아보고는 뒤돌아 옷을 입었다.

내가 말했다. "고마워. 내가 벌거벗고 돌아다니는 꼴을 보는 것 같아 이상했거든."

"그래, 그럴 것 같네." 그가 답했다.

그는 다시 침대에 걸터앉아 손으로 머리를 쓸어 넘겼다. 검은 머리가 아직 뻣뻣하고 반들거렸지만 적어도 이젠 가닥가닥 떨어지기는 했다. 하지만 수세미로 두세 번쯤 박박 문질러 닦아 내기 전까지는 여전히 떡이 져 있을 것이다.

"그래서…… 인제 어쩌지?" 그가 입을 열었다.

나는 그를 뚫어져라 보았다. 그 역시 손으로 머리를 쓸어 넘기다 말고 나를 뚫어져라 보았다.

"뭐가?" 그가 말했다.

"음, 그러니까 네가 재생 탱크에서 나왔으면 안 됐던 거잖아? 나는 죽지 않았어. 사령부에서 우리가 중복된 걸 알게 되면……."

그의 날카로운 눈빛에 분노가 서리기 시작했다. "세븐, 그래서 하고 싶은 말이 뭔데?"

"왜 이래, 내가 무슨 말을 하는지 너도 잘 알잖아. 우리 둘 중 하나는 없어져야 해."

인류의 역사에서 디아스포라가 발생하고 유니언이 만들어진 과정과 가장 가까운 예시는 아마도 미크로네시아인들의 개척지 건설 과정일 것이다. 옛 지구의 태평양이라는 광활한 대양에는 수백 또는 수천 킬로미터에 걸쳐 작은 섬들이 흩어져 있었다. 그 섬들에 길이가 12미터쯤 되는 아우트리거 카누(선체 옆에 받침대를 달아 거센 파도에 전복되지 않게 만든 카누 — 옮긴이)로 바다를 누비는 사람들이 정착했다. 새로운 섬에 상륙한 이들은 새로운 땅에서 먹을 것을 구할 수 있을 때까지 보트에 남아 있는 자원을 가지고 살아남아야 했다.

지금 우리가 처한 상황도 마찬가지다. 단지 우리 배는 카누보다 좀 더 크고, 여정은 비교할 수 없을 만큼 길며, 우리가 가져온 작물은 새로운 땅에서 잘 자라리라는 보장이 없다. 그래서 우주선에 타는 사람이라면 모두가 알고 받아들이는 규칙이 하나 있었는데, 상륙거점 개척지에서는 배불리 먹을 수 없다는 것이다.

처음 착륙했을 때 배급량은 기본적으로 하루 1400킬로칼로리였고, 지방을 뺀 체중과 작업 일정에 따라 추가되었다. 지금까지 두 차례 배급량을 줄였는데 알 수 없는 이유로 수경재배 탱크에서 거의 아무것도 기르지 못하고 있기 때문이었다. 아직 인육을 먹을 정도는 아니지만, 사람들은 모두 야위어 가고 있었다.

말하자면, 유니언에서 여러 명의 내가 동시에 존재하는 것을 극도로 금기시하지 않더라도 중복된 익스펜더블까지 먹일 만큼 식량이 충분하지 않다는 얘기다.

"잘 들어. 내가 널 위해서 바이오 사이클러(본 작품에서 유기체를 분해하여 재조합하는 장치 — 옮긴이)에 뛰어들 마음이 조금이라도 있다고 생각한다면 큰 오산이야. 이 상황이 100퍼센트 네 잘못이 아닌 건 알지만 내 잘못은 *0퍼센트거든*." 에잇이 말했다.

나는 좁디좁은 가로 4미터 세로 3미터짜리 방 안을 왔다 갔다 하며 생각에 잠겼다. 에잇은 침대 가장자리에 앉아 팔꿈치를 무릎에 괸 채 손으로 관자놀이를 문지르며 재생 탱크 후유증을 털어 내려 애썼다.

내가 말했다. "지금 누구를 탓하자는 게 아니잖아. 문제를 해결해야지."

"좋아. 그러면 둘 다 하지 뭐. *네가* 사이클러에 뛰어들면 되겠다."

나는 고개를 저었다. "아니, 절대 그런 일은 일어나지 않을 거야."

그는 고개를 들어 매섭게 나를 쏘아보더니 얼굴을 찌푸리며 귓구멍에서 말라붙은 재생 탱크 보존액 덩어리를 파냈다.

"너무 불공평하잖아? 내 삶은 고작 20분 전에 시작됐어. 넌 적어도 몇 달은 살았잖아? 네가 가는 게 맞지."

나 역시 결코 친절하지 않은 미소를 지어 보이며 말했다. "아니지. 그런 헛소리로 날 설득할 생각은 하지 마. 너도 나처럼 서른아홉 살이잖아. 마지막 백업 이후 최근 6주를 제외하고는 내가 경험한 매분 매초를 기억하고 있고. 몸에 그 찌꺼기들이 덕지덕지 붙어 있지 않았으면 넌 네가 재생 탱크에서 방금 나왔는지 어쨌는지 알 수도 없었을걸?"

에잇은 나를 빤히 보았다.

나도 그 시선을 피하지 않았다.

"우리끼리 말싸움해 봐야 소용없어. 타협할 수 있는 문제가 아니라고." 결국 그가 입을 열었다.

물론 에잇의 말이 맞는다. 누군가 양보할 수 있는 문제가 아니었다. 식당에서 계산서를 누가 먼저 낚아채느냐 같은 문제와는 달랐다. 사이좋게 차례를 기다릴 수도 없었다.

내가 말했다. "좋아. 그래서 어쩌자고? 사령부에 물어보기라도 할까?"

내 말이 끝나기도 전에 에잇이 대답했다. "아니, 좋은 생각이 아니야. 마샬은 지금도 우리를 혐오하니까. 이렇게 둘 다 살아 있는 걸 알게 되는 순간 우린 그 자리에서 끝장이야. 비밀로 해야 해."

사실 우리가 지금 마샬에게 간다면, 그는 아마 에잇이 재생 탱크에서 나오지 말았어야 한다며 당장 소멸시키라고 할 것이다. 그에게 그렇게 말하려고 했다. 하지만……

확신이 없었다. 에잇의 말이 맞을지도 모른다. 귓속에 말라붙은 재생 탱크 보존액 찌꺼기를 다 파내기도 전에 소멸되는 건 불공평하다.

그럼 도대체 어떻게 해야 하지? 에잇과 마찬가지로 나도 시체 구덩이에 뛰어들고 싶지는 않았다.

내가 말했다. "잘 들어. 방법이 생각날 거야. 난 옷 좀 갈아입고 씻을게. 넌 3층 화학 샤워장에 가서 보존액 찌꺼기를 씻어내. 그리고 30분 뒤에 사이클러 앞에서 만나자."

에잇은 경계하는 듯한 눈빛으로 나를 쳐다보더니 자리에서 일어났다. "좋아. 30분 있다가 거기서 봐."

그러고는 두 걸음 걸어가 문고리를 돌리고 문을 당겨 열었다. 복도로 나가서는 잠시 머뭇거리더니 뒤를 돌아보았다.

"저기, 뒤통수칠 생각은 아니지? 그러니까, 내가 샤워하는 동안 사령부에 보고해서 이 문제를 재판에 넘길 생각은 아닌 거지?"

"아니야. 그렇게 하면 내가 이길 확률이 높다고 생각하지만, 안 그럴게. 우리끼리 해결하기로 해."

에잇이 웃었다. "고마워, 세븐. 30분 후에 봐."

그가 나가고 문이 닫혔다.

나는 에잇이 적어도 한 시간은 필요할 거라 생각했다. 보존액 찌꺼기는 벗겨 내기가 정말 힘들고 화학 샤워는 별 도움이 안 되기 때문이다. 잠시 눈을 붙이려는 찰나, 조용히 문 두드리는 소리가 들렸다. 똑, 똑, 똑.

"들어와." 내가 말했다.

문이 휙 열렸다. 베르토가 머리를 들이밀고 방 안을 살피더니 안으로 들어와 문을 닫았다.

"어이, 친구, 좀 어떠신가?"

에잇을 처음 봤을 때 내가 그랬던 것처럼 베르토도 책상 의자에 앉았다. 다만 그는 의자에 편히 앉을 수 없었다. 몸집이 작아야 편리하고 효율적인 상륙거점 개척지에서는 보기 드물게, 베르토는 키가 거의 2미터에 달했다. 1미터 60센티미터를 겨우 넘는 내 키가 이곳에서는 평균이었다. 열량 제한이 있는 데다 거의 언제나 구부정한 자세로 있어야 하기 때문에 베르토는 꼭 빨간 머리가 달린 창백한 대벌레처럼 보였다.

나는 침대에서 일어나 앉아 한 손으로 머리칼을 쓸어 넘겼다. 뻔 손목을 이불 밑에 감춘 채 말했다. "괜찮은 것 같아."

"재생 탱크에서 막 나온 것치고는 상태가 좋아 보이네. 수세미질 좀 했나 봐?"

나는 끄덕였다. 베르토는 잠시 나를 뚫어지게 보다가 고개를 돌렸다.

내가 말했다. "그래서, 이번에는 무슨 일이 있었던 거야? 세븐은 어떻게 됐어?"

베르토는 고개를 저었다. "형제여, 모르는 게 나아."

"그래? 식스가 죽었을 때도 그렇게 말하지 않았나?"

그는 다시 나를 보았다. "그럴 수도. 잘 모르겠네. 그게 중요한가?"

"응. 중요한 것 같은데. 너는 조종사 아냐? 최후를 맞을 때 끝까지 잊지 말아야 할 가장 중요한 임무가 뭐야?"

베로토가 눈을 가늘게 뜨고 답했다. "무엇 때문에 죽음에 이르게 됐는지 알리는 것."

"그래, 익스펜더블도 마찬가지야. 마샬이 나를 죽음으로 내몰 때마다 죽기 직전에 업로드 하도록 만드는 것도 그 때문이지. 세븐한테 무슨 일이 있었는지 알고 싶어. 다시는 그런 일이 일어나지 않게 말이야. 말이 나온 김에 식스한테 무슨 일이 있었는지도 알려 줘. 식스가 왜 죽었든 받아들일 테니까."

베르토는 나를 내려다보며 어깨를 으쓱하더니 다시 먼 산을 보았다. 언제 한번 배급 내기 포커라도 치자고 해야겠다는 생각이 들었다. 베르토는 거짓말에 영 소질이 없었다.

베르토가 말했다. "식스랑 세븐 모두 같은 이유였어. 크리퍼 떼에 당했지."

"그랬구나, 그런 일이 어디에서 일어났고 나는 뭘 하고 있었는데?"

베르토가 한숨을 쉬었다. "너는 마샬이 내린 왜 해야 하는지 모를 명령에 따라 순찰 중이었지. 마샬은 지난 몇 달 동안 너에게 돔 근처 크레바스를 파악하고 크리퍼가 있는지 정찰하는 임무를 맡겼어. 나는 도무지 이해가 안 가지만, 마샬은 그 임무에 굉장히 집착하는 것 같았어." 그가 망설이다 말을 이었다. "사실 가끔은 너도 그래 보였고. 마샬이 처음 이 임무를 맡겼을 때 너는 불만이 가득했어. 세븐으로 재생 탱크에서 나온 지 일주일쯤 됐을 때는 더 이상 불평을 안 하더라. 지난 몇 주 동안은 담담하게 임무를 수행했고. 어떻게 된 건지 기억나?"

나는 고개를 저었다. "지난 6주는 기억에 없어. 세븐이 업로드를 안 했겠지, 뭐."

"그래, 어젯밤에 자기가 가망 없다는 걸 알고 세븐이 그 비슷한 이야기를 했어."

나는 멀쩡한 손으로 턱을 긁었다. "아, 그래? 크리퍼한테 갈기갈기 찢기는 와중에 업로드 안 한 게 생각났나 보지?"

베르토의 입이 무슨 말을 하려다 마느라 두 번 연이어 벙긋거렸다. 마치 물 밖으로 나온 물고기 같았다. 나는 웃지 않으려고 이를 악물어야 했다. 베르토는 정말 거짓말에 서툴렀다.

베르토가 마침내 한마디 했다. "그 전에 말했던 것 같아. 예감 같은 게 있었나 봐."

"예감이라."

"그래, 그러니까, 그런 것 같았다고."

계속 캐물을 수도 있었지만 지켜야 할 비밀을 생각하며 말씨름을 그만두기로 했다.

베르토가 이야기를 이어 나갔다. "어쨌든, 어제 오후에 보안 경계선에서 약 8킬로미터 떨어진 크레바스 근처에 세븐을 내려 줬어. 버너를 가지고 있었어. 평소처럼 지역을 파악하고 크리퍼가 있는지 둘러보면서 가능하면 생포하는 게 임무였지. 나는 다음 순찰 때 세븐을 데려오기로 되어 있었고."

"그런데 잘 안 됐다는 거지."

"응, 일이 잘못됐어. 내가 세븐을 거의 내려 주자마자 별안간 놈들이 쌓인 눈 더미에서 튀어나왔어. 스무 마리, 아니 서른 마리는 됐을 거야. 내가 바로 위에서 날고 있었지만 구조 장비를 내려 주기도 전에 세븐은 갈기갈기 찢겨 버렸어."

죽어 가는 나를 내버려 두고 떠났다는 사실을 인정하기 싫은 마음은 이해했다. 확실히 우정을 무너뜨릴 수도 있는 문제니까. 하지만 이렇게 되고 보니 식스에게 실제로 무슨 일이 일어났는지 궁금해졌다. 베르토가 식스에 대해서도 거짓말을 했을까?

"어쨌든 잠시 들러서 네가 잘 있나 확인하고 싶었어. 사령부에 잠깐 들러서 보고서 제출하고 아침이나 먹으러 갈까 했지."

나는 당연히 사령부에 보고서를 제출하러 갈 마음이 없었다. 우선 에잇과 이야기를 마쳐야 했다.

"알잖아. 사실 나 아직도 정신이 덜 깼어. 먼저 가서 아침 먹어. 나는 낮잠 좀 잘게. 그리고 일어나서 경비대에 등록한 다음에 사령부에 보고하러 가자."

베르토는 나를 찬찬히 뜯어보았다. 뭔가 낌새가 이상한 걸 눈치챈 것 같았다. 나는 보통 재생 탱크에서 나오면 곧장 카페테리아로 가곤 했다. 이곳에서 자발적으로 식사를 거르는 사람은 아무도 없을뿐더러, 바이오 프린터로 소화기관 속 음식까지 프린트할 수는 없기 때문이다. 깨어난 직후 위는 72시간 단식을 마친 후의 상태나 마찬가지다.

베르토가 대꾸했다. "그래. 하지만 너무 오래 끌지는 마. 네 몸뚱이 빚는 데 단백질이 엄청나게 들잖아. 사령부에서 무슨 일이 왜 일어났는지, 그리고 소비한 단백질을 어떻게 채울 계획인지 궁금해할 거야. 지난 8주 동안 두 번이나 재생됐으니 둘러댈 말을 잘 생각해 둬야 해."

"무슨 일이 있었는지 솔직하게 말하면 되잖아."

베르토는 고개를 저었다. "상상력을 좀 발휘해야 해. 지금 사령부는 시스템에서 열량과 단백질이 낭비되는 데 엄청 민감하고, 자기가 멍청한 임무를 명령했으면서도 마샬은 책임을 안

지려고 할 거라고. 네가 제대로 된 변명을 하지 않으면 못마땅
해할지도 몰라. 나한테는 널 구해 내서 회복시키지 못했다고
골을 낼 게 뻔하고."

등줄기를 타고 오싹한 기운이 흘렀다. 이런 게 불길한 예감
일까?

베르토가 말했다. "저기, 너 괜찮은 거야? 상태가 안 좋아 보
이는데."

오른손으로 눈을 비비며 여태 왼손을 이불 밖으로 꺼낸 적
이 없다는 사실을 베르토가 눈치채지 못하길 바랐다.

"응, 괜찮아. 잠을 좀 자야 재생 탱크 후유증이 없어질 거야.
한 시간 있다가 카페테리아에서 만나."

베르토는 나를 위아래로 훑어보고는 자리에서 일어나 가까
이 다가오더니 내 다리를 토닥이며 말했다.

"알겠어. 사이클러 페이스트 좀 남겨 둘게."

"고마워, 베르토. 넌 정말 좋은 친구야."

그가 등 뒤로 문을 닫으며 이야기했다. "그건 그렇고, 내가
있는 동안 네 손이 계속 거기 가 있는 걸 못 본 척할 수가 없
다. 조심해. 나샤가 알면 질투할라."

"응, 베르토. 알겠어. 알아채 줘서 고맙다."

"당연한걸. 한 시간 있다 봐."

철컥 문이 닫히는 동안 베르토가 킥킥대는 소리가 들렸다.

지난 8년 동안 나는 여섯 번 죽었다. 지금쯤이면 익숙해졌을 거라 생각할지도 모르겠다.

솔직히 한 번은 예상하지 못한 죽음이었고, 한 번은 응급 상황이었고, 죽기 전 업로드를 거부한 적도 한 번 있었다. 업로드 되지 않으면 기억할 수 없기 때문에 그때의 나에게 무슨 일이 있었는지는 나샤나 베르토가 들려준 이야기나 감시 카메라로 확인한 내용을 통해서만 알 수 있었다. 하지만 다른 세 번은 계획적인 종료였고 표준 절차에 따라 익스펜더블은 가급적 종료 직전까지 기다렸다가 업로드를 하게 되어 있었다. 베르토에게 이야기했듯이, 무슨 일이 있었는지 알아야 똑같은 일이 되풀이되지 않는다는 이유였다. 이 정도면 지금 가슴속 깊은 곳을 내리누르는 공허만은 내가 세상 그 누구보다도 잘 안다고 이야기할 수 있을 것 같다.

물론 지금 상황은 이제까지와는 달랐다. 우선 다른 미키들은 자기가 곧 죽는다는 사실을 잘 알았다. 하지만 이번에 죽게될 확률은 에잇이 내 등에 칼을 꽂지 않는 이상, 50 대 50이다.

그게 좋은 일인지는 모르겠다. 자신에게 무슨 일이 일어날지 확실히 아는 데서 오는 평화가 있다. 내가 오늘 아침에 살아남을 가능성은 희망에도, 불안에도 먹잇감이 되어 준다.

하지만 지금 상황과 이제까지의 죽음에서 가장 중요한 차이는 불확실성이 아니다. 이전까지는 내 기술자들이 떠들던 불멸을 적어도 반은 믿었다는 것이 가장 큰 차이였다. 미키3가 죽고 나면 몇 시간 후 미키4가 재생 탱크에서 나올 것이고, 눈을 감았다 뜬 것처럼 두 버전 모두 나라고 생각했다.

하지만 지금 내가 죽고 나면, 재생 탱크에서 나올 또 다른 나는 없을 것이다. 다른 나는 이미 이곳에 있고, 외모는 똑같을지 모르지만, 에잇은 확실히 나를 잇는 존재가 아니다.

솔직히 에잇은 나를 별로 좋아하는 것 같지도 않다.

사이클러는 가장 낮은 층에 있었고 내 방에서 돔을 반쯤 가로질러야 했다. 따지고 보면 먼 거리는 아니었지만, 오늘 아침에는 어쩐지 천 리 길처럼 느껴졌다. 복도는 거의 텅 비어 있어서 아래로 내려가는 동안 들리는 소리라고는 내 발소리와 심장이 쿵쾅거리는 소리뿐이었다. 비이성적인 추측일 뿐이지만, 일이 내 뜻대로 흘러가지 않을 것 같은 예감이 들었다. 낮은 계단을 두 칸 올라 사이클러 입구에 다다랐다. 마치 교수대로 올라가는 기분이었다.

바이오 사이클러는 어느 상륙거점 개척지에서나 심장이자 영혼이라 할 수 있다. 사이클러는 우리의 배설물에서부터 토마토 줄기, 감자 껍질, 토끼 뼈와 씹다 버린 연골, 머리카락, 손톱, 떨어져 나온 각질, 살점 뭉치, 그리고 최후의 산물인 시체까지 모든 폐기물을 받아들인다. 그리고 그 대가로 우리에게 단백질 페이스트와 비타민 혼탁액, 비료를 제공한다. 사이클러에서 생산되는 페이스트를 먹고살고 싶은 사람은 없지만, 절박한 개척지 사람들은 꽤 오랫동안 그렇게 살아왔다.

사이클러는 시체 구덩이에 버려지는 모든 것들을 분해해 원자 단위로 쪼갠 다음 필요에 따라 다시 재조립한다. 이렇게 하려면 에너지가 어마어마하게 들지만 우리는 반물질로 돌아가는 우주선 엔진을 발전기로 사용한다. 에너지만은 유일하게 차고 넘친다는 뜻이다.

제어 콘솔에 접근 코드를 막 입력했을 때 에잇이 안으로 들어왔다. 내가 안전 커버를 올리고 커다란 빨간 버튼을 누르자, 바닥 한가운데 있는 시체 구덩이의 홍채 같은 입구가 열렸다.

시체 구덩이는 누구도 깊이 생각하고 싶어 하지 않는 주제다. 나도 폐기물을 버리는 임무를 맡았을 때 몇 번 시체 구덩이가 열리는 것을 본 적이 있었다. 그래도 그 안을 자세히 들여다본 적은 없었다. 반물질로 이루어져 모든 것을 집어삼키는 시체 구덩이의 모습을 여러분은 어떻게 상상했는지 모르겠다. 불길이 활활 타고 유황 냄새가 코를 찌르는 광경을 상상했을 수도 있다. 하지만 시체 구덩이 입구는 아주 조용하고 악취도 나지 않으며 어떻게 보면 예쁘게 생기기까지 했다. 얼핏 보면 납작한 검은색 원반처럼 보이는데, 분해기 필드가 티끌을 끌어당기기 시작하면 티끌이 반딧불처럼 빛을 내며 하나둘 사라진다.

생각보다 나쁘지 않아 보였다.

어쨌든 크리퍼 떼에 먹히는 것보다는 나은 것 같았다.

에잇이 말했다. "그럼, 준비됐어?"

나는 어깨를 으쓱했다. "응, 그런 것 같아. 솔직히 법적 절차를 밟지 않은 게 후회는 되지만, 해 보자."

에잇이 미소를 지어 보이고는 내 어깨를 두드렸다. "괜찮아, 세븐. 널 저 구덩이 안으로 밀어 넣을 때 정말 속상할 거야."

내 심장이 마구 뛰었다. "무슨 소리야? 나를 밀다니?"

에잇의 얼굴에서 미소가 사라졌다. "생각해 봐. 네 의지로 저 안으로 들어갈 수 있을 거 같아?"

흠, 맞는 말이었다. 진짜 시체도 구덩이 아래로 가라앉는 데 시간이 걸린다. 얼마나 빠르게 들어갈 수 있는지는 모르지만, 무한히 빨라질 수 있는 게 아니라면, 무의식 상태나 사망한 상태로 빠지는 쪽이 현명했다.

에잇은 몸을 틀고 나와 나란히 서서 구덩이 아래를 내려다보았다.

"있잖아, 좋은 일을 하는 셈 치고 네가 자진해서 저 아래로 내려갈 수도 있어." 그가 말했다.

나도 지지 않고 대거리했다. "그럼, 그래도 되지. 너도 그래도 되고."

에잇은 자기 팔을 내 어깨에 둘렀다. "그런 일은 일어나지 않겠지?"

"아마 그럴걸."

구덩이 입구가 다시 검게 변했다. 이제 태울 거리가 없는 모양이었다. 에잇은 재생 탱크 보존액을 목구멍에서 끌어 올려 가래를 뱉어 냈다. 구덩이 입구에 떨어진 가래는 몇 초 동안 지글거리는 불빛을 내다 사라졌다.

"생각했던 것보다 고통이 좀 있겠는데." 그가 말했다.

"그래, 네 말이 맞네. 있잖아, 내가 네 목을 먼저 조르고 그 다음에 밀어 줄 수도 있는데."

에잇이 씩 웃었다. "고마워, 세븐. 정말 인간적이다."

우리는 한참 동안 아무 말도 하지 않고 서 있었다. 내 어깨에 둘린 에잇의 팔이 점점 무거워졌다. 결국 나는 그의 팔 아래에서 빠져나와 그와 얼굴을 마주 보았다.

내가 말했다. "있잖아, 진짜 할 거야?"

그가 대답했다. "그래야겠지."

에잇은 왼손을, 나는 오른손을 들어 올렸다. 우리는 손을 모아 쥐고 동시에 외쳤다.

"하나……."

"둘……."

"셋……."

"가위, 바위, 보!"

보를 말하기 전까지 나는 바위를 내려고 했다. 하지만 동시에 그가 나라는 사실이 생각났고, 그렇다면 나와 똑같은 생각을 하고 있을 것 같았다. 그러면 보자기를 내야겠지? 에잇이 이 생각도 하고 있을까? 내가 보자기를 낼 거라 생각하고 가위를 낼 수도 있다. 그럼 바위를 내야겠다는 생각이 들었다. 그러다 결정을 바꾸기에는 늦은 마지막 순간이 왔고 내 손은 아직 주먹을 쥐고 있었다.

나는 우리 둘의 손을 내려다보았다.

그의 쫙 펴진 손이 보인다.

"미안하게 됐다, 형제야." 그가 말했다.

그래, 미안하게 됐지.

눈물 나게 고맙다, 이 개자식아.

4장

　바닥에 무릎을 꿇고 앉아 분해기 필드 표면에서 15센티미터 거리에 얼굴을 둔 채 곧 니플하임이라는 개척지의 배고픈 주민들을 위한 비타민 혼탁액으로 바뀔 운명에 처하고 보니, 9년 전 그웬 조핸슨의 사무실에서 그녀의 리더기 패드에 엄지를 올린 것이 옳은 결정이었는지 다시 한번 생각하게 되었다.

　하지만 지금 이 순간에도 '그렇다'는 대답을 할 수밖에 없었다. 의심할 필요도 없었다.

　나는 그웬의 사무실에서 나와 바로 집으로 가지 못했다. 너무 배가 고팠고, 피곤했고, 샤워를 하고 싶었기 때문에 집으로 가고 싶기는 했다. 하지만 불멸의 삶을 살게 해 주겠다는 얼토

당토않으면서도 매력적인 제안을 거절하지 못하게 한 그것이 나를 곧장 집으로 가지도 못하게 붙잡았다. 나는 다리우스 블랭크의 블랙리스트에 포함되어 있었고, 거기에서 빠질 수 있는 다른 합리적인 방법은 내가 아는 한 없었다.

돌이켜 보면 이 문제의 근원, 그러니까 내 모든 문제의 뿌리는 베르토였다.

베르토는 드라카에 탄 사람 중에서 내가 그웬에게 DNA를 주고 내 인생을 팔아넘기기 전부터 알고 지낸 유일한 사람이다. 우리는 학교에서 만났다. 그는 키가 크고, 똑똑하고, 운동도 잘했고, 지금 모습을 보고는 상상하기 힘들 정도로 외모도 멋졌다. 나는…… 나는 키가 더 작았던 것만 빼면 지금과 별반 다를 게 없는 학생이었다. 둘 다 비행 시뮬레이터를 좋아해 친해졌는데, 베르토는 한 시간 만에 시뮬레이터를 마스터한 반면, 나는 졸업할 때까지도 여전히 비행기를 땅에 처박고 있었다. 둘 다 학교 행정관을 지독히 싫어했는데, 다른 쓸모 있는 과목을 공부하지 않고 역사에 미쳐 있다는 이유로 나는 학교 행정관의 미움을 받았지만, 베르토는 마치 친아들처럼 예쁨을 받았다. 10학년 때는 베르토의 미적분학 선생이 나와 시간을 많이 보내지 않아야 잠재력을 완전히 발휘할 수 있을 거라고 경고하기도 했다.

베르토는 그 역시 하나의 도전으로 받아들였던 것 같다.

베르토에 대해 알아 둘 것이 있는데, 그는 한 번이라도 손을 댄 모든 분야에서 영재 수준의 재능을 보이는 얄미울 정도로 똑똑한 아이였다. 열다섯 살이 되었을 때 그의 어머니가 포그볼 라켓을 선물한 적이 있었다. 그는 정식으로 포그볼을 배우지도, 취미 동아리에도 가입하지도 않았다. 학교가 끝난 후 두어 달을 행정실 건물 벽에 대고 공 치는 방법을 연구하다가 학교 팀에 들어가 한 시즌 동안 선수로 뛰더니 프로 아마추어 합동 토너먼트에 참여했다. 첫 경기에서 그를 아는 사람은 아무도 없었다. 그는 그 경기에서 우승했고, 일주일 뒤 자기 연령대 선수 중 2위를 기록했다. 그다음 해에는 아마추어 부문에서 우승을 거뒀다. 우리가 학교를 졸업한 이듬해 여름 그는 프로 선수로 뛰기 시작했다. 2년 뒤 전문 비행사 훈련을 받기 위해 포그볼을 그만뒀을 때는 행성 전체에서 열 번째로 뛰어난 선수가 되어 있었다.

그로부터 9년 후 내가 키루나의 후미진 지역에 있는 후진 아파트에 살지 않았고, 베르토가 *드라카*의 선원으로 선발되지 않았다면, 이 이야기를 할 필요가 없었을 것이다. 어느 날 '셰이키 조'라는 카페에 앉아 뷰 스크린에 경기 중계가 시작되기를 기다리며 시간을 때울 겸 차를 마시고 있는데 베르토가 영원히 잊히지 않기 위해 은퇴 선언을 깨고 마지막으로 프로 아마추어 합동의 봄 리그에서 뛸 생각이라고 말했다.

"생각해 봐. 이렇게 세월이 흐른 뒤에 그 트로피를 받으면 난 전설이 될 거야. 100년 뒤에도 후손들이 내 이야기를 하고 있을 거라고."

나는 이렇게 말하려고 했다. '그래, 넌 전설이 될 거야, 글로벌 토너먼트에서 우승해 해피엔딩을 맞이해서가 아니라 9년이나 공백기를 가졌는데도 우승할 수 있다고 믿은 것 때문에. 너, 첫 경기에서 열여덟 살짜리 선수에게 100점 이상 내주고 완전히 패배하게 될걸.'

하지만 그렇게 말하지 않았다. 베르토가 9년 동안 비행 중이거나 우주선에 타고 있지 않을 때면 거의 모든 순간을 나와 빈둥거렸다는 사실을 *나는* 알고 있지만 다른 사람들은 모른다는 사실이 떠올랐기 때문이다. 사람들은 힘든 기색이 전혀 없이 산전수전 다 겪은 프로들을 누른 스무 살의 베르토 고메즈를 기억했다. 베르토가 그 전까지 가능하리라고 생각조차 하지 않았던 라켓 기술을 처음 선보였던 것도, 해설자들이 베르토를 두고 자기들이 본 중 가장 타고난 재능이 특출난 선수라고 칭송했던 것도 기억했다. 베르토가 9년 동안 라켓을 건드리지도 않았다는 사실은 아무도 몰랐다.

이렇게만 말했다. "그래, 해 봐. 완전 *전설*이 될 거야."

그렇게 베르토는 은퇴를 번복했다. 토너먼트에 이름을 올리자 뉴스 기삿감이 되었고, 한 점도 내주지 않고 승리를 거뒀던 그의 마지막 토너먼트 경기 영상과 함께 인터뷰가 방송에 나갔다.

그동안 나는 있는 돈 없는 돈을 다 끌어모아 베르토가 첫 번째 경기에서 패배하리라는 데 전부 걸었다.

그런 결정을 내린 데 대해 딱히 변명할 말은 없다. 다만, 키루나에서 아마추어 역사가는 쓰임새가 많지 않아서 의미 있는 직업을 찾을 수 없었고, 정부 보조금만 가지고 남은 인생을 살 생각을 하니 너무 암울했다고는 말해야겠다.

사이클러에 들어가게 되면 머리부터 녹는 게 나을 것 같다는 생각보다 암울했을까? 아마도 아니겠지만, 거기까지는 생각해 본 적이 없으니 어쩔 수 없었다.

그 뒤로 상황은 여러분이 생각하는 대로 흘러갔다.

베르토가 그 빌어먹을 토너먼트에서 우승할 때까지 나는 돈을 크게 걸었다 지기를 반복했고, 결국 엄청나게 빚을 지게 되었다. 제대로 된 직업을 구하더라도 인생의 절반을 바쳐야 그 수렁에서 간신히 빠져나올 수 있을 정도였다.

더 깊은 수렁으로 나를 빠뜨린 사람이 바로 다리우스 블랭크였다.

방송에서는 도박 빚을 갚지 못해서 살해당하는 사람들 이야기가 많이 나오지만, 현실은 그렇지 않다. 그러니까, 산 사람한테서 돈을 받아 내기가 힘들다면, 죽은 사람한테 돈을 받아 내기는 아예 불가능하다. 그리고 다리우스 블랭크 같은 놈들은 빌려준 돈을 받아 낼 수 있는지 없는지만 생각한다. 다리우스가 나를 죽일까 봐 걱정하지는 않았다. 그가 내 보조금을 압류하거나 자기 밑에 들여 허드렛일을 시킬 수도 있다는 생각은 했다. 그다지 즐겁지는 않겠지만 어쨌든 목숨은 붙어 있을 수 있었다.

고맙게도, 베르토는 최선을 다해 이 모든 상황이 내 판단 착오 때문이라고 설득했다.

역시 고맙게도, 베르토는 자신이 우승하는 바람에 내가 겪게 된 일을 안타깝게 생각했다. 그리고 상황을 해결해 주겠다며 한 가지 제안을 했다. 내게 *드라카*에 승선하라고 권한 것이다.

베르토는 나를 경비대에 넣어 줄 수 있을 것 같다고 했다. 그는 유명했고, 어쨌든 지금까지 원하는 것은 무엇이든 가질 수 있는 인생을 살아왔으니 안 될 이유가 없다고 생각했을 것이다.

내가 경비대에 들어가지 못한 이유는 그웬 조핸슨과 인터뷰를 하며 깨닫게 되었다. 경비대에 지원하는 사람은 많았고 모집 인원은 열여덟 명뿐이었다. 법 집행 이력이 있거나 무기 훈련을 받아 본 사람들, 그리고 정치인과 연줄이 있는 사람들에게 대부분 기회가 돌아갔다. 미드웨이 해전 따위를 연구하는 데 심취한 경험은 군사 경험으로 쳐 주지 않았기 때문에 베르토의 영향력은 생각만큼 힘을 발휘하지 못했다.

경비대원을 모집할 때 인터뷰 신청을 하기는 했다. 그리고 거의 신청을 하자마자 불합격 통지를 받았다.

다음 날 오후 나는 셰이키 조에서 베르토를 만나 커피를 한잔했다. 나는 태블릿으로 불합격 통지를 보여 주었다.

"이런, 안됐다."

"응, 어차피 말도 안 되는 생각이었어. 빚이 좀 있을 뿐이야. 그 정도 가지고 행성을 뜨지는 않지."

베르토가 고개를 저었다. "미키, 조금이 아니라 아주 많잖아. 그리고 다리우스 블랭크는 절대 용서하거나 잊는 사람이 아니야. 10만 크레딧쯤 되나? 그 많은 돈을 어떻게 갚을 계획인데?"

나는 어깨를 으쓱했다. "할부로?"

"지금 중고 플리터(본 작품에서 양력을 이용하는 초보적인 비행 운송 수단 ― 옮긴이)를 산 게 아니잖아."

"그렇긴 하지, 나도 알아. 난 정말 멍청이야. 너한테 그 망할 경기에서 지라고 이야기했어야 하는데." 나는 고개를 숙이고 머리를 두 손에 파묻었다.

베르토는 한참 동안 나를 빤히 보더니 웃음을 터뜨렸다. "부탁은 해 볼 수 있었겠지. 하지만 난 그렇게 하지 않았을 거야. 이 행성의 시골뜨기들이 나에 대해 듣게 될 마지막 소식이 이 토너먼트였어. 우승하지 않을 수가 없었다니까."

베르토는 그런 친구였다. 베르토와 나의 우정도 딱 그 정도였다.

카페에서 집으로 돌아가는 길에 상황이 그리 나쁘지만은 않다고 생각했다. 물론 블랭크는 내 보조금에서 엄청난 액수를 빼앗겠지만, 어쨌든 내가 살아 있을 만큼은 남겨 줄 것이다.

안 그런가? 내가 굶어 죽으면 돈을 절대 갚을 수 없으니까. 그리고 그의 밑에서 허드렛일을 하는 것도 딱히 나쁜 생각은 아닐 것 같았다. 어쨌든 집을 떠날 이유가 생기는 셈이었으니까.

집에 도착해서 승강기를 타고 우리 층으로 올라갔다. 그리고 집 안으로 들어갔다. 현관문이 미처 닫히기도 전에 갑자기 다리가 말을 안 듣더니 바닥에 얼굴을 박으며 고꾸라졌다.

"안녕, 미키."

목소리가 들렸다. 대답을 하려고 했지만 입도 말을 듣지 않았고, 낮은 신음 말고는 아무 소리도 나오지 않았다.

"긴장 풀어. 오래 걸리지 않을 거야." 목소리가 말했다.

뭔가가 목뒤를 눌렀다.

다음 30초는 말 그대로 지옥이었다.

목뒤를 누른 것이 무엇이었는지 나중에 알게 되었는데, 바로 신경 반응 유도 장치였다. 통증 중추를 직접 건드리도록 설계되었다. 눈에 보이게 해를 끼치지는 않는다. 하지만 내가 당한 고문이 어떤 느낌인지 알고 싶다면 산 채로 가죽이 벗겨지는 동안 용접용 토치로 몸을 지진다고 상상해 보라.

내가 느낀 고통의 한 10퍼센트쯤은 이해할 수 있을 것이다.

고문이 끝났을 때 내가 살아 있다는 게 놀라울 정도였다. 나는 흐느끼고 있었고, 몸은 마비가 된 채 똥을 지리기 직전이었지만 어쨌든 살아 있었다. 누군가 내 어깨를 토닥였다.

목소리가 말했다. "즐거웠어. 우린 같이 일하게 될 거야. 블랭크 씨와 일을 마무리 지을 때까지 말이지. 내일 봐, 미키."

그는 문을 열어 둔 채 밖으로 나갔다.

한 시간쯤 뒤에야 다시 몸을 움직일 수 있었다. 두 발을 딛고 서서 어기적거리며 화장실로 들어가 몸을 씻었다. 다 씻고 나서 주저앉아 목 놓아 울었다.

그날 밤 나는 드라카의 구인 공고 페이지에 로그인했다. 다양한 분야에서 여러 일자리가 올라와 있었고 이제까지 누가 채용되었는지도 알 수 있었다.

모든 일자리가 채용 완료되었다.

남아 있는 자리는 딱 하나였다.

나는 베르토에게 연락했다.

"베르토, 익스펜더블이 뭐야?"

"그거, 드라카 일자리인데, 별로 하고 싶지 않을 거야."

"아직 남아 있는 자리가 이것뿐이야. 하고 싶어."

베르토는 오랫동안 아무 말이 없었다. 마침내 다시 입을 열었을 때 그는 건물 옥상에서 뛰어내리려는 사람에게 난간에서 내려오라고 설득하는 것 같은 투로 말했다.

"잘 들어, 오해하지 마. 나도 네가 이 비행에 함께했으면 좋겠어. 돌아오는 비행 편도 없는데 친구가 있으면 얼마나 좋겠어? 하지만 미키……."

"나를 추천해 줄 수 있어?"

"그게……."

"베르토, 네 도움이 필요해. 상황이 이렇게 된 데는 네 탓도 있잖아."

"아니, 나는 너한테 내가 패배하는 쪽에 돈을 걸라고 한 적 없어. 네가 물어봤다면 승리하는 쪽에 걸라고 했을 거야. 내가 이길 걸 알고 있었으니까."

"도와줄 거지?"

베르토가 한숨을 쉬었다. "솔직하게 말해 줘? 그 자리라면 내 도움도 필요 없을 거야."

그는 통신을 끊고 사라졌다. 나는 다시 채용 공고 페이지로 돌아가서 다음 날 오후로 인터뷰를 예약했다.

열두 시간 후, 익스펜더블로 살며 하게 될 수도 있는 무시무시한 예상 작업 목록을 그웬이 읊는 동안, 내 머릿속에는 *그렇게 나쁠 것 같지 않은데*라는 생각 말고는 아무것도 떠오르지 않았다. 관계자들은 드라카에 탑승한 이후 내가 저승사자를 두려워하지 않도록, 익스펜더블이 되기로 한 결정을 뒤집지 않도록 나를 열심히 훈련시켰지만 솔직히 와닿는 내용은 하나도 없었다. 그쪽 임무에 필요한 훈련은 다리우스의 부하들에게 고문을 당한 그날 오후에 충분히 받은 셈이었다.

5장

그때 나는 사이클러 안으로 던져지지 않았다. 분해기 필드에 먹히지 않았다.

이런 말을 하는 이유는 여러분이 긴장한 눈치이기 때문이다.

나는 땅에 손과 무릎을 대고 구멍 아래를 내려다보았다. 반드시 해낼 수 있다고 맹세했다. 분해기 표면 바로 옆으로 고개를 숙였다. 피부가 필드에 가까워지자 빰과 콧잔등이 찌릿찌릿하면서 끌어당겨지는 느낌이 들었다. 어떻게 하면 좀 덜 아픈 방식으로 해낼 수 있을까 생각하고 있는데 어깨에 손길이 느껴졌다.

"좀 기다려!" 나는 에잇이 내 얼굴부터 구덩이에 밀어 넣으려는 줄 알고 울부짖었다.

"그게 아니야. 이건 아닌 것 같아. 네가 저기 뛰어드는 걸 보고 있을 수 없어." 에잇이 내 발꿈치를 잡아끌더니 내게 손을 내밀었다.

그가 나를 부축해 일으켰다. 서 있기도 힘들 정도로 몸이 떨렸다.

"그래, 나도 같은 생각이야."

나는 이렇게 말하고는 크게 두 번 심호흡했다. 검은색 디스크를 빤히 보고 있자니 어쩐지 지난밤 크리퍼의 식도를 들여다보고 있을 때보다도 기분이 나빠졌다.

"그럼…… 이제 어떻게 하지?"

"위층으로 올라가자. 변기에 얼굴을 박아 익사시킨 다음 화학 샤워실에서 너를 토막 내서 사이클러에 한 조각씩 넣어야겠어."

나는 그를 빤히 보았다. 에잇은 미소 짓고 있었다.

내가 말했다. "제발 농담은 좀 기다렸다 해 줘. 진짜 우리 어떻게 해야 하지? 숙소도 하나고 배급 카드도 한 장뿐이야. 그리고 가장 큰 문제는 등록된 신분도 하나라는 거야. 우리가 중복된 걸 누가 알게 되면……."

그는 어깨를 으쓱했다. "이런 일이 매일 있는 것도 아니잖아, 안 그래?"

"그래, 아마도. 하지만 자원이 제한된 상황에서 사령부가 동정심을 발휘해 줄 것 같지는 않아. 지금 마샬에게 가면 우리 둘 중 하나는 무조건 저 구멍으로 들어가게 될 거야."

"그렇겠지. 하지만 우리가 이 상황을 숨겼다간 둘 다 비타민 혼탁액이 될 확률도 적지 않지."

나는 눈을 질끈 감고 착암기 진동처럼 빠르던 맥박이 겁에 질린 아기 새의 맥박이 되었다가 평소와 같은 상태로 잦아들 때까지 기다렸다. 눈을 떴을 때 에잇은 경계심과 걱정이 섞인 눈초리로 나를 보고 있었다.

"세븐, 괜찮아?"

나는 고개를 저은 다음 숨을 들이쉬고 내뱉었다. "응, 괜찮아. 다들 죽음에 정면으로 맞서라고 하지만……."

"그러기엔 너무 코앞에서 마주했지?"

"맞아. 만약 마샬이 사이클러에 나를 던지기로 한다면 최소한 먼저 죽이기라도 해 줬으면 좋겠어."

에잇은 내 어깨에 손을 얹었다. "네가 아니고 우리 둘 다 말이지, 형제여. 어쨌든 우리는 계획을 세워야 해."

"맞아. 좋은 생각 있어?"

그는 양손으로 머리칼을 쓸어 넘겼다. "모르겠어…… 정말 모르겠어……. 이런 상황은 훈련에 없었어."

그의 말이 맞기는 했다. 훈련은 100퍼센트 어떻게 죽을지에 집중되어 있다. 살아남는 법을 훈련받은 적은 없었다.

"들어 봐. 배급량은 충분하잖아. 지난번 업로드 이후 멍청한 짓만 하지 않았다면 우리 둘이 하루에 2000킬로칼로리는 섭취할 수 있어."

"응, 네 말이 맞아."

"반씩 나누면 당분간은 살 수 있어. 행복하지는 않겠지만 죽지는 않을 거야."

내 얼굴이 움찔거리다 결국 일그러졌다. "하루에 1000킬로칼로리만 먹는다고? 너무하잖아. 그것보단 더 잘 살아남아야지. 베르토는 어때? 일이 이렇게 된 건 거의 베르토 때문이야. 무슨 일이 있는지 이야기하면 죄책감을 느끼고 사이클러 페이스트라도 좀 나눠 주지 않을까?"

에잇의 얼굴에는 의심이 가득했다. "그럴 수도 있지만, 그 방법은 정말 절박할 때를 위해 남겨 두자. 베르토가 남 생각을 많이 하는 편도 아니고 익스펜더블 중복에 대해서 얼마나 원리원칙을 따질지도 잘 모르겠어."

"그래, 일리가 있어. 지난밤 내가 죽든지 말든지 동굴 속에 버려두고 떠난 것도 베르토를 믿지 않는 게 좋을 것 같다는 네 의견에 힘을 실어 주네."

"그래, 그것도 그렇네. 배급량을 올려 달라고 마샬한테 청원이라도 넣어 보는 건 어떨까?"

나는 눈을 굴렸다. "그래, 당장 그렇게 해 보지 뭐."

"들어 봐. 여기 오는 길에 카페테리아에 들렀는데 사이클러 페이스트를 25퍼센트 할인해 팔고 있었어. 우리가 아무것도 안 먹고 페이스트만 먹으면 1250킬로칼로리를 먹을 수 있어. 엄청 좋지는 않아도⋯⋯."

"알겠어. 그렇게 해. 어쨌든 당장 굶어 죽지는 않겠네. 그렇다고 하더라도 제일 중요한 문제가 해결되는 건 아니야. *우리가 두 명이라고.* 마샬은 개척지에 미키 반스가 한 명 있다는 사실을 언급할 때마다 똥 밟은 것 같은 표정을 짓잖아. 뭔가 낌새를 채는 날에는 차라리 사이클러에 넣어 주길 바라게 될 거야."

한 가지를 짚고 넘어가야 할 것 같다. 미드가르드 궤도를 벗어나고 일주일이 지나 다리우스 블랭크와 내 사연을 알게 된 사령관 마샬은 개척지에 범죄의 씨앗이 침입했다고 여겼다. 이에 더해 그는 독실한 종교인이어서 한 번에 한 명씩일지라도 사람을 재생 탱크에서 꺼낸다는 생각 자체를 혐오했다. 한번은 나를 거의 에어 로크 밖으로 쫓아내려고 했는데, 현재 엔지니어링 부서장이자 당시 *드라카의* 캡틴이었던 마라 싱이라는 착한 여자가 그에게 니플하임에 착륙하기 전까지 사령관 권한을 행사할 수 없다고 일깨워 주지 않았더라면 내 이야기는 거기에서 끝났을 것이다.

어찌 됐건, 이 상황 덕분에 마샬이 나를 보는 눈빛이 우호적으로 변할 것 같지는 않았다.

에잇이 말했다. "알아, 알지⋯⋯. 하지만 네가 생각을 바꿔 저 구멍으로 뛰어들지 않는 이상 더 할 수 있는 일은 없어. 그렇지 않아?"

"없지. 그런 것 같네." 내가 말했다.

"그럼, 혹시라도 뛰어들 생각은 없지?"

"걱정하지 마. 그런 생각이 들면 너한테 제일 먼저 알려 줄 테니까."

에잇은 웃고 있었다. 나는 아니었지만.

그가 말했다. "고맙네. 아, 나샤는? 나샤와는 이야기해 볼 수 있지 않을까?"

생각을 좀 해 볼 문제였다. 나샤와 나는 미키3 시절부터 사귀기 시작했다. 베르토와는 달리, 그녀는 어젯밤 땅굴에서 나를 구하려고 하나밖에 없는 자기 목숨을 바치려 했다. 니플하임에서 믿을 수 있는 사람을 딱 한 명 꼽는다면 아마 나샤일 것이다.

하지만 마샬에게 이 모든 일이 탄로 나게 된다면 냐사는 절대 연루되지 않았으면 싶었다.

내가 말했다. "내 생각에는, 그냥 우리 둘만 아는 비밀로 하는 게 나을 것 같아."

"좋아. 그러니까, 착륙한 이후 일어난 일들을 생각해 보면 우리 둘 중 하나는 어차피 곧 죽을 거잖아? 이제 다 해결됐네." 에잇의 대답이었다.

이런, 그 말이 맞을지도 모르겠다.

곧 죽는다는 이야기가 나온 김에 할 이야기가 있다. 착륙하고 몇 달이 지난 후, 그러니까 내가 미키6였을 때, 베르토가 나를 데리고 비행 순찰을 나간 적이 있었다. 그날 우리는 베르토가 평소 조종하던 커다란 리프터 대신 날개 고정식 단기통 기관이 달린 정찰 폴리터를 타고 나갔다. 내가 그에게 폴리터처럼 작은 비행기에 어떻게 중력 생성기를 설치하는지 모르겠다고 말했을 때 이미 우리는 돔 위 상공을 선회하고 있었다. 내쪽을 보는 베르토의 얼굴에 옅은 미소가 떠올라 있었다.

"중력? 지금 농담하는 거지?"

"아니, 농담 아닌데."

내 대답에 베르토는 고개를 젓더니 속도를 올려 급히 비행 고도를 높였다.

"이건 항공기야, 미키. 지금 우리를 공중에 띄우는 힘은 베르누이의 원리(유체의 속력이 증가할수록 유체 내부의 압력이 감소함을 나타낸 공식으로 비행기가 뜨는 이유를 설명한다 — 옮긴이)뿐이라고."

나는 베르누이가 누군지도 몰랐고 그가 무슨 원리를 발견했는지도 몰랐지만, 내가 좋아할 만한 내용은 아닌 것 같았다. 그 전까지 나는 초속 150미터로 급강하해 푹 익은 멜론처럼 터지지 않게 해 주는 중력장이 없다는 사실을 모른 채 비행해 본 적이 없었다.

"베르토? 고도를 안정적으로 유지하면 안 될까? 아니면 돌아가서 좀 더 안전한 걸로 갈아타고 다시 나오든지."

그가 웃음을 터뜨렸다. "진심이야? 내가 플리터를 빌리려고 얼마나 많은 수고를 들였는지 알아? 오늘 이걸 타는 이유는 덩치 큰 리프터로는 불가능한 이런 비행을 할 수 있어서라고."

나는 커다란 리프터로 할 수 없는 일이라면 굳이 경험하고 싶지 않다고 말하려고 했지만 입 밖으로 무슨 말을 꺼내기도 전에 우리가 탄 비행기는 공중제비를 돌기 시작했고 나는 비명을 지르기 시작했다. 마치…… 수치심을 느낄 새도 없이 갑작스럽게, 창자가 뒤틀리는 듯한 고통을 느끼며 죽어 가던 과거 어느 순간의 나로 돌아간 느낌이었다.

모든 훈련을 받고 그만치 세뇌를 당하고도, 그때까지 다섯 번이나 죽고도, 다섯 번이나 죽고 여전히 살아 있으면서도, 마음속 깊은 곳에서 내가 불멸의 존재라는 것을 믿지 못하겠다는 생각이 처음으로 고개를 든 때가 바로 그 순간이었던 것 같다.

"대체 그 형편없는 아침 식사는 뭐야?" 나샤가 말했다.

나는 600킬로칼로리짜리 무가당 사이클러 페이스트를 반쯤 해치운 상태였다. 여기 상륙거점 개척지에서는 1킬로칼로리가 진짜 1킬로칼로리가 아니다. 음식들은 실제로 먹고 싶은 음식과 얼마나 비슷한지에 따라 파격 할인가로 팔리기도 하고 프리미엄이 붙어 팔리기도 했다. 에잇이 말했던 것처럼 사이클러 페이스트와 비타민 혼탁액은 25퍼센트 할인된 가격으로 팔리고 있고, 그것들로만 연명한다면 한두 주쯤은 몸무게를 유지할 수 있을 것 같았다. 나샤는 으깬 얌과 케이준 양념을 뿌린 귀뚜라미 스크램블을 먹고 있었다. 오늘 아침에는 정가로 판매 중이었다. 토끼 뒷다릿살과 시들한 토마토도 있었지만, 프리미엄이 40퍼센트나 붙어 있었다. 에잇이 살아 있는 한 저런 사치는 절대 누릴 수 없으리라는 생각이 들었다.

"음, 몸을 좀 만들어 볼까 생각 중이야. 칼로리를 제한하고 운동을 좀 하면 다음번에 크리퍼한테 먹히기 전에 시간을 벌 수 있지 않을까 해서."

나샤가 킥킥거리며 웃었다. 그 웃음은 나샤가 가진 매력 중 하나였다. 웃음소리는 부드럽고 섬세했고, 곁눈질하며 입을 손으로 가리고 웃곤 했다. 악명 높은 전투 조종사인 그녀의 직업과는 어울리지 않는 버릇이어서 웃을 때면 완전히 다른 사람이 된 것 같았다.

"여전히 그런 농담을 할 수 있다니 다행이네. 착륙한 이후로 꽤 자주 재생 탱크에 다녀왔잖아. 지금쯤이면 신물이 난 사람도 있을걸."

나는 물컵을 다시 채웠다. 사이클러 페이스트를 물 없이 먹을 수는 없었다. 특별한 맛도 없는 데다 거칠고 된 질감이라 삼키려면 물을 많이 마셔야 했다.

"음, 나는 이런 식으로 생각하려고 해. 세븐이 그렇게 죽지 않았더라면 나는 재생 탱크에서 못 나왔을 것 아니야?"

나샤의 얼굴에 그늘이 드리웠다. "그렇겠지."

나는 맛없는 아침 식사에서 눈을 떼고 고개를 들었다. "왜 그래?"

나샤는 고개를 저었다. "나한테는 좀 힘들어. 그리고 네가 죽을 때마다 매번 더 힘들어져. 지난밤에는 정말 괴로웠어. 식스가 죽었을 때보다도, 파이브한테 일이 생겼을 때보다도 더 힘들었어. 종료하겠다는 이야기를 듣고 나서도 나는 네가 마음을 바꾸길 바라면서 계속 통신 가능한 거리에서 비행하고 있었어. 결국 포기하고 돔 격납고로 돌아온 다음에도 조종석에 앉아서 한 시간을 어린아이처럼 울었어. 하지만 지금 네가 여기에 있고, 네 이야기처럼 내가 만약 어젯밤에 너를 *구했다면 지금의 너는* 여기 없을 거야……. 그래서 나는 지금 어떤 감정을 느껴야 하는지 모르겠어."

"그래, 불멸이란 참 이해하기가 어려워, 그렇지?"

"여기 있었네." 베르토의 목소리가 들렸다.

주위를 둘러보니 그가 얌과 귀뚜라미 요리를 들고 내 뒤에서 있었다.

"좋은 아침이야, 베르토. 앉지 그래?" 나샤가 인사를 건넸다.

그는 자기 쟁반을 내 쟁반 옆에 놓고 벤치 위로 몸을 구겨 넣었다. "꿀꿀이죽이 웬 말이야 미키? 손은 또 왜 그래?"

나는 아래를 내려다보았다. 손목을 붕대로 꽉 감아 뒀지만, 가장자리로 보라색 멍이 삐져나와 있었다.

"침대에서 나오다가 굴러떨어졌어. 재생 탱크 후유증 알잖아."

베르토는 나를 한참 뚫어져라 보았고 그가 머리를 굴리는 소리가 들리는 듯했다.

"그래, 그러니까 언제 넘어졌다고?"

"네가 내 방에 들르고 난 다음에. 그게 무슨 상관인데?"

나샤가 밥을 먹다 말고 고개를 들었다. "내가 모르는 일이 있구나?"

베르토가 대답했다. "그런 것 같은데. 내가 방에 들르고 얼마나 있다가?"

"모르겠는데. 여기 내려오기 바로 직전인가 봐. 한 30분 전쯤에?"

"샤워장에 있었을 때는 손목이 괜찮았잖아." 나샤가 말했다.

"맞다. 그 후인가 보다." 내가 둘러댔다.

베르토는 실눈을 뜨며 고개를 저었다.

나샤가 물었다. "장난하지 말고, 무슨 일이야?"

"확실히는 몰라. 미키? 뭔가 있는 거지?" 베르토가 말했다.

나는 숟가락으로 마지막 남은 사이클러 페이스트를 떴다. 베르토가 카페테리아로 내려오는 동안 에잇을 마주쳤는지 궁금했다. 그렇다면 지금이라도 그에게 모든 것을 털어놓고 그가 입을 닥쳐 주길 바라는 수밖에 없었다. 하지만 그게 아니라면······.

"아무 일도 없어. 아침밥에 정신이 팔려서 그래."

나는 이렇게 대답하고 재빨리 주위를 둘러보았다. 아침을 먹기에는 늦었지만 점심을 먹기에는 이른 시간이었다. 가까이 앉아 우리 이야기를 엿들을 사람은 없었다. 베르토는 여전히 나를 뚫어져라 보고 있었다.

"그래서? 그렇게 보면 뭐가 나와?" 내가 말했다.

베르토는 포크 한가득 귀뚜라미와 얌을 떠서 입안에 넣고 천천히 씹다가 목구멍으로 내려보냈다. "모르겠어, 미키. 최근 들어 재생 탱크에서 여러 번 나왔잖아. 이번에 나온 너는 조금 얼이 빠진 것 같아."

나는 인상을 찌푸렸다. "내가 재생 탱크에서 나와서 어떤 행동을 하는지를 눈여겨보는 대신에 애초부터 재생 탱크에서 나올 일이 없게끔 내 목숨을 지키는 데 신경을 더 써 줬으면 이런 대화를 할 일이 없었을 텐데 말이지."

"오, 그렇지. 신물이 나긴 했구나." 나샤가 맞장구를 쳤다.

베르토가 말을 이었다. "어쨌든, 난 네가 거시기를 만지는 손을 어떻게 다쳤는지 따지자고 여기 앉은 건 아니야. 너희 중 오늘 아침 보안 경계선에서 무슨 일이 있었는지 아는 사람이 있나 해서."

나샤는 찡그린 얼굴로 아침 식사에 시선을 떨군 채 탄 감자 껍질을 포크로 헤집고 있었다.

"나도 일과 마친 지 네 시간밖에 안 됐는데 한 시간 뒤에 비행 일정이 잡혔더라. 이유가 있을 것 같은데 무슨 일인지 말을 안 해 주던데."

베르토는 나샤 쪽으로 몸을 숙이고 목소리를 낮추며 이야기했다. "누가 사라졌대."

"사라져? 어떻게 사라졌는데?" 나샤가 물었다.

베르토는 어깨를 으쓱했다. "아는 사람이 없는 것 같아. 동쪽 검문소를 지키던 경비대원이래. 대니 말로는 게이브 토리첼리라던데. 8시에는 통신이 됐는데 8시 반에는 안 됐다더라. 사람을 보내 수색했는데 헤집어진 눈밭 말고는 아무것도 없더래."

나는 오늘 아침 게이브를 봤다고 말하려다가 이 두 사람은 내가 오늘 아침 돔 밖에 있었다는 사실을 알아서는 안 된다는 사실을 간신히 기억해 냈다. 게이브는 내가 미로 같은 동굴에서 돔으로 들어올 때 손을 흔들며 인사해 줬다. 그게 몇 시쯤이었더라…….

8시 15분쯤 됐으려나?

젠장.

크리퍼가 돔까지 나를 따라왔던 걸까?

오래전 할머니 댁 마당에 놓아주었던 거미가 다시 생각났다. 만약 내가 거미가 아니었다면? 개미굴을 찾아내기 위해 밟아 죽이지 않고 살려 둔 개미였던 거라면?

"왜 그래?" 나샤가 말했다.

나는 나샤에게서 베르토로 시선을 옮겼다가 다시 나샤를

보았다. 두 사람 모두 나를 뚫어져라 보고 있었다.

베르토가 말했다. "너 진짜 바지에 오줌이라도 싼 표정이야, 미키. 대체 뭐야? 그 사람이랑 친했어?"

이 행성에 사는 인구가 고작 200명이 안 되고, 지난 9년을 똑같은 사람들과 부대끼며 살았다는 사실을 생각하면 이상한 질문이었다. 개척지에서 우리 셋의 인간관계가 얼마나 좁은지 깨닫게 해 주는 질문이기도 했다. 나는 게이브와 친한 사이가 아니었다. 사실 그에 대해 거의 아는 것이 없고 얼굴만 간신히 알아볼 뿐이었고, 경비대의 못된 패거리 중 하나는 아닌 것 같다고 느끼는 정도였다. 그리고 당연히 내 앞의 두 사람 역시 게이브와 친하지 않았다.

내가 말했다. "누군지는 알아. 그렇게 친하지는 않았고. 지금 그게 중요해? 인구의 0.6퍼센트가 사라졌는데."

"그렇지. 맞는 말이네. 솔직히 나는 게이브를 별로 좋아하지 않았어. 우주선에 있을 때 회전목마(본 작품에서 우주선 내 중력 효과를 발생시키는 공간을 가리킨다 ─ 옮긴이)에서 보내는 시간이 충분하지 않다고 잔소리하던 사람 중에 하나였거든. 그런데 네가 잘 짚었어. 우리가 냉동된 배아를 녹이기 전까지는 유전자 풀이 너무 많이 사라지면 곤란하지." 베르토가 말했다.

"나는 그건 걱정 안 해. 그러니까, 백인 남성이 더 필요하면 미키를 더 만들면 되잖아?" 나샤가 말했다.

둘은 웃음을 터뜨렸다. 나는 한참 망설이다 뒤늦게 웃음에

동참했다.

"그런데 진짜로, 미키의 지적도 일리가 있어." 베르토가 말했다.

딱히 일리 있는 말이었는지는 모르겠지만, 상관없었다.

"일리 있지. 그런데 게이브가 마실을 나간 건 확실히 아닌 것 같아." 나샤가 말했다.

"크리퍼한테 잡힌 거야." 베르토가 말했다.

나샤가 한 입 남은 얌을 두고 고개를 들었다. "확실해?"

"확실하지는 않지만 다른 이유가 뭐가 있겠어? 이 바위 행성에서 아메바보다 큰 생물체는 크리퍼밖에 못 봤잖아."

나샤가 고개를 저었다. "크리퍼가 그렇게 가까이 돔에 접근했다면 안 좋은 소식이야. 무장한 대원을 잡아간 건 더 안 좋은 소식이고. 그 사람 무장하고 있었대?"

게이브는 무장하고 있었다. 하지만 이것 역시 내가 알아서는 안 되는 사실이었다.

베르토가 대답했다. "몰라. 아마 아닐 것 같은데. 여태까지는 그럴 이유가 없었잖아, 안 그래? 크리퍼가 누구를 죽인 건 처음이니까."

"나를 죽였잖아. 두 번이나." 내가 말했다.

베르토가 한 팔을 내 어깨에 두르고는 힘을 꽉 주었다. "그래, 그랬지, 친구야."

나샤가 킥킥거리며 웃었다. 나는 그녀를 쏘아보았지만, 그녀는 다시 아침 식사에 집중하느라 알아차리지 못했다. 그런 수

준 낮은 반응은 보통 베르토 담당이다. 나샤는 그보다는 나은 사람이다.

"무장을 했든 안 했든. 게이브는 고사양 버너를 가지고 있었을 거야, 그렇지? 버펄로도 구워 버릴 무기를 가지고 다니면서 곤충 떼에 먹히는 게 말이 돼?" 베르토가 말했다.

"버너는 소용없어." 내가 말했다.

두 사람이 나를 향해 고개를 돌렸다.

"뭐라고?" 나샤가 물었다.

"그러게 말이야, 미키, 그게 무슨 소리야?" 베르토가 물었다.

나는 답을 하려고 입을 열었다가 휘둥그레지는 베르토의 눈을 보고 입을 다물었다. 역시 베르토와 포커 게임을 하면 반드시 이길 수 있을 것 같았다.

"내가 모르는 뭔가가 있구나. 미키, 친구끼리 비밀 만드는 거 아니야." 나샤가 말했다.

"아냐, 아냐, 사실 미키 말이 맞아. 미키도 지난밤 임무를 수행하면서 버너를 가지고 있었잖아. 결국 도움이 안 됐고. 그걸 잊어버렸네." 베르토가 말했다.

나는 최대한 무표정을 지어 보이며 말했다. "잊어버렸다고?"

"응, 잊었어."

"가장 친한 친구가 갈기갈기 찢기는 모습을 본 지 24시간도 안 지났는데?"

"그게, *가장 친한* 친구라고 할 수 있으려나."

"갈기갈기 찢겨? 나는 미키가 크레바스 바닥에서 얼어 죽은 줄 알았는데." 나샤가 말했다.

나는 베르토를 향해 '혼란스러우면서 화가 난 듯한' 표정을 지어 보였다. "얼어 죽다니, 베르토?"

베르토는 나샤를 날카롭게 노려보고는 고개를 저으며 말했다. "중요하지 않아. 요점은 네가 크레바스 아래로 내려갔고, 우리가 널 위해 해 줄 수 있는 일이 없었다는 거지."

"사실이 아니잖아." 나샤가 한마디 하고는 남은 아침 식사를 뒤적거리다 말을 이었다. "난 뭐라도 해 볼 수 있었어." 그러고는 나를 올려다보며 슬픈 미소를 지어 보였다. "미키가 못 하게 했어. 넌 어젯밤 정말 용감했어, 미키. 너 때문에 나를 위험에 빠뜨리지 않으려고 했잖아. 애초에 그 구덩이에 빠진 게 얼마나 바보 같은 실수였든, 그건 변하지 않는 사실이야." 어느새 그녀의 미소가 사라지며 얼굴이 일그러졌다. "어쨌든 중요한 건 게이브 토리첼리가 어떻게 하고 있었는지는 모르지만, 오늘 아침에 살해당했거나 납치당했거나 잡아먹혔고, 그것 때문에 내가 오늘만 벌써 두 번째 일하러 나가게 생겼다는 거야." 그런 다음 베르토를 돌아보며 물었다. "그래서 말인데, 너는 오늘 아침에 왜 일을 안 해? 어제도 나보다 적게 일했으면서."

베르토가 어깨를 으쓱했다. "마샬이 나를 더 좋아하나 보지."

그 말이 끝나기도 전에 내 오큘러에 채팅창이 나타났다.

[Command1]: 10:30까지 사령관 마샬의 사무실에 보고 바랍니다. 보고 없을 시 불복종으로 간주하여 할당 배급량 감축으로 이어질 수 있습니다. 양해 바랍니다.

수신 확인 메시지를 보내는 찰나 첫 번째 창 옆에 두 번째 창이 열리면서 나샤의 얼굴이 살짝 가려졌다.

[Mickey8]: 사령부에서 온 소환장 보고 있지?

[Mickey8]: 응, 보고 있어.

[Mickey8]: 이런. 우리 둘 다 미키8이야?

[Mickey8]: 그런 것 같은데.

[Mickey8]: 멋지네. 굉장히 헷갈리겠어.

[Mickey8]: 무슨 수가 나겠지.

[Mickey8]: 같은 아이디로 두 장소에서 신호가 왔다 갔다 하면 네트워크가 감지하지 않을까?

[Mickey8]: 누가 작정하고 캐내지 않는 이상 괜찮을 것 같아.

[Mickey8]: 어쨌든 큰일이야.

[Mickey8]: 맞아.

[Mickey8]: 아무튼 마샬은 우리가 또 죽는 바람에 개척지의 단백질을 70킬로그램이나 낭비했다고 쓴소리를 퍼부으려고 소환하는 것 같아. 네가 가서 듣고 올래? 나는 재생 탱크에서 나온 지 얼마 안 돼서 낮잠을 좀 자고 싶은데.

[Mickey8]: 나한테 선택권이 있어?

[Mickey8]: Zzzzzzz

나는 눈을 깜빡여 채팅창을 모두 닫았다. 베르토와 나샤의 시선은 내게 고정되어 있었다.

"배려가 없네." 나샤가 말했다.

"그러게. 없어도 너무 없어." 베르토는 이렇게 말하고는 테이블을 밀며 몸을 뒤로 빼고 일어서서 쟁반을 들었다. "어쨌거나 나는 가 봐야겠어. 오늘 수고해, 나샤."

나샤는 포크로 얌 껍질을 들어 올려 돌아서서 걸어가는 베르토의 등 뒤로 던졌다. 나는 달려가서 그 얌 껍질이라도 주워 먹고 싶은 심정이었다.

베르토가 완전히 사라지자 나샤가 입을 열었다. "어쨌든 일하러 가기 전에 한 시간 정도 시간이 남아. 샤워장에서 시작한 거 마무리 지을까?"

샤워장에서 나를 봤다던 이야기와 조금 전 그녀가 한 이야기를 연관 짓는 데 몇 초가 걸렸다. 그리고 그녀가 에잇과 함께 있는 모습을 머릿속에서 몰아내는 데 또 몇 초가 걸렸다. 내가 나를 질투하면 안 되지 않을까?

하지만 질투가 났다.

그래도 상관없었다. 불행인지 다행인지 가야 할 곳이 있으니까.

내가 말했다. "사실은, 방금 사령부에서 메시지를 받았어. 마샬한테 한번 가 봐야 할 것 같아."

"아, 맞네. 또 단백질 한 뭉텅이를 낭비했다고 화가 났을 테니까, 그렇지?"

"응, 아마도 그런 걸 거야."

나샤는 반쯤 일어서다가 테이블 위로 몸을 숙이고 손으로 내 뒷머리를 감싼 다음 끌어당겨 키스했다.

"마샬이 하는 말 너무 담아 두지 마. 쓴소리 듣는 것도 네 일이고, 넌 명령을 받고 임무를 수행하는 중이었어. 명령대로 이행한 걸 가지고 화를 낼 수는 없어."

그러고는 다시 한번 이마에 키스했다. "돌아오면 방에서 잠을 좀 자야 할 거야. 그리고 나서 연락할게. 알겠지?"

그렇게 말한 뒤 이번에는 입술에 키스했다. "일단 이를 좀 닦아야겠는데? 사이클러 페이스트 맛 한번 지독하네."

나샤는 내 뺨을 한 번 두드리고는 쟁반을 들고 자리를 떴다.

6장

마샬한테 가는 게 이렇게 떨릴 일은 아니다. 마샬이 오늘 당장 나를 죽이지는 않을 것 같았다. 다른 때라면 몰라도 요즘 같은 때라면 그럴 수 없을 테니까.

최고 사령관이기는 하지만 마샬은 베르토를 제외한 니플하임의 누구보다도 더 오랫동안 알고 지낸 사람이었다. *드라카*가 거의 다 지어졌을 무렵, 궤도 정거장에 내가 탄 셔틀이 도킹했을 때 처음으로 내게 인사를 건넨 사람이 마샬이었다. 다리우스 블랭크의 수하들 덕분에 인생에서 가장 긴 30초를 보내며 지옥문 앞에 다녀온 지는 사흘, 그웬 조핸슨과의 인터뷰 후로는 이틀이 지났을 때였다.

마샬이 한 행동에 비하면 *인사*라는 단어가 너무 거창할지도 모르겠다. 그는 그냥 그 자리에 서 있었을 뿐이다.

공평하게 이야기하면 나도 그에게 별로 좋은 첫인상을 남기지 못했다. 셔틀이 스테이션에 접근하며 중력 생성을 차단하기 전까지, 난 자유 낙하를 한 번도 경험해 본 적이 없었다. 물론 궤도에서 일하는 사람들의 영상을 본 적은 있다. 엔터테인먼트 네트워크상에서 5분 이상 시간을 보내다 보면 관광객들이 날개 달린 슈트를 입고 무중력 핸드볼 따위를 하는 장면이 나오는 궤도 리조트 광고를 보게 된다. 나는 자유 낙하를 할 때 크라켄에 잡아먹힐 걱정을 하지 않고 바다에 떠다니는 것처럼 매우 편안한 느낌이 들 거라 생각했다.

하지만 자유롭게 떠다닌다고 표현하지 않고 자유 *낙하*라고 부르는 데는 이유가 있었다.

중력 생성기가 끊기자 내장이 목구멍에 닿을 것처럼 위로 쏠렸고, 심장은 엄청나게 빨리 뛰어서 손끝에서도 박동을 느낄 수 있었다. 내 두뇌의 위험을 감지하는 부분이 우리가 맑고 푸른 하늘 위에서 비처럼 떨어지고 있다는 것, 그리고 까딱하면 죽을 수도 있다는 사실을 시각적 정보 없이도 분명히 알아차렸다.

하지만 나는 다른 몇몇 승객들처럼 기절하지는 않았다. 비명을 지르지도, 팔다리를 허우적거리지도, 점심을 적절히 소화하지 못한 이들을 위해 좌석마다 제공된 진공 마스크를 사용하지도 않았다. 나는 괜찮았다. 하지만 결코 좋았다고도 할 수 없었다. 마침내 도킹을 마치고 에어 로크를 지나 도착 라운지로 들어섰을 때 나는 땀에 푹 젖어 덜덜 떨고 있었다.

나는 이틀 동안 약을 맞지 못한 모르핀 중독자 같은 모습이었고, 그 모습이 사령관 마샬이 본 나의 첫 모습이었다.

그때 마샬은 라운지에서 우리를 기다리고 있었다. 500킬로미터 아래 어둠이 내린 미드가르드가 자전하는 모습을 내려다보며 둥둥 떠 있었다. 셔틀에서 내린 개척민 열두 명이 빠짐없이 라운지로 들어서고 에어 로크 내실 문이 딸깍 소리를 내며 닫힐 때까지 기다리는 것이었다. 우리가 이 임무의 책임자와 함께 있다는 것을 바로 느낄 수 있었다. 옆머리가 깔끔하게 정돈된 칠흑 같은 검은 머리, 영원히 열리지 않을 것처럼 굳게 닫힌 턱, 자유 낙하에도 끄떡없을 것 같은 쇠꼬챙이처럼 곧은 허리까지, 미드가르드에서는 필요하지도, 존재하지도 않았던 전투로 단련된 냉철한 눈빛을 가진 군인의 모습을 그럭저럭 잘 흉내 낸 것 같았다.

3년 동안 두 번을 다시 태어난 뒤에야 마샬의 10퍼센트는 타고난 까칠함, 10퍼센트는 불안, 80퍼센트는 지상군 사령관으로 임명되고도 성간 이동 동안 짐짝 취급을 받았던 세월에 대한 보상 심리로 이루어져 있다는 사실을 깨달았다.

마샬이 우리 쪽으로 발을 굴렀다. 허공에 떠서 한 손으로 천장에 고정된 손잡이를 잡고 내 앞에 내려와 엉거주춤 섰다.

"자, 힘멜 스테이션에 온 걸 환영한다. 드라카에 탑승할 수 있게 될 때까지 이곳이 여러분의 집이다. 내 이름은 예로니모 마샬이고 이번 탐사 임무의 총책임자가 될 예정이다. 행성 밖으로 나온 경험이 있는 사람 있나?"

대여섯 명 정도가 손을 들었다. 마샬은 고개를 끄덕였다.

"훌륭하다. 지금 토하고 싶은 걸 간신히 참고 있는 사람은 몇이나 되지?"

세 명이 손을 들었고, 네 번째 사람이 망설이다 손을 들었다. 마샬은 다시 고개를 끄덕였다.

"그래, 좋다. 결국은 이겨 내게 된다. 그러지 못할지도 모르지만 말이다. 어느 쪽이든 정해진 기간 동안 이곳에서 머물러야 할 것이다."

"사령관님?"

토하고 싶다고 손을 든 사람 중 하나였다. 마샬이 그를 향해 고개를 돌렸다.

"말하게."

"생명공학부의 듀건이라고 합니다, 사령관님. 혹시……." 그는 트림을 한 번 하고는 얼굴을 찌푸리며 침을 꿀꺽 삼키고 나서야 말을 이었다. "그게…… 개인 물품은 언제쯤 받을 수 있습니까? 셔틀에 신도록 허가를 내주지 않아서요."

마샬은 보일 듯 말 듯한 미소를 지어 보였다. "안타깝게도 그런 일은 없을 것이다. 알다시피 이런 종류의 여행에서 무게는 꽤 중요한 문제니까. 결론적으로 사적인 물품 배송은 금지되었다."

말이 끝나기 무섭게 여기저기에서 탄식이 터져 나왔지만, 마샬은 손을 한 번 저어 사람들을 조용히 시켰다.

"아쉬워할 것 없다. 필요한 것은 무엇이든 보급될 것이고, 더욱이 상륙거점 개척지에서 장신구 같은 물건은 필요 없으니까." 말을 마치고는 사람들을 한번 쓱 훑어보았다. "질문 있나?"

나는 손을 들었다. 내가 개척 임무에 참여한 초기에 저지른 몇 가지 실수 중 가장 처음 저지른 실수였다.

"좋다. 이름이?" 마샬이 말했다.

"미키 반스입니다. 제가 듣기로는 개인 물품은 30킬로그램까지 허용된다고 했는데요."

사령관의 미소가 더 경직되었다. 이제는 미소라고 할 수도 없을 것 같았다.

"말했듯이, 반스 군, 그 결정은 취소되었다."

"저희는 누구에게도 그런 말을 들은 적 없습니다만. 가방에 두고 온 물건 중에 필요한 물건이 있습니다."

마샬의 미소는 이제 온데간데없었다. "반스 군, 드라카가 수용할 수 있는 최대한도는 개척지 주민과 승무원을 합쳐 198명이다. 그 사람들이 모두 30킬로그램씩 인형이니 로션이니 하는 잡동사니를 챙긴다면 짐 무게로만 6000킬로그램이 늘게 될 거다."

"알아요. 저도 숫자 계산은 할 줄 압니다. 다만……."

"6000킬로그램을 싣고 광속에 도달하려면 에너지가 얼마나 필요한지도 아나?"

"음……." 나는 머뭇거렸다.

그의 얼굴에 미소가 돌아왔다. "수학을 아주 잘하는 편은 아닌가 보군?"

"그건 중요하지 않습니다. 6000킬로그램 정도는 선체 무게에 비하면 새 발의 피일 텐데요."

"왜 중요하지 않다고 하지? 혹시 궁금해할까 봐 말해 주자면 그 질문의 답은 4 곱하기 10의 23승 줄이고, 여정이 끝날 때 속도를 감속하는 데도 또 그만큼의 에너지가 필요하지. 물리학은 잔인하네. 그리고 반스 군, 우주선의 연료가 되는 반물질은 극도로 비싸다. 여러분 모두가 목적지에 도착할 때까지 9년 동안 살아남을 수 있도록 하려면 미드가르드 정부에서 천문학적인 비용을 감당해야 하지. 따라서 드라카의 총중량을 줄일 수 있는 만큼 최소한으로 줄여야 했네. 여정을 함께한 개척지 주민의 90퍼센트가 냉동 배아 상태였다는 것을 알리라고 보네만."

"네, 그렇지만……."

"반스 군, 왜 그렇게 해야 했다고 생각하지? 우리가 아이들 보모나 되어 아까운 시간을 보내려고 그랬을까?"

그는 잠시 말을 멈추고 대답을 기다리는 듯한 표정으로 나를 바라보았다. 내가 답을 하지 않으리라는 것이 분명해진 다음에야 다시 말을 이었다.

"아니. 아니지. 배아는 가볍지만 다 자란 성인 어른은 무겁기 때문이다. 또 뭐가 무거운지 아나? 음식이다, 반스 군. 자연적으로 죽기 전까지 칼로리 배급량이 얼마인지 안다면 아마 그 6000킬로그램을 운반하는 데 사용할 에너지를 농업에 써 주길 바라게 될 거다. 개인적으로는 그만한 여유가 있으면 차라리 주민을 70~80명 더 데려오고 싶은 마음이네. 어떤 경우든 여러분의 짐을 운반하는 데 필요한 에너지를 더 생산적으로 사용할 방법을 수백 가지도 더 찾을 수 있을 것이다."

주민 70명을 추가로 데려오려면 음식과 물, 산소 그리고 주거 공간 역시 40퍼센트 더 필요하지만 짐은 그렇지 않고, 무엇보다도 내가 가져올 물건은 태블릿과 메모리칩 두세 개에 불과했는데 우주선에 타기 전에 짐 수송을 해 주지 않을 거라고 미리 알려 줬더라면 그것들을 충분히 주머니에 쑤셔 넣어 올 수 있었을 거라고 반박하려고 했다.

하지만 나는 그렇게 멍청하지 않았다. 마셜의 표정을 보아하니 할 말을 마음속으로 삭이는 게 나을 것 같았다.

"그건 그렇고, 반스 군이 맡은 역할이 무엇인지 아직 듣지 못했네만."

"제⋯⋯, 뭐요?"

"역할 말이네. 듀건 군은 생물학자라고 했고, 반스 군은?"

여기에서 실수를 더 저지르고 말았다. 나는 활짝 웃으며 답했다. "익스펜더블입니다, 사령관님."

마샬은 내 미소에 답해 주지 않았다. 얼굴이 일그러지더니 상한 음식을 씹었거나 맨발로 똥을 밟았을 때나 지을 법한 표정으로 바뀌었다.

"그럴 줄 예상했어야 하는데." 사령관이 말했다.

그러더니 발을 굴러 천장에 달린 손잡이까지 몸을 띄운 다음 두 손으로 천장을 밀어 라운지 끝 출구까지 유유히 멀어졌다. 이윽고 깔끔하게 공중제비를 한 바퀴 돌아 발로 바닥을 찬 뒤 수영 선수처럼 미끄러지듯 앞으로 나왔다.

"확실히 해 두자면 스테이션에는 개척지 주민과 승무원 모두에게 1인실을 제공할 만큼 숙소가 충분하지 않다." 출구가 열리는 동안 그가 어깨 너머로 외쳤다. "하지만 공용 공간 여기저기에 해먹이 설치되어 있으니 하나씩 차지하면 된다. 드라카에 탑승할 때까지 그 공간이 여러분의 집이다."

사령관은 미끄러지듯 출구를 나갔고 등 뒤로 문이 닫혔다.

그가 사라지자 듀건이 말했다. "와, 뭐 저런 사람이 다 있어?"

"마샬 사령관은 나탈리스트야." 에어 로크 옆에 매달려 있던 검은 머리의 키 큰 여자가 말했다.

듀건은 짧고 날카로운 웃음을 터뜨렸다. "진짜?" 그러고는 내 쪽으로 몸을 돌렸다. "넌 이제 끝난 것 같은데."

나는 듀건에서 여자 쪽으로 시선을 옮겼다. "이해가 안 돼서 그러는데, 나탈리스트가 뭐야?"

"사이비 종교 같은 거." 듀건이 말했다.

"사이비 아니야." 여자가 반박했다. 그녀는 마샬 못지않게 능숙하게 벽을 차더니 손잡이를 잡아 급히 내 앞에 멈췄다.

"진짜 종교야. 마샬 사령관은 독실한 신자고. 그의 디지털 프로필에서 봤어. 지원하기 전에 사령부 사람들 프로필을 전부 확인했지. 너는 안 했어?"

깡패들과 엮여 고문을 당하느라 소셜 미디어로 뒷조사할 시간이 없었다고 말하기에 적절한 때는 아닌 것 같아서 나는 그냥 고개만 저었다.

그녀는 웃었다. "되게 웃기네. 저 사람들이 남은 일생 동안 우리를 부려 먹을 사람들이라는 건 알지? 그 사람들이 누구인지 알고 싶지 않았어?"

"아니, 알고 싶지 않았어."

내 말에 듀건이 다시 웃음을 터뜨렸다. 벌써부터 그의 웃음이 못마땅하게 느껴졌다.

"얘는 안 그랬을 거야. 너 징발된 거지? 어떤 사연이야? 감방에 수감되어 있기라도 했어?"

"뭐? 아니, 나는 수감자가 아니었어. 징발된 것도 아니고. 나는 임무를 위해 *선발*된 거야, 너희들처럼."

"그렇겠지. 선발이든 징발이든 뭐가 중요하겠어. 중요한 건 너한테 선택의 여지가 없었다는 거지."

나는 고개를 저었다. "내 말을 안 듣고 있구나. 나도 선택권이 있었어. 이틀 전에 채용 담당자 사무실에 내 발로 걸어 들어갔어. 그웬이라는 여자랑 인터뷰도 했고. 내가 훌륭한 후보라고 했고 내가 지원해서 좋아하던데."

두 사람은 머리 두 개 달린 괴물을 보는 듯한 표정으로 나를 쳐다보았다.

"거짓말하지 마." 듀건이 말했다.

"아니, 거짓말이 아니야."

여자가 말했다. "이런 걸 물어봐도 되는지 모르겠지만, 대체 무슨 생각으로 그랬어?"

나는 다리우스 블랭크에 관해 이야기하려다가 정신을 차리고 입을 닫았다. 앞으로 남은 생을 함께 보낼 사람들이 내가 범죄자라고 생각하게 만들고 싶지는 않았다.

"상관없잖아. 중요한 건 내가 자원했다는 것, 내가 수감자가 아니었다는 것, 그리고 지원하기 전까지 소셜 미디어로 사람들에 관해 알아보지 않았다는 거지."

"나도야. 미드가르드의 첫 번째 개척지 탐사잖아, 안 그래? 여기 있는 모두가 자기 분야에서 최고로 똑똑한 사람일 거라 생각했어. 나탈리스트가 책임자가 되다니 믿을 수가 없다." 듀건이 말했다.

"그렇게 큰일은 아니야. 다른 사람한테는 아닌데, 얘한테는 큰일일 수도." 여자가 이렇게 말하고는 내 쪽을 쳐다봤다. 잠시

딱하다는 표정을 짓는가 싶더니 다음 순간 듀건에게 손을 내밀었다. "나는 브리야. 농업부 소속. 우리 같이 일하게 될 것 같은데."

그때쯤 다른 사람들은 해먹을 찾으러 갔는지 모두 자리를 뜨고 없었다. 브리와 듀건이 웃으며 악수를 했고 나는 행성 탈출 계획이 내가 바라던 만큼 좋은 계획이 아니었던 건 아닐까 하는 의문이 들기 시작했다.

"저기, 멍청해 보이기는 싫지만, 마샬의 종교랑 나랑 무슨 상관이 있는지 설명 좀 해 줄래?" 내가 말했다.

브리는 내 쪽으로 돌아섰다. 표정으로 보아 듀건에게 훨씬 흥미가 있는 모양이었다. 아마도 나에게 어딘가 심각한 문제가 있다고 결론을 내렸는지, 슬슬 성가시게 여기는 눈치였다.

브리가 말했다. "나탈리스트 교회의 주요 교리 중 하나가 하나뿐인 영혼의 신성성을 믿는 거야."

"아……."

"백업은 필요 없단 거지. 신체마다 영혼이 하나 있다고 믿어. 신체가 죽으면 영혼도 죽는 거야." 듀건이 말했다.

"맞아. 그들한테 바이오 프린팅된 신체에 백업된 인격을 심어 만든 존재는 영혼 없는 괴물일 뿐이지."

"그래, 혐오스러운 존재랄까."

"완전한 인간이 아닌 거지."

듀건이 고개를 끄덕였다. "아예 인간이 아니라고 봐야지."

내가 끼어들었다. "흠, 그건……."

브리가 말했다. "알아. 유감스럽게 생각해."

듀건이 덧붙였다. "그래도 네가 익스펜더블이기는 하지만 아직 죽었다 살아난 적은 없잖아? 그러니까 지금 네 몸은 원래 몸이잖아, 안 그래?"

"뭐, 그렇지. 탐사에 자원한 지 이틀밖에 안 됐어. 백업 같은 건 어떻게 하는지도 아직 몰라. 적어도 지금은 태어난 몸 그대로야." 내가 말했다.

듀건이 내 어깨를 다독였다. "훌륭해. 계속 그 상태로 있으면 마샬한테 밉보이지 않을 수 있을 거야."

정말이지 유익한 조언이었다.

왜 그 조언을 따르지 않았는지 모르겠다.

7장

나는 보통 지각을 안 하려고 노력하는 편이고, 지각이 배급량에 영향을 미칠 수 있을 때는 더더욱 그렇다. 그렇다고 일찍 움직이는 편도 아닌데, 예로니모 마샬에게 싫은 소리를 들으러 갈 때는 최대한 늑장을 부리는 편이다. 나는 복도를 최대한 천천히 걸어가면서 사람들을 마주치면 괜히 서서 잡담을 나누고 마샬 사무실 앞에서 어슬렁거리다가 시야 가장자리에 뜬 크로노미터가 10:29를 넘기기 직전에 문을 두드렸다.

"들어오게."

문이 열렸다. 마샬은 플라스틱과 철로 만든 낮은 책상 뒤에 앉아 있었다. 팔꿈치를 의자 팔걸이에 올리고 손은 배 위에 포갠 채 몸을 앞으로 숙이고 있었다. 베르토가 그의 맞은편에 앉아 있다가 나를 보려고 반쯤 고개를 돌렸다.

마샬이 말했다. "문 닫게. 앉지."

나는 의자를 끌어당겨 베르토 옆에 앉았다. 마샬은 말없이 우리 둘을 빤히 내려다보기만 했다, 한참을, 좀이 쑤실 때까지.

"그러니까……." 베르토가 마침내 침묵을 깨고 입을 뗐지만 마샬은 눈빛으로 그의 말을 물리쳤다.

"자네, 반스 자네 말이야, 지금 몇 번째 재생본이지?"

"음, 여덟 번째인 것 같은데요?"

마샬은 의문이 가득한 표정으로 눈썹을 치켜올렸다. "확실하게는 모르는 건가?"

"제 목뒤에 몇 번째 생이라고 표시를 해 두는 게 아니니까요. 그리고 죽었을 때가 기억이 잘 안 나기도 합니다. 사람들이 저더러 에잇이라고 하니까 그런 줄 아는 거죠."

"재생 탱크에서 나온 것은 기억이 나겠지?"

나는 베르토를 흘긋 보았다. 그는 계속 정면만 보고 있었다.

"기억이 잘 나지는 않습니다. 의식이 돌아오려면 몇 시간은 걸리니까요. 제 침대에서 심한 숙취를 느끼면서 일어나는 기억이 거의 전부입니다."

마샬은 얼굴이 어두워지는 듯했지만 표정은 변하지 않았다.

"여기 니플하임에서 술을 접할 수 없다는 사실을 생각하면, 자네가 했다는 그런 경험은 사흘간 진탕 술을 마셔서라기보다는 재부팅한 결과라고 받아들여야겠지, 안 그런가, 반스 군?"

사령관에게 한 방 먹일 만한 대답이 떠올랐지만, 적당한 때가 아닌 것 같았다.

"네. 그렇습니다. 적당한 가정인 것 같습니다."

"그런 일이 총 몇 번 있었지?"

"일곱 번입니다."

"그래서 지금 자네는 여덟 번째 미키 반스라는 말인가?"

"네, 그렇습니다. 여덟 번째입니다."

마샬은 좀 더 오랫동안 나를 빤히 보다가 베르토에게 눈길을 돌렸다. "고메즈. 이 사람이 왜 미키 반스의 여덟 번째 재생 본인가?"

"그게 말입니다, 프로토콜에 따르면 기지에는 언제나 가동 중인 익스펜더블이 있어야 합니다." 베르토가 대답했다.

"그런데?"

"그런데 지난밤을 기점으로 일곱 번째 미키 반스가 가동 불가능 상태가 되었습니다. 따라서 저는 프로토콜에 따라 미키8을 생산할 것을 요청했습니다."

"고맙네. 그렇게 거들먹거리며 이야기할 필요는 없지만 말일세. 마치 자네가 프로토콜을 잠시라도 고려했던 것처럼 이야기하는군."

"사령관님……." 베르토가 뭔가 말하려 했지만, 마샬은 고개를 저었다.

"됐네. 작업 매뉴얼에 나오는 설명 말고 자네 입장을 설명해 보게. 어떻게 단백질과 칼슘 75킬로그램을 낭비하게 되었는지 말이야."

정확히 말하면 나는 71킬로그램이고 그중 대부분은 밖에서 넘치게 구할 수 있는 물로 구성되어 있지만, 꼬치꼬치 따져 물을 때가 아닌 것 같았다.

"네, 그게 말입니다……." 베르토가 말했다.

마샬은 몸을 앞으로 기울였다. 한쪽 팔꿈치를 책상에 올리고 손바닥에 턱을 괸 자세였고, 눈썹은 이마 꼭대기까지 올라갈 기세였다. 베르토는 목소리를 가다듬었다. 내가 본 중 가장 긴장한 모습이었다.

"재부팅 요청 보고서에 적었듯이 미키와 저는 약……."

"그러니까, 일곱 번째 미키 반스와 말이지."

"네. 그렇습니다. 메인 돔에서 남서쪽으로 약 8킬로미터 떨어진 크레바스를 탐사하던 중 25시 30분경부터 미키와 연락이 끊겼습니다. 개척지 환경과 지역 식생을 파악하기 위해 사령관님이 내린 명령에 따라 이루어진 탐사였습니다. 미키의 시신을 복구할 수 없다고 확인했을 때……."

"그걸 어떻게 확인했지?"

나는 베르토를 흘긋 보았다. 그는 여전히 앞만 보고 있었다. 들어 볼 만한 대답이 나올 것 같았다.

"무슨 말씀이십니까?"

"내 말이 이해하기 어렵지는 않았을 텐데. 미키7을 복구할 수 없다는 사실을 어떻게 확인했느냐는 말일세."

"그게……." 베르토가 말을 시작하면서 나를 흘끔 보았다.

"나 보지 마. 나는 죽은 상태였다며?" 내가 말했다.

마샬이 나섰다. "반스, 만약 이 상황이 불편하다면 조사가 끝날 때까지 밖에서 기다리게."

나는 고개를 저었다. "아니요. 사령관님만큼이나 저도 대답을 듣고 싶습니다."

마샬의 눈길이 다시 베르토를 향했다. "그래서?"

"그게…… 미키가 구멍에 빠졌습니다." 베르토가 말했다.

마샬은 의자에 등을 기대고 앉아 가슴 앞으로 팔짱을 꼈다. "미키가 어떻게 되었다고?"

"미키가 구멍에 빠졌습니다. 아주 깊은 구멍이었습니다. 미키가 움직임을 멈췄을 때 트랜스폰더 신호가 사실상 0이 되었습니다."

"사실상? 그러니까 위치 파악은 할 수 있었다는 이야기군."

"제 말은……."

"위치 파악을 할 수 있었던 거잖아. 그러니까, 데려올 수도 있었다는 이야기고. 내 말이 틀렸나?"

내가 끼어들었다. "흠, 사령관님 말씀이 맞는 것 같습니다."

마샬과 베르토가 동시에 나를 쏘아보았다. 베르토는 목소리를 가다듬고 다시 이야기를 시작했다.

"사령관님, 제 판단으로는 미키가 떨어진 위치로 안전하게 착륙할 수 없었습니다."

"알겠네. 하지만 그 지점에 반스를 내려 줄 때는 안전하다고 생각했지. 내 말이 맞나?"

내가 다시금 끼어들었다. "그러게 말이에요, 저게 대체 무슨 소리일까요?"

마샬이 손가락으로 내 쪽을 가리켰다. "반스 자네는 조용히 하게. 고메즈와 볼일이 끝나면 자네 차례가 올 테니까." 그러고는 다시 베르토를 바라보았다. "잘 듣게. 자네 임무는 돔 근처를 탐사해서 언제 어디에서 *크리퍼*를 데려오는 게 좋은지 판단할 수 있도록 관찰하는 걸세. 나는 자네가 그 명령에 따르는 동안 자네의 판단력을 사용해 주길 바랐단 말이지. 특히 익스펜더블이 임무를 수행하는 과정에서 목숨을 잃을 가능성을 합리적으로 의심해 볼 수 있을 때는 익스펜더블 시신의 회복이나 재활용 가능성을 대비할 수 있어야 하고. 내 말 이해했나?"

9년 전이었다면 베르토가 죽을 위기에 처한 나를 내버려 둔 사실은 외면한 채 사후에 내 시신을 제대로 수습해 오려고 노력하지 않은 점만 문제 삼는 게 불쾌했을 것이다. 하지만 지금은 오히려 마샬이 그렇게 나오지 않으면 해가 서쪽에서 떴나 싶을 것이다.

베르토가 뭔가 말하려고 했지만, 마샬이 눈을 가늘게 뜨자 정신을 차렸는지 아무 말 없이 입을 닫고 고개만 *끄덕였다.*

마샬은 내 쪽을 보았다. "반스, 이제 이야기해 보게. 여기에 대해 할 말 있나?"

"제가 말입니까? 저는 아무 의견이 없습니다. 아시겠지만 저는 막 재생 탱크에서 나왔고 세븐은 어젯밤에 죽기 전 몇 주 동안 업로드를 해 두지 않았습니다. 두 분이 무슨 말을 하는지조차 이해가 안 됩니다."

"흠, 맞는 것 같군. 자네가 그저 구조물에 불과하다는 사실을 가끔 잊는단 말이지."

이 말 역시 평소라면 짚고 넘어갔겠지만, 지금은 눈치껏 빠져야 할 때였다.

"어떤 경우든, 두 사람 모두 우리가 사실상 이 환경에서 무언가 쓸 만한 걸 재배하는 데 어려움을 겪고 있고, 따라서 소비할 수 있는 칼로리에 여유가 없다는 사실을 잘 알 테지. 두 사람이 지난 몇 주 동안 저지른 일로 에너지 예산에서 거의 30만 킬로칼로리가 영구적으로 소모되었어. 농업 생산량을 최대치로 늘릴 수 있게 될 때까지 이번 손실은 배급량에 영향을 미칠 거란 말이지."

사령관은 말을 멈추고 팔꿈치를 책상에 올린 채 몸을 앞으로 기울였다. "이번 손실에 대해 두 사람이 막중한 책임을 져야 공평하리라는 데 동의할 거로 생각하네만."

"사령관님……." 베르토가 말을 시작하기도 전에 마샬은 고개를 저었다.

"아니, 고메즈. 듣고 싶지 않네. 두 사람의 배급량을 영구적으로 20퍼센트 삭감하도록 하지."

"하지만……"

"듣고, 싶지, 않다고, 했네." 마샬이 짜증스러운 목소리로 한마디 한마디 내뱉었다. 그는 베르토를 내려다보다가 내 쪽으로 시선을 돌렸다. "반스, 더 할 말 있나?"

"그게, 솔직히 말하면 제 시신을 수습하지 못한 책임을 왜 제가 져야 하는지 이해되지 않습니다."

마샬은 5초쯤 나를 뚫어져라 내려다보더니 눈을 한번 깜빡이고 이야기했다. "질문을 다시 하지. 그렇게 건방지고 무의미한 질문 말고 더 할 말이 있나?"

솔직히 할 말은 많았지만 말해 봐야 소용이 없을 게 뻔했고, 나는 고개를 저으며 말했다. "없습니다."

"좋아, 배를 곯다 보면 개척지 자원을 소중히 여기는 법을 알게 될지도 모르지. 가 보게." 마샬이 말했다.

마샬의 사무실에서 충분히 멀리 떨어지자 베르토가 입을 열었다. "그래서 *개척지 자산*이 된 기분이 어때?"

"좋은 질문이야. 너한테도 하나 물을게. 거짓말쟁이로 사는 기분은 어때?" 내가 말했다.

베르토는 걸음을 멈췄다. 나는 그의 얼굴을 보려고 돌아섰다. 그는 진짜로 상처받은 듯한 표정이었다.

"미키, 그게 무슨 말이야. 너무한데."

"나한테는 내가 크리퍼한테 먹혔다고 했잖아."

베르토는 시선을 피했다. "그래. 엄밀히 말해 사실에 부합한 건 아니었어."

"엄밀히 말해? 하나도 사실에 부합하지 않았잖아. 내가 그 아래에서 죽도록 내버려 뒀잖아, 아니야?"

생명공학부 소속 여자 한 명이 복도에 나타나 우리에게 관심 없는 척하려고 노력하며 서둘러 지나쳤다. 9년 동안이나 우주선에서 토끼장에 사는 토끼들처럼 부대끼며 살다 보면 서로에게 최소한의 사생활을 보장해 주는 법을 배우게 된다.

베르토가 말했다. "제발 목소리 좀 낮추면 안 될까, 응?"

"좋아."

나는 다시 몸을 돌려 걷기 시작했다. 베르토는 망설이다가 종종걸음으로 쫓아왔다.

"들어 봐. 미안해. 진심이야. 사실대로 말했어야 하는데." 그가 말했다.

"그래, 그랬어야지."

베르토가 맞장구쳤다. "맞아, 내 잘못이야. 하지만 너를 죽게 일부러 내버려 두지는 *않았어.* 네가 떨어진 구덩이는 깊이가 족히 몇백 미터는 됐어. 네가 바닥에 떨어졌을 때 이미 너는 죽었어. 단백질 75킬로그램을 아끼자고 내 목숨을 희생하고 싶지는 않았다고. 만약 너를 산 채로 데려올 가능성이 있었으면 그렇게 했을 거야. 너도 알잖아?"

젠장. 나는 당장 그의 얼굴을 한 대 치고 싶었다. 어제 내가 구덩이에 떨어진 이후 통신을 했다고 나샤가 이야기했을 때 그도 옆에 있었다. 거짓말도 정성스럽게 하면 진실이 될 수 있다고 믿는 모양이었다. 무슨 일이 있었는지 내가 다 안다는 사실을 베르토가 모르지만 않았다면, 그가 나보다 키 크고 빠르고 힘이 세서 내 목을 닭 모가지 비틀듯 부러뜨릴 수 있지만 않았다면, 그를 한 대 치고도 남았을 것이다.

"그래, 알아. 네가 제일 친한 친구를 죽게 놔둘 사람은 아니지. *개척지 자산*의 *재생본*을 죽게 놔둘 수는 있겠지만 말이야. 안 될 것도 없잖아? 하지만 *친구*가 어려움에 처했다면 넌 당장 달려왔을 거야."

베르토는 손으로 내 어깨를 잡고는 자기 쪽으로 살짝 당겨 나를 돌려세우려고 했다. 하지만 내 표정을 보더니 결국 항복하듯 양 손바닥을 펼쳐 들며 한 걸음 물러서서 내가 갈 길을 가도록 놓아주었다.

"와, 미키, 대체 왜 그러는지 모르겠지만 잘 생각해 봐. 네가 구덩이에 떨어진 건 안됐지만, 그래도 일을 하다가 생긴 사고잖아, 이것도 네 일의 일부잖아, 안 그래? 마샬은 고의로 너를 죽였어. 지금까지 최소한 세 번은 죽였을 거야. 그래도 여태 이렇게까지 화를 낸 적은 없잖아. 대체 뭣 때문에 그렇게 열을 내는 거야?"

나는 눈을 감고 숨을 크게 들이쉰 다음 천천히 내뱉었다. "내가 화가 난 이유는 내 삶이 엉망진창이기 때문이야. 숙취에 시달리는 느낌으로 보존액이 덕지덕지 붙은 채로 잠에서 깰 때마다, 나한테 뭔가 끔찍한 일이 일어났다는 건 아는데, 무슨 일이 왜 일어났는지, 그 일이 다시 일어나는 걸 막기 위해 뭘 할 수 있는지 기억이 안 나. 그럴 때 무슨 일이 있었는지 알려면 나샤와 너를 믿을 수밖에 없어. 나 혼자서는 무슨 일이 있었는지 기억할 방법이 없으니, 너희를 믿을 수밖에 없다고. 그런데 네가 나에게 무슨 일이 있었는지에 대해서 거짓말을 적어도 한 번은 했다는 사실을 알게 되었고, 이제 나는 네가 여태 몇 번이나 거짓말을 했을지 생각하게 된다고. 알아들었어?"

시선을 피하는 것을 보니 찔리는 게 있는 모양이었다.

"그래, 이해했어. 미안해. 진심으로. 그렇게 생각해 본 적은 없었어." 베르토가 나지막한 목소리로 답했다.

표정에서 진심이 묻어났다. 어쩌면 포커를 잘 칠 수도 있을 것 같았다.

"그래, 생각 좀 해 보지 그랬어."

그가 고개를 들어 미소를 지어 보였다. "그러니까, 이렇게 하면 어떨까. 다음에 너에게 무슨 일이 생겼을 때 영상을 찍을 수 있으면 찍어 둘게. 그리고 나인이 재생 탱크에서 나오자마자 동영상을 보여 줄게."

이번 일을 이렇게 넘기고 싶지는 않았다. 하지만 거짓말쟁이

든 아니든 그는 나의 가장 친한 친구였다.

"생각해 줘서 고맙다, 나쁜 자식아."

그는 내게 다가와서 원숭이같이 길쭉하고 마른 팔을 뻗어 나를 꼭 끌어안았다.

"거짓말해서 미안해, 진짜로. 다신 이런 일 없을 거야."

"그래, 그렇게 믿어 볼게." 그의 품 안에 갇힌 내가 웅얼거리며 답했다.

이쯤 되고 보니, 그다지 긍정적으로 그려지지 않은 베르토와 내가 애초에 어떻게 친해졌는지 궁금할 수도 있겠다는 생각이 든다. 간단히 말하면 내가 사람들을 있는 그대로 받아들여야 한다고 믿은 덕분이다. 세상의 모든 것들이 그렇듯 완벽한 친구란 있을 수 없고, 저마다 가지고 있는 다양한 단점들을 이유로 사람들을 내친다면 그들이 가져다줄 기쁨과 행복 역시 누릴 수 없게 된다.

예를 들면, 나는 학교를 졸업하기 전 벤 아슬란이라는 친구와 친하게 지냈다. 벤은 좋은 친구였다. 그는 수학적인 재능이 전혀 없는 내가 두 학기 만에 천체물리학을 끝낼 수 있도록 도와준 똑똑한 친구였고, 웃기기도 잘했다. 12학년 때는 학교 부(副)행정관의 장례식장에서 벤 때문에 폭소를 터뜨리는 바람에 이틀 동안 외출 금지를 당하기도 했다. 졸업 후 여름에 내가 코퍼 피스트 콘서트에서 술에 만취한 늙은이 패거리와 시비가 붙었을 때도 같이 주먹질을 해 줄 정도로 의리도 있는 친구였다.

그런 벤은 믿을 수 없을 정도로, 거의 병적으로 짠돌이였다.

아슬란 가문은 행성 전체에서 도시 간 물류 운송을 담당하는 회사의 지분을 두둑히 확보하고 있어서, 경영권을 행사할수 있을 정도였다. 그의 아버지는 미드가르드에서 가장 부유한 인물 25인 목록에 이름이 오르내리는 인물이었다. 벤 자신도 플리터, 지상용 자동차, 바닷가 저택을 소유하고 있었고 기숙사 방을 청소해 주는 사람이 따로 있을 정도였다. 그럼에도그와 알고 지내는 동안 그가 지갑을 꺼내는 모습을 나는 한번도 본 적이 없다. 그는 칩도 이식하지 않았는데, 신탁 펀드를노린 누군가가 자기 눈을 파낼까 두려워서라고 했다. 놀러 나올 때 전화기를 가지고 나오는 것도 항상 잊어먹곤 했다. 연락해야 할 일이 생기면 다른 사람을 시키면 되지 굳이 전화기를가지고 다닐 필요가 없다고 생각하는 듯했다. 결과적으로 밥값을 낼 일이 생기면 항상 웃는 얼굴로 어깨를 으쓱하며 다음번에는 꼭 자기가 사겠다고 공수표를 날리곤 했다.

그렇게 몇 년이 흘렀다.

내가 그와 계속 친하게 지낸 이유가 뭐였을까? 은행 계좌에20크레딧 이상 있어 본 적 없는 내가 그 오랜 시간 동안 세계최고 부호에게 술과 밥을 수없이 산 이유가 무엇일까? 간단하다. 나는 벤이 어떤 사람인지 알았고 그대로 받아들였기 때문이다. 나는 그를 내 곁에 두면서 얻을 수 있는 이점과 어딜 가든 돈 쓸 일이 생기면 내 주머니를 열어야 하는 단점을 저울질했다. 결론적으로 벤과 함께일 때 얻는 긍정적인 부분이 더 크다고 생각했다. 그렇게 결정한 후에는 밥값을 누가 낼지 더 이상 신경 쓰지 않았다. 쓸데없는 걱정이었으니까.

베르토와도 마찬가지다. 다만 베르토는 밥값 때문에 치사하게 구는 대신 가끔 내가 구덩이에 빠져도 얼어 죽을 때까지 내버려 두고 자신이 한 일에 대해 거짓말을 할 뿐이다. 베르토는 그런 사람이다. 받아들이고 대수롭지 않게 넘기면 모든 일이 한결 쉬워진다.

방으로 돌아가니 에잇이 내 침대에 누워 쿨쿨 자고 있었다. 재생 탱크에서 나온 지 얼마 안 되어 정신이 없을 테니 그냥 둘까 생각했지만 나도 피곤하기는 마찬가지였고, 더군다나 할 이야기가 산더미였다. 문을 닫고 이불을 홱 잡아당기고 보니 에잇은 벌거벗고 자고 있었다.

잊지 말고 침대 시트를 갈아야겠다고 생각했다.

에잇은 고개를 들고 나를 보며 눈을 껌벅거리더니 이불을 다시 자기 쪽으로 끌어당기려고 했다. 그때 그의 왼쪽 손목에 감긴 압박붕대가 눈에 들어왔다.

"저기, 손은 왜 그래?" 내가 물었다.

그는 분해 죽겠다는 표정으로 나를 쏘아보았다. "왜냐니. 너랑 똑같아 보여야 할 거 아니야? 네가 붕대를 풀 수는 없으니 내가 감을 수밖에."

"보라색이 안 보이는데."

에잇은 손을 확인하고는 나를 올려다보았다. "뭐라고?"

"네 손. 붕대를 감기는 했는데 보라색 멍이 없잖아. 유심히 보는 사람이 있으면 네가 진짜 다치지 않았다는 걸 금세 눈치 챌걸."

"그렇게 유심히 보는 사람이 있으면, 우리는 어차피 죽은 목숨이야."

에잇은 다시 베개에 머리를 털썩 뉘고 이불을 턱까지 끌어올렸다. 나는 한숨을 쉬며 다시 이불을 벗겨 냈다.

"미안. 너 일어나야 돼. 같이 이야기해야 할 문제들이 몇 가지 있잖아."

에잇은 일어나 앉아 손마디로 눈을 비비며 이불을 허리까지 끌어당겼다.

"꼭 이래야 해? 내가 재생 탱크에서 나온 지 얼마 안 됐다는 건 알지? 하루 정도는 회복 기간으로 쉬게 해 주지 않나?"

나는 침대 가장자리에 앉았다. "맞아. 오늘 임무가 배정되지는 않을 거야. 근무 시간을 어떻게 배분할지도 이야기해야 할 테니 잘됐지. 둘 다 시체 구덩이에 처박히고 싶지 않으면 한 번에 한 사람만 바깥 활동을 해야 해."

에잇은 하품하며 다시 한번 눈을 비비고는 나를 바라보았다. 그의 얼굴에 천천히 미소가 퍼졌다. "아, 참 좋은 지적이야. 꽤 괜찮을 것 같은데? 반씩 나눠 일할 수 있으면 좋잖아?"

"그래, 농업부나 엔진실에서 작업을 하게 된다면 일을 나눠서 할 수 있겠지. 하지만 마샬이 반물질 연소실을 청소하는 임무를 맡기면 어떻게 할 건데?"

그의 얼굴에서 미소가 사라졌다. "그런 일이 언제든 일어날 수 있겠네, 그렇지?"

"그렇지. 그런 상황이 닥치면 어떻게 할지 미리 생각해 두어야 해, 그렇지 않아?"

에잇은 어깨를 으쓱했다. "내 눈에는 꽤 뻔해 보이는데. 네가 진짜로 죽기 전까지 내가 재생 탱크에서 나와서는 안 됐어. 그러니까 일을 바로잡으려면 다음번 목숨을 걸어야 하는 임무가 있을 때 네가 맡으면 되잖아."

나한테는 그의 말이 당연하게 들리지 않았다. 그 말이 왜 허튼소리인지 설명하려고 했지만…….

그 말이 틀렸다는 것을 뒷받침할 만한 타당한 이유가 떠오르지 않았다.

결국 나는 이렇게 말했다. "좋아. 마샬이 위험한 명령을 내리면, 그러니까 스리한테 내린 임무 같은 걸 시키면 내가 맡을게. 그래도 위험한 작업을 다 하지는 않을 거야. 탐사 명령을 받거나 보안 경계선에 배치되거나 베르토랑 플리터를 타고 비행해야 할 때는 가위바위보라도 해서 그때그때 결정하기로 해."

에잇은 고개를 한쪽으로 기울인 채 눈을 가늘게 떴다. 나는 그가 내 말에 토를 달 줄 알았다. 하지만 그는 어깨를 한 번 으쓱할 뿐이었다. "그래, 그러지 뭐."

"좋아, 다음번 소환 명령이 떨어지면 상황 봐서 누가 갈지 정하자."

"어쨌든 우리 둘 중 하나가 없어지지 않는 이상 배급의 반만 가지고 살려면 꽤 힘들겠어."

"그래, 거기에 대해서도 할 말이 있어."

"뭐에 대해서? 배급? 아니면 임무?"

"배급. 마샬이랑 면담을 했는데, 내가 원하던 대로 흘러가지 않았거든."

순간 에잇의 표정이 어두워졌다. "말해 봐."

"우리 배급이 20퍼센트나 감축됐어."

에잇이 앓는 소리를 냈다.

내가 말했다. "알아. 둘 중 하나만 살아 있었어도 충분히 나쁜 상황이었을 텐데. 이렇게 된 이상 기간이 얼마가 됐든 앞으로 정말 정말 힘든 날들이 될 거야."

에잇은 벽에 등을 기대고 머리를 한쪽으로 기울인 채 눈을 감았다.

"그렇게 생각해? 이건 재앙이야. 나는 막 재생 탱크에서 나왔고 배가 고파서 쓰러질 지경이야. 배 속에 뭐라도 넣지 않으면 네가 자는 동안 네 팔이라도 뜯어 먹을 수 있을 것 같다고."

나는 손으로 머리를 쓸어 넘겼다. 손에 기름기가 묻어났고, 거의 일주일 동안 샤워를 하지 않았다는 사실이 떠올랐다.

"아침에 뭐 좀 먹었어?"

에잇이 눈을 뜨고 눈길을 돌렸다가 나를 쏘아보았다. "먹었다고 표현하는 게 맞는지 모르겠지만 카페테리아를 지나치면서 사이클러 페이스트랑 비타민 혼탁액 스무디를 마셨지."

"됐네. 몇 킬로칼로리나 썼어?"

"600킬로칼로리쯤."

"그래, 나도. 오늘 하루 동안 400킬로칼로리를 더 먹을 수 있다는 소리네." 내가 말했다.

"망할, 한 명당 200킬로칼로리네." 에잇이 신음했다.

나는 깊이 숨을 들이쉬고 잠시 참았다가 내뱉었다. "네가 내 몫까지 먹어."

그의 눈이 휘둥그레졌다. "진심이야?"

"그래 봤자 비타민 혼탁액 200킬로칼로리인데. 별것도 아니잖아."

"내일은?"

"꿈도 꾸지 마. 내일은 정확히 반으로 나눌 테니까."

에잇은 한숨을 쉬었다. "그래. 공평하네. 사실은 공평한 것 이상이지. 고마워."

나는 한 손으로 무릎을 탁 때리며 말했다. "별말씀을. 큰맘 먹고 날 살리기로 한 사람한테 이 정도는 약소하지."

"그래, 맞는 말이야. 솔직히 매우 관대한 결정이었어. 그런 의미에서 내일도 배급 전부를 나한테 넘길 생각은 없어?"

나는 그의 다리를 아플 정도로 꼬집고 나서야 놓아주었다.

"다시 말하지만, 강요하지 마. 너나 내가 하루 치 배급을 온전히 차지할 수 있는 날은 우리 둘 중 하나가 죽고 난 다음일 거야."

에잇은 다시 두 손으로 머리를 받치고 누웠다. "그날이 몹시 기대되는구나."

"그러게 말이야."

언젠가 연소실 청소를 하게 되더라도 그다지 나쁘지 않을 것 같다는 얘기를 하려는데, 카페테리아에서 나눈 대화가 떠올랐다.

"생각이 나서 물어보는 건데, 올라오면서 혹시 베르토랑 마주쳤어?"

"아니. 왜?"

"아침에 카페테리아에서 베르토를 만났어. 너를 만난 것처럼 이야기하던데. 뭔가 수상한 낌새를 챈 것 같아."

에잇이 어깨를 으쓱했다. "음, 말해야 하면 하지 뭐. 깜짝 놀라기야 하겠지만 사령관한테 가서 이를 수는 없을 거야. 이런 일이 생긴 데는 베르토 책임도 있으니까."

"그건 사실이지."

나는 뭔가를 더 말하려다가 하품이 나와 말을 멈췄다. 에잇의 눈은 이미 감겨 있었다.

나는 그를 쿡 찔렀다. "자리 좀 내주지?"

그는 침대 가장자리로 몸을 옮겼다. 나는 부츠를 벗어 던지고 그 옆에 누웠다. 나 자신과 침대를 나눠 쓰자니 기분이 이상했지만 어쨌든 적응해야 할 것 같았다.

막 잠에 빠져들려는 찰나 오큘러가 반짝였다.

[Command1]: 즉시 메인 로크로 오기 바랍니다, 반스. 문제가 발생했습니다.

심장이 덜컥 내려앉는 것 같았다. 베르토가 마샬의 사무실로 가서 우리 일을 일러바치기라도 했을까?

아니다. 사령부에서 우리에 대해 알았다면 메시지만 보내고 끝나지 않았을 것이다. 경비대에 케이블 타이와 버너를 들려 내 방으로 올려 보냈을 것이다. 나는 에잇을 보려고 고개를 돌렸다. 그가 여전히 눈을 감은 채로 말했다.

"너더러 오라는 것 같은데."

나는 일어나 앉으며 대꾸했다. "이것도 소환 중 하나야, 에잇."

"그래, 만약 목숨을 잃을 만한 일이면 네가 맡아야지, 안 그래? 별일 아니어도 어차피 오늘은 네 차례야. 나는 오늘 재생 탱크에서 나왔으니까."

"그 중간 어딘가에 있는 임무면? 내기라도 할까?"

"아니, 나한테 빚진 거 갚아야지."

에잇은 옆으로 돌아누워 이불을 어깨까지 끌어 올렸다. 나는 몇 초 동안 에잇의 뒤통수를 물끄러미 보고 있다가 침대 가장자리 아래로 다리를 내리고 앉아서 부츠를 다시 신었다. 내가 문을 닫고 방을 나설 때 에잇은 이미 코를 골며 곯아떨어져 있었다.

8장

　나는 돔 주변에서 여러 가지 일을 했다. 어떤 부서에도 속하지 않기 때문에 2~3일마다 부서를 바꿔 가며 일손이 필요한 곳에 보내졌다. 농업부에서는 토끼를 관리했다. 경비대에서는 보초를 섰다. 마샬의 행정관이 병가를 냈을 때 그 자리를 채운 적이 있는데, 나중에 보니 그가 집에서 몰래 담근 술에 문제가 있어 크게 병이 난 것이었다. 이런 업무는 개척지의 인사과를 관리하는 반(半)자율적인 시스템에 의해 무작위로 배정되었다. 사령부에서 직접 나를 부를 때는 상자 옮길 인력이 필요해서가 아니라, 내가 맡아야만 하는 임무를 주겠다는 뜻이었다.

힘멜 스테이션에서 첫날을 맞이하자마자 내 진짜 임무가 무엇인지 알고 놀랄 수밖에 없었다. 아직 스테이션에 화장실이 어디 붙어 있는지도 모를 때였고, 지저분한 시행착오를 거듭한 이후 중력이 없는 상태에서 오줌을 누는 방법을 겨우 터득했을 때였다. 음식 꾸러미를 나눠 주는 방도 찾았다. 회의실로 보이는 공간에 마련된 마흔 개쯤 되는 해먹 가운데 내 자리도 찾았다. 냄새가 그리 좋지는 않았지만 이미 익숙해지고 있었다. 전반적으로 새 삶에 잘 적응하고 있는 것 같았다.

나는 해먹에 누워 낮잠을 자고 있었다. 둥둥 떠 있을 뿐 떨어지지 않는다는 생각을 할 수 있게 되었을 때 딱딱하고 뾰족한 물체가 내 갈비뼈를 쿡 찔렀다. 나는 물체를 쳐냈고 그 바람에 해먹이 빙글 돌며 뒤집혔다. 눈을 떠 보니 바닥이 보였다. 이어서 벽, 천장이 보이다가 나를 찌른 사람의 얼굴이 눈에 들어왔다. 키가 크고 피부색이 어둡고 민머리인, 스테이션의 상근 직원들이 모두 입는 밋밋한 회색 점프슈트를 입은 여자였다. 그녀는 다가와서 나를 붙들고 발에 힘을 주어 바닥에 고정한 다음 빙빙 돌고 있던 나를 멈춰 세웠다.

"반스 씨죠?"

나는 그녀를 보며 눈만 껌뻑였다. "아마도요. 누구시죠?"

그녀가 미소 지었다. "젬마라고 해요. 일어나요. 일하러 갈 시간이에요."

힘멜 스테이션에서 지내는 동안 나는 젬마를 마음에 품었다. 그녀는 좋은 선생님이었다. 유쾌하고 친절하고 이상하리만치 배려심이 깊었다. 아침 수업이 있을 때는 따듯한 차를 가져다주었다. 내가 이해를 잘 못 할 때는 천천히 부연 설명을 해주거나 내가 이해했다는 확신이 들 때까지 몇 번이고 다시 설명해 주었다. 그 과정에서 내가 멍청하다고 생각했는지는 모르겠지만 절대 겉으로 드러내지 않았다.

첫날 우리는 *드라카* 엔진 시스템의 설계도를 살펴보았다. 반물질이 어디에 어떻게 저장되는지 배웠고, 반응물을 어디에 두는지, 두 가지 물질을 어떻게 합치는지, 그리고 각각의 장치가 고장날 때 어떤 일이 생기는지도 배웠다. 젬마는 이 부분을 특히 강조했다.

"반물질 차폐 장치 고장 부분은 건너뛰죠. 알아서 해결되니까요."

우리는 아무도 드나들지 않는 저장실에서 카드 게임용 탁자를 사이에 두고 마주 앉아 있었다. 젬마는 미소를 지으며 기다리다가 5초쯤 지나 실망한 얼굴로 말했다.

"어떻게 해결되느냐고 안 물어볼 건가요?"

나는 눈을 굴리며 답했다. "우리를 다 죽이겠죠, 아닌가요?"

"맞아요. 하지만 더 재미있게 설명해 주려고 했단 말이에요."

나는 한숨을 쉬었다. "제가 이런 것들을 왜 알아야 하죠? 엔지니어들이 있지 않나요? 그들이 다 죽으면 앞으로 2주 동안

제 머리에 뭘 쑤셔 넣든 달라지는 건 없을 것 같은데요. 저는 역사를 좋아해요. 베르너 폰 브라운(미국의 로켓 연구가 — 옮긴이)이 누구인지는 설명할 수 있지만, 추진력 기술에 대해 내가 아는 것은 딱 거기까지예요. 저는 학교에서 고에너지 물리학도 간신히 통과했고 그것도 아주 오래전이라고요."

"당신을 엔지니어로 만들려는 건 아니에요. *드라카*에는 추진력 전문가들이 차고 넘치게 탈 거예요. 당신이 필요해지면 뭘 어떻게 하라고 그들이 정확히 말해 줄 거고요. 하지만 실제로 일이 닥치면 해결할 시간은 짧을 테고, 기본 지식이 있으면 훨씬 빨리 일을 처리할 수 있잖아요."

"일이 잘못되었을 때 제 도움이 필요한 이유는……."

젬마의 얼굴에서 미소가 사라졌다. "그 이유는 장치가 망가진 후 한 시간이 지나도 연소실에는 60초 안에 완전무장 전투복을 뚫고 들어가 목숨을 앗아 갈 정도의 중성자 선속이 존재하기 때문이에요. 그리고 그때가 되면 완전무장 전투복도 입을 수 없을 거예요. 완전무장 전투복은 비싸니까."

"그렇죠. 엔지니어들이 엔진 속으로 직접 들어가리라고 생각하지는 않았어요. 굳이 그럴 필요가 없잖아요? 드론을 보내면 되는데."

젬마는 고개를 저었다. "드론은 고에너지 입자에 손상될 수 있어요. 당신도 그렇고요. 사실 기계와 비교해 중입자에 노출된 상태에서 인간이 얼마나 오래 버틸 수 있는지 알면 깜짝 놀랄 거예요. 거기서 60초 이상 있으면 무슨 짓을 해도 살려 낼수 없어요. 하지만 죽기 전까지 한 시간 정도는 몸이 버틸 거고, 그동안 더 많은 쓸모 있는 일을 해낼 수도 있지요. 같은 환경에서 드론은 1분 안에 망가져요. 그리고 미드가르드의 산업 기반 시설에서 멀리 떨어져 있으니 손상된 드론을 복구하는 건 당신을 복구하는 것보다 힘들죠. 미키, 당신 임무의 정식 명칭은 *미션 익스펜더블*이에요. 앞으로 12일 동안 나는 당신이 당신 임무를 제대로 이해하도록 도울 거예요."

그 순간 젬마에 대한 호감이 약간 떨어졌던 것 같다.

젬마와 나는 설계 도면이나 방사능 중독에 관해서만 이야기하지 않았다. 내 머릿속이 기술적인 데이터로 가득 찼다는 확신이 들자 주제는 철학으로 바뀌었는데, 나로서는 훨씬 받아들이기 쉬웠다.

인류는 내 삶의 축이 된 의문을 오랫동안 탐구해 왔던 모양이다. 첫날, 방사선 노출로 완전히 파괴될 위험이 있는 다양한 상황에 대해 이야기한 뒤, 젬마는 테세우스의 배 이야기를 꺼냈다.

"상상해 봐요. 어느 날 테세우스가 전 세계를 항해하는 여정을 시작했어요."

"좋아요. 내가 이 이야기를 알아야 하는 것은 알겠어요. 하지만 테세우스가 누구죠?"

"지구의 고대 영웅이에요. 아주 옛날 옛적 이야기예요. 디아스포라가 일어나기 3000년 전 이야기죠."

"흠. 그런데 전 세계를 항해했다고요?"

"맞아요. 테세우스는 나무로 만든 배를 타고 전 세계를 항해했어요. 그동안 배 여기저기가 망가지고 뜯어져 배를 고쳐야 했어요. 몇 년이 지나 집으로 돌아왔을 때 원래 선체를 구성했던 목재는 모두 교체되고 없었어요. 이 경우에 테세우스의 배는 출발할 때와 같은 배일까요? 아닐까요?"

"멍청한 질문이네요. 당연히 같은 배죠."

"좋아요. 만약 배가 폭풍을 만나 산산조각이 나서 다시 항해를 시작하기 전에 완전히 새로운 배를 지어야 하면요? 그래도 여전히 같은 배인가요?"

"아니요. 그건 완전히 다른 경우죠. 배 전체를 다시 지었다면 테세우스 2호가 되겠죠. 후속작인 셈이니까."

젬마는 팔꿈치를 식탁에 올리며 몸을 앞으로 숙였다. "그래요? 왜죠? 모든 부품을 하나씩 하나씩 다 뜯어고쳤을 때와 한번에 배 전체를 다시 지었을 때가 어째서 다른가요?"

나는 답을 하려고 입을 열었지만 무슨 말을 해야 할지 아무 생각도 떠오르지 않았다.

"이 임무를 맡는 데 가장 핵심이 되는 내용이에요. 당신이 바로 테세우스의 배라고요. 사실 우리 모두 그렇죠. 지금 내 몸을 이루는 세포 중에서 10년 전에도 존재했거나 몸의 일부였던 세포는 없어요. 당신도 마찬가지죠. 우리는 계속해서 새로 지어져요. 한 번에 한 부분씩 수리되는 셈이죠. 당신이 이 임무를 맡게 된다면 당신은 한꺼번에 새로 지어지는 셈이에요. 하지만 결국 똑같지 않나요? 익스펜더블이 재생 탱크에서 나오는 건 시간이 흐르면서 자연적으로 천천히 진행될 일을 한 번에 처리하는 셈이에요. 기억이 남아 있는 한 진짜 죽은 게 아니에요. 비정상적으로 빠른 리모델링을 할 뿐이죠."

훈련 동안 엔진 설계 도면과 테세우스 이야기만 한 것처럼 보이지 않았으면 좋겠다. 정말 재미있을 때도 있었다. 예를 들면, 젬마에게 선형 가속기 다루는 법을 배웠다. 스테이션에서 진짜 가속기를 작동시킬 수는 없었지만, 우주 좀비들과 맞서야 할 때의 상황을 현실적으로 시뮬레이션 했다. 몇 년 후 실제로 진짜 가속기를 사용할 기회가 있었는데 시뮬레이션과 크게 다르지 않았다. 젬마는 진공 슈트를 어떻게 입고 벗는지도 가르쳐 줬다. 전투에 필요한 무기를 조립하는 방법을 보여 주기도 했다. 여섯 번째 날에는 나를 밖으로 데리고 나가서 스테이션 선체를 기어올라 무반동 렌치로 느슨해진 볼트를 조이는 연습도 시켰다. 스테이션 아래에서 그녀와 함께 밤이 내린 미드가르드가 천천히 자전하는 모습을 지켜보던 순간은 앞으로도 절대 잊을 수 없을 것이다.

"그렇죠, 엄청나죠?" 젬마가 말했다.

"저 밝은 부분이 키루나겠네요, 그렇죠?" 내가 말했다.

"맞아요. 거기 출신인가요?"

나는 고개를 끄덕였다. 거울처럼 비치는 헬멧 가리개 때문에 보이지 않았겠지만 어쨌든 그녀는 알아들은 듯했다.

"그런데 영영 떠나려고 하는군요." 젬마가 말했다.

우리는 키루나가 지평선 너머로 사라질 때까지 미드가르드를 말없이 지켜보았다.

젬마가 다시 입을 열었다. "당신들은 참 대단해요. 개척민들 말이에요. 이해할 수는 없지만 존중해요. 낭만이 있다고 할까. 인류를 최대한 널리 퍼뜨리고 재난에 영향받지 않는 존재로 만드는 게 디아스포라의 핵심이라지만, 나는 절대 떠날 수 없을 것 같거든요."

나는 어깨를 으쓱했다. "네, 뭐. 태생이 탐험가 체질인 사람도 있잖아요."

젬마는 못 믿겠다는 듯 코웃음을 쳤다. 나는 그녀 쪽으로 고개를 돌렸지만, 그녀가 내 표정을 볼 수 없는 것처럼 나도 그녀의 표정을 읽을 수 없었다.

젬마가 말했다. "전에도 익스펜더블을 훈련시킨 적이 있어요. 스테이션에서도 익스펜더블이 필요할 때가 있으니까요. 보통은 대하기가 힘들어요. 당신도 만만한 사람은 아니지만, 보통 이렇게 밖으로 훈련을 나올 때면 그들이 내 케이블을 끊어 버리거나 우주 저 밖으로 밀어 버리지는 않을까 걱정하곤 해요. 왜 그런지 알아요?"

나는 한숨을 쉬었다. "보통은 범죄자들이 익스펜더블이 되니까요. 하지만 힘멜 스테이션의 익스펜더블이 되기로 결심하는 건 좀 다르죠. 정당한 이유 없이 가끔 한 번씩 죽겠다는 데 동의하는 거니까요. 나는 개척지 건설 임무에 참여하기로 한 거예요. 당신이 말한 것처럼 나름의 낭만이 있다고 할까……."

젬마는 웃음을 터뜨렸다. "저기요, 그쪽 친구랑 이야기한 적 있어요. 고메즈라는 당신의 조종사 친구요. 당신이 이 미션에 왜 참여했는지 들었어요."

"아, 음……."

젬마는 다시 한번 웃음을 터뜨렸다. "걱정 말아요. 어디에도 일러바칠 생각 없으니까. 당신이 떠나기로 한 이유도 마샬을 비롯한 다른 사람이 떠나기로 한 이유 못지않게 소중해요. 그래도 당신이 일시적인 문제를 해결하기 위해 돌이킬 수 없는 선택을 했다는 건 알았으면 좋겠네요."

"보통은 자살하는 사람들 두고 그렇게 이야기하던데요."

그녀는 한 손을 내 어깨에 올리며 말했다. "자, 이제 안으로 돌아가요. 존 로크(17세기 영국의 철학자로 민주주의 사상의 선구자 — 옮긴이)의 철학을 배워야 할 때예요."

처음 백업을 한 것은 힘멜 스테이션에 도착한 지 열이틀째 되는 날이었다. 육체적인 부분은 매우 직관적이었다. 혈액을 채

취하고, 복부 피부 조직을 떼고, 뇌척수액을 뽑은 다음 스캐너 안에 세 시간을 가두고 내 몸을 이루는 모든 세포가 어디에 어떤 성분으로 구성되어 있는지 파악했다. 스캐너 밖으로 나갔을 때 젬마가 나를 기다리고 있었다.

"컨디션이 좋은 날이길 바라요. 지금 보이는 모습이 앞으로 남은 일생 동안 재생 탱크에서 나올 때의 모습이 될 거예요."

"이런, 딱 한 번밖에 못 하나요?" 내가 말했다.

"아마도요. 스캐너는 에너지를 어마어마하게 소모하거든요. 레콘 소프트웨어는 오늘 추출한 정보를 분류하느라 거의 일주일 내내 돌아갈 거예요. 게다가 방금 당신은 정상적인 상황이었다면 문제가 될 만한 양의 방사선을 흡수했어요."

"아."

젬마는 손잡이를 밀어 문을 열고 복도로 나갔다. 나는 그녀를 따라갔다.

그녀가 이동을 멈췄을 때 내가 말했다.

"기다려요, 그게 무슨 말이에요? 문제가 '될 만한' 양이라니요?"

그녀는 서글픈 미소를 지었다. "알게 될 거예요."

그 뒤로 정기적으로 반복하고 있는 인격 백업은 신체 백업보다 간단하지만 생소했다. 의자에 앉아 있는 내게 기술자가 헬멧을 씌웠다. 헬멧 바깥쪽은 매끈한 금속이었다. 안쪽은 뭉툭한 침이 박혀 있어 두피와 이마를 누르게 되어 있었다.

기술자가 말했다. "스퀴드 배열이에요. 조금 불편하겠지만 다치지는 않을 겁니다."

나중에 나는 스퀴드라는 단어가 옛 지구에 존재했던 지능이 높은 무척추 해양 동물을 뜻하기도 하지만 초전도 양자 간섭 소자를 뜻하기도 한다는 사실을 알게 되었다. 여러분은 스퀴드가 무슨 뜻인지 나보다는 잘 이해할 수 있길 바란다.

기술자 말처럼 백업 프로세스는 고통스럽지 않았다. 하지만 정말 이상한 느낌이었다. 일상적인 백업에서는 업데이트만 하면 되기 때문에 한 시간 정도가 걸린다. 하지만 처음에는 거의 열여덟 시간이 걸렸고 느낌상으로는 그보다 더 오래 걸린 것 같았다. 백업 프로세스는 악몽을 꾸는 것 같은 느낌이다. 과거의 이미지와 소리, 냄새, 감각 들이 통제할 수 없을 정도로 빠르게 조각조각 머릿속에서 스쳐 간다. 첫 번째 업로드에서 가장 생생하게 기억나는 것은 코앞에 보이던 어머니의 얼굴이었다. 내가 여덟 살 때 플리터를 타고 드라이브를 하다가 돌아가시는 바람에 얼굴도 잘 기억나지 않았다……. 하지만 젊고 생기 있고 아름다운 어머니의 모습이 나타났고, 기술자들이 헬멧을 벗겼을 때 나는 흐느끼고 있었다.

스캔이 끝났을 때 젬마는 장교 식당으로 나를 데려가 테이블에 앉히고 원하는 음식이 있으면 뭐든 시키라고 했다. 무슨 일이냐고 묻자 그녀는 특유의 미소를 지으며 말했다. "축하해야죠. 훈련을 수료하는 날이니까."

"정말요? 수료식도 있나요?"

그녀는 내 눈을 피했다. "식사를 마치는 대로 할 거예요. 천천히 먹어요."

그곳에서 보낸 시간은 내 인생에서 가장 이상한 시간 중 하나였다. 음식은 실험실에서 기른 재료로 무중력 상태에서 만든 것치고 맛있었다. 내가 상황을 오해하는 바람에 어색한 대화가 이어졌다. 나는 *드라카*가 거의 이륙 준비를 마쳤다는 사실을 알고 있었고, 믿거나 말거나 젬마가 슬퍼할 거라 생각했다. 내가 떠나고 나면 그녀가 나를 그리워할 줄 알았다.

식사를 마치고 젬마가 계산을 했고 나는 해먹으로 가서 밀린 잠을 자야겠다고 생각하고 있었다. 업로드 하는 동안 깨어 있었던 것은 아니지만 그렇다고 푹 쉰 느낌도 아니었다. 정확히 말하면 몸이 피곤하지는 않았지만, 스트레스를 받아 정신이 지쳐 있었고 현실 감각도 거의 없어지고 있었다. 그런데 복도로 막 나서는 찰나 젬마가 내 팔을 붙들었다.

"안 되죠. 수료식이 남았잖아요?"

"아, 그냥 농담인 줄 알았어요."

그녀는 나를 오랫동안 지그시 보다가 고개를 젓고는 벽장이 있는 쪽 복도로 나를 밀었다. 나는 어깨를 으쓱한 뒤 그녀를 따라갔다.

"그래서, 학사모를 쓰고 가운도 입어야 하나요?" 젬마가 문을 닫자 내가 한 말이다.

나는 그녀에게 다가갔다.

우리가 함께 밤을 보내게 될 줄 알았다.

인정한다. 나도 내가 멍청하기 짝이 없었다고 생각한다.

젬마의 표정은 나무로 만든 가면처럼 딱딱했다. 그녀는 점
프슈트 주머니로 손을 가져가 반짝이는 검은색 물체를 꺼냈다.
그녀의 손보다 조금 더 큰 물건이었다.

"그건 뭐죠?" 내가 물었다.

그녀는 손에 든 물건을 들어 올렸다. 피스톨 손잡이가 달려
있었고 끝이 흰색 크리스털로 장식된 짧은 총구가 보였다. 2주
만에 처음으로 추락하는 기분이 들었다.

젬마가 말했다. "버너예요. 저출력 버너요. 스테이션에서도
사용할 수 있죠. 금속은 뚫지 못하지만, 대부분의 유기체는 처
리할 수 있어요."

젬마는 총구 쪽을 잡고 버너를 내게 건넸다. 나는 잠시 멈칫
하다가 버너를 받아 들었다.

그녀가 말했다. "손잡이 옆면에 빨간색 스위치 보여요? 안전
핀이에요. 앞쪽으로 밀어요."

나는 시키는 대로 했다. 총구 끝이 탁한 노란빛으로 빛나기
시작했다.

"좋아요. 발사할 준비가 되었네요. 방아쇠는 조심해요. 당신
검지 옆에 있는 돌기가 방아쇠예요."

나는 버너를 고쳐 잡았다. "이해가 안 되는데요."

그녀는 다시 한번 서글픈 표정으로 나를 바라보았고, 나는 그제야 상황을 이해했다.

"미키, 이게 수료식이에요. 익스펜더블이 되는 게 어떤 의미인지 이해했다는 것을 증명해야 해요."

나는 그녀를 바라보았다. 그녀도 나를 마주 보았다.

"장난치지 말아요." 내가 말했다.

"빨리 끝내는 게 좋아요. 고개를 최대한 돌리고 귀 바로 뒤 말랑한 부분에 총구를 놓으세요. 각도는 살짝 위로 향하게 하고요. 부채꼴로 발화되도록 설정되어 있어요. 제대로 하면 뇌 연수 전체와 소뇌 일부까지 한 번에 파괴할 수 있어요. 장담하는데, 아무것도 느끼지 못할 거예요. 제대로 하지 못하면 내가 나머지 작업을 해야 하는데, 그건 우리 둘 모두한테 못 할 짓이에요."

"젬마……."

"이건 사실 수료식이 아니에요. 최종 시험 같은 거죠. 시험을 제대로 치르지 못하면 아침에 미드가르드로 돌아가는 셔틀을 타게 될 거예요. 나는 다시 징발되어 온 다른 사람을 훈련시키겠죠. 그것도 우리 둘 다 원하지 않잖아요. 미안해요. 하지만 당신이 맡기로 한 임무는 바로 이런 일이에요. 대가 없이 영생을 누릴 수는 없어요."

나는 곰곰이 생각했다. 미드가르드로, 거지같은 아파트에서 배를 곯으며 사는 삶으로 돌아갈까 생각했다. 친구들에게 드라카에 타고 싶지 않아졌다고 이야기할까 고민했다.

그러다 다리우스 블랭크의 고문 기구가 생각났다.

내가 물었다. "그냥 잠드는 거 같겠죠? 성공하면 내 해먹에서 새로운 나로 깨어나는 거죠?"

"맞아요. 약간 불쾌한 느낌이 들 수는 있지만, 어쨌든 그렇게 될 거예요."

그녀는 미소 지었다. 나는 한숨을 쉬고 시선을 돌린 채 버너를 내 머리에 가져다 댔다.

"이렇게요?"

"네, 그 정도 거리면 될 것 같아요."

나는 눈을 감고 숨을 크게 들이쉰 다음 내뱉었다.

그리고 방아쇠를 눌렀다.

아무 일도 일어나지 않았다.

나는 얼어붙은 채 몸을 달달 떨며 자리에 서 있었고, 젬마가 다가와 버너를 내 머리에서 멀리 치워 주었다.

그녀가 나지막이 말했다. "축하해요. 오늘부로 공식적으로 미키1이 되었어요."

9장

메인 로크 쪽에 나를 기다리는 사람들이 모여 있었다. 마샬이 보였고 생명공학부의 듀건과 경비대원 한 무리도 보였다. 베르토와 나샤도 옆에 서 있었다. 베르토가 고개를 숙여 나샤의 얼굴에 바싹 붙어 짧게 무슨 말을 건넸고, 그녀는 시선을 피하며 고개를 저었다.

"저기요, 무슨 일이죠?" 내가 말했다.

마샬이 손짓으로 나를 불렀다. "한번 보게."

그가 로크 위쪽에 달린 모니터를 가리키며 말했다. 나는 위를 올려다보았다. 바깥쪽 문은 닫혀 있었다. 한쪽 구석에 사람 모양 같은 검은 자국이 움푹 패어 있었다.

"젠장."

나는 가까이 다가가서 보았다. 검게 그을린 철판을 자세히 보니 로크 바닥에 지름이 2미터쯤 되는 구멍이 뚫려 있었다.

"바닥이 어떻게 된 거죠?"

"없어졌어. 갤러허가 로크가 작동하기를 기다리는 동안 뭔가가 바닥을 뚫고 들어와 뜯어냈지." 듀건이 말했다.

"갤러허? 구석에 있는 저 덩어리 말입니까?

마샬이 말했다. "그렇네. 저게 갤러허일세. 머더홀(밀폐된 공간에 화력, 무기 등을 쏟아부어 침입자의 절멸을 꾀하는 전술 — 옮긴이)을 발동할 수밖에 없었네."

내 입이 떡 벌어졌다. "승무원이 있는 메인 로크에 플라즈마를 쏘셨다는 건가요?"

마샬이 말했다. "우리가 그런 거지. 갤러허는 출혈 과정에서 심각하게 부상을 입었어. 바닥을 엉망진창으로 만든 그놈에게 왼쪽 다리를 거의 잃은 거지. 보안 경계선의 안전을 관리하는 AI가 내린 결정이고, 내가 그걸 탓할 수는 없네. 돔에 침입자를 들일 수는 없으니까."

나는 뭐라 대꾸를 해야 할지 알 수가 없었다.

베르토가 말했다. "크리퍼였어. 적어도 두세 놈이었어."

나는 고개를 저었다. "그게 어떻게……."

"확실히 아래턱이 보기보다 날카롭더군. 그러니까 그것들이 아래턱으로 뭔가를 뚫는 것은 본 적이 있지만……." 베르토가 말했다.

"뭔가를? 내 머리통 같은 걸 말하는 거냐?" 내가 물었다.

그 후 5초가량 어색한 침묵이 흘렀다.

듀건이 입을 열었다. "어쨌든, 놈들에 대한 확실한 데이터가 없어서 놀랐어. 고메즈와 아자야가 올린 정찰 보고서에 설명이 몇 줄 있기는 하지만 그게 다야. 그래서 널 불렀어."

나는 베르토를 한 번 보고 듀건에게 시선을 옮겼다.

듀건이 말했다. "고메즈 말로는 네가 개인적으로 그것들과 만난 경험이 있다고 하던데. 거의 집착에 가까운 관심이 있다고 들었어. 마샬 사령관은 지난 몇 주 동안 네게 그것들을 관찰하는 임무를 맡겼다고 했고. 이제 그걸로는 부족해. 우리가 맞서 싸워야 하는 상대가 누구인지 정확히 알아야 해. 놈들이 돔을 뚫고 들어오면 우린 끝이야."

나는 시선을 다시 베르토 쪽으로 돌렸다. 베르토는 내 눈을 피했다.

"개인적으로 만난 경험이라고?"

마샬이 말했다. "그렇네. 자네는 그것들한테 잡아먹힌 경험이 있지 않나."

베르토가 대신 대답했다. "그렇죠. 미키는 크리퍼한테 잡아먹히는 데는 도가 텄죠."

베르토와 나샤는 이제 둘 다 나를 보고 있었다. 나는 눈을 굴렸다.

"다 끝난 이야기인 줄 알았는데요. 식스와 세븐에게 무슨 일이 있었는지 기억이 나지 않아요. 베르토가 말해 주지 않았다면 그런 일이 있었는지도 몰랐을 겁니다."

"확실해, 미키? 중요한 일이야. 지난밤에 무슨 일이 있었는지 정말 아무것도 기억이 안 나?"

베르토가 나를 다그치고는 뚫어져라 쳐다보았다. 나샤는 시선을 피했다.

"나는 오늘 아침에 재생 탱크에서 막 나왔어. 베르토 너도 알잖아."

마샬이 눈을 가늘게 뜨며 말했다. "둘 사이에 내가 알아야 할 일이 있는 건가?"

베르토는 한층 수상쩍다는 표정으로 나를 보며 고개를 저었다. "아닙니다. 아무 일도 없습니다. 미키 말이 맞아요. 아침에도 이 이야기를 했는데, 어젯밤 임무를 수행하기 전 꽤 오랫동안 업로드를 안 했답니다."

마샬이 멍청이는 아니었지만, 더 좋은 먹잇감을 노려 보기로 마음먹은 듯했다. 그는 베르토를 오랫동안 뚫어져라 보다가 말했다.

"됐네. 자네들 모두 채비하게. 고메즈와 아자야는 에어 커버를 구동하고. 돔에서부터 보안 경계선 너머 반경 2000미터 범위를 지표 투과 레이더로 훑어야겠어. 그것들이 밖에 얼마나 많이 있는지, 어디에 있는지 확실히 조사하게. 준비를 단단히 해야 할 거야. 이륙하기 전 미사일도 탑재하고. 할 일을 끝내고 민간인들을 피신시키고 나면 반경 1킬로미터 내에서 그것들을 쓸어버리도록 하지."

그러고는 잠시 말을 멈추고 주변을 둘러보았다.

"나머지 인원들은 도보로 15분 이내에 보조 로크로 탈출할 준비를 해 두고. 듀건, 놈들의 정체가 무엇이고 전투력이 어느 정도인지 파악하려면 실험실에 표본을 마련해야 할 거야."

마샬은 미소 지었지만 행복해 보이기보다는 오싹한 느낌이 들었다.

"제군들, 이제 사냥이 시작되겠군."

"알겠지만, 나는 전에도 경험이 있어." 내가 말했다.

"응?"

듀건이 나를 올려다보았다. 우리는 첫날 힘멜 스테이션에서 이야기를 나눈 이후로 딱히 교류가 없었다. 나는 생명공학부에 자주 간 적이 없었다. 설사 배치되더라도 실험실 청소 같은 임무뿐이었다. 그는 전투 장비를 몸에 차고 있었고, 이런 상황이 아니었다면 아마 그 모습이 우스꽝스럽게 느껴졌을 것이다. 전투복을 반만 입고 있어도 옛 신화에 나오는 전쟁의 신처럼 보이는 사람들이 있다. 듀건은 그런 부류는 아니었다. 마치 털 뽑힌 닭 같은 복장을 하고 코스튬 파티를 준비하는 사람 같았다.

"나는 이전에도 이런 임무를 맡아 봤다고. 그런 장비는 필요 없어." 내가 말했다.

듀건은 주위를 둘러보았다. 경비대원들은 이미 완전무장 한 상태였다. 나는 10분째 그들의 이름을 기억해 내려고 애쓰고 있었다. 머리가 휑한 남자는 로버트 어쩌고였는데 밥이라고 불리는 것을 싫어한다고 했고, 로버트보다 키가 작은 여자는 캣첸이라고 했다. 세 번째 사람은 질리언이라고 한 것 같은데 확실하지 않았다. 그때 경비대원들은 철컹거리는 소리를 내며 무기고 주변을 왔다 갔다 하고 있었다. 제어 장치가 제대로 작동하고 있는지 확인하는 듯했다. 무장한 채 출정을 나가는 것은 착륙 이후 처음 있는 일이었다.

"네 의견이 대세는 아닌 것 같은데." 그가 말했다.

나는 어깨를 으쓱했다. "쟤네는 경비대야. 할 수만 있으면 잘 때도 완전무장 하고 잘 거야. 무장을 하고 있으면 무적이 된 것 같은 느낌은 들겠지만, 무게가 거의 100킬로그램이나 더 나가게 돼. 설피를 신고 걷기에는 너무 무거워진다고. 그리고 밖에 나가게 되면 최대한 단단히 쌓인 눈 위를 걸을 수 있어야 해. 푹푹 빠지는 눈가루에 몸이 1미터 이상 잠긴 상태로 걷는 게 쉽지 않거든."

그는 나를 위아래로 훑어보았다. 나도 나름 무장하고 있었지만 추운 날씨를 이겨 내기 위한 방한복만 몇 겹 입고 있었다. 듀건은 양 허리춤의 권총집에 버너 두 개를 차고 있었다. 나는 선형 가속기 하나만 가지고 있었다. 버너보다 훨씬 무겁고 용도도 다양하지 않은 데다 삔 손목에 무리가 가게 해서는 안 될 것 같았지만 사용법을 배운 적 있는 무기는 선형 가속기뿐이었다. 그리고 힘멜 스테이션의 마지막 날 이후로 버너는 사용하고 싶지 않았다.

듀건이 말했다. "조언은 고마워. 하지만 그것들이 갤러허 다리에 무슨 짓을 했는지 내 눈으로 봤어. 방한복 말고 그것들을 막을 수 있는 확실한 보호막이 필요할 것 같은데."

"갤러허한테 무슨 짓을 했는지 봤댔지? 메인 로크 바닥에 무슨 짓을 했는지도 봤어?"

듀건은 이글거리는 눈으로 소매 안쪽으로 제대로 들어가지 않은 오른쪽 보호 장갑과 나를 번갈아 보고 있었다.

"내가 봐 줄게."

내 말에 듀건은 팔을 들었다. 나는 그의 장갑을 한번 비틀어 소매에 달린 고정 장치에 채웠다.

"고마워." 그가 말했다. 그러고는 손을 이리저리 돌려 연결부가 모두 단단히 고정되었는지 확인하고 몸통 갑옷을 향해 손을 뻗었다. 몸통 갑옷이 가슴팍에 연결된 걸 확인하고 다시 말을 이었다. "이해해. 너한테는 별거 아니겠지. 그래도 이해해 줘. 우리는 죽어도 리셋 버튼을 눌러 다시 살아날 수 없어. 우리한테 죽음은 그냥 끝이야. 그래서 난 전투복이 필요해."

나는 웃음이 났다. "리셋 버튼이라고? 재생 탱크에서 나오는 게 그렇게 간단한 일 같아?"

"들어 봐. 싸움을 걸려는 건 아니지만 네가 익스펜더블이고 나는 아닌 건 사실이잖아. 우리는 동기가 달라. 나는 나가서 샘플을 채취하고 사지 멀쩡하게 돌아오고 싶어."

나는 가속기 어깨끈을 머리 위로 넘겼다. 최대한 빨리 조준 자세를 취할 수 있도록 끈을 충분히 푼 다음, 걷는 동안 등 뒤에서 덜렁거리지 않도록 단단하게 매어 두고 싶었다.

"그 점에 대해서는 나도 말싸움하고 싶지 않아. 다만 네가 리셋이라고 생각하는 그 과정이 네 생각처럼 그렇게 신나지는 않다는 거지." 내가 말했다.

내 오큘러에 메시지가 도착했다.

[Command1]: 아자야와 고메즈가 작전에 투입되었습니다.
출격 준비하기 바랍니다.

나는 주변을 둘러보았다. 경비대원들이 철컹거리는 소리를 내며 로크 쪽으로 이동하고 있었다. 나는 호흡기를 연결했다. 듀건은 헬멧을 고쳐 썼고, 우리도 이동하기 시작했다.

마지막으로 행성 토착 생명체가 착륙을 방해한 것은 거의 200년 전, 여기에서 동쪽으로 50광년 떨어진 우주에서였다. 상륙거점 사령부에서 행성에 붙인 이름이 있겠지만 우리 중 누구도 그 이름을 모른다. 요즘에는 그 행성을 로어노크(미국

노스캐롤라이나주 해안의 섬으로 16세기 영국이 개척지를 탐사하기 위해 함대를 보냈다가 실패한 곳 — 옮긴이)라고 부른다.

로어노크는 살기에 이상적인 환경을 가졌다고 할 수는 없었다. 근처 항성은 적색 왜성이었고, 행성 자체도 축에 기울기가 없고 물도 거의 없으며 자전과 공전주기가 31일로 일치하는 바윗덩어리 행성이었다. 한쪽 극지방은 섭씨 80도 이하로 내려가는 적이 거의 없었고 반대쪽 극지방은 이산화탄소도 얼릴 정도로 추웠다. 그 사이에 행성을 둘러싸는 벨트처럼 1년 내내 생물이 간신히 살 수 있는 지역이 존재했다. 그 폭은 약 1000킬로미터였다. 로어노크는 역사가 깊은 행성이다. 약 70억 년 전부터 생명체가 살았다고 추정된다. 그동안 로어노크에서 진화한 모든 생명체는 폭이 1000킬로미터밖에 되지 않는 좁은 벨트 지역 안에서 건조하고 바람이 몰아치는 환경에 적응해 살아남기 위해 끊임없이 싸웠다.

액체 상태의 물 수백만 리터를 그런 지역에 가져가는 것은 돈다발이 든 자루를 들고 판자촌에 들어가는 거나 마찬가지다. 개척지에 착륙한 지 일주일이 채 지나지 않아 개척민들은 무언가에 쫓기기 시작했다. 미지의 생명체가 바람에 실려 와 노출된 피부를 파고들었고, 그러면 가려운 발진이 돈다가 고름이 찬 물집이 생기고 결국은 패혈증에 걸려 죽게 되었다. 모래 속에 굴을 뚫고 사는, 갑옷도 뚫을 만한 송곳니가 달린 불가사리 같은 생명체도 있었다. 이들은 상대를 몇 분 안에 괴사시킬 독을 가지고 있었다. 머리에 있는 땀샘에서 진한 황산을 뿜어내는 사람 절반만 한 크기의 곤충도 있었다. 그 행성에 살던 생명체는 대부분 개척지 주민들의 방어를 뚫을 수 있도록 진화한 것 같아 보였고, 로어노크 사령부에서 개척지가 잠식당하기 전 기록을 전송해 둔 덕분에 우리는 당시 무슨 일이 있었는지 짐작할 수 있었지만, 정작 그들은 자신들에게 무슨 일이 일어나고 있는지 알지 못했다.

거의 착륙 첫날부터 개척민들은 메인 돔 밖에서는 한 시간 이상 살아 있을 수 없었고, 로어노크 사령부는 개척민들을 지키지 못했다. 매주 한두 명씩 사람이 죽어 나가더니 결국에는 필수 인력을 채우기 위해 익스펜더블을 몇 명씩 복제해야 하는 상황에 이르게 되었다.

그들은 결국 지상 기지를 단단히 걸어 잠그고 최대한 조심하며 무슨 일이 일어나고 있는지 연구해 보려고 애썼다. 하지만 그때는 이미 돔 안에서 무언가 번식하기 시작한 뒤였다. 사령부에서는 멸균 프로토콜을 대여섯 차례 시도했지만 정체를 알 수 없는 그것들은 어떻게 해도 되살아났고 결국 복제한 익스펜더블이 개척지 전체 인구를 채우게 되었다. 중앙 프로세서는 아미노산이 모자라게 될 때까지 익스펜더블을 찍어 냈다.

마지막까지 살아 있던 익스펜더블 중 하나는 죽기 직전 무슨 일이 일어나고 있는지 희미하게나마 짐작할 수 있었다. 생명공학부에서 문제를 일으키는 미생물에 맞설 파지(세균을 숙주로 하는 바이러스 — 옮긴이)를 개발해 내기도 했다. 하지만 여섯 시간 만에 내성을 가진 놈들이 나타났다. 내장이 모두 액체로 변해 신체의 모든 구멍에서 흘러나오는 상황에서 그가 마지막으로 남긴 개인 기록은 다음과 같다. '나는 미치지 않았다. 누군가가 나를 죽이러 왔다.'

나는 눈밭으로 걸어 나가며 200번 넘게 고쳐 죽은 로어노크의 익스펜더블 제롤을 생각했다. 로어노크의 토착 생명체들은 개척민들에게 어떤 경고도 하지 않았다. 그들은 도구를 사용하는 유형이 아니었다. 전자기장을 방출하지도 않았고, 발전기나 도로, 자동차, 도시도 없었다. 적어도 우리가 아는 형태의 농사를 짓지도 않았다. 하지만 유전자 조작에는 미친 듯이 능통했다. 그들은 자신들의 세력권을 지키는 데도 뛰어나고 다른 생명체에 매우 배타적이었다. 척박한 행성의 그나마 생존이 가능한 지역에서 서로 싸우고 환경에 맞서며 진화한 역사를 생각하면 당연한 결과였다. 이 모든 요건이 합쳐져 로어노크 상륙거점 개척지는 파국을 맞이하게 되었다.

제롤 생각을 하다 보니 어제 땅굴에서 만난 거대한 친구가 떠올랐다. 지각이 있는 생명체가 살고 있었고 개척민들이 그들을 너무 늦게 발견한 탓에 로어노크에 살던 사람들은 다 죽었다. 혹시 로어노크에도 토착 생명체 중 하나와 마주쳐 그들에게 지각이 있다는 것을 알게 되었는데도 사령부에 보고하지 않은 나 같은 사람이 있었던 것은 아닌지 궁금해졌다.

상륙거점 개척지를 건설하다 실패하는 이유는 다양하다. 하지만 이 개척지가 나 때문에 실패하는 꼴은 보고 싶지 않았다.

석양의 마지막 빛이 지평선 아래로 사라져 가고 동쪽 하늘에 이미 별 하나가 반짝이기 시작했다. 로크에서 나온 지 10분쯤 지났을 때, 우리는 보안 경계선에서 500미터 정도 밖을 걷고 있었다. 듀건은 통신창에 대고 베르토와 나샤에게 크리퍼 떼가 아닌 크리퍼 한 마리를 찾기 좋은 장소가 어디인지 상의하는 중이었다. 그때 캣이 쿵쿵거리며 내게 다가왔다. 무기고에서는 우리 둘의 키가 거의 같았는데, 지금은 내가 1미터 높이의 눈을 밟고 서 있는 바람에 그녀는 나에게 이야기하기 위해 목을 뒤로 한껏 젖혀야 했다.

캣이 물었다. "저기, 가속기를 챙긴 거야? 난 다들 버너를 가져오는 줄 알았는데."

그녀가 무기 이야기를 하고 있다는 것을 깨닫기까지 잠깐 시간이 걸렸다. 지금 이 순간에 젬마 때문에 버너를 피하게 되었다는 이야기를 구구절절 늘어놓고 싶지 않았다. 그녀가 누구인지도 잘 몰랐고, 9년이나 지났지만 그날 일에 아직 완전히 무뎌지지 못했기 때문이다.

"별 이유는 없어. 그냥 감으로 선택한 거지." 내가 대답했다.

"감으로? 첫 데이트 때 입을 옷 고를 때는 그렇게 말할 수 있을지 몰라도 무기를 선택할 때는 좀 아니지 않나?"

눈치를 보아하니 그녀는 절대로 그냥 넘어가지 않을 기세였다.

"정확히는 내 감이지. 버너는 크리퍼에 맞서기에 그다지 효율적이지 않을 것 같았어."

"아하, 개인적인 경험을 바탕으로 한 결정이라는 거야?"

나는 어깨를 으쓱했다. 거울 헬멧 때문에 얼굴은 보이지 않았지만, 그녀의 목소리에는 걱정이 묻어 있었다.

"꼭 그렇지만은 않아. 하지만 무기고에 있을 때 이런 상황에서 보통의 경우 어떤 무기를 사용했을지 생각해 봤어."

캣은 고개를 옆으로 살짝 기울이며 물었다. "그런데?"

"버너. 당연히 버너일 것 같더라. 지금 내가 가지고 다니는 이놈은 1초당 최대 한 발밖에 쏠 수없어. 게다가 엄청나게 무겁기까지 하지. 너희가 입고 있는 전투복 무게보다는 가볍지만, 여전히 무거워."

"이해가 안 되는데."

어차피 호흡기에 가려 그녀에게는 보이지 않겠지만, 나는 미소 지었다. "맨날 똑같은 무기를 가지고 다니면서 놈들한테 두 번이나 당했어. 그래서 이번에는 반대로 해 본 거야."

그녀는 끄덕였다. "알겠어. 굉장히 철학적이네."

"뭐, 저승문을 몇 번 두드리다 보니."

"그렇네. 극락을 찾아가는 중이겠구나?"

농담하기에 좋은 때는 아니지만 상관없었다. 나는 고개를 저었다. "그런 것 같지 않아. 기생충 같은 내세를 계속 살고 있으니까."

"하지만 돌아올 때마다 너로 깨어나잖아. 업보에 따라 내세가 정해지는 거라면 너한테는 가장 안 좋은 내세도 미키 반스인 거지."

나는 주변을 둘러보았다. 별일은 없는 것 같았다.

"그래, 그런 것 같네." 내가 말했다.

듀건은 20미터 떨어진 곳에서 허리까지 눈에 파묻힌 채 베르토와 교신을 주고받고 있었다. 나는 그에게 크리퍼 떼를 만날 수 있는, 적어도 엄청나게 큰 놈 하나를 만날 수 있는 장소를 알려 줄 수 있었지만, 그가 아니라 누구라도 내 이야기를 제대로 받아들일 수 없을 것 같았다. 나는 하늘을 올려다보았다. 니플하임 기준에서 보면 아름다운 밤하늘이었다. 하늘은 맑고, 깊고, 칠흑같이 어두웠다. 돔에서 새어 나오는 빛 때문에 별은 몇 개밖에 보이지 않았지만, 보이는 별들만은 밝은 은빛으로 반짝이고 있었다.

캣이 말했다. "있잖아, 여태 너랑 대화해 본 적이 없는 것 같은데, 아닌가?"

나는 다시 그녀를 내려다보았다. 그녀는 듀건을 주시한 채로 손은 버너에 올려 두고 있었다.

"없어. 적어도 내 기억으로는."

"이상하지 않아? 나 피해 다녔어?"

나는 아니라고 대답하려고 했다. 서로 이야기를 나눠 본 적 없는 것이 이상한 일은 아니었다. 드라카에 타고 있던 사람의 절반은 내가 혐오스러운 존재라고 생각했고, 나머지 절반은 나에게 겁을 먹었다. 그래서 나는 지난 9년 동안 내게 먼저 다가오지 않는 사람에게는 말을 붙여 본 적이 없었다. 그리고 그녀가 먼저 말을 걸어온 적은 없었다. 이런 사정을 구구절절 이야기하려는데 중력 생성기의 윙윙거리는 소리가 점점 커지더니 머리 위 60미터쯤 상공으로 나샤가 지나쳐 갔다.

듀건이 통신창에 대고 말했다. "제발, 지금 이동 중이라고."

우리는 돔에서 멀어져 오늘 아침 내가 터널에서 빠져나왔던 지점을 향해 북쪽으로 터벅터벅 걸어갔다. 나의 거대한 크리퍼 친구가 앞에 나타나면 듀건은 어떤 반응을 보일까?

"재미있는 거라도 있어?" 캣이 물었다.

"아니야. 생각을 좀 하고 있었어." 내가 대답했다.

"나한테도 들려줘. 심심하잖아."

물론 그녀에게 말할 수는 없었다. 그녀에게 말할 수 없다고 말할 수도 없었다. 그러려면 *왜* 말할 수 없는지도 이야기해야 하니까. 다행히 둘러댈 말을 생각할 필요가 없었는데, 듀건이 소리를 지르기 시작했기 때문이다. 그는 소리를 지르다 말고 펄쩍펄쩍 뛰기 시작했다.

캣이 말했다. "아니, 뭐 하는……."

그때 듀건이 눈밭에 디뎠던 오른발을 쳐들었다. 그의 다리에 크리퍼가 감겨 있었다. 놈의 뾰족하고 작은 다리가 찢긴 전투복 속을 파고들고 있었고, 턱뼈는 듀건의 무릎 뒤 전투복 이음새에 박혀 있었다.

일은 순식간에 벌어졌다. 일이 터지기 전 10분 동안 듀건 옆에서 걷고 있던 다른 경비대원 두 명이 듀건의 다리에 버너를 겨냥했다. 듀건은 처음에는 그들을 부추기는 듯했다. 하지만 갑옷이 벌겋게 달아올라 물렁해지면서 크리퍼의 이빨은 그의 다리에 점점 더 깊이 박혔고, 눈 속에서 살아 움직이는 듯한 증기가 올라와 시야에서 크리퍼들이 가려지자 듀건의 고함은 비명으로, 비명은 절규로 바뀌었다. 나는 그를 중심으로 빙 둘러 옆으로 이동했다. 한 30미터쯤 떨어진 곳에 회색 화강암이 눈을 뚫고 올라와 있었다. 나는 달리기 시작했다.

설피를 신고 달리는 것은 효율적이지도 않고 재미도 없다. 나는 뛰기 시작한 지 세 걸음 만에 눈에 얼굴을 처박고 고꾸라졌다. 곧 크리퍼의 이빨이 목뒤를 파고들 거라 상상하며 발버둥을 치는데 전동 보호 장갑이 내 팔을 잡고 일으켜 주었다. 캣이었다.

"일어나. 움직여!"

캣이 내 등을 떠밀었고 나는 앞으로 고꾸라지기 전에 얼른 발을 디뎠다. 뒤따라오는 캣의 발소리가 들렸고, 저 멀리서 욕이 섞인 비명을 지르는 경비대원 둘이 따라오고 있었다. 위험한 줄 알면서도 뒤를 돌아보았다. 세찬 북풍에 증기가 걷히고 있었다. 듀건이 보이지 않았다. 눈밭 밑으로 끌려간 모양이었다. 경비대원 둘은 아직 따라오고 있었지만 각각 크리퍼 둘에게 쫓기고 있어서 얼마 못 가 잡힐 것 같았다.

나는 재빨리 바위로 올라가 어깨에 맨 가속기를 낚아채 발사 준비를 했다. 왼손에 가속기 배럴의 무게가 실려 약간 움찔했다. 잠시 뒤 캣이 내 옆으로 올라섰다. 우리는 쌓인 눈 위로 50센티미터쯤 솟아 있는 폭 3미터짜리 화강암 섬 위에 서 있었다. 크리퍼 하나가 나를 거의 칠 수도 있을 만큼 가까운 거리에서 머리를 불쑥 내밀었다. 나는 가속기를 조준한 뒤 발사했다. 가속기 반동 때문에 캣이 있는 곳까지 밀려났다. 그 순간 크리퍼의 앞쪽 세 마디가 산산조각 나며 파편이 되어 날렸다.

"젠장, 철학자가 맞았네?" 캣이 말했다.

다른 경비대원들이 아래에 있었지만 눈밭 아래에는 꿀렁이는 움직임이 여전히 계속되고 있었다. 뭔가를 말하려고 입을 뗐지만 중력 생성기에서 나는 긁는 듯한 소리가 점점 가까워지더니 베르토가 도착했다. 스포트라이트 한 쌍이 처음에는 우리를 비추다가 듀건과 다른 대원들이 사라진 쪽을 향했다.

"샘플 얻었어?" 통신기 너머에서 베르토의 목소리가 들렸다.

"신체 일부만."

나는 바위 아래로 뛰어내려 크리퍼의 잔해를 집어 들었다. 베르토는 이미 구조용 갈고리를 내리고 있었다. 다시 바위로 올라가 캣에게 크리퍼 샘플을 건네고 그녀의 전투복에 구조

갈고리를 연결했다. 캣이 한쪽 팔을 내 가슴팍에 둘렀고 우리
는 공중으로 들어 올려졌다. 몇 초 뒤 아래를 내려다보니 바위
에 크리퍼 떼가 득실거리고 있었다. 우리가 베르토의 리프터
화물칸으로 올라서자마자 이미 미사일 두 개를 떨어뜨린 나샤
가 굉음을 내며 빠르게 지나갔다. 화물칸 문이 닫혔고, 우리는
넓게 퍼지기 시작한 플라즈마 파장을 피해 멀리 날아갔다.

10장

이쯤 되면 마샬이 왜 시키는 건지 알 수 없는 자살 임무는 일상의 일부가 된 지 오래였다. 하지만 누군가에게 구출을 받다니, 생소한 경험이었다. 조금 혼란스럽기까지 했다. 모의 자살 단계를 거치기 전부터 젬마는 그런 상황이 어떻게 흘러갈지를 나에게 확실히 이해시켰다. 베르토가 수호천사처럼 나타나서 나를 구해 주는 이런 상황은 상상해 본 적도 없었다.

나는 가끔 젬마가 익스펜더블의 삶이 어떤 것인지 내게 *제대로* 알려 주지 못했다고 생각할 때가 있다. 드라카가 계류장에서 나와 속력을 높여 미드가르드 궤도를 벗어난 뒤 처음 몇 주 동안, 나는 정신이 나간 상태로 복도를 서성였다. 그리고 내게 일어날 일이라며 젬마가 단단히 준비시켰던, 엔진 속으로 기어 올라가거나 에어 로크 밖으로 나가거나 믹서기에 머리를 넣고 칼날이 충분히 날카로운지 확인하는 임무를 언제쯤 맡게 될지 침울한 기분으로 기다렸다.

하지만 오랫동안 그런 일은 일어나지 않았다. 우주선에는 미드가르드가 그간 쌓아 온 상당한 자본이 투입되었고 시스템 설계자는 우주선이 목적지에 도착할 때까지 폭발하지 않도록 심혈을 기울였다. 내가 상상했던 최악의 시나리오처럼 심심풀이로 나를 죽이고 싶어 하는 사람도 없어 보였다.

재난이 일어나지 않은 채로 여정이 계속될수록 우리가 실제로 뭘 하고 있는지 생각하게 되었고, 어쩌면 재생 탱크에서 새롭게 깨어나는 일 없이 니플하임에 도착할 수도 있지 않을까 하는 기대감이 점점 더 커져 갔다. 성간 여행이 지루하다는 사실은 모르는 사람이 없다. 엔진이 바쁘게 돌아가고 선체 프레임에 무리가 가는, 고장 날 만한 것들이 고장 나는 가속 단계가 끝나고 나면 특히나 그렇다. 개척지 건설 임무에서 순항 단계는 정말 좀이 쑤시도록 따분하다.

따분해지지 않기 전까지는.

태어난 그대로의 몸으로 살던 삶에서 기억하는 마지막 순간은 기술자가 내 머리에 업로드 헬멧을 씌우는 장면이다. 내 팔과 다리에서는 경련이 일고 있었고, 입과 코에서 피가 흘러나와 물집이 생긴 피부에 고이고 있었다. 미드가르드를 떠난 지

1년이 조금 지났을 때였다. 우리는 첫 가속 단계를 마치고 준상대론적 속도로 태양권 경계를 빠져나와 두 번째 가속을 위해 다시 엔진을 돌렸고 니플하임을 향해 오랫동안 안정적으로 날기 위해 광속에 살짝 못 미치는 속력을 유지하고 있었다.

드라카에서의 일상은 보통 단순했다. 일상이라고 해 봐야 개척민들 대부분은 옮겨지는 짐과 별반 다르지 않았다. 어느 부서에도 속하지 않는 나는 더더욱 짐이나 마찬가지였다. 하루에 두 시간씩 훈련을 받아야 했고, 필요해지면 언제든 대체 인력이 될 수 있도록 이 부서 저 부서를 전전하며 일을 배웠다. 하지만 나를 훈련시켜야 할 사람들은 나를 무시무시한 존재로 생각했고, 엔지니어를 비롯한 다른 사람들은 자기 일을 하느라 바빠서 기술 분야 전문 지식이 전혀 없는 누군가를 훈련시킬 짬이 없었다. 그래서 일주일에 두 시간 정도만 훈련을 받게되었다. 그 외에 시간에는 배를 채우고, 낮잠을 자고, 베르토와 공용 공간을 어슬렁거리다 태블릿으로 퍼즐 게임을 하곤 했다. 중력만 있다면 미드가르드에서의 삶과 별반 다를 게 없었다.

결국은 깨달았지만, 우주선은 미드가르드가 아니었다. 우리는 두 항성 사이를 1초에 2억 7000만 미터씩 이동하는 중이었고 그 정도 속력으로 이동하다 보면 고에너지 물리학이 위대한 뉴턴의 법칙 위에 있게 되어 일이 복잡해진다.

젬마가 친절하게 설명해 주었다시피, 우주는 우리가 생각하는 것처럼 빈 공간이 아니다. 완벽한 진공 상태라고 생각하는 지점의 1세제곱미터 안에는 실제로 수십만 개의 수소 원자가 포함되어 있다. 수소 원자는 정지 상태에서는 무해하지만 광속에 가까운 속도로 이동하는 동안에는 매우 위험한 무기가 된다. 드라카는 앞쪽 끝에 필드 생성기가 있어서 선체가 성간 물질을 뚫고 지나는 동안 수소 원자들을 옆으로 치워 선체 위를 끊임없이 흐르는 우주 방사선으로 바꿀 수 있다. 따라서 나를 제외한 다른 모든 사람처럼 우주선 안쪽에 있기만 하면 아무 문제가 없다.

성간에는 때때로 티끌 알맹이가 존재한다. 100만 제곱미터당 하나의 확률이지만 우주선 표면은 1초에 2억 7000만 세제곱미터씩 이동하기 때문에 거의 항상 티끌 알맹이와 마주치는 셈이었다. 티끌 알맹이들은 대부분 필드 생성기에 의해 선체 표면을 따라 이동하며 결국 제거될 수 있을 만큼의 순전하를 가지고 있다. 순전하가 충분하지 않은 알갱이들이 선수 쪽에서 작은 폭발을 계속 발생시키기도 한다. 하지만 우주선은 그러한 폭발을 견디도록 설계되었다. 선수에 씌워진 보호막은 바깥 열을 전달하지 않는 두꺼운 애블레이티브 소재로 제작되어 일상적인 손상은 20년 이상 버틸 수 있었다.

하지만 이 보호막도 티끌 알맹이보다 큰 물체와 충돌할 때의 충격은 견디지 못했다.

드라카를 만든 이들의 입장에서 보자면, 태양권 경계를 지나고 나면 티끌 알맹이보다 큰 물질은 거의 없다시피 하며 대형 물체와의 충돌로부터 우주선을 보호할 수 있을 만큼 튼튼한 보호벽은 존재하지 않는다. 드라카의 항해 속도라면 내 머리통 크기의 바위는 핵융합폭탄보다 100배 큰 에너지를 낼 수 있다.

다행히도 우리와 부딪힌 물체가 그 정도로 크지는 않았다.

정확하게 무엇이었는지는 모른다. 충돌 후 충격으로 쿼크(양성자, 중성자와 같은 소립자를 구성한다고 여겨지는 기본 입자 — 옮긴이)와 글루온(쿼크 간의 상호작용을 매개하는 입자 — 옮긴이)으로 쪼개졌기 때문이다. 질량이 15~20그램 사이인 물체였다는 사실은 알아냈다. 한 엔지니어가 보호벽이 기화한 정도와 선체가 충격으로 잃은 운동에너지를 계산한 덕분이었다.

하지만 피해는 무시할 만한 수준이 아니었다. 관성 비행 중이었기 때문에 물건 대부분이 안전하게 고정되어 있었지만, 승무원을 포함해 고정되지 않은 것들은 모두 앞쪽 벽으로 날아가 부딪혔다. 팔이 부러진 사람이 두 명, 뇌진탕 환자가 한 명 발생했다. 나는 떨어지면서 테이블 가장자리에 부딪히는 바람에 발목을 살짝 삐었다.

하지만 내가 다치거나 말거나 신경 쓰는 사람은 없었다. 선수에 구멍이 나는 바람에 필드 생성기의 모듈 하나가 망가졌기 때문이다. 그 결과 갑작스럽게 강한 방사능이 우주선 내부 부피의 20퍼센트를 채우게 되었다.

내가 빛을 발할 차례였다.

성간 이동을 하는 동안 시스템 엔지니어링 부장이었던 매기 링이 소환 명령을 내렸다. 우리는 선수로 접근하는 출입구로 이어지는 공간 중 그나마 가깝고 안전한 기계실에서 만났다. 매기 링이 내게 할 일을 설명하는 동안 그녀의 부하 직원 두 명이 나를 진공 슈트 안에 밀어 넣었다.

매기 링이 말했다. "전력 결합 장치가 타격을 입은 것 같아요. 확실하지는 않아요. 하지만 지체할 시간이 없으니 당신이 가서 전체 유닛을 교체해요."

엔지니어 한 명이 한 면이 50센티미터 정도 되는 정사각 큐브를 보관함에서 꺼냈다. 한 면에는 둥실거리며 떠다니는 연결 케이블이 달려 있었고, 다른 면에는 조종 핸들 두 개가 붙어 있었다.

"다 끝나면 예전 엔진은 되도록 가져오고요."

"되도록이요?"

"네, 그 전에 죽지 않는다면 말이에요. 그쪽 구역은 현재 외부에 노출되어 있어요. 이 유닛이 작동할 때까지 3.5초마다 온몸으로 치사량의 방사능을 흡수하게 될 거예요."

내 표정을 읽은 그녀가 눈을 굴리며 말했다.

"걱정하지 말아요. 해치를 나서자마자 죽는다는 소리는 아니니까. 인간의 몸은 죽기 직전까지 경이로울 정도로 오래 버틸 수 있어요. 치사량의 몇 배쯤 되는 방사능을 흡수하더라도 말이죠. 티끌 알갱이에 맞지 않는 이상 죽기 전까지 업로드 할 시간은 충분할 거예요. 그리고 이미 재생 탱크에서 준비를 시작했어요."

그 몇 마디 말에 따져 묻고 싶은 것이 한두 개가 아니었다. 일단 나는 죽기 전까지 얼마나 버틸 수 있느냐 또는 업로드를 할 수 있느냐 없느냐 하는 문제보다는 죽는 문제에 더 관심이 있었고, 아무도 내 의사를 묻지 않았으면서 으레 내가 이 임무를 맡으리라고 가정하는 것도 불만스러웠다.

하지만 사실은 그녀 말이 맞았다. 나는 이 일을 해야만 했다. 젬마는 필드 생성기가 얼마나 중요한가에 대해 귀에 딱지가 앉을 정도로 자세히 이야기했고, 망가진 부분을 교체하지 않으면 이 우주선이 얼마나 큰 위험에 처하는지도 잘 알고 있었다.

나는 헬멧을 단단히 고정한 다음 아주 조심스럽게 필드 생성기를 들어 올려 엔지니어들이 해치 위에 설치해 놓은 간이 에어 로크 쪽으로 밀었다.

"조금 서둘러야 한다고 이야기했던가요?" 통신기 너머에서 매기가 말했다.

나는 딱딱하게 알겠다고 대답했지만, 더 빠르게 움직일 생각은 없었다. 자유 낙하 상태에서는 무거운 물체도 무게가 없는 거나 마찬가지지만 질량이 어디 가는 것은 아니어서 너무 빠르게 움직이려고 하면 오히려 충돌할 위험이 커졌다. 내가 로크로 들어서자 엔지니어들은 바깥쪽 문을 닫았고, 로크 안 공기가 빠지기 시작하면서 슈트가 팽팽하게 부풀었다. 공기가 빠져나가는 소리가 완전히 사라질 때쯤 해치가 스르륵 열렸다.

필드 생성기는 큐브 여섯 개로 구성되어 있고, 각 큐브는 내가 가지고 온 큐브와 똑같이 생겼다. 문제 있는 큐브가 어떤 것인지는 바로 알아차릴 수 있었다. 방 안으로 들어갔을 때, 나와 가장 가까운 곳에 있는 큐브 윗면에 주변이 검게 그을린 지름 2~3센티미터쯤 되는 구멍이 나 있었다. 위를 올려다보니 천장 쪽에 약간 더 큰 구멍이 나 있었다. 푸르스름한 빛이 구멍으로 새어 들어와 마치 스포트라이트처럼 망가진 유닛을 비췄다.

그때부터 피부가 타는 것 같은 느낌이 들기 시작했다.

처음에는 그다지 나쁘지 않았다. 매기와 젬마가 말했던 것처럼 인간의 몸은 경이로울 정도로 급성 방사능 중독에 천천히 반응한다. 망가진 유닛의 케이블을 당기고 연결 고리를 풀고 들어 올릴 때까지는 아무 이상이 없었다. 하지만 새 유닛을 연결하는 동안 새어 들어오는 빛이 머리에 떨어졌던 모양이다.

10초쯤 지나자 앞이 보이지 않았다.

그즈음 손 피부에 물집이 잡히기 시작했고 감각도 거의 남지 않았다. 새 유닛을 맞는 자리에 놓고 첫 번째 연결 케이블을 장착했지만 두 번째 케이블을 집어 들었을 때는 연결 포트가 어디에 있는지조차 파악할 수 없는 지경이 되었다. 몇 초 동안 케이블을 손에 쥔 채 더듬거리며 점점 겁에 질려 갈 때쯤 매기의 목소리가 귀에 들려왔다.

"반스? 괜찮아요?"

나는 괜찮지 않다고 이야기하려고 했지만, 혀가 너무 부풀어서 소리가 나오지 않았다. 내 입에서는 간신히 앓는 소리만 새어 나왔다.

"그만. 케이블 잡아당기지 말아요." 매기가 말했다.

나는 멈췄다. 아니 멈추려고 했다. 몸이 너무 세차게 떨려서 케이블을 가만히 들고 있는 것조차 힘들었다.

"헬멧 카메라가 아직 작동하고 있어요. 내가 볼 수 있게 카메라 앵글 안에 케이블이 보이도록 해 봐요."

나는 더듬거리며 유닛의 가장자리를 찾은 다음 케이블이 있을 것 같은 방향 쪽으로 고개를 숙였다.

"좋아요. 카메라를 그 상태로 고정해요. 이제 케이블을 왼쪽으로 옮겨요. 한 10센티미터쯤."

나는 케이블을 바닥에 미끄러뜨리듯 옮겼다.

"좋아요. 이제 앞으로 3센티미터쯤 옮겨요."

"오른쪽으로 1센티미터."

"뒤로 1센티미터."

"눌러요."

케이블이 제자리에 연결되는 소리가 딸깍하고 들렸다.

"완벽해요. 필드가 복구되었어요. 잘했어요, 반스. 이제 쉬어요. 당신을 데려올 사람을 보낼 테니까."

몸이 안팎으로 불타는 것 같을 때는 쉬는 것조차 힘에 부친다. 밀폐된 헬멧을 풀고 압력을 빼낼 수 있다면 그렇게 했겠지만, 손가락이 너무 부어 구부릴 수조차 없게 되고 나니 손은 있으나 마나 했다. 이승으로 나를 다시 데려가 줄 누군가를 기다리는 동안, 몸을 덜덜 떨며 공중에 떠 있는 것 말고는 아무것도 할 수 없었다. 달달 부딪는 이 사이로 신음 소리가 새어 나왔다.

죽기 전에 반드시 업로드를 하라고 하는 이유를 이해할 수 있었다. 젬마도 이야기한 적 있었다. 치명적인 상황에서 얻은 지식과 경험은 이루 말할 수 없이 소중하며, 내 재생본 하나가 죽는다고 해서 그 죽음과 함께 사라져서는 안 됐다.

하지만 잊는 편이 더 나은 것들도 분명 있다.

미키2로 재생 탱크에서 나왔을 때 우주선의 상황은 덜 위험해져 있었다. 필드 생성기가 작동하고 있었고, 필드가 작동하지 않을 때 피해를 입은 구역에 있던 사람들 서른네 명이 방사능 중독으로 고생하고 있다는 점만 빼면 *드라카*의 내부 상황도 정상으로 돌아와 있었다. 하지만 우주선 보호막에는 아직도 구멍이 나 있었다. 우주에 떠다니는 티끌이 정확히 그 자리를 뚫고 들어오는 날에는 이미 겪은 악몽을 다시 겪을 수밖에 없었다. 그래서 내가 의식을 찾고 제 기능을 할 수 있게 되자마자 매기와 부하들은 나를 다시 진공 슈트 안에 밀어 넣었고, 사용 방법을 설명하는 데만 장장 5분이 필요한 고밀도 긴

급 패치 나노봇이 든 탱크와 함께 우주선 밖으로 내보냈다.

선체를 따라 흐르는 양성자 흐름에서 밀도가 가장 높은 곳은 선체 표면에서 2미터 떨어진 지점이다. 매기는 우주선 가까이에 붙어 있으면서 티끌 알갱이에 치이지 않는다면 노출 강도가 낮아서 살아남을 수 있다고 일러 주었다. 그래서 노력했다. 미드가르드 상공에서 젬마와 함께 신던 잠금장치가 달린 부츠를 대신해, 매기는 내 손바닥과 무릎에 작은 어트랙터를 달아 주었다. 나는 앞쪽 에어 로크를 통해 밖으로 나가 복구해야 할 지점까지 100미터쯤 기어올랐다.

처음에는 괜찮을 수도 있겠다고 생각했다. 하지만 선수에 가까이 갈수록 양성자 흐름이 좁게 모여드는 게 문제였다. 불과 20미터쯤 앞에서 빛이 번쩍번쩍했고 구멍이 뚫린 지점에 도착하자 시야가 흐릿해지면서 입에서 쇳가루 맛이 났다. 나는 등 뒤에 매고 있던 나노봇 탱크를 당겨 도포구를 열고 방아쇠를 눌렀다.

꾸덕한 나노봇이 흘러나와 구멍의 얇아진 벽에 눌어붙었고, 도포구에서 미처 다 짜내기도 전에 이미 주변 보호막의 고밀도 재료에 엮이기 시작했다.

탱크에 있는 나노봇을 다 짜내는 데 거의 20분이 걸렸다. 작업을 마치고 보니 구멍이 있던 자리에는 끈적한 나노봇 덩어리가 불룩하게 솟아 있었다. 그 후 몇 분 동안 불룩 튀어나온 부분이 매끄러워지고 평평해졌다. 원래 보호막과 메꾼 곳을 구별

하려면 현미경을 가져와야 할 정도였다.

　이런 일이 있었다는 사실은 다음 날 아침 미키3로 재생 탱크에서 나오자마자 슈트 카메라에 찍힌 영상 기록을 보고 들은 뒤에야 알 수 있었다. 내가 에어 로크로 돌아가다 말고 멈추더니 목 부분에 있던 헬멧 밀폐 장치를 풀고 우주에 내 맨얼굴을 드러냈던 것이다.

11장

"뭐, 좀 더 멋진 결말일 수 있었는데 말이야." 베르토가 조종석에 앉아 말했다.

캣이 살기 어린 눈빛으로 그를 쏘아보았다. 베르토는 공감 능력이 뛰어난 편은 아니었다.

"방금 사람 셋이 죽었어." 내가 말했다.

베르토가 대꾸했다. "그렇지. 나도 봤어. 대체 아래에서 무슨 일이 있었던 거야? 경비대원이 듀건한테 버너를 겨누고 있던데?"

"그를 구하려고 했던 거야." 캣이 말했다.

"픽이나 구할 수 있었겠다." 베르토가 말했다.

우리는 메인 돔 위를 비스듬히 날아 착륙 지점 위에서 정지 비행하기 위해 속력을 낮추던 참이었다.

"최고 화력으로 버너를 쏴 대면 전투복도 오래 못 버텨. 무슨 생각이었던 거야?"

나는 캣을 흘끔 보았다. 그녀는 주먹을 꽉 쥐고 있었다.

캣이 말했다. "듀건의 다리에 크리퍼 두 마리가 휘감겨 있으니까 그랬지. 다 이유가 있었다고. 저 아래에서 죽은 사람들은 다 내 동료였어, 이 피도 눈물도 없는 새끼야. 저렇게 된 데도 다 이유가 있었지, 우리가 그 엿 같은 것들 둥지 위에 서 있다고 네가 경고만 해 줬어도 이번 출정에서 이렇게 커다란 비극이 일어나진 않았을 테니까, 응?"

리프터가 착륙하는 동안 베르토는 조종석 뒤를 흘끔 보았다. 진짜로 당황한 것처럼 보여 나는 약간 놀랐다.

그가 말했다. "미안. 비난하려던 건 아니었어."

"퍽이나. 변명 잘 들었어." 캣이 말했다.

베르토는 리프터 전원을 내리고 비행 종료 체크리스트를 점검하기 시작했다. 중력장이 소멸하자 내 몸무게가 접이식 의자의 방석 부분에 좀 더 무겁게 실리는 것이 느껴졌다.

"밖에서 일어난 일은 정말로 유감이야. 할 수 있었으면 당연히 경고했을 거야. 그것들이 어디서 나타났는지는 나도 모르겠지만 눈밭 아래로 다니는 게 아닌 것 같아. 마지막으로 너희 쪽을 지날 때 레이더에 아무것도 잡히는 게 없었는데 1분도 안 돼서 공격이 시작됐어."

"뭐 어쩌겠어." 캣이 말했다. 헬멧 때문에 얼굴은 보이지 않았지만 목소리에 서슬 퍼런 날이 서 있었다.

"어쨌든 임무는 완수했잖아, 그렇지?"

캣과 내가 안전띠를 푸는 동안 그는 조종석에서 일어나 우리 쪽으로 와서 섰다. 크리퍼의 잔해가 객실 바닥에 널브러져 있었다. 베르토는 잔해를 부츠 앞코로 툭 쳤다. 다리 중 두 개가 경련을 일으켰고 베르토는 휘청거리며 발을 뒤로 뺐다.

"젠장!"

그는 다시 균형을 잡고 오만상을 찌푸리며 앞으로 걸어와 우리 둘 사이에 쭈그려 앉았다. 크리퍼 시체가 덜덜 떨렸다. 베르토가 한 손가락으로 껍데기를 만졌지만, 이번에는 아무 반응이 없었다.

그가 말했다. "뭐야, 이럴 만한 가치가 있는 샘플이길 바라."

"설명이 필요하겠군. 두 시간 만에 대원 세 명을, 갤러허를 포함하면 네 명, 토리첼리까지 포함하면 다섯 명을 잃다니 이해할 수가 없는데 말이야. 정작 자네는 살아 있고." 마샬이 말했다.

옆에 앉아 있던 캣이 불편한 듯 자세를 바꿨다. 마샬은 앞으로 몸을 숙이고 책상에 팔꿈치를 올렸다. 나를 죽일지 살릴지 결정하려는 것 같지 않았다. 어떻게 죽일지 고민하는 눈치였다.

"맞습니다, 사령관님. 살아 돌아와서 죄송합니다. 다음에는 좀 더 노력해 보겠습니다."

내 말에 마샬이 벌떡 일어섰다. "그따위 태도는 뭔가, 반스! 자네는 익스펜더블이야! 살아남을 걱정을 할 필요가 없는 존재라고!"

마샬은 천천히 다시 자리에 앉았고 나는 이마에 튄 그의 침을 닦았다.

그가 다시 입을 열었다. "이제 설명하게. 명확하고 간결하게. 듀건을 돕지 않고 자네 목숨만 보전한 이유가 뭔가? 반스, 자네 의견을 말해 보게. 변명에 설득력이 없으면 내 손으로 직접 자네의 그곳부터 시체 구덩이에 처넣어 버릴 테니까."

"사령관님⋯⋯." 캣이 나섰다.

"첸, 자네는 입 닫게. 반스와 이야기가 끝나면 자네와도 할 이야기가 있으니까."

이제 두 사람 모두 나를 보고 있었다. 캣은 동정과 걱정이 반씩 섞인 표정으로, 마샬은 언제나 그렇듯 들판 위 생쥐를 노리는 매 같은 표정으로 나를 보았다.

"그게."

나는 입을 열었다가 망설였다. 태어났을 때의 몸 그대로 안전하고 편안하게 책상에 앉아 있는 주제에, 어떻게 방사능에 노출되고 크리퍼에 먹히고 6주마다 반물질에 몸이 녹는 나에게 생존을 위해 걱정하지 말라는 속 편한 소리를 할 수 있는지 따져 묻고 싶었다. 하지만 그의 표정을 보니 농담이 아니라

진짜로 나를 시체 구덩이에 밀어 넣을 수도 있겠다는 생각이 들었다. 나는 다시 말을 시작했다.

"사령관님, 저희는 목적을 가지고 밖으로 나갔습니다. 사령 관님이 크리퍼를 포획하라고 명령하셨죠. 토리첼리와 갤러허에 게 일어난 일로 이번 출정이 위험하다는 것을 알았지만 사령 관님이 그래도 시도해 봐야 한다고 결정하셨습니다. 저는 출정 의 목적을 달성하는 것이 최우선이라고 생각했습니다. 듀건에 게 무슨 일이 생겼는지 알아챘을 때는 그를 위해 할 수 있는 일이 아무것도 없다고 판단했습니다. 대신 임무를 완수하려고 노력했고, 제 보고서에 기록해두겠습니다만, 다행히 성공적으 로 마칠 수 있었죠."

마샬은 나를 한참 동안 뚫어져라 쳐다보았다. "그러니까 자네 말은, 내가 고메즈의 영상 기록에서 본 자네는 겁을 집어먹고 비굴하게 살려고 도망치는 게 아니라 임무를 완수하고 개척지 를 보호하기 위해 묵묵히 최선을 다하는 모습이었다, 이건가?"

나는 캣을 쳐다봤다. 그녀는 어깨를 으쓱했다.

"네…… 그렇습니다만?"

거의 5초 동안 정적이 흘렀다. 캣이 뭔가 말하려고 입을 열 었지만, 마샬이 눈빛으로 그녀를 제압했다.

"돔을 떠나기 전 그것들에 버너가 효과적이지 않다는 것을 알고 있었나?"

"아니요. 확실하지 않았습니다."

"그럼 가속기를 챙겨 나간 이유는 뭐지?"

"가장 큰 이유는 버너보다 가속기 사용하는 법을 더 자세히 배웠기 때문입니다. 또한 이전에 크리퍼를 마주쳤던 두 번의 임무에서 버너를 가지고 있었지만 두 번 다 살아남지 못했습니다. 그래서 이번에는 전략을 바꾸는 게 좋지 않을까 생각했을 뿐입니다."

마샬의 눈썹이 미간으로 모였고 잔뜩 오므려진 입술은 거의 직선을 그리고 있었다. 그 와중에 캣을 흘끔 보니 그녀는 정면에 시선을 고정하고 있었다.

마샬이 캣에게 주의를 돌렸다.

"자네 생각은? 자네가 한 행동을 설명해 보게. 듀건을 보호하는 임무를 맡았을 텐데?"

"맞습니다, 사령관님. 그랬죠."

"그리고 자네는 그를 버렸지. 왜냐하면……"

"듀건을 포기한 것은 무슨 일이 일어났는지 똑똑히 보았기 때문입니다. 다른 경비대원 둘도 제 동료였습니다. 뭐라도 해서 그들을 도울 수 있었다면 당연히 그렇게 했을 것입니다. 하지만 사실상 저희가 가진 무기는 쓸모가 없었고 듀건을 구하려다가 저까지 먹히는 건 아무 도움이 안 된다고 판단했습니다."

"반스의 무기는 쓸 만했지. 자네가 대신 사용할 수도 있었을 텐데."

"그럴 수도 있었겠죠. 하지만 별로 도움은 되지 못했을 겁니다. 선형 가속기는 정밀한 무기는 아니어서요. 듀건의 다리를 날려 버릴 수는 있었을지 몰라도 그를 살리기는 힘들었을 거라 생각합니다."

마샬은 책상에서 몸을 뒤로 젖히고 짧게 자른 희끗희끗한 머리를 쓸어 넘겼다.

"잘 듣게. 이 탐사를 시작할 때 인원이 198명이었네. 그중 180명이 이 행성에 착륙했고 이제는 175명이 남았지. 인구 측면으로 보면 우리 상륙거점 개척지의 생존 가능성이 위태로운 수준이 되어 가고 있다는 이야기일세. 그래서 마음은 굴뚝같지만 안타깝게도 나는 자네들을 진짜로 시체 구덩이에 밀어 넣을 수도, 중한 처벌을 내릴 수도 없어.

반스, 나는 자네가 밖에 있는 저것들에 대해 우리에게 말해 준 것보다는 많이 알고 있다는 강한 의심을 품고 있어. 만약 그렇다면 신중하게 행동하라고 조언할 수밖에 없네. 왜냐하면 이 개척지가 실패하면 자네는 로어노크의 불쌍한 익스펜더블처럼 수많은 미키 반스들과 함께 생의 마지막을 맞이하게 될 테니까, 미키 반스 한 명을 겪어 본 사람으로서 경고하는데, 그 삶이 호락호락하지는 않을 거야.

첸, 지금 상황에서 자네를 어떻게 해야 좋을지 모르겠군. 자네가 반스와 예전부터 알고 지낸 사이라는 의심이 들어. 그랬다면 출격 전에 보고했어야 하네. 다음부터는 임무에 영향을 줄 수 있는 개인적인 사정이 생기면 잊지 말고 사령부에 보고

하게나."

캣이 무슨 말인가 하려고 했지만, 마샬은 한 손을 들어 묵살했다.

"듣고 싶지 않네. 앞으로 누구와 어울릴지 결정할 때는 좀 더 신중하게."

사령관의 시선이 나에게서 캣으로 옮겨 갔다가 다시 나에게 돌아왔다.

"이상이네. 가 보게. 필요할 때 다시 부르지." 그가 말했다.

"거참, 흥미롭네." 캣이 말했다.

우리는 카페테리아에서 늦은 저녁을 먹고 있었다. 못해도 서른 명은 될 사람들이 서너 명씩 무리 지어 앉아 머리를 맞대고 낮은 소리로 수군거리고 있었다. 하루에 다섯 명이 목숨을 잃다니, 상륙거점 개척지에서는 상상하기조차 끔찍한 일이었다. 사람들은 인류가 먼 옛날부터 그래왔던 것처럼 최근 목숨을 잃은 사람들이 참 멍청했다고 떠들며 우리에게는 같은 일이 일어나지 않을 거라 자신을 속이고 있었다.

"그러게. 그래도 우리를 죽이지는 않았잖아. 그것만 해도 다행이지." 내가 말했다.

그 말에 캣의 얼굴에 미소가 번졌다. 점프슈트를 입으니 전투복을 입고 있을 때보다 훨씬 예뻐 보였다. 하트형 얼굴에 부드러운 인상이었고 하나로 묶은 굵고 검은 머리카락 끝이 어깨에 닿아 있었다. 그녀의 접시에는 구운 토마토와 질겨 보이는 토끼 뒷다리가 담겨 있었다. 나는 머그잔에 사이클러 페이스트를 반쯤 채워 100킬로칼로리짜리 저녁 식사를 하기 시작했다. 에잇에게 오늘 치 남은 배급을 다 먹어도 좋다고 약속했지만, 그가 낮잠을 자는 동안 나는 거의 죽을 뻔했으니 그 정도면 충분한 변명거리가 된다고 생각했다.

"그러니까 마샬은 우리가 잤다고 생각하는 거지?"

캣은 어두운 표정으로 도끼눈을 뜨고 말했다. "엿이나 먹으라 그래."

"와우, 말이 좀 심하네. 익스펜더블이랑 어울리는 것처럼 보이는 게 그렇게 싫어?"

내 말에 그녀는 고개를 저었다. "아니. 나는 나탈리스트도 뭣도 아니거든. 적어도 나한테 너는 그냥 제 발로 이 여정에 참여한 별종 중 하나일 뿐이야. 짜증이 났던 건 내가 여자라는 이유로 호르몬 때문에 임무를 제대로 수행하지 못한 것처럼 말하니까 그게 마음에 들지 않았던 거지. 너한테는 그따위로 말하지 않았잖아. 아냐?"

"나는……." 말끝을 흐렸다. *그가 그런 뜻으로 말한 건 아닐 거야*라고 말하려고 했지만, 어쩌면 정말 그런 뜻으로 말한 건지도 모르겠다는 생각이 들었기 때문이다.

"너는 뭐?"

"아니야. 네 말이 100퍼센트 맞아. 마샬은 엿이나 먹으라 그래."

"그 말이 정답이네, 마샬은 엿이나 먹으라 그래." 그녀는 이렇게 말하면서 물잔을 내밀었다.

나는 내 머그잔을 그녀의 잔에 부딪혔고, 우리는 각자 잔에 든 음료를 한 모금 마셨다.

그녀가 물을 마시느라 정신이 팔린 사이, 나는 그녀의 접시에서 토마토 하나를 잽싸게 집어 그녀가 반응할 틈도 주지 않고 내 입속에 쑤셔 넣었다.

"뭐야, 허튼짓하지 마. 한 번만 더 내 음식에 손대면 그땐 팔을 부러뜨려 줄 테니까." 그녀가 툴툴거리며 테이블 위로 팔을 뻗어 멍이 들 정도로 내 어깨를 세게 쳤다.

"미안. 먹고 싶으면 내 거 먹어도 돼." 나는 그녀에게 사이클러 페이스트가 든 머그잔을 내밀며 말했다.

그녀는 나를 한 번 더 째려보고는 머그잔을 내 쪽으로 밀었다. "고맙지만 됐어. 토마토가 먹고 싶으면 가서 하나 가져오면 되잖아? 설마 출정 전에 오늘 치 배급을 다 먹은 거야?"

"응. 거의. 요 며칠 좀 힘들었거든."

"아, 그래. 네가 어젯밤에 큰일 치른 걸 잊고 있었네. 오늘 아침에 재생 탱크에서 나왔지? 어떤 느낌이야?" 그녀가 음식을 한 입 깨물어 씹고 삼켰다.

"뭐가? 재생 탱크에서 나왔을 때 어떠냐고?"

그녀는 고개를 끄덕이며 뼈 부분을 집어 들고 관절 사이에 붙은 고기를 잘근잘근 씹었다. "응. 잠에서 깼을 때 내가 죽었다가 몇 시간 전에 단백질 반죽으로 만들어진 몸이라는 걸 깨닫는 기분은 어떨까 항상 궁금했어. 기분이 어때?"

"뭐, 재생 탱크 안에서는 의식이 없어. 깨어나면 침대 위고. 정신이 좀 없고 숙취에 시달리는 느낌이 들지. 그리고 어떻게 그렇게 됐는지 기억이 없어. 전날 밤에 술을 많이 마셨나 보다고 생각할 수도 있지만, 그것조차도 기억이 안 나. 마지막으로 기억나는 건 업로드 하기 위해 플러그를 연결하는 장면이지."

캣은 몸을 뒤로 젖히고 고개를 끄덕였다. "그래. 그때 깨닫겠구나."

"맞아. 그게 다야. 여태 일곱 번이나 겪었는데 매번 급소를 차이는 것 같은 느낌이지."

그녀는 동정 어린 미소를 짓다가 내 어깨 너머 무언가를 보고는 표정이 굳었다. 뒤를 돌아보니 나샤가 팔짱을 낀 채 서 있었다.

"그래서 사령부와는 이야기가 잘 끝났어?" 나샤가 물었다.

나는 나샤에게 자리를 내주려고 옆으로 물러나 앉았다. 그녀는 벤치를 넘어와 자리에 앉았다.

내가 말했다. "응, 뭐 적당히 잘 끝난 것 같아. 마샬이 나를 시체 구덩이에 빠뜨리겠다고 위협하기는 했지만 실제로 실행에 옮기지는 않았어."

나샤가 얼굴을 찌푸렸다. "너한테 위협이 되기는 해? 처음 착륙했을 때 그 자식이 너한테 한 짓을 생각하면 그걸로 네가 겁먹을 거라 생각하는 게 이상한 거 아냐?"

캣의 시선이 나샤를 향했다가 다시 내게로 돌아왔다. "그게, 마샬이 얘 거시기부터 처넣겠다고 했거든."

나샤가 고개를 저으며 내 등허리에 손을 가져다 댔다. "자매님, 자매님은 이자가 어떤 일을 겪었는지 상상도 못 할 거야."

"어디 아프기라도 했어?"

"응, 많이 아팠지." 나샤가 말했다.

캣은 시선을 피하고는 다시 토끼 뒷다리뼈를 뜯기 시작했다. 나는 나샤를 툭 쳤다. 캣은 오늘 고생을 할 만큼 했다. 더 어두운 이야기는 필요 없을 것 같았다.

나샤가 한숨을 내쉬고는 말했다. "어쨌든 질리언과 롭이 그런 일을 당하다니 유감이야. 너는 그 사람들과 친했잖아."

캣이 대답했다. "고마워. 이미 고메즈에게 물어보기는 했지만…… 혹시 그것들이 우리를 공격하기 전에 낌새가 있었어? 갑자기 공중에서 튀어나올 수는 없는 거잖아, 안 그래?"

나샤가 고개를 저었다. "아니, 없었어. 가시광선, 적외선, 지표 투과 레이더를 다 돌리고 있었는데, 내가 너희 위를 지날 때는 아무 위협도 감지되지 않았다고 맹세할 수 있어."

"그래, 고메즈도 그렇게 이야기하더라. 너희 둘이 지나간 간격을 생각하면 우리는 채 30초도 노출되지 않았던 셈이야. 말이 안 되지 않아?"

"모르겠어. 메인 로크로 침입할 때도 땅 밑에서 나타났잖아.

지표 투과 레이더로 화강암 아래는 볼 수가 없어. 젠장. 땅굴을 파고 사는지도 모르지. 지금 우리 밑에도 그것들이 터널을 뚫어 놨을지 알 게 뭐야."

캣이 발밑을 흘깃거리며 말했다. "고마워 죽겠다, 나샤. 그런 끔찍한 소릴."

나샤가 슬며시 웃었다. "방이 제일 꼭대기 층에 있어서 다행이지, 안 그래?"

"그러니까. 운이 좋았네."

캣은 접시에 남은 토마토 껍질을 무심코 찌르다가 나를 쳐다보았다. "너희는 만난 지 오래됐구나, 그렇지? 미드가르드에서부터 만났어?"

나는 나샤를 보았다. 그녀는 어깨를 으쓱했다.

"거의 그런 셈이지. 크리퍼에게 먹히거나 불에 태워지거나 저장고 컨테이너에 깔려 있지 않을 때는 함께 있지. 왜? 애한테 관심 있어?"

"그럴 리가. 왜? 삼각관계를 무릅쓰고 관심 가질 만한 가치가 있어?" 캣이 말했다.

나샤가 나를 흘깃 보며 대답했다. "어쩌면. 네가 어떤 스타일이냐에 따라 다르지."

둘이 깔깔거리며 웃음을 터뜨렸고, 나는 얼굴이 벌겋게 달아올랐다.

"농담이야. 얘는 내 거야. 건드리면 생선 내장 딸 때처럼 네 배를 갈라 버릴 줄 알아." 나샤가 한쪽 팔을 내 어깨에 둘렀다.

캣은 항복한다는 듯 양손을 들어 올리며 말했다. "어휴, 걱정 붙들어 매. 토마토나 훔쳐 먹는 애녀석은 너나 많이 가져. 나는 가려던 참이니까."

그러고는 뒤로 물러나 짐을 챙겼다. 캣이 사라지자 나샤는 자기 이마를 내 이마에 갖다 대고 한 손으로 내 볼을 감쌌다.

"미리 말해 두는데, 그런 일이 생기면 네 배도 무사할 수는 없을 거야."

그녀는 짧게 입을 맞추고는 자리에서 일어나 사라져 버렸다.

방으로 돌아오니 에잇이 책상 의자에 앉아 태블릿으로 무언가를 읽고 있었다. 내가 들어오는 기척을 듣고 녀석은 태블릿을 껐다. 다치지 않은 손목에는 붕대도 감겨 있지 않았다.

"왔어? 어떻게 됐어?" 에잇이 눈길도 주지 않고 물었다.

내가 말했다. "아주 좋았지. 다섯 사람이 더 죽어 나갔으니 곧 너도 온전히 네 몫을 할 수 있을지도."

"그래? 우리가 항상 소시오패스였던 거야, 아니면 업로드를 거치면서 얻은 기능이야?" 에잇은 태블릿을 책상 서랍에 넣고 일어서서 기지개를 켰다.

"방금 우리가 소시오패스였던 거냐고 했냐?"

그는 슬며시 웃었다. "미안. 이런 상황에서는 주어를 뭐로 해야 할지 모르겠네."

"그래, 그렇네. 그리고 그 물음에 대한 답은 '아니'야. 우리는 소시오패스가 아니라고. 단지 배가 고플 뿐이야."

에잇이 공허한 웃음을 터뜨렸다. "이런, 이런. 네가 나한테 배가 고프다는 소리를 하다니. 나는 방금 재생 탱크에서 나왔어. 기억 안 나? 사이클러 페이스트 말고 아무것도 못 먹은 나한테 그런 소릴 해?"

"그래서 말인데, 내가 방금 100킬로칼로리를 먹고 오는 길이야. 오늘 치 남은 배급이 200킬로칼로리밖에 안 남았다는 소리지. 미안."

그의 표정이 어두워졌다. "좋은 놈인 척하려니 힘들었나 보지?"

나는 고개를 저었다. "너무 그러지 마. 네가 낮잠 자는 동안 나는 거의 죽을 뻔했어. 그 정도는 눈감아 줄 수 있잖아."

"내가 아직 이 말을 한 적은 없는 것 같은데, 나는 지금 말 그대로 배고파서 죽기 직전이야, 세븐."

물론 에잇의 말이 맞는다. 식스도 나도 재생 탱크에서 나왔을 때 배급량이 적다며 끝없이 불평했고, 지금 에잇이 먹고 있는 음식에 비하면 우리가 먹은 음식은 거의 임금님 수라상이나 다름없었다. 나는 셔츠를 벗어 바닥에 던지고는 침대에 앉아 부츠 끈을 풀기 시작했다. 에잇이 내 옆에 앉으며 말했다.

"그건 그렇고, 무슨 일이 있었던 거야? 피드에서 읽기로는 돔 바깥에서 네 명이 사고로 죽고 하나가 실종됐다고 하던데, 무슨 일이야?"

나는 부츠 끈을 다 풀어 벗은 다음 침대에 누워 말했다. "그게, 우선 엄밀히 말하면, 다들 돔 밖에서 죽은 건 아니야. 하나는 메인 로크에서 죽었어. 참고로, 그 일로 메인 로크는 봉쇄됐어. 머더홀을 발동해야 했거든."

오랫동안 어색한 침묵이 흘렀다.

에잇이 마침내 입을 열었다. "머더홀이라니, 뭣 때문에?"

나는 손을 머리 뒤에 고이고 눈을 감았다. "크리퍼 때문에."

에잇이 웃었다. 아까보다는 진심이 담긴 웃음이었다. "그래. 알겠어. 뻥은 됐고, 진짜 무슨 일이 있었는데?"

"진짜야. 크리퍼를 죽이려고 메인 로크에 플라즈마를 쏴야 했어. 그러는 동안 메인 로크에서 거의 죽어 가던 갤러허라는 경비대원은 통구이가 됐고."

"크리퍼는 동물이야. 동물 한 마리 죽이려고 플라즈마를 쏘지는 않아."

"말을 좀 제대로 들어. *크리퍼가 바닥을 뚫고 침입했다니까.*"

"'침입'이라면……."

"구멍을 뚫고 들어와서 바닥을 뜯기 시작했다고."

"뜯어? 네 말은 놈들이…… 바닥을 가져가려고 했다고?"

나는 어깨를 으쓱했다. "그런 것 같아. 이 행성에는 금속이 별로 없잖아. 필요했나 보지."

에잇은 머리를 긁적였다. "그래? 옆으로 좀 가 봐."

나는 자리를 만들기 위해 몸을 뒤척였고 그는 내 옆에 누웠다. 아직도 적응이 안 됐지만 지난 24시간 동안 일어난 일들에 비하면 참을 만하게 느껴졌다.

"크리퍼가 위험하지 않다고 생각한 적은 없지만, 우주선 바닥을 뜯을 수 있는 동물이었다니 믿기 힘들지 않아?" 에잇이 말했다.

"네 말이 틀린 건 아니야."

나는 계속 이어 가려다가 하품이 나서 멈췄다. 이틀 전 두 시간쯤 눈을 붙인 뒤로 제대로 잠을 자지 못했다.

"솔직히 바닥을 뜯는 모습을 직접 보지는 못했지만 메인 로크 바닥에 뚫린 구멍은 봤어. 크리퍼가 완전무장 한 대원 두 명과 겁에 질린 생물학자를 쓰러뜨리는 것도 똑똑히 봤지. 신나는 광경은 아니더라."

"크리퍼가 텐밀파이버 전투복을 뚫는 걸 봤다고?"

"뭐, 뚫는 장면을 본 건 아니야. 대원들 전투복에 크리퍼가 붙어 있었고, 대원들은 살아남지 못했어. 전투복에 구멍이 뚫렸으리라는 건 내 추측이지."

에잇은 한쪽 팔꿈치에 체중을 실어 내 쪽으로 몸을 기울인 채 반쯤 일어났다. "말도 안 돼. 생명체는 환경에 필요 없는 능력을 갖추도록 진화하지 않아. 얼음을 뚫고 사는 벌레가 10그램짜리 선형 가속기 탄환을 방어하라고 설계된 갑옷을 뚫도록 진화했을 리가 없잖아?"

"정말 좋은 질문이야. 잠 좀 자고 일어나서 명쾌하게 답을 해 주지." 나는 이렇게 대답하며 한 번 더 하품했다.

에잇은 계속 말을 이었지만 그의 목소리가 점점 아득해지다 공중에 흩어졌다. 그가 몸을 일으키면서 침대가 살짝 움직인 기억을 마지막으로 나는 의식을 잃었다.

지난 몇 주 동안 거의 매일 밤 같은 경험을 했다. 꿈이라고 해야 할까? 아니, 거의 환영에 가까울 것 같다. 잠에 막 빠져들 무렵 또는 잠에서 깰 무렵이면 같은 장면이 보였다. 그래서 몇 주 동안 업로드를 할 수 없었다. 재생 과정에서 결함이 생긴 것이 아닌지 걱정이 됐다. 만약 그렇다면 인격 정보에 결함을 남기고 싶지 않았다.

무엇보다 심리학자들이 그 사실을 알아채고 나를 없앤 뒤 재생본을 새로 생산해야 한다고 생각할까 봐 두려웠다.

꿈에서 나는 미드가르드에 있던 울르산 등성이의 숲속을 달렸다. 사람의 손길이 닿지 않은 울르산의 원시 자연림 속에는 800킬로미터 가까이 이어지는 오솔길을 따라 수없이 많은 폭포가 있었고 멋진 경관이 100킬로미터 가까이 펼쳐졌다. 300년 전 테라포머들이 처음 심어 둔 나무들도 무럭무럭 자라고 있었다. 나는 그 길을 네 번이나 완주했다. 미드가르드에는 사람이 살지 않는 공간이 많지만 산속은 텅 빈 행성 안에서도 가장 인적이 드문 곳이었다. 산속에 있었던 시간을 모두 통틀어도 나 말고 다른 인간은 두세 명밖에 못 봤을 정도다.

꿈속에서 밤이 찾아오면 나는 텐트를 치고 자그마한 모닥불을 피운 다음 쓰러진 통나무에 앉아 멍하니 불꽃을 구경한다. 여기까지는 나무랄 데가 없다. 그저 집이 그리워서 꾸는 꿈이라고 해도 이상할 게 없다. 하지만 그 뒤로 귀에 소음이 들려온다. 목을 가다듬는 것 같은 소리다. 고개를 들면 커다란 애벌레 한 마리가 모닥불 건너편에 앉아 있다.

지금 당장 겁에 질려도 이상하지 않다고 생각하지만 두렵지 않다. 이 환영에서 실제의 꿈과 가장 비슷한 부분이다.

애벌레와 나는 이야기를 나눈다. 이야기를 나누려고 애를 쓴다. 애벌레의 입이 움직이고 단어인 것 같은 소리를 내뱉지만 나는 이해할 수 없다. 그가 좀 더 분명하게 말을 해 주면 무슨 말인지 이해할 수 있을 것처럼, 그의 말을 끊고 조금 천천히 이야기해 달라고 부탁한다. 하지만 그는 부탁을 들어주지 않는다. 그는 말을 이어 가고, 계속 듣고 있자니 머리가 아파진다. 나는 불꽃을 바라본다. 불꽃이 되감기되면서 나뭇가지들이 불타기 전으로 돌아가고 공기 중에 흩어지던 연기도 나뭇가지 속으로 빨려 들어간다. 다시 고개를 들면 애벌레의 형체가 점점 없어져 가고 그 미소만 남는다.

결국 그 미소도 사라진다. 그리고 이 비현실적인 환영에서 1년 동안 반복적으로 꿔 온 진짜 꿈속으로 빨려 들어간다. 나는 미키2가 되어 *드라카*의 앞쪽 로크를 향해 선체 표면을 기어가고 있다. 피부가 벗겨지고, 터진 혈관에서 식은땀처럼 피가 새어 나와 입과 목구멍과 폐를 적신다. 나는 가던 길을 멈추고 목에 있는 잠금장치를 움켜쥔다. 손가락도 소시지처럼 부풀어 여기저기 터졌지만, 어찌어찌 잠금장치 두 개를 차례로 푸는 데 성공한다. 헬멧이 날아가고 진공 상태가 내 몸의 모든 것을 빨아들인다.

숨과

피와

똥과

내 모든 것을.

지금쯤 죽어야 하지만 여전히 살아 있다. 어째서인지 이해할 수가 없다.

쩍쩍 갈라진 입을 벌려 아무것도 없는 공간을 힘껏 들이마신다. 들이마신 숨으로 비명을 지르려는 순간, 깜깜한 어둠 속에서 땀에 흠씬 젖은 채로 눈을 번쩍 뜨며 깨어난다.

12장

미키2는 가장 짧게 산 재생본이었다.

미키3는 가장 길게 산 재생본이었다.

원에게 일어난 일에 무뎌지기까지 시간이 꽤 오래 걸렸다. 첫 키스는 평생 기억에 남는 법이니까. 첫 죽음 역시 절대 잊히지 않는다. 그리고 태어난 그대로의 몸으로 내가 경험한 첫 번째 죽음은 트라우마를 남기기에 충분했다. 투의 죽음은 그로산 삶이 짧았던 만큼 크게 상처를 받지 않아도 됐다. 하지만 감압 때문에 몸이 폭발할 것을 알면서도 헬멧 잠금장치를 직접 푸는 게 낫다고 생각할 정도로 끔찍한 죽음을 맞이했다는 사실만으로도 마음이 무거워졌다. 스리로 재생 탱크에서 나온 후 처음 몇 주 동안 의기소침한 상태를 벗어나지 못했고, 큰 소리가 날 때마다 소스라치게 놀라면서 언제 또 나쁜 일이 생길까 조마조마했다.

그래도 시간은 변함없이 흘렀다. 몇 주가 몇 달이 되고, 몇 달이 덧없는 1년이 되었다. 나쁜 일은 일어나지 않았다. 우습지만, 갑작스럽고 폭력적인 죽음을 기다리며 사는 것도 결국에는 지루해졌다.

역사에 관심이 있던 내가 실패한 개척지 역사에 병적으로 관심을 쏟기 시작한 것이 그즈음이었다. 우주선 도서관에 개척민의 사기를 저하시킬 만한 이런 정보가 보관되어 있을 리가 없다고 생각하겠지만, 현실은 반대였다. 학교에서는 실패 사례를 가르친 적이 없었다. 선동이라고까지 하고 싶지는 않지만, 생물학에서 역사, 물리학까지 모든 주제는 디아스포라가 얼마나 고귀했는지, 얼마나 중요했는지와 연관되어 있었고, 직접적으로 적혀 있지는 않았지만 우주로 뻗어 나가겠다는 인류의 의지가 끊임없는 성공을 이뤄 냈다는 암시를 담고 있었다. 그래서 지난 1000년간 성공한 사례만큼이나 실패한 노력도 많다는 사실을 알고 놀랄 수밖에 없었다.

드라카 같은 우주선을 타고 여정을 시작할 때 사람들은 여정의 끝에 뭐가 있는지 전혀 알지 못한다. 반물질 물리학에 따르면 반물질은 충분한 양이 모여야만 동작하고, 생산이 엄청나게 어려울 뿐만 아니라 비용도 많이 든다. 따라서 개척지 우주선 발사 전에 생존 가능성이 있는 별 여러 개에 무인 탐사선을 보낼 수가 없다. 자신들이 가진 시스템으로 관찰한 결과를 바탕으로 결정을 내릴 수밖에 없다. 예를 들면, 미드가르드를 떠날 때 우리는 G형 주계열 항성으로 향하고 있다는 사실을 알았다. 그리고 이 항성 주변으로 비교적 작은 바윗덩어리 행성이 적어도 세 개 있다는 것, 그리고 그중 하나가 골디락스 존 바깥쪽 경계에 걸쳐 있다는 사실도 알았다. 목적지 행성의 대기에 수증기와 산소가 있다는 사실을 알았고, 그 사실을 바탕으로 어떤 형태든 생명체가 살 것이라고 추론하게 되었다.

솔직히 우리의 예상은 거기까지였다. 미드가르드와 니플하임은 그렇게 멀리 떨어져 있지 않은 데다 시간이 지나며 관측 능력이 점점 발전했기 때문에, 우리는 과거 어느 우주선보다 목적지에 대해 더 많이 알 수 있었다. 내가 찾은 최단시간 실패 기록은 약 100년 전 애셔 월드에서 출발한 개척지 우주선의 기록이었다. 애셔 월드는 인류 역사상 가장 먼 우주에 세워진 세계였고 그 지역에는 별들이 얇게 퍼져 있었다. 그들은 20광년 떨어진 곳에 있는 행성을 목적지로 삼았다. 개척지 우주선이 갈 수 있는 가장 먼, 어쩌면 그보다도 먼 거리에 있는 행성이었다. 그들이 마침내 감속 연소를 마칠 때쯤 출발 당시 성인이었던 개척민들은 늙고 지치고 오랫동안 굶주린 상태였고, 우주선은 거의 와해되기 직전이었다.

안타깝게도 그들의 목적지는 예측한 궤도에서 벗어나 있었다. 실제 위치는 항성과 약간 더 가까웠다. 대기 중 산소 흡수 스펙트럼을 목격하고 잘못된 결정을 내렸던 것이다. 행성에 산소가 있기는 했지만, 액체 형태의 물은 찾을 수 없었는데, 표면 온도가 너무 높아서 액체 형태의 물이 지표면에 머무를 수 없었기 때문이다. 이론적으로 그럴 수가 없지만, 우주는 불가사의한 공간이고, 현실이 그렇다면 받아들이는 수밖에 없다. 추측건대, 그 행성은 얼마 전까지 거주 가능한 곳이었고, 이산화탄소에서 탄소와 산소를 분리해 낼 수 있는 무언가가 거주하고 있었지만, 디아스포라 이전 옛 지구에서 거주 가능한 지역을 점점 줄여 나갔던 온실 효과와 비슷한 어떤 현상이 발생해 최근에 그 행성에서 생명체를 박멸해 버렸을 수도 있다. 만일 그렇다면, 그들은 아직 다른 성분과 결합되지 않고 대기 중에서 남아 있던 잔류 산소를 측정했던 셈이다.

100년쯤 테라포밍을 하면 불가능을 가능으로 바꿀 수 있었을지도 모른다. 하지만 그들에게 100년은 사치였다. 우주선 상태를 생각하면 10년도 버티기 어려웠다. 그래서 그들은 자신들의 조사 결과를 고향 행성에 전달하고 우주선을 안정 궤도에 올린 다음, 취하고 싶어 하는 사람들을 전부 취하게 만들고는 에어 로크를 열어 버렸다. 미키2 이야기를 들어 이미 알겠지만, 감압에 의한 폭발은 재미는 없지만 적어도 빨리 끝난다.

자료를 읽다 보니 미키2가 떠올랐다. 그 후로 거의 한 달을 우주 끝 저 어딘가에 정신을 두고 온 사람처럼 지냈다.

정신을 차리게 해 준 사람이 나샤였다.

물론 힘멜 스테이션에서 나샤를 본 적이 몇 번 있었다. 200명이 채 안 되는 사람들과 함께 거대한 깡통 속에 갇혀 있으면 얼마 지나지 않아 200명을 모두 마주치게 된다. 하지만 그녀에게 말을 걸어 본 적은 없었다. 드라카의 다른 사람들에게 말을 걸지 않은 이유와 같은 이유였다. 사람들은 나와 아무것도 하고 싶어 하지 않았고, 그에 대한 보답으로 나 역시 그들과는 아무것도 하고 싶어 하지 않았다.

나샤를 제대로 만났다고 할 수 있는 시점은 원과 투가 목숨을 잃은 충돌 사고가 있고 1년쯤 지났을 때였다. 그때쯤 우주선은 광속에 살짝 못 미치는 속도로 진공 상태를 관성 비행 중이었고, 무중력 상태에서 적은 배급량으로 근근이 배를 채우며 지루함에 몸부림치고 있었다. 사령부에서는 모든 승무원이 적어도 두 시간 이상 회전목마에서 시간을 보내야 한다고 명령했다. 착륙했을 때 뼈나 근육이 잘 작동하도록 하기 위해서라고 했지만, 실제로는 단조로운 일상을 견디다 못해 서로 죽고 죽이는 사태가 일어나는 것을 막기 위한 게 아닌가 싶었다.

회전목마는 단어 그대로다. 우주선 허리쯤에 지름 120미터짜리 고리가 회전하고 있고, 안쪽에는 고무를 덧댄 폭 6미터 정도의 평평한 공간이 있었다. 고리는 분당 3회 회전하는데, 표준 중력의 반 정도를 느낄 수 있을 만큼 빠르고 코리올리 효과(회전하는 물체 위에서 보이는 가상적인 힘 — 옮긴이)로 인해 먹은 것을 올리지 않고 똑바로 설 수 있을 만큼 느린 속도다.

회전목마에서는 운동을 하게 되어 있지만 정해진 시간을 채우기만 하면 안에서 뭘 하든 누구도 신경 쓰지 않았다. 스쿼트나 요가, 크라브 마가(이스라엘 군대에서 개발한 호신술의 일종 — 옮긴이)를 연습하고 있지 않으면, 눈을 흘기며 지나가는 사람들이 있기는 했지만 그렇다고 상부에 직무 유기 보고서를 올리지는 않았다.

원과 투가 죽기 전까지는 링 안쪽을 매일 몇 차례씩 달리기도 했다. 그 후로는 의욕이 급격하게 시들었다. 뚜껑이 열린 채 가게 냉장고에 진열된 요거트 같은 삶을 살면서 뼈와 근육 속 미네랄 밀도가 낮아질 걱정을 해서 뭘 하나 싶었다. 그래서 회전목마로 태블릿을 가져가기 시작했고, 스쿼트에 미친 사람들에게서 가능한 한 멀리 떨어진 곳에 자리를 잡고 벽에 기대앉아 다른 상륙거점 개척지에 대한 자료를 읽었다. 그러면서 애서 월드, 로어노크 그리고 최근에 벌어진 재앙에 대해 알게 되었다.

말할 필요도 없이 자료들은 운동할 의지를 불태우는 데 전혀 도움이 되지 않았다.

하루는 회전목마에서 벽을 등지고 쪼그려 앉아 약 1000년 전 1인칭 시점으로 기록한 거의 망해 가는 상륙거점 개척지에 대해 읽고 있었다. 현재 그곳은 유니언에 속한 행성 중 인구 밀도가 가장 높았다. 한때는 계속 농업에 실패하는 것이 골칫거리였는데, 결국은 토양에 고질적으로 존재하는 바이러스가 원인이라는 사실을 밝혀냈다. 당시에는 바이오 사이클러가 없어서 문제를 해결하기 전까지 꽤 배를 곯아야 했던 것 같다.

그 개척지의 생명공학부 수장인 글쓴이가 인간이 섭취 가능한 식물을 기를 미생물을 개발하는 데 마침내 성공한(결국 그가 발견한 미생물이 토착 식물이 자라는 데 필요한 미생물을 전멸시키는 바람에 토종 생태계가 완전히 파괴되어 버렸다.) 부분을 읽고 있을 때 누군가 부츠로 내 어깨를 툭 치는 바람에 몸이 반쯤 쓰러질 뻔했다. 고개를 드니 검은색 경비대원복을 입은 여자가 팔짱을 낀 채 서 있었다.

여자가 말했다. "저기, 팔굽혀펴기라도 해야 하는 거 아니야?"

나는 그녀를 흘끔 올려다보았다. 여자는 씩 웃으며 내 옆에 쪼그려 앉았다.

"장난 좀 친 거야. 너 익스펜더블이지?"

"미키 반스야. 넌 누군데?" 내가 말했다.

"미키 반스라. 지금은 그냥 미키3 아니던가?"

이런.

"그래, 그거." 내가 말했다.

여자는 벽에 등을 기댔다. 나는 한숨을 쉬며 허리를 펴고 태블릿을 가슴팍에 달린 주머니에 쑤셔 넣었다.

여자가 말했다. "나는 나샤 아자야야. 전투기 조종사지."

나는 그녀를 흘긋 보았다. 땋은 머리에 옆얼굴이 가려져 있지만 여전히 미소는 볼 수 있었다.

"전투기 조종사라고? 베르토랑 알겠네."

"고메즈? 그럼. 괜찮은 애지. 조종사보단 포그볼 선수가 더 잘 맞는 것 같지만, 꽤 친해."

나는 웃었다. "틀린 말은 아니야. 목적지에 도착해서 어떤 직업이 더 필요할지 모르겠네."

여자는 내 쪽으로 몸을 기울였다. "이 임무에서 전투기 조종사가 얼마나 중요한지를 의심하는 건 아니겠지?"

"뭐, 조금은. 상륙거점 개척지에 조종사가 그렇게 많이 필요한가? 그러니까, 공군이 있는 행성에 착륙하는 것도 아니잖아."

나샤의 입꼬리가 올라갔다. "모르는 일 아닐까? 전에 없었다고 해서 앞으로도 없으리라는 법은 없잖아."

"너희 둘밖에 없으니, 작은 공군이 되겠다, 그렇지?"

그녀는 웃음을 터뜨렸다. "상관없어. 내가 능력이 좀 되거든."

"그래, 물론 그렇겠지."

우리는 아무 말 하지 않고 앉아 있었다. 다시 태블릿을 꺼내야 할지 아니면 일어서서 자리를 떠야 할지 고민하는데 나샤가 고개를 돌려 나를 바라보았다. 나도 그녀를 마주 보았다. 그녀는 얼굴에서 미소를 거두고 눈을 가늘게 떴다. 눈동자는 색이 진해서 검은색에 가까웠다.

나샤가 입을 열었다. "그런데, 죽는 건 어떤 기분이야?"

나는 어깨를 으쓱했다. "태어나는 거랑 같은데, 순서가 반대야."

"와, 멋진 답변이었어. 너, 좀비치고는 꽤 귀엽네." 그녀가 미소 지었다.

"고마워. 수분 크림을 많이 바른 덕분이야."

나샤는 내 손에 손을 갖다 대더니 한 손가락으로 팔뚝을 쓸며 말했다. "그런 것 같네."

미소가 장난기 어린 추파로 변했다. "정말…… 그런 것…… 같아."

잠시 후 우리가 반쯤 옷을 벗은 채 캄캄한 내 방 침대에 뒤엉켜 있는데, 나샤가 문득 말했다. "있잖아, 나는 유령 사냥꾼이 아니야."

그날 처음 들었지만 앞으로 계속 듣게 될 단어였다.

내가 말했다. "유령 사냥꾼?"

"응. 알지?"

나는 나샤의 다음 말을 기다렸다. 하지만 그녀는 손으로 내 등을 쓸며 내가 살짝 움찔할 정도로 세게 귀를 물기만 했다.

"아니, 몰라."

"이런, 그럼 나탈리스트들이 우주선에 한가득 타고 있는 건 알지?"

나는 눈살을 찌푸렸다. "그럼. 잘 알지. 내가 거의 혼자 지내는 이유 중 하나야."

"그게, 네가 혼자 지내지 않았으면 하는 사람들도 있어."

나는 몸을 뒤척여 우리의 이마가 서로 닿도록 돌아누웠다. "뭐라고?"

나샤가 내게 키스했다. "우주선에 탄 이후로 이야기 나눠 본 여자들이 몇이나 돼?"

"몰라. 몇 명쯤?"

그녀는 다시 키스했다. "전부 충돌 사고가 있은 다음이지? 다들 네가 재생 탱크에 다녀온 뒤에 말을 걸지 않았어?"

나는 아무 말도 하지 않았다. 그녀는 이미 답을 아는 눈치였기 때문이다.

"걔들이 유령 사냥꾼이야. 나탈리스트들한테 너는 아주 탐나는 금단의 열매거든. 걔들이 얘기하는 걸 들은 적이 있어."

"하지만 너는 아니라는 거지?"

"그럼, 나는 아니지." 그녀가 속삭였다.

개척지 우주선에서는 데이트하기가 힘들다. 할 수 있는 활동에 선택지가 별로 없다. 같이 밥을 먹을 수는 있지만, 시장통 같은 곳에서 플라스틱 병에 담긴 음식을 빨며 마찬가지로 플라스틱 병에 담긴 음식을 빨고 있는 다른 사람과 부딪히지 않도록 케이블에 묶여 있는 상황에서 로맨틱함은 기대하기가 매우 힘들다. 같이 걸을 수는 있다. 하지만 걸을 만한 장소는 회전목마뿐이고, 데이트보다 스쿼트하는 사람들을 요리조리 피하는 데 신경을 쓰게 된다. 밖이 내다보이는 장소로 가서 별을 구경할 수도 있지만, 나로서는 우주선 선체를 따라 고에너지 양자가 이동한다는 생각을 떨치기가 힘들었고, 만약 필드 생성기 유닛에 다시 한번 문제가 생긴다면 내가 무슨 일을 당하게 될지를 자꾸 생각하게 되었다. 외상 후 스트레스장애로 공황 상태에 빠지는 것도 역시 로맨틱한 분위기와는 거리가 멀다.

그래서 보통은 섹스를 했다.

그렇지 않을 때는 대부분 이야기를 하며 시간을 보냈다. 나샤에게는 사연이 있었다. 그녀의 부모님은 이민자였는데, 이주하는 데 드는 막대한 비용과 시간을 생각하면, 상륙거점 개척지 정착민을 제외하고 유니언 내에서 이민을 다닐 수 있는 사람은 없었다. 나샤의 가족은 30년 전 난민 신분으로 *잃어버린 희망*을 타고 미드가르드에 도착했다. 그들은 *새로운 희망*이라는, 미드가르드에서 가장 가까운 이웃이자 행성 거주민들끼리 살육전이 일어나 폐허가 된 행성 출신이었다.

미드가르드 같은 곳에서 이민자를 함부로 대했을 리가 없다고 생각할지도 모르겠다. 오갈 곳 없는 신세가 된 난민 몇백 명을 들인다고 공간이나 자원이 부족한 것도 아니었으니까. 하지만 여러분이 틀렸다. 인간은 배타적이고, 이민자 대부분의 피부색이 미드가르드의 원주민보다 약간 더 어둡다는 사실은 둘째 치고, 난민들이 쓰는 사투리만으로도 그들을 따돌릴 이유는 충분했다. 그들이 미드가르드에 온 지 한 달이 채 되기도 전에 누가 썼는지 알 수 없는 기사가 피드에 올라오기 시작했다. 기사에서는 이민자들이 새로운 희망 행성을 집어삼킨 광기를 미드가르드에도 퍼뜨릴 것이며, 그들이 사회적, 정치적으로 미드가르드에 융화될 수 있도록 허락한다면 미드가르드 역시 새로운 희망과 같은 운명을 맞게 될 것이라고 했다.

정부는 이민자들에게 기본 소득을 배정하고 살 곳을 지정해 주었지만, 이들이 멀쩡한 직업을 찾는 것은 처음부터 불가능한 일이었다. 착륙한 지 2년이 지나고 스무 명 남짓 되는 이민자들이 농성을 시작했고, 농성은 곧 시위가 되었다가 작은 폭동으로 바뀌었다. 그 후에는 이민자 자녀가 일반 학교에 들어가는 것조차 녹록지 않게 되었다.

그즈음 나샤가 태어났다.

나샤는 어린 시절에 대해 거의 이야기하지 않지만, 그녀가 무심결에 비쳤던 단편들로 미루어 보면 꽤 힘들었던 모양이다. 그래도 왜 비행사 교육을 받게 되었는지는 솔직히 이야기해 주었다. 어릴 때부터 이런 임무가 있으리라는 것을 알았고 우주선에 타고 싶었다고 했다. 연구와 관련된 진로를 택했다면 우주생물학 박사가 되었겠지만 그럴 수 없었고, 경비대나 사령부에 연줄도 없었다. 하지만 전투기 조종사는 될 수 있었다. 새로운 희망 사람들이 그나마 살상에는 소질이 있다고 여겨진 덕분이었다.

나샤의 해먹에 뒤엉켜 누워 있던 어느 날 밤 그녀가 말했다.

"미드가르드는 내 고향이 아니었어. 앞으로도 아닐 거고. 하지만 지금 우리가 가는 곳은……."

"다 괜찮을 거야. 하얀 모래사장이 있고 따뜻한 바람이 부는 곳일 거야. 잡아먹힐까 봐 걱정할 필요도 없는." 내가 장담했다.

뭘 믿고 그런 이야기를 했을까?

마침내 메인 엔진을 끄고 니플하임 주변 궤도에 진입하기 위해 이온 추진 모드를 실행했을 때 나는 스무 명에서 서른 명 정도 되는 사람들과 나샤와 함께 우주선 앞쪽에 있는 휴게 공간에 있었다. 그때까지는 엔진 불꽃에 가려 새로운 보금자리를 볼 수 없었기에, 목적지를 마침내 볼 수 있게 되자 모두 흥분한 상태였다. 오큘러에 자유 낙하 경고가 표시되고 30초 후 몸이 무게감을 잃고 바닥 위로 둥둥 뜨게 되었다. 1분쯤 지난 후 개척지 건설을 위해 8광년을 건너오도록 만든 행성의 이미지가 벽면 메인 스크린에 나타났다.

앞쪽에 앉은 누군가가 환호성을 지르려고 했다. 하지만 환호는 입 밖에 나오기도 전에 사그라졌다.

우리가 무엇을 기대했는지 모르겠다. 초록빛 대륙과 파란색 바다? 도시의 불빛?

눈앞에 펼쳐진 광경은 온통 흰색이었다. 아직도 수백만 킬로미터를 더 가야 도착할 곳이지만, 행성은 마치 희고 매끄럽고 밋밋한 포그볼 같았다.

누군가 입을 열었다. "저게…… 구름인가……?"

우주선이 계속 이동하는 동안 우리는 말없이 눈앞에 펼쳐진 광경을 지켜보았고 행성은 느릿느릿 자전하며 가려진 면을 꺼내 보였다. 아무것도 바뀌지 않았다. 10분 남짓한 시간이 몇 시간처럼 느껴졌다. 나샤가 입을 열었다.

"구름으로 덮인 게 아니야. 얼음이야. 행성이 눈 뭉치라는 뜻이지."

우리는 엉뚱한 곳으로 떠다니지 않기 위해 손을 잡고 있었다. 나는 나샤의 손을 힘껏 잡았다. 그녀도 잡은 손에 힘을 주었다. 그때까지 읽었던 새 터전을 닦는 데 실패한 개척지들에 대한 자료를 떠올렸다. 이 행성이 두 팔을 활짝 벌려 우리를 받아 줄 것 같지는 않지만 어쩌면…….

나는 나샤를 가까이 끌어당겨 귀 가까이에 입을 갖다 대고 말했다.

"해 볼 만해. 옛 지구도 생명체가 살기 전에는 이랬던 때가 있대. 여기는 물도 많고 대기 중에 산소와 질소도 많잖아. 그것만 있으면 돼."

나샤는 한숨을 쉬며 고개를 돌려 내 뺨에 입을 맞췄다.

"제발 그렇게 되면 좋겠다. 죽을 줄 알았으면 여기까지 오지 않았을 테니까."

그 말의 여운이 채 사라지기도 전에 오큘러에서 알람이 울렸다.

[Command1]: 즉시 생명공학부에 보고 바랍니다. 작전 투입을
준비하십시오.

13장

선체 바깥을 기어오르는 기분 나쁜 꿈을 꾸고 나면 정말 좋은 상황에서도 다시 잠을 청하기가 힘들다. 에잇이 옆자리를 차지하고 누워 이리저리 뒤척이고 잠꼬대를 하는 상황에서는 아예 불가능하다. 꼬박 30분 동안 애를 쓰다가 결국 포기하고 침대를 빠져나와, 카페테리아로 가 책이나 읽으려고 책상에 있던 태블릿을 집어 들었다. 이렇게 이른 시간에는 가끔씩 지나다니는 경비대원을 빼면 복도에 아무도 없다. 카페테리아에 도착하면 어디에 앉을지 미리 생각해 둔 자리가 있었다. 입구 맞은편 구석 테이블을 골랐다. 누군가 이 시간에 돌아다니다가 카페테리아에 들어오더라도 혼자 있고 싶었기 때문이다.

자리에 앉자마자 배가 꼬르륵거리기 시작했다. 먹는 장소에 왔다는 것을 몸이 알아챈 모양이었다. 기대에 부응하고 싶지만, 오늘 치 배급은 다 써 버렸고 아침 8시까지는 배급 카드가 리셋되지 않을 것이다. 두세 시간 정도를 더 버텨야 했다. 나쁜 점은 지금 당장 소화액에 간까지 녹아내릴 정도로 배가 고프다는 것이었고, 좋은 점은 흥미로운 이유로 불타 없어지거나 폭삭 망해 버린, 별로 알고 싶지 않았던 개척지에 대해 배울 시간이 아주 넉넉하다는 것이었다.

새로 읽을거리를 찾아 몇 분 동안 자료실을 뒤졌다. 그다지 흥미로워 보이는 자료가 없었고, 결국 호기심으로 새로운 희망 행성과 관련된 파일을 선택했다. 내 삶을 비관하며 디아스포라의 역사를 공부하기 시작한 이후로 새로운 희망 행성에 관한 자료를 자세히 들여다본 적은 없었다. 왜냐하면 지난 30년간 미드가르드에 살던 다른 모든 사람처럼 나도 그곳에서 어떤 일이 일어났는지 대충은 알고 있었기 때문이다.

새로운 희망 행성은 처음 상륙거점 개척지가 건설된 지 25년 만에 실패했다. 이들이 실패한 가장 큰 원인은 초기 정착민과 행성에서 새로 태어난 세대 간의 갈등이었다. 이들 사이에서 발발한 짧지만 잔혹했던 내전으로 꽤 적대적인 환경에서 살아남기 위해 그간 구축해 온 기반 시설들이 거의 대부분 파괴되었다. 그러던 중, 젊은 세대로 이루어진 한 난민 집단이 행성으로 처음 이주해 올 때 타고 온 개척 우주선을 작동하는

데 성공했다. 우리가 니플하임에 타고 온 우주선과 마찬가지로, 그들의 우주선도 행성 궤도에 남아 있었던 것이다. 젊은 난민 집단은 이 우주선에 다시 시동을 걸고 그 안에서 5년을 버틸 수 있도록 반드시 필요한 것만 남기고 우주선을 비웠다. 배아도, 테라포밍 장비도, 농업 구역도 모조리 없앴고, 심지어는 주거 공간도 거의 없애다시피 했다. 그 결과 생존에 필요한 기본 시설과 사이클러, 최소한의 식량만 남게 되었다.

작업을 모두 마친 후 출발할 무렵 우주선 무게는 드라카보다 10퍼센트나 가벼워져 있었다. 우주선 연료 탱크에 남아 있던 연료와 개척지의 망가진 발전소에서 가져온 반물질을 합치니 비록 환대받지는 못할지언정 간신히 미드가르드로 건너올 정도는 되었다.

자료를 읽기 시작한 후 학교에서 배운 것과는 상당히 다른 관점으로 이야기가 전달되고 있다는 사실을 깨달았다. 학교에서는 전쟁에 여러 이유를 붙였기에, 나는 인종이니, 종교니, 자원이니 정치 철학이니 하는 으레 시민전쟁의 원인이 되는 문제들 때문에 전쟁이 일어났으려니 생각하고 있었다. 하지만 자료에 따르면, 이 전쟁이 시작된 *이유*는 까마귀와 비슷하게 생긴 토착 조류에게 지각이 있다면 그들을 보호하고 존중해야 하는지, 먹을 만하다면 양념에 재웠다가 그릴에서 한 시간 동안 구워야 하는지를 놓고 의견이 갈렸기 때문이다.

나는 이런 얘기가 자주 언급되지 않는 이유를 이해할 수 있었다. 만약 어떤 개척지가 이런 문제로 나쁜 상황에 빠질 수 있다는 건, 어떤 개척지든 시체 구덩이로 빨려 들어가기 일보 직전이라는 말과 다르지 않았다. 그 이야기에서 어떤 교훈을 얻을 수 있는지는 모르겠지만, 한번 균형을 잃기 시작하면 다시 중심을 찾기 힘들다는 사실만은 확실히 알 수 있었다.

마지막 10분을 카운트다운한 끝에 스캐너에 오큘러를 스캔할 수 있었다. 머그잔에 사이클러 페이스트와 함께 같은 양의 기대와 역겨움을 담고 있는데, 인사과에서 메시지가 도착했다. 오늘 배정된 임무를 알리는 메시지였다. 경비대로 파견을 나가게 되었다. 완전무장 하고 8시 30분까지 2번 로크로 가서 보안 경계선을 순찰해야 했다.

에잇에게 맡길 일인 것 같았다.

그렇게 이야기하려는 찰나, 에잇에게서 메시지가 도착했다.

[Mickey8]: 이봐, 세븐, 로크로 가고 있어?

[Mickey8]: 솔직히 오늘 임무는 네가 맡을 차례인 것 같은데. 특히 어제 네가 낮잠 잘 때 내가 죽을 뻔한 걸 생각하면.

[Mickey8]: 그게, 나도 그러고 싶지만…….

[Mickey8]: 왜 이래, 에잇. 너 나한테 빚졌잖아.

[Mickey8]: 그렇지는 않지, 친구여. 기억하겠지만, 운명의 가위바위보에서 공정하게 이기고도 자애로운 마음으로 너를 시체 구덩이에 집어넣지 않은 사람이 바로 나야. 갚을 빚은 너한테 있는

것 같은데. 게다가 나는 아직 아침도 못 먹었어. 이번에는 네가 나가. 내일은 임무가 뭐가 됐든 내가 나갈게.

*야, 이 개자식아*로 시작하는 답을 쓰고 있는데 다른 창이 열렸다.

[CChen0197]: 안녕 미키, 오늘 근무자 명단에 네 이름이 있더라. 나도 보안 경계선으로 나갈 거야. 파트너 안 필요해? 어제 우리 꽤 잘 맞았잖아.

뭐라고 대답할지 고민하고 있는데 에잇에게서 메시지가 도착했다.

[Mickey8]: 뭐, 저걸로 결정된 거네? 나는 어제 네가 첸이랑 뭘 했는지 모르잖아. 5분만 이야기하면 다 들통나지 않겠어? 당연하지. 그러니까 난 다시 잘게. 알았지? 이따 어땠는지 알려 줘.

에잇은 대화창을 닫았다. 나는 다시 대화를 이어 나가야 할지, 아니면 방으로 뛰어 올라가 침대에서 그를 끌어내 로크로 데려갈지 고민했다. 하지만……

에잇의 말이 맞았다.

[CChen0197]: 보고 있어?

[Mickey8]: 안녕 캣, 나 여기 있어. 나가기 전에 아침 먹는 중이야.
20분 후에 봐.

"그래서, 무기는 노, 가속기는 예스, 맞지?" 캣이 물었다.

나는 설피 끈을 매고 있다가 위를 올려다보고는 고개를 저었다. 그리고 다시 설피 끈 묶는 데 집중했다.

"너더러 이래라저래라 할 수는 없어. 어제 듀건 말이 맞았어. 너희는 나랑 동기 부여 체계가 다르잖아." 내가 대답했다.

"동기 부여 체계? 밖에 있는 놈들에게 갈기갈기 찢기지 않을 동기를 말하는 거야?"

"그래, 그거."

나는 앉았던 벤치에서 몸을 일으킨 다음 주춤거리며 몇 걸음 걸어가 신발을 바로 신었는지 확인하려고 발을 굴렀다. 캣은 나와 똑같이 하얀색 위장용 방한복을 세 겹 입고 설피를 신고 호흡기를 이마 위로 올려 쓴 차림이었다. 무기는 아직 선반에 걸려 있었지만 캣 말이 맞았다. 어제 겪은 일을 생각하면 가속기를 가지고 나오는 게 당연했다.

캣이 말했다. "이해가 안 돼. 난 어제 널 봤다고. 너도 우리만큼 죽고 싶어 하지 않았어. 내가 알기로 너는 불멸이라는 걸 알면서도 그 사실을 믿지 않는 것처럼 행동한단 말이야."

나는 그녀를 한참 바라보다가 어깨를 으쓱하고는 무기 선반으로 발을 끌며 다가갔다. "너 종이 파쇄기에 손 넣어 본 적 있어?"

캣이 웃음을 터뜨렸다. "뭐라고? 당연히 없지."

나는 벽에서 가속기를 내려 충전이 되어 있는지, 장전이 되어 있는지 확인했다. "왜? 죽지는 않잖아. 그리고 의수가 네 진짜 손보다 더 튼튼하기도 하고. 의료팀에서 몇 시간만 손보면 너는 새것처럼 다시 태어날 텐데."

"아, 무슨 말인지 알 것 같아."

"알겠지? 이 몸으로 영원히 살 수 있다고 믿더라도, 꼭 그래야 하는 상황이 아니면 죽고 싶지 않아. 고통스럽거든."

나는 가속기를 어깨에 메고 장갑을 끼면서 계속 말했다.

"그래서 말인데, 크리퍼에 대해서 생각한 게 있어. 걔들이 우리를 쫓는 게 아닌 것 같아. 로어노크 토착 생물이 물을 찾았던 것처럼, 크리퍼들은 금속을 원하는 것 같아. 내가 맞는다면 무장을 하는 건, 몸에 베이컨을 휘감고 호랑이 굴에 들어가는 거나 마찬가지야."

"금속? 걔네는 동물이야. 금속을 어디다 쓰게?" 캣이 물었다.

나는 어깨를 으쓱했다. "누가 알겠어? 동물이 아닌지도 모르지."

캣은 자기 무기를 챙겼다. "그건 좀 아닌 것 같아. 불멸의 삶에 대해서나 다시 이야기하자. 너도 그래?"

나는 캣을 흘긋 보며 말했다. "내가 뭘?"

캣은 눈을 굴렸다. "네가 죽지 않는다고 믿느냐고."

나는 한숨을 쉬었다. "테세우스의 배라고 들어 봤어?"

캣은 잠시 멈추고 생각했다. "아마도? 에덴 정착민들이 탔던 건가?"

"아니, 아니야. 테세우스의 배는 옛 지구에 있었던 나무로 건조한 항해용 배야. 그 배가 다 망가지는 바람에 다시 지어야 했어⋯⋯. 아니, 다 망가진 건 아니었을 수도 있지만, 어쨌든 수리를 해야 했어."

"잠깐, 항해하는 배라고? 물 위에서?"

"그래. 테세우스는 그 배를 타고 세계를 누볐고 배가 완전히 부서졌거나 해서 고쳐야 했다고."

"좀 헷갈리는데. 슈뢰딩거의 고양이 같은 이야기야?"

"뭐라고?"

"슈뢰딩거의 고양이. 왜 있잖아. 독가스가 나오는 박스라든가? 양자 중첩성, 뭐 그런 거."

"뭐? 아니, 말했잖아. 고양이가 아니고 배라니까."

"들었어. 배가 고양이라는 게 아니라, 두 개가 비슷한 이야기 아니냐고."

나는 말을 멈추고 곰곰이 생각했다. 그녀의 말이 일리가 있다는 생각을 잠깐 했다.

아주 잠깐.

"아니, 전혀 아니야. 왜 그렇게 생각해?"

캣이 대답하려고 입을 열었지만 말을 시작하기도 전에 에어 로크로 통하는 안쪽 문이 열렸고, 그 옆에 앉아 있던 따분해 보이는 대원 하나가 우리에게 손을 흔들었다.

"첸. 반스. 왔네."

"나중에 다시 얘기해." 캣이 말했다.

우리는 호흡기를 내려 썼다. 캣은 내 호흡기 마개를, 나는 그녀의 호흡기 마개를 확인해 주었다.

"너희들이 안에 있든 없든 에어 로크는 10초 있다가 작동을 시작해." 대원이 말했다.

캣이 무기를 어깨에 멨고, 우리는 발걸음을 뗐다.

"전부 말이 안 돼." 캣이 말했다.

나는 뒤를 돌아보았다. 통신창에 대고 하는 이야기가 아니었다. 호흡기와 니플하임의 대기를 거친 그녀의 목소리는 원래보다 높고 쉿소리가 섞인 듯 거칠게 들렸다. 우리는 설피를 신고 보안 경계선을 걷고 있었다. 철탑에서 철탑까지 침입 흔적을 추적하며 이동했다. 이 행성에서 인류가 존재하는 구역을 표시하는 지름 1킬로미터의 원 안에서 다른 두 팀과 일정 거리를 유지하며 순찰을 돌았다. 각 팀은 일정한 속도를 유지하며 여섯 시간 동안 보안 경계선을 두 번씩 돌게 되어 있었다. 철탑을 지날 때마다 우리가 생존해 있다는 사실이 기록되었고 다른 팀들의 위치가 오큘러에 업데이트되었다.

"어떤 부분이? 온종일 추위에 떨면서 돔 주변을 걸어야 하는 거? 아니면 아무런 이유 없이 크리퍼한테 찢길 수도 있는 거?" 내가 물었다.

"둘 다 아니야. 걷는 건 건강에 좋잖아. 그리고 경비대에 자원했으면 찢길 각오는 되어 있어야지. 말이 안 되는 건 이거야." 그녀는 팔을 휘두르며 돔과 눈, 저 멀리 보이는 산들까지 주변에 있는 모든 것들을 가리키며 말했다. "여기는 사람이 살 만한 땅이었어야 하잖아, 기억나지? 골디락스 존이라며, 산소와 질소로 이루어진 대기 어쩌고저쩌고." 그녀는 눈 뭉치를 발로 차고는 눈이 가루가 되어 구름처럼 흩어졌다가 낮게 뜬 노란 태양빛을 반사하며 바닥에 떨어지는 모습을 지켜보았다. "전혀 살 만하지 않잖아, 미키. 이건 사실 말도 안 되는 거야."

애셔 월드에서 사람들을 보냈던 행성이 어땠는지 이야기하려고 입을 열었다. 적어도 이 행성은 곧바로 우리를 죽이지는 않았다. 하지만 그녀는 돌아서서 걷기 시작했고 나는 그냥 입 다물고 있는 게 낫겠다고 생각했다. 내가 공감 능력이 뛰어나지는 않지만, 절망에 빠진 사람에게 상황이 얼마나 더 나빠질 수 있는지 이야기해 봐야 별 도움이 되지 않는다는 사실을 깨달을 정도는 살았다.

철탑은 보안 경계선을 빙 둘러 100미터 간격으로 서 있었다. 느릿느릿 다음 철탑에 도착했을 때 오큘러에서 알람이 울리더니 다른 두 팀보다 우리 팀의 이동 속도가 더 빨라서 속력을 10퍼센트 늦춰야 한다고 알려 주었다.

"으, 이것보다 더 천천히 걸으라고?" 캣이 말했다.

"완전무장 했나 봐. 설피도 안 신었겠지. 어제 얼마나 재미있었는지 기억나?" 내가 말했다.

"응, 하지만 아무리 그래도 그렇지."

오큘러에서 다시 알람이 울렸다. 더 나아가지 말고 12분을 기다리라는 사령부 명령이었다. 캣은 한숨을 쉬면서 철탑에 등을 기대고는 50미터 정도 떨어진 자리에 눈 더미 밖으로 불룩 튀어나온 바위를 향해 가속기를 조준하며 말했다.

"미드가르드에서 기초훈련 받을 때 이후로 한 번도 쏴 본 적이 없어. 기억이 나야 할 텐데." 캣이 말했다.

"겨냥하고 쏘면 돼. 타깃팅 소프트웨어가 다 알아서 하니까. 그리고 사출구가 커서 어차피 다 죽어." 내가 말했다.

캣의 가속기가 윙윙거리는 소리를 내다가 그녀의 어깨를 뒤로 밀쳤고, 잠시 뒤 바위 꼭대기가 폭발하며 화강암 부스러기 구름이 뭉게뭉게 피어올랐다.

"그렇네. 제대로 작동하는 것 같아." 캣이 말했다.

바위 주변의 연기가 가라앉고 나면 진짜 필요할 때를 대비해 총알을 아끼는 게 좋겠다고 말해 줘야겠다고 생각하고 있었다.

그런데 캣의 총알이 지나간 바로 그 자리에 웅크린 크리퍼 머리가 튀어나와 있었다. 몸 뒤쪽 마디는 아직 눈에 파묻혀 있었다. 크리퍼의 아래턱이 넓게 벌어지더니 앞발이 손짓하듯 꿈틀거렸다.

"캣?" 내가 불렀다.

"쉿, 나도 보여."

캣은 조심스럽게 가속기를 조준했고, 가속기는 다시 한번 윙윙거리는 소리를 낸 후 발사되었다. 크리퍼의 앞마디가 산산조각이 나 공중에 흩어졌고 나머지 몸통은 눈 속으로 떨어졌다.

그녀가 말했다. "그래, 확실히 이 무기가 먹히네."

바위 주변 눈밭이 움찔거리기 시작했다.

움찔거림이 파도처럼 옆으로 퍼져 나가더니 눈밭이 들썩였다. 파도가 우리 쪽으로 휩쓸어 오고 있었다.

"미키?" 캣이 말했다.

크리퍼 한 마리가 30미터 앞에서 눈밭을 뚫고 솟아올랐다. 캣이 가속기를 조준하고 발사했지만, 공포에 질려 있던 탓에 수증기와 눈만 날리게 했을 뿐 크리퍼는 맞히지 못했다. 우리 뒤 철탑에 설치된 버너가 작동하기 시작했다. 광선이 바위 주변 눈밭으로 사정없이 발사되었고, 잠시 후 우리 오른쪽과 왼쪽에 있던 철탑들도 버너를 발사하기 시작했다. 뜨거운 수증기가 구름처럼 피어올라 시야를 가리는 바람에 다가오는 눈사태가 잘 보이지 않았다. 가속기를 사용하려는데 발사하기 전에 시야가 쪼개졌다. 나는 가속기를 겨누고 오른쪽 눈으로 제일 앞에 있는 크리퍼를 조준하고 있었다. 갑자기 왼쪽 시야에 멀리서 돔을 바라보는 풍경이 비쳤다. 캣이 산산조각 낸 바위가 보였고 버너 때문에 눈이 증발하면서 만들어지는 수증기 물결이 눈에 들어왔다. 풍경이 왜곡되고 색도 희뿌옇게 보였다. 입체감도 없었다.

수증기 구름 사이로 나를 빤히 보고 있는 빼빼 마른 막대기 같은 사람 두 명이 보였다.

눈을 꼭 감았다 뜨니 이제 오큘러를 통해 보이는 것은 단순화된 이미지뿐이었다. 철탑에서 저장한 피드가 내 오큘러에 비치는 것 같기도 했다. 나는 고개를 젓고 반걸음 물러섰다. 왼쪽 설피가 어딘가 걸리면서 내 몸이 기우뚱하는 느낌이 들었다. 오큘러로 보이는 영상에서는 마른 형상 중 하나가 장난감 같은 소총을 떨어뜨리고 뒤쪽으로 휘청거리며 걷고 있었고, 다른 한 명은 풍선 같은 머리를 이쪽으로 돌려 나를 뚫어져라 보고 있었다. 내가 휘청거리며 넘어지고 있는 동안에도 시점은 바뀌지 않았고, 그동안 총을 떨어뜨린 마른 사람은 픽셀화된 눈 속으로 사라졌다. 다른 한 명이 무기를 들어 올려 발사하고 또 발사해 그와 나 사이에 연신 폭발이 발생했다.

목소리들이 들렸다. 하지만 통신창에서 들리는 캣의 울분에 찬 고함 때문에 조용하고 차분한 다른 목소리가 뭐라고 하는지 도통 이해할 수가 없었다. 남은 한 사람이 더 위쪽을 조준했고, 선처럼 보이던 소총은 점이 되었다…….

"깨어나네요."

낯선 목소리였다. 내 이야기를 하고 있다는 것을 깨닫기까지 시간이 꽤 걸렸다.

"우리 목소리가 들릴까요?"

캣의 목소리다. 눈을 뜨니 의료국 어딘가에 있는 검사실에 누워 있었다. 내 쪽으로 몸을 기울이고 있는 캣의 얼굴에 걱정이 가득했다.

"반스, 내 말 들려?"

바짝 마른 입속에 침이 돌아 말을 할 수 있게 되기까지 몇 초가 걸렸다.

마침내 한 마디를 뱉었다. "응, 들려. 무슨 일이야?"

캣이 몸을 바로 세웠고 나는 일어나 앉으려고 뒤척였다. 누군가 뒤에서 내 어깨를 잡아 부드럽게 침대 쪽으로 눌렀다.

"아직 안 돼. 성급하게 움직이기 전에 몸이 멀쩡한지 확인부터 하자고."

뒤를 돌아보니 코털이 희끗희끗 센 버크라는 중년의 대머리 의사가 서 있었다.

버크가 있다고 해서 그다지 안심이 되지는 않았다. 여태 나를 여러 번 죽인 사람이니까.

"죄송해요. 저한테 문제가 있나요?" 내가 말했다.

"모르지. 신체적 외상은 없고 지금은 뇌파도 정상이야. 첸 이야기에 따르면 밖에서 이유 없이 밀가루 포대 자루처럼 쓰러졌다고 하던데. 의학적인 관점에서 좋은 신호는 아니지." 버크가 말했다.

"우리 안 죽었네? 크리퍼가 다가오고 있었잖아. 아니야?"

"그랬지. 왜 멈췄는지 모르지만." 캣이 말했다.

"철탑, 버너를 발사했잖아?" 내가 말했다.

"응, 철탑에 설치된 버너가 휴대용보다 훨씬 강력하긴 하지. 수증기가 다 걷히고 봐도 바닥에 죽은 크리퍼는 없었어. 하지만 땅속으로 도망가도록 만들 수는 있었겠지?"

"아마도." 하지만 어쩐지 그 때문은 아닌 것 같았다.

"아니면 내가 대장 크리퍼를 죽였는지도." 캣이 덧붙였다.

나는 버크가 손을 올린 쪽 어깨를 으쓱하고는 일어나 앉았다. "뭐라고?"

"철탑에서 버너가 발사되기 시작한 다음에는 앞에서 무슨일이 일어나는지 보이지 않았어. 수증기가 너무 짙었잖아? 그래서 위를 올려다봤는데 언덕 약간 위쪽에서 거대한 크리퍼가 눈 속에서 솟구쳐 나오더라."

그 말에 귀가 쫑긋했다. "얼마나 컸는데?"

캣은 어깨를 으쓱했다. "정확히 말하기 힘든데. 적어도 한 100미터는 떨어져 있었거든. 다른 놈들보다 두 배는 더 컸을까? 어쩌면 더 컸을 수도. 어쨌든 조준할 수 있는 타깃이 그것밖에 없어서 가속기로 쐈지. 몇 초 뒤에 철탑이 꺼졌고 크리퍼도 사라졌어."

나는 테이블 옆으로 다리를 내렸다. "아래턱이 몇 개였어?"

캣의 눈썹이 미간으로 모였다. "가속기를 발사한 뒤에는 안 보이던데. 그 전에는 세어 볼 여유가 없었고."

나는 땅에 발을 디디고 일어섰다. 잠깐 어지러웠지만, 곧 중심을 잡을 수 있었다.

버크가 나섰다. "한동안 여기 있어야 해. 이런 신경과 관련된 증상은 가볍게 여기면 안 돼. 뇌 사진을 찍어 보고 싶은데. 종양이 생겼을 수도 있네."

나는 그를 한번 보고 고개를 저은 다음 회전의자에 놓인 셔츠를 집어 들었다. 내가 실려 왔을 때 누군가 위에 던져 둔 모양이었다.

"종양 같은 건 없어요." 내가 웅얼거렸다.

"자네가 그걸 어떻게 아나."

"예전에 이런 이야기를 한 적이 있는데요. 기억 안 나세요? 종양은 자라는 데 시간이 걸리고, 저는 아직 살아 있은 지 하루 반밖에 안 됐잖아요."

버크는 얼굴을 찌푸렸다. 기억이 난 듯했다.

"좋아. 종양은 아니라고 하자고. 하지만 한 가지는 꼭 확인해야겠어."

그는 서랍을 뒤지더니 가는 지팡이처럼 생긴 막대기를 꺼냈다. 한쪽에는 부항처럼 생긴 컵이, 다른 쪽에는 판독기가 달려 있었다. 그러고는 셔츠에 머리를 넣고 있는 내게 다가와 어깨에 한 손을 올렸다.

"가만히 있게. 시선은 천장으로."

나는 마지못해 숨을 훅 내쉬고는 눈을 굴려 시선을 최대한 위로 보냈다. 버크는 한 손으로 뒤통수를 받치고 막대기 끝으로 내 왼쪽 눈을 눌렀다.

"아야."

"애처럼 굴지 말고. 얼마 안 걸리니까."

삑 소리가 나자 버크는 막대기를 가져갔다. "흠."

캣이 다가와 그의 어깨 너머로 판독기를 읽었다. "이게 무슨 뜻이에요?"

버크는 뒤돌아 캣을 보며 말했다. "지난 한 시간 이내에 오 큘러에 전력이 과하게 흐른 적이 있는 것 같아. 검사를 받아 봐야 해. 뇌와 직접적인 관련이 있을 거야. 오큘러에 이상이 생 기는 건 위험 신호야."

"네, 검사해 주세요."

내 말에 버크는 고개를 저었다. "나는 인간 두뇌 전문이야. 자네는 의용공학자에게 검사를 받아야지."

당연한 말씀이었다.

"감사합니다. 꼭 그렇게 할게요." 내가 말했다.

"그래서, 저 밖에서 대체 무슨 일이 있었던 거야?" 캣이 물었다.

우리는 사이클러 근처 1층 중앙 복도에 있었다. 사이클러와 의료국이 가까이에 있는 이유를 이해하면서도 입구를 지날 때면 여전히 소름이 돋았다.

"몰라. 그냥 정신을 잃었어."

내가 정신을 잃었던가? 뇌가 전기 충격을 받고 작동을 멈추기 직전이었다면 만화 캐릭터 같은 나와 만화 캐릭터 같은 캣을 본 것처럼 기억할 수도 있다는 생각이 들었다. 하지만······.

"아무래도 너 검사를 받아야 할 것 같아. 하지만 방금 받았잖아? 버크가 말한 대로 오큘러 전문가를 찾아갈 거야?"

"어쩌면. 오늘 오후에는 해야 할 일이 있지만 내일 시간 나면 예약을 잡아 보지, 뭐."

"가능한 한 빨리 보여야 할 것 같기는 한데, 네가 알아서 할 문제니까."

"고마워. 생각해 볼게."

거짓말이었다. 이 주제에 대해서는 이미 머릿속에서 결론을 내렸다. 버크가 이야기한 것처럼 오큘러는 시신경과 연결되어 있고, 뇌의 10여 개 영역과도 연관이 있다. 한 개를 빼내서 새 것으로 갈아 끼울 수 있는 문제가 아니다. 오큘러에 결함이 발생해 장치를 교체하려면 매우 오랫동안 까다로운 현미경 수술을 받아야 한다.

어쩐지 나한테는 그런 노력을 들이지 않을 것 같다는 생각이 들었다. 재생 탱크에 다녀오는 편이 훨씬 쉬울 테니까.

우리는 중앙 계단에 도착했다. 한 계단을 올라 뒤를 돌아보니 캣이 멈춰 서 있었다.

"나는 아직 세 시간 더 일해야 해. 아문센은 네가 괜찮아질 때까지 있다 오라고 했는데, 이제 다시 일하러 가 봐야지." 그녀가 말했다.

"아, 나도 가야 하나?" 내가 말했다.

캣이 살짝 미소 지었다. "이런 일을 겪고? 아니. 지금은 아니야. 그리고 가까운 시일 내에 널 부르는 일도 없을 거야. 경비대에서는 포화 속에서 기절하는 사람은 대접을 안 해 주거든."

이런.

"기절한 게 아니고, 잠깐 비틀거린 거지. 눈앞에 뭐가 좀 보여서……" 내가 반박했다.

그녀는 한쪽 눈썹을 올리며 말했다. "뭐가 보여?"

"응, 내가……."

쓰러지면서 본 광경을 캣에게 말하지 말아야겠다는 생각이 갑자기 스쳤다. 내게 뭔가 이상이 있다고 생각하게 하고 싶지 않았다.

만약 내게 아무런 이상이 *없다면* 더 이상 생각하고 싶지 않았고.

"모르겠다. 뭔가 이상한 일이 일어났어. 확실히 이유 없이 기절한 건 아니야."

캣은 어딘가 불편해 보였다. "괜찮아, 미키. 포화를 무서워하는 사람은 많은데, 뭐."

"진짜 그것 때문이라고 생각해?"

캣은 시선을 피했다. "내가 어떻게 생각하든 상관없잖아? 나중에 보자, 미키."

캣과 헤어진 뒤 카페테리아에 들러 사이클러 페이스트를 한 잔 더 마시고 방으로 돌아갔다. 달리 할 일이 없었다. 방에 도착하니 에잇이 무릎에 태블릿을 올린 채 침대에 앉아 있었다.

"왔어? 일찍 끝났네." 에잇이 나를 맞았다.

나는 의자에 털썩 앉아서 부츠 끈을 풀기 시작했다. "또 공격을 당했어. 거의 죽을 뻔했고. 의료국까지 다녀왔어. 사람들이 나보고 집에 가라더라, 그리고 너도 이제는 네 몫의 일을 해야 한다고 하던데."

에잇은 태블릿을 옆으로 치우고 기지개를 켠 다음 일어섰다. "그래. 그럼 네가 돌아왔으니까 배 좀 채우러 가 봐야겠다. 배급 얼마나 남았어?"

"잘 모르겠어. 아마 900킬로칼로리 정도?"

"좋아, 내가 다 먹는다."

나는 안 된다고 하려고 했지만, 에잇은 이미 문밖을 나서고 있었다.

"말리지 마. 난 이제 막 재생 탱크에서 나왔으니까." 그가 뒤도 돌아보지 않고 말했다.

나는 도망치듯 떠나는 그의 등 뒤에 대고 소리쳤다. "야, 손목에 붕대는 감아야겠지?"

에잇이 소매를 걷어 팔목을 보였다. 붕대가 감겨 있기는 했지만 제대로 감겨 있지 않았다. 내가 한마디 하려고 입을 열자, 그가 눈을 굴리며 선수를 쳤다.

"걱정하지 마. 물어보는 사람이 있으면 상처 회복이 빠르다고 이야기할게."

에잇이 사라진 뒤 나는 침대로 기어올라 태블릿을 들었다. 에잇도 애셔 월드에 관해 읽고 있었다. 에잇이 나와 같은 주제에 관심을 둔다는 사실에 5초 동안 놀랐다가, 그나 나나 다르지 않으니, 그러지 않는 게 오히려 더 놀랄 일이라는 생각이 들었다.

그래도 나와 에잇 사이에는 지난 6주라는 차이가 있었다. 무슨 이유에서인지 그 6주가 어마어마한 차이를 만든 것 같았다.

쭉 생각해 봤는데, 애셔 월드의 탐사도 우리와 상황이 다르지 않은 것 같았다. 그들의 목적지 행성은 생명체가 살기에 너무 뜨거웠다. 우리 행성은 죽도록 춥지는 않지만 재수 없으면 죽을 수도 있다. 미드가르드의 설계자들이 니플하임의 대기 중 산소 포화도를 더 신중하게 측정했더라면 이곳의 환경이 생명체가 간신히 살 수 있는 수준이라는 사실을 눈치챘겠지만, 7광년 이상 떨어진 곳에서 파악한 정보로는 다른 방도가 없었을지도 모른다.

이 행성의 환경이 더 나빴으면 어땠을지 궁금했다. 더 추웠거나 더 산소가 희박했거나 대기 중에 독성 물질이 있었더라면? 테라포밍 장비를 가져오기는 했지만, 테라포밍 과정은 이루 말할 수 없이 더디다. 비슷한 환경에 놓였던 개척지들에 관해 읽은 적이 있었다. 조직을 재편성하고 연료를 채워 다른 행성을 찾아 떠난 이들이 있는가 하면 계속 궤도에 머무르면서 테라포밍 전문가들만 행성으로 내려보내 개척을 시도했던 이들도 있었다.

애셔 월드 사람들처럼 모든 것을 포기하고 자멸한 이들도 있었다.

꾸준히 노력했던 이들 중에서도 실제로 성공한 사례는 한 손에 꼽을 정도밖에 되지 않았다. 환경이 좋은 행성에서도 개척지를 건설하기는 쉽지 않다. 하물며 환경이 척박한 행성이라면 거의 불가능에 가깝다고 봐야 한다.

니플하임 같은 행성에서라면? 시간이 지나면 알게 되겠지.

이 질문을 곱씹으며 상황이 나빠질 경우 나는 어떻게 될지 생각하고 있는데 오큘러에 메시지가 도착했다.

[RedHawk]: 미키. 너 오늘 힘들었다며. 난 16:00에 임무 교대야.
같이 저녁 할래? 내가 살게.

당연히 답은 *완전 좋아*였지만 *대체 무슨 수로 네가 저녁을 대접할 수 있지?* 하는 질문이 머릿속에 떠올랐고, 어떻게 대답할지 생각하기도 전에 메시지 하나가 전송되었다.

[Mickey8]: 당연하지. 곧 보자고, 친구.

이런, 절대 안 되지. 나는 비공개 창을 열었다.

[Mickey8]: 절대 안 돼. 이건 내 몫이야.

[Mickey8]: 재생 탱크 후유증을 생각해 봐, 세븐. 난 음식다운 음식을
좀 먹어야 해. 우리 카드에 300킬로칼로리가 남았으니까 네가 이걸
가져.

[Mickey8]: 잘 들어. 나는 지난 24시간 동안 두 번이나 죽을
고비를 넘겼고, 너는 두 번 다 낮잠을 자고 있었어. 계속 이럴 거면
사이클러에서 20분 뒤에 만나. 이번에는 제대로 한번 해보자고.

[Mickey8]: 와, 성격 한번 불같네.

[Mickey8]: 농담 아니야. 15:45까지 돌아오지 않으면 너도 동의하는
걸로 알겠어.

[Mickey8]: ······.

[Mickey8]: 어쩔 거야?

[Mickey8]: 좋아, 알겠어. 맛있는 저녁 많이 잡수세요, 덩치만 큰
아가씨. 네가 얼른 크리퍼한테 먹혔으면 좋겠다.

14장

"뭐든 마음껏 먹어, 친구." 베르토가 말했다.

내 시선은 토끼 고기를 좇고 있었다.

"이성적인 범위 안에서. 나도 배급이 무제한은 아니니까." 그가 덧붙였다.

나는 카페테리아를 둘러보았다. 이른 저녁 시간이어서 그렇게 붐비지는 않았다. 문 가까이에 경비대원 한 무리가 앉아 있기는 했다. 그중 한 명과 눈이 마주쳤다. 그가 동료에게 뭔가를 이야기하니 테이블이 웃음바다가 되었다.

멋지군. 이제 죽음을 무서워하는 익스펜더블이 되었다. 이곳에서 내 사회적 지위는 더 내려갈 곳 없이 바닥을 쳤다.

"미키, 듣고 있어?" 베르토가 말했다.

나는 주문 카운터 쪽으로 돌아섰다. "한도를 정해 줘. 나 정말 여기 있는 음식을 다 먹을 수도 있어."

베르토는 주문 카운터를 내려다보며 뒷머리를 긁적였다. "그러면 이렇게 하자. 1000킬로칼로리 아래로, 됐지?"

나는 그를 빤히 올려다보며 물었다. "1000킬로칼로리라고? 정말?"

"응, 내가 한 말은 다 진심이야, 친구. 너는 내 절친인데, 거짓말하면 안 되잖아. 내 방식으로 사과하는 거라고 생각해."

베르토는 아직도 거짓말을 하고 있지만 아무래도 상관없을 것 같았다. 나는 감자, 귀뚜라미 튀김 그리고 작은 볼에 담긴 양상추와 토마토 샐러드를 주문했다. 그래도 700킬로칼로리밖에 되지 않아서 페이스트를 한 컵 가득 담아 남은 칼로리를 채웠다. 많아서 나쁠 건 없지. 내가 주문한 음식이 배식구에서 나와서 보니 베르토도 음식을 주문한 모양이었다.

베르토는 토끼 고기를 주문했다.

"베르토? 어떻게 된 거야?"

그가 웃었다. "너한테 저녁을 사 주고 나는 굶을 줄 알았어? 설마? 미안하지만 그다지 미안하진 않네. 널 위해 희생하려는 게 아니라 부를 나누는 차원이었어."

우리는 총 2400킬로칼로리를 주문했다. 베르토는 그의 오큘러를 스캐너에 가져다 댔다. 스캐너가 초록색으로 반짝했다.

"진짜로 이게 어떻게 가능하지?" 내가 물었다.

베르토의 미소가 더욱 환하게 빛났다. "처음 플리터로 널 데리고 나갔을 때 기억하지?"

맙소사. 절대 잊을 수 없는 기억이었다.

"응. 그런 것 같은데." 내가 말했다.

그의 쟁반이 배식구에서 나왔다. 우리는 음식을 가지고 뒤쪽 테이블로 향했다. 걷는 동안 경비대원들의 시선 때문에 목덜미가 따끔거릴 지경이었다.

"돔에서 남쪽으로 20킬로미터 떨어진 능선 위로 날았던 거 기억나?"

그날 무슨 일이 있었는지 기억이 가물가물했고, 그가 무슨 이야기를 하려는지도 이해할 수 없었지만, 이야기를 계속 이어가게 하려고 고개를 끄덕였다. 우리는 테이블에 앉았고 그는 곧바로 토끼 뒷다리를 뜯기 시작했다.

"능선 꼭대기에 특이하게 서 있는 바위가 있어. 바로 그 위를 날았는데 기억나?" 베르토가 입안 가득 고기를 우물거리며 말했다.

이쯤 되자 그가 무슨 소리를 하는 건지 도저히 종잡을 수가 없었다. "아니, 솔직히 기억 안 나."

베르토는 어깨를 으쓱했다. "상관없어. 뾰족한 화강암 바위를 생각해 봐. 높이는 30미터쯤 되고, 옆에는 그보다 약간 작은 납작한 바위가 비스듬하게 기대어 있어. 바닥은 서로 10미터쯤 떨어져 있고 올라갈수록 그 간격이 좁아지는 거야."

"알겠어. 상상은 해 볼게." 사실 베르토의 묘사를 들으니 그가 이야기하는 장소가 어디인지 기억나는 것 같았다. 암벽타기 하기 좋은 장소라고 생각했던 것도 기억이 났다.

물론 그때는 크리퍼가 나타나기 전이었다.

"그래, 그래서 내가 지난 몇 주 동안 지나가는 사람마다 붙잡고 플리터를 몰고 바위 사이를 지나갈 수 있다는 이야기를 하고 다녔어. 미쳤지? 그러니까 플리터를 90도로 꺾으면 날개 둘 중 한쪽 끝은 여유 공간이 50센티미터밖에 안 되는 거야. 회전을 시작하는 타이밍이 10분의 1초 이내로 정확해야 해."

"그래, 미친 소리 같아. 그래서?" 내가 재촉했다.

"다른 사람들도 다 미쳤다고 했어. 그래서 내가 내기를 걸었지."

베르토는 이야기를 멈추고 입안 가득 음식을 채웠다. 하지만 나는 더 이상 그의 이야기를 기다릴 필요가 없었다.

"성공했어?"

"그럼. 해냈지. 3000킬로칼로리를 모았다, 이 말씀이야. 훌륭하지?" 그 빌어먹을 포그볼 토너먼트에서 우승을 거머쥔 이후로 본 적 없는 환한 미소를 지으며 베르토가 말했다.

"넌……." 나는 입을 열었다가 할 말을 정리하려고 잠시 멈췄다. "죽을 수도 있었잖아."

"그랬지. 안 죽었고."

나는 쟁반 옆에 포크를 놓고 주먹을 꽉 쥐었다. "네 목숨을 걸었다는 거잖아. 이틀 치 배급이 뭐라고 목숨을 걸어."

베르토의 얼굴에서 우쭐한 미소가 사라졌다. "저기, 진정해, 친구. 별일도 아닌데."

"별일이 아니야? 그깟 몇 킬로칼로리에 목숨을 걸었잖아. 나를 위해서는 절대 위험을 감수하지 않는 놈이."

베르토는 맥이 탁 풀린 표정이었다. 그는 나를 빤히 보았고 나도 그를 뚫어져라 보았다.

내가 거기까지 안다는 사실을 알려서는 안 되는데…… 이야기를 하고 말았다. 잠깐, 얘기한 거 맞아? 젠장, 베르토의 거짓말이 문제가 아니라 내가 어디까지 거짓말을 했는지가 헷갈렸다.

"미키? 그게 정확히 무슨 뜻이야?" 베르토가 물었다.

나는 대답을 하려고 입을 열었다가 다시 굳게 다물었다.

"넌 막 재생 탱크에서 나왔잖아. 미키, 내 말이 틀려?"

나는 시선을 돌렸다. 경비대원 무리 중 하나가 우리 쪽을 보고 있었다.

"맞아. 너도 내가 그랬단 거 잘 알잖아."

"나도 내가 잘 아는 줄 알았지. 그런데 인정할 건 인정해야겠어. 나 방금 좀 놀랐어."

나는 포크로 감자를 푹 찍어서 입에 넣은 다음 씹기 시작했다. 지금 이 저녁 식사는 이틀 만에 처음 먹는 음식다운 음식이다. 이 식사를 마음껏 즐기지 못한다면 죄를 짓는 거나 다름

없었다. 베르토와 담판을 지어야겠다고 결심했다가 다시 마음을 돌리기를 5초 동안 대여섯 번 반복했다. 다시 베르토를 보았을 때 그는 눈을 가늘게 뜨고 천천히 음식을 씹으며 나를 바라보고 있었다. *사실 나 안 죽었어. 내가 이렇게 말하는 모습을 상상해 본다. 너는 그 망할 크레바스에 나를 버리고 갔지만, 난 죽지 않았어.* 베르토가 토끼 뒷다리를 한 입 더 베어 무는 모습을 보며, 나는 이렇게 덧붙이는 상상을 한다. *너한테 이틀치 배급을 주겠다고 했으면 돌아왔으려나?* 마침내 입을 열고 상상한 대로 이야기하려는데, 우리를 보고 있던 경비대원 무리 중 하나가 테이블에서 일어나 우리 쪽으로 걸어오기 시작했다.

잘은 아니지만 아는 얼굴이었다. 이름은 대런이고 개척민치고는 체구가 컸다. 키는 거의 베르토만 하고, 몸무게는 적어도 10킬로그램은 더 나가는 것 같았다. 어두운 머리칼을 짧게 잘랐는데, 턱에는 제멋대로 자란 곱슬곱슬한 수염 한 뭉치가 달려 있었다. 이 탐사에 선발된 사람 중에 멍청한 사람은 없고, 대런도 멍청이는 아니지만, 권력을 좀 쥐었다 싶은 멍청한 놈들이나 보일 법한 태도를 보여서 항상 눈에 거슬렸다. 대런은 베르토의 한두 걸음 뒤에 서서 가슴팍 앞으로 팔짱을 끼고 고개를 한쪽으로 기울인 채 말했다.

"저기, 신사 여러분, 오늘 저녁 배급은 맛이 괜찮으신가?"

베르토는 뒤를 돌아보며 토끼 뒷다리를 들어 일부러 천천히 한 입을 뜯었다.

그러고는 음식을 가득 문 채로 대답했다. "그럼, 아주 잘 먹고 있지."

대런의 얼굴이 움찔거리더니 점점 일그러졌다. "고메즈 너는 아주 개자식이야. 네놈도, 딱 한 대 남은 멀쩡한 플리터도 오늘 아침에 박살이 날 뻔했어."

베르토는 어깨를 으쓱한 뒤 내 쪽으로 몸을 돌리고는 토끼 뒷다리를 새로 한 입 베어 물었다.

"플리터는 내가 없으면 어차피 쓸 일도 없잖아. 나샤는 어차피 중력 그리드 없는 건 조종하지 않으니까." 음식을 씹어 삼킨 뒤 소매로 입을 훔치고는 말을 이었다. "그렇게 개척지 자산이 신경이 쓰이면 네 저녁 식사를 사이클러에 넣지 그래? 난 챙길 게 있어서 행동으로 옮겼을 뿐이야." 베르토는 얼굴에 다시 미소를 머금은 채로 나를 올려다보며 윙크했다. "아, 왜 마음에도 없는 말을 했을까, 돈을 걸지 않았더라도 날았을 거야. 행성이 지루해 죽겠는 참에 정말 죽여주는 비행이었다고."

죽여주는 비행이라니. 당연히 그랬겠지. 나는 이가 부러질 정도로 입을 악물었다. 대런의 시선이 이제는 나를 향했다.

"반스, 무슨 문제 있어?"

목소리가 나올 것 같지 않았다. 대런은 양 눈썹을 미간에 모은 채 반걸음 정도 앞으로 다가왔다.

"진짜로, 할 말 있으면 해. 못 할 거면 표정을 풀든가."

베르토가 나섰다. "그만둬. 미키는 지난 이틀 동안 충분히

황금가지
2025

봉준호 감독 신작 영화
미키17 원작

미키7

아카데미 수상작 「기생충」 봉준호 감독 연출의 차기작 「미키17」의 원작!
정체성에 대한 철학적 질문과 계급 간의 모순을 파고든 SF 장편소설

미키7 에드워드 애슈턴

죽음의 위기에서 가까스로 생환한 미키7은
자신을 이을 또 다른 복제 인간과 맞닥뜨린다!

"「기생충」의 봉준호 감독이 영화화하기에 딱이다."
—《더 필름 스테이지》

미키7— 반물질의 블루스 에드워드 애슈턴

『미키7』의 이야기를 완성하는 후속 신작

"봉준호 감독, 나보다 내 책 더 잘 알아."
— 에드워드 애슈턴

민들레 왕조 연대기 2
폭풍의 벽 (전2권) 켄 리우

『종이동물원』의 저자 켄 리우의
유일한 장편소설 민들레 왕조기의
두 번째 작품 드디어 출간.

동양 문학의 고전『초한지』의 재해석.
타임 선정 100대 판타지 소설.

민들레 왕조 연대기 1
제왕의 위엄 (전2권) 켄 리우

스톤 매트리스 마거릿 애트우드

부커 상 2회 수상 작가 마거릿 애트우드의 걸작 단편집
「케빈에 대하여」린 램지 감독 영화화 작품 수록

"놀랍다. 애트우드는 성(性)의 대결에 관해
날카로운 재치를 발휘한다." —《퍼블리셔스 위클리》

홀리 스티븐 킹

이야기의 제왕을 사로잡은 캐릭터
홀리 기브니의 단독 장편!

듄 (전6권) 프랭크 허버트

칼 세이건이 극찬한 SF의 영원한 고전, 듄 신장판 전집
세계 수십 개의 언어로 번역되어 2000만 부 이상의
판매고를 올린 역사상 가장 많이 팔린 SF

「스타워즈」, 「바람 계곡의 나우시카」,
「왕좌의 게임」 등 영화, 드라마, 애니메이션, 게임,
만화, 음악에 이르기까지 반세기 동안 서브컬처에
절대적 영향을 끼친 고전
드니 빌뇌브 감독의 아카데미 6관왕
블록버스터 영화 「듄」의 원작

"『듄』에 견줄 수 있는 건 『반지의 제왕』 외에는 없다."
— 아서 C. 클라크

"『듄』은 내가 미처 비판할 틈도 없이 빠져들게 만들었다." —칼 세이건

듄의 세계 톰 허들스턴

프랭크 허버트에 영향을 미친 것들을
총망라한 『듄』 세계관의 가이드맵.

듄 그래픽 노블 1, 2 (전3권 예정) 프랭크 허버트

전설적인 고전 『듄』을 그래픽 노블로 만난다!
AMAZON.COM 베스트셀러 1위(SF 그래픽 노블 부문)

프랭크 허버트 단편 걸작선 1952-1961 : 오래된 방랑하는 집
프랭크 허버트 단편 걸작선 1962-1985 : 생명의 씨앗

세계에서 가장 많이 읽힌 SF 『듄』의 작가 프랭크 허버트의 단편집

유일한 『듄』의 단편부터, 『듄』의 세계관 정립의 기초가 된 단편까지,
1952년부터 1985년까지 각종 매체를 통해 발표된 SF 단편 32편 수록

힘들었어."

"그렇겠지. 들었어. 어제 우리 대원 두 명을 죽게 만들더니 오늘은 전투 중에 쓰러져서 지난 24시간 동안 첸이 두 번이나 목숨을 구해 줘야 했다지. 너도 참 안됐다."

베르토는 잘근잘근 씹던 토끼 뒷다리뼈를 조심스럽게 쟁반에 내려놓은 다음 양손을 테이블에 가지런히 올려놓았다. 어느새 능글맞은 웃음은 싹 지워져 있었다.

"그만 가 봐, 대런."

"넌 빠져, 고메즈. 방금 나는 저녁 식사로 빌어먹을 사이클러 페이스트를 먹었고, 기분이 별로라……."

대런은 거기까지밖에 말하지 못했다. 베르토의 뒤통수를 밀치는 최악의 수를 두었기 때문이다. 대런은 덩치가 좋은 경비대원이었다. 그가 그렇게 나오면 보통 사람들은 알아서 그를 피했다.

하지만 내가 아는 한 베르토는 자신에게 이런 짓을 한 사람을 그냥 보낼 친구가 아니었다.

그는 자리를 박차고 일어나 뒷다리에 무게중심을 두고 돌아섰고, 그가 앉았던 벤치가 넘어지면서 대런의 정강이에 부딪힐 때 이미 그의 주먹은 허공을 가르고 있었다.

베르토가 포그볼을 잘하는 데는 이유가 있다. 길쭉하고 흐느적거리는 외모와 달리 그는 초인적으로 빨랐다. 베르토의 주먹이 왼쪽 얼굴에 꽂혀 쓰러질 때까지 대런은 미처 손도 올리지 못하고 있었다.

이렇게 되자 10대들이 하는 주먹다짐으로 끝났을 일이 거의 폭동 수준으로 번졌다.

대런이 몸을 일으키는 동안 나도 자리에서 일어나 테이블 반대편으로 향했다. 그가 한쪽 무릎을 최대한 먼 바닥에 디뎌 일어서려고 하자 베르토가 발로 그의 어깨를 누르고는 다시 땅에 쓰러뜨렸다. 베르토의 한쪽 발이 땅에 닿기도 전에 대런이 앉아 있던 테이블에서 경비대원 한 명이 달려들어 베르토의 얼굴을 우리 테이블에 처박았고, 나는 50센티미터쯤 밀려난 테이블을 피하려고 펄쩍 뛰어 물러서야 했다. 베르토는 버둥거리며 일어나려고 애썼지만 다른 대원 두 명이 더 달라붙어 팔을 한 짝씩 붙잡더니 베르토의 다리를 발로 차고 등 뒤로 팔을 갖다 붙였다. 내가 다치지 않은 손을 경비대원 한 명의 어깨 쪽으로 뻗었지만, 누군가 내 멱살을 잡고 발을 걸어차 바닥에 고꾸라뜨린 다음 무릎으로 등을 짓눌렀다. 목덜미를 짓누르는 테이저건에서 찌릿함이 전해졌고 나는 정신을 잃었다.

"설명해 보게."

나는 베르토를 흘긋 보았다. 그의 시선은 마샬의 머리 뒤쪽 어느 한 점에 고정되어 있었다. 5초쯤 어색한 정적이 흐른 뒤 내가 말했다.

"오해가 있었습니다, 사령관님."

마샬이 눈을 감았다. 힘이 들어갔던 턱 근육이 풀어지는 모습이 보였다. 이윽고 감았던 눈을 가늘게 떴다.

"오해라. 고메즈 자네도 오늘 오후에 일어난 일을 그렇게 설명할 텐가?"

"아닙니다, 사령관님. 이 일에 연루된 사람들 모두가 무슨 상황인지 명확히 이해했으리라 생각합니다."

"알겠네. 어떻게 명확하게 이해했다는 뜻이지?"

베르토는 얼굴에 피어오르는 미소를 완벽하게 감추지 못한 채 말했다.

"이번 일에 연루된 경비대원들은 자신들의 형편없는 결단력이 가져온 결과에 단단히 화가 나 있었고, 그중 한 명이 무고한 제삼자를 모욕하는 방식으로 자신의 좌절감을 해소하려 한 것입니다."

"흠, 드레이크가 자네를 모욕했다고? 자네는 털끝 하나 다친 것 같지 않은데 드레이크는 광대뼈에 금이 가서 의료국에 누워 있지. 그건 어떻게 설명할 텐가?"

베르토가 어깨를 으쓱했다. "그가 저를 모욕했다고 했지, 이겼다고 한 적은 없습니다."

마샬의 얼굴에 더 깊은 골이 파였다. 이제 그는 나를 향해 말했다. "반스, 오늘 일어난 일에 대한 고메즈의 설명에 자네도 동의하나?

"전반적으로 동의합니다. 대런이 먼저 저희에게 다가와 말을 걸었고, 저희는 쳐다보지도 않았습니다. 그는 저녁으로 사이클러 페이스트를 먹게 된 데 불만이 있었고 제게 시비를 걸어 분을 풀려고 했습니다. 일이 커지자 좀 놀란 것 같아 보였는데, 애초에 왜 시작을 했는지 의문입니다. 대런이 먼저 베르토를 건드렸거든요."

마샬의 얼굴이 똥 씹은 표정으로 일그러졌다.

"좋아. 이 일로 자네들을 어떻게 할 수 있으면 나도 좋겠네. 특히 지난 24시간 동안 자네들이 내 사무실에 두 번이나 들락 거렸다는 점을 생각하면 말이지. 하지만 안타깝게도 감시 카메라에 찍힌 영상이 자네들의 설명과 대부분 일치하더군. 드레이크가 분명 제멋대로 접근했고, 본인이 나가떨어지기 전에 고메즈를 먼저 건드렸어. 솔직히 경비대원들에게 조금 실망했네."

경비대원들의 판단력에 실망했다는 것인지, 아니면 그들의 주먹다짐 실력에 실망했다는 것인지는 확실히 이야기해 주지 않았다. 대신 의자에 기대앉아 가슴팍에 팔짱을 긴 채 이렇게만 말했다.

"하지만 자네 둘이 잔칫상을 차려 먹는 동안 드레이크는 왜 사이클러 페이스트를 먹어야 했는지는 여전히 궁금하군. 내 기억이 맞는다면 내가 어제 자네들의 배급을 삭감했던 것 같은데, 드레이크는 여전히 하루에 2000킬로칼로리를 섭취할 수 있고 말이야. 대체 왜 드레이크는 자네한테 그 책임이 있다고 생각하는 건가?"

마샬은 생각에 잠기며 턱을 쓰다듬었다.

베르토가 내 눈치를 보았지만 나도 마땅히 둘러댈 말이 떠오르지 않았다.

"설명하기 어렵습니다, 사령관님. 아침을 많이 먹은 게 아닐까요?" 베르토가 대답했다.

"알겠네. 그러니까 자네와는 아무 상관 없는 일이라는 거군."

마샬이 책상에 있는 태블릿을 두드리자 오큘러에 영상 클립이 나타났다. 나는 눈을 깜빡여 동영상을 재생했다. 멀리서 찍어 화질이 나빴지만 눈 덮인 능선 꼭대기에 있는 바위를 향해 베르토의 플리터가 돌진하는 모습이 찍혀 있었다. 납작한 바위 두 개가 바위산 위에 우뚝 솟아 갸름한 삼각형을 만든 것이 내가 기억하는 모습과 비슷했다. 화면으로 보이는 각도에서는 플리터가 절대 바위 사이로 지나갈 수 없을 것처럼 보여 결과를 알면서도 속이 울렁거렸다. 베르토는 100미터 정도 밖에서 멈춰 고도를 약간 조정한 다음, 마지막 순간에 비행기를 꺾어 종이 한 장 차이로 틈새를 통과했다.

베르토가 물었다. "아, 이걸 찍으셨습니까?"

"그렇네. 찍었지. 고메즈, 현재 경보 수위가 강화되지 않았나. 사망자가 발생했고 남은 귀중한 인력들을 지켜야 하니까. 우리는 모든 상황을 예의 주시하고 있다네. 자네가 뭘 하든 내가 모르게 할 수는 없을 거야. 자, 이제 인적 자원과 물적 자원 측면에서 우리가 위태로운 상황에 있다는 사실을 알면서도 겉멋

든 어린애들이나 할 법한 장난에 자네 목숨과 더 중요하게는 대체할 수 없는 금속 및 전자 기기 2000킬로그램을 위험에 빠뜨린 이유를 설명해 주겠나?"

베르토는 벽에 시선을 고정한 채 꿀 먹은 벙어리처럼 앉아 있었다. 마샬은 베르토를 빤히 내려다보았다, 아주 아주 오랫동안.

마샬이 마침내 침묵을 깼다. "좋네. 자네가 도박꾼인 것은 잘 알겠어. 자네가 지난 이틀 동안 어긴 규칙을 일일이 설명하지 않아도 되겠지. 어차피 상관도 안 할 테니." 사령관은 책상에 팔꿈치를 올린 채 몸을 앞으로 기울이고는 한숨을 쉬었다. "이제 자네에게 어떤 처분을 내려야 할지 모르겠군. 받아야 할 벌에 비해 한참 모자란 외출 금지 명령조차 내릴 수 없어. 곤장을 치는 건 유니언 지침에 어긋나고." 그러고는 말을 멈추고 내게 시선을 돌렸다. "반스, 추천할 방법이라도 있나?"

나는 베르토를 흘긋 본 다음 마샬에게 시선을 돌리며 말했다. "제가 말입니까? 없습니다, 사령관님."

마샬은 다시 한번 한숨을 쉬고 의자에 기댔다. "몇 안 되는 선택지 가운데 제일 나은 방법은 일을 늘리고 배급을 줄이는 것이겠지. 앞으로 5일간 자네의 원래 근무 시간에 더해 아자야의 근무 시간까지 맡아서 하게. 그러면 사고 칠 시간도 없겠지. 그리고 배급량을 10퍼센트 추가로 삭감하기로 하고. 어차피 먹을 시간도 없으니 불편한 줄도 모르겠지만. 다른 직원에게 배급을 넘겨받는 것도 금지하겠네. 또 어떤 잔머리를 굴려 동료들을 속일지 모르니."

"사령관님……."

마샬은 베르토가 입을 열기가 무섭게 말을 잘랐다.

"괜한 시간 낭비 말게. 이미 말했듯이, 자네가 받아 마땅한 처벌에 훨씬 못 미치는데 말이지. 계속 징징댈 생각이라면 자네가 일으킨 문제에 알맞은 더 합리적인 해결책을 생각해 보도록 하겠네."

베르토는 할 말이 한참 남은 듯했지만, 그 말을 꾹꾹 삼켰다. 이윽고 마샬의 머리 뒤쪽 어느 한 점에 시선을 고정한 채 겨우 입을 뗐다. "네, 사령관님. 감사합니다."

"그렇지. 가 보게." 우리가 일어서서 방을 나서려는 찰나 마샬이 큰 소리로 덧붙였다. "아, 반스? 이 사건에 어떻게 끼게 되었는지는 모르겠지만 분명 자네도 연관이 있는 게 틀림없겠지. 자네 배급도 5퍼센트 삭감하는 것으로 하겠네."

나는 그를 향해 돌아섰다. "네? 안 됩니다!"

"10퍼센트." 내가 다시 반항할 기미를 보이자 마샬이 덧붙였다. "15퍼센트로 하겠나?"

나는 위아래 턱이 부딪히는 소리가 귀에 들릴 정도로 얼른 입을 닫았다.

"아닙니다, 사령관님. 감사합니다."

15장

"또 10퍼센트가 깎였다고? 너 진짜 나한테 왜 이래?"

"우선, *네*가 아니라 *우리*한테 일어난 일이야. 그리고 내가 뭘 한 게 아니야. 짜증 내고 싶으면 베르토한테 내. 경비대 절반한테 내기를 걸어서 배급을 뜯어낸 것도, 카페테리아에서 그중 한 명에게 주먹을 날린 것도 베르토니까."

에잇은 침대에 털썩 누워 두 손에 얼굴을 파묻었다. "못 해먹겠어. 나는 재생 탱크에서 나와서 제대로 쉬지도 못했어. 내 몸은 아직 씹는 음식을 한 입도 못 먹은 거 알지? 아침에 일어나서 잠들기 전까지 온종일 음식 생각만 한다고. 이제 남은 배급이 대체 얼마야? 한 사람당 720킬로칼로리쯤 되려나? 이렇게는 못 살아. 절대 못 살아."

"미안해. 진심이야. 네가 지금 얼마나 힘든지 정말 잘 알아. 하지만 할 수 있는 일이 없어. 시체 구덩이로 다시 갈 게 아니라면 그냥 견디는 수밖에 없어."

에잇이 나를 올려다보았다. "세븐, 거짓말하지 않을게. 이러고 있으니 시체 구덩이에 빠지는 게 낫겠다는 생각이 자꾸만 들어."

나는 책상 의자에 털썩 앉아 부츠를 벗고 침대에 누운 에잇 옆으로 발을 올리며 말했다. "그렇게 될 수도 있지만 아직은 일러. 오늘 배급 카드에 얼마가 남았든 너한테 줄게. 그리고…… 내일은 900킬로칼로리를 네가 먹어. 그거면 되겠어?"

에잇은 끙 소리로 답을 대신했다.

"들어 봐. 나는 앞으로 서른여섯 시간 동안 540킬로칼로리로 버텨야 하고 오늘 베르토가 소란을 피우는 통에 저녁 식사를 끝내지도 못했어. 네가 죽을 만큼 힘든 건 알지만 나한테도 그렇게 좋은 상황은 아니야."

에잇은 한숨을 쉬며 털썩 등을 대고 눕더니 천장에 대고 중얼거렸다.

"알겠다고. 너도 힘든 거 알지만 제안은 받아들일게. 세븐, 너는 좋은 사람이야. 잠든 네 목을 졸라 죽이고 널 뜯어 먹는 날이 오면 정말 마음이 찝찝할 거야."

그의 말에 뭐라고 대꾸를 하기도 전에 오큘러에 메시지가 도착했다.

[BlackHornet]: 안녕, 교대 근무 마쳤어?

답을 적으려는데 에잇이 선수를 쳤다.

[Mickey8]: 응, 오늘 밤에 비행 있는 줄 알았는데?
[BlackHornet]: 그랬는데 이젠 아니야. 무슨 이유인지 앞으로 며칠 동안 내 근무 시간까지 베르토가 맡게 됐어. 새 공지가 있을 때까지 난 자유야. 만날까?
[Mickey8]: 당연하지!
[BlackHornet]: 좋아. 10분 뒤에 봐.

에잇이 말했다. "미안, 네가 좀 나가 줘야겠어."
"야."
내가 미처 뭐라고 하기도 전에 그가 말을 끊었다.
"아니, 세븐. 꿈도 꾸지 마. 나한테 이게 필요해서 그래. 정말 필요하다고. 네가 잘 때 목을 조르겠다고 한 건 농담이지만, 이 문제를 놓고 싸우려고 들면 진짜 널 죽일지도 몰라."
별것 아닌 말에 가슴속에서 걷잡을 수 없는 분노가 끓어올랐다. 분노가 과하다는 사실을 나도 알았다.
잘 알지만, 상관없었다.

내가 말했다. "잘 들어. 네 상황이 좋지 않다는 거 이해해, 이 몸집만 큰 애송이. 네가 자꾸 생색을 내니까 하는 말인데, 나도 네가 잠에 빠져 있는 이틀 동안 아주 위험한 임무를 맡았어. 게다가 앞으로 이틀 동안 너한테 배급의 4분의 3을 차지하라고 속도 없이 순순히 양보까지 해 줬잖아. 그래, 넌 재생 탱크에서 이제 막 나왔지. 배가 고플 만해. 하지만 나도 배가 고파. 오늘은 거의 죽을 뻔했고, 그리고 내가 기억하는 한 재생 탱크에서 나온 지 얼마 안 됐다고 특별히 여자가 더 고프지는 않았던 것 같은데? 계속 이렇게 나올 거면 당장 마샬 사무실로 가서 끝장을 보자."

에잇은 족히 5초는 나를 빤히 쳐다보며 입을 달싹거리다 마침내 입을 열었다. "잠깐만. 뭐야? 내 말을 섹스가 하고 싶단 뜻으로 알아들었어?"

그 말에 나는 멈칫할 수밖에 없었다. "음…… 아니야?"

에잇은 끙 소리를 내고는 일어나 앉아 두 손으로 얼굴을 문질렀다. "맙소사, 세븐. 죽을 만큼 배고프다고 조금 전에 말했잖아? 지금 내가 그런 데 쓸 힘이 어디 있어? 이 멍청이, 내가 나샤를 여기 불러서 옷이라도 벗길까 봐 그러냐? 배 좀 채워 달라고 구슬리려고 그래. 다 먹지는 못했다고 해도 어쨌든 너는 베르토한테 얻어먹었다며. 이번에는 내 차례여야지."

그 말을 듣자 화가 눈 녹듯 사라졌다.

"어, 그렇네."

"그렇지. 그러면 이제 네가 어떻게 해야지?"

나는 에잇을 빤히 보았고 그도 시선을 피하지 않았다. 몇 초 후 그는 눈을 굴리더니 손가락으로 문을 가리켰다.

"그렇네."

나는 다시금 동의하고는 부츠를 신고 방을 나섰다.

굶주림에 관해 재미있는 이야기가 있다. 첫 개척지 이름이 에덴이었다는 사실을 모르는 사람은 없을 것이다. 에덴은 옛 지구의 후손들이 정착에 성공한 첫 번째 개척지다. 하지만 에덴의 상륙거점 개척지가 실제로 두 번의 시도 만에 건설되었다는 사실은 모르는 사람이 많다.

첫 번째 시도는 그보다 40년 전, 그러니까 버블 전쟁이 끝나고 20년이 지나 칭시라는 우주선으로 시작되었다. 절박했던 인류의 태양권 경계를 벗어나려는 첫 시도였고, 첫 시도들이 언제나 그렇듯 순탄하게 흘러가지 않았다. 우주선에는 사이클러도 없었고, 지금처럼 엔진 효율도 좋지 않았으며 지구에서 에덴까지는 지금 기준으로도 상당히 거리가 떨어져 있었다. 계산된 이동 시간만 21년이었고, 그동안 사람들은 우주선에서 경작한 식물로 근근이 버텨야 했다.

그들이 마주한 상황과 아직 초기 단계였던 기반 기술, 그리고 그들이 항성 사이 우주 환경이 상대론적 속도에 어떤 영향을 미치는지에 대해 한심할 정도로 무지했다는 사실을 고려하면, 첫 번째 시도에서 이뤄 낸 성과는 꽤 인상적이었다. 그들은 식물이 더 이상 자라지 못하게 될 때까지 12년을 버텼다. 통신 기록을 보면 알 수 있듯, 그들은 자신들에게 무슨 일이 벌어지는지 끝까지 이해하지 못했다. 내가 읽은 기록 중에서 가장 사실과 가까웠던 추측은 방사능으로 인한 손상이 여러 세대에 걸쳐 누적되면서 유기체가 더 이상 번식을 할 수 없을 정도로 돌연변이가 많아졌기 때문이라는 것이었다. 칭시의 필드 생성기는 지금처럼 효율적이지 못했던 데다 방사능으로부터 인간을 가장 먼저 보호해야 한다는 생각으로 농업 구역을 우주선 앞쪽 3분의 1 지점에 배치하는 바람에 불쌍한 식물들은 엄청난 양의 방사능에 노출될 수밖에 없었다.

항성 간 우주에서 발생하는 재앙은 빠르게 나타날 수도, 느리게 나타날 수도 있다. 하지만 어느 쪽이든 매우 치명적일 수 있다. 칭시는 천천히 죽어 갔다. 고맙게도 그들은 전혀 희망이 없다는 것을 알면서도 다음 개척지 건설 임무에서 같은 실수가 반복되지 않도록 모든 과정을 문서로 정리해 두었다. 그들은 꾸준히 배급을 줄여 나가며 거의 1년을 버텼다. 배급을 줄이는 것만으로는 한계에 이르자 사령관은 칼로리를 소모하는 대신 칼로리가 될 지원자를 모집했다.

굶주림을 견디는 것은 고통스러운 일이다. 지원자는 놀랄 정도로 많았다.

그렇게 3년을 버틴 끝에 그들은 현실을 받아들였다. 우주선을 움직이는 데 꼭 필요한 인력만 남기고 보관해 둔 배아까지 꺼낸다 해도 에덴에는 도착할 수 없었다. 그때쯤 농업부는 거의 아무것도 생산하지 못하고 있었다. 애초에 승무원 식사뿐만 아니라 탄소 순환도 경작될 식물에 크게 의존하게끔 설계되었기 때문에 우주선은 여러 면에서 타격을 입었다. 마지막까지 남은 승무원 열두 명이 우주선 엔진을 끄고 속옷만 입은 채로 메인 에어 로크 밖으로 몸을 던졌을 때, 에덴까지의 여정은 아직도 4년이나 남아 있었다.

칭시는 아직도 우주 어딘가를 떠돌고 있다. 윙윙거리는 소리를 내며 진공 상태인 우주를 광속의 약 0.6배 정도로 떠다니고 있을 것이다. 개척민이 될 예정이었던 최후까지 남은 열두 명의 시신도 같이 있겠지. 가끔 이런 생각을 한다, 언제 어딘가에서 누군가가 그들이 휙 지나가는 광경을 목격하게 된다면 그토록 서둘러 어디로 가고 있는지…… 왜 우주복을 입고 있지 않은지 궁금해할지도 모르겠다고.

대기에 독성 물질이 가득하고 배타적인 토착 생물이 존재하는 행성의 쥐구멍 같은 돔 안에 살면, 방에서 쫓겨났을 때 갈데가 그다지 많지 않다. 개척지에는 영화관도 없고, 카페도 없고, 공원도, 광장도, 오락실도 없다. 거의 모든 공간은 일하는 공간이고 대부분 오수 처리장처럼 가고 싶지 않거나 경비대원 대기실처럼 적대적인 공간들뿐이다. 농업부 구역은 시들시들

자라나는 식물들을 보고 우울해지지 않을 수만 있다면 시간을 보내기에 나쁘지 않지만, 일하러 파견된 게 아닌 이상 환영받지 못하는 나로서는 가고 싶지 않은 공간이다.

더 나은 선택지가 없어서 결국 카페테리아로 향했다.

저녁을 먹기에 늦은 시간이라 사람이 많을 것 같지 않았지만, 문으로 들어서니 생각한 것보다 더 한산했다. 뒤쪽 테이블에는 네 명이 감자를 담은 쟁반 두 개를 놓고 앉아 있고, 반대편 구석에는 얼굴만 아는 정도인 생명공학부 남자가 페이스트 스무디로 보이는 음식을 앞에 놓고 태블릿에 시선을 고정한 채 혼자 앉아 있었다. 이름은 하이스미스이고 나름 역사광이었다. 한번은 그와 옛 지구의 아프리카에서 인류가 확산된 과정과 디아스포라가 얼마나 닮았는지에 관해 흥미로운 대화를 나눈 적이 있었다. 그의 의견은 거의 틀렸지만, 왜 틀렸는지 설명해 주는 것도 재미있었다.

잠깐, 아주 잠깐, 그에게 말 상대가 필요하냐고 물어볼까 생각했지만 배급 카드가 바닥났다는 사실이 떠올랐고, 카페테리아에서 음식도 없이 그와 마주 앉아 대화를 이어 가기 위해 노력하는 게 얼마나 어색할지가 그려졌다. 나는 그와 다른 네 명과 가능한 한 멀리 떨어져, 문 가까이에 있는 테이블에 자리를 잡고 태블릿을 꺼내 읽을거리를 찾았다.

10분을 뒤져도 딱히 재미있어 보이는 읽을거리가 없어서 고전을 읽기로 하고 옛 지구의 바이킹이 그린란드를 개척지로 만드는 데 실패한 이야기를 골랐다. 바이킹이 처한 상황은 여러 면에서 지금의 우리와 다르지 않았다. 바이킹들은 주식으로 먹는 식물을 경작할 수 없는 춥고 척박한 환경에서 지속 가능한 사회를 만들기 위해 노력했다. 그들은 토착민들과도 갈등을 겪었다. 아무래도 바이킹 우두머리가 좀 별났던 모양이다.

결국 바이킹들은 굶어 죽었다.

그 생각을 하다 에잇이 떠올랐다. 침대에 누워 소화액에 간까지 녹아내릴 것 같다며 툴툴거리고 있겠지, 즐거운 시간을 기대하며 내 방으로 올라갔을 나샤에게 나인 척하며 먹을 것을 사 달라고 조르고 있겠지.

먹을 것.

먹을 것을 사려면 어디로 가야 하지?

그 생각이 채 끝나기도 전에 나는 이미 자리에서 일어나 있었다. 내가 앉아 있던 벤치가 넘어지는 소리를 들은 하이스미스가 태블릿에서 눈을 떼고 고개를 들었고 나는 황급히 문 쪽으로 달려 나갔다. 시간이 얼마나 지났을까? 에잇이 나샤를 꼬드겨 여기로 내려오기까지 시간이 얼마나 걸릴까? 방에서 내려오는 데 시간이 얼마나 걸릴까? 어떤 질문에도 정확히 답할 수 없지만 둘이 어쩐지 빠르게 움직이고 있을 것 같은 생각이 들었다. 나는 에잇에게 메시지를 보냈다.

[Mickey8]: 어디야?

[Mickey8]: 카페테리아 가는 길. 왜?

[Mickey8]: 정확히 어딘데?

[Mickey8]: 중앙 계단 밑. 왜, 뭔데, 세븐?

10초 뒤면 그들이 코너를 돌 것이다.

어쩌면 10초도 안 걸릴 수도 있다.

괜찮다. 시간 여유가 있다. 뛸 필요도 없이 빠른 걸음으로 복도를 걸어 갈림길에서 방향을 꺾었다. 그러고 나서 벽에 등을 기대고 숨을 깊이 들이쉰 뒤 천천히 내뱉었다. 만약 뇌가 제때 돌아가지 않았으면 어떻게 됐을까? 나샤와 에잇이 카페테리아로 들어와 내가 태블릿을 보고 있는 모습을 봤다면 어땠을까?

거기까지 생각하니, 문밖으로 뛰쳐나갔던 내가 20초 뒤 나샤와 함께 다시 들어오는 모습을 보고 하이스미스는 무슨 생각을 할지 궁금해졌다.

이런. 하이스미스는 나샤와 함께, 심지어 다른 셔츠를 입고 들어서는 내 모습을 보았을 것이다. 그가 관찰력이 뛰어나지 않길 바랄 수밖에.

생각을 안 하는 편이 나을 것 같았다. 무엇보다 이제 어디로 가야 할지 알 수 없었다.

방으로 돌아갈 수는 없었다. 에잇이 배를 채우자마자 두 사람이 다시 방으로 올라간다고 가정하는 게 안전할 테니.

나샤의 방으로 갈까도 생각했다. 나샤는 농업부에서 일하는 트루디라는 여자와 방을 같이 쓰고 있었다. 트루디는 꽤 괜찮은 사람이었다. 내가 나샤를 기다리고 있다고 하면 잠깐 방에 있게 해 줄 것 같았다. 하지만 나샤가 돌아왔을 때 자기 방에 내가 먼저 도착해 있으면 어리둥절해할 것이고, 대체 내가 자기 방에서 뭘 하고 있었는지도 궁금해할 게 뻔했다.

역시 불가능했다.

돔에 공용 공간이 하나 더 있기는 했다. 다행히 거의 항상 텅텅 비어 있을 공간이었다.

나는 한숨을 쉬며 몸을 일으켜 체력 단련실로 향했다.

체력 단련실은 상륙거점 개척지마다 보편적으로 있는 시설은 아니다. 이곳의 체력 단련실은 도덕성과 윤리성을 단련하는 데 체력 단련이 중요한 구성 요소라는 예로니모 마샬의 오랜 믿음 덕분에 만들어졌다.

하지만 체력 단련실은 돔에서 유일하게 낮이나 밤이나 항상 비어 있어서, 예로니모 마샬의 생각이 어떻든 배고픈 이들이 제일 하기 싫어하는 활동이 운동이라는 것을 여실히 보여 줄 뿐이었다.

사실 나는 체력 단련실이 어디에 붙어 있는지도 몰라서 오큘러에서 돔 지도를 불러와 위치를 확인해야 했다. 알고 보니 사이클러에서 복도를 따라 내려오면 바로 체력 단련실이었다. 지금의 내 처지와 절묘하게 어울리는 위치라는 생각이 들었다.

나는 한참 돌아가기로 하고 돔 중앙에서 바깥쪽으로 뻗은 복도를 따라 걷다가 돔을 크게 반 바퀴 돈 다음 다시 돔 중앙 쪽으로 방향을 틀었다. 카페테리아로 가는 사람들이나 농업부 교대 시간에 맞춰 출근하는 사람들과 최대한 덜 마주치기 위해서였다. 그런데도 대여섯 명과 마주쳤고 다들 나를 의심의 눈초리로 보는 것만 같았다. 이런 게 피해망상일까? 그럴 수도 있다. 어쩌면 나를 만나기 전 에잇과 나샤가 지나가는 모습을 본 사람들이 무슨 일이 일어났는지 눈치채고 내가 시야에서 사라지자마자 경비대에 신고를 할 수도 있지 않을까?

고작 이틀이 지났을 뿐인데 벌써 이성을 잃은 것 같았다.

마침내 체력 단련실에 도착해, 문을 벌컥 열고 마치 쫓기는 사람처럼 안으로 몸을 숨겼다. 등 뒤로 문을 쾅 닫은 다음 눈을 감고 차가운 플라스틱 문에 이마를 갖다 댔다.

"무슨 문제 있어?"

머리가 핑 돌더니, 순간적으로 나 이제 죽는구나 싶을 정도로 심장이 철렁 내려앉았다. 방은 체력 단련실이라고 부르기도 민망했다. 내 방보다 고작 두세 배 정도 넓은 방에 한 줄로 놓인 러닝머신 몇 대, 턱걸이용 철봉 하나, 아령 대여섯 개가 놓여 있었다.

그리고 텅 비어 있지 않았다.

러닝머신에 여자 한 명이 서 있었다. 그녀는 아직 돌고 있는 벨트를 두고 러닝머신 양쪽 가장자리에 발을 디딘 채 이쪽을 보고 있었다.

심장이 쿵쾅거리는 소리만 들리는 가운데 한참이 지나서야 그 여자가 캣이라는 것을 알아차렸다.

우리는 서로를 빤히 보았다. 그녀는 러닝머신을 멈추고 바닥으로 내려와 가슴팍 앞으로 팔짱을 꼈다.

"여기서 뭐 해?" 내가 간신히 한 마디를 뱉었다.

그녀는 눈을 굴리며 말했다. "지금 네가 그 질문을 하는 게 타당하다고 생각해?"

나는 눈을 감고 맥박이 거의 정상으로 돌아올 때까지 심호흡했다. 다시 눈을 떴을 때 캣의 표정에는 당황스러움 대신 걱정이 묻어 있었다.

나는 단련실 안으로 세 걸음 더 들어가 끄트머리에 놓인 러닝머신 벨트에 앉았다. "미안해. 오늘 일진이 사나워서."

"그래, 나도 알아. 다시 의료국으로 가 볼까? 너 지금 미친 사람 같아."

"아니." 대답하는 속도가 너무 빨랐나 싶었다. "아니, 괜찮아. 혼자 있을 공간이 필요했는데 네가 있어서 깜짝 놀랐어. 여기 와서 운동하는 사람이 없을 줄 알았거든."

캣은 미소를 지으며 팔짱을 풀고는 내 옆으로 와 앉았다. "그렇게 생각할 만해."

나는 고개를 돌려 그녀를 보았다. 머리를 하나로 높게 묶고, 딱 붙는 회색 전투복 내의를 입었다. 어쩐지 그녀에게 잘 어울렸다. 운동을 시작한 지 오래되지 않았는지 땀을 별로 흘리지 않았다.

"아, 장난치지 말고. 너 여기서 뭐 해? 지금 식량 부족 상태인 건 알지?" 내가 물었다.

"응, 알아." 캣이 말했다.

"그런데?"

캣이 한숨을 쉬었다. "나는 질리언 브랜치랑 방을 같이 썼어."

"아, 그게 누군데?"

캣이 나를 날카롭게 쏘아보았다. "네 눈에 경비대원들은 그놈이 그놈인 불량배 패거리일 뿐이지?"

나는 몸을 뒤로 슬쩍 빼고는 양 손바닥을 들어 보였다.

"아냐! 그게 아니야. 너희 문제가 아니고 내 문제야. 나는 아무와도 가깝게 지내지 않잖아. 여기 사람들 중에는 내가 혐오 대상이라고 생각하는 사람이 많아, 알지? 단순히 이상한 페티시를 충족시켜 줄 놀이 상대를 찾으려고 접근하는 경우도 많고. 그러니 대개는 혼자 지내는 쪽이 훨씬 편해."

"아, 유령 사냥꾼 때문에 그러는구나?"

"그래, 너는……."

캣은 눈을 가늘게 뜨며 말했다. "뭐가?"

"미안. 난 그냥……."

"나탈리스트가 아니라고 이미 이야기했잖아. 그게 궁금한 거라면 말이야."

"그랬지. 다행이야. 베르토는 페티시의 대상이 되어서 좋겠다고 몇 번이나 이야기하던데, 절대 그렇지 않아."

캣의 표정이 누그러져서 나는 손을 내렸다.

"그래, 이해해. 몰랐겠지만 니플하임에서 몽고주름이 있는 여자는 매기 링과 나뿐이야. 네 기분을 조금은 이해할 수 있을 것 같아." 그녀가 슬쩍 웃더니 제안했다. "이렇게 하자. 네가 나를 신기한 대상 취급 하지 않으면 나도 너를 신기한 대상 취급 하지 않을게."

나는 한 손을 내밀며 말했다. "좋아."

우리는 악수했다. 그녀의 미소가 잠깐 환하게 빛났다가 그녀가 손을 놓는 순간 사라졌다.

"어쨌든 질리언도 어제 정찰 임무에 참여했어."

"아, 그래. 그 질리언이구나."

그녀가 고개를 끄덕이다 먼 산을 보았다.

나는 수습에 나섰다. "아, 이런, 미안해. 어제 일이 있고도 너는 그다지…… 그러니까……."

"일을 더 크게 만들고 싶지 않아서. 질리언이랑 엄청 친하지는 않았어. 작은 공간을 다른 사람이랑 나눠 쓰는 게 쉬운 일은 아니니까. 솔직히 말하면 거의 친구라고 할 수도 없었지."

"하지만 그래도……."

"그러게 말이야, 근무 끝나고 방으로 올라갔는데, 그냥……."

"못 견딜 것 같았어?"

그녀는 양손으로 얼굴을 문질렀다. "맞아. 못 견디겠더라."

그녀는 목이 멘 채 웃음을 터뜨리더니 두 손에 얼굴을 묻었다. 어느새 웃음은 흐느낌으로 변했다.

"이제 혼자 방을 쓰게 되어서 좋아할 거라 생각했니?"

나는 캣의 어깨로 손을 뻗었다. 그녀는 고개를 들고 나를 바라보다가 내가 앉은 러닝머신 쪽으로 다가와 내 옆에 엉덩이를 딱 붙이고 앉았다. 나는 그녀의 어깨에 팔을 둘렀고 그녀는 내 가슴팍에 머리를 기댔다.

"미안해. 내 하소연이나 들어 주자고 여기 온 건 아닐 텐데."

그녀가 몸을 일으키고 고개를 돌려 나를 바라보았다. "여기에는 왜 온 거야? 너는 방을 혼자 쓰잖아? 혼자 있고 싶었으면 방으로 갔으면 되잖아?"

"좋은 질문이야."

그녀는 나를 빤히 보았고 나도 그녀를 빤히 보았다. 영원과도 같은 10초 남짓이 흐른 후 캣이 입을 열었다. "대답 안 해 줄 거야?"

나는 한숨을 쉬었다. "나샤가 거기에 있어."

"아, 너희……."

"다른 사람이랑 같이."

내 말에 캣은 잠시 말을 멈췄다.

마침내 그녀가 입을 열었다. "네 방에……."

나는 어깨를 으쓱했다. 그녀는 고개를 저었다.

"있지, 별로 알고 싶지 않아."

"그래. 좋은 생각이야." 내가 말했다.

우리는 한참 동안 말없이 앉아 있었다. 니플하임을 떠도는 망령처럼 밤새 나 홀로 복도를 헤매겠구나 하는 예감이 고개를 들려는 찰나, 캣이 말했다.

"이런 말을 한 걸 후회할지도 모르지만…… 알다시피 나는 이제 방을 혼자 써."

나는 고개를 돌리고 한쪽 눈썹을 치켜올린 채 그녀를 보았다. "이제 나를 신기한 대상으로 생각하기로 한 거야?"

그녀는 웃음을 터뜨렸다. "아니거든. 빈 침대 하나를 노숙자에게 빌려주려는 것뿐이야. 하지만 너랑 나샤가 그렇게 개방적인 관계라니 좀 놀랐어. 어제는 전혀 그런 사이로 보이지 않았거든."

나는 어깨를 으쓱했다. "말하자면 복잡해."

"그렇구나. 내일 당장 내가 내장을 적출당할 수 있을 정도로 복잡해?"

"아니, 아마 아닐 거야. 최악의 상황에는 내가 시체 구덩이에 처박힐 수도 있지만."

그녀는 턱에 한 손가락을 가져다 대고 깊이 생각하는 듯한 표정을 짓더니 마침내 입을 열었다.

"있잖아, 그런 기회라면 기꺼이 잡아야 할 것 같은데."

16장

캣이 말했다. "미키, 일어나."

눈을 떴다. 비몽사몽으로 내가 어디에 있는지 생각해 내는
데 시간이 걸렸다. 캣의 침대와 그녀의 전 룸메이트의 침대를
나란히 붙여 두었지만, 결국 우리 둘 다 캣의 침대에서 잠이
들었다. 캣에게는 습관이겠지만 나는 어쩐지 세상을 떠난 지
얼마 안 된 사람의 침대를 마음대로 사용하는 게 무례하다는
생각이 들었다. 캣은 한쪽 팔꿈치로 몸을 지탱한 채 다른 팔
을 내 어깨에 올려놓고 있었고, 내 얼굴과 닿을 만큼 가까운
거리에 그녀의 얼굴이 보였다.

지난밤 성적인 접촉은 전혀 없었다고 미리 확실히 말해 두

고 싶다.

우리가 서로 뒤엉켜 잠만 잤다고 말하면 이상하다고 생각할지 모르겠다. 설명하자면, 나는 캣에게 느끼는 감정과 나샤와 에잇에 대해 느끼는 감정을 분리할 수 없었고, 캣은…… 머릿속에서 그녀를 괴롭히는 괴물을 몰아내 줄 따뜻한 체온이 필요했던 것 같았다.

나는 아무래도 상관없었다. 그녀의 마음을 이해할 수 있을 것도 같았다.

"거의 9시야. 갈 데 있어?"

좋은 질문이었다. 근무자 명단을 보려고 눈을 깜빡였다. 수경재배 팀으로 가서 반쯤 죽은 줄기들을 살피고 토마토 한두 개를 수확할 예정이었다. 일정대로라면 한 시간 전에 도착해야 했다. 하지만 결근 알람이 오지 않은 것을 보니 에잇이 이미 내려가서 잎을 솎아내고 산성도를 확인하고 있는 모양이었다.

나는 크리퍼에게 먹혀도 이상하지 않은 임무를 맡는데, 에잇은 식물이나 돌보고 있다니, 날을 잡아 대화를 한번 해야 할 것 같았다.

어쨌든 에잇이 일하는 동안 나는 종일 자유 시간을 누릴 수 있다. 착륙 이후로 처음 있는 일인 것 같다. 에잇 근처에 가거나 오늘 에잇을 본 사람과 마주치지만 않으면 된다.

뒤집어 놓은 밥그릇처럼 생겨서 지름은 1킬로미터도 되지 않는 곳에 살지만 않는다면 훨씬 쉬운 일일 텐데.

"오늘 쉬는 날이야. 너는?" 내가 말했다.

그녀는 어깨를 으쓱했다. "지난 이틀 동안 임무 수행 중에 두 번이나 죽을 뻔했어. 보통 이럴 때 경비대에서는 임무를 반나절만 줘. 12시까지는 출근할 필요 없어."

나는 아직 부어 있는 왼쪽 손목에 무리가 가지 않도록 몸을 뒤척여 그녀의 팔 밑에서 빠져나와 일어나 앉았다. 그녀는 반대쪽으로 몸을 굴려 일어섰다. 우리 둘 다 밋밋한 회색 티셔츠와 반바지 내의만 입고 있었는데, 오랜 세월 땀과 세탁에 물이 빠지고 얼룩덜룩해져 버렸다. 어찌나 볼품없는지 내의를 입은 캣의 모습이 발가벗은 몸을 본 것보다도 더 친숙하게 느껴질 정도였다.

"그래서? 오늘 뭘 할 거야?" 캣이 말했다.

나는 두 손으로 얼굴을 문지르고는 이마에서부터 머리를 쓸어 넘겼다. 그녀는 사물함을 열고 깨끗한 티셔츠를 찾았다.

"모르겠어. 쉬는 날을 가져 본 지가 오래돼서." 내가 말했다.

또 다른 내가 농업부에서 스포이트로 아기 토마토에 양분을 주고 있다는 것을 아는 누군가의 눈에 띄지 않길 바라며 돔을 어슬렁거리려고 했지만, 사실 그대로 이야기할 수는 없었다. 캣은 바지를 입고 침대에 다시 앉아 부츠를 신었다.

"음, 나는 뭘 좀 먹으려고. 너도 생각 있어?"

나는 웃었다. "그럼. 네가 사는 거야?"

그녀는 어깨 너머로 나를 째려보며 말했다. "아니, 내가 사는 건 아니야. 그리고 말해 두는데, 내 음식에 손대면 멀쩡한 쪽 손목도 작살을 낼 줄 알아."

충분히 알아들을 만한 경고였다. 나도 옷을 입고 캣과 함께 방을 나섰다.

이 시간쯤 복도는 인적이 드물었다. 마주친 사람들도 우리에게 그다지 관심이 없는 듯했다. 캣에게 인사하는 사람이 몇 있었지만 나와는 그냥 빤히 눈만 마주칠 뿐이었다. 나는 착륙 이후로는 더더욱 혼자서 일해 왔다. 내가 영혼 없는 괴물이라고 생각하지 않는 사람들조차 끊임없이 사형 선고를 받는 나와는 왠지 어울리고 싶어 하지 않는 것 같았다.

지금 이 순간만은 모른 척해 줘서 고마울 따름이었다.

땀에 찌든 발 냄새가 나는 사람과 가까이 지내고 싶은 사람은 없을 것 같아서 가는 길에 화학 샤워장에 들렀다. 캣은 샤워장 앞에서 알 수 없는 표정을 지었다. 같이 샤워를 하자고 제안하는 걸까? 나는 미소를 지으며 허리를 반쯤 숙여 인사하고는 어서 들어가라고 손짓했다. 그녀는 어깨를 한번 으쓱하고는 샤워실로 들어가서 문을 닫았다. 몇 분 뒤 그녀가 나왔고 내 차례가 되었다. 옷을 벗고 몸을 씻어 바싹 말린 다음 꾀죄죄한 옷을 다시 입었다. 어차피 옷을 갈아입으러 방으로 가 봐야 딱 하나 남은 깨끗한 옷은 에잇이 입고 있었다.

미드가르드의 많은 것들이 그리웠지만 뜨거운 물로 하는

샤워야말로 목록 첫머리에 있었다. 짜증스럽게도 돔 밖에는 물이 넘쳐났다. 하지만 돔 안쪽 시스템은 드라카와 완전히 같아서, 여전히 항성 사이 우주 공간에 있을 때처럼 물을 보관하고 있었다. 지역 건설을 시작할 때까지는 이런 시스템이 바뀌지 않을 것이고, 금속 가공에서 크리퍼까지 여러 가지 문제들을 해결하지 못하면 지역 건설은 시작되지 못할 것이다.

화학 샤워도 위생을 유지해 주고 몸에서 나는 냄새를 잡아 주지만 기분 전환이 되지는 않는다.

적어도 혼자 샤워장에 들어갈 때는 그렇다.

그 생각을 하니 나샤와 에잇이 떠올랐다.

지금은 생각하지 않는 편이 나을 것 같다.

우리가 도착했을 때 메인 카페테리아는 거의 비어 있었다. 한 커플이 음식 카운터 맞은편에 있는 테이블에 앉아 머리를 맞댄 채 속삭이고 있었고, 경비대원 한 명이 입구 쪽에서 귀뚜라미 튀김을 수북이 쌓아 놓고 열심히 먹고 있었다. 우리가 지나가자 그는 캣에게 고개를 끄덕였고, 캣은 손가락을 흔들어 답했다. 나는 카운터로 가서 오큘러를 스캐너에 가져다 댔다. 삑 소리가 나고 오늘 치 배급량이 내 시야 왼쪽에 표시되었다.

배급이 600킬로칼로리 남았다고 표시되었다. 에잇이 아침을 거하게 먹은 모양이었다.

화를 내고 싶었지만 비난할 수 없었다. 재생 탱크에서 나온 뒤 며칠은 미친 듯이 허기가 진다.

꼬르륵거리는 배 위로 팔짱을 끼고 서서 잘게 다진 얌 한 접시와 사이클러 페이스트를 한꺼번에 먹어 치우고 오늘 하루 종일 아무것도 먹지 말까 고민하고 있는데 캣이 거의 내 어깨에 닿을 정도로 가까이 다가와 섰다.

"음식 주문 안 할 거야?"

나는 인상을 팍 쓴 다음 페이스트 배급기의 아이콘을 눌렀다.

캣이 웃으며 자기 오큘러를 스캔하고는 얌 토마토 스크램블을 주문했다. 입에 침이 고이기 시작했지만 남은 배급량을 생각하면 내가 눈독 들이던 얌 한 접시는 소 안심 스테이크 한 접시와 맞먹는 호사였다. 나는 얼굴을 찌푸리고 머그잔에 담긴 페이스트를 한 모금 마셨다. 페이스트는 돌아서기도 전에 입속에서 사라졌다. 오늘 내 몫은 300킬로칼로리니, 이제 잠들기 전까지 페이스트를 반 컵 정도 더 먹을 수 있다.

"그걸 대체 어떻게 먹는지 모르겠어." 카운터 끝에 있는 배식구에서 음식이 미끄러져 나오는 동안 캣이 말했다.

나는 그녀를 흘긋 보고 한마디 쏘아붙이려다가 마음을 고쳐먹고 고개를 저었다.

"농업부에 있는 친구들이 문제를 해결하지 못하면 너도 곧 알게 될 거야."

그녀는 히죽거리며 웃었다. 나는 질척거리는 페이스트가 담긴 머그잔을 들고 카페테리아 가운데 있는 테이블로 향했다.

캣이 나를 따라왔다.

내가 자리에 앉으며 말했다. "있지, 너는 지금 내 앞에서 진수성찬을 자랑하는 거야."

그녀는 웃음을 터뜨렸지만 내 말이 농담인지 아닌지 확신할 수 없는지 웃음소리가 시원하지 않았다.

내 말은 농담이 아니었다.

하지만 이런 상황에 처한 게 그녀 탓은 아니었다. 내가 웃어 보이자 그녀도 긴장을 풀었다.

"어쨌든 오늘 경비대는 어때? 보안 경계선 순찰에서 난리가 난 다음에 별일 없었어?" 내가 물었다.

캣은 얌을 한 입 크게 베어 물고 씹은 다음 삼켰다. 나는 얼굴을 찌푸리며 페이스트 한 입을 마셨다.

그녀는 두 입째 먹으며 대답했다. "뭐, 아문센이 크리퍼 문제로 꽤 화가 나 있어. 교대를 열두 시간 간격으로 하라는데 엄청 힘들 것 같아. 게다가 임무 중에 항상 선형 가속기를 소지하고 있어야 한다는데, 역시 반길 일은 아니지. 낯선 무기이기도 하고, 너무 무거워서 근무 끝날 때쯤 되면 어깨가 빠질 것처럼 아파지니까. 좋은 점이 있다면 지난 이틀 동안 일어난 일 때문에 돔에서만 머무르게 됐어. 밖을 돌아다니면서 동상 걸릴 일은 없어졌지."

그녀는 말을 멈추고 음식을 삼켰다. "돔에서 가속기를 들고 뭘 하라는 건지 모르겠어. 10그램 탄환이 이 안에서 발사되면 피해가 얼마나 클지 생각해 봤어?"

캣은 대답을 기대하는 표정으로 나를 보았다. 마지막 말이 혼잣말이 아니었다는 사실을 깨닫는 데 몇 초가 걸렸다.

"음, 아니."

"굉장히 피해가 클 거야."

나는 페이스트를 거의 다 먹어 가고 있었다. 하지만 여전히 허기는 채워지지 않았다.

"어쨌든 그건 내가 알아서 할 일이고, 너는 어때? 오늘 뭐 할지 생각해 봤어?" 그녀가 말했다.

"아, 말했잖아. 그냥 쉬는 거지 뭐. 사이클러 페이스트나 빨면서. 다음번에는 마샬이 뭐라고 날 협박할지 기다리고 있어. 천국에서의 하루를 즐기는 수밖에."

그녀가 웃음을 터뜨렸다. 나지막한 웃음도 아니었다. 빙판에 넘어지는 누군가를 보고 터뜨릴 만한 폭소에 가까웠다.

"말해 봐, 익스펜더블이 되기로 한 이유가 뭐야?" 캣이 접시에 얼마 남지 않은 음식을 긁어모으며 물었다.

나는 시민의 의무와 책임을 들먹이며 거짓말을 꾸며 낼까 했지만, 나 좋자고 캣에게 거짓말을 하기가 어쩐지 내키지 않았다. 결국 어깨를 으쓱한 다음 사실대로 이야기했다.

"미드가르드에서 도망치고 싶었어. 이게 유일한 방법이었고."

"아, 알겠어." 그녀가 말했다.

나는 고개를 끄덕이고는 머그잔을 거의 뒤집다시피 해서 마지막 남은 페이스트 찌꺼기를 입에 털어 넣었다.

"잠깐. 알겠다고? 뭘 알았는데?"

"네가 왜 지원했는지. 범죄자였구나? 살인이라도 했어?"

또 그 이야기였다.

"아니, 난 아무도 죽이지 않았어."

"흠. 그럼 뭐야? 강도? 무장 강도? 성범죄?"

"아니, 다 아니야. 나는 범죄자가 아니야. 만약 그랬다면 미드가르드의 첫 번째 개척지 임무에 내가 낄 수 있었을 거라 생각해?"

"익스펜더블로서? 응, 어쩌면. 훈련받는 동안 누군가를 징발할 거라는 이야기를 들었거든."

"그래, 나도 들은 적 있어. 네 말대로라면 네 판단력에 대해 고민을 좀 해 봐야 하는 거 아니냐? 어제 강도 살인을 저지른 성범죄자와 밤을 보낸 거잖아."

캣은 미소 지었다. "내가 현명한 편이라고 이야기한 적 없는 것 같은데."

나는 손가락을 머그잔 안으로 집어넣어 바닥에 붙은 덩어리를 긁어 올렸다.

"와, 너 그거 진짜 좋아하는구나?" 캣이 말했다.

나는 인상을 쓰며 말했다. "그럼. 이것만 한 게 없지."

캣은 접시에서 마지막 남은 얌 한 입을 싹싹 긁어모았다. "사실 네가 살인을 했을 거라고는 한 번도 생각해 본 적 없어.

개척지 건설 임무에 그런 사람을 보낼 리가 없잖아. 유전자 풀을 망치고 싶어서 안달이 났으면 모를까. 그런데 내가 이야기해 본 사람들은 지원자가 있었다는 이야기를 듣고 거짓말이라고 생각하더라고. 네 일을 하겠다고 나서는 사람이 있다는 게…… 그러니까…… 이해하기는 좀 힘들잖아. 질리언이 장담하기로는, 네가 감방에 있었거나 비슷한 사정이 있는데, 우리가 너를 따돌릴까 봐 윗사람들이 네가 자원했다고 거짓말하는 거라고 했어."

"그래, 윗사람들 계획이 참 성공적이었지." 내가 말했다.

그녀는 눈을 굴리며 말했다. "왜 그래, 너도 친구들이 있잖아. 고메즈랑 어울리는 것도 봤고 나샤도 너를 좋아하기는 하잖아. 그리고 너 내 질문에 아직 대답 안 했어. 대체 무슨 생각으로 상륙거점 개척지의 공식적인 실험 마네킹이 되기로 자원한 거야?"

그웬의 사무실로 가게 된 이유를 솔직하게 털어놓을 수도 있었다.

말할 수 있지만 말하지 않기로 했다. 나 좋자고 하는 거짓말도 때로는 나쁘지 않을 것 같다는 생각이 들었다.

"누가 알겠어? 내가 이상주의자인가 보지. 유니언 시민으로서 내 몫을 하고 싶었는지도."

내 말에 캣은 다시 웃음을 터뜨렸다. 이제는 아예 배를 잡고 웃었다. "와, 어떻게 그런 생각을 할 수 있지?"

그녀는 어느새 거의 흐느끼다시피 하면서 빈 접시를 내려다
보다가 내게로 시선을 옮겼다. "그래도 꽤 잘된 것 같아. 어쨌
든 질리언이나 룹이나 듀건보다는 낫잖아."

나는 그녀가 무슨 이야기를 하려는 건지 잘 모르겠는데도
왠지 목뒤가 서늘해져 왔다.

캣이 말했다. "내 말은, 이런 곳에서 살고 있으면 죽일 수 없
는 몸이 확실히 장점이 많겠다고."

"죽일 수 없는 몸이 아니야. 나는 계속 죽어. 익스펜더블이
되는 건 그런 거라고."

"그래도 넌 여기 이렇게 있을 수 있잖아. 하지만 질리언은?"

그 질문에는 대꾸할 말이 없었다. 캣이 얼굴을 찡그리며 모
자란 영양소를 보충하기 위해 담아 온 사이클러 페이스트를
한입에 털어 넣는 동안 우리는 말없이 앉아 있었다. 의료국에
서는 비타민을 보충하려면 하루에 사이클러 페이스트 몇백 밀
리미터를 반드시 섭취해야 한다고 했다. 얌과 귀뚜라미는 균형
잡힌 식사가 될 수 없었다. 식사를 마친 캣은 의자 등받이에
기대앉았고, 얼굴에는 미소가 돌아와 있었다.

"어쨌든 상관없는 이야기지만 하고 싶은 말이 있는데……
그러니까…… 고마워, 미키. 지난밤이 조금 이상하기는 했지
만……."

"이상하지 않았어. 이해해."

캣은 눈을 피했다. "그래. 난 그냥…… 그렇게 해야 했어, 알지?"

어떻게 대답해야 할지 몰라 테이블로 손을 뻗어 캣의 손에 가져다 댔다. 그녀는 내 손 위에 자기 손을 잠시 포갰다가 재빨리 뒤로 물렀다.

"저기, 오늘 밤 근무 일정이 어떻게 돼?"

나는 망설였지만 거짓말할 이유가 딱히 생각나지 않았다. "일이 없을 텐데, 왜?"

캣은 다시 앞으로 몸을 숙였다가 테이블을 밀며 일어나 쟁반을 집어 들었다. "그래? 오늘 쉬는 날이잖아. 그런데 어떻게 밤에도 쉬어?"

"알다시피, 재생 탱크에서 바로 나오면 쉴 시간을 줘."

"와, 장난 아니다. 그 혜택은 몇 번이고 받을 수 있는 거지?"

캣이 쟁반을 반납하러 퇴식구로 가 버려서 웃는 얼굴인 건지 어쩐 건지 알 수가 없었다.

"어쨌든 할 일 없으면 22시쯤 메시지 보내. 같이 재미있는 걸 할 수도 있잖아."

캣이 사라진 다음 나는 태블릿을 꺼내 개척지 탐사에 참여한 익스펜더블에 대한 기록을 검색했다. 개척지에서 항상 익스펜더블을 활용했으리라고 생각했지만, 기술적으로 가능하게 된 지는 불과 200년 정도밖에 되지 않았다고 했다. 게다가 기술이 개발된 후에도 익스펜더블은 활발히 사용되지 않았다. 실용성을 생각하면 말도 안 되는 일이었다. 가장 가까운 재보급 기지에서 5~6광년 떨어진 곳에서 성인 몇 명과 쓸모가 생

길 때까지 수년을 기다려야 하는 배아들과 함께 살아남아야
하는 상황이라면 필요할 때마다 개척지 주민을 만들어 내는
기술을 마다할 이유가 없었다.

하지만 반대하는 목소리도 만만치 않았다. 나는 영향을 받
지 않았지만, 당연히 종교적인 반발이 있었다. 끊임없이 죽는
조건으로 감방에 수용된 사람을 풀어 주는 것도 윤리적인 문
제가 있다는 지적을 받았다. 지원자를 받기로 하면서 이런 논
란은 수그러들었지만, 지원자가 과연 몇 명이나 될지는 의문이
었다.

그웬에게 내 DNA를 주기 전에 이런 자료를 조사했어야 하
는데. 하지만 그랬다고 한들 마음이 바뀌었을지는 알 수 없다.
다리우스의 고문 기계는 어떻게든 피하고 싶었으니까. 적어도
임무에 대한 보상을 더 요구할 수는 있었을 것이다.

자료를 다 읽고 나니 거의 12시가 다 되어 있었고 카페테리
아는 다시 사람들로 붐비기 시작했다. 배는 이미 꺼진 지 오래
되어 요동치고 있었고, 다른 사람들이 접시에 음식을 담는 모
습을 보고 있자니 더욱 배가 고파졌다. 눈을 깜빡여 배급 카드
를 열었다. 오늘 하루 동안 나에게 남은 칼로리는 450킬로칼로
리였다.

아니, 정확히 말하면 우리에게 남은 배급이 450킬로칼로리
였다. 만일 내가 약속을 지킬 경우 그중 300킬로칼로리는 에
잇의 몫이었다.

사람을 고민하게 만드는 '만일'이었다.

만일 내가 오늘 치 배급을 몽땅 써 버릴 경우 일어날 수 있는 최악의 상황은 무엇일까? 어차피 에잇은 사령부에 가서 불만을 이야기할 수 없는데.

물론 나도 마찬가지였다. 이 엉망진창인 상황을 이틀 전에 보고했다면 사이클러에서 분해될 사람이 나는 아니었을 수도 있다. 하지만 이제 와서 마샬에게 발각된다면 우리 둘 다 시체 구덩이 속으로 던져져 녹아 없어질 것이다.

게다가 에잇에게 잠들어 있을 때 죽이겠다는 협박까지 당한 이상, 약속을 지키는 편이 현명할 것 같았다.

아직 150킬로칼로리를 사용할 수 있지만 지금 당장 질척한 페이스트를 한 잔 더 삼키려니 도저히 내키지 않았다. 그냥 방으로 돌아가 낮잠이나 자며 에너지를 아끼기로 했다.

중앙 계단 앞에서 생명공학부 작업복을 입고 허공에 손을 저어 가며 큰 소리로 말싸움하는 남녀 한 쌍을 마주쳐 옆으로 몸을 피했다. 그들을 두 걸음 지나쳤을 때, 남자가 나를 불러 세웠다. "어이, 반스?"

나는 뒤를 돌며 그의 이름을 생각해 내려고 머리를 쥐어짰다. 라이언이든가? 브라이언이든가?

"응, 왜?"

"근무 중 아니야? 어디 가?"

큰일 났다.

"잠깐 뭐 좀 가지러 방에 다녀오려고. 5분 안에 돌아갈게."

남자는 얼굴을 찌푸렸다. "3분 안에 와. 오늘 오후에 토마토에 새로운 파지를 테스트한다고. 위험할 수도 있어서 파지를 바를 때 네가 있어야 해."

"그럴게. 얼른 갈게."

남자와 여자는 다시 말다툼을 시작했다. 나는 잠시 망설이다 돌아서서 계단을 두 칸씩 올랐다.

괜히 낮잠을 자기로 하는 바람에 일을 다 망친 것 같았다. 방에 도착한 뒤에도 심장이 벌렁거려서 두근거림이 가라앉을 때까지 30분을 뒤척인 다음에야 잠들 수 있었다. 마침내 잠이 들었고 또 애벌레 꿈을 꾸기는 했지만, 이번에는 보통 꿈처럼 느껴졌다. 애벌레는 말을 하지 않았지만, 아래턱과 앞발이 자라 있었고, 숲속을 도망치는 나를 쫓아왔다. 곧 숲이 사라졌고 나는 캄캄한 터널을 달리다 굴러다니는 돌멩이에 걸려 넘어졌다. 수천 개의 발이 내는 경쾌한 소리가 등 뒤에서 점점 가까워지고 있었다.

문고리가 돌아가는 소리에 잠에서 깼다. 에잇이 농부 체험을 마치고 돌아오는 길이었다.

악몽을 떨쳐 내자 심장 박동이 거의 정상으로 돌아와, 그에게 인사를 건넸다. "왔어, 토마토는 어땠어?"

에잇은 고개를 저었다. "솔직하게? 별로야. 거의 모든 줄기가 죽어 가는 중이야. 죽어 가지 않는 줄기에서도 뚱뚱한 건포도 같은 열매만 겨우 열리고 있어. 마틴은 공기에 문제가 있다고 생각해. 미생물이나 미량 가스 같은 게 어떤 방식으로든 광합성을 방해하는 것 같다나. 하지만 뭐가 문제인지 콕 집어 설명하지는 못하고 추측만 할 뿐이야. 확실하게 아는 사실은 토마토가 아프다는 거야." 머리 위로 셔츠를 벗어 이마에 반들반들하게 맺힌 땀을 닦았다. "솔직하게 말하면 전부 입속에 넣어 버리고 싶은 걸 참느라 혼났어."

"그래, 이해해. 자제력을 발휘해 줘서 고맙다. 한 번만 더 배급을 삭감당하는 처벌을 받으면 우리는 정말로 굶어 죽게 될 거야."

에잇은 웃음을 터뜨렸지만 즐거운 기색은 전혀 없었다. "곧 그렇게 될 것 같은데, 친구. 오늘 아침에 내 몫의 3분의 2를 먹어 치웠는데 지금 내 팔도 뜯어 먹을 수 있을 정도로 배가 고파." 그러고는 침대로 쓰러졌다. "옆으로 좀 비키지?"

그는 부츠를 벗고 한숨을 쉬며 자리에 누웠다.

"그런데 캣 첸이랑 친하게 지내?"

이런.

"응, 그런 편이지. 왜?"

"잘 모르겠어. 올라오는 길에 메인 로크 근처에서 마주쳤어. 메시지 보내는 거 잊지 말라던데." 에잇이 내 쪽으로 고개를 돌리며 말했다. "우리 나샤의 심기를 건드리는 일은 하지 말자. 왜냐하면 정말 정말 안 좋은 생각 같거든."

"그러지 말아야지. 걱정하지 마. 나도 너만큼이나 목숨을 보전하고 싶거든." 거짓말이 아니었다.

"좋아, 다행이야. 나샤가 아니더라도 첸은 솔직히 어딘가 조금 이상해. 내 손이 괜찮아 보인다고 하지를 않나. 첸한테 도대체 무슨 얘기를 하는 거냐고 했더니, 되게 혼란스러워하는 것 같았어."

에잇은 내가 배에 올려놓은 왼손을 흘긋 내려다보았다. 손목에 붕대를 꽉 감아 두었지만, 엄지손가락이 시작되는 자리에 아직 보라색 멍이 삐져나와 있었다.

에잇이 감았던 붕대는 책상 의자 등받이에 아무렇게나 걸쳐 있었다.

"아, 맞다. 그랬지. 미안."

17장

'미안'이라고?

다시 한번 눈물 나게 고맙다, 이 개자식아.

나탈리스트교인이나 유니언의 역사를 공부하는 학생이 아니라면, 내가 왜 이렇게 흥분하는지, 익스펜더블이 중복되는 게 무슨 문제인지 의아할 수도 있겠다. 어떻게 보면 익스펜더블 여러 명을 한꺼번에 만드는 게 더 실용적일 수도 있다. 그렇지 않은가? 예를 들어, 목숨이 걸린 임무에 두 사람이 필요한 경우가 생겼을 때 그런 임무에 진짜 *사람* 목숨을 걸고 싶지는 않을 테니 말이다.

유니언 사람들 대부분이 익스펜더블 중복에 대해 본능적으로 보이는 반응을 이해하려면, 앨런 매니코바를 이해해야 하고, 그가 골트에 무슨 짓을 했는지 대충이나마 알아야 한다.

익스펜더블을 활용한 지는 200년 정도밖에 되지 않았지만 바이오 프린터는 그보다 훨씬 전에, *칭시*가 발사되기도 훨씬 전에 개발되었다. 매니코바가 나타나기 전까지는 그저 신기한 장난감에 불과했다. 당시 그들이 가진 시스템으로는 신체를 스캔하고 패턴을 저장한 다음 필요할 때 세포 수준으로 재생할 수 있었다. 마샬이 나를 죽일 때마다 재생본을 만들어 내는 지금의 바이오 프린터와 거의 같았다. 현재 시스템에서는 딱히 필요하지 않지만, 당시 사람들은 시냅스 연결을 재생하는 방법도 알아냈다. 당시 이론상으로는 그 시스템으로 의식까지는 아니어도 행동은 정확하게 재현할 수 있었다. 하지만 동물을 대상으로 실험을 시작해, 나중에는 인간을 대상으로 실험을 거듭한 결과, 그들의 이론에 근본적인 결함이 있다는 사실이 드러났다. 바이오 프린터에서 나온 것은 인지 능력이나 신체적 능력이 신생아보다도 낮은, 껍데기뿐인 텅 빈 몸이었다. 어쨌든 명백한 윤리적 문제만 무시하면, 의학 실험을 위한 마네킹은 만들 수 있게 된 셈이었다. 그럼에도 불멸의 존재를 만들기까지는 갈 길이 멀었다.

그렇다고 해도 당시 바이오 프린터가 완전히 쓸모없지는 않았다. 사람들은 바이오 프린터로 출산 과정에서 또는 태어나자마자 죽은 아기들을 살려 내기도 했다. 하지만 이 경우에도 대개는 원하는 결과를 얻지 못했다. 재생 탱크에서 나온 아기들은 심장이 뛰고 호흡도 할 수 있는 상태였지만 젖을 빨지도, 삼키지도, 울지도 못했다. 집중 치료실에서 지극정성으로 돌봐 아기를 살리는 경우도 더러 있었다. 하지만 첫 아이의 장례를 치른 뒤 일주일 만에 두 번째 아이의 장례를 치르게 되는 경우가 훨씬 더 많았다.

그러다 매니코바가 나타났다.

앨런 매니코바는 천문학적인 부를 거머쥔 에덴 정치 명문가의 외동아들로 태어났다. 그가 만약 타고난 팔자대로 인생을 끝내고 싶었다면, 얼마든지 그럴 수 있었다. 그런 팔자를 마다할 사람이 과연 있기는 할까? 그런 부류의 사람이라면 학창 시절 동안 파티만 즐겨도 때가 되면 정부 부처 어딘가의 너무 높지 않은 자리 하나를 낙하산으로 꿰찰 수 있고, 굳이 그러지 않더라도 남은 인생을 풍족하고 윤택하고 행복하게 살 수 있었다.

하지만 앨런 매니코바는 그런 부류와는 달랐다. 그는 세기에 한 번 나올까 말까 한 천재였고, 열정 넘치고 지칠 줄 모르는 성격을 바탕으로 25세가 되기도 전에 전혀 다른 분야에서 박사 학위를 세 개나 따냈다.

그는 소시오패스이기도 했다. 계속 읽다 보면 왜 이런 이야기를 하는지 알게 될 것이다.

매니코바가 학위를 그만 따야겠다고 결정했을 무렵, 갑작스럽게 그의 부모가 며칠 간격을 두고 사망했다. 원인은 밝혀지지 않았다. 그로부터 6개월 동안 지역 당국은 매니코바가 부모의 죽음과 관련이 있는지 조사하려 했지만 실패했고, 매니코바는 유니언을 통틀어 열 손가락 안에 드는 부자가 되었다. 그 후 1년 동안 그는 자신의 모든 유산을 끌어모아 '유니버셜이터니티'라는 회사를 세웠다.

에덴의 대중 매체는 유니버셜이터니티를 매니코바의 비싼 취미 또는 탈세 방편쯤으로 다뤘다. 하지만 매니코바는 유니버셜이터니티를 그런 식으로 활용하지 않았다. 금융사기를 칠 생각이었다면 가상 회사로 유지할 수도 있었지만, 그는 완전히 반대 행보를 펼쳤다. 유니버셜이터니티는 가장 가까운 도시에서 200킬로미터 떨어진 곳에 거대한 연구 시설을 짓고 엔지니어, 과학자 등을 대거 고용했다. 그리고…….

그리고 아무 일도 일어나지 않았다. 회사 안팎으로 사람들이 들락날락했지만, 안에서 무슨 일이 일어나고 있는지는 입도 뻥긋하지 않았다. 회사에서 노화 연구를 한다느니, 배아 보관을 한다느니 하는 추측만 있을 뿐 증거가 뒷받침되는 가설은 하나도 없었다. 1년쯤 지나자 언론은 흥미를 잃었고 사람들도 매니코바가 자신의 회사에서 무엇을 하든 관심이 없어졌다.

5년 후 매니코바는 토크쇼에 출연해 마침내 인간의 정신을 기록하고 복제하는 비법을 알아냈다고 발표했다.

여기에서 앨런 매니코바와 보통 사람들의 차이를 또 한 번

엿볼 수 있다. 첫 번째 시연에서 회사 인사과 부장의 복제 인간을 선보였는데, 소집된 고위 인사들에게 몇 마디를 하게 시킨 다음 곧바로 마쳐해 반물질 구덩이에 던져 버린 것이다. 그 후 유니버셜이터니티의 주가는 하늘 높은 줄 모르고 치솟았고, 유니언에서 열 손가락 안에 드는 부자였던 매니코바는 이제 누구도 넘보지 못할 독보적인 부를 거머쥐었다. 그를 소름 끼치는 잠재적 존속 살인범으로 여기던 대중들도 이제는 소름 돋는 천재성을 지닌, 어쩌면 인류 역사상 가장 비범한 인물이 나타났다고 인정하게 되었다. 보통 사람들은 이쯤에서 궁궐 같은 저택을 사고, 아름다운 아내와 정부를 들이고, 사람들의 찬사를 즐기며 남은 생을 보낼 것이다.

그러나 매니코바는 그중 어떤 것도 하지 않았다. 대신에 유니버셜이터니티를 포함한 모든 자산을 현금화했다. 엄청난 현금과 수많은 유령회사가 연관된 거래였고, 혼자서 행성 전체에 경제 침체를 불러온 역사상 몇 안 되는 인물 중 한 명이 되었다. 1년 후 매니코바는 맞춤 제작한 항성 간 이동 우주선에 각종 장비와 기기, 데모에서 사용했던 것과 같은 복제 프로토타입을 싣고 홀로 궤도 밖으로 나갔다. 어디로 가는지는 누구에게도 말하지 않았다. 소문으로는 은하면 횡단이 끝날 때까지 자신을 계속 재생산해 은하면을 횡단하는 첫 번째 인류가 되려 한다고 했다.

그게 사실이라면 차라리 나았겠지만, 매니코바는 에덴에서

7광년 떨어진 곳에 자리 잡은 지 얼마 되지 않은 상륙거점 개척지로 향했다. 첫 정착민들이 지은 상륙거점의 이름은 골트였다.

매니코바가 그곳에 나타나기 전에도 골트는 충분히 흥미로운 곳이었다. 골트 탐험을 계획한 것은 에덴의 행성 정부가 아니었다. 유니언 역사상 성공을 거둔 여타의 개척지와는 출발점이 달랐던 것이다. 미드가르드와 다른 유니언 세계와 마찬가지로, 에덴도 거의 모든 물품을 생산하는 자동화 시스템을 소유한 이들에게 세금을 물어 이러한 시스템을 가지지 못한 사람들이 굶어 죽지 않도록 보호했는데, 이에 불만을 가진 부호들의 사모임에서 계획한 개척지가 바로 골트였다.

골트의 건국 이념은 '철저한 자유'와 '자립'이었다. 행성에 착륙한 120명의 정착민들이 하나같이 공동의 선 따위에는 관심이 없었다는 얘기다. 그들은 가족 단위의 20여 개 공동체로 쪼개져 각자 영지를 세우고 알아서 생존해 나갔다. 초창기부터 자원이 충분했고 여러 가지 측면에서 볼 때 골트의 환경은 꽤 괜찮은 편이어서 사람들은 대부분 정착에 성공했다. 어려움을 겪은 사람도 있었지만, 이웃에게서 어떤 도움을 받지는 못했다. 도와주세요, 죽어 가고 있어요라는 요청에 대한 '철저한 자유'를 바탕으로 한 대답은 그러게 짐을 꼼꼼히 챙기지 그러셨어요였으니 당연한 결과였다.

그 결과 매니코바가 도착했을 당시 골트에는 주민 1만 명이 분열된 채 살고 있었다. 누구도 굶어 죽을 위기에 처해 있지는 않았지만, 특별히 잘 적응했다고 할 만한 이들도 없었다. 처음에 사람들은 매니코바를 구세주로 생각하고 환영했다. 그가 가져온 짐에는 그때까지 골트의 어떤 공동체도 미처 생산해 내지 못한 수준의 물건들이 포함되어 있었다. 그는 규모가 작은 공동체 하나의 환심을 사기 위해 음식과 씨앗을 나누고, 그들이 떠난 뒤로 약 200년 동안 에덴에서 개발한 휘황찬란한 새 기술 발명품들을 선물로 건넸다. 그 대가로 그는 지낼 곳과 작업 공간을 제공받았다.

안정적으로 정착에 성공한 그는 묵묵히 앨런 매니코바들을 생산하기 시작했다.

마샬이 내게 여러 번 강조했던 것처럼, 아무것도 없는 상태에서 인간을 만들려면 엄청난 자원이 든다. 특히 칼슘과 단백질이 어마어마하게 필요하지만 그 밖에도 첨가해야 할 성분이 한둘이 아니다. 주변에서 구하기 쉬운 재료를 바이오 프린터에 잔뜩 넣을 수도 있지만, 필요한 영양분을 채우려면 밀, 소고기, 오렌지 따위가 산더미만큼 필요할 뿐만 아니라, 그 과정에서 폐기물도 엄청나게 발생한다. 개척지 전체가 굶주리고 있는 마당에 찌꺼기로 음식을 만들어 내지 않는 이상 어마어마한 자원을 낭비하는 셈이다.

가장 이상적인 원재료는 당연히 살아 있는 인간이다.

매니코바는 9개월 만에 골트로 가져온 재료를 다 써 버렸다. 그때까지 자신을 100명 정도 복제해 복제 시설을 두 개 더 지어 놓은 상태였다. 몇 개월이 지나고 나서야 주민들은 사람들이 하나둘 없어지고 있다는 사실을 눈치채기 시작했다. 매니코바는 그때까지 골트 사회 특성상 어디서나 볼 수 있었던 가난한 사람들과 노숙자들을 납치하곤 했는데, 그런 사람들마저도 구하기 어려워지자 가족과 친구가 있는 이들을 노리기 시작했던 것이다. 언제나 그렇듯 사람들은 새로 이주해 온 낯선 이를 의심하기 시작했다. 앨런에게 호의적이었던 공동체는 그를 초대해 정중하게 대화를 나눠 볼 생각으로 그의 집에 경비대를 보냈다.

그제야 그들은 깨달았다. 씨앗과 싸구려 장신구를 인심 좋게 나누던 매니코바가 그가 가져온 최신 군사 기술은 조금도 나누지 않았다는 사실을.

골트가 좀 더 상식이 통하는 사회였다면, 꼭 단일 정부가 있는 국가가 아니라 정치 세력끼리 가끔 대화를 나눌 수 있는 사회이기만 했어도, 매니코바를 멈출 수 있었을지 모른다. 그가 무슨 짓을 벌이고 있는지 확실해졌을 때까지만 해도 그는 행성 인구의 20분의 1 정도에 불과해 수적으로 열세였다. 안타깝게도 골트는 상식이 통하는 사회가 아니었다. 매니코바는 자신에게 잘 대해 준 공동체의 모든 구성원을 바이오 프린터에 던져 넣어 그의 분신으로 만든 다음 무기를 쥐어 주고 가장 가까운 이웃 공동체를 습격했다. 살아남은 공동체들이 힘을 모아 그에게 대항해야 한다는 의견을 모으기까지 거의 1년이 걸렸다. 그때 이미 매니코바는 행성에서 절대다수가 되어 있었다. 마지막 남은 공동체 몇몇이 결국 연합하기는 했지만 이미 때는 늦었다. 고향 행성에 자신들에게 일어난 일을 설명하고 도움을 간청하는 마지막 절망의 메시지를 보낸 것이 그들이 해낸 유일하게 의미 있는 일이었다.

당연히 지원은 바로 오지 않았다. 메시지가 도착하는 데만 7년이 걸렸고, 메시지가 도착한 뒤 당국에서 무엇을 할 것인지, 하기는 할 것인지 결정을 내리는 데 또 2년이 걸렸다. 애초에 골트로 떠난 이들은 에덴에서 평판이 딱히 좋지 않았기에, 세월이 흐르고도 그들을 보는 시선은 여전히 곱지 않았다. 대중들 사이에서는 *남의 일* 또는 *인과응보*라는 의견이 대세였다. 하지만 에덴 의회는 매니코바가 언젠가 다른 세계에도 위협이 되리라고 생각하고 조치를 하기로 했다.

그렇게 유니언 최초이자 지금까지도 유일한 성간 원정대가 조직되었다.

7광년 거리에 있는 행성을 어떻게 침공해야 하는가에 대해 의견이 분분했다. 당연히 육군을 보낼 수는 없었다. 에덴은 엄청나게 풍요로운 세계였지만 군대를 조직하고 개척지 탐사선과 비슷한 우주선에 연료를 대고 나니 이미 예산이 빠듯했다. 테라포밍 장비나 배아를 실을 필요는 없지만 군 장비도 만만치 않게 무거웠다. 결국 일반적인 개척지 탐사선을 마련해 약간의 방어 장비를 추가하고는 *에덴의 정의*라고 이름 지었다. 골트에서 메시지가 도착한 지 4년 만에야, 승무원 200명과 궤도 폭격기 대여섯 대, 셀 수 없이 많은 핵융합 폭탄을 실은 우주선이 에덴을 출발했다. 골트의 궤도에 진입하면 매니코바와 교신을 시도해, 유니언의 다른 행성들을 어떻게 생각하는지, 무엇보다도 에덴을 앞으로 어떻게 할 건지 파악한 다음, 필요한 경우 행성을 완전히 폭파할 계획이었다.

여러분도 눈치챘겠지만, 애초에 잘못된 계획이었다.

첫째, *에덴의 정의*가 골트에 도착했을 때 매니코바는 끊임없이 자기 자신을 복제하고 또 바이오 프린터에 넣으면서 18년 가까이 통제 시스템을 구축해 온 상태였다.

둘째, *에덴의 정의*가 골트에 몰래 접근할 방법은 없었다. 우주선이 감속할 때 내뿜는 불꽃은 1광년 떨어진 곳에서도 보일 정도여서 위장할 방법이 전혀 없었다.

셋째, 무엇보다 앨런 매니코바는 누군가 자신에게 싸움을 걸어올 때까지 기다리기만 할 사람이 아니었다.

그 결과 골트 전쟁은 발발한 지 12초 만에 막을 내렸다. 매니코바가 골트의 두 번째 달에 지어 둔 발사대에서 핵탄두 미사일 열댓 발이 날아오고 있을 때 *에덴의 정의*는 아직도 감속 중이라 엔진 불꽃에 시야가 가려져 있었다. 사령관이 보복 사격 명령을 내릴 새도 없었다.

앨런 매니코바에게는 안됐지만 유니언의 나머지 세계에는 운이 따랐는지, 골트에서 보낸 마지막 메시지를 받은 행성은 에덴 말고도 더 있었다. 골트에서 에덴 다음으로 가까운 곳에 훨씬 최근에 건설된 파홈이라는 가난한 2세대 개척지가 있었는데, 이 행성도 골트의 메시지를 받았다. 파홈의 정부 또는 정부 역할을 하는 수뇌부는 에덴의 정부보다는 이 문제를 훨씬 심각하게 받아들였다. 하지만 이들에게는 에덴이 원정에 들인 만큼의 자원도, 열의도 없었다.

이들은 훨씬 간단하고 직접적이면서 비용이 훨씬 덜 드는 대응 방법을 택했다. 그들은 이 작전을 총알 작전이라 불렀다.

항성 간 이동에서 가장 중요한 공식이 있다. 운동에너지는 물체의 질량 곱하기 물체 가속도의 제곱과 같다. 이동하는 데 비용이 많이 들고 위험한 것도 이 공식 때문이다. *에덴의 정의* 는 감속할 때 발생하는 불꽃에 뒤통수를 맞았다. *총알 작전*은 감속할 필요가 없어서 이러한 문제를 피할 수 있었다. 물체가 0.97c의 속도로 이동할 때, 행성 하나를 달걀 쪼개듯 터뜨리는 데 필요한 질량은 그리 크지 않다. 게다가 빛의 속도로 다가오는 공격을 방어할 방법은 없고, 물체가 날아오고 있다는 사실을 알리는 광파는 물체가 도착하기 몇 분의 1초 전에 도착하기 때문에 공격이 오는지조차 알 길이 없다. *총알 작전*은 대략 1조 분의 1초 만에 골트의 생태계에 핵융합 폭탄 20만 개를 쐈을 때와 맞먹는 효과를 냈다.

그리고 아무도 살아남지 못했다.

우리가 어떻게든 니플하임에 정착하기 위해 애를 쓰고 있는 것만 봐도 알겠지만, 사람이 살 만한 행성은 그리 많지 않다. 그중 하나를 잿더미로 만든다면 유니언에서 저지를 수 있는 가장 큰 범죄를 저지르는 셈이다.

하지만 누구도 파홈을 비난하지 않았다. 사람들은 매니코바를 비난했고, 그 후 유니언 대부분 지역에서 중복된 익스펜더블은 아동 납치범이나 잔혹한 연쇄살인범보다도 못한 취급을 받게 되었다.

18장

22시가 되었다. 나는 캣에게 메시지를 보내지 않았다. 나와 에잇에게 무슨 일이 일어난 건지 캣은 확실히 알고 있을까? 아닐 수도 있지만, 오늘 오후 에잇과 마주친 뒤 분명 수상한 낌새를 눈치챘을 테고, 그녀가 혐오스러운 대상을 그냥 봐 넘길 사람은 아니라는 생각이 들었다. 이쯤 되자 단백질 반죽으로 변하지 않으려면 최대한 오래 그녀를 피하면서 그녀가 크리퍼에게 먹히길 기다리는 게 상책이라는 생각이 들기 시작했다.

그 계획은 오래가지 못했다. 22시 02분에 캣에게서 메시지가 도착했다.

[CChen0197]: 그래서, 시간 있어?

"피하기는 글렀네. 답장할 거야?" 에잇이 말했다.

나는 고개를 돌려 에잇을 보았다. 그는 두 손을 베고 침대에 누워 있었다. 나는 회전의자에 앉아 책상에 발을 올리고 또 다른 개척지에서 일어난 재앙에 대한 자료를 읽는 중이었다. 반란과 내전으로 이름을 짓기도 전에 결딴이 난 상륙거점에 관한 이야기였는데, 집중이 되지 않았다. 자료를 읽는 내내 시체 구덩이에 던져지게 되리라는 생각만 계속 떠올랐다.

"응, 그래야 할 것 같지 않아?" 내가 말했다.

[Mickey8]: 안녕 캣, 밀린 일 좀 하고 있느라. 응, 시간 있어.

내 아이디가 Mickey8이라고 표시되는 것을 보면 볼수록 기분이 묘했다. 이름 뒤 8이라는 숫자를 보며 지금 내가 느끼는 감정은 아마 익스펜더블이 아닌 누군가가 자기 이름이 적힌 묘비 앞을 지날 때 느끼는 감정과 비슷하리라.

[CChen0197]: 좋아. 할 이야기가 있어.

[Mickey 8]: 네 방에서 볼까?

[CChen0197]: ……

[CChen0197]: 그건 아닌 거 같아, 미키. 체력 단련실에서 만나면 어때?

10분 뒤에 거기서 봐.

[Mickey8]: 음…… 그래. 그때 봐.

"체력 단련실이라고? 갑자기 거기는 왜?" 에잇이 물었다.

나는 어깨를 으쓱해 보였다.

"도대체, 식량난에 시달리는 판국에 누가 운동을 해?"

"사정이 있어. 어젯밤에 네가 나샤를 방으로 다시 데려올 것 같아서 체력 단련실에 갔다가 캣을 만났거든." 내가 말했다.

"굳이 말해 두자면, 그러긴 했지."

나는 매섭게 에잇을 쏘아보았다. 그는 느슨하게 다리를 꼬아 발목을 겹친 자세로 씩 웃더니 말했다.

"어쨌든 조심해. 걔 뭔가 특이한 구석이 있어."

"뭐 어쩌라고. 내가 캣에게 살해당하면 넌 배불리 먹을 수 있게 되잖아?"

그의 미소가 환해졌다. "좋은 지적이야. 그런 의미에서 네 손은 어떻게 할 거니?"

나는 아래를 내려다보았다. 부기는 많이 빠졌지만, 아직 붕대를 감고 있었다.

"모르지. 붕대를 풀어도 되지 않을까?"

"안 푸는 게 나을 것 같은데. 아직 멍이 보여. 뭐…… 글쎄 모르겠다……. 계속 주머니에 넣고 있으면 되려나?"

나는 고개를 저었다. "그건 아닌 것 같아. 솔직히 가야겠다는 생각만 했는데도 벌써 통증이 느껴져. 네가 나 대신 갈래?"

"아니, 안 되지. 너희끼리 한 얘기가 있을 거 아냐. 지난밤에 있었던 일 얘기라도 꺼내면 어떻게 해?"

안타깝게도 일리 있는 말이었다.

"어쨌든 난 오늘 일도 했고, 피곤해. 가서 재미있게 놀아."

에잇은 눈을 감았다. 나는 뭔가 말하려고 입을 열었지만, 딱히 할 말도 없었다. 나는 자리에서 일어나 방을 나섰다.

체력 단련실로 가는 길 중간쯤에 메시지가 도착했다.

[Mickey8]: Ar chi**?

무슨 소리지?

[Mickey8]: 에잇?
[Mickey8]: 뭐라고?
[Mickey8]: Co m……ren?
[Mickey8]: 대체 뭐야.
[Mickey8]: 잠이나 자라, 에잇. 장난칠 시간 없어.
[Mickey8]: Mol**an inv?

뭐 어쩌라고. 나는 채팅창을 껐다.

캣이 물었다. "왔어? 왜 메시지 안 했어?"

그녀는 러닝머신에 앉아 있었다. 차림을 보니 러닝머신을 달리러 온 것 같지는 않았다.

"하려고 했어. 그런데 거의 시간이 되자마자 네가 먼저 말을 걸었잖아."

캣은 어깨를 으쓱했다. "상관없어. 괜찮아. 앉아."

그녀는 옆 러닝머신을 손바닥으로 두드렸다. 나는 망설였지만, 그녀가 나를 죽일 생각이라면 굳이 러닝머신에 앉으라고 할 이유가 없다는 생각이 들어 그 자리에 가서 앉았다.

"그래서, 음…… 운동할 거야?"

캣이 나를 뚫어지게 보았다. 한참을 그러고 있었던 것 같다.

그녀가 마침내 입을 열었다. "아니, 운동은 안 할 거야. 우리가 체력 단련실에 온 이유는 너랑 단둘이 이야기할 장소가 필요해서야. 개척지에서 나 말고 누구도 제 발로 찾지 않는 장소는 여기밖에 없거든."

"네 방에서 봐도 됐잖아."

캣은 시선을 피했다. "좋은 생각이 아닌 것 같아. 어쨌든 얘기 먼저 끝냈으면 좋겠어. 이해하지?"

"응, 이해해. 그래서 무슨 이야기를 하고 싶은 건데?"

그녀의 시선이 다시 한번 내게 고정되었다. "미키, 손은 어때?"

나는 한숨을 쉬었다. "나아지고 있어. 물어봐 줘서 고마워."

캣은 고개를 끄덕였다. "오늘 오후에는 상태가 훨씬 나았던 것 같은데."

계속 시간을 끌어 봐야 좋을 게 없을 것 같아서 내가 말했다. "저기, 왜 여기서 만나자고 했어?"

"그래, 본론으로 들어가자. 네가 두 명인 거 알아. 너는 나와 오늘 아침 식사를 같이한 미키야. 어젯밤에 내 침대에서 잔 미키. 손을 다쳤고 오늘이 쉬는 날인 미키. 몇 시간 전에 내가 복도에서 마주친 다른 미키는 손이 멀쩡하고 종일 토마토를 돌봤어. 어떻게 된 일인지, 왜 이런 일이 일어나는지 모르지만, 너희는 중복됐어."

캣이 진실을 눈치챘을 거라 예상했는데도 심장이 쪼그라들고 심장 뛰는 소리에 귀가 먹먹할 지경이었다. "사령부에 이야기했어?"

그녀는 불편한 기색을 비쳤다. "어떻게 그래? 이틀 전에 네가 내 목숨을 구해 줬고 어제는 내가 너를 구해 줬지. *너는 내 침대에서 밤을 보내기까지 했잖아.* 그런데도 내가 너한테 얘기도 해 보지 않고 이 사실을 일러바칠 거라 생각한 거야?"

나는 두 눈을 감았다. 쪼그라들었던 심장이 살짝 펴진 것 같았다.

"오해하지 마. 네가 지금 하고 있는 짓이 괜찮다고 생각하는 건 절대 아니야. 생명공학부 사람들한테 뭐라고 했길래 널 중복으로 만들어 줬지? 관계자들 모두가 사형에 처해질 중죄 아니야?"

나는 고개를 저었다. "내가 만들어 *달라고* 한 게 아니야. 법이 어떤지도 잘 알고, 시체 구덩이에 던져지고 싶지는 않거든. 순전히 실수로 일어난 일이야."

그녀는 눈썹을 치켜올렸다. "실수? 누군가 바이오 프린터 앞에서 넘어지면서 버튼을 누르는 바람에 어쩌다 네가 튀어나오기라도 했다는 거야?"

"응, 비슷해."

캣은 입을 달싹이며 머뭇거리더니 고개를 저었다. "그거 알아? 별로 알고 싶지 않아. 만약 무슨 일이 닥치더라도 나는 연루되고 싶지 않단 말이야. 그래서 널 내 방으로 못 오게 한 거고. 하지만 한마디만 할게. 무슨 일인지 알고 *싶어 하는* 사람이 곧 나타날 거고 그때는 '실수였다'보다는 설명을 잘해야 할 거야."

"그래, 네 말이 맞는 것 같다."

우리는 한참 동안 말없이 앉아 있었다. 나를 여기로 왜 불렀느냐고 물어보고 싶었다. 나를 죽이려는 것처럼 보이지 않았고 협박을 하려는 기미도 없었다. 딱 한 가지 남은 추측은 오늘 아침 샤워장 앞에서의 감정선을 이어 가려는 건가 싶었지만, '지금 하고 있는 짓이 괜찮다고 생각하는 건 절대 아니'라고 말하는 것을 보니 그도 아닌 것 같았다. 잘 자라고 인사하고 내 방으로 돌아가야겠다 생각하고 있는데, 그녀가 말했다.

"넌 네가 불멸이라고 생각해?"

예상치 못한 질문이었다.

"뭐라고?"

"네가 불멸의 존재라고 생각하느냐고. 여태 한 일곱 번쯤 죽었나?"

"여섯 번. 아직 여섯 번이야. 이런 상황이 생긴 근본 원인이기도 하지."

"뭐 어쨌거나. 넌 우주선을 타고 미드가르드를 떠날 때와 같은 사람이야?"

생각해 볼 문제다.

마침내 대답했다. "음, 당연히 같은 몸은 아니지."

"그래, 그렇겠지. 그런데 그건 내 질문에 대한 답이 아니야."

"웅, 알아. 그러니까, 나는 미드가르드 시절의 미키 반스를 기억하고 그 미키 반스가 자란 집도 기억해. 그의 첫 키스도, 그가 마지막으로 엄마를 본 날도, 이 망할 탐사에 자원한 것도 기억나. 그 모든 것들을 한 사람이 다른 누구도 아닌 나인 것처럼 기억이 나. 그렇다고 *내가* 미키 반스라고 할 수 있을까? 그걸 누가 알겠어?" 나는 어깨를 으쓱했다.

그녀는 나를 빤히 보았다. 눈을 가늘게 뜬 그녀를 마주 보고 있자니 오늘 아침에 그랬던 것처럼 다시 등줄기가 서늘해져 왔다.

"테세우스의 배에 관해 찾아봤어. 너 설명 진짜 못하더라."

"그래, 알아. 훈련받은 것 중에서 그나마 기억나는 것 중 하나라고 생각했는데, 설명하려고 보니까 깨닫게 되더라고, 내가 전혀 기억 못 하고 있다는 걸."

"의외라서 놀랍네. 난 그게 네 삶과 너무나 잘 들어맞는 비유라서 거기에 매료된 거라고 생각했는데."

나는 또 어깨를 으쓱했다. "아니라서 미안."

"정말 결론을 내기 어려운 난제야, 그렇게 생각하지 않아?"

나는 대답을 하려다가 고개를 내젓고 물었다. "캣, 정말 이해가 안 가. 이런 이야기를 왜 하는 거야?"

"이런 이야기를 내가 왜 하냐면, 네가 미키 반스가 맞는지, 아니면 그의 껍데기를 쓴 다른 사람인지 알고 싶어서 그래."

"말했잖아, 모르겠다고. 젬마가 힘멜 스테이션에서 해 준 이야기도 있고, 나는 미드가르드 시절의 나와 같은 사람이라고 느껴. 하지만…… 잘 모르겠어. 그게 이 논쟁의 이면이지, 안 그래? 내가 그 시절과 같은 사람인지 아닌지 어느 방면으로도 수치화할 만한 차이가 없다는 건 사실이야. 즉, 나로서는 확실히 알아낼 방법이 전혀 없다는 뜻이지. 답할 수 없는 질문이라고."

"그래도 네가 미드가르드의 미키 반스가 *아니라고* 인식하는 건 아니지?"

"응, 모르겠어."

캣은 답이 없었다. 우리는 한참 동안 정적 속에 앉아 있었다. 더 할 말이 없냐고 물으려는 찰나, 그녀가 말했다.

"저기, 지난 이틀 동안 생각을 많이 했어."

"음, 그래, 뭐에 대해서?"

"죽음. 죽는 것에 대해 생각했어. 나는 서른네 살밖에 안 먹었어. 죽음을 생각하려면 아직 50년은 더 살아야 하지만, 상황이 이러니까."

상륙거점 개척지는 위험한 장소다. 내가 훈련을 받을 때는 그 얘기를 귀에 못이 박이도록 들었는데, 캣은 어땠는지 모르겠다. 하지만 물어볼 틈도 없었다. 그녀는 들어야 할 건 다 들었다는 듯 자리에서 일어서더니 내게 손을 내밀었다.

"있잖아, 나는 네가 좋아."

"고마워. 나도 네가 좋아."

"내가 보기에 너는 착한 사람인 것 같아. 이런 중복 문제만 아니었다면……."

이런 중복 문제가 아니었다면 나는 지난밤 그녀가 아니라 나샤와 있었을 테지만, 지금 그런 이야기를 꺼낼 수는 없었다. 그 자리에 선 채로 할 수 있는 말을 생각해 내려고 애쓰고 있는데 그녀가 발꿈치를 들어 내 뺨에 키스했다. 그러고는 뒤로 물러서서 슬픈 미소를 지어 보이더니 문을 열었다.

"다른 미키한테 안부 전해 줘!"

그렇게 그녀는 떠났다. 그녀에게 시선을 고정한 채 서서 입만 달싹이는 나를 남겨 두고.

방으로 돌아가니 문이 잠겨 있었다. 오큘러를 스캔하고 잠금장치가 풀리기를 기다렸다가 문을 밀어 열었다. 안이 캄캄했지만, 복도에서 들어오는 빛 덕분에 침대에 누워 있는 두 사람을 똑똑히 볼 수 있었다.

두 사람이 나체로 누워 있었다.

한 명은 에잇이고 다른 한 명은 나샤였다.

나는 그 자리에 얼어붙었다. 어떤 감정을 느껴야 하는지조차 생각나지 않았다. 질투? 분노?

끝없는 절망?

"들어와. 문 닫고." 에잇이 말했다.

"하지만 너…… 무슨 짓이야, 에잇? 대체 뭐 이런 경우가 있어?" 나는 말을 더듬었다.

"미안. 네가 오늘도 첸이랑 같이 밤을 보낼 줄 알았어. 아니면 살해당하거나."

나샤가 한쪽 팔꿈치를 괴고 상체를 일으켰다. "다른 사람이랑 잤다고?"

"아니…… 그게, 맞아. 걔 방에서 잤어. 하지만 아무 일도……."

"아, 손만 잡고 잤나 보지?" 그녀가 말했다.

나는 반박하려고 입을 열었지만, 그녀가 나를 보며 웃고 있는 모습이 눈에 들어왔다.

"미안. 하지만 너도 에잇이랑 있었잖아."

"에잇? 이제 너희끼리 그렇게 부르기로 한 거야? 세븐, 에잇?" 나샤가 물었다.

"응, 더 나은 방법 있어?" 에잇이 끼어들었다.

"아니, 나름 귀엽네."

"에잇."

내 부름에도 에잇은 이렇게만 말했다.

"세븐, 문 닫아."

나는 문을 닫았다. 오큘러가 적외선 모드로 바뀔 만큼 주변이 캄캄했다. 에잇은 탁한 주황빛으로, 나샤는 밝게 타오르는 붉은빛으로 보였다. 나는 책상 의자에 털썩 앉아서 두 손에 얼굴을 묻었다.

"그래서 첸이랑은 어떻게 됐어?" 에잇이 물었다.

나는 그를 올려다보았다. "뭐? 첸이 무슨 상관인데? 에잇, 너야말로 여기서 뭘 하는 거야?"

"이러기야? 당연히 첸이랑 잘돼 가는 줄 알았는데."

"아니거든! 그러니까…… 닥쳐. 무슨 말인지 모르는 척하지 말고."

"에잇은 지금 네 여자를 훔쳐 가려는 거야. 이제 어쩔 거야?" 나샤가 낮은 목소리로 고양이처럼 가르랑거렸다.

"에잇, 이야기했잖아. 나샤를 끌어들이기 전에 나한테 물어봤어야 하는 거 아니야?"

"이런, 진정해. 너희 둘이 엉큼하게 벌인 일을 사령관한테 일러바칠 생각은 없으니까." 나샤가 말했다.

"엉큼하긴 누가. 이건 사고야." 내가 반박했다.

에잇이 끼어들었다. "무슨 일이 있었는지 말해 줘. 그냥 놀리려고 하는 말이야. 하지만 진짜 첸이랑은 어떻게 된 거야? 진짜 널 죽이려고 하던?"

"첸? 경비대 캣 첸?" 나샤가 물었다.

내가 말했다. "응, 네가 그 애 배를 따 버리겠다고 했잖아, 기억나?"

"걔가 널 건드리면 그러겠다고 했지. 널 건드렸어?"

"아니, 그러니까, 말하자면 그렇긴 한데, 캣은 그쪽으로는 관심이 없어. 특히 지금은 중복 문제 때문에 신경이 쓰이나 봐."

"놀랍지도 않다. 그렇게 뻣뻣하지 않으면 경비대가 아니지."

에잇이 끼어들었다. "잠시만, 걔도 알아?"

"응, 캣도 알아. 손이 아팠다 안 아팠다 하는 것 때문에 눈치를 챘더라. 그리고 네가 오늘 농업부에서 작업했다고 말했다며. 난 오늘 쉬는 날이라고 했거든."

"이런, 상황이 별로네. 그래서 어떻게 했어?" 에잇이 말했다.

나는 한숨을 쉬었다. "솔직히 모르겠어. 사령부에 보고하겠다는 이야기는 안 했으니까 괜찮을 것 같아. 그런데 안 하겠다는 얘기도 안 했어. 그렇게 따지면 안 괜찮을 것 같기도 하고."

"조용히 배를 따 버리면 어때? 메인 로크 밖으로 밀어 버린 다음에 크리퍼한테 잡혀갔다고 하자. 그러면 문제 해결된 거 아냐?" 나샤가 아이디어를 냈다.

에잇이 킥킥거렸다. "오늘 밤 쥐도 새도 모르게 사라지는 사람이 있대도 그게 첸은 아닐 것 같은데?"

"맞아. 그런데 네가 왜 키득거리는지 이해가 안 되는데. 내가 시체 구덩이에 들어가게 되면 너도 같이 가는 거야. 알지?" 내가 말했다.

"아무도 시체 구덩이로 안 떨어져. 첸이 일러바치는 일은 없을 테니까." 나샤가 말했다.

"그래? 왜지?" 내가 물었다.

뭐, 나도 그녀가 일러바치지 않을 거라 보지만, 나샤가 생각하는 이유는 나와 다를 것 같았다.

"왜냐하면 뒷감당을 하고 싶지는 않을 거거든."

"뒷감당?" 에잇이 물었다.

"나, 나를 감당해야 할 테니까." 나샤가 말했다.

사실 좋은 지적이다. 나라도 나샤의 심기를 거스르고 싶지는 않을 것이다.

물론 캣의 심기도 거스르고 싶지는 않다. 경비대원들도 성깔 있기는 마찬가지다.

나샤가 말했다. "들어 봐. 다 괜찮을 거야. 그냥 너희 둘 다 조용히 지내면서 한 사람이 왜 해야 하는지 모르겠는 자살 임무에서 죽을 때까지 기다리면 돼. 그리고 아직 남아 있는 사람이 미키9이 되면 되고. 모두에게 영원한 해피엔딩이지."

"뭐, 거의 모두라고 해야겠지." 에잇이 말했다.

"그렇지. 거의 모두지." 나샤가 맞장구쳤다.

내가 말했다. "나는 모르겠어. 에잇이 재생 탱크에서 나온

지 이제 겨우 이틀밖에 안 됐는데 벌써 이 일을 아는 사람이 두 사람이나 생겼잖아. 이런 식이면 몇 주 안에 개척지 전체가 알게 될 거야. 내가 그 전에 죽을 수 있을지 모르겠다."

나샤가 웃음을 터뜨렸다. "미키, 그거 알아? 너는 생각이 너무 많아. 옷이나 벗고 침대로 와. 머리 좀 식혀 보자."

나는 그녀를 빤히 보았다.

에잇이 투덜거렸다. "왜 이래, 세븐? 이미 엉큼한 사람 취급을 받고 있잖아? 뒷감당이고 뭐고 우리가 조만간 시체 구덩이에 던져지지 않을 거라고 장담 못 하잖아. 살아 있는 동안 좀 즐기자."

그다음 두 시간은 정말 묘했다. 자세히 말하고 싶지는 않다.

하지만 한 가지 확실히 해 두자면, 후회는 없다.

그 후 우리 셋은 포근하고 나른한 기분에 취해 있었다. 나는 침대 이쪽 끝에 걸쳐 누워 있고 에잇은 반대편에, 나샤는 우리 둘 사이에 끼여 있었다. 나샤가 에잇에게 우리 둘 중 한 명이 재활용되기 전까지 얼마나 재미있는 일들이 펼쳐질까를 이야기하고 있는데, 누군가가 문을 두드렸다. 나샤는 헉 숨을 들이쉬며 말을 멈췄다.

노크 소리가 다시 시작되었다.

"답을 할까? 돌려보낼 수도 있잖아." 내가 소곤거렸다.

에잇의 팔이 나샤를 지나 날아와 내 옆통수를 때렸다. "시끄러워. 베르토일 거야. 조용히 하고 있으면 가겠지." 낮게 쉭쉭거리는 목소리였다.

"미키? 안에 있어?"

젠장. 베르토가 아니었다.

나샤가 돌아누워 내 귓가에 입술을 갖다 대고 물었다.

"보안 잠금 설정했지?"

잠금장치가 풀리며 조그맣게 딸깍 소리가 들렸고, 뒤이어 한 줄기 빛이 방 안으로 새어 들어왔다.

내가 속삭였다. "아니, 안 했어."

"미키?"

젠장. 젠장 젠장 젠장.

문이 활짝 열렸다.

"왔어? 첸이지? 반갑다." 에잇이 말했다.

캣은 우리에게 시선을 고정한 채 입만 벙긋거렸다.

"캣? 문 닫아. 얘기 좀 해." 내가 말했다.

그녀는 고개를 저었다.

"캣?"

내가 일어나 앉아 캣에게 팔을 뻗었지만, 그녀는 반걸음쯤 물러섰다. "뭐 하는 거야?"

"뭐 하는 것 같은데? 들어오든 나가든 둘 중 하나만 해. 문은 좀 닫고." 나샤가 나섰다.

캣은 홱 돌아서서 문을 열어 둔 채로 황급히 자리를 떴다.

"네가 닫아야겠네." 나샤가 말했다.

나는 침대 밖으로 나가서 문을 닫았다. 이번에는 잊지 않고 보안 잠금을 설정했다.

"상황이 나빠졌어." 나는 이렇게 말하면서 책상 의자에 주저 앉았다.

"이미 우리에 대해 안다며, 네가 그랬잖아? 그러니 달라진 건 없어." 에잇이 말했다.

맞는 말이었다. 그런데도 심장이 목구멍으로 튀어나올 듯이 뛰는 이유는 무엇일까?

"괜찮아. 다시 누워." 나샤가 말했다.

나는 숨을 깊이 들이쉬고 잠시 참았다가 내쉬었다. 두 사람 말이 맞는 것일까?

두 사람은 틀렸다. 두 사람이 틀렸다는 사실을 나는 안다.

하지만 지금 할 수 있는 일은 아무것도 없었다. 나는 이불을 들치고 침대로 다시 들어갔다. 나샤가 몸을 돌려 내게 키스했다.

"긴장 풀어, 미키. 잠이나 좀 자."

캄캄한 방에서 딸깍하며 보안 잠금이 강제로 풀리는 소리에 잠에서 깼다. 곧 방 안으로 빛이 쳐들어오더니, 낮은 남자 목소 리가 들렸다.

"믿을 수가 없군."

복도에서 들어오는 빛 때문에 눈이 찌푸려졌다. 경비대원 두 명이 문틈으로 방 안을 지켜보고 있었다. 두 사람 모두 버너로 무장한 상태였다.

"젠장. 너희 대체 무슨 짓이야?" 키 작은 남자가 말했다.

다른 남자가 고개를 저었다. "무슨 상관이야. 너희 셋, 모두 일어나. 제발 뭐 좀 걸치고. 다 같이 사이클러와 데이트하러 가야지."

19장

미칠 노릇이다.

이성의 끈을 붙잡고 있기도 힘들었지만 내가 미쳐 가고 있다는 사실 그 자체로 기분이 엉망이 되었다.

나샤는 겁을 먹을 만했다. 처벌을 받으러 가 본 적이 없으니까. 하지만 나는 변명거리가 없었다. 이런 일은 나한테 밥 먹듯 일어났다. 2주 동안 세 번이나 처벌을 받은 적도 있었다.

개척지 우주선은 목적지에 도착해도 착륙하지 않는다. 이쪽 별에서 저쪽 별로 우리를 옮겨 주는 수단들은 우주 공간에서 버티는 데 집중해 만들어진다. 대기권으로 들어가거나 중력장에 노출되기에는 너무 크고 너무 섬세하다. 개척지의 모든 것은 조각조각 분해된 채로 궤도에서 조금씩 옮겨져 내려온다.

우리가 궤도에 진입하고 몇 시간 뒤, 나샤가 조종하는 착륙선을 타고 처음 니플하임에 내려앉은 것은 바이오 챔버와 의료팀, 생명공학팀, 그리고 나였다.

그때 이미 우리는 새 보금자리의 기후나 대기 구성 때문에 고생깨나 하게 되리라는 사실을 알고 있었다. 호흡기 없이는 바깥 활동이 불가능하다는 사실을 깨달은 마샬은 대안 행성으로 목적지를 바꿔야 할지 고민하기도 했다. 하지만 논의를 거듭하고 몇 번 고성이 오간 끝에 듀건을 비롯한 생명공학부원들은 생태계에 특수 조작된 조류를 적응시킬 수만 있다면 머지않아 대기 중 산소 분압을 인간이 생존 가능한 상태까지 끌어올릴 수 있다고 마샬을 설득했다. 그들이 이야기한 '머지 않은 때'는 성인 개척민의 삶이 끝나기 전이 아닌, 수송되어 와서 보관 중인 배아의 수명이 끝나기 전까지를 의미했다.

앞서 이야기한 것처럼, 우리 탐사선이 대안 행성에 도달할 확률은 거의 0에 가까웠기 때문에 결국 마샬은 니플하임에 기회를 주기로 했다.

어느 개척지에서나 첫 임무는 인간의 건강에 해를 끼치는 토착 미생물이 있는지 확인하는 것이다.

말해 두자면, 토착 미생물 중에는 인간에 해로운 영향을 끼칠 가능성이 있는 정도가 아니라, 반드시 해를 끼치는 종들이 존재한다.

그것들을 파악하는 방법은 당연하게도 지역 환경에서 분리할 수 있는 모든 물질에 익스펜더블을 노출시키고 지켜보는 것이다.

지표면에 착륙한 지 반나절이 채 지나지 않았을 때였다. 나샤가 마지막으로 내 볼에 키스한 후 손으로 톡톡 두드렸고, 뒤이어 의료국 기술자 아케이디가 나를 바이오 챔버로 안내했다. 그는 내 기억이 계속 업로드 되도록 헬멧 스캐너를 씌우고 챔버를 나갔다. 헬멧을 왜 씌우는지 묻자 그가 답했다.

"네가 뭘 느꼈는지 나중에 위에서 물어볼 테니까."

"꼭 이래야 하나? 지독한 피부병에 걸리게 하는 것까지는 괜찮다 이거야. 내 일이니까. 하지만 정말로 그걸 기억까지 해야 해?"

아케이디는 어깨를 으쓱하고는 바이오 챔버를 나간 다음 문을 닫았다.

바이오 챔버는 원통형 관처럼 생겼는데, 양팔을 뻗으면 양쪽 벽에 손이 닿을 정도의 폭에 몸을 꼿꼿이 펴고 서 있을 정도의 높이였다. 시트를 뒤로 밀면 변기통 역할을 하는 금속 의자가 중앙에 놓여 있었고 천장에는 환기구가 설치되어 있었다. 문 반대편 벽에는 내가 곧바로 죽지 않을 경우를 대비해 간식을 넣어 둔 서랍이 있었다. 환기구에서 쉭쉭 소리가 나기 시작해서, 나는 자리에 앉았다.

아케이디가 인터컴에 대고 말했다. "심호흡을 몇 번 해 봐. 괜찮다면 입으로 숨을 쉬어."

환기구를 통해 들어오는 바람에서 구린내가 나서 시키는 대로 하지 않았다.

공기는 맛도 구렸다.

1분쯤 지나고 환기구가 닫히며 딸깍 소리가 들렸다.

아케이디가 말했다. "수고했어. 좀 쉬어. 아마 시간이 좀 걸릴 거야."

나는 귀찮게 만들어서 유감이라고, 가능한 한 빨리 죽어 버리도록 노력하겠다고 쏴붙이고 싶은 충동을 억눌러야 했다.

몇 분이 지나고 문에 난 작은 창으로 나샤의 얼굴이 보였다.

"미키, 좀 어때?" 그녀가 말했다.

나는 얼굴을 찌푸렸다. "아주 좋아." 그러고는 내 뒤에 있는 서랍을 가리켰다. "먹을 것도 주더라."

그녀는 미소 지었다. "좋겠네. 우리는 사이클러 페이스트랑 물밖에 안 주는데."

나는 뒤를 돌아 서랍에서 프로틴바 하나를 꺼낸 다음 포장지를 뜯었다.

"뭐, 제물로 바쳐질 돼지인데 잘 먹여야지, 안 그래?" 나는 프로틴바를 한 입 깨물었다.

"양이야."

"뭐?"

"양이라고. 제물로는 양을 바치는 거야. 돼지는 역겹잖아. 누가 돼지를 제물로 바쳐. 돼지는 먹는 거지."

나는 한숨을 쉬었다. "둘 중 뭐가 됐든 죽는 건 마찬가지네."

나샤는 노력했다. 신께 맹세코 그녀는 최선을 다했다고 말할 수 있다. 우리가 첫 키스를 했을 때부터 언젠가 내가 죽어 가는 모습을 지켜봐야 한다는 사실을 알았을 테지만, 8년이 흘러 실제로 그런 일이 일어나자 그녀는 어찌할 바를 몰랐던 것 같다. 어떤 감정을 느껴야 하는지도 몰랐을 것이다. 그래서 창밖에 네 시간 동안 서 있으면서 계속 말 상대가 되어 주었다. 뷰 스크린에 행성이 어떻게 보이는지 설명해 주었고, 아케이디가 얼마나 멍청한지 흉보기도 했다. 당시 그녀가 보고 있다던 미드가르드에 사는 엄청나게 부유하고 안하무인인 가족이 나오는 드라마 이야기도 해 주었다.

그 일이 끝나고 내가 다시 재생 탱크에서 나오게 되면 같이 이런저런 일을 하자는 얘기도 했다.

그녀가 최선을 다하는 만큼, 나도 최선을 다했다. 안 그래도 괴로워하는 그녀를 더 힘들게 하고 싶지 않았다. 그렇게 두세 시간쯤 지나자 내 상태가 나빠졌다. 처음에는 심리적인 문제인 줄 알았다. 몸속에 미생물이 좀 들어왔다고 해서 그렇게 빨리 반응이 나타나리라고는 생각하지 않았다. 하지만 얼마 지나지 않아 열이 펄펄 끓기 시작했다. 아케이디가 돌아와 내 몸 상태에 대해 질문을 몇 개 던졌다. 나는 독감에 걸렸을 때와 비슷하다고 이야기했다. 그는 고개를 끄덕이고는 다시 사라졌다. 세 시간 후 기침을 하기 시작했다. 세 시간 반 후에는 처음으로 피를 토했다. 그때쯤부터 나샤는 거의 말을 하지 않았다. 하지만 계속 그 자리에 서서 한 손으로 유리창을 누르고 얼굴을 그 옆에 댄 채로 나를 지켜보았다.

네 시간 후, 힘겹게 남은 숨을 끌어모아 나샤에게 가라고 말했다. 다음에 무슨 일이 벌어지든 그녀에게 더 이상 보이고 싶지 않았다.

그녀는 떠나지 않았다. 무슨 일이 벌어지고 있는지 확실해지자 유해 물질 차단복을 입고 챔버로 들어갈 수 있게 해 달라고 아케이디를 설득했다. 처음에 나는 그녀가 들어오지 않았으면 했다. 하지만 갈비뼈가 부서질 것처럼 기침하며 핏덩어리를 토할 정도로 상태가 심각해지자 그녀는 내 머리를 품 안에 끌어안고 손을 잡으며 말을 건넸다. 어리석었지만 아름다운 결정이었고, 내가 앞으로 천 년을 더 산다 해도 그녀에 대한 감사를 잊지 못할 것이다.

그 후 한 시간 정도가 걸렸던 것 같다. 혹시 나중을 위해 한마디 하자면, 여러분에게 어떻게 세상을 떠날지 선택지가 주어지거든 폐출혈만은 최대한 피하라고 말해 두고 싶다. 이 분야 경험자로서 말할 수 있다. 당신은 폐출혈로 죽고 싶지 않을 것이다.

발가벗은 몸에 끈적끈적한 액체가 가득 묻은 채로 눈을 떠 보니 착륙선에 싣고 온 이동식 재생 탱크 옆에 누워 있었다.

더는 피가 나지 않는 폐에서 마지막으로 보존액을 토해 내며 내가 말했다. "너무한 거 아니에요? 침대도 없습니까?"

의료국의 버크가 내게 수건을 건넸다. "끈끈한 게 잔뜩 묻어 있잖아. 침대 시트 빨기는 귀찮거든."

나는 끈적거리는 액체를 수건으로 벅벅 문질러 최대한 닦아 내고 버크가 건넨 위아래가 붙은 회색 작업복을 입었다.

버크가 말했다. "뭐 좀 먹게. 24시간 안에 챔버에 다시 들어갈 일은 없을 거야."

나샤가 말했다. "아무튼 보통 일이 아니던데."

휴게 공간, 나는 테이블 맞은편에 앉은 그녀를 물끄러미 보았고, 그녀는 내 눈을 피했다.

"응, 힘들었어. 같이 있어 줘서 고마워."

그녀는 천장을 올려다보고는 자신의 손을 내려다보았다. 여전히 내 눈을 똑바로 보지 못했다.

"미키……."

그녀가 말을 이어 가길 기다렸지만 말문이 막힌 눈치였다. 결국 내가 입을 열었다.

"다신 그러지 않아도 돼. 그런 모습을 지켜보고 싶은 사람은 없어. 더군다나 그 사람이……"

그녀가 내 말을 가로챘다.

"사랑하는 사람이라면."

나도 모르게 웃음이 났다. 8년을 함께 했지만 둘 중 누구도 그 단어를 입에 올린 적은 없었다.

"내가 죽는 모습을 보는 건 한 번이면 됐어."

"아니, 함께 있을 거야. 네가 죽어 갈 때…… 잠시뿐이더라도 멍청한 아케이디 말고는 옆에 아무도 없이 홀로 죽어 가도록 두지 않을 거야."

내가 테이블 위로 팔을 뻗었고, 우리의 손가락이 얽혀 들었다.

"어쨌든 네가 도망 못 가게 지키고 있을 사람도 필요하잖아." 그녀가 말했다.

다시 챔버에 들어가기까지 일주일 정도 시간이 있었다. 나는 주로 나샤와 시간을 보냈다. 가끔 대화도 하고, 나샤가 드라카에서 챙겨 온 카드 게임을 하기도 했다. 하지만 대부분은 서로를 탐하며 시간을 보냈다. 그것 말고는 달리 할 일이 없었다.

나흘이 지난 후 내가 자고 있는 커튼 뒤 구석으로 버크가 들어와 소매를 걷으라고 시키고는 수도관만큼 굵은 주삿바늘 대여섯 방을 팔에 찔렀다. 중간에 왼쪽 어깨가 보라색으로 변하기 시작하자 반대쪽 팔에 주사를 놓기 시작했다. 내가 무슨 주사인지 묻자 그는 실험용 쥐에게 설명을 해 줘야 할 줄은 몰랐다는 듯 황당한 표정을 지었다. 하지만 내가 다시 한번 묻자 그는 눈을 굴리며 말했다.

"처음 두 개는 면역력 강화를 위한 주사야. 나머지 네 개는 지난번 미키를 죽게 만든 미생물에 대한 백신이지. 효과가 나타날 때까지 이틀 기다렸다가 다시 챔버로 가게 될 거야."

"좋아요. 이번에는 살아남을 가능성이 있을까요?" 내가 물었다.

버크는 나를 보며 어깨를 으쓱한 뒤 등을 돌리며 말했다. "모르지." 그러고는 커튼을 치며 덧붙였다. "……아마 아닐 거야."

미키4에게 무슨 일이 있었는지는 기억나지 않는다. 그가 미키3처럼 나샤의 품 안에서 죽었다는 사실은 감시 카메라 영상을 본 덕분에 알게 되었다. 하지만 기억은 나지 않는다. 챔버의 환기구가 열리자마자 헬멧 스캐너에 연결된 케이블을 뽑고 헬멧을 벗어 던졌기 때문이다.

"저, 뭐 하는 거야?" 아케이디가 말했다.

포는 눈을 굴리며 대꾸했다. "뭐 하는 것처럼 보이는데?"

"헬멧 도로 써야 해. 이러면 규정을 어기는 거야."

포는 고개를 저었다. "미안. 예방 접종이 효과가 있다면 내가 여기서 나가자마자 전부 기록으로 남기자고. 만약 효과가 없으면……."

"효과가 없으면 우리는 귀중한 데이터를 잃는 거야."

포는 눈을 굴리며 말했다. "귀중한 데이터? 무슨 말도 안 되는 소리야? 미키3한테는 무슨 일이 있었는지 무엇 하나 물어본 적도 없으면서."

"반스, 지난 버전에서 무슨 일이 있었는지는 잘 알아. 폐 전체에 출혈이 생겼지. 그래서 질문할 필요가 없었던 거고. 이번에는 좀 더 흥미로운 뭔가가 발견될 수도 있잖아?"

포는 작은 창 너머에 있는 그를 족히 10초 동안 빤히 보다가 웃음을 터뜨렸다.

웃음이 잦아들자 포는 왈칵 화를 냈다. "흥미? 흥미라고 했냐, 이 개자식아? 내가 이 안에 있는 동안 뭔가 *흥미로운* 일이 생기면, 네놈한테만은 그게 어떤 건지 확실히 알려 주마. 됐냐?"

"반스, 헬멧 다시 써. 당장."

아케이디의 재촉에도 포는 가슴 앞으로 팔짱을 끼고 능글맞은 웃음을 지어 보일 뿐이었다.

"유해 물질 차단복이 꽤 약한 재질이던데. 구멍 하나쯤 뚫는 건 일도 아니겠어, 안 그래? 생각 잘해 보고, 와서 씌울 수 있으면 씌워 봐."

나중에 밝혀진 바에 따르면 포에게 일어난 일은 그다지 흥미롭지 않았다. 포는 스리보다 훨씬 오래 살았다. 24시간이 지나서야 증상이 나타나기 시작했다. 하지만 미생물들이 일을 시작한 뒤에는 일이 일사천리로 진행되었다. 우선 위장관을 녹였고 녹은 장기가 피와 함께 위아래로 쏟아져 나왔다. 위장관에서 더 할 일이 없어진 미생물들은 간과 신장으로 옮겨 갔다. 포는 32시간 후 각혈하기 시작했고 36시간 후에는 의식을 잃었다. 그리고 40시간이 경과하자 죽었다.

또 한 번 바닥에서 깨어났다. 이번에는 맞아야 할 주사가 열한 개였다.

"와, 빨리도 준비했네요." 내가 말했다.

버크가 대답했다. "딱히 그렇지도 않아. 지난번 시도가 있고 8일이 지났네. 듀건이 다음번 실험 준비가 마무리됐을 때 널 만들자고 했거든. 어차피 곧 사이클러로 들어갈 몸에 자원을 낭비할 필요 없으니까."

버크는 주사를 놓는 데 집중하고 있었다. 네 방은 오른쪽 어깨에, 세 방은 왼쪽 어깨에, 나머지는 오른쪽 허벅지로 들어갔다.

주사를 다 놓은 뒤 그가 말했다. "아, 듀건이 자네한테 이 말도 전하라더군. 마샬이 이번에는 헬멧을 벗지 말라고 했대."

"싫어요. 헬멧은 안 써요."

"그래, 자네가 그렇게 말할 거라더군. 만약 헬멧을 쓰지 않으면 다음번엔 실험 전에 백신 주사를 하나도 안 놓은 채로 챔버에 넣겠다던데. 명령에 따를 때까지 몇 번이고 실험을 반복하겠다고 전하라더군."

버크는 자리를 떴고 나는 재생 탱크 가장자리에 앉아 기억나지 않는 고문을 무한 반복하는 것과 고통스러운 죽음 한 번을 영원히 기억하는 것 중 어느 쪽이 더 최악일까 생각했다.

결국 나는 헬멧을 썼다. 나샤는 이번에도 와서 내가 죽는 모습을 지켜보았다. 그녀는 내게 키스하면서 나를 두 팔로 꼭 감싸 안고 아케이디가 그녀를 강제로 떼어 놓을 때까지 놓아주지 않았다.

내가 챔버로 들어갈 때 그녀가 말했다. "이번에는 괜찮을 거야. 이번에는 살아서 챔버를 나올 거야."

나는 헬멧을 연결하고 있던 아케이디에게 물었다. "어떻게 생각해? 이번에는 괜찮을까?"

그는 어깨를 으쓱했다. "일어날 만한 일이 다 일어나긴 했지."

챔버 안에서 하루가 지났고, 나는 멀쩡했다.

이틀이 지나고도 나는 멀쩡했다.

사흘째가 되자 불편한 의자에서 잠을 자는 데 질린 데다 서랍 속 음식까지 거의 떨어져 갔다. 나는 툴툴거리며 까칠하게 굴었다. 그 외에는 모든 게 멀쩡했다.

8일째 아침, 아케이디는 내게 옷을 완전히 벗고 양팔과 다리를 벌리고 서서 숨을 참고 눈을 감으라고 했다. 그다음 30초 동안 독성 물질이 틀림없는 화끈거리는 스프레이가 여러 번 내 몸에 뿌려졌다.

스프레이 샤워가 끝나고 아케이디가 말했다. "숨 쉬어. 하지만 눈은 아직 뜨지 마."

눈꺼풀이 꽉 닫혀 있었는데도 적외선 살균기 불빛을 견디기가 버거웠다.

그 과정을 세 번 반복했다.

모든 과정이 끝난 뒤 내 몸은 머리끝부터 발끝까지 시뻘겋게 달아올라 있었다. 산 채로 가죽이 벗겨진 느낌이었다.

하지만 살아 있었다.

챔버에서 내 발로 걸어 나오기는 처음이었다.

아케이디가 말했다. "옷 입어. 그리고 의료국으로 가. 아직 다 끝난 게 아니야."

"저기, 나도 같이 가도 돼?" 나샤가 물었다.

아케이디는 그녀를 한참 빤히 보다가 고개를 저었다.

"안 가는 게 나아. 검사 끝나고 나면 네 맘대로 해. 그 전까지 반스는 위험 인자야."

검사는 거의 완벽했다.

거의.

혈액 검사와 신체검사를 거쳐 피부, 목구멍, 콧구멍의 조직

검사까지 아무 문제가 없었다. 그리고 마지막으로 몸 전체를 자기 공명 스캐너로 검사했다.

"그냥 확실히 해 두려는 거야." 버크가 말했다.

뭘 믿고 그런 말을 했을까.

나는 아직 회복되지 않은 상태로 질척한 페이스트를 홀짝이는 나샤와 마주 앉아 있었다. 나샤는 격리가 해제되면 무엇을 할지 신이 나서 이야기하다가 내 어깨 너머에서 무언가를 발견하고는 말을 멈췄다. 내가 뒤돌아보니, 버크였다. 그는 태블릿을 들고 있었다.

"둘이 타액이 섞이거나 한 건 아니겠지?"

"아직요, 곧 그럴 예정이죠." 나샤가 대답했다.

"아니, 그러면 안 돼." 버크가 말했다.

버크는 우리가 볼 수 있게끔 태블릿 화면을 돌렸다. 반으로 자른 호두 같은 그림이 띄워져 있었다. 회색 영역이 흰색 영역으로 둘러싸여 있고 그 주변을 다시⋯⋯.

"이게 뭐죠?" 나는 뻔히 답을 알면서 그에게 물었다.

"자네 뇌야." 버크가 말했다.

"이런, 젠장." 나샤가 말했다. 그녀는 태블릿 쪽으로 몸을 기울이더니 손가락으로 화면 가운데 어두운색으로 자리 잡은 둥그스름한 형상을 가리켰다. "미친, *저건* 도대체 뭐야?"

"종양이야. 뇌종양이네요. 그렇죠?" 내가 말했다.

"아니, 뇌종양은 확실히 아니야. 자네 몸은 이제 생겨난 지 일주일 됐네. 뇌종양은 이렇게 빨리 자라지 않아." 버크가 대답했다.

"그래요, 그러면 뭐죠?" 내가 말했다.

"모르지. 하지만 우리가 뭔지 밝혀낼 때까지 자네는 다시 챔버로 들어가야 해." 버크가 말했다.

폐출혈로 죽지 말라고 이야기했던 거 기억하는지 모르겠다. 자, '선택하지 말아야 할 죽음의 방법' 리스트에 새로 하나를 추가해야겠다. 절대 기생충에게 뇌를 파먹히지 말자.

숨이 끊어지기까지 거의 한 달 이상 걸렸지만, 마지막 일주일은 그냥 껍데기나 다름없이 살았다. 하지만 2주째와 3주째도 그리 즐겁지 않았다. 두통으로 시작해 발작이 일어나더니 진행성 치매로 발전했다. 거의 마지막쯤에는 벽이 말을 걸기 시작했다. 나샤가 나를 사랑하지 않는다고, 이전 버전들은 모두 지옥에서 나를 기다린다고, 기생충에게 끊임없이 먹히고 또 먹힐 뿐 절대 죽지 않을 거라고 떠들어 댔다.

하지만 그건 거짓말이었다. 기생충들은 결국 나를 죽였다.

내가 죽고 나자 애벌레들이 내 입과 코와 귀에서 쏟아져 나왔다. 뭐로 변할지는 모르지만 다음 생장 단계로 나아갈 준비를 마친 상태였다. 아케이디가 꿈틀거리는 애벌레들을 살균한 다음 새로운 나를 만들 때 쓰려고 사이클러에 던져 버렸기 때문에 애벌레들이 어떻게 변태하는지는 보지 못했다.

여러분은 내가 이 모든 일을 겪었으니 이제는 마샬이 내게 어떤 임무를 주든 두렵지 않을 거라 생각할 것이다.

　그렇게 생각하겠지만, 대체 무슨 빌어먹을 이유인지는 몰라도, 나는 언제나 두렵다.

20장

경비대원들은 우리를 한 줄로 세우고는 돔 바깥쪽에서 중심으로 이어지는 복도를 따라 걷게 했다. 덩치가 작은 경비대원이 앞장섰고 나샤, 에잇, 내가 차례로 발걸음을 옮겼다. 덩치 큰 경비대원이 우리 뒤를 따라왔다. 중앙 계단을 내려가기 시작했을 때 우리가 곧장 사이클러로 가게 되는 것이 아닐까 하는 생각이 들면서 내장이 뒤틀리는 것 같았다. 2층을 지나면서 "사법 절차 없이는 마음대로 처벌을 내릴 수 없는 거 알지?"라고 말하는 것을 보니 나샤도 나와 같은 생각을 하는 모양이었다.

"이거 왜 이러시나. 우리가 본 게 있는데. 그 자리에서 불태워 버리지 않은 걸 감사해야지." 우리 뒤에 있던 덩치 큰 대원이 말했다.

"엿이나 먹어. 너 나탈리스트지?" 에잇이 말했다.

"맞아, 마샬도 그렇지. 너희는 다 죽었어." 덩치 큰 대원이 말했다.

"쟤 말이 맞아." 앞서가던 대원이 뒤도 돌아보지 않고 맞장구쳤다.

"개척지에서 신정 체제를 채택한 적은 없으니 우리를 화형에 처하긴 힘들 거야." 나샤가 말했다.

앞서가던 대원이 어깨를 으쓱했다. "그건 마샬한테 달렸지."

1층에 도착한 후 그들은 우리를 사이클러로 데리고 가지 않았다. 있지도 않은 지하 감방으로 데리고 갈 수도 없었다. 내가 아는 한 개척지에는 수감 시설이 없었다. 대신 그들은 우리를 경비대 대기실로 데려갔다. 전투복과 무기가 가득 든 사물함이 있는 장소를 고르다니 이상한 결정이었다. 심지어 자동 배식기까지 갖춰져 있었다. 무장한 채 반란을 일으킬 수도 있고 식량 보급도 가능한 장소를 고르다니 경비대원들이 세운 계획이라기엔 너무 허술해 보였다.

덩치 큰 대원이 문을 닫기 전 경고했다. "여기서 기다려. 장비들은 만지지 말고, 음식 주문할 생각은 꿈에도 하지 마."

"안 그러면?" 나샤가 물었다.

대원은 한참 우리를 빤히 보다가 고개를 절레절레 젓고 말했다. "일단 여기서 기다려."

그가 사라진 뒤 나샤는 사물함 중 하나로 다가가 오큘러를 스캐너에 갖다 댔다. 스캐너 화면에서 빨간 불이 반짝였다.

"뭐, 시도는 해 볼 수 있잖아." 그녀가 말했다.

에잇이 말했다. "잘했어. 열렸으면 뭘 하려고 했는데?"

나샤는 어깨를 으쓱하며 말했다. "자유를 찾을 방법이 있을 줄 알았지."

사물함을 열 수 있다면 무엇을 할 수 있을까? 사실 흥미로운 질문이었다. 우리가 방에 갇힌 것도 아니었다. 무기를 탈취할 수는 없어도 도망칠 수는 있었다. 경비대원들이 돌아오면 그들 중 한 명을 공격할 수도 있었다. 할 수 있는 일은 많았다. 하지만 그렇게 해서 우리가 무엇을 얻을 수 있을까? 돔 밖으로 나가는 순간 우리는 죽는다. 그 생각을 하자 어쩌면 니플하임 자체가 무지하게 거대하고 무지하게 차가운 감방이라는 생각이 들었다.

방 중앙에 소파와 낮은 탁자가 놓여 있었다. 에잇이 소파 한쪽 끝에 주저앉아 머리를 뒤로 기대고 눈을 감았다. 1분쯤 지나 내가 반대쪽을 차지했다. 나샤는 우리 사이에 끼여 양팔을 우리 어깨에 올리고 자기 쪽으로 끌어당겼다.

나샤가 말했다. "그거 알아? 미드가르드를 떠나기 전에 내가 어떻게 죽을 것 같으냐는 질문을 받았다면, 풍기 문란으로 시체 구덩이에 던져질 것 같다는 대답을 제일 먼저 떠올리지는 않았을 거야."

"오늘은 안 던져질 거야. 여기서 대기권 조종사는 둘뿐인데 네가 그중 하나야. 마샬은 너를 절망에 빠뜨릴 다른 방법을 찾겠지만 죽일 수는 없어." 에잇이 눈을 감은 채 대꾸했다.

"잘 모르겠네. 마샬이 지금은 그렇게 생각할 수 있는데, 만약에 내가 첸을 죽이고 난 다음이라면?" 나샤가 말했다.

에잇이 어깨를 으쓱하며 대답했다. "얼마나 우발적으로 보이게 하느냐가 관건이겠네."

그 말을 끝으로 우리 셋은 서로 머리를 맞대고 눈을 감은 채 아무 말도 하지 않았다. 마샬이 나샤를 죽이지 않을 거라는 에잇의 말이 맞을지도 모른다. 하지만 마샬이 에잇과 나를 죽이리라는 건 의심의 여지가 없었다. 이쯤 되자 테세우스의 배고 뭐고 간에 재생 탱크에서 나온 나인은 내가 아니라는 생각이 분명해졌다.

뭐, 적어도 마지막 가는 길이 외롭지는 않을 것 같았다.

한 시간쯤 지나 우리를 대기실로 데려온 경비대원 중 덩치가 작은 대원이 돌아왔다.

"반스, 따라와."

그는 얼굴을 찌푸리며 덧붙였다. "너희 둘 다 따라오라고. 아자야 너는 여기서 기다리고."

나샤는 아직도 팔을 우리 어깨에 두르고 있었다. 그녀는 에잇에게 키스한 다음 나에게도 키스했다. 경비대원은 우리가 안 보이게 돌아섰다.

"여자야, 무슨 짓이야? 뭐 하는 짓들이냐고?"

"받아들여." 그녀가 말했다.

에잇이 한숨을 쉬었다. "있지, 넌 지금 정말 하나도 도움이 안 되고 있어."

에잇의 말이 맞을지도 모른다. 하지만 달리 보면, 적어도 우리 처지에서는 상황을 더 악화시키기도 어려웠다. 우리는 자리에서 일어나 발걸음을 옮겼다.

경비대원은 우리를 사이클러로 데려가지 않았다. 복도를 따라 문 네 개를 지나 벽장만 한 공간으로 우리를 안내했다.

"이게 뭐야?" 내가 물었다.

대원이 어깨를 으쓱했다. "보관 창고지."

그는 우리를 안으로 밀어 넣고 문을 닫았다. 방은 캄캄했다. 오큘러가 적외선 감지 모드로 전환되었지만, 차라리 잠이나 자자 싶어 다시 일반 모드로 전환했다. 한쪽 구석에 몸을 웅크리고 이마를 무릎에 올린 채 잠에 막 빠져들고 있는데 채팅창이 열렸다.

[Mickey8]: Ab**st ㅣㅎ**ㅐ?

나는 오큘러를 적외선 감지 모드로 바꾸고 에잇을 찾았다.

에잇은 나와 마찬가지로 반대쪽에 구석에 몸을 웅크린 채 이미 코까지 골며 잠들어 있었다.

[Mickey8]: ㅇ***ㅎ**ㅐ

이런. 잠결에 메시지를 보내는 모양이었다. 눈을 깜빡여 채팅창을 끄고 오큘러를 종료한 다음 눈을 감았다.

열린 문으로 쏟아져 들어오는 빛에 잠을 깰 때까지 얼마나 잤는지 알 수 없었다. 새로운 대원이 우리를 찾으러 와 있었다. 아는 얼굴이었다. 이름은 루카스였고, 우리가 아직 우주선으로 이동 중일 때 회전목마에서 아주 느린 속도로 무술 연습을 하는 그를 마주치곤 했다. 한번은 왜 그렇게 연습하느냐고 물어본 적도 있었다. 솔직히 상대방보다 더 빨라지는 게 이기는 비결 아닌가? 그는 미소를 지은 채 고개를 젓고는 다음 동작을 연습했다.

그는 항상 점잖게 처신했는데, 오늘 아침은 우리 셋을 마주하는 것이 불편한 듯했다.

"이거, 문제가 생겼나 본데, 미키."

"응, 모여서 좀 놀았어." 에잇이 말했다.

"대체 무슨 일이야? 대체 어쩌다가 중복이 된 거야?"

"말하자면 길어. 요약하자면 전부 베르토 잘못이야."

루카스는 웃음을 터뜨렸다. "알아봤어야지. 고메즈는 문제 투성이야. 네가 개랑 시간을 그렇게 많이 보내는 게 이해가 안 되더라."

"그러게. 나도 최근 들어 이해가 안 되기 시작했어." 에잇이 말했다.

"뭐, 이제 일어나. 그분이 너희를 보고 싶어 해." 루카스가 말했다.

마샬이 말했다. "맙소사, 반스, 그 모든 일을 겪었음에도, 난 믿고 싶지 않았네."

'그 모든 일을 겪었음에도'가 무슨 의미인지는 묻지 않기로 했다.

우리는 다시 마샬의 사무실에 와 있었고, 베르토와 내가 며칠 전 앉았던 바로 그 자리에 앉아 있었다. 지난 48시간 동안 마샬의 기분은 나아지지 않았다.

에잇이 입을 열었다. "저, 사령관님, 보기에는 엉망 같아도 세상이 끝장날 일은 아닙니다. 저희가 둘이면 안 된다는 것은 이해하지만, 아시다시피 고의로 이렇게 된 게 아닙니다. 그리고 이건 어떻게 보면 좋은 일이 될 수도 있습니다. 우리 개척지는 점점 형편이 어려워지고 있고 두 명이 있으니 두 배로 유용하게 사용할 수 있지 않겠습니까? 결국 저희가 필요하잖아요. 이번 일은 넘어가는 게 어떻겠습니까?"

마샬은 얼굴이 벌겋게 달아오르더니 말없이 아래턱만 족히 2초 동안 달싹거렸다. 이윽고 자리를 박차고 일어나 주먹으로 책상을 내려쳤다.

"혐오스러운 괴물 같은 것들, 잘 듣게. 고의적이든 아니든 내 알 바 아니야. 자네들이 굶주린 개척지에서 칼슘과 단백질을 70킬로그램이나 훔쳤다는 사실은 제쳐 두자고. 중복되었다는 사실을 *깨닫자마자* 둘 중 한 명이 사이클러로 뛰어들었어야 마땅하다는 사실도 제쳐 두자 이거야. 성스러운 모든 것을 걸고, 반스, 자네들이 서로 그런 *관계*를 갖다니. 도대체…… 나는……."

그는 더듬거리다 말을 멈추고 의자에 털썩 주저앉았다. 뒤이어 숨을 크게 들이쉬며 눈을 감은 다음 천천히 내뱉었다. 다시 눈을 떴을 때는 마치 마네킹처럼 변한 얼굴에서 아무 감정도 읽을 수 없었다.

마샬이 낮고 단조로운 목소리로 말했다. "자네들은 괴물이야. 자네 둘 다 사이클러로 가게 될 거야. 지금 자네들과 이야기하는 이유는 아홉 번째 미키 반스를 만들어야 할지, 아자야도 너희와 같이 시체 구덩이에 던져 버릴지를 결정하기 위해서야."

마샬의 선언에 에잇은 맥이 풀린 듯했고, 나도 눈이 휘둥그레질 정도로 놀랐다.

"사령관님, 부탁드립니다." 에잇이 말했다.

"나샤는 몰랐습니다. 그러니까, 에잇과 나샤가 방에 같이 있을 때 제가 들어가는 바람에 알게 된 거예요. 그리고 곧바로 경비대원들이 들이닥쳐서 저희를 끌고 갔습니다. 나샤한테 죄를 물을 수는 없습니다. 나샤는 잘못이 없어요." 내가 말했다.

마샬이 말했다. "아자야와는 이미 이야기 끝냈네. 결국 진상을 알고 있었다고 본인 입으로 실토했어. 이틀 전부터 낌새가 이상하다고 생각했다더군. 자신이 두 사람과 무엇을 했건 말건 내가 상관할 바 아니라면서 그 잘난 나탈리스트 윤리 따위는 집어치우라는 말도 하던데." 그는 말을 멈추고 다시 심호흡하며 마음을 가라앉혔다. "두 명밖에 없는 전투기 조종사 중 한 명이 아니었더라면, 적대적이고 지각이 있는 토착 생명체와 전투를 해야 할지도 모르는 시급한 상황이 아니었더라면, 나샤는 벌써 이 세상에 없었을 거야."

"잠시만요. 뭐라고 하셨습니까?" 에잇이 말했다.

"이틀 전 사냥에서 가지고 돌아온 전리품을 조사했는데, 완전한 자연 생명체가 아니었어. '크리퍼'라고 부르는 그것들은 일종의 하이브리드 군사 기술품이네. 물론 메인 로크 바닥에 놈들이 한 짓을 보고 예상은 했지만, 샘플을 조사한 후 확신을 얻었지. 우리는 전쟁을 준비하는 중이고 그래서 아자야를 어떻게 할 것인지 신중하게 생각해야만 해." 마샬은 의자에 기대앉아 눈을 질끈 감고는 엄지와 검지로 콧잔등을 집었다. "다행히도 자네 둘을 놓고서는 그런 고민을 할 필요가 없지." 그러고는 사령관실에서 기다리고 있던 루카스를 향해 손짓했다.

"일단 대기시키게. 이야기를 나눌 사람들이 더 있으니까. 이야기가 다 끝나고 나면 저 둘을 처리하도록 하지."

재미있는 사실을 하나 알려 주자면, 돔 안에는 감방이 있다.

"뭐, 어쨌든 즐거운 며칠이었어." 에잇이 말했다.

나는 자리에서 일어나 앉아 있던 의자에서 두 걸음 떨어진 침대로 갔다. 이 방에 갇히기 전까지는 개척지에 감방이 있는 줄도 몰랐다. 내 방에서 우리를 끌어낸 대원들도 몰랐던 것 같다. 알았다면 자기들 음식을 훔쳐 먹을 위험이 있는 경비대 대기실에 우리를 가두지 않았을 것이다. 돔 안의 표준인 가로 3미터 세로 2미터짜리 방과 이 감방의 다른 점이 있다면 바깥쪽에서만 문을 열고 닫을 수 있다는 것이다.

확실히 미드가르드를 떠나온 후 이 방에 들어온 사람은 우리가 처음인 모양이었다.

나는 침대에 벌러덩 드러누워 눈을 감았다. "원래 계획대로 할걸 그랬네? 기회 있을 때 시체 구덩이로 날 밀었어야지. 적어도 너라면 머리부터 넣어 줬을 텐데."

에잇이 맞장구쳤다. "그래, 그건 네 말이 맞을 거야. 그나저나 마샬이 정말 우리를 둘 다 죽일까?"

"그럴 것 같던데."

우리는 그 후로 말없이 앉아 있었다. 이상하게 들리겠지만 막상 이런 상황이 닥치자 오히려 안심이 되었다. 내 방에 들어가 재생 탱크 보존액이 덕지덕지 묻은 에잇을 발견한 날부터 내 속에는 본능적인 공포가 똬리를 틀고 있었다. 우리가 이 비밀을 영원히 지킬 수 없으리란 걸 알았기에 비밀이 탄로 났을 때 무슨 일이 생길지 겁이 났다. 이제 만천하에 진실이 드러났고 앞으로 무슨 일이 언제 일어날지 알고 나니 마음이 차분해졌다. 심지어 에잇이 다시 입을 열었을 때 나는 거의 졸고 있었다.

"재생 탱크에서 나인이 나오는 일이 없을 수도 있다고 했어. 과연 마샬이 진짜로 그렇게 할까? 개척지는 익스펜더블이 필요하잖아."

나는 눈을 뜨고 고개를 돌려 그를 바라보았다. "마샬이 상관이나 할 것 같아?"

에잇은 대답을 하려고 입을 열었다가 머뭇거리며 고개를 저었다. "그래, 그럴 사람이 아니지."

나는 다시 눈을 감았다. "더 궁금해해야 할 건 이거야. 그게 우리랑 무슨 상관이지?"

"그건 또 무슨 말이야?"

나는 한숨을 쉬고 일어나 앉아 그를 마주 보았다. "에잇, 너는 내가 아니야. 너도 그렇게 생각하지?"

에잇은 나를 족히 5초 동안 뚫어져라 쳐다보다 말했다. "그래서 무슨 말이 하고 싶은 건데?"

"내 말은 힘멜 스테이션에서 젬마가 가르쳐 준 불멸에 관한 내용들, 그게 다 엉터리라는 거야. 지금 우리를 봐. 내 삶은 지난 6주에 불과하고, 네 삶은 지난 며칠에 불과해. 우리는 하루살이 같은 존재들이고 마샬이 시체 구덩이에 밀어 넣으면 우리 삶은 그걸로 끝이야. 나인이 재생 탱크에서 나오든 말든 나는 상관 안 해. *나인은 내가 아니니까.* 나인은 그냥 내 침대에서 자고 내 배급 카드를 사용해 배를 채우고 내 물건들을 사용하는 다른 사람일 뿐이야."

에잇은 고개를 저었다. "아니, 나는 이해가 안 돼. 테세우스의 배 이야기는? 칸트는? 그가 나라고 생각하는 이상, 사람들이 그를 나라고 생각하는 이상, 그는 내가 아니라는 걸 증명할 방법이 없고, 그럼 *그는 나야.* 네가 지금 하는 생각, 바로 그 생각 때문에 익스펜더블이 중복되는 걸 허용하지 않는 거야."

나는 눈을 굴리며 대꾸했다. "익스펜더블 중복을 허락하지 않는 건 앨런 매니코바가 우주를 정복하려고 했기 때문이야."

"그렇게 생각하시든지."

에잇은 벤치에 앉은 몸을 움츠리고는 가슴 앞으로 팔짱을 낀 채 눈을 감았다.

시간이 흘렀다. 나는 졸다 깨기를 반복했다. 에잇은 허벅지에 양손을 포개어 올리고 반쯤 눈을 뜬 채 깨어 있었다. 어느 순간 내 삶의 마지막 몇 시간을 자는 데 써 버리고 있다는 사실을 깨달았지만 그다지 상관하지 않았다.

마침내 잠금장치가 딸깍하는 소리와 함께 풀린 뒤 문이 활짝 열렸다. 개리슨이라는 경비대원이 들어왔다. 키가 작고 마른 체격이었고, 버너도 챙겨 오지 않았다. 그를 공격해 볼까, 이길 수 있지 않을까, 도망쳐서 무작정 달릴 수 있지 않을까 하는 생각을 아주 잠깐 해 보았다.

하지만 달려서 어디로 간단 말인가? 어리석은 생각이었다.

"저기, 어느 쪽이 세븐이야?" 개리슨이 말했다.

나는 에잇을 흘긋 보았고, 에잇은 어깨를 으쓱했다. 나는 끙 소리를 내며 일어나 앉아 한 손을 들어 올려 보였다.

"좋아, 가자고." 개리슨이 말했다.

나는 일어섰다. 에잇이 보일 듯 말 듯한 미소를 지었다. "저 세상에서 보자고, 형제여."

"그래." 내가 말했다.

저 세상에서는 사이클러 페이스트가 되어 누군가의 머그잔에 담기리란 사실을 우리 둘 다 모르지 않았다. 하지만 적어도 우리가 불멸이라는 믿음을 깨려고 한 나를 그는 용서한 것 같았다. 개리슨이 문밖으로 나가더니 복도로 나오라는 손짓을 했다. 나는 그를 따라 문을 나섰다.

사이클러는 돔의 한가운데, 가장 아래층에 있었다. 우리는 확실히 그쪽으로 가고 있지 않았다. 마샬의 사무실 앞에 다다르고 보니 내가 앞으로 몇 시간을 더 살 수 있을 것인지 궁금해졌다.

개리슨이 문을 두드리는데, 문득 마샬이 나를 직접 쏴 죽이고 싶어 할 수도 있겠다는 생각이 들었다.

"들어오게." 마샬의 목소리였다.

문이 활짝 열렸고 개리슨이 내게 안으로 들어가라며 손짓했다. 나는 그를 지나쳐 안으로 들어갔다. 등 뒤에서 문이 닫혔다.

"앉지." 마샬이 말했다.

나는 고개를 저었다. "서 있는 게 나을 것 같습니다."

마샬은 한숨을 쉬면서 충혈된 눈을 천천히 감았다 떴다. "마음대로 하게, 반스." 그러고는 의자에 기대앉아 손을 무릎에 떨어뜨리고 나를 올려다보았다. "고메즈와 이야기했네. 밖에 있는 저것들에 대해 아는 게 있으면 말해 보게."

"저것들이라면, 크리퍼 말씀입니까?"

"그렇네. 자네를 잃은 줄 알고 올린 최초 보고에서 고메즈는 자네가 크리퍼에게 당해 죽었다고 했더군. 사흘 전 면담 후 수정된 보고서에서는 추락사라고 했지. 한 시간 전에는 자네가 얼음 아래 터널인지 동굴인지로 추락했지만, 그가 철수할 당시 살아 있었고 의식도 있었다고 말을 바꾸더군. 자네가 지표면에서 100미터 이상 추락했을 거라고 하던데. 고메즈는 자네가 거기에서 죽을 거로 생각했고. 용케 나오는 길을 찾은 건가?"

나는 고개를 끄덕였다. "이런 상황이 생긴 이유이기도 합니다. 베르토는 제가 죽었다고 보고했고, 제가 돔으로 돌아왔을 때는 이미 에잇이 재생 탱크에서 나와 있었습니다."

마샬은 손을 저어 내 말을 끊었다. "그 문제는 이제 더 이상

상관없네, 반스. 이 동굴들 얘기나 해 보게. 그곳은 동굴이 있어서는 안 되는 지역이야. 궤도 측량 결과에 따르면 이 지역은 지질학적으로 완전히 안전해야 하지. 화산 활동도, 단층선도, 산도 없고 암반이 무르지도 않아. 거대한 동굴이 사방에 뻗어 있다니 설명이 되질 않는단 말일세."

"그렇습니다, 사령관님. 저도 그렇게 생각했습니다."

"좋아. 그 아래는 어땠나? 자연적인 지질 현상으로 만들어진 것 같던가? 인위적으로 만들어진 것 같은 낌새가 조금이라도 보이던가?"

나는 망설였다. 어디까지 말해야 할까? 마음만 먹으면 돔 벽을 찢어 놓을 수 있는 거대 크리퍼가 있다고 하면 마샬이 어떻게 반응할까?

사실 궁금해할 필요도 없었다. 마샬이 어떻게 반응할지는 이미 알고 있었다. 방법을 찾기만 한다면 크리퍼들을 모조리 죽여 버리겠다고 나설 것이다.

마샬은 마음만 먹으면 뭐든 할 수 있는, 우주선의 엔진 출력을 좌지우지하는 사람이다.

어떻게든 방법을 찾아낼 것이다.

나는 로어노크에도 마샬과 비슷한 생각을 한 사람이 있었는지 궁금해졌다.

"동굴은 자연스러워 보이지 않았습니다, 사령관님. 의도적으로 설계된 것처럼 보였습니다."

그의 눈썹이 미간으로 모였다. "알겠네. 그렇다면 이 사실을 정확히 언제 보고할 생각이었나?"

나는 대답하지 않았다. 마샬은 이미 답을 알고 있었다. 잠시 어색한 침묵이 흐른 후 그는 대답할 필요 없다는 듯 손을 저으며 말했다.

"좋아. 상황상 나서서 말하기 힘들었다는 건 이해할 수 있다 치자고. 아래에서 살아 있는 생명체를 목격한 적이 있나?"

이제 진실을 말해야 할 때가 왔다. 나를 동굴 밖으로 꺼내 마당에 풀어 준 거대 크리퍼가 떠올랐다. 반복해서 보이던 환상과 애벌레의 기괴한 미소도 떠올랐다.

눈밭 아래로 끌려가던 듀건이 떠올랐다.

로어노크가 떠올랐다.

나는 눈을 감고 숨을 들이쉬었다가 내뱉었다.

마샬에게 모든 것을 털어놓기로 했다.

21장

문이 열리자 에잇이 얼른 고개를 들었다. 나를 보자마자 입이 떡 벌어졌다.

"나 왔어. 보고 싶었어?" 내가 말했다.

개리슨이 나를 들이고 문을 잠갔다. 나는 침대에 가서 앉았다.

에잇이 고개를 한쪽으로 기울이며 말했다. "어떻게 된 거야?"

나는 어깨를 으쓱했다. "지금 마샬은 변태 익스펜더블이 중복된 것보다 개척지가 크리퍼 떼에 습격당할까 봐 더 걱정하고 있는 것 같더라."

"그래? 놀랍도록 합리적이네."

"확실히 하자면 우리를 죽이지 않겠다고는 안 했어. 아직 생각 중인 것 같아. 베르토가 날 버리고 간 다음 무슨 일이 있었는지 이야기하고 왔어. 그것 때문에 불안한가 봐."

"무슨 일이 있었는데? 나한테는 말한 적 없잖아."

"우리가 지각이 있는 토착 생명체에 맞서야 한다는 이야기를 들었을 때 내가 놀라지 않았다고만 해 둘게. 그리고 미리 말해 두는데, 우리가 본 것들이 전부가 아니야. 플리터를 해치우고도 디저트를 찾아 나설 만큼 거대한 크리퍼들이 있어."

"게다가 군사 기술도 갖췄고?"

"그런 것 같아."

"우리는 전쟁을 준비하고 있고?"

"마샬이 그렇게 말했지."

에잇은 앞으로 몸을 숙여 팔꿈치를 무릎에 올리고 양손으로 얼굴을 문질렀다.

"좋지 않아, 세븐. 우리는 기술을 가진 생명체와 지상전을 치를 준비가 되어 있지 않아. 인구도 180명뿐이고."

"176명이야. 다섯 명이 죽었고, 우리가 둘이 되었으니까."

에잇은 고개를 들고 나를 노려보며 말했다. "뭐 어쩌라고. 이런 위험이 있다는 건 개척지를 세우기 전에 알았어야지."

그랬다면 궤도에서 폭탄을 던져 크리퍼를 모조리 폭파할 수 있었겠지. 우리 중 누구도 희생되지 않고 학살을 저지를 수 있었겠지.

나는 최근 6주의 기억을 빼면 에잇이 나와 똑같다는 사실을 되새겨야 했다. 그의 말에 내가 이토록 충격을 받다니. 어쩌다 크리퍼를 이렇게까지 신경 쓰게 되었을까?

"상관없어. 우리는 몰랐고, 뭔가 하기에는 너무 늦었어." 내가 말했다.

에잇은 몸을 뒤로 기대고 가슴팍에 팔짱을 꼈다. "그래?"

당연히 그렇다. 아닐 수도 있지만. 앞에서 말한 것처럼 마샬은 우주선 엔진 출력을 좌지우지할 수 있었다. 우리가 유리한 고지를 차지하지는 못했지만, 아직 사용할 수 있는 군사력은 넘쳐난다.

"어쨌든 무슨 일이 일어나든 그걸 걱정할 때까지 우리가 살아 있을 것 같지 않은데." 내가 말했다.

"모르지. 아직도 우리를 살려 두고 있잖아?" 에잇이 말했다.

나는 다시 침대에 누워 두 손으로 뒤통수를 받친 채 눈을 감았다.

"너무 기대하지 마. 조금 미뤄졌을 뿐이니까."

마샬이 우리에 대한 처분을 결정할 때까지 감방에 누워 기다리는 동안 혹시 그가 정말로 우리를 끝장낼 생각이라면 나를 먼저 죽이는 아량을 베풀어 주면 좋겠다고 생각했다. 그러다 무슨 이유에서인지 문득 식스가 떠올랐다.

이제까지 겪은 죽음의 순간들이 모두 기억나지는 않는다. 포는 죽기 전 업로드를 거부했고, 투로 산 기억은 전혀 없다.

하지만 그 둘에게 무슨 일이 있었는지는 잘 안다. 감시 카메라 영상으로 두 사람의 마지막 모습을 봤기 때문이다. 어느 쪽이 나은지 솔직히 아직도 모르겠다. 자신의 죽음을 기억하는 게 나을까, 아니면 영상으로 지켜보는 게 나을까. 나는 식스에게 무슨 일이 일어났는지 안다고 생각했다. 베르토는 식스가 크리퍼들에게 갈기갈기 찢겼다고 했다.

베르토는 *내가* 크리퍼들에게 갈기갈기 찢겼다고 했다.

내 죽음에 관해 베르토가 한 말들이 믿을 만하지 않다는 사실은 베르토 자신에 의해 명확히 증명되었다.

나는 궁금해졌다. 식스도 그 동굴에 버려졌던 게 아닐까?

다시 올라오는 길을 못 찾았던 것은 아닐까? 만약에 베르토를 다시 보게 된다면 무슨 수를 써서라도 진실을 밝혀내야겠다고 생각했다.

내가 죽는 한이 있더라도.

골똘히 생각에 잠겨 있는데 오큘러에 채팅창이 떴다.

[Mickey8]: In**이ㅎ* cl**r?

나는 에잇 쪽으로 고개를 돌렸다.

"제발 좀, 또 장난질이야?" 그가 말했다.

[Mickey8]: C*e*r? S**ㅐ해?

나는 일어나 앉았다. "너 뭐 하는 거야?"

"나? 너야말로 뭐 하는 건데? 뭐라고 지껄이는 거냐고?"

나는 고개를 저었다. "내가 아니야. 나는 네가 잠결에 메시지를 보내는 줄 알았어."

그의 표정에는 이제 짜증 대신 황당함이 가득했다. "잠결에? 그럴 수도 있어?"

"아마도?"

[Mickey8]: 이*r**nd? C***r?

나는 창을 향해 눈을 깜빡였다. "너도 아니고 나도 아니면 누군데?"

에잇은 어깨를 으쓱했다. "뻔하지. 글리치야. 시스템 내에 동일한 핸들을 지닌 노드 두 개가 동시에 존재해서는 안 되는 거지. 우리 둘 사이에서 무슨 피드백 같은 게 일어나고 있는 건지도 몰라."

"말도 안 돼. 네가 다 지어내는 거잖아. 내가 네트워크에 대해 아는 게 없으면 너도 마찬가지지. 네 말이 그럴듯한지조차 모르겠다."

"그러면 이렇게 하자, 마샬이 너를 시체 구덩이에 던지고 난 다음에도 이런 일이 있는지 확인하게, 나를 던지기 전에 조금만 기다려 달라고 할게. 재미있는 실험이 되겠는걸."

나는 한숨을 쉬었다. "고맙다, 에잇. 이런 진정한 친구 같으니라고."

이쯤 되면 지금까지 이루어진 개척지 건설 시도가 모두 참담하게 실패한 것처럼 보일 수도 있을 것 같다. 물론 실상은 전혀 다르다. 내가 실패 사례를 계속 찾아 읽은 이유는 우리가 니플하임 궤도에 들어오면서부터 계속 머릿속에 실패에 관한 생각이 맴돌았기 때문이다. 눈부신 성공을 거둔 사례도 수없이 많다. 베르겐 월드를 예로 들어 보자.

개척지 우주선이 도착했을 때 베르겐 월드는 극에서 극까지 정글로 뒤덮인 행성이었다. 큰 대륙 하나와 작은 대륙 하나가 있었는데, 두 개 대륙 모두 적도를 품고 행성의 양쪽에 펼쳐져 있었다. 따뜻하고 푸른 바다에는 정글로 뒤덮인 섬들이 흩어져 있었고, 대기에는 산소와 이산화탄소가 풍부해 믿을 수 없을 정도로 생물권이 잘 조성되어 있었다. 지각이 있거나 경계해야 할 만한 거대 생명체는 없었지만, 토착 동물들은 빠르고 힘이 세며 다혈질이었고, 나름 운동 신경을 갖춘 나무들은 육식을 했다. 미생물들은 적응이 빠르고 전염성이 있었으며 널리 퍼져 있었다. 사령부는 궤도에서 소규모 탐험대를 내려보내 육지를 조사했다.

전투복과 좋은 무기로 무장한 탐험대였지만 하루를 채 버티지 못했다.

행성 환경이 너무 배타적이어서 베르겐 월드 사령부는 긴장하지 않을 수 없었다. 앞서 말한 것처럼 개척지 우주선은 일단 정착하고 나면 짐을 챙겨 새로운 목적지로 이동할 수 없다. 최선을 다해 행성에 적응하는 수밖에.

그들은 작은 대륙에 방역을 시행했다. 불을 질러 지하 암반이 보일 때까지 태워 버렸다.

현재는 살기 좋은 행성이 되었다. 읽어 본 자료에 따르면 거의 천국이라 할 수 있을 정도다.

그러니까, 새 행성에 착륙할 때마다 사람들이 죽어 나가지는 않았다는 얘기다.

물론, 거의 언제나 *누군가는* 죽는다.

하지만 그게 꼭 우리라는 법은 없다.

거의 정오가 다 됐을 때 문이 다시 열렸다. 이번에는 덩치가 크고 까무잡잡한 피부에 머리를 빡빡 민 대원이 들어왔다. 이름은 토니오였다. 이틀 전 카페테리아에서 나에게 테이저건을 쏜 대원인 것 같았다.

"일어나. 가자고." 토니오가 말했다.

"둘 중 누구?" 에잇이 물었다.

"둘 다."

내가 에잇을 흘긋 보자, 에잇은 어깨를 으쓱했다. 우리는 일어나서 방을 나섰다. 기대감은 참으로 우습게 사람을 들었다났다 한다. 네 시간 전 감방을 나설 때는 사이클러로 간다고 생각했고, 무섭지 않았다. 무슨 일이 일어날지 알았고 내가 할 수 있는 일이 없다는 사실도 잘 알았다. 그래서 평정심을 유지할 수 있었다.

이번에는 감방을 나서면서 내가 마샬의 사무실로 가서 크리퍼에 관한 이야기를 하게 되리라고 생각했다. 하지만 아니었다. 우리는 복도를 지나 계속 걸음을 옮겼다. 심장이 쿵 하고 내려앉았고 창자가 뒤틀려 매듭이라도 짓는 것 같은 느낌이 들었다.

이번에는 진짜 사이클러로 가고 있었다.

도착하니 마샬이 기다리고 있었다. 나샤와 캣, 그리고 다른 경비대원 두 명이 더 있었다. 경비대원들은 버너를 가지고 있었다.

시체 구덩이가 열렸다. 표면 위로 작은 불꽃이 춤추듯 흩날렸다.

마샬이 입을 열었다. "자, 시작하기 전에 질문을 몇 개 하지."

"이런 젠장." 에잇이 중얼거렸다.

마샬이 눈을 가늘게 뜨며 물었다. "지금 뭐라고 했나?"

에잇이 말했다. "잘 들어, 마샬, 난 당신을 알아. 지금까지 9년 동안 나는 당신 때문에 여러 번 죽었어. 그럼에도 나는 당신이 꽤 좋은 사람이라 생각해. 너무 고리타분하기는 하지만 드라마에 나오는 악당과는 거리가 먼 사람이야. 그런데 지금 왜 악당처럼 보이려고 기를 쓰는지 모르겠군. 개척지에 익스펜더블 여러 명이 돌아다니는 게 싫다면, 좋아. 우리 둘 중 하나를 죽여. 그리고 구덩이에 던져. 그러면 문제가 해결되겠네. 원한다면 우리 둘 다 죽이고 재생 탱크에서 새로 한 명을 꺼내든가. 해 볼 테면 해 봐, 하지만 이런 시간 낭비는 집어치워."

"음, 확실히 해 두자면, 오늘 자네 둘이 구덩이로 들어가고 나면 새로운 미키는 없을 걸세. 서버에서 인격 정보는 물론이고 신체 템플릿까지 지워질 거야. 재생 탱크에서 다시 나올 수 있다는 기대는 버려, 반스. 사형 선고를 받아들일 준비를 하라고."

에잇이 고개를 저었다. "거짓말. 이제 176명밖에 안 남았어. 게다가 전쟁을 준비하고 있지. 지금 한 사람이 아쉬운 상황이잖아. 유일한 익스펜더블을 그렇게 없애 버릴 수는 없을 텐데."

마샬이 입술을 바짝 오므리며 미소를 지어 보였다. "자네 말이 맞아. 하지만 이 개척지에서 익스펜더블이 될 의지가 있는 사람이 자네 혼자는 아니야. 사실, 만일 필요한 상황이 된다면 첸 상병이 자네 자리를 기꺼이 맡아 주겠다고 나섰다네."

에잇이 입을 열었다가, 도로 닫았다가, 다시 열었지만 정작 아무 말도 하지 못했다. 나는 고개를 돌려 캣과 경비대원들을 보았다. 다른 두 명은 버너의 방아쇠를 만지작거리며 나를 보았지만, 캣은 자기 발끝만 뚫어져라 보고 있었다.

"캣?"

고개를 숙인 채 그녀가 말했다. "미안해. 미키, 개인적인 감정은 없어. 개척지를 위해서야."

나는 짧게 날카로운 웃음을 뱉었다. "개척지를 위해서라. 좋아. 네가 지난밤에 이야기했던 게 이런 거야? 내가 불멸이라고 생각하느냐고? 마음속에는 이미 답이 정해져 있었던 거네. 아니야?"

그녀가 나를 똑바로 보았다. 괴로움이 절절히 묻어나는 얼굴을 보고 있자니 부글부글 끓던 화가 가라앉았다.

"미키, 그만해. 이렇게 되길 바랐던 건 아니야."

"캣, 상황을 이렇게 만든 건 너야."

캣의 눈가에 눈물이 고여 뺨을 타고 흘러내렸다. "미안해. 나는……."

나샤가 끼어들었다. "시끄러워. 제발 닥쳐, 첸."

마샬이 나섰다. "그만들 하지. 반스, 이번 일이 배신 때문에 일어난 일인 척해도 소용없네. 내가 이해한 게 맞는다면 첸이 알아내려고 한 게 아니라 자네들 행동을 보고 눈치를 챘다던데. 그런 경우 첸은 사령부에 보고할 의무가 있어. 그러지 않았다면 지금 첸도 구덩이에 던져질 차례를 기다리며 자네 옆에 서 있을 테니까. 게다가 첸이 자네 자리를 대신하기로 자원한 건 마지막에 자네의 처분이 어떻게 결정될지와는 전혀 관련이 없어. 내가 자네를 없애기로 하면 어차피 자네 자리를 채울 지원자를 받거나 징발할 테니까."

사령관은 잠시 멈추고 마지막 말의 의미가 충분히 전달되기를 기다렸다가 다시 입을 열었다.

"그럼에도 지금 이 순간 가장 중요한 사실은 자네에게 아직 그런 일이 일어나지 않도록 할 기회가 있다는 것이겠지."

방에 침묵이 감돌았다. 우리 뒤에서 경비대원 하나가 버너의 안전핀을 원위치 시키는 소리가 딸깍하고 들렸다.

에잇이 먼저 입을 뗐다. "뭘 하면 되는데요?"

"평소 하던 일과 다르지 않아. 의무를 충실히 이행하고 나면 시체 구덩이로 던져지지 않을 걸세. 임무를 하나 주지." 마샬이 말했다.

나는 눈을 굴렸다. "아마도 저희 둘 중 하나가 목숨을 잃게 될 임무겠군요."

마샬이 나를 향해 고개를 돌렸고, 그의 미소가 이죽거림으로 바뀌었다. "반스, 자네의 직무 기술서를 다시 읽어 주길 바라나?"

나는 한숨을 쉬며 말했다. "말씀 계속하시죠."

마샬은 하던 말을 마저 했다.

22장

궁금한 사람들을 위해 설명하자면 반물질이란 대단한 물건이다.

가만히 내버려 두면 물질과 다를 게 없어 보인다. 빅뱅이 일어나는 동안 반물질이 손톱만큼이라도 더 생겼거나, 손톱만큼이라도 덜 생겼다면 아마 이 우주는 반물질을 바탕으로 완벽하게 돌아가고 있을 것이다. 하지만 실제로는 그러지 않았다. 그래서 우리는 물질의 우주에서 살고 있고, 반물질이 세상에 알려지자마자 나쁜 일이 일어나기 시작했다. 물질과 반물질이 상호 작용할 때 질량은 곧이곧대로 에너지로 전환되지 않는다. 어떤 입자가 상호 작용하느냐, 상호 작용하기 전 에너지 상태가 어땠고 어떤 환경에 있었느냐에 따라 감마선 세례에서 아원자 폭포까지 별의별 형태의 물질이 만들어져서 광속에 가까운 속도로 날아다니게 된다.

원이나 투가 있었다면 더 자세하게 설명해 줄 수 있었겠지. 어쨌든 살아 있는 생명체는 반물질 근처에 얼씬도 하지 않는 편이 좋다.

반물질은 디아스포라 이전 지구에서 발견되었다. 칭시의 설계 도면이 그려지기도 훨씬 전이었다. 하지만 오랫동안 그저 신기한 발명품으로 남아 있었다. 돌파구를 찾아내기 전까지 지구인들은 유의미한 양의 반물질을 합성하고 보관하는 방법을 알아내지 못하고 있었다. 사실 사람들 대부분이 직접적으로 디아스포라를 이끌어낸 발전은 추군킨 프로세스뿐이었다고 주장한다.

이러한 주장이 제기되는 이유는 항성 간 이동에 반물질이 절대적인 역할을 하기 때문이다. 현재의 물리학에서는 별들 사이를 건널 정도로 속도를 올려 줄 충분한 에너지를 가지고 있으면서도 휴대하기 편리한 물질을 반물질 말고는 아직 발견하지 못했다. 사람들의 주장이 100퍼센트 맞는 말은 아니더라도, 그러니까 추군킨이 성과를 내기 전 사람들이 반물질을 가지고 했던 성과 없는 시도들이 어떤 식으로 보탬이 되었더라도, 반물질을 대량으로 생산할 기술이 없었다면 디아스포라는 어림없었을 것이다.

지금쯤이면 개척지 건설 임무는 대부분 지푸라기라도 잡는 심정으로 시작된다는 사실을 이해할 것이다. 비용이 많이 들고 실패할 확률도 높은 데다 성공한다 해도, 도착지의 상황을 원래 살던 곳처럼 끌어올리기까지 몇 세대가 걸릴 수도 있다. 이런 이동은 거창한 뭔가를 추구하는 것이거나, 끔찍한 상황에서 도피하는 것이거나, 둘 중 하나여야 말이 된다. 고대 미크로네시아인들은 자원이 고갈되어 굶주리게 되면 이동했다고 한다.

우리가 도망친 이유는 버블 전쟁 때문이었다.

뻔한 소리지만 인류 역사에서 새로운 기술들은 성적인 쾌락을 위해 개발된 경우가 많았다. 인쇄기는 성경을 인쇄하는 데 쓰이기도 했지만, 그보다는 포르노를 더 많이 찍어냈다. 항생제는 성병을 치료하기 위한 약이었다. 오큘러가 처음에 어떤 용도였는지는 이야기하고 싶지도 않다. 하지만 대규모로 반물질을 생산하는 기술은 그런 목적으로 발명되지 않았다. 빠르게 움직이는 쿼크와 글루온 구름이 급격하게 확장하는 데서 섹시한 구석은 조금도 찾아볼 수 없다.

온갖 새로운 기술이 적용되는 두 번째 영역은 당연히 전쟁이다.

이 영역에서 반물질은 최고의 기량을 발휘한다.

말해 두자면, 지구인들도 반물질을 가지고 인류를 방사성 먼지로 만드는 방법에 몰두하기 전에 에너지를 생산해 우주선의 추진 동력으로 사용하는 방법을 고민하기는 했다. 한 10초 정도. 하지만 그것 역시 자기 단극 버블이 발명되기 전까지는 반물질을 실질적인 학살 수단으로 사용할 방법이 없었기 때문일 것이다. 열핵폭탄을 만들듯 반물질 폭탄을 만들 수는 없다. 원하는 역할을 수행할 때까지 반물질 핵은 일반 물질과 완전히 분리되어 있어야 하고, 그러려면 5000킬로그램짜리 자기 토러스와 이를 담을 진공 챔버가 필요하다. 그런데 이게 만들기가 꽤 까다롭다.

자기 단극 버블이 발명되면서 이 문제는 깔끔하게 해결되었다. 젬마가 설명하기로, 각각의 버블은 시공간 매듭이며 내부와 외부가 본질적으로 다른 우주에 존재한다고 했다. 반물질 덩어리를 이 버블로 감싸면 엄청난 에너지를 상대적으로 안전하게 다룰 수 있으면서 가지고 다니기 좋게 포장할 수 있다. 이것은 드라카가 연료를 보관하는 방식이기도 하다. 가속 단계에 있을 때, 반물질로 채워진 단극 버블이 격납고에서 끊임없이 흘러나와 연소실로 가서 일반 물질로 채워진 반대 극 버블과 섞인다.

그러면 반물질 버블과 일반 물질 버블이 두 개씩 만나 터진다. 이렇게 버블이 소멸하면서 발생하는 에너지로 우주선은 추진력을 얻는다.

이런 이야기를 왜 하는지 슬슬 감 잡았겠지.

버블 폭탄의 원리는 간단하다. 반물질로 채운 단극 버블을 전달체에 넣는다. 목표물에 전달체가 도착해 터지면 바람에 날린 버블은 자기 반발력에 의해 서로 밀어내며 멀어진다. 일정 시간이 지나면 버블은 폭발한다.

버블이 얼마나 분산되도록 하느냐, 버블 안에 어떤 반물질을 채우느냐에 따라 성층권에 구멍을 낼 정도의 폭발력을 발휘할 수도 있고, 목표 지점에 방사능과 퀀텀 입자 비를 내려 건물과 인프라는 멀쩡하게 두고 바이러스를 포함한 살아 있는 모든 생명체를 말살할 수도 있다.

옛 지구에서 전쟁을 계획하던 사람들은 반물질의 이런 성질에 주목했다. 지구인들은 오랫동안 열핵폭탄 무기를 가지고 있었지만, 종말을 불러올 만한 파괴적인 목적 말고는 유용하게 사용할 줄 몰랐다. 문제는 이런 무기를 사용해 상대방을 쓸어버릴 만한 폭발을 일으키면 낙진, 성층권까지 보내지는 분진, 잔존 방사능 등 여러 환경 문제가 발생한다. 그러면 목표물만 날려 버리고 끝나는 것이 아니라 목표물 주변과 주변의 주변, 주변의 주변의 주변이 피해를 입어 결국 폭탄을 날린 사람에게까지 영향이 미치게 된다. 상대방이 종말을 가져올 무기를 가지고 반격하지 않더라도, 애초에 이런 파급 효과를 생각한다면 결국 공격을 가한 쪽도 같은 무기에 당하는 셈이 된다.

버블 폭탄은 이런 문제를 모두 해결했다. 올바른 구조로 올바르게 배치되기만 하면 적진을 원하는 범위만큼, 뒤에 부작용도 거의 남기지 않고 궤멸시킬 수 있었다. 폭탄을 작고 가볍게 만들 수도 있었고 죽기 직전까지 공격을 받는 줄도 모르게 조용히 폭탄을 던질 수도 있었다. 목표 지점에 있는 모든 생명체를 다 죽인 다음 원한다면 바로 다음 날 그 장소를 차지할 수도 있었다. 시체 썩는 냄새 같은 것도 걱정할 필요 없었다. 왜냐하면 시체를 썩게 할 박테리아조차 남지 않을 것이기 때문이다. 군사적 관점에서는 완벽한 무기라고 할 수 있다.

보통 사람의 관점에서는 당연히 악몽일 수밖에 없다.

여기에서 중요하게 이해해야 할 맥락은 이 모든 일이 일어날 당시 옛 지구가 환경 위기를 겪고 있었다는 점이다. 인구 밀도가 지금 에덴의 거의 100배였으니 모든 디아스포라 평균 인구 밀도보다 1000배가 높았던 셈이다. 게다가 산업과 농업 기술도 현재보다 훨씬 비효율적이었다. 결과적으로 지구인들은 자기가 버린 쓰레기에 질식하고 있었다. 수백 년에 걸쳐 지구의 대기를 구성하는 물질의 비율이 변하면서 한때 인구 밀도가 어마어마했던 행성 전체가 사람이 살 수 없는 환경으로 바뀌었다. 식량과 물을 분배하는 데도 문제가 많았다. 게다가 행성의 아주 작은 부분을 차지하고 독립적인 주권을 주장하는 정치 세력이 무려 200개 이상 난립하는 등 정치적으로도 완전히 분열되어 있었다. 그 와중에 갑작스럽게 새로운 무기가 나타났고, 이러한 정치 세력 가운데 하나가 마음만 먹으면 다른 지역에 있는 인구를 쓸어버리고 비어 있는 땅으로 이주할 수 있게 되었다. 그 후 상황은 매우 나빠졌다.

강력한 선제공격에 성공해 살아남은 이들이 기록한 버블 전쟁에 관한 자료를 완전히 신뢰할 수는 없지만, 확실히 알 수 있는 사실이 몇 가지 있다. 전쟁은 3주를 넘기지 못했고, 전쟁에 참여한 독립적인 정치 세력은 대여섯 개에 불과했으며, 행성의 반물질이 모두 고갈된 다음에야 끝이 났다.

무엇보다 당시 우주에 존재하는 유일한 인류였던 옛 지구 인구의 반 이상이 죽거나 죽을 날만 기다리는 신세가 되었다.

대다수의 역사가들은 그 후 20년이 채 안 되어 칭시가 발사된 것은 버블 전쟁에 대한 대응이었다고 생각한다. 디아스포라를 설명할 방법이 달리 있을까? 테라포밍이나 예방 접종 걱정이 없고 지각이 있는 토착 생명체와 전쟁할 필요도 없는, 인류가 처음부터 보금자리로 삼아 왔던 단 하나의 행성을 떠나 니플하임 같은 장소로 이동하는 현상을 어떻게 설명할 수 있을까? 지구인들은 인류가 한 장소에 남아 있으면 서로를 죽이게 되리라 확신했고 그 생각은 거의 맞았다. 지난 600년 동안 옛 지구에서는 아무 신호도 흘러나오지 않았다.

인류가 오랫동안 생존하려면 흩어지는 수밖에 없다.

사람들은 반물질 무기가 계속 존재한다면 디아스포라가 말짱 도루묵이 되리라는 것도 확신했다. 유니언은 처음부터 옛 지구를 배척했고 현재에 이르러서는 그곳에 살아남은 사람이 있는지조차 모른다. 우리는 스스로 그들보다 더 지혜롭거나 진화했으며 그들과 다른 존재라고 여긴다.

하지만 사실이 아니다. 유니언 사람들도 결국 지구인과 다르지 않다. 우리는 여전히 논쟁하고, 가끔 싸우기도 한다.

하지만 반물질을 사용하지는 않는다. 이것은 유니언의 모든 세계가 준수하는, 어떠한 경우에도 깨지지 않는 원칙이다. 익스펜더블 중복을 금지하는 것보다도 더 깊게 우리의 뇌리에 박혀 있다.

만에 하나 이 규칙이 깨지는 날에는, 그리하여 그 사실이 이웃 세계에 알려지는 날에는 *총알 작전*에 당할 각오를 해야 한다.

23장

"바로 여기지?" 베르토가 조종실에서 물었다.

화물칸 문이 열렸고 나는 아래를 내려다보았다. 우리는 크레바스 위를 정지 비행 하고 있었다. 이 황량한 행성 어디에서나 볼 수 있는 흔한 크레바스였다. 여기가 내가 빠졌던 구덩이일까?

"아마도. 누가 알겠어?" 내가 말했다.

"맞는다는 뜻으로 알아들을게." 베르토가 말했다.

드롭 윈치에서 케이블 2미터가 나왔다. 에잇은 배낭을 메고 케이블을 연결했다. "아래에서 봐." 그러고는 허공에 몸을 던졌다.

나는 케이블이 내려가는 동안 내 배낭을 들어 올렸다. 생각했던 것만큼 무겁지 않았다.

이 배낭에 도시 하나를 말살할 수 있을 정도의 힘이 들어 있다니 믿기지 않았다.

곧 윈치가 거꾸로 돌기 시작했다. 케이블 끝이 보였지만 나는 망설였다.

"저기, 베르토? 내려가기 전에 네가 확실히 말해 줬으면 하는 게 있어. 식스는 어떻게 죽었어?"

베르토가 한숨을 쉬었다. "크리퍼 때문이라고 했잖아. 재생 탱크에서 나와 네가 처음 물었을 때 이미 대답해 줬다고."

"그 말 안 믿어. 크리퍼가 날 잡아먹었다고 했지. 기억나?"

"그것들이 널 먹었다고 하지는 않았어. 네가 크리퍼한테 잡혔다고 했지. 네가 먹혔다고 받아들인 거고. 식스는 여기에서 별로 멀지 않은 다른 크레바스에서 작업 중이었어. 이미 말했던 것처럼 그것들이 눈 더미 밖으로 튀어나왔어. 갈기갈기 찢거나 그러지는 않았어. 구멍 아래로 끌고 갔지. 15분 후에 신호가 사라졌어. 마지막 10분 동안 신호가 왔다 갔다 했어. 그래서 나는……."

"그래서 뭐?"

"네가 가져온 크리퍼 샘플에 우리가 한 것처럼, 그들도 그러겠거니 했어. 우리 몸이 어떤 식으로 작동하는지 보려고 가져갔겠지."

"그 녀석들이 식스의 오큘러를 가져갔어. 내 오큘러를 가져갔다고."

"그럴지도 모르지. 그걸로 뭘 할 수는 없겠지만."

며칠 전까지만 해도 동의했을 것이다. 하지만 지금은 그럴수 없었다.

"너는 거짓말을 했어. *사령부에도 거짓말을 했지.* 크리퍼한테지각이 있다는 사실을 나보다 먼저 알았잖아. 사이클러에 던져지기 충분한 사유야. 대체 무슨 생각이었던 거야?"

베르토는 말이 없었다. 나는 족히 10초는 기다렸다가 고개를 젓고 케이블로 손을 뻗었다.

"두려웠어." 베르토가 대답했다.

나는 뒤를 돌아 베르토를 바라보았다. 그는 나와 눈을 마주치지 못했다.

"뭐가 두려웠는데? 거짓 보고를 올리기 전까지는 잘못한 일이 없었잖아. 나한테 일어난 일도 네 잘못이 아니었고."

"아니, 사령부가 두려웠던 게 아니야. 크리퍼들이 두려웠어. 어쩌면 너를 구할 수 있었을지도 몰라. 구멍에서 너를 끌어 올릴 수 있었을지도 모른다고. 내가 가속기를 들고 얼른 구멍으로 들어갔다면 식스도 구할 수 있었을지 모르지. 하지만 그렇게 하지 않았어. 안 했다고. 두려웠으니까."

이제 모든 의문이 풀렸다.

"너는 베르토 고메즈야. 플리터를 초속 200미터로 몰아서폭 3미터짜리 틈새로 지나갈 수 있는. 너는 아무것도 두려워할 필요가 없어." 내가 말했다.

베르토는 한숨을 쉬고 고개를 끄덕였다.

"사이클러에 들어갈 위험을 감수하고 진실을 숨긴 건 나, 마샬, 그리고 너 자신한테 인정할 수 없어서지? 밖에 널 공포에 떨게 만드는 무언가가 있다는 사실을 사람들에게 알릴 수 없었던 거야."

베르토는 계기판 쪽으로 몸을 돌리며 말했다. "에잇이 기다리겠다."

"있잖아, 내가 어찌어찌 나인으로 다시 태어난다면 제일 먼저 너부터 죽도록 패 줄 거야."

그는 아무 말도 하지 않았다.

나는 케이블을 연결하고 몸을 던졌다.

"그래서, 여기가 맞아?" 바닥으로 내려와 케이블 연결을 푸는 동안 에잇이 물었다.

나는 주변을 둘러보았다. 크레바스 바닥 폭은 5~6미터 정도 돼 보였고. 30미터 얼음벽이 양쪽에서 우리를 내려다보고 있었다. 벽 중간쯤에 원숭이 머리처럼 생긴 바위가 얼음 밖으로 삐죽 튀어나와 있었다.

내가 대답했다. "응, 그런 것 같아. 별로 상관은 없을 것 같지만. 이 지역 전체에 땅굴이 있는 것 같거든. 내가 아래로 내려갔던 위치가 여기가 아니라면 다른 동굴 입구를 찾으면 돼."

케이블이 모습을 감췄고 잠시 뒤 베르토의 셔틀이 가속을 시작했는지 중력 생성기가 윙윙거리는 소리가 들렸다. 우리는 걸음을 옮기기 시작했다. 바위 밑을 막 지났을 때 구멍의 가장 자리가 보였다. 지난 며칠 동안 구멍을 덮을 만큼 눈이 내리지는 않은 모양이었다.

내가 말했다. "저기야. 내가 떨어진 자리."

우리는 구멍 가장자리로 걸어가 가파르게 떨어지는 폭 1미터 정도의 바위 굴을 내려다보았다.

"내려갈 만하겠는데." 에잇이 말했다.

"에잇, 이건 아닌 것 같아."

에잇은 나를 돌아보았다. "들어갈 더 나은 방법이 있을 것 같아?"

"아니, 그런 얘기를 하려는 게 아니야. 이 임무를 맡지 말았어야 한다고."

"아니, 해야 해." 에잇이 말했다.

"크리퍼들은 지각이 있잖아. 그리고 이건 전쟁 범죄야. 미드가르드에서 우리가 이런 짓을 한 걸 알면 우리가 제2의 골트가 될 수도 있어." 나는 엄지로 배낭을 가리켰다.

우리 둘의 배낭에는 사실상 버블 폭탄의 미니어처가 들어 있었다. *드라카*의 연료 저장고에서 가져온 작은 반물질 덩어리 5만 개가 각각 자기 단극 버블에 싸여 있었다. 버블이 밖으로 나오면 도깨비불처럼 공기 중으로 퍼져 떠다니게 될 것이다.

그리고 때가 되면 버블은 터질 테고.

지금 내 등에 지고 있는 물건을 떠올리기만 해도 온몸에 소름이 돋았다.

에잇은 뜻을 굽히지 않았다. "그것들한테 지각이 있는 건 알겠어. 그래서 이럴 수밖에 없는 거야. 그리고 전쟁 범죄는 이 무기를 인간한테 사용할 때 이야기지. 상륙거점 개척지에서는 뭐든 가능해. 테라포밍 전문가들은 이미 우리가 살 공간을 확보하기 위해 이 대륙 전체를 멸균 소독했어. 너도 알면서 그래." 그러고는 구멍 가장자리에 앉아 몸을 앞으로 기울였다. "좀 도와주지? 첫발을 디디려면 조금 아래로 내려가야 할 것 같은데."

"놈들 중 하나가 날 구해 줬어." 내가 말했다.

에잇이 나를 올려다보았다. "뭐라고?"

"나흘 전에. 동굴에서 길을 잃었고, 베르토는 내가 죽게 내버려 두고 철수했어. 크리퍼 하나가 나를 구해 줬지. 나를 들어서 돔 근처까지 옮긴 다음 그대로 놓아줬어."

"그러니까 네 말은, 우리한테 이 난리가 난 게 *그것들* 잘못이라는 소리네."

좋다. 에잇은 나와 생각이 다른 모양이다.

"어쨌든 상관없어. 마샬이 하는 이야기 들었잖아. 시키는 대로 안 하면 사이클러에 던져질 거고 거기서 나올 방법은 없어. 인격 정보까지 다 지우고 망할 첸을 우리 자리에 들이겠다잖아." 에잇은 몸을 살짝 더 기울여 다시 아래를 내려다보았다. "있지, 내가 알아서 할 수 있을 것 같아." 구멍 가장자리를 한 손으로 짚고 다리를 구멍에 넣은 다음 팔로 몸을 지탱하며 말했다. "아래에서 봐, 알겠지?"

에잇은 몸을 구멍 아래로 내리더니 곧 자취를 감췄다.

나는 자리에 서서 구멍 아래쪽을 한참 동안 내려다보았다. 이대로 도망갈 수 있다. 눈밭을 헤매다가 호흡기를 열고 죽으면 모든 게 끝이다.

하지만 달라지는 것은 없을 것이다. 뭐가 달라질까? 에잇이 그때까지 임무를 완수하지 못한다면 위에서는 베르토나 나샤를 보내 내 시신을 찾은 다음 배낭을 회수하고 나인을 동굴로 내려보낼 것이다.

결국 오큘러에 메시지가 도착했다.

[Mickey8]: 빨리 와, 세븐. 할 일을 해야지.

나는 한숨을 쉬고 배낭을 꽉 조인 다음 에잇을 따라 아래로 내려갔다.

에잇이 말했다. "찢어져야겠어. 가능한 한 서로 멀리 떨어져서 방아쇠를 동시에 당기자. 그럼 버블을 최대한 넓게 퍼뜨릴 수 있고 한쪽 버블이 먼저 터지기 시작해도 다른 쪽 버블의 분산 패턴을 망가뜨릴 일은 없을 테니까."

"에잇……." 내가 입을 열었지만, 그는 고개를 저었다.

"아니, 듣고 싶지 않아. 움직여. 음성 채널 열어 두고. 준비되면 알려 줘. 그리고 지난번에 만난 친구를 마주치게 되면……." 에잇은 짐짓 시선을 피하며 말을 이었다. "모르겠다. 사과라도 하든가."

나는 열 감지 카메라에 비친 에잇의 형상이 옆 동굴 중 하나로 사라지는 모습을 지켜보며 한참 동안 그 자리에 서 있었다. 에잇이 돌아올지도 모른다는 기대를 했던 것 같다. 하지만 그는 돌아오지 않았다. 결국 나도 동굴 한 개를 골라 배낭끈을 어깨에 딱 붙게 조절한 다음 걷기 시작했다.

"세븐, 가고 있어?"

"응. 잘 가고 있어."

"뭐 좀 보여? 동굴이 텅 빈 것 같은데."

"아니. 무슨 소리가 들렸다 안 들렸다 하기는 해."

"응. 여기도. 벽 긁는 것 같은 소리 맞지?"

"맞아. 우리 친구들인 것 같은데."

"우리가 들어온 걸 아는 것 같아?"

어차피 에잇은 볼 수 없겠지만 나는 눈을 굴리며 대답했다. "여기는 걔네 집이야. 우리 돔에 저들 중 하나가 들어온다면 알아차릴 때까지 얼마나 걸릴 거 같아?"

계속 아무 소리도 들리지 않았고, 나는 그가 통신 연결을 끊은 게 아닌지 궁금해지기 시작했다.

"우리가 뭘 하러 온 건지도 알까?"

10분 뒤 동굴 두 개가 만나는 지점에 서서 위로 경사진 길을 택할까 아니면 아래로 난 구불거리는 길을 택할까 고민하고 있을 때 통신창이 깜빡였다. 시야 왼쪽 모서리에 사진 한 장이 떴다. 높은 곳에서 내려다보는 각도로 찍은 넓고 깊은 동굴이었다.

동굴은 크리퍼로 들끓고 있었다.

듀건을 쓰러뜨리고 메인 로크 바닥을 찢어 놓은 작은 놈들이었다.

수천 마리는 되는 것 같았다.

어쩌면 수만 마리일 수도 있었다.

"세븐! 사진 보고 있어?"

"보고 있어. 에잇, 들어 봐……."

말끝을 흐렸다. 무슨 이야기를 해야 하지? 수년 전에 엄마 집 마당에 풀어 줬던 거미를 다시 떠올렸다. 그 거미가 다시 집 안으로 들어왔다면 한 번 더 살려 줬을까, 아니면 다시는 오지 못하게 눌러 죽여 버렸을까?

만약 거미 수백 마리가 바글바글 모여 있는 서식지를 찾았다면, 거미들이 마당에 개척지를 건설할 생각이라는 사실을 알았다면, 어떻게 했을까?

"에잇?"

에잇은 답이 없었다.

"에잇? 들려?"

마지막 사진이 내 캐시에 저장되었다. 무슨 사진인지 알아볼 수 없을 정도로 흐릿한 사진이었다. 이 사진이 무슨 사진인지 알아보는 사람은 거의 없을 것이다.

하지만 나는 알아볼 수 있었다. 불과 몇 미터 앞에서 찍은 거대 크리퍼의 아래턱과 앞발 사진이었다.

그 순간 에잇이 죽었다는 사실을 깨달았다.

이제 어떻게 해야 할까? 그가 어디에 있는지, 크리퍼 유치원이 어디인지 알 수 없었다.

놈들에게 잡혀가기 전에 에잇이 방아쇠를 당길 시간이 있었는지도 알 수 없었다.

동굴은 출구를 찾을 수 없는 미로나 마찬가지다. 에잇이 죽은 자리에서 몇 킬로미터 떨어져 있을 수도 있고, 바로 다음 모퉁이를 돌면 그가 있을 수도 있다.

그를 찾으려고 노력할 수도 있다.

지금 방아쇠를 당겨 임무를 끝낼 수도 있다.

나는 눈을 감고 방아쇠에 연결된 선을 찾으려다 망설였다.

앞에 피워진 모닥불이 거꾸로 타들어 간다. 나뭇가지가 연기와 재를 빨아들인다.

앞에 앉은 애벌레가 보인다. 미소는 온데간데없다. 눈을 가늘게 뜨고 있고, 꾹 닫은 입에도 힘이 잔뜩 들어가 있다.

시야 모서리에 채팅창이 열렸다.

[Mickey8]: 이해*ㅐ?

나는 눈을 떴다.

어둠 속에서 누군가 움직이고 있었다.

동굴을 꽉 채울 만큼 큰 형체가 움직이고 있었다.

[Mickey8]: 너 이해해?

나는 눈을 끔뻑이며 혀로 이를 싹 훑은 다음 침을 삼켰다. 그러고 나서 손으로 방아쇠 줄을 가볍게 잡았다.

[Mickey8]: 응. 이해해.

[Mickey8]: 네가 본질이야?

그 말은 이해할 수가 없었다. 크리퍼가 가까이 다가왔다. 아래턱 두 개가 모두 활짝 열려 있다. 위협이겠지? 나는 무의식적으로 한 걸음 물러서서 방아쇠 줄을 좀 더 단단히 잡았다.

[Mickey8]: 네가 본질이야?

나는 고개를 저었다. 멍청한 행동이다. 크리퍼가 인간의 보디
랭귀지를 이해할 수 있다고 해도 눈이 없을 수도 있었다.

[Mickey8]: 우리가 네 부속물을 파괴했다. 네가 본질이야?

본질? 부속물?
에잇 이야기를 하고 있다.
지금 방아쇠를 당길 수도 있다.
당길 수 있지만 당기지 않았다.
대신 크리퍼를 믿어 보기로 했다.

[Mickey8]: 응, 내가 본질이야.

크리퍼의 머리가 동굴 바닥으로 내려오고 아래턱도 안쪽에
서 바깥쪽 순서로 천천히 닫혔다.

[Mickey8]: 나도 본질이야. 우리 이야기할까?

그렇게 이야기가 시작되었다.

24장

유니언에 속한 세계 수백 개 중에서 인류와 토착 생명체가 공생하는 장소는 딱 하나뿐이다. 이 행성은 은하계 나선형 팔의 거의 끝에 있는 M형 항성을 홀로 공전하는 작은 왜성으로 가장 가까운 개척지와 20광년 떨어져 있다. 인류가 가장 먼 곳까지 나가 개척지 건설에 성공한 사례였다. 정착민들은 자신들의 행성을 롱샷이라 불렀다.

이 개척지의 성공 뒤에는 사연이 숨어 있다.

애초에 롱샷 행성에는 나무에 서식하는 두족류가 살고 있었다. 나는 이들이 가지에서 가지로 이동하는 영상을 본 적이 있는데, 숲 지붕 색에 맞춰 색을 바꾸기 때문에 적외선 카메라 없이는 이들을 볼 수 없었다. 이들은 행성에 하나뿐인 대륙의 중앙 고원에 모여 살았다. 처음 개척민들이 착륙했을 때 이들은 과학 기술이나 문화 면에서 미개하지는 않았지만, 그것을 실제로 활용하는 능력은 농업이 발달하기 이전의 인류보다 크게 앞서지 못한 상태였다. 그 이유에 대해서는 여러 가지 추측이 있었다. 내가 본 가장 그럴듯한 설명은 원래 인간이 무기와 거주지, 플리터와 우주선을 발전시키게 된 이유가 생태계의 일원으로 살아가는 데 너무 서툴렀기 때문이라는 설명이었다.

롱샷의 토착 생물들은 생태계의 일원이 되는 데 서툴지 않았다. 그들은 총 없이도 환경에 완벽히 적응했다. 개척민들이 착륙했을 때도 크게 신경 쓰지 않았다. 왜냐하면 상륙거점은 해안에 있었고 해안은 그들이 서식하는 산지에서 수백 킬로미터 떨어져 있었다. 개척민들도 토착 생물을 크게 신경 쓰지 않았는데, 그들이 낯을 가리고 일부 지역에서만 사는 데다 거의 모습을 드러내지 않아서 착륙 후 20년이 흐르도록 그들이 어디 있는지조차 몰랐기 때문이다.

이들의 만남이 왜 다른 거점과는 달랐는지까지 역사책에서 설명해 주지는 않는다. 하지만 이런 가설은 세워 볼 수 있다. 서로 만나게 되었을 때 개척민들은 끊임없이 두려워할 필요가 없을 정도로 행성에 단단한 뿌리를 내리고 있었던 것이 아닐까.

시간. 시간이 열쇠다.

우리에게는 시간이 필요한 것뿐이다.

25장

아직도 이해할 수 없고 앞으로도 이해하지 못할 이유로, 나는 두 번째로 크리퍼의 동굴에서 살아 돌아와 지평선 위에 낮게 걸친 한겨울의 태양을 마주하게 되었다.

니플하임 기준으로 아름다운 아침이었다. 하늘은 살짝 푸른 빛이 도는 옅은 황토색이었고, 내가 서 있는 자리와 돔 사이에 펼쳐진 눈밭에 햇빛이 반사되어 온통 다이아몬드를 뿌려 놓은 것처럼 보였다. 나는 숨을 크게 들이쉬고 배낭을 챙겨 걷기 시작했다.

눈은 무릎 높이까지 쌓여 있었고 허리까지 쌓인 곳도 있었다. 호흡기를 차고 있었지만, 니플하임의 대기에서 근육을 쓰는 데 필요한 산소를 충분히 못 빨아들이고 있는 느낌이었다. 그래서 보안 경계선까지 남은 1킬로미터 남짓한 거리를 걷는 동안 앞으로 일이 어떻게 될지 생각할 시간이 아주 많았다. 내가 가고 있다고 사람들에게 알릴까 생각했다. 나도 모르게 채팅창을 열었다가 그렇게 되면 마샬이 나를 막으려 할 거라는 생각이 퍼뜩 스쳤다. 그가 명령을 내린다면 과연 나샤나 베르토는 내 머리에 플라즈마 폭탄을 떨어뜨릴까?

나샤는 그러지 못할 것이다. 확신할 수 있었다. 하지만 베르토라면?

솔직히 베르토가 폭탄을 떨어뜨린다면 등에 멘 죽음의 배낭이 어떻게 반응할지 알 수 없었다.

모르는 채로 두는 게 모두에게 좋을 것 같았다.

나는 가능하면 두 철탑 사이로 지나가려고 경로를 이쪽저쪽으로 바꿨다. 공격받지 않고 돔까지 가고 싶었지만, 크리퍼의 침입에 대비해 경비 태세를 바짝 조인 마당에 그럴 수는 없을 것 같았다. 아직 보안 경계선까지 100미터쯤 남았을 때 드디어 양쪽 철탑이 일을 하기 시작했다. 나는 계속 걸음을 옮겼고 철탑 지지대에서 불빛이 반짝거리는 모습이 보였다. 철탑 꼭대기에서 버너가 솟아올라 내 쪽으로 방향을 틀었다.

"쏘지 마세요. 제발. 방아쇠를 당기고 싶지 않아요." 나는 공용 통신 채널에 대고 말하면서 오른손으로 방아쇠에 연결된 줄을 잡았다.

버너는 여전히 꼿꼿하게 서 있었지만, 발사를 시작하지는 않았다. 30초도 안 되는 시간이 마치 한 시간처럼 길게 느껴졌고 마침내 마샬의 목소리가 들려왔다.

"반스, 배낭 벗게. 조심히 내려놓고 물러서."

줄을 잡은 손이 덜덜 떨리기 시작했지만, 목구멍으로 웃음이 새어 나오려는 것을 억눌러야 했다.

"아니요. 그럴 생각 없습니다." 목소리를 다잡으며 내가 말했다.

통신이 끊기고 이번에는 1분쯤 흘렀다. 다시 통신이 연결되었을 때 마샬의 목소리에서 애써 억누른 분노가 느껴졌다.

"둘 중 누구지?"

"세븐, 미키7입니다."

"에잇은 어디에 있지?"

"죽었습니다."

"방아쇠는 당겼나?"

"아니요, 당기지 않았습니다."

통신이 다시 끊겼다. 철탑 두 개 중 더 가까운 쪽을 흘긋 올려다보았다. 총열 중앙에 희미하게 붉은빛이 보였다. 한 번도 본 적이 없는 그림이었다.

이제까지 발사 준비가 된 버너의 총열을 똑바로 쳐다본 적이 없으니 당연했다.

나를 향해 발사하면 어떻게 될까? 휴대용 버너였다면 얼굴에 화염을 맞는다고 하더라도 죽기 전에 방아쇠를 당길 시간이 충분했다. 하지만 철탑 버너라면?

상관없다. 바로 죽더라도 팔에는 사후 경련이 일어나겠지. 저들도 그럴 위험을 감수하지는 않을 것이다.

감수할 수도 있을까?

곰곰이 생각하고 있는데 채팅창이 열렸다.

[RedHawk]: 미키? 지금 뭐 하는 거야?

좋다. 적어도 베르토가 조종실에 앉아 내 위로 폭탄을 투하하라는 명령을 기다리고 있지는 않다는 이야기다.

[Mickey8]: 안녕 베르토. 내가 다시 돌아와서 놀랐어?

[RedHawk]: 미키, 진짜로. 너 제정신이야? 뭘 하려는 거야?

[Mickey8]: 마샬더러 밖으로 나오라고 해. 이야기 좀 해야겠어.

[RedHawk]: ……

[Mickey8]: 베르토, 농담 아니야. 밖으로 내보내.

[RedHawk]: 미키, 제발 이러지 마. 그럴 일은 없을 거야. 알잖아.

[Mickey8]: 아니, 그렇게 될 거야.

[RedHawk]: 미키, 배낭 내려놔. 네가 지금 가지고 있는 물건은……
이건 전쟁 범죄야. 네가 방아쇠를 당기면 이 행성에 남은 인류가
말살될 거야. 너도 그러고 싶지는 않잖아.

[Mickey8]: 그래. 나는 그러고 싶지 않아. 너희를 죽이고 싶지 않아.

솔직히 너는 죽이고 싶기도 해. 하지만 나샤나 캣, 아니면 경비대에 있는 토니오 개자식조차도 죽이고 싶지 않아. 너 말고는 죽이고 싶은 사람이 없단 말이야. 나는 마샬이랑 단둘이 이야기를 해야겠어. 당장. 나오라고. 해.

채팅창이 탁 하고 닫혔고 나는 다시 혼자 철탑의 버너들을 감상하는 신세가 되었다.

그들은 나를 거의 한 시간 동안 그 자리에 세워 두었고, 나는 보온 내의를 뚫고 피부와 근육, 뼛속까지 스며드는 한기를 느끼며 희미한 빨간 불빛을 빤히 보았다. 이 시점에서 깨달은 냉혹한 진실이 하나 있다. 영하의 날씨에 오랫동안 가만히 서 있으면 최신식 방한 내의를 몇 겹 입었건 끔찍하고 참을 수 없는, 뼈가 시린 추위를 느끼게 된다. 40분쯤 지나자 차라리 버너를 발사해 줬으면 좋겠다고 생각했다. 그러면 적어도 따뜻하게 죽을 수 있을 테니까.

하지만 버너는 발사되지 않았다. 내가 방아쇠를 당기기로 거의 마음을 굳혔을 때 200미터 떨어진 돔의 보조 로크가 회전하며 열렸고 마샬이 쿵쿵거리며 밖으로 나왔다.

적어도 나는 그가 마샬이라고 생각했다. 호흡기와 고글을 끼고 방한복을 대여섯 겹 입고 있어서 누구인지 알아볼 수 없었다. 키가 대충 마샬과 비슷했고 그 뒤로 경비대원 두 명이 완전무장 전투복을 입고 따라 나왔기 때문에 정황상 그가 마살이라고 거의 확신했다. 나는 통신 채널을 연결했다.

"이럴 겁니까? 경비대원이라니. 이미 버너 두 개가 이쪽을 조준하고 있는데, 무장이 얼마나 더 필요한 거죠?"

"경비대원들은 이게 기습 작전일 위험이 있어서 데려온 것이네." 분노가 꾹꾹 눌러 담긴 낮은 목소리였다.

나는 거의 웃음이 터질 뻔했다. "기습이요? 누가요?"

"지금은 전시 상황이네. 그리고 짐작할 수 없는 이유로 자네는 적군 편에 선 것으로 보이고."

나는 어떻게 대꾸해야 할지 몰라 덜덜 떨며 잠자코 서서 내쪽으로 힘겹게 걸음을 옮기는 마샬을 지켜보았다. 그는 보안 경계선을 10미터 정도 남겨 놓고 멈춰 섰다. 경비대원 둘은 마샬의 반걸음쯤 뒤에 섰다.

"자, 내가 여기 있네. 이제 하려던 걸 해 보게."

그가 무엇을 상상하고 있는지 궁금했다. 내가 손짓이라도 하면 크리퍼 군대가 눈밭에서 튀어나와 그를 공격하리라고 기대하는 것일까? 잠깐 공격이라고 소리를 친 다음 그가 어떻게 나오나 보고 싶은 생각이 들었지만, 경비대원들은 가속기를 언제든 발사할 수 있도록 준비 태세를 갖춘 채 곤두서 있는 것 같았다. 장난을 치기 좋은 상황은 아니었다.

내가 대답했다. "못 했습니다. 방아쇠를 당길 수 없었어요."

"그런 것 같군. 자네…… 친구는 어떻게 되었지?"

"에잇 말씀입니까?"

"그래, 에잇. 그는 방아쇠를 당겼나?"

"아니요, 그가 당기지 않았다고 말씀드렸는데요. 당기기 전에 살해되었습니다."

"그렇군. 그가 가지고 있던 장치는?"

"크리퍼들이 가지고 있습니다."

그 뒤로 한동안 침묵이 흘렀다. 그 시간은 영원처럼 느껴졌다.

"그게 무슨 물건인지 저들이 알고 있나?" 마침내 침묵을 깨고 마샬이 물었다. 그의 목소리는 조금 전과 달리 살짝 떨리고 있었다.

"네, 압니다."

"그걸 어떻게 알 수 있지?"

"제가 무엇인지, 어떻게 작동하는지 말해 줬으니까요."

마샬은 왼쪽에 있는 경비대원을 향해 돌아서며 말했다. "처리하게."

"사령관님?"

캣이었다. 그녀의 전투복을 알아봤어야 하는데. 마샬이 떨리는 손을 들어 나를 가리켰다.

"첸 상병, 우리 개척지를 배반한 놈이야. 유니언을 배신하고 인류를 배신했지. 지금 이 행성에서 우리에게 허락된 시간이 몇 시간일지 몇 분일지 모르지만, 때가 오기 전에 저놈이 죽는 건 내 눈으로 봐야겠군. 처리하게."

"좋은 생각이 아닙니다. 버블 폭탄을 지고 있습니다." 마샬의 오른쪽에 있는 대원이 말했다. 루카스인 것 같지만 통신창 너머로 들려오는 목소리로는 확신할 수 없었다.

내가 말했다. "들어 보세요. 그들이 무엇을 가졌는지 알려야만 했습니다. 그렇지 않으면 분해해서 어떻게 작동하는지 알아내려고 했을 겁니다. 만약 그랬다면……."

"만약 그랬다면 문제가 저절로 해결되었겠지." 마샬이 말을 받았다.

"돔 바로 밑에서 분해한다면 얘기가 달라집니다. 저라면 그럴 것 같은데요." 캣이 끼어들었다.

"자네가 어떻게 했을지는 중요한 문제가 아니야. 자기가 한짓을 반스가 어떤 식으로 정당화하든 마찬가지로 별로 의미가 없지. 전시 상황에 적과 공모한 작자야. 그보다 큰 죄가 어디 있나."

내가 말했다. "그렇다면 학살은요? 그것도 엄청난 범죄일 텐데요. 아시겠지만, 우리를 옛 지구에서 떠나게 한 건 적과의 공모가 아니었습니다. 그리고 분명히 말씀드리는데, 지금은 전시 상황이 아닙니다."

마샬이 다시 나를 향해 돌아섰다. "이 괴물 같은 자식아, 저것들이 내 사람 다섯을 죽였어! 너도 두 번이나 당했고. 그리고 우리 역시 저들을 죽였지. 이게 전시 상황이 아니면 대체 뭐란 말이지?"

나는 고개를 저었다. "인간처럼 생각하면 그렇죠. 크리퍼들은 상황을 그렇게 보지 않습니다. 개개인의 삶에는 크게 신경 쓰지 않는 듯 보이거든요. 제가 말씀드릴 수 있는 건, 저들은 공동 지성을 가지고 있다는 것입니다. 저들은 우리가 죽인 크리퍼들을 신경 쓰지 않고, 자기들이 데려간 사람들에게 우리가 왜 관심을 가지는지 이해하지 못합니다. 부속물 몇 개를 해부하는 것이 공격적인 행동이라는 사실은 저들의 상식 밖입니다. 저들은 이제까지 우리가 해 온 행동을 정보를 교환한 정도로 생각하고 있습니다."

"부속물?" 캣이 끼어들었다.

"응, 돔 주변에서 본 작은 크리퍼들을 부르는 이름을 번역하면 그쯤 될 것 같아. 전체 중 일부일 뿐 각자에게는 지능이 없어. 그래서 인간 개인도 자기들과 똑같다고 생각하고 있었어."

"아주 멋진걸. 그렇지 않다고 알려 주기는 했어?"

"노력했어. 내 통신창을 엿보고 배운 게 다라는 사실을 고려하면 언어 이해 능력이 정말 좋은 것 같아. 하지만 존재하지 않는 개념을 말로 설명하는 건 한계가 있잖아. 어쨌든 미안하다고 하더라."

캣이 계속 질문을 던지려고 했지만, 마셜이 끼어들었다.

"됐어! 입 다물게, 첸, 아니면 저놈과 손잡고 나란히 시체 구덩이로 걸어 들어가게 될 거야."

"저는 시체 구덩이로 가지 않을 생각입니다." 내가 말했다.

"아, 그러셔. 우리 모두가 먼저 지옥으로 떨어지지 않는 이상

네놈은 당연히 시체 구덩이로 가게 될 거야. 죽은 채로 던져지든 산 채로 던져지든 그건 내 알 바가 아니고. 곧 배낭을 내려놓게 될 걸세, 반스, 그러고 나면 내가 널 직접 처리해 주지."

루카스가 끼어들었다. "비난하려는 것은 아닙니다만, 그런 말은 저놈이 지금 당장 우리 모두를 죽여 버려야겠다는 마음만 들게 할 것 같습니다, 사령관님."

마샬은 이글거리는 눈으로 루카스와 첸을 노려보다 다시 내게로 시선을 옮겼다.

내가 말했다. "저를 죽일 수 없어요. 사령관님 마음은 잘 알지만 그럴 수는 없습니다. 크리퍼들과 소통할 수 있는 사람은 저 하나고, 저들은 우리가 가진 것과 같은 반물질 무기를 가졌으니까요."

"네 덕분이지. 반스 네놈 덕분에 우리는 이제 곧 전부 죽게 생겼다고. 이 개자식 같으니."

나는 고개를 저었다. "종말을 가져올 수도 있는 무기를 동굴로 내려보낸 건 제 생각이 아니었습니다. 에잇이 방아쇠를 당기지 못하고 살해당한 것도 제 잘못이 아니고요. 사령관님 잘못이죠."

"네가 끝낼 수도 있었어. 네가 빌어먹을 네 임무만 똑바로 처리했어도 상황이 마무리될 수 있었다고. 익스펜더블이면서 죽는 게 두려운 이 겁쟁이 새끼야."

나는 한숨을 쉬며 눈을 스르르 감았다. 다시 눈을 떴을 때 캣과 루카스는 무기를 어깨에 올려 두고 있었다.

내가 말했다. "어쩌면, 어쩌면 죽고 싶지 않았는지도 모르겠습니다……. 학살을 저지르고 양심의 가책을 느끼고 싶지 않았는지도 모르겠어요. 제가 방아쇠를 당겨 크리퍼를 죽이고 제 목숨도 기꺼이 버려야 했다고 생각하는 건 이해합니다. 하지만 저는 그러지 않았고, 이제 그다음을 생각해야죠. 이 행성에 지성이 있는 생물이 살고 있고, 사령관님은 방금 그들 손에 반물질 무기를 쥐어 준 꼴이 되었습니다. 이제 외교가 절실히 필요해졌고, 외교관이 될 수 있는 사람은 저뿐입니다. 이쯤 되면 저를 죽여서 이득을 볼 사람이 있기나 할까요?"

마샬은 거의 30초 동안 아무 말도 하지 않고 나를 뚫어져라 보았다. 손이 떨리고 있었고 호흡기 너머 아래턱이 달싹거리는 모습이 보였지만 사령관은 아무 말도 하지 못했다. 결국 뒤돌아서더니 로크 쪽으로 성큼성큼 걸음을 옮겼다. 캣과 루카스는 꼼짝 않고 서서 그의 뒷모습을 바라볼 뿐이었다.

로크 바깥쪽 문이 닫힌 후 내가 말했다. "그러면, 이제 해결된 건가?"

캣은 루카스를 흘긋 보더니 가까운 철탑을 올려다보았다. 우리 셋이 지켜보는 가운데 버너가 꺼지고 지지대 속으로 모습을 감췄다.

"응, 그런 것 같아. 적어도 지금은."

캣은 이렇게 말하고는 내 쪽으로 다가와 한 손을 내밀었다.

나는 방아쇠 끈을 집어넣은 다음 캣의 손을 잡고 잡아당겨 그녀를 끌어안았다.

"미안해." 눈물을 가득 머금은 목소리로 캣이 말했다.

"알아, 괜찮아, 캣. 너는 할 일을 했을 뿐이야."

그러고도 우리는 10초 동안 가만히 서 있었다. 이윽고 캣이 입을 열었다.

"전투복 입은 채로 안고 있으니까 되게 이상하다."

틀린 말은 아니었다.

나는 그녀를 놓아주었고 우리 세 사람은 나란히 돔으로 걸어갔다.

내 방으로 돌아와 침대에 뻗었다. 두 손으로 머리를 받친 채 눈을 감고 잠을 자야겠다고 생각하고 있는데 에잇이 죽었다는 사실이 그제야 실감 나기 시작했다. 여러 가지 이유로 말이 되지 않았다. 어차피 내가 살아 있으려면 그가 사라져야 했고, 함께 있는 동안 그는 내내 짜증 나게 굴었으며, 그와 내가 함께한 시간은 며칠 되지도 않았다. 따지고 보면 내가 그이고 그가 나인데, 그가 죽었다고 할 수도 없었다. 깨진 거울 속에 비친 내 모습에 애도하는 거나 마찬가지였다.

상관없었다. 그를 위해서일 수도, 나를 위해서일 수도 있었다. 그 빌어먹을 구멍에 빠진 이후 내 속에서 응어리진 모든 것들이 풀어지는 것일 수도 있었다. 그때까지 멀쩡하던 나는 단

5초 만에 눈물 콧물을 쏟으며 통곡하기 시작했다.

눈물은 한참 동안 멈추지 않았다.

감정이 잦아들 때쯤 누군가 방문을 두드렸다.

"들어오세요."

나는 대꾸를 한 다음 몸을 일으켜 다리를 침대 아래로 내리고 셔츠 앞섶으로 얼굴을 문질러 닦았다. 고개를 들어 보니 나샤가 들어와 문을 닫고 있었다.

"미키, 돌아온 걸 환영해." 부드러운 목소리였다.

"고마워."

내가 비켜 공간을 내주자 나샤는 내 옆에 자리를 잡고 앉았다.

"오늘은 나 혼자라 안타깝네."

나샤는 웃음을 터뜨린 뒤 내 어깨에 팔을 두르고 내 얼굴에 얼굴을 기대며 말했다. "에잇은 힘들게 갔어?"

나는 어깨를 으쓱했다. "모르겠어. 따로 다녔거든. 그가 둥지…… 같은 걸 찾았어. 돔처럼 생긴 동굴에 크리퍼 수천 마리가 꿈틀거리며 뒤엉켜 있었지. 신호가 끊기기 전에 사진을 보냈어."

나샤의 몸이 떨리는 것을 느낄 수 있었다.

"어쨌든 빨리 끝났을 거야. 에잇은 방아쇠를 당길 준비가 되어 있었어. 무슨 일이 있었든 방아쇠를 당길 기회조차 없이 갑작스럽게 벌어졌을 거야."

물론 확실하지 않았다. 어쨌든 그는 나였고, 마지막 순간에 마음을 바꿨을 수도 있다. 방아쇠를 당길 수 있지만 그러지 않기로 했는지도 모른다.

나샤가 코를 훌쩍이고는 웃음을 터뜨렸다.

"미안. 지금 어떤 감정이 들어야 맞는 건지 모르겠어."

나는 팔로 나샤의 허리를 감쌌다. 그녀는 한숨을 쉬며 내게 기대 안기면서 나를 침대로 쓰러뜨렸다.

"그거 알아? 마샬이 저 밖에 있는 네 친구들한테 폭탄을 던지고 오라고 나한테 명령하려고 했어." 나샤가 머리를 내 가슴팍에 포개며 말했다.

"그래? 그래서 뭐라고 했어?" 대답을 하면서도 눈이 스르르 감겼다.

나샤는 다시 부드러운 웃음을 터뜨리고는 내 다리 위로 한쪽 다리를 슬며시 올렸다. "네가 말한 게 사실이라면 그들은 암반 밑 100미터보다도 더 아래에 있을 거라고 했지. 지금 우리가 가진 무기로는 걔들 집에 달린 샹들리에에도 흔들 수 없을 거라고. 우리가 최선을 다해도 저들 화만 돋우게 될 테니, 별로 좋은 생각은 아닌 것 같다고 했어."

"잘했어. 그러니까 뭐래?"

그녀는 내 가슴팍에 올려 두었던 손으로 부드럽게 내 뺨을 감싸 키스할 수 있을 정도로 가까이 당겼다. "네가 생각한 그대로지 뭐."

나샤는 편하게 자세를 고쳐 눕고는 손을 뻗어 내 뺨을 쓸었다. "사실이야?"

나는 그녀의 손에 키스한 다음 내 가슴에 올렸다. "뭐가 사실이냐는 거야?"

"네가 말한 거 말이야, 크리퍼에 대한 거, 우리를 정말 그냥 내버려 둘까?"

나는 어깨를 으쓱했다. "그럴 것 같은데? 솔직히 말하면 우리 둘 다 서로가 하는 말을 얼마나 알아들었는지 잘 모르겠어. 우리가 동굴을 건드리지 않고 돔 남쪽에 있는 언덕에 아무것도 짓지 않는 이상 가만히 두겠다고 했어. 하지만 '돔'이 무슨 뜻인지는 알까? 우리를 그냥 내버려 둔다는 말이 가끔 사람들을 잡아가서 찢어발기지 않는다는 의미라는 건 분명히 이해했을까? 누가 알겠어?"

"와, 너 참 대단한 협상가였구나?"

"미안. 나는 최선을 다했어, 알지?"

나샤는 한쪽 팔꿈치로 몸을 일으켜 내 뺨에 키스한 다음 자기 허리에 내 팔을 두르고 머리를 내 어깨와 목 사이 공간에 파묻었다. "최선을 다한 거 알아, 최선을 다했고말고." 그러고는 한숨을 내쉬며 나를 끌어당겼다.

그 말이 끝난 지 1~2분 만에 나샤는 잠에 빠져들었다. 나는 정신이 아득했다. 지난 며칠이 아주 길게 느껴졌다. 눈을 감았고 곧 애벌레 꿈 속으로 빨려 들어갔다. 우리는 미드가르드였고, 거꾸로 타들어 가는 모닥불을 사이에 두고 앉아 캄캄하지만 구름 한 점 없는 밤하늘 아래 사그라지는 연기를 지켜보았다.

그가 물었다. "이게 끝인가, 아니면 시작인가?"

나는 모닥불에서 그에게로 시선을 옮겼다. "이제 말을 할 수 있네?"

"항상 할 수 있었어. 네가 이해를 못 했지."

나는 어깨를 으쓱했다. 맞는 말이었다.

"둘 다인 것 같은데. 둘 다이길 바라."

그는 내 대답에 만족한 듯했다. 우리는 한동안 부드러운 침묵 속에 앉아 있었고 그는 조금씩 조금씩 사라져 갔다.

26장

깨어났을 때 나샤는 가고 없었다. 대신 태블릿에 메시지가
남아 있었다.

오늘 비행이 있어. 돌아오면 볼까?

메시지를 읽고 웃음이 났다. 나는 침대에서 나와서 마른 수
건으로 몸을 닦고 마지막 남은 적당히 깨끗한 옷을 입었다.
　콕 집어 설명할 수는 없지만, 오늘은 뭔가가 달랐다.
　좀…… 가벼운 느낌이 든다고 해야 할까? 설명하기는 힘들
지만, 이건…….

그리고 번뜩 깨달았다. 얼마 만인지도 모를 만큼 오랜만에 처음으로 나는 두렵지 않았다.

그 느낌을 온전히 음미하고 그 안에서 헤엄치며 뼛속 깊이 절감하고 있을 때, 오큘러에 메시지가 도착했다.

[Command1]: 즉시 사령관 사무실로 보고 바랍니다.
[Command1]: 9:00까지 보고 없을 시 이탈로 간주합니다.

거참, 이렇게까지 경고할 일인가.

나는 천천히 기다렸다가 마샬의 소환에 응했다. 그가 무슨 말을 하려는지 잘 알 것 같았고 그다지 듣고 싶은 말은 아니었다.

내가 마샬의 사무실 문을 연 시각은 8시 59분이었다. 그는 책상 의자에 등을 기댄 채 두 손을 배에 올려놓고 있었다. 얼굴에는 희미하게나마 미소를 머금고 있었다.

음, 내가 기대한 분위기는 아니었다.

마샬이 말했다. "반스, 앉게."

나는 사무실로 들어가 문을 닫고 의자 하나를 끌어다 책상 앞에 놓았다.

"좋은 아침입니다, 사령관님. 보자고 하셨다고요?"

"그래, 그랬지. 우선 사과를 하고 싶어서."

이런 말을 들으리라곤 꿈에도 생각해 보지 못했다.

"그게, 어제 내가 상황을 잘못 판단한 것 같더군. 자네가 그것들한테 우리 물건을 넘기고 그게 무엇인지 말해 줬다고 했을 때는, 음……."

내가 끼어들었다. "말씀드렸다시피, 제가 물건을 넘긴 것이 아닙니다. 그들이 에잇을 살해한 후 획득한 것입니다. 그게 무슨 물건이고 어떻게 작동하는지 말하지 않으면 실수로 방아쇠를 당길 수도 있었습니다."

마샬은 고개를 끄덕였다. "어제 그렇게 말했지. 나는 당연히 놈들이 우리를 향해 당장 무기를 사용하리라고 생각했고. 하지만 우리가 이렇게 마주 앉아 대화를 하고 있는 것을 보면 내가 틀렸네. 내가 틀렸고 자네가 맞았지. 그러니까 다시 한번, 사과하겠네. 어제 같은 반응을 보여서는 안 됐어."

"캣과 루카스에게 저를 죽이라고 명령한 거 말이지요?"

그의 오른쪽 눈이 움찔했지만, 그 외에는 평온한 모습을 유지했다. "그렇네, 반스. 잘못된 결정이었어. 미안하네."

"흠, 네. 사과를 받아들이죠."

"좋아, 정말 아량이 넓은 친구군."

마샬은 몸을 앞으로 기울여 책상 너머로 손을 내밀었다. 나는 잠시 망설이다가 악수를 받아들였다.

사령관이 내 손을 놓고 다시 의자에 앉을 때 내가 말했다. "그럼, 저…… 이만 가 봐도 될까요, 사령관님?"

사령관의 얼굴에 조금 전보다 조금 더 환한 미소가 번졌다. "글쎄, 아직 멀었네. 이제 모든 것이 정상으로 돌아온 것 같으니 자네한테 임무를 주려고 하네."

그래. 그럼, 그렇지. "임무 말씀입니까?"

"그렇네. 우리 친구들이 돔 가까이 동굴을 파지 않을 거라 가정하면, 그렇게 가정할 수 있길 바라네만, 이제 개척지가 살아남기 위해 할 일을 해야 하지 않겠나? 그렇지 않은가?"

나는 의자에 기대앉아 가슴 앞으로 팔짱을 꼈다. "네, 사령관님. 그렇게 생각합니다."

"좋네. 좋아. 어제 폭발 장치 두 개를 만드는 바람에 반물질 저장고에 흠이 생겼단 말이지. 조만간 새로운 저장고를 만들 수 있을 것 같지는 않고, 발전기가 먹통이 되면 우리한테 무슨 일이 생길지는 굳이 말할 필요가 없겠지."

"네, 말할 필요 없습니다."

마샬은 이제 앞으로 몸을 기울이고 양쪽 팔꿈치를 책상에 올린 채 판매 계약을 마무리 지으려는 플리터 영업 사원 같은 표정을 짓고 있었다.

"게다가 우리가 꺼낸 반물질의 반은 완전히 잃어버렸지. 그건 어쩔 수 없어. 하지만 자네가 가지고 돌아온 장치에 든 반물질은 코어 안에 다시 저장되어야 하네."

이런, 젠장.

"사령관님이 꺼냈으니, 했던 작업을 반대로만 하면 될 것 같습니다만."

마샬은 이제라도 안타깝다는 표정을 지으려고 노력했지만

헛수고였다. "안타깝게도, 불가능하네. 반물질을 꺼낼 때는 엔진에 연료를 공급할 때와 같은 방법을 사용했지. 하지만 자네도 알다시피 그 장치는 한 방향으로만 작동하고, 각 연료 성분을 코어로 돌려놓는 장치는 없어. 안에 들어가서 수동으로 작업해야 할 걸세."

나는 눈을 감고 크게 숨을 들이쉰 다음 천천히 내뱉었다.

활성 상태인 반물질 코어의 중성자 선속은 얼마나 될까? 젬마는 한 번도 알려 준 적이 없지만 분명 엄청나리라고 예상할 수 있었다.

"걱정 말게. 작업 전후로 업로드 하라는 명령을 내리지는 않을 테니. 이 작업은 기억할 필요가 없을 걸세."

"업로드 할 필요가 없다고요?"

마샬은 고개를 저었다. "전혀 없지."

"아시다시피 저는 재생 탱크에서 나온 뒤로 전혀 업로드를 하지 않았습니다. 제가 작업을 하게 된다면 지금의 저는 존재하지 않았던 게 됩니다."

"그런 말 말게. 자네 말대로 하면 지금의 자네가 개척지를 구하게 될 걸세. 자네가 기억하지 못해도 우리가 기억할 거야."

그는 손을 내려다보다가 어쩌면 진심처럼 보이기도 하는 표정을 지으며 고개를 들었다.

"내가 이 말을 충분히 자주 하지는 못했네만, 사실 자네는 이 개척지를 이미 여러 번 구해 주었고, 앞으로도 그럴 거라 믿네. 그 빚은 영원히 갚을 수가 없을 테지. 우리 모두를 대표해서 감사 인사를 전하네, 미키. 자네의 용기는 정말 우리 모두에게 귀감이 된다네."

미키. 그 오랜 세월을 통틀어 처음으로, 사령관이 나를 미키라 불렀다.

내 용기가 귀감이 된다니.

엿이나 잡수세요, 사령관님.

나는 의자를 뒤로 밀며 일어섰다.

"싫습니다."

절절했던 감정이 가면을 벗기듯 그의 얼굴에서 사라지더니 그 자리에 곧바로 순수한 분노가 차올랐다.

"뭐라고?"

"싫습니다. 하지 않겠습니다. 저를 동굴로 내려보낼 때 그 연료 없이도 개척지가 살 방법을 계획해 놨겠죠. 그 방법을 사용하세요. 아니면 드론을 희생해서 전쟁 범죄에 사용하려던 폭탄을 코어에 돌려놓든가요. 아니면 직접 하셔도 됩니다. 저는 안 할 거니까요."

마샬은 얼굴이 붉으락푸르락 달아오른 채 눈을 가늘게 치켜뜨고는 자리를 박차고 일어섰다.

그가 씩씩대며 말했다. "해야만 할 거야. 하게 될 걸세. 아니면 내 기필코 서버에서 자네 인격 정보를 지워 버리고 마지막 미키 반스가 될 자네를 시체 구덩이에 직접 처넣어 버릴 테니까."

이제 주사위는 던져졌고, 이제까지 느끼지도 못하고 있던 짐이 어깨에서 사라진 듯한 가뿐함이 느껴졌다. 하늘을 날 수도 있을 것 같은 기분이었다.

"서버에서 저를 지우셔도 됩니다. 사실 제발 그래 줬으면 좋겠습니다. 왜냐하면 저는 이 개척지 익스펜더블을 그만둘 생각이거든요. 저를 대체할 사람을 찾으세요. 솔직히 안 구해도 저랑은 상관없지만요. 사령관님은 저를 죽일 수 없습니다. 왜냐하면 사령관님은 어제 경솔하게 크리퍼들한테 반물질 무기를 넘겼고, 제가 크리퍼들과 소통할 수 있는 유일한 사람이니까요. 사람들을 시켜 제 털끝이라도 건드리면 저는 크리퍼들에게 평화 협정이 깨졌다고 전할 겁니다."

사령관의 입이 벌어졌다가, 닫혔다가, 다시 열렸다.

도저히 참을 수 없어서 나는 폭소를 터뜨리고 말았다.

"감히 그럴 수 없을 거야." 내가 문을 반쯤 나섰을 때 그가 겨우 뱉은 말이었다.

내가 어깨 너머로 말했다. "저는 지금껏 일곱 번이나 죽었어요. 이미 평범한 사람들보다 여섯 번이나 더 죽었다고요. 제가 뭘 할 수 있는지 함부로 말씀하지 마시죠."

나는 문을 닫는 수고조차 들이지 않고 사령관의 사무실을 나섰다.

"어이, 친구. 별일 없지?"

나는 귀뚜라미 튀김과 으깬 얌 요리에서 눈을 떼고 고개를 들었다. 베르토가 테이블 맞은편에 자기 쟁반을 내려놓고 자리에 앉았다.

"아, 너구나." 내가 말했다.

"응, 너 그만뒀다며."

나는 어깨를 으쓱했다. "그런 것 같아."

"센데. 그럴 수 있는 줄 몰랐어."

"못 해. 마샬 머리 꼭대기에 반물질 폭탄을 들고 서 있을 수 있는 사람이 아니면."

베르토는 음식을 입에 넣고 씹어 삼켰다. 나도 다시 음식에 집중하려는데 그가 말했다. "다시 식사다운 식사를 하기 시작했네?"

"응, 이제 배급을 나눌 필요가 없으니까, 안 그래?"

"아, 그렇지."

"응."

우리는 꽉 채운 1분 동안 말없이 먹기만 했다. 내가 평소 그런 데 신경을 쓰는 사람이라면 지금 무지하게 불편하겠지.

"네가 돌아와서 기뻐." 베르토가 마침내 입을 열었다.

나는 고개를 들었다. "어쨌든 고마워. 나한테 무슨 일이 있었는지 나인한테 할 얘기를 지어내고 싶지는 않았나 보지?"

베르토는 내 말을 듣고 움찔했다. "아이고, 급소를 찌르네. 미안하다고 사과했잖아."

"그래, 그랬지."

30초쯤 다시 침묵이 흘렀다. 내 접시는 거의 비워져 갔지만 베르토는 거의 손도 대지 않고 있었다.

"그럼, 우리는, 음…… 괜찮은 거야?" 그가 말했다.

나는 눈을 감고 숨을 깊이 들이쉬었다가 내쉬었다. 다시 눈을 떴을 때 베르토는 기대감에 찬 표정으로 나를 바라보고 있었다. 나는 그를 향해 몸을 기울였다. 베르토도 답을 듣기 위해 앞으로 다가왔다.

나는 베르토의 오른쪽 눈을 정통으로 한 대 쳤다. 내 손가락 마디에 금이 갈 정도로 세게 맞은 녀석의 머리통이 뒤로 휙 꺾였다.

"응, 이제 괜찮아졌어."

나는 이렇게 말하고는 일어서서 쟁반을 들고 자리를 떴다. 복도로 향하는 문이 열릴 때 뒤를 흘끔 보니 베르토가 손을 테이블에 올리고 입을 벌린 채 멍하니 나를 보고 있었다. 맞은 눈에 벌써 멍이 들고 있었다.

뻔한 결말인지 모르지만, 상관없다. 오늘은 내 남은 인생의 첫날이니까.

27장

놀랍게도 니플하임에도 봄이라는 계절이 존재했다. 아무도 예상하지 못한 봄이었다.

착륙한 지 1년쯤 지났을 때 기온이 슬슬 오르더니 눈이 녹기 시작했다. 몇 주 후에는 맨땅이 드러났다. 한 달이 지나자 맨땅은 이끼로 덮였다.

왜 이런 일이 일어나는지 설명할 수 있는 사람은 없었다. 니플하임의 궤도는 거의 원형에 가까웠고 축의 기울기도 거의 없다시피 했다. 이론적으로는 계절이 있을 수 없는 조건이었다. 여러 가지 추측 가운데 가장 그럴듯한 것은 이 행성의 태양이 변광성 같은 성질이 있고 지금이 온도가 올라가는 시기라는 이론이었다.

미드가르드에서 개척지 건설을 계획한 사람들이 알았어야 할 정보라고 생각할지도 모르겠다. 그들은 우주선이 출발하기 전 이 행성을 30년 동안 관찰했다. 조사를 좀 해 보니, 미드가르드 사람들은 우리 항성의 출력이 주기적으로 변한다는 사실까지는 발견한 모양이었다. 문서로도 잘 정리되어 있었다. 그러나 천체물리학적 관점에서 무엇 때문에 이런 변화가 생기는지에 대해 그럴듯한 이론이 없었고, 항성이 원인이라고는 생각하지 않았다. 대신 그들은 성간 물질 속 먼지구름이 어떠한 작용을 했기 때문이라고 생각하고 그렇게 기록을 남겼다. 우리가 이 행성에서 따뜻하고 행복하게 살 거라 생각한 이유도 이 때문이었다. 항성 출력이 가장 높은 부분이 실제 출력이라고 생각했고, 낮은 부분은 어떠한 간섭이 있어서라고 생각했다.

실수였다.

날씨가 변하자 처음에는 모두가 행복했다. 하지만 물리부의 한 직원은 우리가 또 다른 극한의 날씨를 맞이해 곧 땀을 뻘뻘 흘리며 햇볕에 구워지게 될지도 모른다고 생각했다.

무서운 생각이었지만 그런 일은 일어나지 않았다. 몇 달이 지난 후 날씨는 상쾌하고 온화한 상태로 안정되었고 농업부에서는 마침내 돔 밖에 시험용 재배지를 꾸밀 수 있게 되었다.

그즈음 주민들은 바깥 활동을 할 수 있게 되었고, 배아 몇 개를 디캔팅 하자는 이야기도 나오기 시작했다. 나와 마샬을 제외한 다른 사람들은 크리퍼에 대해 잊은 듯했고, 나샤에게 산책하러 나가겠냐고 물을 수 있을 정도가 되었다.

여전히 호흡기는 써야 했다. 식물이 자라기 시작한 후 산소 분압이 느리지만 체감할 수 있을 정도로 올랐다. 하지만 아직 보조 장치 없이 숨을 쉬기에는 부족했다. 물론, 앞으로는 달라질 것이다. 이 계절이 얼마나 계속될지는 알 수 없었다. 몇 년씩 지속될 수도 있었고, 내일 당장 끝날 수도 있었다.

그동안에는 어쨌든 걷기 좋은 날씨가 계속되었다.

"우리 어디 가?"

보안 경계선에서 손을 흔들어 인사하는 루카스를 뒤로하며 나샤가 물었다.

"돔에서 먼 곳. 그것만으로도 충분하지 않을까?"

그녀가 내 손을 잡았고 우리는 계속 걸었다.

미드가르드에는 적도를 지나는 거대한 사막이 있는데, 유일한 대륙을 완전히 가로지를 정도로 넓게 뻗어 있었다. 광활한 땅에는 몇 년 동안 큰비가 내리지 않았다. 하지만 가끔 한 번씩 날씨 조건이 딱 맞는 날이면 거대한 폭풍이 몰려와 하루 이틀 사이에 바짝 마른 평야와 협곡에 몇 년 치 비를 쏟아붓기도 했다. 그런 일이 일어나면 그 땅에 때를 기다리는 생명이 있었다는 사실을 깨닫게 된다. 식물들은 진흙 밖으로 모습을 드러내고 동물들은 겨울잠에서 깨어나 먹고, 마시고, 사냥하고, 짝짓기를 한다.

니플하임의 생물권은 사막과 비슷했다. 눈이 자취를 감춘 지 불과 몇 달 만에 이끼는 잔디라고 부를 수 있을 만한 초록 식물에 자리를 내주었고, 나무 같은 수풀도 여기저기 모습을 드러냈다. 동물들도 있었다. 대부분 놀랄 만큼 크리퍼를 닮은 소름 끼치는 동물이지만 돔에서 1킬로미터 이상 나가면 다리가 여덟 개 달린 파충류 비슷한 동물이 바위 턱에 앉아 햇볕을 쬐는 모습이 보였다.

동물을 보라고 나샤에게 손짓하자 그녀는 자연스럽게 얼굴을 찌푸리며 챙겨 나온 버너에 손을 가져다 댔다.

"그러지 마. 귀엽잖아." 내가 말했다.

그녀는 곁눈질로 나를 쏘아보고 고개를 젓더니 버너에서 손을 뗐다.

우리는 계속 걸었다.

5분쯤 더 지나 방향을 확인하려고 잠시 걸음을 멈췄다. 꽤 오래 걸어 나왔고 눈이 사라진 풍경은 예전과 완전히 달랐다. 나샤는 반걸음 물러서서 가슴 앞에 팔짱을 끼고 고개를 한쪽으로 기울였다.

"그냥 산책 나온 게 아니구나?"

나는 호흡기를 찬 채 빙그레 웃었다. "산책 나온 건 아니고, 확인할 게 좀 있어."

어디쯤 왔는지 알 것 같았다. 우리는 언덕을 올라가서 돔이 보이지 않는 협곡으로 들어섰다.

"이래도 괜찮겠어? 여기 크리퍼가 사는 동네 같은데." 나샤가 물었다. 내가 뒤를 힐끔 보니, 나샤는 다시 버너를 만지작거리고 있었다.

내가 말했다. "맞아, 크리퍼들의 동굴 입구에 꽤 가까이 왔어."

"그렇구나, 왜 여기에 온 거지?"

"말했잖아. 확인할 게 있다고."

처음에는 찾던 곳을 지나쳤다. 표시해 둔 바위가 얼음 위에 있었거나 얼음 녹은 물 때문에 아래로 굴러간 것 같았다. 어찌됐건 바위는 원래 있어야 할 곳보다 20미터 정도 아래에 있었다. 하지만 결국 찾아내기는 했다. 바위를 발견하고 나니 내가 동굴에서 나왔을 때 바위가 얹어져 있었던 자리를 찾기는 쉬웠다. 그 자리 밑에 작은 돌들이 잔뜩 쌓여 있었다. 나는 무릎을 꿇고 돌들을 치우기 시작했다.

"미키? 여기서 뭘 하는 건지 말을 좀 해 줄래?" 나샤가 말했다.

그럴 생각이었지만 그럴 필요가 없었다. 이미 그때쯤에는 돌을 충분히 치워 빈 공간이 드러났기 때문이다.

"세상에." 나샤가 말했다.

나는 뒤돌아 그녀의 반응을 살폈다. 그녀는 놀랐지만 두려워하거나 혐오스러워하지 않았다. 좋은 신호라 생각했다. 조심스럽게 어두운 공간으로 손을 뻗어 에잇의 배낭을 밖으로 꺼냈다.

"너 진짜 엉큼하구나." 나샤가 말했다.

나는 웃음을 터뜨렸다. "내가 이걸 진짜로 크리퍼들한테 줬을 거라 생각한 건 아니지?"

그녀는 내 옆에 웅크리고 앉더니 손을 뻗어 배낭 윗부분을 한번 훑었다. "어떻게 된 거야?"

"뭐가 어떻게 돼? 에잇을 살해한 크리퍼 떼한테서 이 잔인한 물건을 어떻게 되찾았냐고?"

나샤는 고개를 돌려 나를 바라보았다. 호흡기에 가렸지만, 확실히 웃는 표정은 아니었다. "그래."

나는 어깨를 으쓱했다. "달라고 했지."

그녀는 고개를 젓고 다시 폭탄에 시선을 집중했다. "터질 수도 있어?"

"음, 이 안에 중간 크기 도시 하나를 완전히 전멸시킬 수 있는 반물질이 들어 있어. 묻는 게 그거라면."

그녀는 가방에서 손을 치웠다.

"걱정하지 마. 버블이 손상되지 않으면 반물질은 다른 우주에 있는 거나 마찬가지니까. 우리를 건드릴 수 없어."

"만약 버블 중 몇 개가 손상되었으면?"

나는 웃음을 터뜨렸다. "나를 믿어. 그랬으면 진작에 알았을 거야."

"왜 그랬어, 미키?"

"뭘 왜 그랬냐는 거야? 왜 해적들 보물같이 여기다 세상을 멸망시킬 무기를 숨겼냐고?"

"그래, 왜 그랬냐고."

나는 발꿈치에 힘을 싣고 몸을 틀어 그녀를 바라보았다. "음, 내 생각은 이랬어. 마샬한테 말한 것처럼 크리퍼들한테 이걸 주고 왔다면 아마 결국 이걸 사용하자는 쪽으로 의견이 모였을 거야. 솔직히 그때는 돔에 있는 사람들이 어떻게 되든 별로 상관없었지만……."

나샤가 빙긋 웃었다. "그런데 뭐?"

"알잖아. 너한테 무슨 일이 생기는 것보단 내가 시체 구덩이에 던져지는 편이 나으니까."

"그래, 거기까지는 이해했어. 그럼 왜 다시 가지고 오지 않은 거야?"

"아, 그건 대답하기 쉽지. 폭탄 두 개를 다 마샬한테 돌려주면 그 자리에서 나를 죽이려고 했을 테니까. 그런 다음 나인을 동굴로 내려보내 학살 계획을 완수했겠지. 나와 크리퍼들이 아직 살아 있을 수 있는 이유는 크리퍼들이 돔 아래에서 이 폭탄을 터뜨리지 못하게 막을 사람이 나뿐이라고 마샬이 믿기 때문이야."

"네 생각이 맞는 것 같아. 하지만 크리퍼들이 너한테 폭탄 두 개를 다 돌려주고 목숨도 살려 준 부분은 이해가 안 돼. 우리를 견제할 필요가 없다고 생각하는 거야?"

이번에 나는 조금 더 큰 소리로 웃었다. "말이 돼? 우리가 뭘 가져왔는지 그들한테 털어놨을 거라고 생각하는 거야? 학살을 저지르려고 보금자리를 찾아왔다고 털어놨을 거라 생각해? 이런, 나샤. 내가 천재는 아니지만 *그렇게* 바보는 아니야."

나샤는 내 말에 놀란 것 같았다. 내가 정말 그렇게 바보라고 생각했던 걸까?

"그럼 뭐라고 했어?"

"언어 때문에 소통하는 데 문제가 많았지만, 우리가 사절단이라고 설명했어. 사실 배낭에 대해서는 물어보지도 않았어. 종말을 가져올 무기로는 안 보이잖아, 안 그래?"

"그렇네. 그렇게 보이지는 않지." 나샤가 말했다.

나는 배낭을 다시 빈 공간에 밀어 넣고 배낭이 완전히 보이지 않을 때까지 돌을 쌓았다. 할 일을 마친 후 자리에서 일어나 대여섯 걸음쯤 걸어가 배낭이 잘 가려졌는지 다시 확인했다.

"어떻게 생각해? 계속 숨겨 둘 수 있을까?" 내가 나샤에게 물었다.

그녀는 어깨를 으쓱했다. "어쩌면 당분간은 괜찮을지도. 영원히는 아니겠지만. 장기적인 계획이 있어? 그렇지 않으면 누군가 여기서 발을 헛디디는 순간 우리는 다 죽을 거야."

나는 한숨을 쉬었다. "마샬이 죽을 때까지 잠자코 기다리는 게 계획이야. 그다음에는 배낭을 가지고 돌아가서 새 사령관이 누가 됐든 크리퍼들이 평화를 다지는 의미로 폭탄을 돌려주기로 했다고 이야기하려고."

"진심이야?"

"응, 진심이야. 더 나은 계획이 있으면 참고할게."

나샤는 나를 오랫동안 빤히 쳐다보다 고개를 저었다.

"없어. 그럼 이걸 얼마나 여기다 둬야 할까? 마샬이 아픈 데가 있나?"

"내가 아는 한 없어."

그녀가 내 손을 잡았다. "마샬이 죽지 않을 경우를 대비한 대책이 있어?"

"없어."

그녀는 다른 손으로 내 뺨을 감싸더니 호흡기를 벗고 내게 키스했다. "넌 정말 천재는 못 되는구나." 그렇게 말한 뒤 내 손을 놓고 협곡을 다시 오르기 시작했다. "귀엽게 생겨서 다행인 줄 알아."

나는 폭탄이 숨겨진 곳을 돌아보았다. 이 행성의 90퍼센트를 덮고 있는 흔한 돌무더기와 다름없어 보였다.

이대로 충분한 걸까?

마샬은 무척이나 건강해 보였다.

이대로 충분해야만 한다.

마지막으로 한 번 더 눈길을 준 후, 전쟁 범죄 문턱까지 갔던 과거를 등졌다.

그리고 나샤를 따라 그늘진 협곡을 올라 환한 태양 빛 아래로 걸음을 옮겼다.

〈끝〉

감사의 말

이 책을 완성하는 데 도움을 준 사람들을 다 나열하면 긴 목록이 만들어질 것이다. 아마 내가 잊어버린 사람도 있을 것이다. 만약 내가 여러분의 이름을 잊었더라도 너그러이 용서해 주길 바란다. 여러분도 알다시피 나는 보기보다 똑똑하지 못하다.

가장 먼저 눈에 띄는 도움을 준 인물들을 나열하자면, 폴루카스와 잰클로앤드네스빗의 직원들에게 감사의 말씀을 전하고 싶다. 여러분들이 나를 이끌어 주고 힘을 실어 주지 않았다면 나는 아마도 글 쓰는 일을 오래전에 포기했을 것이다. 보잘것없는 무명작가가 쓴 독특한 이야기에 기회를 준 레벨리온 퍼블리싱의 마이클 롤리와 세인트마틴 프레스의 마이클 홈러에게도 감사하다고 말하고 싶다. 앞의 사람들보다 눈에 띄는 업적은 덜할지 모르지만, 그저 그런 우울한 중편 소설에 지나지 않았던 이 이야기를 읽고 훨씬 덜 우울한 장편 소설로 발전시킬 수 있도록 용기를 준 나바 울프에게도 진심을 듬뿍 담아 고맙다는 말을 전하고 싶다. 나바, 이 글을 읽고 있다면 이 책의 최종본에서 찾을 수 있는 네 흔적을 마음에 들어 했으면 좋겠어.

그 외에 진심을 담은 감사를 전할 사람들의 목록은 다음과 같다(순서는 무작위다.).

— 이 책의 초고를 읽고 거칠지만 타당한 비평을 아끼지 않아 준 키라와 클레어.

— 내 신용카드로 몇 번이고 내가 좋아하는 차를 주문해 준 헤더.

— 앞으로 생길 나의 첫 번째 팬클럽 회장이 되어 주기로 한 안토니 타보니.

— 한 번도 그만두라고 핀잔주지 않고 여러 버전의 원고를 모두 읽어 준 테레즈, 크레이그, 킴, 애런, 개리.

— 작가가 된다는 것이 무엇인지 알려 준 캐런 피시.

— 문학에 관한 모든 아이디어를 함께 고민해 준 존.

— 이 책의 주인공으로 만들고 여러 번 죽였어도 화를 내지

않아 준 미키.

— 가장 필요할 때 나의 자아를 눌러 준 잭.

— 출판 직전 최종고를 마지막으로 읽어 준 젠.

— 인생에서 가장 중요한 것이 무엇인지 절대 잊지 않도록
해 준 맥스와 프레야.

앞에서 이야기했듯, 감사할 사람들은 이들이 전부가 아니다.
이들과 그 밖의 사람들이 도와주지 않았다면 이 책은 지금의
모습을 갖출 수 없었을 것이다. 나의 친구들에게 감사한다. 다
음 작품에서도 여러분이 활약해 주리라 믿는다.

옮긴이 | 배지혜

뉴욕 시립대 버룩칼리지 경제학과를 졸업했다. 유학 시절 재미있게 읽던 작품을 한국어로
옮기고 싶다는 욕심이 생겼고, 현재 글밥아카데미를 수료한 뒤 바른번역 소속으로 활동중
이다. 대표 역서로는『시체와 폐허의 땅』,『지속가능한 여행을 하고 있습니다』등이 있다.

한국어판 과학 용어 자문 | 남세오

미키7

1판 1쇄 펴냄 2022년 7월 21일
1판 13쇄 펴냄 2025년 1월 10일

지은이 | 에드워드 애슈턴
옮긴이 | 배지혜
발행인 | 박근섭
편집인 | 김준혁
펴낸곳 | 황금가지

출판등록 | 2009. 10. 8 (제2009-000273호)
주소 | 06027 서울 강남구 도산대로 1길 62 강남출판문화센터 5층
전화 | 영업부 515-2000 **편집부** 3446-8774 **팩시밀리** 515-2007
홈페이지 | www.goldenbough.co.kr

도서 파본 등의 이유로 반송이 필요할 경우에는 구매처에서 교환하시고
출판사 교환이 필요할 경우에는 아래 주소로 반송 사유를 적어 도서와 함께 보내주세요.
06027 서울 강남구 도산대로 1길 62 강남출판문화센터 6층 민음인 마케팅부

한국어판 ⓒ황금가지, 2022. Printed in Seoul, Korea
ISBN 979-11-7052-173-0 03840

㈜민음인은 민음사 출판 그룹의 자회사입니다.
황금가지는 ㈜민음인의 픽션 전문 출간 브랜드입니다.